The Rainmaker

造雨人

[美国] 约翰 · 格里森姆 著

林微云 译

John Grisham

译林出版社

图书在版编目（CIP）数据

造雨人 /（美）约翰·格里森姆（John Grisham）著；林微云译.
—南京：译林出版社，2022.2（2022.6重印）
书名原文：The Rainmaker
ISBN 978-7-5447-8917-2

Ⅰ.①造…　Ⅱ.①约… ②林…　Ⅲ.①长篇小说－美国－现代
Ⅳ.①I712.45

中国版本图书馆 CIP 数据核字（2021）第 231684 号

造雨人　[美国] 约翰·格里森姆 / 著　林微云 / 译

责任编辑　黄文娟
装帧设计　周伟伟
校　　对　孙玉兰
责任印制　单　莉

原文出版　Delta，2005
出版发行　译林出版社
地　　址　南京市湖南路 1 号 A 楼
邮　　箱　yilin@yilin.com
网　　址　www.yilin.com
市场热线　025-86633278
排　　版　南京展望文化发展有限公司
印　　刷　徐州绪权印刷有限公司
开　　本　850 毫米 ×1168 毫米　1/32
印　　张　22
插　　页　4
版　　次　2022 年 2 月第 1 版
印　　次　2022 年 6 月第 2 次印刷
书　　号　ISBN 978-7-5447-8917-2
定　　价　98.00 元

致美国辩护律师：

写本书时，我一直得到来自密西西比州格尔夫波特市杰出辩护律师威尔·丹顿的帮助。二十五年来，威尔一直在为捍卫消费者和小人物的权利而努力奋斗。他是法庭上的传奇，当我仍是辩护律师时，他就已是我的榜样。他把他的旧案卷转交给我，回答了我的无数问题，甚至校对了本书的手稿。

亚拉巴马州伯明翰市的吉米·哈维是一名优秀的医生，也是我的良师益友。他谨慎地引导我穿过难以捉摸的医疗手术的迷宫。因为他，本书中某些章节才更为准确和易读。

谢谢。

目　录

第一章

当我意识到我父亲讨厌法律行业时，我想成为律师的决心已不可更改。十几岁时我年纪尚小，笨手笨脚，因笨拙而尴尬，为生活而沮丧，对青春期感到惶恐，因为不听话被父亲送到了一所军事学校。父亲是个退役的海军陆战队员，坚信孩子不打不成才。我那时已学会了贫嘴油舌，对纪律深恶痛绝，他于是干脆把我打发走。好多年后，我才原谅他。

他也是一名工业工程师，每周工作 70 小时，他们公司生产很多产品，其中包括梯子。因为梯子本身就有一定的危险性，所以他们公司常常成为诉讼的被告。因为负责设计，父亲也成为作证和审讯时为公司讲话的最佳人选。我不能说我责怪他讨厌律师，但他们把他的生活变得一团糟，我却因此对他们越来越钦佩。他在法庭上与他们唇枪舌剑八个小时，可是一进家门就猛喝马提尼。没有寒暄。没有拥抱。没有晚餐。当他边喝完四杯马提尼，边发了一个多小时的牢骚后，他就在破旧的躺椅上昏了过去。有一次审判持续了三周，当审判以对公司超级不利的判决结案时，我母亲给医生打了电话，他们把他在医院里藏了一个月。

那家公司后来破产了，所有的非难当然都指向那些律师。我从来没有听到他提过，管理不善也有可能是破产的原因之一。

酒成了他生活的全部意义，他变得垂头丧气。他好几年没有一份固定工作，这实在让我恼火，因为我不得不去餐厅做服务员和送比萨外卖，苦苦挣扎才念完了大学。我想，可能在大学四年期间，我只跟他说过两次话。在我知道自己被法学院录取的第二天，我自豪地带着这个大好消息回了家。后来妈妈告诉我，他在床上躺了整整一周。

在我凯旋回家的两周后，他在杂物间换灯泡时，梯子塌了（我发誓这是真的），他一个倒栽葱摔了下来。他在一家疗养院里昏迷了一年，直到有一天某个好心人让他一了百了。

葬礼后过了几天，我提出可以诉讼赔偿，母亲却死活不愿意。而且，我一直怀疑跌倒时，他可能醉意朦胧。再说，他又没工作，分文不挣，根据我国的侵权制度，他的命也没那么值钱。

我母亲收到了总计 50 000 美元的人寿保险赔偿金后，就迫不及待地改嫁了。我继父是来自托莱多的退休邮政职员，人很简单，他俩大部分时间都在跳方块舞，以及开一辆温内巴戈露营车到处旅游。我跟他们关系疏远。我妈没有给我一分钱，她说她要靠那笔钱过一辈子，而我已经证明自己即使一文不名也能活得很好，所以她认为我不需要这点钱。我前程似锦，将来财运亨通，而她却一无所有，她这样跟我解释。我敢肯定她的新任丈夫汉克也给她吹了不少关于理财的枕边风。总有一天，我的路，汉克的路，会再次交叉。

5月，我将从法学院毕业，离现在还有一个月。接着我要参加7月的律师资格考试。我没能成为优秀毕业生，但我在班里的排名仍属于中上。法学院三年中我做过的唯一一件聪明事就是早早修完了必修课和难学的课程，所以最后一个学期才能如此轻松。这个春学期的课程就跟玩似的，体育法、艺术法、拿破仑法典选读，还有我最喜欢的老年人法律课程。

正是我选的最后一门课，让我来到了一座闷热潮湿、挤满了形形色色稀奇古怪的长者（他们喜欢被这样称呼）的金属建筑里，此刻我正坐在摇摇晃晃的椅子上，面前是一张粗制滥造的折叠桌。唯一看得见的门上有一个手绘招牌，庄严地标着“柏树花园老年居民大厦”，除名字之外，这个地方没有丝毫花草的痕迹。墙壁光秃秃的，单调至极，只在两幅小小的状况不佳的星条旗和田纳西州旗之间，挂了一幅年久褪色的罗纳德·里根的照片。这座建筑狭小、阴沉、毫无生气，显然是最后一刻用联邦政府意外拨款的几块钱盖起来的。我在律师便笺上信手涂鸦，不敢正视坐在折叠椅上慢慢向前挪动的人群。

那儿至少有50个老人，白人黑人各占一半，平均年龄不低于75岁，有些人眼睛失明了，十几个老人坐着轮椅，大多数人都戴着助听器。我们被照会说，他们每天中午都会到这来吃上一顿热饭，唱几首歌，偶尔还有无望当选的政客来这里拜访。几个小时的社交活动后，他们就各自打道回府，然后掰着手指头计算什么时候才能重新回到这里。我们教授说，这是他们生活中的高光时刻。

我们在午餐饭点时准时到达，这是一个惨痛的错误。他们让我们四个人以及领队斯穆特教授坐在一个角落里，然后就全神贯注地盯着我们吃橡胶似的鸡肉和冰冻豌豆。我的果冻是黄色的，这被一位留着山羊胡子的老头发现了，他脏兮兮的衬衫口袋上挂着胸牌，上面歪歪扭扭地写着大名：博斯科。我见他咕哝着黄果冻，就想把果冻和我的那份鸡肉迅速地推给他，但伯蒂·伯德桑小姐截住了他，马上粗暴地把他赶回原位。伯德桑小姐虽然年近八旬，可依然行动敏捷，她在这个组织中担任母亲、独裁者和保镖这样的三合一的角色。她像个经验丰富的管事人一样，一会儿抱抱这个，一会儿拍拍那个，跟几个蓝头发的小个子女士聊一会天，放声大笑，同时一直警惕地盯着博斯科，毫无疑问，博斯科是这群人中的坏孩子。因为他想要我的黄果冻，她就训了他一顿，但没一会儿又把一碗满满当当的黄果冻摆在了他激动发亮的双眼前。他用粗短的手指迅速地吃了个精光。

一个小时过去了。午餐还在继续，这群饥肠辘辘的老人吃饭的样子仿佛他们正在品尝有七道菜的饕餮大餐，好像再也没有任何希望能够吃上下一顿饭似的。刀叉在他们颤巍巍的手中前前后后、上上下下、进进出出，就像灌满了贵重金属。时间在这里毫无意义。他们一激动就冲彼此大喊大叫。他们把饭菜扔在地板上，我实在看不下去了，但我还是吃完了那份黄果冻。

博斯科依然用他那贪婪的眼光监视着我的一举一动。伯蒂小姐像个花蝴蝶似的在房间里飞来飞去，叽叽喳喳说个不停。

斯穆特教授一头乱蓬蓬的浓密头发，别着个歪歪扭扭的蝶形领结，外加红色的吊裤带，是个十足的书呆子，他像个刚刚饱餐一顿的人那样，心满意足地坐在那儿，满怀爱意地欣赏着眼前的景象。他心地善良，五十出头，但言谈举止却跟博斯科和他的朋友们颇为相似，二十年来他讲授着没人想教、没几个学生想学的爱心课程。儿童权利法，残疾人法，家庭暴力研究，精神病问题，当然，还有“怪老头法”（这是大家背着他给这门课起的名字）。他一度想开设一门“未出生胎儿法”的课程，不料引起了一场争议，他只好急匆匆地去休假，逃之夭夭。

在第一节课上，他就开宗明义地跟我们解释这门课的目的，就是让我们接触到活生生的真正有法律问题要解决的人。他认为，所有法学院的学生在入学时都有一定程度的理想主义，都想为公众服务，但经过三年残酷的法学院竞争之后，就只想在合适的事务所找到一份适当的工作，在七年内升为合伙人，赚大笔大笔的钱，除此之外什么都不关心。他说得没错。

这门课不是必修课，开课时只有十一位学生注册。斯穆特教授讲课枯燥无味，整天唠唠叨叨地让我们蔑视金钱，无偿地为社会服务，一个月以后，班上只剩下了四个学生。这门课可有可无，每周只上两小时，几乎不需要费什么力气，所以才对我有吸引力。但是，还需要再拖一个多月才能结课，我都怀疑自己是否能够坚持下去。因为此时此刻，我非常讨厌法学院，而且对未来要从事的法律业务又十分担心。

这是我第一次面对真正的客户，有些惴惴不安。有可能成为我客户的这群人虽然年老体弱，但是他们看着我的目光，却仿佛我智慧无穷。毕竟，我马上就要成为一名律师了，我穿着黑色套装，面前放着律师专用便笺，上面已被涂涂画画，我不动声色，充满智慧的双眉轻颦，看起来像是个一定能够帮助他们的人。坐在我同一张折叠桌边上的是布克·凯恩，一个黑人小伙子，也是我在法学院最好的朋友。他跟我一样忐忑不安。面前折好的名牌上用毡制粗头笔写着我们的名字：布克·凯恩和鲁迪·贝勒。鲁迪·贝勒就是我。布克旁边的讲台上，伯蒂小姐正站在那儿聒噪不停。讲台另一边也有一张折叠桌，桌上的名牌宣告着：F. 富兰克林·唐诺尔森四世大驾光临，他这个自命不凡的家伙，三年来不停地在名字上玩花样，好显得自己出身尊贵。他旁边坐着 N. 伊丽莎白·埃里克森，一个十足的婊子，从不走寻常路，她穿着细条纹套装，打着丝质领带，肩上有一块巨大的装饰物。我们好多人都猜测她可能穿着护裆。

斯穆特教授靠墙站在我们身后。伯蒂小姐对着话筒大声宣读医院报告和讣文。她正对着麦克风声嘶力竭地喊着，效果出奇地好。房间角落里挂着四个大的音响，她的声音在房间里回荡着，从四面八方刺激着每个人的耳膜。听众的助听器接二连三地被关掉，取了下来。此时此刻，没人一个人打瞌睡。今天宣读了三份讣告，当伯蒂小姐读完时，我看见听众里有人流了眼泪。老天爷啊，不要让我也遭此厄运。请你再给我五十年玩乐和工作的时间，然后再在熟睡中与世长辞吧。

我们左边靠着墙坐着的钢琴家，这时醒过来了，猛地翻了一下她面前木架上的乐谱。伯蒂小姐自认为是个挺不错的政治分析家，正当她开始抨击一种要提高营业税的政论时，钢琴家突然弹起了琴。我觉得她弹的是《美丽的亚美利加》。这纯粹是一种享受，她叮叮咚咚地敲了乐曲开头的过门。老头老太们赶紧抓起自己的赞美诗本，等着唱出第一句歌词。伯蒂小姐一刻也没闲着，现在她成了合唱指挥。她挥起双手，拍了拍手提醒大家注意，然后就和着第一节的乐曲边走边挥动双手打起拍子。那些还能动的老人，都缓慢地站了起来。

唱到第二节时，嘶吼声就迅速地弱了下来。那些歌词他们不很熟悉，大多数的老人连自己的鼻子都看不清楚，所以那些赞美诗本根本都没什么用。博斯科突然闭上了他的双唇，仰面望着天花板，鼻子大声地哼哼着。

当乐谱从木架上滑落，跌落在地板上时，钢琴声突然停了下来。歌声结束了。大家齐刷刷地盯着钢琴家，老天爷保佑她的心脏，她手忙脚乱地把乐谱拾拢到自己的脚边。

“谢谢大家！”伯蒂小姐冲着话筒喊道，老人们纷纷坐下。“谢谢大家。音乐是美妙的。让我们感谢上帝赐予我们美妙的音乐。”

“阿门！”博斯科大声吼起来。

“阿门。”他后排的另一位老头，点了下头也跟着说。

“谢谢大家。”伯蒂小姐说。她转过身，满脸笑容地望着我和布克。我们两个伏在桌子上，身子向前倾，再次看向人群。“今天的节目现在开始，”她激动地说，“我们非常高兴再次邀请到斯穆特教授和他几位非常英俊聪明的学生到这儿。”她肥胖的手向我们挥了挥，朝悄无声息走到她身边的斯穆特微微一笑，露出了灰黄的牙齿。“他们是不是很英俊？”她向我们挥挥手，问道。“大家知道，”伯蒂小姐靠近话筒说，“斯穆特教授在孟菲斯州立大学讲授法律课程。我的小儿子也在那儿上过学，可惜没能毕业，这你们也知道。斯穆特教授每年都要带几个学生过来，如果你们有什么法律问题可以找他们咨询，他们会为你们提供法律建议。这些建议都很不错，而且不收取任何费用，我还要补充一下，”她侧过身来，再一次向斯穆特教授甜甜一笑。“斯穆特教授，我代表我们单位，欢迎你再次回到柏树花园。感谢你一直以来对年长者问题的关心。谢谢你，我们爱你。”

她后退几步，走下讲台，一边用力地鼓掌，一边点头示意同伴们仿效。但应者寥寥，即使是博斯科也无动于衷。

“他真厉害。”布克嘟哝着。

“至少他有人爱戴。”我嘟哝着回了一句。老人们已经在这儿坐了十多分钟，又刚吃过午饭，我看到有几个人眼皮都耷拉下去了。等到斯穆特讲完话，肯定会鼾声四起的。

斯穆特走上讲台，调理一下话筒，清了清嗓子，等待伯蒂小姐在前排坐下。她坐下时，气鼓鼓地低声埋怨旁边一位脸色苍白的绅士：“你应该鼓掌的！”可他没听见。

“谢谢你，伯蒂小姐，”斯穆特大声道，“每次回到柏树花园总是如沐春风。”他真诚地说。我一点都不怀疑，站在这座阴沉沉的房子中间，面对着一群老弱病残，身边只有自己的四位学生，此时此刻霍华德 · L. 斯穆特教授确实是高人一等的。他就是为这一刻而生。

他一一介绍了我们。轮到我时，我连忙站起来，咧嘴笑笑，然后又坐下，依然不动声色，充满智慧的双眉轻颦着。斯穆特滔滔不绝地谈着医疗保险、削减预算、遗嘱、免除营业税、被虐待的老人，以及共同保险费用的支付等问题。一个话题接一个话题，像蚊子一样纷纷落下。社会保障体系的缺陷、议而未决的法案、私人疗养院的规章制度、房地产的规划、特效药，他絮絮叨叨地讲着，就好像他在讲台上授课一样。我听得都打起了哈欠，昏昏欲睡。博斯科更是每十秒钟就看一次手表。

终于，斯穆特快讲完了，他再次感谢伯蒂小姐和她们那一帮人，他承诺每年都会来一次，然后在桌子边坐了下来。伯蒂小姐拍了两个巴掌，一个也不多一个也不少，然后就立刻收手了。其他人则无动于衷，有一半人在呼呼大睡。

伯蒂小姐向我们挥挥手，对她的追随者们说：“他们在这儿。他们干得不错，而且不收钱。”

他们向我们走过来，缓慢又笨拙。博斯科走在最前面，显然他对黄果冻事件仍耿耿于怀，因此他一边瞪着我，一边走到了桌子那边，坐在了令人尊敬的 N. 伊丽莎白 · 埃里克森面前。我早就有感觉，他找谁都不会找我做法律咨询的。一位上了年纪的黑人挑上了布克，他们隔着桌子窃窃私语。我尽量不去听他们在讲什么。他们聊着那人的前妻和几年前的离婚，离婚程序可能还没有正式地完结。布克像个真正的律师一样记着笔记，心神专注地听着，好像他完全清楚该如何处理此案似的。

可是，布克至少还有一个客户。当我的三个同学低声交谈、涂涂写写，对他们客户的问题一会儿同情地倾听一会儿又摇摇头时，我一个人孤独地在那儿待了整整五分钟，傻透了。

我的落寞没有被忽略。伯蒂·伯德桑小姐把手伸进包里，掏出一个信封，神气活现地走到我的桌边。“你就是我要找的人。”她轻声对我说，一边把椅子拉到桌子边上。她的身体向前倾，我的身子往左倾，我们俩的头相距仅仅几英寸。就是这一刻，我生平第一次以法律顾问的身份开始了咨询谈话。布克朝我瞥了瞥，脸上一个坏笑。

这是我人生中的第一次法律咨询会谈。去年夏天，我在城里一家只有12名律师、严格按小时计费的小事务所当书记员。若无任何意外，这家律所不收取其他的额外费用。我掌握了开账单的艺术，首要规则就是律师醒着的时候要尽可能地把时间都花在会议上。客户会议，在线会议，与对方律师、法官、合伙人、保险理赔员、书记员以及律师助理的会议，午餐会议，法庭会议，电话会议，结案会议，和解会议，审前会议，审后会议。只要能编制出一个会议名称，律师就能围绕这个主题开展一个会议。

伯蒂小姐眯着眼环视了一周，这是给我的信号，我得把我的头和声音都低下来，不管她跟我说了什么，都是极为重要的。

这对我也很适合，因为我不想让任何人听到我对她即将提出的问题所给出的蹩脚又幼稚的建议。

“看看这封信。”她说。我接过信封，拆开。感谢上帝。这是份遗嘱！科莲·贾尼斯·巴罗·伯德桑的遗嘱。斯穆特曾跟我们说过，这些客户有一多半以上会要求我们审查甚至修改他们的遗嘱，这对我们来说也不错，因为去年我修了一门叫作《遗嘱与遗产》的必修课，在遗嘱里挑点问题游刃有余。遗嘱其实相当简单，即便是新手律师也能写得尽善尽美。

这是一份打印的正式遗嘱，翻看时，我从前面两段得知伯蒂小姐是位寡妇，她有两个儿子和一大堆孙子孙女。第三段让我倒吸一口凉气，我一边看，一边瞥着她，然后又重新读了一遍。她沾沾自喜地笑着。这段话指示遗嘱执行人给她的两个儿子每人各200万美元，每个孙子孙女各信托100万美元。我慢慢数了一下，一共有八个孙子孙女，这就意味着她至少有1 200万美元。

“继续看。”她轻声说，好像她真的能听见我脑子里的计算器在嘀嘀嗒嗒计算似的。布克的客户，那位上了年纪的黑人老头正在一边哭，一边诉说着多年前那段早已逝去的罗曼史，哭诉着孩子们遗弃他。我试着忽略他，但那是不可能的。布克气鼓鼓地做着笔记，尽量不去注意老人的泪水。而在桌子的另一端，博斯科正在哈哈大笑。

遗嘱第三段要把300万美元赠予一所教堂，把200万美元捐赠给一所学院。接着还有一串慈善捐赠名单，从糖尿病协会开始，到孟菲斯动物园结束，名字旁边标注了捐赠的款数，最少也有 5 万美元。我皱着眉头，快速心算了一下，结论是伯蒂小姐至少有 2 000 万美元以上的净资产。

忽然，这份遗嘱的很多问题露出了水面。首先，而且最重要的是，这份遗嘱没有它本该有的厚重。伯蒂小姐是个有钱人，有钱人的遗嘱不会是薄薄的、简单的。他们的遗嘱通常都很厚重，有写得密密麻麻、由大型律师事务所收费昂贵的税务律师起草和执行的形形色色的精巧条款，会把信托机构、受托人和隔代转让等事项写得清清楚楚，交代得明明白白。

“遗嘱是谁起草的？”我问她。信封上一片空白，没有任何迹象表明是谁起草了这份遗嘱。

“我以前的律师，死了。”

他起草这份遗嘱时疏忽职守，死了倒也不失为一件好事。

所以，这位牙齿灰黄、声音悠扬、娇小漂亮的女士有 2 000 万美元身家呢。而且，她目前没有律师。我瞥了她一眼，继续看遗嘱。她穿得一点也不像个有钱人，既没有戴钻石也没有戴金光闪闪的首饰，也没有花钱和时间去做头发。她身上的连衣裙是普通的滴干棉料，深红色的夹克已经破旧，可能是在西尔斯百货店买的。我见过不少家财万贯的老太太，她们通常都很显眼。

这份遗嘱拟了有两年。“你的律师什么时候死的？”我问，声音从未像现在这样甜美。

我们两个人的头仍低低地凑在一起，鼻子只有几英寸的距离。

“去年。癌症。”

“那你现在有没有律师呢？”

“我要是有，现在就不会跟你谈话了，鲁迪！遗嘱没那么复杂，所以我想你能处理。”

贪婪是一件很有意思的事情。从 7 月 1 日起，我将在布罗德纳克斯和斯皮尔事务所工作，那是一家榨取员工血汗的小小事务所，办公氛围沉闷，15 名律师除了代表保险公司诉讼，也没有其他业务。这并不是我想要从事的工作，但当其他事务所都没有空缺职位，而布罗德纳克斯和斯皮尔事务所愿意给我提供一份工作时，我也只能这样了。我寻思着在这家所里打磨几年，把该学的都学会，再另谋高就。

如果我上班第一天就能带去一位身价 2 000 万的客户，布罗德纳克斯和斯皮尔事务所的同事们会不会对我高看一眼？我将成为一名及时的造雨人，一名点石成金的、冉冉升起的新星。我甚至可以要求有一间大办公室呢。

“当然，我能处理，”我漫不经心地说，“只不过，你知道，这牵涉一大笔钱，而我——”

“嘘——”她身体向我靠得更近，用力地嘘着。“别提钱了。”她眼睛向四周迅速瞥了一圈，好像有贼人正在她身后潜伏着窃听似的。“我只是不想谈钱的事。”她坚决地说。

“好吧。我怎么都行。但我认为你也许应当考虑一下是否跟一位税务律师谈一谈。”

“我以前的律师就这么说，可我不想这么做。对我来说，律师就是律师，遗嘱就是遗嘱。”

“没错，但是如果你把遗产规划一下，你就可以省下一大笔税钱。”

她摇摇头，好像我是个十足的白痴。“我一分钱也省不了。”

“好吧，请原谅，不过我觉得没准你能省出来。”

她用长满老年斑的手抓住我的手腕，低声说：“鲁迪，你听我说。纳税与我毫无关系。因为你懂的，那时我早已一命归西。是不是？”

“呃，没错，我也这么觉得。但你的继承人呢？”

“这就是我来这里的原因。那些不孝儿孙真是让我气得够呛，我要把他们从我的遗嘱中删掉。我的两个孩子，还有那些孙子孙女，通通删掉，删掉，删掉。让他们什么都得不到，你明白的。穷光蛋。一分钱也得不到，一件家具也没有。什么都得不到。”

她忽然目光冰冷，嘴边一圈圈、一排排的皱纹紧紧地抿在了一起。她根本没意识到她紧紧地捏着我的手腕。此时此刻的伯蒂小姐，不仅愤怒，而且很受伤。

在桌子的另一端，博斯科和N.伊丽莎白·埃里克森正吵得厉害。总的来说，他大声抨击医疗补助和医疗保健制度以及共和党派，而她则指着一纸文书，想跟他解释为什么有些医生的账单不在医保范围内。斯穆特慢慢站起身来，走到桌子顶端那边，想知道他是否能帮上什么忙。

布克的客户正拼命地想控制情绪，可泪水却忍不住从他脸颊上一行行地流下来。布克变得越来越局促不安。他向那位老绅士保证，他布克·凯恩一定会调查此事，把事情处理好。空调被打开了，喋喋不休的谈话声被空调的噪声遮蔽了。桌上的杯碟都已经被收拾干净，大家正在玩各种各样的游戏：中国跳棋、跳棋、桥牌和密尔顿·布雷得利棋盘的骰子游戏。值得庆幸的是，他们大多数人来此是为了吃顿午饭和社交的，而不是来寻求法律咨询。

“你为什么要把他们从遗嘱中删掉呢？”我问。

她松开我的手腕，揉了揉眼睛。“嗯，这是个人隐私，我真的不想谈这件事。”

“好的。那么，谁会继承这些钱呢？”我问。我忽然有点飘飘然，仿佛我有点石成金的魔力，可以把普普通通的人瞬间变成百万富翁。我对她笑得如此谄媚，又如此虚伪，希望她没有被冒犯到。

“我也不确定，”她惆怅地说，目光在四周游离，像在玩一场游戏，“我不确定该给谁。”

那么，给我100万怎么样？我随时会因为所欠的400美元税款而被税务局向法院起诉。谈判已破裂，我已经收到他们的律师函了。我的房东正威胁要把我扫地出门，因为我已经拖欠了两个月的房租。而此时此刻，我却在这里与我生平见过的最有钱的人一起聊天，她可能活不了多久了，而且正在兴奋地算计着该把遗产分给谁多少。

她递给我一张纸，纸上的四个人名用印刷体整整齐齐地写成窄窄的一行，她说，“这几个是我想保护的孙子孙女，他们依然爱我。”她用手掩住嘴，在我耳边轻声说：“每人给 100 万。”

我的手在颤抖，潦草地在便笺簿上记下了。天啊，就这样，我制造出了四个百万富翁。“其他人怎么办呢？”我低声地问。

她猛地往后一仰，坐直身子说：“一分钱也不给。他们从来不给我打电话，从来不给我送礼物，寄贺卡。把他们删掉。”

如果我有一位身家 2 000 万美元的奶奶，我一定会每周给她送花，每隔一天给她寄卡片，下雨的时候给她送巧克力，晴天的时候给她送香槟。我会每天早起给她打一个电话，在她晚睡前再打一个电话。每个周日我都会陪她去教堂，陪在她身边，在整个弥撒的时候握着她的手，然后我们一起去吃早午餐，接着去参加拍卖会或者看个话剧或艺术演出，只要是奶奶想去的地方，我都陪着，地狱也在所不辞。我一定会好好照顾我的奶奶。

而且，我也愿意如此照顾伯蒂小姐。

“好吧，”我严肃地说，好像我对此已经轻车熟路，“那，你的那两个孩子什么都不给？”

“我就是这么说的。绝对一点也不给。”

“恕我冒昧，他们到底做了什么？”

她好像对此特别沮丧，重重地叹了口气，她眼睛转了转，好像不想告诉我似的，但是她又弯下身来，把两个胳膊肘搁在桌子上，俯过身来告诉我。“好吧，”她低声说，“老大朗道夫都快 60 岁了，不久前第三次结婚，娶了一个总是嚷嚷着要钱的小贱货。不论我留什么给他，最后都会败在她手里的，我宁愿把这些钱给你鲁迪，或者给斯穆特教授，或别的什么人，也绝不会给我的儿子。你明白我的意思吗？”

我激动得心跳都快要停止了。近在咫尺，就在伸手之间，我的第一个客户就可以让我一夜暴富。让布罗德纳克斯和斯皮尔事务所，让那些等着我的会谈都见鬼去吧！

“你不能把钱留给我的，伯蒂小姐。”我一边说着，一边向她露出了最甜蜜的微笑。我的眼睛，可能还有我的唇、我的嘴，甚至我的鼻子，在无声地乞求她说：“能！该死的！这是我的钱，我想留给谁就留给谁，如果我想给你鲁迪，这笔该死的钱就是你的了！”

可她没这么说。“剩下的钱全都归肯尼思·钱德勒牧师。你知道他吗？他现在整天都在电视上，他不仅是在达拉斯，而是在全世界用我们的捐赠到处做善事，修建房子，抚养婴儿，传教布道啦。我想让他拿到我这笔钱。”

“一个电视上的布道牧师？”

“哦，他可不仅仅是在电视上布道。他还是一位导师、政治家和顾问，常常和州里的有头有脸的人一起吃饭呢。而且，你知道吗，他还很可爱。他满头浓密的灰白鬈发，是少白头，他都不敢去把头发染黑呢，你懂吧。”

“那当然，可是——”

“有天晚上他给我打电话了，你敢信吗？跟电视上一样，他的声音如丝般柔滑，可在电话里头啊，更是十足的魅惑，你懂我的意思吗？”

“是的，我想我懂。他为什么给你打电话？”

“嗯，上个月我寄了3月的捐款，给他写了一纸短笺，说因为我的孩子们都遗弃了我，我正在考虑重新拟遗嘱，把一些钱留给他。没过三天，他就给我打电话了，他蓬勃有朝气，在电话里既可爱又活力十足，他想知道我能给他和他的圣职留多少钱。我就给他说了一个估摸的数字，从那以后他就常常给我打电话。他甚至说他会亲自开着他的里尔喷射机来看我，如果我愿意的话。”

我不知道该说什么。斯穆特这时正挽着博斯科的胳膊，试图安抚他，让他重新坐到N.伊丽莎白·埃里克森面前，那个时候伊丽莎白肩上的饰物早已不知所终，很明显她的第一个客户已让她尴尬万分，她恨不得钻到桌子底下去。她眯起眼睛四处张望，我赶紧向她咧嘴一笑，好让她明白我在留意她。在她旁边，F.富兰克林·唐诺尔森四世正与一对老年夫妇进行深入的会谈。他们讨论的文件，看起来也像是份遗嘱。我不禁扬扬自得，心里明白自己手头上拿着的这份遗嘱，比他煞费苦心地研究的那一份不知道要值钱多少倍。

我决定换一下话题。“嗯，伯蒂小姐，你说你有两个孩子。朗道夫和——”

“德尔伯特。别提他。我都三年没他的消息了。他住在佛罗里达州。把他删掉，删掉，删掉。”

我拿笔划拉几下，德尔伯特就没了他那几百万美元。

“我要看看博斯科的情况，”她突然说着就站了起来，“他真是个可怜的小家伙。除了我们，没有家人，没有朋友。”

“我们还没说完呢。”我说。

她俯下身来，我们的脸再一次离得很近。“不，我们已经聊完了，鲁迪。就照我说的做。那四个孙子孙女每人100万美元，剩下的全给肯尼思·钱德勒牧师。遗嘱的其余部分都不变；遗嘱执行人、保证人、受托人也都不变。这很简单，鲁迪。我总这样做。斯穆特教授说，两星期后你们再过来时遗嘱就打印得整齐又漂亮了。是这样吗？”

“应该吧。”

“那好，再见啦，鲁迪。”她急匆匆跑到桌子另一头，搂住了博斯科，博斯科立即安静了下来，一脸天真无辜的模样。

我仔细研究这份遗嘱，做了一些笔记。斯穆特和其他的教授会指导和帮助我，而且我还有两周来好好思考，弄明白什么该做什么不该做，这让我觉得很安心。我跟自己说，我其实不需要这样做。这个身家两千万美元的可爱小老太需要的建议，比我能够提供的要多得多。她需要一份她可能没法读懂但是国税局会仔细研究的那种遗嘱。我不觉得自己蠢，但我确实没什么经验。学习了三年法律之后，我才知道自己所知甚少。

布克的客户正在努力控制情绪，而他的律师已经说不出话来了。他继续记着笔记，每隔几秒钟就咕哝着“是”或“否”。我等不及想要跟他说伯蒂小姐以及她丰厚身家的事。

我瞥了一眼逐渐稀少的人群，发现第二排的一对夫妇似乎一直在盯着我。目前，我是唯一空闲的律师，他们似乎还没决定要不要到我这里来碰碰运气。那女人手里拿着一大卷用橡皮筋固定的文件。她低声咕哝着什么，她丈夫摇了摇头，好像他宁愿等其他聪明的年轻法律才俊有空。

他们慢悠悠地站了起来，挪到了我的桌边。他们一直都盯着我看。我微笑以待。欢迎来找我咨询。

她坐在了伯蒂小姐坐过的椅子上，他坐在了桌子另一边，神情冷淡。

"你好。"我微笑着说，伸出了手。他轻轻地握了握，我又把手伸向她。"我叫鲁迪·贝勒。"

"我叫多特，他叫巴迪。"她边说边向巴迪点点头，却无视我伸出的手。

"多特和巴迪，"我重复一遍他们的名字，开始记笔记，"请问你们贵姓？"我像一位经验丰富的律师热情地问道。

"姓布莱克。多特·布莱克和巴迪·布莱克。我们的本名是玛瓦琳·布莱克和威利斯·布莱克，可是大家都习惯叫我们多特和巴迪。"多特的头发烫过了，很蓬松，发顶已经雪白，但看起来很干净。她穿着一双廉价的白色运动鞋，棕色短袜，还有一条非常宽松的牛仔裤。她身材瘦削，身板结实，棱角分明。

"地址？"我问。

"格蓝杰63广场8号。"

"你有工作吗？"

到目前为止，巴迪还没说过话，我感觉多年以来，多特一直是他的代言人。"我正在领社会残疾人保障金，"她说，"我才

58 岁，却早早得了心脏病。巴迪领一份养老金，钱很少。”

巴迪只是目不斜视地盯着我。他戴着厚厚的眼镜，塑料镜架几乎连耳朵都够不着。他双颊红润饱满，一头浓密的头发早已花白，微微带点棕红色。我怀疑他有一周没洗头了。他身上穿着一件黑红彩格的衬衫，甚至比他的头发还要脏。

“布莱克先生贵庚？”我问她，因为我不知道假如我向布莱克先生发问，他会不会回答我。

“叫他巴迪，好吗？多特和巴迪。不是什么先生，好不好？他今年 62 岁了。我能跟你说件事吗？”

我迅速地点了点头。巴迪瞥了桌子对面的多特一眼。

“他不正常。”她小声说道，朝巴迪的方向微微点了点头。我看了看他，他也看着我们。

“打仗时受的伤，”她说，“在朝鲜。你知道机场的那些金属探测器吗？”

我再次点头。

“嗯，就算他什么也不穿地走过去，那东西也会爆炸。”

巴迪的衬衫破破烂烂的，当它拼命地要掩盖肚子上的肥肉时，纽扣都要撑破了。他至少有三层下巴。我试着想象了一下，一个赤身裸体的人穿过孟菲斯国际机场，警报开始嗡嗡作响，保安们惊慌失措。

“他脑袋里有块弹片。”她补充道。

“那可真是太糟糕了。”我低声对她说，接着就在便笺本上记下：布莱克先生脑袋里有块弹片。布莱克先生转向左边，瞪着三英尺外布克的客户。

她突然身体朝前一探。“还有其他的状况。”她说。

我像她预料地那样，微微把头向前倾：“嗯？”

“他酗酒。”

“不是真的吧。”

“不过，这一切都要归咎于打仗时受的伤。”她补充说。就这样，三分钟前我才认识的这个女人把她的丈夫贬成了一个酗酒的笨蛋。

“介意我抽烟吗？”她一边说，一边把手伸向她的小包。

“这儿能抽烟吗？”我一边四处寻找“请勿吸烟”的标志——墙上没有任何标志——一边问道。

“哦，当然。”她把一支香烟塞进干裂的双唇中间，点了火，猛吸了一口，朝巴迪吐了一口烟，巴迪无动于衷。

“我有什么能为两位效劳的？”我问道，望向那一卷用宽宽的橡皮筋紧紧扎着的文件。我把伯蒂小姐的遗嘱放在我的便笺之下。我第一位客户是个千万富婆，而第二位客户却要靠养老金过活。我刚开始的律师生涯，重新回到了原点。

“我们没多少钱。”她平静地说，好像这是一个大秘密，她不好意思透露。我同情地笑了笑。无论他们有多少钱，他们也都比我有钱，而且我不信他们会像我一样，马上会被起诉告上法庭。

“而且，我们需要一位律师。”她拿起那卷文件，扯掉了橡皮筋。

"你们的问题是什么？"

"嗯，我们要被一家保险公司搞死了。"

"保单是什么样的？"我问。她把文件推到我面前，然后像甩掉包袱一样擦了擦手，似乎她已经把这个累赘甩给了一个会创造奇迹的人。一张污迹斑斑、皱巴巴、破旧不堪的保单就在这堆文件上面。多特又喷了一口烟，有好一会儿，我都快看不见巴迪了。

"这是一份医疗保险，"她说，"我们五年前买的，大利人寿保险公司，那时候我们两个儿子才 17 岁。现在唐尼·雷得白血病快死了，这些骗子却一分钱也不肯拿出来为他治病。"

"大利人寿保险公司？"

"对。"

"从没听说过。"我瞥了一眼保单上的声明，一边自信地说，好像我早已处理过很多此类案件，对每一家保险公司都了如指掌似的。保单上列了两个受赡养者的名字：唐尼·雷和隆尼·雷·布莱克，两人出生日期相同。

"呃，原谅我说脏话，可他们确实是一帮贱人。"

"大多数保险公司都是。"我若有所思地表示同意，多特听了微微一笑。我已经赢得了她的信任。"那么，你是五年前买了这份保险的？"

"差不多吧。从来没欠过一次保险费。唐尼·雷生病前，从来没用过这该死的东西。"

我是个学生，没有保险。我自己、我的生命、我的健康或者我的汽车都没有保险。我甚至都没钱给我那辆破破烂烂的小丰田买一个左后轮的新轮胎。

“嗯，你说他快死了？”

她嘴里叼着香烟，点点头。“急性白血病。八个月前病的。医生说他能活一年，但是他如果没做骨髓移植手术，就连一年都活不到。现在可能已经太晚了。”

她把“骨髓”这个词念成了“谷穗”。

“移植？”我疑惑地问。

“白血病你知道吗？”

“呃……不太了解。”

她咬牙切齿，白眼翻了好几个，好像我是一个十足的白痴，然后把香烟放在嘴里，狠狠地吸了一口。当烟吸得差不多了，她说：“你看，我的两个儿子是同卵双胞胎。隆——隆不喜欢隆尼·雷这个名字，我们就叫他隆——隆是唐尼·雷骨髓移植最完美的捐献者。医生也是这么说的。问题是移植手续费大概要花十五万美元。你看，我们没那么多钱。保险公司应该付这笔钱，因为保单就在这儿。但那帮贱人说不行，所以，我们的唐尼·雷快要死了。”

她一下子就抓住了问题的关键，让人惊叹。

我们对巴迪不理不睬，但他一直都在听我们的谈话。他慢慢地摘下厚厚的眼镜，用毛茸茸的左手背擦眼睛。真棒，巴迪哭了。博斯科也在远处呜咽。布克的这位客户，双手捧着脸正在抽泣，是往日的内疚、懊悔还是某件伤心事触动了他的心弦？斯穆特站在一扇窗户旁看着我们，很明显，他想知道，我们到底提供了什么样的建议，让他们如此黯然神伤。

“他住在哪里？”我问。提这个问题不过是想转换话题，在她回答的时候我能够在便笺本上涂涂画画，从而遗忘那些泪水。

“他从来没有离开过家。他和我们住一起。这是保险公司拒绝我们的另一个理由，说他既然已经成年了，就不在承保范围内了。”

我从文件堆里挑出他们与大利保险公司来往的信函，果然大有裨益，我边看边问：“保单内是否有条款说明他一旦成年就不再属于承保范围？”

她摇摇头，尴尬地笑了笑，说：“没有。保单上没有这种条款，鲁迪。我们都看过很多次了，就是没有这样的条款。甚至连小号字印刷的所有细则都读了。”

“你确定？”我问，又瞥了保单一眼。

“我确定。我们看这份该死的保单看了几乎整整一年。”

“是谁把保单卖给你的？保险公司的代理是谁？”

“一个傻了吧唧的蠢货，他敲开了我们家的门，骗我们买了。名字叫奥托或什么之类的，就是一个油嘴滑舌的骗子，讲话特别快。我们想去找他，可他显然已经从城里溜走了。”

我从那堆文件中挑出来一封信，读了一遍。发信人是克利夫兰的一位高级索赔审核员，这封信是在我刚才读的第一封信后几个月写的，这封信冷不丁地拒绝支付唐尼的医疗费，因为他的白血病是原先就有的疾病，所以不在承保范围之内。如果唐尼患上白血病时间真的不到一年，那么他确诊白血病的时间就是在大利保险公司卖出保单四年之后。“这里说了因为是既往症，所以排除在承保范围之外。”

“他们把能找的借口全用上了，鲁迪。你只要把这些文件仔细读一读就明白了。排除原则、豁免原则、既往症、附属细则等等，他们全都用过了。”

“骨髓移植是否属于例外情况？”

“绝对没有。医生甚至看过保单，他说大利保险公司应该支付医药费，因为现在骨髓移植已经是常规治疗了。”

布克的客户用双手擦了擦脸，起身告辞。他感谢了布克，布克也感谢了他。这位老人到一对正在中国跳棋盘上厮杀的伙伴身旁的椅子上坐了下来。伯蒂小姐终于帮助N.伊丽莎白·埃里克森摆脱了博斯科的纠缠。斯穆特在我们身后来回地踱着步。

我读的下一封信也是来自大利保险公司的信函，这些信看起来几乎是一样的。一样没耐心，一样恶心，一样直截了当。这封信写道：“亲爱的布莱克太太，此前本公司曾经七次以书面形式拒绝了你的索赔请求。我们现在第八次拒绝，也是最后一次拒绝你的请求。你一定非常愚蠢，非常愚蠢，愚蠢至极！”这封信是由一位高级索赔监督签发的。我摸了摸信函上方铅印的公司标识。去年秋天我修了保险法，当时对某些保险公司毫无诚信的欺诈行为非常震惊，至今记忆深刻。我们的指导老师是位来访的共产党人，他憎恨保险公司，实际上憎恨所有的公司，他研究过保险公司各种毫无道理地拒绝合法索赔的案例，相信在这个国家有成千上万欺诈案件，而且从未被处理。他写过几本关于欺诈诉讼的论著，甚至用统计数据来证明自己的观点，即许多人在索赔请求受到拒绝时，还没有认真调查就自认晦气。

我一边摸着信头上方大利人寿保险公司的精致标识，一边把信又读了一遍。

“保险金从来没有漏交过？”我问多特。

“没有，先生，一次也没有。”

“我需要看看唐尼的病历。”

“大多数病历都放在家里。他最近很少看医生。我们负担不起医药费。”

“你记得他被确诊白血病的准确日期吗？”

“不记得，但我记得去年8月他去医院接受了第一次化疗。那些骗子通知我们说，他们不会再支付任何医疗费用了，所以医院就把我们拒之门外了。他们说他们是不会为我们支付骨髓移植费的。手续费太贵了。我不能怪他们，真的。”

巴迪正在注视着布克的另一位客户，一位身体孱弱的小个子女人，她也带了一堆文件。多特在她的塞勒姆斯牌烟盒里掏了又掏，最后又把一支烟塞进了嘴里。

如果唐尼·雷真的确诊为白血病，而且患病时间仅为八个月，那么保险公司就不能把这一情况作为“既往症”排除在承保范围之外。大利保险公司就必须理赔，是不是？这对我来说符合常理，在我看来这是非常清晰明白的。但法律甚少是清晰明确的，也难得合情合理，然而，我明白在多特那一堆拒赔文件当中，一定有什么非同小可的东西在等着我。

“我真不明白。”我说，依然盯着那封“愚蠢至极”的信。

多特又向她丈夫喷了一口浓烟，他的头上浓烟滚滚。我想他的眼泪早已哭干，但是我不能确定。她咂了咂她那黏糊糊的嘴唇，然后说：“很简单，鲁迪。他们是一群骗子。他们认为我们头脑简单，蠢笨无知，是一群垃圾，又没有钱去跟他们抗争。我在一家牛仔裤工厂干了30年，参加了工会，你知道，我们每天都和公司斗。这件事也一样。大公司践踏小人物。”

除了憎恨律师，我父亲也对工会大发牢骚，口出恶言。自然而然，我就成了劳动群众的热心捍卫者。“这封信真让人难以置信。”我对她说道。

“哪一封？”

“克罗基特先生写的那封，说你非常愚蠢、愚蠢至极的那封。”

“那个狗娘养的，看他敢不敢到这儿来，当面骂我愚蠢至极！这北方杂种！”

巴迪挥了挥面前的浓烟，咕哝了几句。我瞥了他一眼，希望他能开口说说话，但他什么也没说。我第一次注意到他的头左侧比右侧稍稍扁平一些，我眼前又闪过想象中他赤身裸体穿过机场安全门的情景。我把那封“愚蠢至极”的信折好，放在那堆文件上面。

“我需要好几个小时来检查这些文件。”我说。

“好吧，你得快点。唐尼·雷没多久可活了。他现在从 160 磅瘦到只有 110 磅了。有些日子他病得连路都走不了。我希望你能见到他。”

我并不想见唐尼·雷。“好吧，以后再说吧。”我会研究一下保单和信函，还有唐尼的病历，然后与斯穆特商量，再给布莱克家写一封长达两页纸的漂亮信函，在信中我会非常明智地解释，他们应该让一位真正的律师来处理这个案件，不是随便一个律师，而必须是一位擅长对保险公司欺诈行为提出起诉的律师。我将介绍一些这样的律师的名字，以及他们的电话号码，然后我将结束这门无利可图的课程，与斯穆特以及和他对老头老太法的那份热忱分道扬镳。

离我毕业只有 38 天了。

“我需要把这些文件带走，”我一边整理她那一堆乱七八糟的文件，一边伸手去拿橡皮筋，一边跟多特解释，“两周后我会再回来，到时候给你一封写好了司法建议的信函。”

“为什么要两周？”

“嗯，我得研究研究，你懂的。我还得跟教授商量，还得收集资料。你能把唐尼的病历寄给我吗？”

“我能。但我希望你能快点。”

“我会尽力的，多特。”

“你觉得我们能立案吗？”

我虽然还只是一个学法律的学生，但也对模糊不清的语言颇为上手了。“现在不好说。不过希望很大。但还需要进一步仔细研究研究。还是有可能的。”

“你到底什么意思啊？”

“嗯，这个嘛，我认为你已经有了索赔的充分依据，但我还需要研究一下这些资料，才能最终确定。”

“你这算哪门子律师嘛？”

“我是法学院的学生。”

我的回答让她很困惑。她抿起嘴，双唇紧紧地卷在白色的过滤嘴上，瞪着我。巴迪又嘀咕了一下。谢天谢地，此时刚好斯穆特来到我们面前，问道：“你们这里怎么样了？”

多特先盯着他的领结，而后又盯着他乱蓬蓬的头发。

“还好，”我说，“马上就要结束了。”

“好极了。”他说，好像时间到了，我们还有其他的客户等着咨询。他慢悠悠地踱到了别处。

“两周后见。”我挤出一丝笑容，假装热情地说。

多特把烟头在烟灰缸里摁灭，身子往前一倾，跟我靠得更近了。她的嘴唇突然开始颤抖，眼眶湿润了。她轻轻地抚摸我的手腕，无助地看着我。“请抓紧点，鲁迪。我们需要帮助。我的儿子快要死了。”

我们互相看了对方很久。最后，我点了点头，咕哝了几句。这些可怜人刚刚把他们儿子的生命托付给了我，而我不过是孟菲斯州立大学法学院三年级学生而已。他们真的相信，我会把他们堆在我面前这堆破烂带走，拿起话筒，打几个电话，写几封信，怒吼几声，威胁这威胁那的。砰！魔法一变，大利保险公司马上就会屈服顺从，在唐尼·雷身上花大笔大笔的钱。他们居然还指望这能瞬间实现呢。

他们站了起来，拘谨地离开我面前的桌子。我几乎可以确定，在保单的某个部分一定存在着某条完美无缺的小细则，可以把唐尼·雷的病情排除在承保范围之外，这种小细则勉强能读，但肯定无法看懂。诸如此类的细则都是由技巧娴熟的法律高手处心积虑起草的，几十年来，他们享受高薪厚禄，开开心心地编制保单上的附属细则。

巴迪跟着多特，曲里拐弯儿地绕过一张张折椅和聚精会神的棋手们，在咖啡壶前停住，多特倒了杯不含咖啡因的咖啡，又点了一支烟。他们蜷缩在房间的后头，啜饮着咖啡，在 60 英尺之外远远地盯着我。我一边翻着保单，整整有三十页难以辨认的、小字体印刷的附属细则，一边做点笔记。我尽量不去注意他们。

人群已经散去，大家正在慢慢离开。我已经厌倦了扮演律师的角色，这一整天真够受的，我希望我不要再有任何客户。我对法律如此无知，让我自己都震惊，一想到短短几个月后我就要站在城里各个地方的法庭上，在法官和陪审团面前与其他律师针锋相对地辩论，我就不寒而栗。我还没准备好运用起诉的权利对社会指手画脚。

法学院的日子不过是一事无成的重压下浪费的三年时光。我们耗费了无尽的时光来寻找我们永远不会需要的信息。我们去听一大堆听完即忘的讲座。我们今天辛辛苦苦背下的法律案条，明天就会被撤销、被修订。如果过去的三年里，我每周花50个小时在一位优秀的律师指导下培训，那么我也会成为一名优秀的律师。但现在，我却是法学院焦虑的三年级学生，就连最简单的法律问题都会让我感到害怕，即将来临的律师资格考试更是让我惶惶不安。

面前好像有动静，我抬头一瞥，一个胖乎乎的老头拿着巨大的助听器，正踉踉跄跄地向我走来。

第二章

一小时后，中国跳棋棋盘和双人牌戏牌桌上慵懒的战斗已经偃旗息鼓，最后一批老家伙也离开了大楼。门卫在门口等着，斯穆特把我们召到身边开始做事后总结。我们轮流简要总结各自客户的各种问题。大家都已经累坏了，迫不及待地想离开这地方。

斯穆特提了几条既没什么独创性也没什么新意的建议，在解散我们之前，他保证在下周的课上将会讨论这些老人真实的法律问题。我立刻就跑了。

我坐上了布克那辆老态龙钟的彭提亚克车，车身太大了，也不新潮，但确实比我那辆快要散架的丰田好多了。布克有两个孩子，他老婆在学校兼职教书，所以他的生活水平也是勉勉强强地在贫困线上徘徊。他学习很用功，成绩优异，正因如此，他得到了城里一家业务蒸蒸日上的黑人律所的青睐，这家事务所因其在民事诉讼方面的辉煌战绩而闻名遐迩。他的入职薪水是每年 4 万美元，比布罗德纳克斯和斯皮尔事务所给我的薪水多了 6 000 美元。

“我讨厌法学院。”当我们离开柏树花园老年居民大楼停车场时，我说。

“这很正常。”布克答道。他不讨厌任何事或任何人，有时候甚至说学习法律对他来讲是一种挑战。

“我们为什么想做律师？”

“为公众服务，与不公平现象做斗争，改造社会，你知道的，一切都是老生常谈。难道你上课没听斯穆特教授说吗？”

“我们去喝杯啤酒吧。”

“现在还不到三点钟，鲁迪。”布克很少喝酒，我比他喝得更少。因为酒太贵了，而我现在必须攒钱买吃的。

“跟你开个玩笑罢了。”我说。他开车朝法学院的方向驶去。今天是星期四，这意味着明天我将背负着体育法与拿破仑法典这两门课程的重担，它们都和老头老太法一样没什么价值，也不用花什么精力。但律师资格考试迫在眉睫，一想到这，我的手就忍不住微微颤抖。如果我没通过考试，布罗德纳克斯和斯皮尔律师事务所里那些端庄得体、固守陈规、面无笑容的好人，肯定会把我扫地出门，这意味着工作一个月后，我又会失业。律师资格考试不及格是无法想象的，这会导致我失业、破产、丢脸和饿肚子。因此，我才时时刻刻对它念念不忘。“直接送我去图书馆，”我说，“我想先处理这些案子，然后复习律考。”

“好主意。”

“我讨厌图书馆。”

“大家都讨厌图书馆，鲁迪。图书馆就是设计成让人讨厌的样子的。它主要目的是让法学院的学生讨厌它。你很正常。”

“谢谢。”

“找你的第一个老太太，伯蒂小姐，她很有钱吗？”

“你怎么知道？”

“我想我听到了点什么。”

“对。她的腰包很鼓。她想重新拟定遗嘱。她的孩子、孙子孙女们都遗弃了她，所以她想把他们从遗嘱中删掉。”

“她有多少钱？”

“2 000 万美元左右。”

布克用怀疑的眼光瞥了我一眼。

“她就是这么说的。”我补充道。

“那么，谁会继承这笔钱？”

“一个有里尔喷射机、在电视上布道的性感牧师。”

“这不是真的。”

“我发誓。”

布克一边开车穿过交通拥挤的两个街区，一边消化这件事。“听着，鲁迪，我无意冒犯你，你很棒，成绩好，很聪明，不过起草一份这么丰厚的遗产遗嘱，你觉得轻松吗？”

“不轻松。你轻松吗？”

“当然也不轻松。那你打算怎么办？”

“也许她晚上睡觉的时候就死了。”

“不会的。她精力那么充沛，没准活得比我们都长。”

“我把这个案件扔给斯穆特。或者找个税法教授帮帮我。或者干脆跟伯蒂小姐说我帮不了她，请她花 5 000 美元去找个高级税务律师来起草。我真的不在乎。我有自己的问题要操心。”

“税务局？”

“对。他们正在逼我还债。还有我的房东。”

“我要是能帮你就好了。”布克说。我知道他是真心的。他要有钱，会愿意借给我的。

“我会设法挨到 7 月 1 号的。到时，我就是布罗德纳克斯和斯皮尔律师事务所有钱有势的大律师了。我的穷日子就到头了。亲爱的布克，我一年怎么可能花完 34 000 美元呢？”

“看起来是花不掉了。你是有钱人了。”

“我是说，我靠小费和五分五分的硬币活了七年。这么一大笔钱我该怎么办？”

“再买套西装？”

“为什么？我已经有两套了。”

“或者再买几双鞋？”

“对，就这样。我要买鞋，布克。买鞋和领带，还有不是罐头的食物，可能还要买包短运动裤。”

三年来，布克夫妇每月至少请我去他们家吃两次晚饭。他老婆叫夏琳，一个孟菲斯女孩，能够精打细算地煮出美味佳肴。他们都是我的朋友，我知道，他们都为我感到难过。布克咧嘴一笑，然后看向别处。他不想拿这种不开心的事跟我开玩笑了。

他从孟菲斯州立法学院驶入了中央大道对面的停车场。“我得去办点事。”他说。

“你去吧。谢谢送我回来。”

“我六点左右回来。咱们一起准备律考。”

“好。我就在楼下。”

我砰的一声关上车门，慢慢跑过了中央大道。

在法学院图书馆地下室一个幽暗隐蔽的角落里，在堆满古老破旧的法律书籍的书架后面，一个难以察觉的地方，我心爱的研习间卡座正等着我回来，一如过去不知道多少个月的时光。这个研习间卡座是用我的名字预订的。这个角落没有窗户，有时又潮又冷，所以没什么人到这儿来。我在这个私密的小窝，往往一待就是几个小时，写写案例总结，或复习考试。而在过去几周里，我已经在这里度过了无数个难熬的时光，反复想着她究竟怎么了，反复地问自己为什么要放手让她走。我在这里折磨我自己。我的书桌三面都有大块的挡板围住，我早已熟记了每块挡板木头纹理的样子。我可以在这里哭泣，而不会被人看见。我甚至可以小声咒骂，也没有人会听见。

在我们热恋的日子里，莎拉常常来这里。我们在一起学习，两张椅子并排挨在一起。我们可以咯咯傻笑，哈哈大笑，没有人会管。我们可以亲吻，可以爱抚，也没有人会看。尽管此时心情万分沮丧，我仍然能够闻到她身上的芬芳。

我真应该在这迷宫似的、乱糟糟的图书馆再找一个地方学习。现在，当我盯着书桌前面的挡板时，我看见的是她的脸，想的是摸她大腿的感觉，我立刻心如刀绞，通体麻木。仅仅几周前，她还是在这儿的呀，而现在，不知道什么人在摸她的大腿！

我拿起布莱克的那一堆文件，上楼走到图书馆里保险法的藏书处。我动作迟缓，眼光却四处搜寻。莎拉现在很少来这里学习了，但我还是见过她几次。

我在书架间一张无人的桌子上摊开多特的文件，然后又读了一遍那封“愚蠢至极”的信函。这封信刻薄得让人震惊，很显然写信人非常确信多特和巴迪绝不会把这封信拿给律师看。我又读了一遍，开始意识到刚才那种心痛已经开始消退，疼痛总是一阵又一阵的，我正在学习跟它好好相处。

莎拉·普兰克莫尔也是法学院三年级的学生，她是我唯一爱过的女孩。四个月前，她为了当地一个常春藤盟校的名门子弟把我踹了。她对我说，他们是高中时的旧相识，圣诞节假期时他们阴差阳错地又遇见了。旧情复燃，她说她不想伤害我，但生活总得继续。到处都是流言蜚语，说她怀孕了，第一次听到这种流言时，我真的给恶心吐了。

我仔细地审查布莱克家那份大利保险公司的保单，做了好多页笔记。保单就像天书一样，我把来回信函、索赔申请以及病历报告都整理好。此时，莎拉的影子已经消散了，我越来越沉浸在散发出铜臭的保险索赔争议中。

这份保单是以每周 18 美元从俄亥俄州克利夫兰市的大利人

寿保险公司购买的。我研究了一下借记本，这是一本用来记录每周付款的小日记本。从这个本子可以得知，实际上一位名叫博比·奥托的保险经纪人曾经每周都来布莱克家拜访。

我的小桌子上堆满了各种文件，我把多特给我的资料全都研究了一遍，然后不由得想起了那位身为共产党人的客座教授马克斯·勒伯格，以及他对保险公司的深仇大恨。他一遍又一遍地说，他们统治着我们的国家。他们控制着金融界。他们垄断了房地产业。他们但凡有个风吹草动，华尔街就会上下波动一周。当利率下降、他们的投资收益暴跌时，他们就会跑去国会，要求进行侵权法改革。他们大叫大嚷，说没完没了的诉讼正在扼杀他们，那些卑鄙的庭审律师正在提起毫无意义的诉讼，想方设法地说服陪审团判给原告巨额赔偿金。必须制止这些律师，否则他们就会破产。勒伯格往往讲得怒火中烧，把书摔向了墙壁。学生们都很爱他。

他现在仍在学校里教书。我想，这个学期结束后，他就会回到威斯康星大学。如果我胆量够大的话，我应该请他帮忙研究一下布莱克家与大利保险公司的案子。他说过，他在北方几起影响极大的欺诈胜诉案件中曾经出过力，陪审团最后裁定保险公司赔偿了数额巨大的罚款。

我开始写这个案子的摘要。从保单售出的那一天开始，按时间顺序列出全部重大事件。大利保险公司以书面形式拒绝八次理赔申请。第八次拒绝当然就是那封“愚蠢至极”的信函。我简直能听到马克斯·勒伯格看到这封信时发出的口哨声和笑声。我嗅到了血腥气。

我希望勒伯格教授也能闻到这股血腥气。在法学院三楼的两个储藏室之间，我找到了他的办公室。办公室门上贴满了同性恋权利游行、抵制活动和保护濒危物种集会的传单，这些活动孟菲斯人几乎都没什么兴趣。门半掩着，我听见他在电话里大声吼叫。我屏住呼吸，轻轻地敲了敲门。

“进来！”他喊道。我缓慢地从门边走了进去。他向房间里唯一的一张椅子挥了挥手，椅子上面堆满了书、文件和杂志。整个办公室就像一个垃圾堆，堆着各种琐碎杂物、报纸和空瓶子。书架塞满了各种书，压得书架变形又下弯。墙上贴满了涂鸦海报。一堆堆零碎的纸片在地板上撒得到处都是。马克斯·勒伯格对时间和条理毫无兴趣。

他年届花甲，长得又瘦又小，一头蓬乱茂密的浅黄色头发，双手一刻也不肯停。他穿了一条褪色的牛仔裤，一件环保的运动衫和一双旧运动鞋。如果天气冷，他有时会穿袜子。他情绪如此亢奋，让我有点紧张不安。

他啪的一声，用力挂上了电话。“贝克！”

“贝勒。鲁迪·贝勒。上学期上过你的保险法课。”

“对！对！我记得。请坐。”他又朝那张椅子挥了挥手。

“谢谢。不用了。”

他有点慌乱，急忙收拾桌上的一堆文件。“有什么事吗，贝勒？”马克斯一向愿意花时间聆听别人的倾诉，所以很招学生喜欢。

“嗯，那个，你现在有空吗？”我通常会更正式地喊他“先生”或诸如此类的，但马克斯讨厌客套，坚持要我们喊他的名字。

“对，我有空。你有什么问题吗？”

“好吧，我这学期在上斯穆特教授的一门课。”我解释道，然后快速总结一下去老年大楼午餐的情况，介绍了多特和巴迪以及他们一家与大利保险公司之间的纠纷。他静静地听着，没漏过一句话。

“你听说过大利保险公司吗？”我问。

“听说过。这是一家大公司，专门向农村的白人和黑人兜售许多廉价的保险。非常下流。”

“我从来没有听说过它。”

“你不会听说过的。他们不做广告。他们的保险经纪人每周上门收取保险费。我们现在谈到的是这个行业里最肮脏最龌龊的一家公司。给我看一下保单。”

我把保单递给他，他一页页地翻看。“他们拒赔的理由是什么？”他问，一眼都没看我。

“什么理由都有。一开始他们先是笼统地拒赔，接着说白血病不属于承保范围，后来说白血病是一种既往症，然后又说那个小伙子已经成年，因而不在父母的承保范围内。他们真的很有创意。”

“保险费全都交了吗？”

"布莱克太太说都交过了。"

"这些混蛋！"他又翻了几页，露出了狡黠的微笑。马克斯喜欢这个案子。"所有文件你都看过了？"

"是。客户给我的文件，我全看过了。"

他把保单扔到桌子上。"绝对值得调查，"他说，"但要记住，客户很少会提前把什么都兜给你。"我把那封"愚蠢至极"的信给他看。他看信时，脸上又露出了狡黠的笑容。他又读了一遍，然后对我说："难以置信！"

"我也这么想。"我像一位资深的保险业监督一样补充道。

"其他文件呢？"他问。

我把一堆文件放在他的桌上。"布莱克太太给我所有的文件都在这了。她说他们付不起医疗费，她的儿子快死了。他现在体重只有110磅，活不了多久了。"

他动个不停的双手忽然停了下来。"这些混蛋，"他几乎自言自语地骂了一声，"卑鄙无耻的混蛋！"

我完全同意他的看法，但什么也没说。我注意房间角落上还有一双运动鞋，一双很旧的耐克运动鞋。他在上课时跟我们解释过，他以前穿匡威的运动鞋，但因为环保再回收政策现在他在抵制这家公司。他发动了一场针对美国企业的、小小的私人战争，如果制造商有一点点激怒他，他就再也不买他们的产品。他拒绝为自己的生命、健康或财产买保险，他可以承担因为不买保险而产生的风险，据说是因为他家里特别有钱。而我，却出于另一个显而易见的原因，成为一个没有保险的人。

给我们上课的教授大多是古板的学究，进教室讲课时都打着领带，扣好了外套的纽扣。马克斯好几十年都没打过领带，他根本不是在讲课，而是在表演。我真不希望他离开法学院。

他的双手又开始动了起来。“今晚我想把文件研究一下。”他没看我，说了一句。

“没问题。我明天早上来，方便吗？”

“当然。什么时候都方便。”

电话响了，他一把抓起话筒。我笑着离开了房间，如释重负。明天早上我会过来见他，听听他的建议，给布莱克家写一封两页纸的信函，在信中把他的建议一字不差地抄写一遍。

现在，要是能找个聪慧机敏的人来研究一下伯蒂小姐的遗嘱事宜，那就太好了。我在心中把几个税法教授列为备选对象，明天可以找他们试一试。我下了楼，进了图书馆隔壁的学生休息室。整栋大楼里只有这个房间允许吸烟，所以灯光下永远蓝色烟雾缭绕。房间里有一台电视，还有各种各样破旧的沙发和椅子。房间墙上挂着班级的集体照，镜框里那些勤奋好学的学生，早就被送到了法律的战场上厮杀。休息室空荡无人时，我常常会望着墙上照片里的学长们，想着他们中间有多少人已经被吊销了律师资格，有多少人希望他们从未来过这个地方，还有多少人是真的喜欢打官司和做辩护。有一面墙专门用来张贴通知、海报和让人眼花缭乱的招聘启事，墙后面是一排饮料和食品的自动售货机。我经常在这吃饭，因为机器贩卖的食物价格低廉。

我看见可敬的 F. 富兰克林·唐诺尔森四世正在角落里和他的三个哥们儿闲聊，他们都是《法律评论》尖酸刻薄的撰稿人，对我们这些非作者的普通同学向来不屑一顾。他也看到我了，好像我引起了他的兴趣。我走过时，他不同寻常地朝我笑了笑——他平时总是板着个脸，双眉紧蹙。

“喂，鲁迪，听说你要去布罗德纳克斯和斯皮尔事务所工作，是吗？”他大声问我。电视机没开。他的哥们儿都紧紧地盯着我。坐在一张沙发上的两位女学生也听到了，朝我望过来。

“是的，怎么了？”我问。他要去的那家事务所，闻名遐迩，有权有势，卓尔不凡，比布罗德纳克斯和斯皮尔不知道要好多少倍。此刻跟他在一起的三个哥们儿，W. 哈珀·惠特森是个傲慢无礼的小跟班，谢天谢地，他会离开孟菲斯，去达拉斯市一家大律所上班；另一个是 J. 汤森·格罗斯，他也在一家大律所找到了工作；最后一个是詹姆斯·斯特雷耶毕克，他有时候挺和善的，可惜在法学院苦读了三年，也没能像富兰克林那样，在名字前面加个大写字母，在姓后加上 ×× 世来凸显自己的身份。他名字这么短，在大律所里的前途一定岌岌可危。我怀疑他是否能成功。

F. 富兰克林四世向我走了一步，笑容满面。“好吧，告诉我们发生了什么事。”

“怎么了？”我不知道他在说什么。

“是的，你知道，关于合并的事。”

我板着脸：“什么合并？”

“你没听说吗？”

“听说什么？”

F. 富兰克林四世瞥了瞥他的三个哥们儿，他们全部笑嘻嘻的。他看着我，笑得更灿烂了。“哎，鲁迪，就是布罗德纳克斯和斯皮尔被延利·布里特合并了。”

我静静地站着，拼命想说出一句俏皮话。可是，此时此刻，我哑口无言。很明显，我对合并之事一无所知；而显然，这该死的家伙却对此略有耳闻。布罗德纳克斯和斯皮尔事务所很小，只有 15 名律师，我是他们在我们班招聘的唯一一名学生。两个月前我们谈论雇佣合同时，他们一个字也没提过合并的事。

与此同时，延利·布里特事务所却是本州最大、员工最多、声誉最佳、最有钱的律所。律师多达 120 名，而且大多毕业于常春藤盟校，很多人的家里都有人曾在联邦政府任职。这家有权有势的律师的客户都是财力雄厚、树大根深的公司和政府机构。它在华盛顿设有分所，配备了各种精英。它是强硬保守政治的堡垒，其中一位合伙人曾任参议员。他们的律师每周工作 80 个小时，全都穿着海军蓝或黑色的西装和白色纽扣衬衫，打条纹领带，头发很短，脸上不许留胡须。从他们的举手投足，从他们身上的服饰，你就可以在人群中一眼认出来谁是延利·布里特事务所的律师。这家律所的员工是清一色的富家子弟，都是名牌大学毕业，参加过有名的兄弟会，所以在孟菲斯法律界被戏称为“特伦特与布伦特”。

J. 汤森·格罗斯双手插在裤兜里，带着奚落的笑看着我。

他的成绩在我们年级排名第二，穿着浆得笔挺的 Polo 衫，开一辆宝马，所以他轻而易举地就进了特伦特与布伦特律所。

我的腿都软了，因为我很清楚特伦特与布伦特绝对不会要我的。如果布罗德纳克斯和斯皮尔律师事务所真的被这样的大所合并，那么在洗牌过程中我就会被扔掉。

“我没听说过。”我虚弱地说。沙发上的姑娘们正聚精会神地看着。鸦雀无声。

“你是说他们没有告诉你？”F. 富兰克林四世不相信地问道。“杰克今天中午左右听说的。”他说，朝 J. 汤森·格罗斯点点头。

“是真的，”J. 汤森说，“不过律所的名称不变。”

律所名称，如果不是特伦特与布伦特，那就是延利与布里克与拉福特与迈耶兹和圣约翰。幸运的是，多年前有人选择了缩略版。通过声称律所名称不变，J. 汤森向这几个观众表明了，布罗德纳克斯和斯皮尔律所太小了，微不足道，以至于延利·布里特可以一口把它吞并，连个声响都没有。

“所以，仍叫特伦特与布伦特律所？”我问 J. 汤森。他对这个有点过分的绰号，付之一笑。

“我不相信他们没有告诉你。”F. 富兰克林四世继续说。

我耸了耸肩，好像这不算什么。等走到了门口，我说：“也许你太操心了，富兰基。”他们扬扬自得，肆意地哈哈大笑，似乎他们已经顺利完成了预期的任务。我离开了休息室，走进图书馆。前台后面的管理员向我招手。

“有人给你留了讯息。”他边说边递给我一张小纸片。上面让我给布罗德纳克斯和斯皮尔律所的主管合伙人劳埃德·别克回个电话，不久前就是他录用了我。

公用电话在休息室，可是我不想再见到F. 富兰克林四世和他那些狐朋狗友。“我可以借你的电话用一下吗？”我问管理员。他是一名二年级学生，可他那样子就好像图书馆是他的。

“公用电话就在休息室。”他边说边用手指了指，好像我在这学了三年法律却仍然不知道学生休息室在哪似的。

“我刚从那过来，那里的电话都用着呢。”

他皱皱眉头，看了看四周。“好吧，你得快点。”

我用力按下布罗德纳克斯和斯皮尔律所的号码。现在快18:00了，而秘书们17:00就下班。电话铃声响了九次，一个男声利索地说：“你好。”

背对着图书馆前台，我尽量藏在预留书架之间。“你好，我是鲁迪·贝勒。我现在在法学院。有人给我留讯息让我给劳埃德·别克回电话，说是急事。”纸条上并没有说急不急，但此刻我已经有点神经质了。

“鲁迪·贝勒？你有什么事？”

“我就是你们不久前刚聘用的那个学生。您是？”

“哦，是的。贝勒。我是卡尔森·贝尔。劳埃德在开会，现在不能打扰。你一小时后再打过来看看。”

他们带我参观律所时，我曾见过卡尔森·贝尔一面。在我印象中，他是那种典型的爱折磨人的诉讼律师，对你客气一秒钟，然后又回去专注于工作了。“呃，贝尔先生，我想我必须和别克先生谈一谈。”

“对不起，现在不行。好吗？”

“我听见有流言说你们所将被特伦特，嗯，被延利·布里特律所合并。这是真的吗？”

“哎，鲁迪，我现在很忙，不能跟你聊。一个小时后你再打过来，劳埃德会处理你的事情。”

处理我的事情？“我的职位还在吗？”我既绝望又担心地问。

“一小时后再打过来。”他不耐烦地说，用力挂掉了电话。

我在一张纸条上潦草写了一条信息，交给了前台管理员：“你认识布克·凯恩吗？”

“认识。”

“好。他过几分钟就来。把这张纸条给他。跟他说一小时后我就回来。”

他咕哝几声后收下了纸条。我离开图书馆，在休息室旁休息，暗暗祈祷不要有人看到我，然后离开了大楼来到停车场，我的丰田车正等着我。我希望引擎能发动起来。为了这辆晦气的破车，我至今还欠着一家财务公司将近300美元，对此我讳莫如深。就连布克我都没敢说，他以为车款已经付清了呢。

第三章

孟菲斯市律师多如牛毛，这早已不是什么秘密了。刚进法学院时，他们就跟我们说，这个行业人满为患，不仅在本市如此，而且在全国也一样，我们中的某些人即使苦熬三年，拼命考了律师资格证，也不一定能找到工作。所以，为了给大家帮点忙，在第一年的入学介绍会上，他们就告诉我们，他们至少要淘汰三分之一的学生。这一点，他们做到了。

在下个月和我同时毕业的同学中，我至少能说出十个人的名字，他们在毕业后会有充分的时间来准备律师资格考试，因为他们还没找到工作。上了七年大学，竟然失业！我还能举出几十名同学的名字，毕业后他们将要担任公设辩护人的助理、市检察官助理，或给薪酬不高的法官做低薪的书记员。我们刚进法学院时，他们根本没提起过还有这些工作。

所以，从很多方面来讲，我都有理由为自己能在布罗德纳克斯和斯皮尔律所找到工作而感到骄傲，毕竟这是真正的律所职位。是的，跟那些出类拔萃的人才在一起，我有时还真那么有点得意，因为有些人至今还在四处奔波，求着人面试呢。

可现在，这股傲气已经荡然无存了。当我开车去市区时，心一直在揪扯地痛。在特伦特与布伦特这样的律所里，我是不会有容身之处的。丰田车像往常一样发出噼里啪啦的噪声，还冒出浓烟，但至少它还在向前挪动。

我试着分析这次合并。几年前，特伦特与布伦特律所吞并了一家拥有 30 名律师的律所，当时还轰动一时。但我想不起来合并过程中是否有人丢了工作。他们为什么要吞并像布罗德纳克斯和斯皮尔这种只有 15 名律师的小律所呢？我突然意识到我对未来的雇主所知甚少。布罗德纳克斯老头几年前就去世了，他那张粗壮的脸却在律所门前的一尊可怕的半身铜像上永垂不朽。斯皮尔是他的乘龙快婿，不过早就和他的女儿离婚了。我只匆匆见过斯皮尔一面，他人还不错。不记得是第二次还是第三次面试时，他们曾告诉我：他们最大的客户是几家保险公司，80%的业务是为车祸案件出庭辩护。

也许特伦特与布伦特是在为他们的车祸辩护部门增兵添将吧。谁知道呢。

波普拉大街上车辆拥堵，但幸好这些车跟我都不是去往同一个方向。我已经能看到市中心耸立的高楼大厦了。劳埃德·别克、卡尔森·贝尔以及律所里其他律师是不会在做出了种种承诺和计划后，仅仅为了钱就把我弃之不顾的。他们不会因为想要跟特伦特与布伦特律所合并，而不保护自己人的，不是吗？

在过去的一年里，即将和我一起毕业的那些同学们为了找工作已经把这个城市翻了个底朝天，现在不可能再找到任何有空缺的职位了。哪怕是有一点点希望的就业机会，他们都不会放过的。

尽管停车场空荡荡的，空车位很多，但我还是没有遵守交通规则把车停在布罗德纳克斯和斯皮尔事务所所在的八层办公大楼的街对面。两个街区之外，有一栋银行大楼是本市最高的建筑物，特伦特与布伦特律所租了这栋建筑物的所有中上层楼面。他们高高在上，当然可以轻蔑地俯视城市的其余部分。我讨厌他们。

我快步穿过街道，走进鲍威尔大楼肮脏的大堂。大堂左边有两部电梯，但我却在右边看见了一张熟悉的脸。理查德·斯佩恩是布罗德纳克斯和斯皮尔律所的一名律师。他人很好，我第一次来律所时就是他带我去吃的午餐。他坐在一张狭窄的大理石长凳上，茫然地望着地板。

“理查德，”我边走边说，“是我，鲁迪·贝勒。”

他一动不动，神情茫然。我在他旁边坐下来。电梯就在我们 30 英尺远的正前方。

“理查德，你怎么了？”我问他，他呆呆的，“理查德，你没事吧？”小小的大堂此刻空无一人，悄然无声。

他缓慢地把头转向我，嘴巴微微张开。“他们把我开除了。”他轻轻地说。他眼睛通红，不是一直在哭，就是在借酒消愁。

我深深吸了一口气。“谁？”我低声地明知故问。

“他们把我开除了。”他又说了一遍。

“理查德，请你跟我说说，这里发生了什么事？谁被开除了？”

“他们把我们这些普通律师统统开除了，”他缓慢地说，“别克把大伙儿叫到会议室，说合伙人已经同意把律所卖给延利·布里特律所，所里没有我们的位置了。就这样。给了我们一个小时收拾东西，离开大楼。”他说话的时候，头奇怪地摇来摇去，双眼直盯着电梯门。

“就这样？”我说。

“我想你在担心你的工作吧。”理查德说，眼睛还是盯着电梯门。

“这确实是我的一桩心事。”

“这些混蛋是不会为你着想的。”

当然，我跟他所见略同。“他们为什么开除你们？”我问，声音细得几乎听不见。老实说，我并不在乎他们为什么开除了所有普通律师，我只是尽力让自己听起来真诚。

“特伦特与布伦特律所想要我们的客户，”他说，“为了得到客户，他们就得买通事务所的合伙人。我们这些律师只会碍他们的事。”

“真遗憾。”我说。

“我也是。会议上提到了你的名字。因为你是唯一的新同事，所以有人提起了你。别克说他在设法给你打电话跟你说这个坏消息。你也被开除了，鲁迪，我很抱歉。”

我怏怏不乐地看向地板，两只手都是汗。

“你知道我去年赚了多少钱吗？”他问道。

“多少钱？”

“8 万。我在这里做牛做马干了六年，每周工作 70 个小时，为了布罗德纳克斯和斯皮尔律所兢兢业业、忘我工作，为律所耗尽心血，你知道吗，最后这些混蛋告诉我，我必须在一小时之内收拾东西，滚出我的办公室。他们甚至还让安保人员在旁边监视我收拾东西。他们是给了我 8 万的工资，可是我一年帮他们开出了 2 500 个小时的账单，每个小时收费 150 美元，去年为他们挣了整整 37.5 万美元啊！他们给了我 8 万，给了我一块金表，说我特别棒，没准过几年就能升为合伙人了，你懂吗，快乐和谐大家庭的一分子。可现在特伦特与布伦特律所拿着几百万美元现金来合并，我就失业了。你也失业了，伙计。你知道吗？你知道你还没开始正式工作就失业了吗？”

我不知道该说什么。

他轻轻地把头搭在左肩上，不再看我。“8 万美元。也是一大笔钱啊。你不觉得吗，鲁迪？”

“是不少。”对我来说，是一大笔钱。

“再也找不到能挣这么多钱的工作了，你知道吗？在本城是不可能的了。都没有空闲职位了，该死的律师又多得不能再多。”

确实如此。

他用手揉了揉眼睛，然后慢慢地站了起来。“我得回去告诉老婆。”他喃喃自语，弓着背穿过休息厅，走出大楼，消失在人行道上。

我坐电梯到四楼，进入一个小小的前厅。透过一组双层玻璃门，我看到一个身材高大的、穿着制服的保安站在前台附近。我走进布罗德纳克斯和斯皮尔律所的办公室房间时，他嘲讽地看了看我。

“有什么能为你效劳的吗？”他低声咆哮道。

“我找劳埃德·别克。”我一边说，一边想偷偷地往走廊那边望一望。他微微动了动，恰好挡住我的视线。

“你是哪位？”

“鲁迪·贝勒。”

他俯身从桌子上拿起一个信封。“这是给你的信。”信封上用红墨水写着我的名字，我打开来，里面是一封简短的信。我一边读，手一边在颤抖。

他的对讲机在嘎嘎作响，他慢慢向后退。“看完信就走。”他说，然后消失在大厅里。

劳埃德的信只有一段话，温和地跟我说了辞退的事宜，并致以美好的祝愿。而合并，则是“突如其来、意想不到的”。

我把信摔到地上，四周望望，看看还有什么可以撒撒气。走廊后面寂然无声。我敢肯定他们一定蜷缩在紧锁的门后，等着我和其他被开除的倒霉鬼离开。门边混凝土基座上放了一尊青铜雕刻的布罗德纳克斯半身像，他那张肥头大耳的脸真让人烦躁，我走过时唾它了一口。它一点也没躲。我在电梯门开的时候，推了它一下。底座一晃，人头落下来。

“喂！”我身后传来一声大吼，就在那座半身像砸破玻璃墙的一瞬间，我看见那个保安冲我跑过来。

曾经有万分之一秒的瞬间，我脑子里闪过向他道歉的念头，可很快我就冲进了前厅，又猛地拉开了楼梯间的大门。他在我身后大喊大叫。我早已飞奔下了楼。他老态龙钟，身躯肥胖，追不上我。

我从电梯旁边的一道安全门出来，穿过了空无一人的大堂，然后镇定自若地走出大厦的大门，来到了人行道上。

快 19:00 了，天几乎全黑了，我把车停在了六个街区外的一家便利店门口。一张手绘招牌上写着：一盒啤酒六瓶，只卖三美元。我需要价廉物美的啤酒，来个一醉方休。

两个月前，劳埃德·别克雇用我时说，我成绩好，写作能力强，面试很成功，所里的职工们异口同声地说我适合这个工作。一切都非常美好。在历史悠久的布罗德纳克斯和斯皮尔律所上班，前程似锦。

而当特伦特与布伦特律所扔过来几个臭钱时，所里的那些合伙人立刻就奔走钻营。那些贪心不足的混蛋一年挣 30 万还不够，还想捞更多。

我走进便利店买了啤酒。付完钱后，我口袋里仅剩四块多零钱，银行账户里的存款也没比这多几块。

我坐在电话亭旁边的车里，喝光了第一瓶啤酒。自从几小时前，跟多特、巴迪、博斯科和伯蒂小姐一起吃了一顿美味的午餐外，我还什么都没有吃。或许我当时应该像博斯科一样，多吃一份黄果冻。冰冷的啤酒落入辘辘饥肠，立刻发出呜呜的哀鸣。

六瓶啤酒很快就喝光了。我开着车在孟菲斯市的街道上瞎转悠，时间正一点点地流逝。

第四章

我住在汉普顿这座破旧砖房二楼的两室公寓里，房间肮脏破旧，月租 150 美元，我很少按时支付。一个街区之外，就是熙熙攘攘的商业区，离学校也仅有一英里远。我在这里住了快三年。我最近常常谋划着半夜时分偷偷溜走，然后再找一个按月付房租的公寓，作为我下一年度的住所。到目前为止，这个计划总是把布罗德纳克斯和斯皮尔律所的那份工作和每月的薪水考虑在内。汉普顿住满了学生，全是像我这种赖账的人，房东也习惯了经常讨债。

我到家的时候，已经快 2:00 了，停车场黑灯瞎火，静悄悄的。我把车停在垃圾箱附近，当我从车里钻出来关好门时，突然听见附近有动静。一个男人迅速地从车里出来，砰的一声关上车门，直冲着我走来。我呆呆地站在人行道上。四周一片黑暗，夜深人静。

"你是鲁迪·贝勒吗？"他当着我的面问。他是个普通的牛仔，脚蹬牛仔尖头靴，穿李维斯牌的紧身牛仔裤、牛仔衬衫，头发胡子都修剪得很整洁，他嚼着口香糖，看起来一副要跟我干一架的样子。

“你是谁？”我问。

“你是鲁迪·贝勒吗，是还是不是？”

“是。”

他从后裤袋里抽出几张纸，塞到我脸上。“那就对不起了。”他真诚地说。

“这是什么？”我问。

“传票。”

我缓慢地拿过传票。光线太暗了，看不清，但是我明白了。“你是送传票的？”我垂头丧气地问。

“对。”

“税务局？”

“对，还有汉普顿。他们要把你扫地出门。”

如果我脑子清醒，手上拿一份把我驱逐出门的传票，我大概会非常震惊。但是今天我已经震惊一整天了，没有什么能惊到我了。我瞥了眼灰暗阴沉的汉普顿公寓，草坪上有乱七八糟的垃圾，人行道上疯长的杂草，我也想知道当初这个破破烂烂的地方是怎么吸引我的。

他后退了一步。“全在这了，”他解释说，“开庭日期、律师姓名等等，你可以打几个电话解决这个问题。但这不关我的事，我只是做我的工作而已。”

这算是什么工作！鬼鬼祟祟地躲在暗处，猝不及防地蹦出来吓人，把传票递到人们脸上，给几条毫无用处的免费法律建议，然后溜之大吉，再去吓唬其他人。

他走了几步又停下来说："喂，你听好了。我以前当过警察，车里现在还装着警局的对讲机。几个小时前有一条古怪的讯息。说是一个叫鲁迪·贝勒的人砸了市中心的一家律所。这些信息描述跟你很像。汽车的型号和牌子也一模一样。我猜可能不是你。"

"如果真是我呢？"

"那也不关我的事，真的。但警察在找你。损坏私人财产。"

"你是说，他们会逮捕我？"

"是的。如果是我，今晚会找个别的地方睡觉。"

他匆匆钻进了他的宝马车里。我目送着他开车离开。

布克在他那干净整齐的联排房屋的门廊上等着我。他在睡衣外面套了一件佩斯利花纹的浴袍，没穿拖鞋，光着脚。在我法学院的同学当中，除了我之外，布克算是唯一的穷学生，整天得精打细算地想着什么时候才能上班，但他很注重时尚。他衣柜里的衣服不多，但每一件都是精挑细选的。"到底出了什么事？"他紧张地问，眼睛依然有些浮肿。我用街角处青年食品超市的公用电话给他打了电话。

"非常抱歉。"我一边跨进他家，一边说。我看见夏琳正在小厨房里煮着咖啡，她也穿着佩斯利花纹的浴袍，头发向后梳，眼睛浮肿。我能听到后面有个孩子在叫。快 3:00 了，我把他们全家都吵醒了。

“坐下，”布克说，拉着我的胳膊，轻轻地把我推到沙发上。“你喝酒了。”

“我喝醉了，布克。”

“有什么特别原因吗？”他站在我面前，像一个生气的父亲。

“说来话长。”

“你在电话里提到过警察。”

夏琳在我旁边的桌上放了一杯热咖啡。“你还好吧，鲁迪？”她声音甜美地问道。

“好极了。”我说，真的像个自以为是的混蛋。

“你去看看孩子。”布克对她说，然后她就走了。

“对不起。”我又说了一遍。布克坐在咖啡桌的边上，离我很近，等着我说。

我头痛欲裂，但我没喝咖啡。我把昨天下午我们俩分开后发生的事情，一件件告诉他。我的舌头又僵又沉，说话不利索，我只能振作精神，慢条斯理地说。夏琳悄悄坐到离我最近的椅子上，非常关心地听着。“我很抱歉。”我小声对她说。

“没关系，鲁迪。没关系的。”

夏琳的父亲是田纳西州乡下某个地方的牧师，她对酗酒或其他不良行为一点都不能忍受。我虽然和布克在法学院一起喝过几次酒，但都是藏着掖着的。

“你真喝了半打啤酒？”布克不相信地问道。

夏琳离开我们，去照管后面开始又哭又闹的孩子。我最后说到送传票的人、被国税局起诉、被公寓扫地出门，才算说完了。这真是精彩绝伦的一天。

“我得努力找到一份工作，布克。”我一边喝咖啡一边说。

“你可真是捅了马蜂窝啊。三个月后我们要参加律师资格考试，接着还有资格审查委员会的审查，要是你因为这些事被逮捕或定罪，你的法律生涯就算完了。”

我没想到这一点。我真是头痛欲裂，头皮怦怦地跳。“我能吃个三明治吗？”我觉得恶心。喝第二盒六瓶装的啤酒时，我虽然吃了一袋椒盐薄脆饼，但这是我和博斯科、伯蒂小姐共进午餐后唯一吃过的东西。

夏琳在厨房听到了我说的话。“来点培根和鸡蛋，怎么样？”

“好的，夏琳。谢谢你。”

布克考虑了一下。“再过几个小时，我给马尔文·尚克尔打个电话。让他跟他哥们儿打个电话，也许能跟警察疏通关系。我们不能让他们逮捕你。”

“听起来不错。”马尔文·尚克尔是孟菲斯最有名的黑人律师，也是布克未来的老板。“打电话时，你顺便问一下，他那儿缺不缺人手。”

“行。你想在一家维护民权的黑人律所上班吗？”

“现在，哪怕是专办离婚案的韩国律所，我都愿意去。我没有恶意，布克。我必须得找份工作。我眼看就要破产了，哥们儿。可能还有其他的债主，躲在树丛里拿着文件等着机会向我扑过来。我不能这样。”我在沙发上缓缓躺下。夏琳在煎培根，浓浓的食物香味在房子里飘荡。

“那些传票在哪里？”布克问。

“在车上。”

他离开了房间，一会儿就回来了。他坐在椅子上，认真地研究税务所的起诉书和公寓驱逐我的文书。夏琳在厨房里忙来忙去，给我又拿来了咖啡和阿司匹林。已经3:30了，孩子们终于安静地睡着了。我觉得安全和温暖，甚至有了一种被爱的感觉。

我的头在慢慢旋转。我闭上眼睛，终于迷迷糊糊地睡着了。

第五章

下午我选修的两门课已经下课几个小时后，我才像条在灌木丛中潜行的蛇一样，鬼鬼祟祟地溜进了法学院。现在还学什么体育法？还学什么拿破仑法典选读？可笑至极！我来到图书馆底层无人光顾的那个角落，藏在我的小窝里。

布克把在沙发上睡着的我叫醒，他满怀希望地告诉我，他已经和马尔文·尚克尔谈过了，事情正在处理，有人给警长打了电话。尚克尔先生觉得解决这个问题挺有戏的。尚克尔先生的哥们儿是某个刑事法庭的法官，万一对我的指控不能撤销，还可以再想想其他办法。不过警方一直都没有消息，不知道他们是否还在追捕我。布克会再打几个电话，随时通知我。

布克已经在尚克尔律所有了一间自己的办公室。他在那里兼职了两年多，学到的东西比我们其他五个人加起来的都多。课间休息时，他给秘书打电话，约好跟客户见面的时间，并告诉我这个或那个客户的情况。他一定会成为一个特别厉害的大律师。

因为宿醉，我头脑不清醒。我在便笺上把重要的事情写下来，例如，我现在已经成功进入了法学院大楼而且没有被人发现，下一步该采取什么行动？我要在这儿等上几个小时，到时法学院就人去楼空了。现在是星期五下午，一周中最悠闲最漫长的时光。我要悄悄溜到学院的就业办公室去，然后绞尽脑汁、竭尽全力地纠缠主任。如果运气好，说不定还可以在政府部门找到一个薪水不高的工作，说不定还有那些毕业的同学都不愿意去，而且现在还肯向聪明能干的法学院高才生给年薪 20 000 美元的工作呢。或许也说不定，哪一家小公司忽然要再招一位公司法务呢。事到如今，我也没有什么别的选择了。

孟菲斯法学院有一个传奇，主人公是法学院毕业生乔纳森·莱克，跟我一样，他毕业时没能在市里的大律所找到工作。那是 20 年前的事情了。由于得不到那些正规律所的偏爱，莱克干脆租了间办公室，挂出了小小的律师招牌，宣称已开始执业，随时可以替人打官司。他先是好几个月都没有开张，然后在某个晚上骑摩托车出了车祸，他在圣彼得的慈善医院醒来时发现自己摔断了一条腿。没过多久，隔壁病床也来了个因摩托车车祸受伤的小伙子。这小伙子浑身上下都是伤，属于严重烧伤。他女朋友身上的烧伤更严重，没几天就不治身亡了。莱克和这个小伙子成了朋友，并接下了这两个案子。后来调查发现，开车撞人的猎豹车司机是市里排名第三的大律所的高级合伙人，他先是撞了停车标志，接着撞翻了莱克那两个客户骑的摩托。而六个月前，正是这个人面试了莱克。他撞上停车标志时，属于酒后驾车。

莱克怀着复仇之心起诉他。那位酗酒的高级合伙人投保的金额巨大，所以保险公司立刻把钱大把大把地扔向莱克。每个人都想迅速了结此案。通过律师资格考试才6个月，乔纳森·莱克便以260万美元赔偿金结束了此案。现金，没有长期支付款项，全部都是闪亮的现钱。

传说当他们两个人都躺在医院时，烧伤的那个小伙子就跟莱克说过，因为莱克这么年轻，又刚刚毕业，无论赔偿金有多少，两个人都对半分。莱克对此铭记在心。骑摩托的小伙子信守了诺言。据说莱克最后拿到了130万美金。

如果我是他的话，我会带着130万美金驾一艘双桅帆船，边喝朗姆酒，边驶去加勒比海。

但是，莱克没这么做。他成立了一家律所，招聘了秘书、律师助理、跑腿打杂人员和调查人员，认认真真地进入了诉讼业。他每天工作18个小时，任何人做了任何错事他都敢起诉。他刻苦钻研，努力提高业务水平，很快就成为田纳西州最炙手可热的出庭律师。

20年后，乔纳森·莱克依然每天工作18个小时。他的律所有11名普通律师，没有合伙人，但接的大案子比谁都多，据说他现在每年的收入高达300万美金左右。

他花钱大手大脚。一年300万美金的收入在孟菲斯这种地方很难不惹人注目，所以乔纳森·莱克一直都是城中的热门话题。关于他的传说也越传越玄乎。每年不知有多少学生是因为乔纳森·莱克才考进了这家法学院。他们都心怀梦想。有些法学院毕业生毕业时并不找工作，他们只想在城里有一个挂着自己小小名牌的房间。他们苦其心志，劳其筋骨，饿其体肤，就像莱克起步时那样。

我猜，他们也像他那样骑摩托出行。也许这就是我的必由之路。也许这就是希望。我和莱克一样有希望。

我去找马克斯·勒伯格的时机不对。他当时正在边打电话边挥舞双手，像喝醉了的水手一样飙脏话。电话跟圣保罗市的一起案件有关，他必须出庭替那起官司作证。我假装在本子上涂涂写写，眼睛看着地板，尽量不去听他在桌子后面跺脚，不停地拽拉电话线。

他挂了电话。“你抓住了他们的要害。”他一边伸手在乱糟糟的桌上找东西，一边飞快地跟我说。

“抓住了谁的要害？”

“大利保险公司。昨晚我把那堆文件全都看完了。典型的借方保险欺诈。”他从角落里拿出一个活动文件夹，坐回椅子上。“你知道什么是借方保险欺诈吗？”

我觉得自己是略懂皮毛的，但我怕他会刨根问底，于是说：“不太清楚。”

“黑人把它称为‘街头保险’，就是挨家挨户卖给低收入人群、售价低廉的保单。销售保单的保险经纪人大概每星期都会来收取保险费，然后在被保险人保存的付款簿上记下借方。他们以欺诈未受过教育的人为生，等到投保的人凭保单要求理赔时，他们无一例外会一口拒绝。对不起，因为这个或那个原因，你的赔付申请不在承保范围之内。他们编造拒赔的理由，可是非常有创意的。”

“他们不会被起诉吗？”

“很少。研究表明，在拒赔欺诈的纠纷当中，只有三十分之一的案件最后会诉诸法庭。保险公司对此非常清楚，他们会把这当成一个重要的考虑因素。你要知道，他们欺骗的对象是底层的人，是那些害怕律师和法律制度的普通百姓。”

“如果他们被起诉了，会怎么样？”我问。他朝一只虫子或苍蝇拍了一下，两张纸从桌子上飞起来，掉到了地上。

他把指关节掰得咯咯直响。“一般来说，赔得不多。就全国来说，保险公司确实有几次曾被判罚巨额惩罚性赔款。我自己也参与过两三次这样的案子。但陪审团不会愿意让那些购买廉价保险的普通人成为百万富翁。你想想看，假如原告有 5 000 美元的医疗费账单，明显属于承保范围之内，可是保险公司拒绝支付。而该保险公司的资产，比如说，却值两亿美元。在庭审时，庭审原告律师要求陪审团裁决，除了赔付 5 000 美元外，同时要求赔偿几百万美元以惩罚保险公司的不法行为。但这很少奏效。陪审团会同意给那 5 000 美元的医药费，外加 10 000 美元作为罚款，最后赢家还是保险公司。”

“但唐尼・雷・布莱克快要死了。他会死是因为他没有得到根据保单他本应得到的赔偿，以至于错失了骨髓移植手术。

我说的对吗？”

勒伯格朝我邪魅一笑。“你也够可以的。你这是在假设他的父母把全部实情都告诉你了，但假设终归是靠不住的。”

“但如果所有的情况都已经在这些文件里了呢？”我指着那些文件问道。

他耸耸肩，点点头，笑了笑。“那它就是一个好案子。不是多么了不得的案子，但确实是好案子。”

“我不明白。”

“这很简单，鲁迪。这里是田纳西州。本州的法庭赔偿裁决不会超过五位数。这里没有人得到过惩罚性损害赔偿。陪审团非常保守，人均收入又很低，要想让陪审员把普通人变成有钱人，困难重重。在孟菲斯市想要得到一个相当不错的公正裁决，更是难上加难。”

我敢打赌，乔纳森·莱克会让陪审团作出一个不错的公正裁决。假如我把这件案子交给他，他或许分我一杯羹。尽管宿醉未消，但我的心情已经开始变好。

“那我该怎么办？”我问。

“起诉那些混蛋。”

“我还没有律师执照呢。”

“不是让你自己亲自出庭起诉。你在城里找一个炙手可热的出庭律师。代表布莱克家打几个电话，和律师谈一谈。给斯穆特写一份两页的报告，你就完事了。”

电话铃响了，他跳起来，把文件推到了我面前，说道：“这里有张清单，列举了州里三十多个欺诈案件，如果你有兴趣，可以看看。”

“谢谢。”我说。

他挥手示意我离开。我离开他的办公室时，他又开始拿着电话大吼大叫。

法学院会让人厌恶案例研究工作。我已经在法学院待了三年，一半的时光都用在翻阅破旧的书籍、寻找古旧的案例上，以支持几十年来任何一个神志清醒的律师都不会想起一次的原始法律理论。他们喜欢派你来这里寻宝。那些在现实法律世界中毫无用处的教授们认为，让我们追寻那些隐晦费解的案例，写出毫无意义的法律理由书是一种很好的训练，这样我们就可以拿到高分，作为训练有素的年轻律师进入法律界。

在法学院的头两年尤其如此。现在没那么糟糕了。可能这种训练方法会让人发疯。我听说很多大律所让新来的员工到图书馆里像奴隶一样写两年案例摘要和庭审备忘录的故事。

一个人在宿醉未消时进行法律研究，时间对他而言已经没有任何意义。头痛欲裂，手抖如筛糠。星期五晚些时候，布克在我的小单间里找到了我。我的桌子上乱七八糟地散落着十几本打开的书，那是勒伯格必读案例清单中的案例。“你感觉怎么样？”他问我。

布克穿着外套，打着领带。毋庸置疑，他一直在办公室，像个真正的律师一样接听电话和使用录音电话机。

“我没事。”

他跪在我旁边，盯着那堆书。“你在看些什么？”他问。

“不是律师资格考试的书，是为斯穆特的课做点研究。”

“你从来没有为斯穆特的课做过研究。”

“我知道，所以有点内疚。”

布克站了起来，靠在我的研习间上。“两件事，”他说，声音小得像喃喃细语，“尚克尔先生认为在布罗德纳克斯和斯皮尔律所发生的那桩小纠纷，已经处理好了。他打过几个电话，得到了保证，所谓的受害者并不想提出指控。”

“很好，”我说，“谢谢你，布克。”

“不用谢。我看你现在出去不会有什么问题了，如果你能扔下你手头进行的研究的话。”

“我会试一下。”

“第二件事，我跟尚克尔先生聊了很久。刚刚离开他的办公室。但他那边此时没什么空闲职位。他已经雇了三个律师，我和另外两位来自华盛顿的新同事，他还不知道怎么安顿我们呢，他还在找新的办公室。”

“你不用那么做，布克。”

“是没必要，可我愿意。这不算什么事。尚克尔先生答应去打探一下，四处问一下。你知道，他认识很多人。”

我感动得说不出话来，24 小时前。我还拥有一份报酬丰厚工作的承诺，现在我却在求一些素不相识的人帮我去找一些微不足道的工作机会。

“谢谢。”我咬着嘴唇，盯着手指说。

他瞥了一眼手表。“我得走了。明天早上你想复习律考吗？”

“当然。”

“我给你打电话。”他拍拍我的肩，然后走了。

16:50，我走上楼梯，到了主楼，离开了图书馆。我现在不担心警察会找我，不怕面对莎拉·普兰克莫尔，甚至也不担心传票送达人会再来找我。我一点也不怕会遇见让我不开心的同学们了，今天星期五，他们都离开学校了，法学院里空无一人。

就业办公室在主楼里，靠近大楼前面，那就是管事的地方。我一边走，一边瞥了一眼走廊里的布告栏。那里常常贴满了各种各样的招聘启事，有大律所和中型律所的，有独资公司的，有私营公司的，还有政府机构的。我迅速瞥了一眼就明白了，布告栏里果然没有一张招贴；每年这个时候，都没有空闲的职位。

马德琳·斯金纳负责就业办公室好几十年了。传闻她要退休了，但有人说她每年都以退休为威胁，想从院长那里得到点什么。她只有60岁，看上去却像70岁了。她身材瘦削，一头花白短发，眼睛周围的皱纹层峦叠嶂，办公桌上的烟灰缸永远搁着一支点燃的香烟。据说她每天抽四包烟，这有点滑稽，因为这办公楼早已正式宣布禁烟，但谁也没有勇气去跟她说这事。她影响力很大，能让提供工作机会的人来法学院招聘毕业生。没有工作机会，就没有法学院。

而且，她非常擅长自己的工作。她在最适宜的律所里认识最恰当的人。很多来法学院招聘的人的工作，以前就是她帮他们找到的，她做事直截了当，干脆利落。如果孟菲斯州立大学毕业的校友在为一家大律所招聘人员，而这家大律所偏爱常春藤盟校的毕业生，歧视我们法学院的毕业生，那么马德琳会给孟菲斯州立大学的校长打电话，向他提出非官方的投诉。校长就会去拜访城里的各家大律所，与律所的合伙人共进午餐，然后摆平这件事情。马德琳对孟菲斯所有的空缺职位如数家珍，对空缺职位的具体人选也了如指掌。

她的工作越来越难做了。有法律学位的人太多，而我们学校又不是常春藤盟校。

她站在饮水机旁，看着门，好像在等我。“你好，鲁迪。”她的嗓音听起来低沉沙哑。办公室的人都下班了，只剩她一个人。她一手端着一杯水，另一只手上夹了支细细的香烟。

“你好。”我边说边笑，好像我是世界上最幸福的人。

她用杯子指着办公室的门。“我们进去谈谈。”

“好的。”我跟着她进了办公室。她关上门，朝一把椅子点头。我遵命坐下后，她坐在桌子对面的椅子边上。

“日子不好过呀？”她好像知道过去24小时发生的事情。

“更糟的我都熬过来了。”

“今天上午我和劳埃德·别克聊过了。”她缓慢地说。我真希望他死了。

“他怎么说？”我想装出点傲慢的样子。

“嗯，昨晚我听说了合并的事情，我很担心你。你是我们推荐给布罗德纳克斯和斯皮尔律所的唯一一个毕业生，所以，我很想知道你怎么样了。”

“然后呢？”

“他说合并发生得太快，机会千载难逢，等等。”

“跟我听到的废话一模一样。”

“然后，我问他，他们什么时候第一次通知你合并的事情，他就支支吾吾的，说这个那个合伙人给你打过好几次电话，但电话没打通。”

“电话不通已经有四天了。”

“不管怎么样，我问他能否给我一份书面文件的传真，说明在这次合并前后布罗德纳克斯和斯皮尔律所与你鲁迪·贝勒之间角色作用的变化。”

“根本没有什么书面文件。”

“我知道。他也承认了。最关键的是在合并结束之前，他们什么也没做。”

“是这样。什么也没做。”马德琳站在我一边，让我觉得很温暖。

“所以，我非常仔细地向他解释，他是如何无耻地坑骗了我们的一个毕业生。我们后来在电话里大吵了一架。”

我忍不住笑了，我知道谁吵赢了。

她继续说道：“别克发誓说他们本来是想留下你的。我不知道他的话能不能信，但我说他们早就应该和你讨论这个问题了。

你是快要毕业的学生，该死的差不多是个律师了，而不是什么资产。我说我知道他开的是血汗工厂，但奴隶制早就结束了。他不能对你呼之即来挥之即去，为所欲为地糊弄你。”

马德琳真是好样的！跟我想的一样。

“跟他吵完架后，我去找了院长。院长给延利·布里特律所的主管合伙人唐纳德·赫克打了电话。他们来回打了好几次电话，赫克老调重弹，说别克本想留下你的，但是你达不到延利·布里特律所聘用新律师的标准。院长对此表示怀疑，所以，赫克又说他会看一下你的简历和成绩单。”

“特伦特与布伦特律所跟我不搭。”我说，那口气好像自己有很多选择似的。

“赫克也这么觉得。他说延利·布里特律所宁愿就此了结此事。”

“好吧。”我说。我也说不出什么更机灵的话了。但她看穿了我，她知道我现在忧心如焚。

“我们对延利·布里特律所没什么影响力。在过去的三年里，他们只雇用了我们五个毕业生。他们律所太大了，谁的账都不买。坦白说，我是不会想去那儿上班的。”

她这是在安慰我，让我觉得这似乎是一件值得庆幸的好事，特伦特与布伦特律所很了不起吗？不就起薪五万美元嘛！

“那你这里还有什么工作机会？”我问。

“没什么了，”她脱口而出，“事实上，什么都没有了。”她瞥了一眼笔记。

“我给认识的人都打过电话了，原来有一个公设辩护人助理的职位，兼职，年薪 1.2 万美元，但两天前我把这个职位给了霍尔·帕斯特里尼。你认识霍尔吗？真替他开心，他最后总算是找到工作了！”

我想此刻也有人替我开心吧。

“有两家小公司可能要招聘公司法务，不过他们都要求先通过律师资格考试。”

律师资格考试在 7 月举行。几乎所有律所都是在法学院学生毕业后便立即招收新员工，给他们发工资，让他们准备律师资格考试，他们考过之后，也会拼命干活。

她把笔记本放在桌上。“我会再想想办法，说不定能找到点什么门路。”

“我现在该怎么办？”

“得挨家挨户上门去打听。城里有 3 000 名律师，大多数律师不是个体单干，就是两三个人合伙开一家律所。他们不会跟我这个就业办公室打交道，我也不认识他们。你可以去找他们。去找那些小律所，只有两三个人或者四五个人的律所。说服他们给你一份工作。你还要主动表示愿意办那些‘死鱼案’，帮他们收债……”

“‘死鱼案’？”我问。

“对。每个律师手里都有几个‘死鱼案’。他们把这些案子扔在犄角旮旯里，时间越久，就越难结案。就是那些律师宁愿自己从来没有接过的案子。”

这些东西是你在法学院学不到的。

“我能问个问题吗？”

“当然。问什么都行。”

“你刚才叫我去挨家挨户上门打听。在过去三个月里，这样的建议请问你已经重复过多少次了？”

她微微一笑，翻了一下文件。“我们大概还有 15 个同学没找到工作。”

“所以，在我们说话这当儿，他们正在街上挨家挨户上门打听？”

“有可能。不过真的很难说。他们有些人可能另有打算，不一定会告诉我们。”

五点过了，她想下班了。

“谢谢你，斯金纳夫人。谢谢你所做的一切。很高兴知道还有人关心我。”

“我会继续帮你留意的，我保证。下周再过来看看。”

“我会过来的。谢谢你。”

我又回到图书馆地下室那个小窝里，压根就没有人注意我。

第六章

伯德桑家的房子就在市中心，一个富人住的老社区，离法学院也只有几英里的路。街道两旁种满了高大的老橡树，显得格外幽静。有些房子相当漂亮，草坪修得整整齐齐，停车道上的豪车金光闪闪。有些房子似乎已经被遗弃了，无人居住，正透过蓁芜的树丛和野生灌木丛鬼鬼祟祟地向外窥视。还有些房子看起来既不漂亮也不荒芜。伯蒂小姐的房子，是一栋 19 世纪末 20 世纪初用石头建造的维多利亚式白色建筑，门廊很宽，另一端都看不到。这栋房子需要粉刷，屋顶需要修葺，庭院也需要修整。窗户很暗，排水沟被树叶堵住了，但一眼就能看出房子里有人在住，而且在努力维护。车道两旁是杂乱的树篱。我把车停在一辆脏兮兮的凯迪拉克后面，那辆车看起来也用了十年了。

我向前门走去时，脚下的门廊木板被踩得吱吱作响，我四下张望，生怕随时会窜出一条尖齿獠牙的大狼狗。天很晚了，天色昏暗，但门廊的灯没开。厚重的木门敞开着，透过纱门能看见一个小小的门厅。我找不到门铃按钮，所以轻轻敲了敲纱门。纱门咯咯响了两声。我屏住了呼吸，并没有大狼狗咆哮着扑出来。

没有任何声音，也没有什么动静。于是我敲得更响一点。

“是谁？”一个熟悉的声音大声地问道。

“伯蒂小姐？”

一个人影穿过门厅，灯光亮了，伯蒂小姐就站在那儿，还穿着昨天在柏树花园穿的那身棉质套裙。她眯着眼往门外看。

“是我。鲁迪·贝勒。昨天和你谈话的那个法学院学生。”

“鲁迪！”见到我她居然有点激动。我有点尴尬，一瞬间又有点伤感。孤孤单单、独自一人住在这深深的庭院里，她深知儿孙早已将她遗弃。她生活中最重要的事就是照顾那些被社会遗弃的老人，把他们聚在一起吃午饭，唱一两首歌。伯蒂·伯德桑小姐是一个非常孤独的老人。

她急忙打开纱门。“进来，进来。”她不停地说，声音里没有丝毫的惊讶。她拽着我的胳膊，穿过门厅和走廊，一路把电灯逐个打开。墙上挂满了几十幅家人的旧照片。地毯又脏又旧。空气里弥漫着一股潮湿霉烂的气味。房子早已年久失修，需要彻底清扫，全面翻修。

“你能过来看我真是太好了，”她甜甜地说，仍拽着我的胳膊，“昨天跟我们在一起，你是不是挺开心的？”

“挺开心的。”

“你还会再来吗？”

“我简直是迫不及待呢。”

她让我在餐桌旁边坐下。“咖啡还是茶？”她问，蹦蹦跳跳地走向橱柜边上，啪的一下打开电灯。

“咖啡。”我打量着厨房说。

“速溶咖啡可以吗？”

“可以的。”上了三年法学院，我早已无法分辨速溶咖啡和现煮咖啡的不同滋味了。

“加奶还是加糖？”她一边把手伸向冰箱，一边问道。

“黑咖啡就好。”

她把水放到炉子上，摆好咖啡杯，然后在我对面的桌子边坐下。她笑得合不拢嘴。我的来访让她很开心。

“见到你我很开心。”她已经说了不知道是第三次还是第四次了。

“你的家很温暖舒适，伯蒂小姐。”我一边说，一边呼吸着充满霉味的空气。

“哦，谢谢你。房子是我和托马斯五十年前买的。”

厨房里的锅碗瓢盆、水槽、水龙头、炉子和烤箱，所有的家具电器都至少有 40 年的历史了。那台冰箱大概是 20 世纪 60 年代初的古董。

“托马斯 11 年前去世了。我们在这栋房子里把两个儿子养大成人，但我不想谈论他们。”她那张乐陶陶的脸阴沉了一下，但很快又笑了起来。

“当然，不谈为妙。”

"我们来谈谈你吧。"她说。这个话题我倒宁愿不谈。

"好呀。为什么不呢？"我已经准备好应付她的问题了。

"你是哪里人？"

"我在这出生，但在诺克斯维尔长大。"

"太好了。你在哪里上的大学？"

"奥斯丁佩伊大学。"

"奥斯丁什么？"

"奥斯丁佩伊。克拉克斯维尔的一所小学校，是由州政府财政支持的学校。"

"太好了。那你为什么来孟菲斯州立大学读法学院？"

"因为这所学校确实不错，而且我喜欢孟菲斯。"事实上还有另两个原因，孟菲斯州立大学录取了我，而这个学校我也付得起学费。

"太好了。你什么时候毕业呢？"

"还有几周。"

"到那时你就是真正的律师了。太好了。你毕业后在哪上班呢？"

"嗯，我还没最后决定。最近我一直在想，你懂嘛，我想自己挂牌执业。我是独立性很强的人，我不太确定我能为别人干活。我想按自己的方式开展律师业务。"

她只是盯着我看。笑容消失了，目光瞪着我一动不动，她一脸的迷惑不解。"那也不错。"最后她说，然后跳起来去准备咖啡。

假如这位身材矮小的可爱女士真的有千百万美元身家，那她还真是深藏不露到了绝妙的地步。我仔细观察房间里的装饰。我手肘下的这张桌子，桌腿是铝质的，桌面上的福米加塑料贴面早已破旧。每一个盘子，每一件家用电器，每一件家什，每一种装饰，全都是几十年前买的。她住在一幢年老失修的房子里，开一辆破破的旧车，很显然家里没有女佣男仆，也没有可爱精致的小狗狗。

“太好了。”她把两个杯子放在桌子上，又说了一遍。杯子里没有丝丝蒸腾的热气。我的杯子只有一点点温热。咖啡很淡，走了味，早已不新鲜。

“咖啡不错。”我咂着嘴说。

“谢谢。那么，你打算自己开一家小律所？”

“我正在考虑。你知道，万事开头难。不过只要我努力工作，公平待人，就不怕没有客户。”

她真诚地笑了笑，又缓慢地摇摇头。“哦，那太好了，鲁迪。你太有勇气了。我认为这个行业需要更多像你这样的年轻人。”

我才是这个行业最不需要的人呢，我只不过是又一个饥肠辘辘、浑水摸鱼的青年，整天在街上游荡，四处搜寻诉讼的机会，这样才能从不名一文的客户身上榨出几滴油水来。

“你可能想知道我为什么来这吧。”我边喝咖啡边说。

“你来我很高兴。”

“是的，很高兴再次见面。但我想跟你谈谈你的遗嘱。因为担心你的财产，昨晚我都睡不着觉。”

她的眼睛湿润了。这句话感动了她。

“有几件事比较麻烦。”我解释道，努力装出一副律师的样子，皱起了眉。我从口袋里拿出钢笔，捏在手上，仿佛随时都要写一写，记点笔记。“首先，请原谅我这么说，但看到你或任何其他客户对家人采取如此严厉的措施，我真的觉得难过。我想我们应该详细讨论这个问题。”她双唇紧闭，没吭声。“其次，请你再次原谅我，但如果不说，又对不起我这个律师的身份。我的意思是，如果让我起草遗嘱或其他文书把一大部分财产转让给一位电视上的名人，我不知道该从何下笔。”

“他是上帝的仆人。”她断然地说，毫不犹豫地捍卫肯尼思·钱德勒牧师的名声。

“我知道。但是为什么要把财产都给他呢，伯蒂小姐？为什么不给四分之一，或其他比较合理的数目？”

“他开支太多了。他的喷气式飞机也旧了，他什么都跟我说。”

“好吧，但上帝没叫你资助这位牧师大人的所有同行吧？”

“上帝跟我说什么是我的私事。谢谢你的关心。”

“那当然。我想说什么，你肯定也知道，伯蒂小姐，事实上很多牧师已经堕落了。他们出轨搞外遇，跟其他女人厮混。他们挥金如土，买房子、买车、度假、买高级时装。这些人好多都是伪君子。”

“他不是伪君子！”

“我没说他是。”

“那你这话什么意思？”

“没什么。”我说，然后喝了一大口咖啡。她没有生气，但看起来跟生气也差不多了。

“我是你的律师，伯蒂小姐，仅此而已。你让我为你起草遗嘱，我有责任关注遗嘱中的一切。我认真对待这一责任。”

她嘴边的皱纹松弛下来，目光变得柔软了。“太好了。”她说。

我以为许多像伯蒂小姐这样的有钱老人，特别是那些在大萧条时期吃了苦头，后来又白手起家的富人，对会计、律师和不友善的银行家们有高度的戒备心，会牢牢看住自己的钱。但伯蒂小姐不是这样的。她像一个靠养老金生活的穷寡妇一样天真、轻信。“他需要这笔钱。”她说，然后喝了一口咖啡，用疑惑的眼光看着我。

“我们能谈谈钱的事吗？”

“为什么你们律师总是想谈钱？”

“理由很充分，伯蒂小姐。稍有不慎，政府就会从你的财产里分走一大杯羹。现在你可以在财产上好好做一些规划，如果考虑周全，就可以少交一大笔遗产税。”

她听了有些沮丧。“都是一些莫名其妙的法律废话。”

“这就是我来这里助你一臂之力的原因，伯蒂小姐。”

“我看你是想让我把你的名字写到遗嘱里吧。”她说。麻烦的法律让她倍感压力。

“当然不是。”我说，一边想装出大吃一惊的样子，一边极力隐藏被她识破后的惊愕。

“律师总是想让他们的名字出现在我的遗嘱里。”

“真不好意思，伯蒂小姐。的确有一些骗人的律师。”

“钱德勒牧师就是这么说的。”

“这我相信。我不想知道得太详细，但你能告诉我你的资产主要是在哪个方面吗？是房地产、股票、债券、现金，还是其他投资？了解资产的形式，对遗产规划尤为重要。”

“全在一个地方。”

“好吧。什么地方？”

“亚特兰大。”

“亚特兰大？”

“是的。这说来话长啊，鲁迪。”

“跟我说说吧，好吗？”

跟昨天在柏树花园时不同，伯蒂小姐现在有的是时间。她不再承担什么职责。博斯科又不在这。她不需要监督午餐后的清扫工作，也不需要担任棋盘比赛的裁判。

于是，她慢慢旋转咖啡杯，低下头望着桌子，默默地思考。“没人知道这件事。”她轻轻地说，她的假牙磕碰了一两次。“至少孟菲斯没有人知道。”

“为什么呢？”我问得有点着急。

“我的孩子们对此一无所知。”

“钱吗？”我将信将疑地问。

“哦，他们知道一点。托马斯工作很努力，我们攒下了很多钱。11年前他去世时，给我留下了近十万美元的储蓄。我的儿子，尤其是他们的老婆，认为这笔钱现在已经翻了五倍。但他们不知道亚特兰大的事。我能再给你拿些咖啡吗？”她已经站起来了。

“好的。”

她拿起我的杯子走到柜子边，倒进半茶匙多一点的咖啡，再倒进温水，然后又走回到桌边。我搅拌着咖啡，好像这是一杯香浓的意大利卡布奇诺。

当我们四目相对时，我对她充满了同情。“听着，伯蒂小姐。如果这让你觉得太痛苦了，我们可以不说。你知道，只要说说重点内容就可以了。”

“这是一笔财富。为什么会痛苦呢？”

好吧，这跟我所见略同。“很好。那你告诉我，笼统地来说，你的资产是怎么投资的，特别是不动产方面。”这倒是实话。现金和其他流动性投资通常总是先清算以缴纳税款，而不动产却放到最后。所以，我的这些问题不仅仅是因为好奇。

“我从来没有跟任何人说过钱的事。”她依然轻声地说。

“可是昨天，你告诉我你跟肯尼思·钱德勒说过这件事。”

她把杯子放在福米加塑料贴面上转动，很久也没有回答我的问题。“是的，我想我跟他说过。但我不确定我是否把一切都告诉了他。我可能撒了一点点谎。至于钱是怎么来的，我肯定没有跟他说过。”

“好吧。钱是怎么来的？”

“我的第二任丈夫。”

“你的第二任丈夫？”

“是的，托尼。”

“托马斯和托尼？”

“是的。托马斯去世大约两年后，我嫁给了托尼。他是亚特兰大人，他来孟菲斯时我们认识的。我们在一起断断续续地生活了五年，一直吵架，然后他离开了，回亚特兰大了。他是个身无分文的二流子，只想要我的钱。”

“我不明白。你刚才说，钱是从托尼那儿来的。”

“确实如此，只不过他不知道。说来话长。托尼有些遗产什么的，他并不知道，我也不知道。他有一个疯了的有钱兄弟，真的，他们全家都是疯子。就在托尼去世前，他从疯了的兄弟那里继承了一笔财产。我的意思是，在托尼断气前两天，他的兄弟在佛罗里达比他早死了一步。托尼死时没有遗嘱，只有一个老婆。那个老婆就是我。于是，亚特兰大的一家大律所联系了我，跟我说，根据乔治亚州的法律，我现在身价不菲。”

“多少钱？”

“比托马斯留给我的多得多。不过，我从来没告诉过任何人，直到现在告诉了你。你不会跟人说吧，鲁迪？”

“伯蒂小姐，作为你的律师，我不能告诉别人。我宣过誓，必须保持沉默。这属于律师-客户拒绝泄露内情权。”

“太好了。”

“你怎么没把钱的事情告诉你上一个律师？”我问。

“哦，他呀。我不相信他。我只告诉他遗赠给孩子们的金额数，没有告诉他资产金额总数。一旦他知道我有钱，就要我把他的名字也放到遗嘱里面。”

“但你从来没有告诉他全部实情？”

“绝对没有。”

“没有告诉过他资产金额总数？”

“没有。”

如果我算得对的话，她原来那份遗嘱中的资产总数不少于2 000万美元。所以，原来起草遗嘱的律师至少知道这么多。很显然，现在的问题是：这位娇小的千金老太太究竟有多少资产？

“你要告诉我你总共有多少资产吗？”

“明天吧，鲁迪。也许明天吧。”

我们离开厨房，向后院走去。她想带我去看玫瑰花圃边新装的一套喷水浇灌装置，我着迷地欣赏着。

我现在明白了。伯蒂小姐是个有钱的老太太，但她不想让任何人知道，尤其是不想让她的家人知道。她一直过着舒适安逸的生活，没有人对这位以大量储蓄为生、已达耄耋之龄的寡妇起过疑心。

我们坐在装饰华丽的铁凳上，在黑暗中喝着冷咖啡，直到我终于找到个够好的借口让自己逃离。

为了维持我这种过得去的生活，过去三年间我在离学校不远的尤吉酒吧既当酒保又当服务生，大学生们常常光顾这家酒吧。酒吧以在圣帕特里克节特供啤酒和多汁的洋葱汉堡包而远近闻名。从午餐时间到晚上打烊，嘈杂的酒吧有着漫长的快乐时光。在“周一之夜橄榄球大赛”的时候，一瓶淡啤酒只卖一美元，其他时候要卖两美元呢。

店主普林斯·托马斯是个古怪的家伙，他梳着一条马尾辫，身材魁梧，结实强壮。比身材还要强的是他的自尊心。他是孟菲斯的大亨，一个热衷于上报纸上电视的真正企业家。他组织串酒馆和湿 T 恤比赛。他曾要求市政府批准像他这样的娱乐场所通宵营业。市政府却反过来指控他犯有各种各样的罪行。他对此乐此不疲。只要你能指出他的罪行，他就能组织一批人马使之合法化。

普林斯对尤吉酒吧管得不严。我们这些员工想什么时候上班就什么时候上班，各干各的分内事，客人给的小费都归自己所有，酒吧的日常运营很少有人监管。酒吧的管理也没那么复杂。只要吧台有足够的啤酒，厨房有足够的碎牛肉，酒吧就能运营得井井有条。普林斯喜欢在吧台忙活。他喜欢招呼那些年轻漂亮的辣妹，把她们领进卡座里，他喜欢跟她们打情骂俏，却总是把自己搞得像个傻子。他喜欢坐在大屏幕边的桌子上，对电视里播出的各种比赛跟人打赌。他肥硕魁岸，手臂粗壮，店里有人打架时他也会出手制止。

普林斯也有见不得光的一面。传闻他卷入了皮肉行业。城里脱衣舞俱乐部生意兴隆，他那些所谓的合伙人都有犯罪记录。这些事报纸上都登过。他曾上过两次法庭，一次是因为赌博，一次是因为开赌局，但两次审判都因为陪审团无法取得一致意见，最后不了了之。在尤吉酒吧工作三年后，我对两件事确信不疑：第一是尤吉酒吧收到的现金大多不入账。估计每周至少有 2 000 美元，一年则高达 10 万美元。第二是他利用尤吉酒吧作为犯罪王国的幌子，他通过酒吧洗钱，使它账面上看起来因经营不善而亏损，以逃避缴税。他在地下室里有个办公室，他在那间非常安全、没有窗户的房间里会见他的狐朋狗友。

但是，我才不在乎呢。他一直都很关照我。我一个小时挣五美元，一周工作 20 个小时。因为酒吧里来的全是学生，所以小费并不多。考试期间，我还可以调班。每天至少有五个学生来这找工作，所以能在这上班我觉得已经运气不错了。

不管怎么说，尤吉酒吧是个很好的学生聚会场所。一年多以前，普林斯按照孟菲斯州立大学的校旗颜色，把酒吧粉刷成了蓝灰相间，墙上到处都是球队的队旗和体育明星的相框照片。虎队的照片到处都是。因为离学校很近，大学生总是聚集在这里聊天、调情和玩乐，一待就是几个小时。

普林斯今晚在看一场比赛。棒球赛季刚刚开始，他就已经笃定勇士队能进入秋季决赛。什么比赛他都敢赌，但他最喜欢的球队是勇士队。不论他们跟谁比赛，在哪里比赛，谁投了球，谁受了伤，他都把宝押在勇士队上。

今夜我当班，我的首要任务是时时刻刻把他杯中的朗姆酒和汤力水斟满。当戴夫·贾斯蒂打出一记全垒打时，他高兴得尖叫起来，然后从一个兄弟会的男生手上接过几张钞票。他们在打赌，赌谁先打出本垒打，是戴夫·贾斯蒂还是巴里·邦兹。我还见过他赌过别的，例如赌在第三局时投给第二击球手的第一个球是坏球还是好球。

幸好，今晚我不用做服务生。头依然很痛，我得尽量少走来走去的。我可以从冰柜里拿出来啤酒，偶尔喝几口，那些绿瓶子里的都是好东西，喜力啤酒或驼鹿头啤酒都很好喝。普林斯并不在意他的酒保偶尔偷喝几口。

我将来会怀念这份工作的。应该会吧？

前排卡座里坐的都是法学院的学生，都是些我不想看见的熟面孔。他们都是我三年级的同学，他们可能都已经找到了工作。

当你还是个低年级的学生时，当个酒保或服务生无伤大雅，而且在尤吉酒吧打工还是有点优势的。但还有一个月我就要毕业了，这种优势忽然就消失了。到那时，我就会比一个在苦苦挣扎的学生还要惨。我将成为一个输家，一个统计数字中的分母，一个在法律行业的筛选中被淘汰的法学院毕业生。

第七章

我实在想不起来我是怎么把奥布里·H.朗的律所定为首选目标的，但我想这多多少少跟他们在电话黄页上面那又漂亮又气派的广告有关。广告上面还有朗先生一张非常清晰的黑白照。律师早已变得跟按摩师一样糟糕，不得不到处张贴有他们照片的广告。与律师广告栏其他奇形怪状的律师比起来，朗律师看起来更诚实，他大概40岁，笑容动人。他的律所有四位律师，精通交通事故、人身伤害、保险索赔等所有类型的诉讼，全心全意为客户争取利益，不遗余力，不打赢官司决不收取任何费用。

管他呢。我总得从某个律所开始找。我按照地址在市中心一幢小小的正方形的难看砖房里找到了这家律所，隔壁是一个免费停车场。免费停车场是在黄页广告上特意标注的。我推开门，一阵铃声叮当作响。一个矮胖的女人坐在一张乱七八糟的前台后面，她愁眉苦脸地用冷笑的口气招呼我。我妨碍到她打字了。

“有什么能为你效劳的吗？”她问，肥胖的手指稍稍离开了打字机的键盘。

该死的，这太难了。我勉强挤出一个笑脸。“嗯，不知道我是否方便见一见朗先生？”

“他在联邦法院。”她一边回答，一边用两个手指敲打键盘，打出了一个短短的单词。

不是随随便便的什么法院，而是联邦法院！能在联邦法院出庭的律师都是业界翘楚，所以像奥布里·朗这种寂寂无名的律师，但凡能在联邦法院出庭为人辩护，自然巴不得到处宣扬。他的秘书当然也会奉命行事。“有什么能帮你的吗？”她重复道。

我早已决定要尽量坦白。欺骗和诡计或许能够凑效，但终究不是长远之计。“是的，我叫鲁迪·贝勒，是孟菲斯州立大学法学院三年级的学生。马上就要毕业了，我想，嗯，我是来找份工作的。”

她脸上的表情顿时变成了恣意的嘲讽。她的手从键盘上挪开，转过椅子对着我，轻轻摇了摇头。“我们不招人。”她扬扬自得地说，好像她是炼油厂的领班。

“我明白了。不过，我可以留下一份简历和一封信给朗先生吗？”

她小心翼翼地从我手里接过文件，好像它们被尿淋湿了一样，然后把它们往桌子上一扔。“我会把你的简历跟其他人的放在一起的。”

我勉强地挤出一点笑容说：“已经有很多人来过，嗯？”

“大概一天一个吧，我想。”

“哦，好吧。打扰啦。”

“没关系。”她边咕哝着边回到了打字机前。当我转身离开大楼时，她已经开始拼命打字了。

我准备了很多份简历和信函。整个周末，我都在准备文件和规划要去推销自己的律所。现在，我满脑子都是想法，却缺乏昂扬的斗志。我寻思我会连续一个月，每天去两到三家小律所毛遂自荐，每周五天，每天都去，一直到我毕业为止，到那个时候会怎么样，只有老天爷才知道了。布克说服了马尔文·尚克尔在司法机关帮我找一份工作，说不定此时此刻马德琳·斯金纳正在给谁打电话，让他招聘我呢。

也许多少会有点用的。

我下一个目标是一家有三名合伙人的律所，离我上一家目标律所只有两个街区。这是我精心计算的结果，这样我就可以在被上一家律所拒绝之后迅速地转移到下一家，不会耽误我的时间。

根据电话黄页律师栏的资料，纽利·罗斯与佩里律所从事的是综合性法律业务，三位合伙人律师都是40岁出头，没有非合伙人的律师，也没有律师助理。他们似乎参与了很多房地产行业的案件，这是我所不能忍受的，但现在不是我可以挑挑拣拣的时候。律所设在一座现代化混凝土建筑的三楼，电梯又慢又闷热。

前台出乎意料地舒适，人造硬木地板上铺了一块东方地毯。

几本《人物》《我们》杂志散落在玻璃咖啡桌上。秘书放下电话，微笑着说："早上好。有什么能为你效劳的吗？"

"是的。我想见纽利先生。"

她仍然保持微笑，低头看了一眼整洁的写字台上那本厚厚的预约簿。"你有预约吗？"她问。其实她心知肚明，我没有预约。

"没有。"

"明白了。纽利先生现在很忙。"

去年夏天我在一家律所实习过，我非常清楚她会这样回答。这是一种标准的日常操作。世界上没有一个律师愿意承认，或者会允许他的秘书承认：他并没有忙得分身乏术。

本来答案还可以更糟的：他早上在联邦法院出庭呢。

根据电话黄页律师栏的资料，罗德里克·纽利是这家律所的高级合伙人，孟菲斯州立大学法学院毕业。我在策划自荐方案时，想方设法地把更多校友包含在计划之内。

"我可以多等一会。"我笑了笑说。她也笑了笑。于是，我们都笑了。此时，短短的走廊尽头的一扇门开了，一个没穿外套、把袖口卷起来的男人向我们走过来。他瞥了一眼，看见了我，忽然走到了我的面前，把一份文件递给了那个微笑的秘书。

"早上好，"他说，"有什么事需要帮忙吗？"他声音响亮，显得很友好。

她刚想说话，我就抢先说："我要跟纽利先生谈一谈。"

"我就是，"他边说边向我伸出右手，"罗德·纽利。"

“我是鲁迪·贝勒，”我握住他的手，紧紧地握了握。“我是孟菲斯州立大学三年级学生，即将毕业，我想和你谈谈工作的事。”

我们依然握着手，当我提到找工作时，他握手的力量并未明显松懈下来。“哦，”他说，“一份工作？”他瞥了一眼秘书，好像在说：“你怎么能让这种事发生？”

“是的，先生。我只要十分钟。我知道你很忙。”

“嗯，好吧，你知道，几分钟后我得去录一个书面证言，接着还要出庭。”他看起来一副在赶时间的样子，他看了我一眼，又瞥了她一眼，然后又看了看表，但他本质上是个好人，一个软心肠的人。也许不久之前，他也曾有过我这般经历。我用恳求的目光望着他，并把简历和信递给他。

“嗯，好吧，进来吧。但就一会儿。”

“我十分钟后给你打电话。”她快速地说，试图以此弥补刚才的疏忽。像所有忙碌的律师一样，他瞥了一眼手表，想了一会，然后严肃地跟她说，“对，最多十分钟。打电话给布兰奇，告诉她我可能要晚到几分钟。”

他们两个人串通一气，配合得天衣无缝。他们会照顾我一下，但同时做好了让我快速离开的安排。

“跟我来，鲁迪。”他笑着说。我们向大厅走过去的时候，我紧紧地跟着他。

他的办公室是一个正方形的房间，书桌后面有一堵书柜墙，门对面有一堵“自我表现墙”。我快速扫了一眼装裱好的各种证书，有扶轮社满勤证书，童子军志愿者证书，月度律师先生证书，至少两张学位证书，一张与红发政客的合影照片以及商会会员证书。无论是什么证书，他都用相框装裱起来。

当我们分别坐在他那张巨大的美式办公桌两边时，我能清楚地听到时钟在嘀嗒作响。“冒昧打扰你，真的抱歉，”我开口说，“但我真的需要一份工作。”

“你什么时候毕业？”他手肘搁在桌上，向前探身问道。

“下个月。我知道现在找工作已经很晚了，但我是有原因的。”于是，我讲了我跟布罗德纳克斯和斯皮尔律所的故事。当讲到与延利·布里特律所有关的故事时，我希望利用他讨厌大律所这一心理。像这种寂寂无名的街头律师，罗德与市中心高楼大厦里那些豪阔的大律师之间，有一种天然的对立关系。我添油加醋地把事情说了一下，延利·布里特律所本来想找我谈谈招聘我的事，然后我直接地阐述了一个非常自我的观点：让我为一家大律师工作，根本就不可能，我不是这样的性格。我太独立了。我要代表普通民众，而不是大公司。

我的这番话讲完，还不到五分钟。

他专心地听着，尽管背景里随时想起的电话铃声多少让他有点分心。他知道他不会雇用我的，所以他只是在等着给我的十分钟过去。当我讲完我的故事时，他同情地说：“真够伶牙俐齿的。”

“那就再好不过了。”我说，听起来像待宰的羔羊，“但我已经准备好来上班了。我将以全班前三名的成绩毕业。我非常喜欢房地产业，而且已经修过两门财产法的相关课程。两门课的成绩也都很不错。”

“我们做了很多房地产方面的案子。”他沾沾自喜地说，好像这不过是世界上最赚钱的工作。“还有大量的诉讼案件。”他更加扬扬得意地补充了一句。尽管他自己的工作也许做得不错，能挣到钱过上舒适安逸的生活，但他也只是在办公室整理文件的小律师而已。然而，他却想让我认为他是一个老练的法庭斗士。他之所以这么说，是因为这是例行公事，律师们没有一个不这么大言不惭的。我见过的律师虽然还不算多，但迄今我见过的所有律师中，还没有一个不想让我相信他在法庭上能战无不胜的。

我的时间不多了。“我一直半工半读供自己念书。整整七年，没拿过家里一分钱。”

“都是些什么工作？”

“什么都做过。现在在尤吉酒吧做服务生和酒保。”

“你当酒保？”

“是的，先生。别的也干。”

他拿着我的简历。“你是单身？”他缓慢地说。简历上白纸黑字写得清清楚楚。

“是的，先生。”

“有认真交往的女朋友吗？”

这真的不关他的事，但我没有讨价还价的余地。“没有，先生。”

“你不是同性恋吧？”

“不，当然不是。”我们这两个白人直男共享这属于异性恋者之间的短暂幽默时光。

他身体往后一仰，表情严肃起来，仿佛想起了一件很重要的事情。“我们这好几年没有招聘过一个新律师了。我仅仅是好奇，想问一下，市中心那些大所大概给新来的律师多少钱？”

他提这个问题当然是有道理的。不论我怎么回答，他都会对高层律所里那些高额年薪表示震惊和无法相信。当然，这也将为我们关于薪酬的讨论奠定基础。

撒谎是没有用的。他可能对新律师的起薪范围很清楚，因为律师们喜欢说东道西。

“正如你所知，延利・布里特律所一向坚持付给雇员最高的工资。我听说高达 5 万美元。”

我还没说完，他就开始摇头。“开玩笑，”他装出一副目瞪口呆的样子说，“你在开玩笑。”

“我的要价没那么高。”我赶紧澄清。我主意已定，只要有人愿意买，多便宜我都卖。我的日常开支很少，而且只要我能跨进这一行，辛苦打拼几年，说不定情况就有所改善。

“那你想要多少？”他问。他说话的口气好似他这个精致、卓越的小律所可以跟市中心的那些大所一较高下，稍有不及就会让他觉得掉价。

“只给一半我也愿意干。2.5 万美元。我愿意每周工作 80 个小时。我愿意处理所有烂尾案。我愿意做任何脏活杂活。你和罗斯先生以及佩里先生，可以把你们希望自己从来没有接下的任何烂尾案件交给我，我会在六个月之内把它们结案。我保证做到。我在头一年里就可以赚回我的那份工资，做不到，我立即走人。”

罗德听完，惊讶得合不拢嘴，我都看见他的牙齿了。他的眼睛咕噜咕噜地转，大概是想赶紧把我扫地出门。他的电话响了，随之是秘书的声音。“纽利先生，他们在等你去作证呢。”

我看了一眼手表。八分钟。

他瞥了一下他的表，皱了皱眉，然后对我说：“你的提议很不错。我会考虑考虑。我得和合伙人商量商量。我们每周四早上开合伙人会议。”他站了起来，“到时候我会把你的事提出来讨论。我们之前没有考虑过招聘的事，真的。”他从桌子后面走出来，准备送我出来。

“那准行，纽利先生。2.5 万真是一笔划算的买卖。”我边说边向门口走去。

他瞬间显示出一副吃惊的样子。“哦，这不是钱多少的问题。”他说，好像他和他的合伙人从来没想过要付比延利·布里特律所的年薪少的钱似的。“问题只是目前我们所运营得非常好。赚很多钱，你知道。每个人都过得舒舒服服的，从来没有想过扩张、增加人手的事情。”他打开门，等我离开。“我们会通知你的。”

他紧跟着我走到前台，让秘书记下了我的电话号码，然后他紧紧地握了握我的手，祝我一切顺利，答应不久就会给我打电话。几秒钟后，我再一次流落街头。

过了好一会儿，我才整理好自己的思绪。我刚才努力地想贱价打包出售我所受过的教育和训练，然后不过几分钟光景，我再次回到了人行道上。

但后来证明，我跟罗德里克·纽利这次短暂的会见，在我今天外出找工作的所有活动中，是最有成效的一次。快10∶00了。三十分钟后，拿破仑法典选读课程就要开始了，我应该去上课的，因为我已经逃了一周的课。可是，即使之后的三周我全部逃课，也不会有人管的，反正这门课没有期末考试。

这些天我在法学院无所顾忌地自由来去，再也不怕碰到熟人了。过不了几天，三年级学生大多要离开这里了。刚进法学院的时候，学习紧张，考试压力大，让人喘不过气来，但快毕业的时候，一切都松懈下来，只有几个不足为惧的小测验和写一些没什么价值的论文。所有学生的精力都放在律师资格考试上，而不是浪费在最后的课程上。

大多数学生，已经准备进入工作状态。

马德琳·斯金纳把我的事当成了她自己的事。她跟我一样备受折磨，而且运气欠佳。孟菲斯州一位参议员在纳什维尔的办公室可能需要一位起草法案的专职律师，年薪3万，外加奖金，可是要求有律师执照和两年的工作经验。一家小公司想招一名律师，却要求本科专业是会计，而我的本科专业是历史。

“8月，谢尔比县福利处可能会招一名律师。”她在桌上翻来翻去，好像拼命地想找到什么文件。

“福利处招一名律师？”我重复了一遍。

"听起来不错，是不是？"

"年薪多少？"

"1.8 万。"

"工作性质呢？"

"追踪失职的父亲，想方设法收取抚养费。通常都是家庭纠纷案件。"

"听起来挺危险的。"

"这也是一份工作呀。"

"那 8 月之前，我干什么？"

"准备律师资格考试。"

"说得好。我应该努力学习，通过考试，然后去福利处工作，拿那么点薪水。"

"听着，鲁迪——"

"对不起。我今天实在是太惨了。"

我答应明天再过来看一看，毫无疑问，明天的结果也会跟今天一模一样。

第八章

布克在尚克尔律所的犄角旮旯里找到了破产申请表。他说他们律所的一位律师经常躲在地下室工作，偶尔会处理一些破产案件，所以他能找到申请破产所需的必要文件。

表格简洁明了。资产单列一页，这对我来说很简单，没什么可写。负债另列一页。还要填写就业情况，进行中的诉讼案件，等等。这就是破产法第七章规定的所谓“直接破产”，全部资产一笔勾销以偿还债务，同时债务也一笔勾销。

我现在不再是尤吉酒吧的员工了。我干活拿的是现金，没留下任何就业记录。没有什么可以供人扣押的。也无须用我那勉强糊口的工资去缴税。

我曾和普林斯讨论过我的困境，告诉他我的情况多么糟糕，我将其归咎于昂贵的学费和信用卡。而他对付给我现金、让政府吃亏的事情很是赞赏。他是现金交易无须交税经济学的忠实信徒。

普林斯提议借我一笔钱，让我渡过目前的难关，但这没什么用。他以为我很快就会成为一个挣大钱的、年轻有为的律师，我不忍心告诉他，我还得跟他混一段时间。

我也没跟他说，他得借给我多少钱才够填这个窟窿。税务局会向法院起诉我，要求支付诉讼费和律师费在内的税务欠款612.88美元。房东会向法院起诉我，要求支付诉讼费和律师费在内的房租欠款809美元。但真正的恶狼才开始慢慢接近，他们给我寄来那些可怕的信函，不停地威胁说要告我。

我有一张万事达卡和一张VISA信用卡，由孟菲斯两家不同的银行签发。从去年的感恩节到圣诞节——我本以为那是一段幸福的小时光——想着几个月后就有一份报酬优厚的工作，与莎拉处于狂热恋爱当中的我，想着假期的时候给她买几样漂亮的礼物也不为过。要买当然就买质量好、持久耐用、价格昂贵的礼物。我用万事达卡买了一只镶金镶宝石的手链，花了1 700美元；又用VISA信用卡买了一副银耳环的古董首饰给我的爱人，花了1 100美元。就在她说永远不想再见到我之前的那一天，我还在名牌食品店买了一瓶唐培里侬香槟、半磅鹅肝、鱼子酱、优质奶酪和一些美味作为我们的圣诞大餐。这些美食美酒又花掉了我整整300美元。管他呢，人生苦短。

离假期还有几周的时候，那两家居心叵测的信用卡发卡行就莫名其妙地提高了我的信用额度。我忽然可以随心所欲地花钱，而且不过几个月之后我就毕业上班了，我知道在夏天到来之前我可以每月按部就班地偿还小额贷款。于是，我做着跟莎拉一起幸福生活的美梦，花钱如流水。

而现在，我真是恨透了那样花钱的自己，虽然我在纸上一笔笔地仔细算过，这原本是行得通的。

一天晚上，我喝了很多廉价啤酒后，就随手把鹅肝搁在冰箱顶上，结果鹅肝霉烂变质了。圣诞节那天中午，我是待在昏暗的公寓里，独自一人吃奶酪喝香槟度过的，而鱼子酱到现在也没动过。我坐在凹陷的沙发里，傻傻地盯着面前地板上的珠宝。但我大口嚼着奶酪，喝着唐培里侬香槟，看着我给爱人买的圣诞礼物时，泪水忍不住流了下来。

在圣诞与新年之间某一个记不清楚的时刻，我强打起精神，准备好好安排一下，把那些贵重的礼物统统退回购买的商店。我也曾闪过一种浪漫的念头，例如像比莱·乔那样，把它们从桥上扔下去，或者差不多的戏剧桥段，但考虑到我现在的情绪状态，我想我还是离桥远一点为好。

新年第二天，我去户外慢跑、散步了很久。回到公寓时，发现家里已经失窃。小偷撬开了房门，偷走了屋里的旧电视和立体声收录机、衣柜上的一罐硬币，当然还有我为莎拉买的珠宝首饰。

我报了警，填了报告，给警察看用信用卡购物的收据。警官却只是摇头，叫我去找投保的保险公司。

我用信用卡购物花的 3 000 多美元，现在也到跟我算账的时候了。

我将在明天被驱逐出门。破产法里有一个精彩绝伦的条款：准许所有针对债务人的法律程序自动中止。这就是为什么有些特别有钱的巨无霸公司，包括我的朋友得州石油，在需要获得临时性保护时，都会急忙冲向破产法庭。我的房东明天不能联系我，甚至也不能给我打电话，在电话里痛骂我也不行。

我走出电梯，深深吸了一口气。走廊里挤满了律师。法院里有三名处理破产的专职法官，他们的法庭都在这层楼。他们每天安排几十场听证会，每次听证会都有一组律师参加，债务人有一个律师，债权人有好几个律师。这里就像动物园。我慢慢拖着步伐向前走时，听到了很多重要的谈话，律师们在为尚未支付的医疗费和皮卡汽车的净价值争论不休。我走进书记员办公室，等了十分钟，默默看着排在我前面的律师在办理破产诉讼申请的手续。他们与助理书记员非常熟，肆无忌惮地调情，漫不经心地闲聊。哎呀，我倒是很想成为一名重要的破产律师，那么这里的姑娘们就会叫我弗雷德或森尼了。

去年有一位教授跟我们说，出于经济形势不明朗、就业机会减少和公司裁员等种种原因，今后破产会是不断增长的领域，他早就看清了形势。而他本人从未做过律师。

但今天看来，破产法确实有利可图。我的前后左右都有人在申请破产。好像每个人都破产了。

我把申请表交给一位疲惫的书记员，这位漂亮姑娘正嚼着口香糖。她瞥了一眼申请书，然后仔细打量我。我穿着牛仔衬衫和卡其裤。

“你是律师吗？”她高声地问道。我发现人们都在望着我。

“不是。”

“那么，你是债务人？”她声音更大了，口香糖嚼得更起劲。

“是的。”我迅速回答。债务人就算不是律师，也可以自行提出破产申请，尽管你在哪都不会看到有这样一条公开规定。

她点头表示赞同，并在申请表上盖了章。“申请费 80 美元。”

我给了她 4 张 20 美元的现钞。她接过钱，狐疑地看着我。我的申请表上没有列出活期存款账户，因为我昨天已经销户了，有效地销除了一笔价值 11.84 元的财产。申请表上所列的其他财产为：一辆破旧的丰田小汽车——500 美元；各种旧家具和装饰品——150 美元；CD 唱片——200 美元；法律书籍——125 美元；衣服——150 美元。上述资产全部为私人物品，所以，根据我上述提及的法律条款，也可以免于抵债。我依然可以拥有这些私人物品，但我依然要为丰田车的月供付款。

“现金，嗯？”她说，然后开始给我开收据。

“我没有银行账号。”我差不多是在对她大喊大叫，以便那些一直在偷听的人可以了解剩下的故事。

她瞪着我，我也瞪着她。她又回头开始忙碌，不一会，就把申请表的一份复印件和一张收据给了我。我注意到了首次听证会开庭的日期、时间和地点。

我快要走到门口时，有人挡住了我。一个粗壮结实的年轻人，满脸大汗，留着黑色胡子，轻轻地碰了碰我的胳膊。“对不起，先生。”他说。我停下来看他。他把一张名片塞到我手里。“罗比・摩尔克，律师。刚才无意中听到你们的谈话。我想你办理 BK 或许需要一些帮助。”

BK 就是破产（bankruptcy），律师界的绝妙行话。

我看了看卡片，又看看他那张麻子脸。我真的听说过摩尔克。我在报纸的分类广告栏中见过他的广告。在广告中，他办理破产的手续费是 150 美元，现在他就像个秃鹫一样在书记员办公室闲逛，等着逮到一个肯支付 150 美元的破产笨蛋。

我礼貌地接过名片。“谢谢你，不需要，”我尽量友好地说，“我自己能应付。”

“很容易搞砸的！”他立即接口，我相信这句话他已经说过上千次了。“破产案子是很难办的！我一年处理上千件。只要 200 美元，我立刻替你办好。我们律所人手齐全。”

现在涨到 200 美元了。我想如果你主动找他的话，他还会多要 50 块钱。此刻要斥责他是理所应当的，但我觉得摩尔克不是能随随便便被人羞辱的人。

“谢谢，不用了。”我边说边从他身旁挤了过去。

下行的电梯又慢又让人受罪。电梯里全是律师，全都夹着个破包，穿着旧鞋子，衣着寒酸。他们仍在喋喋不休地争论债务豁免以及什么是无担保的、什么是有担保的。律师谈话让人难以忍受，议题非常沉重。看来他们会说个没完没了。

当电梯下到一楼时，脑海中有一个想法一闪而过：我一点都不知道一年后我会在做什么，不仅仅有一点可能性，而是非常有可能，我会跟这部电梯里的这些同行一样进行无聊的讨论。我可能会变得像他们一样，在街上游荡，想方设法从那些一文不名的人身上榨出一点油水来，在法院四处晃荡，寻找案源。

这种恐怖的想法让我晕头转向。电梯又热又不通风。我想我可能生病了。电梯停了，他们拥进楼里的大厅，四散而去，却仍在讨论和处理案件。

当我在中美购物街上漫步时，新鲜的空气让我清醒了一些。这是一条步行街，以前叫作中央大道，街上有一辆特制的手推车，可以载着酒鬼来来去去。几个街区外就是法院，所以很多律师经常在这条街上闲逛。我路过市中心的高楼大厦，心里想高楼里那些律所的律师正在干什么，律师拼命工作，他们每天不得不工作 18 个小时，因为旁边的同事每天都干满 20 个小时；初级合伙人正在讨论所里的战略规划；高级合伙人在华丽的转角办公室里交谈，而一群年轻的律师正等着他们发号施令。

老实说，我刚进法学院时，这就是我想要的一切。我想跟积极努力的聪明人一起工作，所有的人都在最后期限、重负和压力的束缚下拼命工作，压力和权力就是我想要的。去年夏天，我在一家只有 12 名律师的小律所实习，所里有很多秘书、律师助理和其他职员，所里大家忙乱工作的景象让我很振奋。我不过是团队里的小小一员，我希望有一天可以成为领头人物。

我从街头小贩那买了个冰淇淋，坐在法院广场的长凳上。鸽子们都盯着我。头顶上是第一联邦大厦，是孟菲斯最高的大楼，特伦特与布伦特律所的办公所在之处。我死都想进这家律所工作。然而对于我和小伙伴来说，咒骂它才是最容易的。我们骂它，是因为我们达不到它的聘用标准。我们恨它，是因为它看都不会看我们一眼，连个面试的机会都不会给。

我想，在每个城市每个领域，都有一个标杆似的特伦特与布伦特。既然达不到它的标准，也不属于它，我就只能一辈子恨它。

说起律所，我想既然我在市中心，倒不如花几个小时到处找律所敲门试试运气。我有一张律师清单，他们要么自己独自执业，要么与一两个人合伙执业。在努力进入人满为患的律师业的过程中，唯一让我欢欣鼓舞的就是我有很多门可以去敲。我一直鼓励自己，在某个金光闪耀的时刻，我一定会找到一个谁也没去过的律所，找到一个忙得晕头转向、急需新手来给他或她打杂的律师，至于是他还是她，我根本不在乎。

我走过几个街区，来到孟菲斯市建成的第一座高楼斯蒂里克大厦，现在这里是数百名律师的办公场所。我和几位秘书聊了聊，递上我的简历。律所里竟然会有这么多喜怒无常甚至粗鲁的前台，让我很惊讶。在我还没谈及找工作之前，她们就已经把我当成乞丐一样对待了。有两个前台跟抢似的拿走了我的简历，塞进抽屉里。我多想装成一个潜在的客户，一个妻子刚刚被大卡车撞死的悲痛欲绝的丈夫，卡车上的保险金额成千上万，司机，酒后驾车，可能是埃克森美孚的卡车。到时候，这些衣冠楚楚的婊子就会从座位上冲出来，笑逐颜开，忙不迭地为我倒咖啡，那可真是太好笑了。

我在一家又一家律所里进进出出。无论我多么想大声咆哮，我都满脸堆笑，对同样类型的女人说着同样的话。“是的，我叫鲁迪·贝勒，我是孟菲斯州立大学法学院三年级的学生。我想跟某某先生谈谈工作的事情。”

“谈什么？”她们总这样问。而我总是继续满脸堆笑，然后把简历递过去，再次要求见见某某大人物。但大人物总是太忙了，她们总是摆手让我离去，同时承诺之后会有人联络我的。

孟菲斯的格兰杰小区在市中心的北面。街道两旁婆娑的树影之下是一排排狭窄的砖房，这番景象毫无争议地表明，这是第二次世界大战结束后婴儿潮时期由工人们拼拼凑凑盖起来的市郊住宅区。这些工人在附近工厂工作，报酬优厚。他们在屋前的草坪上种树，在屋后的草坪上修建庭院。随着时间的推移，流动的婴儿潮一代向东迁移，在那儿修建更漂亮的房屋，格兰杰小区也就慢慢变成了退休金养老者、下层白人和黑人的混合住宅区。

布莱克夫妇的房子跟其他千篇一律的房子没什么区别，都建在一块不超过宽 80 英尺、长 100 英尺的平地上。前院那棵本该遮阴的大树不知道出了什么问题。一辆旧雪佛兰停在仅能容纳一辆汽车的车库里。院子里的花木修剪得井然有序。

他家左侧的邻居正在改装一辆跑车，零件和轮胎一路散落到街上。右侧的邻居已经把整个前院用栅栏围了起来，院子里的杂草有 1 英尺高。两只杜宾犬在栅栏里的土路上来回巡逻。

我把车停在雪佛兰后面的车道上。那两只杜宾犬在离我不到 5 英尺的地方冲我咆哮。

现在是午后，气温快到华氏 90 度了。门窗都开着，我透过前门和纱门往里窥望，然后轻轻地敲了一下。

我并不想来这里，因为我不愿看到唐尼·雷·布莱克。我怕他像他母亲所说的那样病得很严重，既虚弱又消瘦，而我的性子也很软弱。

她手里拿着一支薄荷香烟来到门口，透过纱门瞪着我。

“是我，布莱克太太。鲁迪·贝勒。我们上周在柏树花园见过面。”

在格兰杰小区，挨家挨户上门的推销员一定很讨人厌，因为她茫然地瞪着我。她向前跨近一步，把香烟塞进嘴里。

“记得吗？我正在帮你处理你跟大利保险公司的案子。”

“我还以为你是‘耶和华见证人’的信徒呢。”

“嗯，我不是，布莱克太太。”

“我叫多特。我想我跟你说过呢。”

“好吧，多特。”

“那些该死的人真要把我们逼疯了。他们，还有那些摩门教徒。周六早上太阳还没有出来，就叫那些童子军来卖甜甜圈！你想要干吗？”

“好吧，如果你有时间的话，我想谈谈你的案子。”

“案子怎么了？”

“我要跟你认真讨论几个问题。”

“我以为我们已经谈完了呢。”

“我们还需要再谈一谈。”

她喷出的烟雾穿透了纱门，她缓慢地开了门。我走进一间小小的客厅，又跟着她进入厨房。屋子里又潮湿又闷热，到处都是难闻的烟味。

“喝点什么？”她问。

“不用了，谢谢。”我在桌子旁边坐下。多特倒了一杯健怡可乐，加了冰块，然后背对柜台站着。巴迪不在屋里。唐尼·雷可能在卧室里。

“巴迪去哪了？”我高兴地问，好像他是我非常想念的一位老朋友似的。

她朝窗外点点头，冲着后院的草坪说：“看到外面那辆旧车了吗？”

在长满藤蔓和灌木的角落里，一个破旧的仓库旁边，一辆旧的福特费尔莱停在枫树下。车身是白色的，两扇车门全都敞开着，引擎盖上蜷缩着一只老猫，正在闭目养神。

“他坐在车里。”她解释说。

车的周围杂草丛生，长得欣欣向荣。似乎几十年来，这一切都未曾被人打扰。

“他要去哪？”我问，她居然笑了。

她出声地喝着可乐。“巴迪，他哪儿也不去。1964 年我们买了那辆新车。他就每天坐在里面，整天坐在里面，只有巴迪和猫。”

这倒是有一定道理的。巴迪一个人待在外面，他的呼吸系统不会被香烟的烟雾损害，也不必担心唐尼·雷。“为什么呢？”我问。很明显她不介意谈论这件事。

“巴迪不正常。上周我跟你说过了。”

我怎么能忘了呢!

“唐尼·雷怎么样?”

她耸耸肩，坐到我身边那张做工粗糙的餐桌边的对面。“时好时坏。你想见他吗?”

“以后再说吧。”

“他大部分时间都待在床上。不过还能走几步路。没准我会在你走之前把他叫起来。”

“嗯。也许吧。听着，你的这个案子我已经做了很多工作。我是说，我花了很多时间钻研你所有的文件。而且，在图书馆花了好几天时间研究相关的法律。坦白说，我认为你们应该去起诉大利保险公司。”

“我们不是早就决定要告了嘛。”她瞪大了眼睛。从多特的脸就能看出她是个无理争三分、得理不饶人的人，毫无疑问，这是她与外面福特汽车上坐着的那个怪人一起长期艰苦生活的结果。

“可能是这样，但我仍要研究一下。我建议你们去告，而且立即就去告。”

“那你在等什么?”

“但不要指望很快就会有结果。你告的是一个大公司。他们有许多律师，律师有很多种方法可以让案子一直拖着，这就是他们的工作。”

“那要多长时间?”

"可能几个月，也可能几年。我们可以提起诉讼，迫使他们尽快和解。但他们也可能迫使我们进行法庭审理，然后再上诉。这没办法预测。"

"几个月后他就要死了。"

"我能问你点事吗？"

她吐了一口烟，点了点头，动作行云流水。

"大利公司第一次拒绝你们索赔申请的时间是去年 8 月，恰好就在唐尼·雷确诊之后。你为什么要等到现在才找律师呢？"我用"律师"这个词，算不上严谨。

"这件事我们做得不好，行了吗？我们当时以为保险公司会赔付，你知道的，支付他的账单和医疗费。我不断地给他们写信，他们也不断地给我回信。我不知道。我想，是因为脑子不灵光。这些年来我们按期交保险费，从来没迟交过一次。我们指望着他们能遵守保单上的合同。再说呢，我从来没有请过律师，你知道的。从来没有离过婚也没做过什么出格的事。老天，早知道请律师就好了。"她伤心地转过身，向窗外望去，凄凉的目光望向那辆旧福特，看向车里面那个让她伤心的人。"早上他喝一品脱杜松子酒，下午再喝一品脱。我也不在乎。他喝酒很开心，也不会在屋里待着。再说了，又不是因为喝酒他才变成这样的，你明白我的意思吗？"

我们都看着巴迪低头缩在汽车前座上的身影。疯长的杂草和枫树在车身投下斑驳的树影。"酒是你给他买的吗？"我问，好像这很重要似的。

“哦，不，他付钱给隔壁邻居的孩子去买酒，然后偷偷带回来给他。他以为我不知道呢。”

房子后面传来一些动静。房子里没有空调的噪音，所以声音听得很清楚。有人在咳嗽。我开始说话。“哎，多特，我很愿意帮你处理这个案子。我知道自己还是个新人，一个马上就要从法学院毕业的学生，但是我已经在这个案子上花了很多时间，对这个案子我比谁都熟。”

她看上去很茫然，脸上几乎是绝望的神情。律师不过千篇一律。她把这个案子交给我，跟她把这个案子交给其他人又有什么区别？说起来也真有意思，尽管律师们在竞争激烈的广告上花了那么多钱，想想电视上播放的那些低预算的愚蠢广告片，还有摆在户外的那些破落失修的广告牌，报纸上刊登的像大甩卖一样的便宜分类广告，但仍然有像多特·布莱克这样的人，根本不了解一个经验丰富的大律师和一个法学院三年级学生之间有多大的区别。

我就指望她的这种天真无知了。“我可能还得再找个律师来帮衬。你知道，在我还没通过律师资格考试拿到执照之前，我做什么事都得用他的名义。”

她好像对此毫不介意。

“律师费要多少钱？”她问道，对我没有丝毫的猜疑。

我对她温暖地笑了笑。“一分钱也不要。官司打赢了才收费。最后拿到的赔偿金无论是多少，我都拿三分之一。拿不到赔偿，我一分钱不收。你一分钱都不用提前给我。”她肯定在某个广告中看过这种常规收费方式，但她似乎一窍不通。

“赔多少钱？”

“我们要让保险公司赔个几百万。”我夸张地说，显然她上钩了。我不认为这位身心受损的女人还有贪婪之心。她肯定对生活有过美丽的幻想，很久之前那些幻想就破灭了，久到她再也想不起来。但她很喜欢这个主意：狠狠地敲一下大利保险公司，让他们受点儿罪。

“你要拿三分之一？”

“我也不指望赔偿金真的会有几百万美元。但不论赔偿金是多少，我都只拿三分之一。而且，这是在首先支付了唐尼·雷的医疗费之后的三分之一。所以，你没什么可吃亏的。”

她用左手猛地在桌子上一拍。“那就告它！你拿多少我不在乎，我就是要告它。我们现在就告吗，还是明天？”

我口袋里有一份整整齐齐折好的法律服务合同，是我从图书馆一本表格簿中拿过来的。此时此刻，我应该把它拿出来让她签上名字，但是我不能这么做。就职业伦理而言，在通过律师资格考试、获得执照之前，我无法以律师之名签署任何代理协议。我相信多特会信守承诺的。

像一名真正的律师一样，我开始看手表。“我要回去工作了。”我说。

“你不想见见唐尼·雷吗？”

“下次吧。”

“我不怪你。他都皮包骨了。”

“过几天我再来，到时候我可以多待一会儿。我们还有很多事情要谈，而且我需要问他几个问题。”

“赶紧，好吗？”

我们又聊了几分钟，聊柏树花园和那里的庆祝活动。她和巴迪每周去一次，如果她能让他一直到中午都保持清醒的话。这是他们夫妇唯一一同外出的机会。

她还想再谈谈，而我却想离开。

她陪我走到屋外，仔细检查了我那脏兮兮、凹凸不平的丰田汽车，嘴里叽叽歪歪地说着进口产品，特别是日本产品的坏话，那两只杜宾犬时不时咆哮几下。

我走的时候，她站在信箱边抽着烟，目送我的车消失在远处。

作为一个刚刚申请破产的人，我花钱依然大手大脚。我花八美元买了一盆天竺葵，准备把它带给伯蒂小姐。她说过她喜欢花；而且，她很孤独——那是自然的，给她送盆花是一种友好的表示。不过是给她孤清的老年生活增加一缕阳光。

我到的时机刚刚好。她正趴在房子旁边的花坛里，花坛旁边就是车道，通向后院的独立车库。

车道两旁长满了鲜花、灌木、藤蔓和装饰用的树苗，跟她年纪一样大的老树的浓荫遮盖了房子后面的草坪。在砖砌的庭院里，花坛开满了色彩缤纷的鲜花。

我送那个小礼物时，她热情地拥抱了我。她扯下园艺手套，把它们扔进花丛里，带我到房子后面。她刚好有个地方可以种上我送的天竺葵，明天就种。“你想喝杯咖啡吗？”她问。

“水就好。”我说。那没滋没味的速溶咖啡，我还记忆犹新呢。她让我坐在露天平台的装饰椅上，一边拍打着围裙上的泥土和污垢。

“冰水？”她问，能让我喝点东西，显然让她很开心。

“好的。”我说。她于是连蹦带跳地朝厨房走去。后院里的花木有些过度生长了，但因为院子很大，房子与茂密树篱之间至少有50码远，因此反而有一种奇异的匀称感。透过树丛，可以看见远处的屋顶。院子里有几个整齐的小花坛，各种各样的花竞相怒放，显然是她或其他人花了很多心血维护的成果。树篱边上的砖砌平台上有一个喷泉，却没有水。一张旧吊床挂在两棵树之间，撕碎的吊绳和帆布在微风中抖动。草坪上没有什么杂草，但需要修剪。

车库引起了我的注意。它有两扇关闭的、可伸缩的门。车库一侧是一个储藏室，窗户的窗帘拉上了。上面有一个小公寓，一架木板楼梯弯弯曲曲绕过拐角处，直通公寓的后面。公寓有两扇很大的窗户面对房子，其中一扇窗户的玻璃已经破了。常春藤爬满了外墙，似乎正要穿过破裂的窗户进入房间里。

这个地方有点古怪。

伯蒂小姐拿着两杯冰水，跨出落地窗，蹦蹦跳跳地跑到我面前。“你觉得我的花园怎么样？”她问，坐到了我身后。

“很漂亮，伯蒂小姐。很安静！”

“这就是我的生活，”她放肆地挥舞着双手，不自觉地把水泼在我的脚上。“我的时间全花在这上面了，我爱这里。”

“非常漂亮。你干所有的活吗？”

“哦，大部分。我雇了一个孩子每周割一次草，割一次 30 美元。这么贵你信吗？以前只要 5 块钱。”她大声地啜了一口水，咂咂嘴。

“那是一套小公寓吗？”我指着车库上方问道。

“以前是。我有个孙子在那儿住过一段时间。我把它修好了，加了一个洗手间，一个小厨房，弄得真不错。他那时在孟菲斯州立大学念书。”

“他在那里住了多久？”

“没多久。我真的不想谈他。”

这个孙子，一定是名字被从遗嘱中删掉的儿孙中的一个。

当你花了大量时间去敲律所的门毛遂自荐，求一份工作，又屡屡被拒绝，受尽了那些可恶的女秘书的白眼之后，你就会变得没什么顾忌。脸皮变得越来越厚。被人拒绝也没什么大不了的，因为你很快就会明白，再糟糕也就不过是听对方讲一个“不”字而已。

“你现在不想租出去吗？”我毫不犹豫地问道，完全不怕被拒绝。

她手里的玻璃杯停在半空中，她盯着公寓，好像刚刚发现了它。“租给谁？”她问。

“我很愿意住在这。这地方很迷人，而且一定十分安静。”

“死一般的安静。”

“不过，我住不久。你知道，等我开始上班了，我就得走人。”

“租给你，鲁迪？”她不相信地问。

“我喜欢这里，”我半真半假地笑着说，“这对我来说很合适。我单身，喜欢安静，付不起多少房租。这里对我太合适了。”

“你能付多少钱？”她爽快地问道。突然间，她像一名律师，在盘问破了产的客户。

这让我措手不及。“哦，我不知道。你是房东。你应该告诉我租金是多少。”

她转过头，激动地望着树丛。“一个月 400 块，不，300 块怎么样？”

很显然，伯蒂小姐以前从没当过房东，所以才这样随便开价。幸亏她没有一开始就说每月 800 美元。“我想我应该看看房子再说。”我谨慎地说。

她站了起来。“房子不怎么好，你知道，做了十年储藏室。但我们可以把它清理干净。我想，水管是可以用的。”她牵着我的手，穿过草坪。“我们得把水管接通。不知道暖气和通风的情况怎么样。有一些家具，但不多。旧家具都被我扔掉了。”

她踏上吱吱作响的楼梯。“你需要家具吗？”

“不用那么多。”楼梯的扶手摇摇晃晃，好像整栋楼都在摇晃。

第九章

法学院把同学变成了敌人。竞争异常激烈，学生们学会了欺骗和暗箭伤人：这是真实世界的模拟训练。第一学年的时候，我们就看见了第一场格杀，两个三年级的学生在模拟法庭比赛中相互高声叫骂。校方先是开除了他们，然后又让他们复了学。因为学校需要学费。

我确实不喜欢学校里的许多人，有那么一两个人让我觉得讨厌，但我尽量不去恨别人。

但现在，我痛恨那个对我如此卑鄙下作的小人。孟菲斯当地的《每日通报》专门登载各种各样法律和金融的交易记录情况。除了离婚申请和其他十几种重要的项目外，还有前一天申请破产案件的清单。我的朋友或朋友们认为假如把我的案件从那些可怜人中挑出来示众，并且把它与剪下来的《破产法》第七章放在一起做成一个有趣的简报，把它贴满整个法学院一定是一件很有意思的事情。简报的内容如下："鲁迪·贝勒，学生；资产：1 125 美元（免税）；担保债务：欠惠尔斯与迪尔斯财务公司285美元；无担保债务：5 136.88美元；未决诉讼：（1）税务局税费欠款，（2）汉普顿公寓驱逐申请；雇主：无；律师：自己代表自己。”

自己代表自己（pro se）的意思是我请不起律师，自行处理案件。今天早上我一进图书馆，前台的学生职员就递给我一份简报，说这玩意儿贴满了整个法学院，甚至还贴到了布告栏上。他说：“真不知道谁会觉得这玩意儿有趣。”

我谢了他，然后就迅速跑到地下室我的私人角落里，钻进书堆，躲开那些熟面孔。课程马上就要结束了，我将要离开学校，离开那些我无法忍受的人。

今天上午，我要去拜访斯穆特教授，但是我迟到了十分钟。幸好他不计较。他的办公室有一种学者式的凌乱，他们太过聪明而不屑于井井有条。他脖子上的领结歪歪扭扭，脸上的笑容却是真诚的。

我们首先讨论了布莱克家与大利保险公司的案件。我给了他一份长达三页的案情摘要，以及我巧妙的结论和建议采取的行动方案。在他仔细阅读文件的时候，我研究他书桌下的那些纸团。读后他觉得非常不错，并说了好多遍。我给布莱克一家的建议是，找一位出庭辩护律师，以欺诈罪起诉大利保险公司。尽管斯穆特对案情不是很了解，但他完全同意这一方案。

我只希望他能够让我及格，别无他图。接着，我们讨论了伯蒂·伯德桑小姐的情况。我告诉他，她过得相当舒服，想重新拟定一份遗嘱。我没有跟他详谈各种细节。我给了他一份五页的文件，也就是把重新拟定后的伯蒂小姐的最终遗嘱给了他。他快速地扫了一眼说不错，虽然他也没仔细看内容。《老年人法律问题》这门课没有期末考试，也不用提交论文。只要你去上课，访问那些老头老太，写了案情提要，那么斯穆特就会给你一个A。

斯穆特认识伯蒂小姐已经好多年了。很明显，她当柏树花园的女皇已经蛮久了。斯穆特每年两次带学生到那儿参观都可以见到她。他一边不停地拉领结，一边自言自语，她以前从未想过利用这种免费的法律咨询。听说她很有钱，他大吃一惊。

要是他知道她马上会成为我的房东，才会真的大吃一惊呢。

马克斯·勒伯格的办公室就在斯穆特办公室那层楼的转角处。他在图书馆的前台给我留了言，说他要见我。课程结束后，他就要离开法学院了。他是从威斯康星大学借调来的客座教授，两年期满，他就会离开。当我们两人各奔前程之后，我可能会想念马克斯的，但现在很难想象我会对与法学院有关的任何人或任何事有什么留恋之情。

马克斯的办公室堆满了装酒瓶的纸箱。他正在收拾东西，准备离去。我从来没见过这么乱的景象。我们聊了几分钟，拼命想把法学院描绘成激动人心的好地方。我从未见过他的情绪如此低落，似乎真的是为离去而伤感。他指着一只“野火鸡”纸箱中的一堆文件说：“那是给你的。是我在恶意欺诈案中所用的最新材料。拿着吧。可能会派上用场。”

他上次交给我的那一批研究材料我到现在还没有读完呢。

“谢谢，马克斯。”我看着箱子外面印的野火鸡说。

“你已经起诉了吗？”他问道。

“哦，还没有。”

“你应该起诉。去城里找一个有良好出庭记录的律师。一个办理过很多件欺诈案的律师。我最近一直都在思考这个案子，越来越感兴趣。很多陪审员会被打动的。我可以想象陪审员会多么愤怒，要求严惩那家保险公司。这个案子必须有人办理，并且坚持到底。”

我在拼命地干着呢。

他从座位上跳起来，伸展双臂。“跟你合作的那家律所怎么样？”他问，踮起脚尖，做一些小腿的瑜伽扩张运动。“你手头的这个案子大有作为。我只是在想，你知道。也许你应该把它带到你的那家律所去，让律所与客户签订协议，你自己跑各种业务。你们所里肯定也有办案经验丰富的人。如果你愿意也可以给我打电话。我整个夏天都会在底特律，要跟奥尔斯台德公司有一场恶斗，但我对你的案子非常有兴趣，你懂吗？我想这可能会是一个里程碑式的大案。你要是能狠狠地教训教训那些家伙，我就太开心了。”

“奥尔斯台德公司做了什么？”我问，想把话题从我的律所转移到别处。

他咧嘴一笑，双手交叉放在头顶，我真想不到他会这样。“说起来让人难以置信。”他说，接着就开始絮絮叨叨地给我讲那个大案的案情。我真希望我没问他这个问题。

在我与律师相处的有限经验中，我早就发现他们都有同样的毛病。他们最令人讨厌的习惯之一，就是热衷于讲述他们辉煌的法庭战斗故事。如果他们正在经手办理一个能让他们发财的大案，那他们恨不得人人皆知。奥尔斯台德公司破产的前景，一定让马克斯开心得睡不着觉了。

“但不管怎样，”他说，终于回到了现实，“你的这个案子我也许能帮上忙。明年秋天我不回孟菲斯了，但我的电话号码和地址在这个纸箱里。如果你需要我，就打电话给我。”

我抱起那只“野火鸡”纸箱，箱子很重，底部外凸下沉。“谢谢，”我望着他说，“真的非常感激。”

“我想帮助你，鲁迪。相信我，没有什么比逮住保险公司更让人高兴的了。”

“我一定尽力而为。谢谢。”

电话铃响了，他忙着接电话。我抱着沉重的纸箱，离开了他的办公室。

伯蒂小姐和我达成了一个奇怪的协议。她不怎么擅长谈判，显然也不缺钱。我让她把房租降到每月 150 美元，包括水电费。她还用家具塞满了四个房间。

除了交房租，我还承诺帮她干点杂活，主要是草坪和花园的活。我负责给草坪割草，这样她每周可节省 30 美元。我还得干修剪树篱、清扫院子里的落叶等日常琐事。至于拔草事宜，我们没有谈得很明确，还得进一步确认，不过我倒也不在乎。

对我来说，这笔交易很合算，我为自己精明的商业头脑而自豪。这套公寓的房租每月至少值 350 美元，所以我为自己每月节省了 200 美元。我想每周工作 5 个小时，一个月工作 20 个小时也就够了。在目前这种情况下，还算不错。关在图书馆里苦读了三年之后，新鲜空气和适度运动对我有好处。谁也不会知道我在干园丁的活。而且，这能让我与我的客户伯蒂小姐变得亲近一些。

这是一个口头租约，需要每月续签，如果将来行不通，我还可以转身就走。

不久之前，我看过一些不错的公寓，那些地方适合新入行的律师。公寓有两个卧室，面积不到 1 000 平方英尺，房租每月 700 美元。我当时是很愿意租下的，可如今它们已遥不可及。

我将在这套小公寓里度过一段斯巴达式的苦日子，它是由伯蒂小姐设计的，已经被弃置了长达十年。简朴的起居室里铺着橘色的粗地毯，墙壁刷成了淡绿色，还有一个卧室，一个功能齐全的小厨房，以及一个独立的用餐区。每个房间的天花板都呈拱形，为我的小阁楼增添了一种幽闭恐惧的氛围。

对我来说，一切都很完美。只要伯蒂小姐不来打扰，就万事大吉。她让我保证不举行疯狂的聚会，不放吵吵嚷嚷的音乐，不招待风尘女子，不酗酒不吸毒，不养狗不养猫。她会亲自打扫这套公寓，把地板和墙壁擦洗干净，尽量搬走一切杂物。当我拿着一丁点行李，步履沉重地走上楼梯的时候，她紧紧跟在我的身后。我想她一定在为我感到难过。

当我刚把最后一个箱子扛上楼，还没来得及收拾的时候，她就坚持让我到庭院里去喝杯咖啡。

我们在庭院里坐了大概十分钟，我身上的汗刚停，她忽然说我们该去花坛干活了。我拔草拔得腰酸背痛，一开始她干得也挺积极，但没过几分钟她就只站在我身后发号施令了。

只有逃到尤吉酒吧，才能免除我的园艺之苦。我今晚在酒吧做酒保，要一直干到酒吧打烊，大概要到凌晨 1∶00 以后。

酒吧里满满当当的，让我很不爽的是前面一个角落的两张长桌上坐着一堆我的同学。法学院诸多兄弟会中的其中一个正在举行最后一次聚会，我没有参加这个兄弟会的荣幸。这个组织名叫“大律师”，成员都是《法律评论》杂志社那些自命不凡的家伙。他们总是一副神神秘秘、与众不同的样子，用拉丁语和其他谁也听不懂的愚蠢语言吟诵他们晦涩的入会歌曲。他们几乎都会到大律所工作或去联邦法院担任书记员。其中两个人已经拿到纽约大学税务学院录取通知书了。这是一个自大浮夸的兄弟会。

我给他们上了一瓶又一瓶啤酒，他们很快就喝醉了。叫得最响的那个小松鼠是雅各·斯特普尔斯，他是一位很有作为的青年律师，三年前刚进法学院学习时他就掌握了各种卑鄙狡诈的伎俩。他耍过的花招比法学院历史上的任何人都多：考试作弊，藏起来研究书籍，偷其他同学的法律理由书，欺骗教授以迟交论文和法律理由书。很快他就会赚一百万美元。我怀疑就是他从《每日通报》上剪下了那段关于我的新闻，并在整个法学院贴得到处都是。他像是能做出这种事情的人。

我懒得理他们，但偶尔也会碰上他们盯我的目光。“破产”这个词我听见了好几次。

我忙得要死，也尽量保持淡定，时不时喝一口咖啡杯里的啤酒。普林斯一边在对面角落里看电视，一边警惕地盯着“大律师”的聚会。他今晚看的是在佛罗里达举行的赛狗，每一场比赛他都要跟人打赌。他今晚的赌友兼酒友是他的律师布鲁索·斯通，布鲁索身材魁梧，肩宽体硕，一头花白的头发又长又浓密，一大把山羊胡子从下巴垂下来。他至少有350磅，他们俩待在一起，就像两头大熊坐在岩石上吃花生。

布鲁索·斯通作为律师的职业伦理让人高度质疑。他和普林斯的交情特别深，两人都是在南孟菲斯长大成人，高中时期就是好朋友，一起干过许多见不得人的交易。店里没人的时候，他们就会点现钞。他们贿赂政客和警察。布鲁索担当幕后军师，普林斯负责抛头露面。一旦普林斯被逮住，布鲁索便在报纸头版上大声疾呼不公平，提出抗议。布鲁索在法庭上战果辉煌，众所周知，这是因为他懂得用大把的金钱贿赂陪审员们。所以，普林斯根本不怕什么有罪裁决。

布鲁索的律所里有四五名律师。我不知道我有多绝望才会去求他给我一份工作。在布鲁索·斯通手下干活，我想不出有什么比这更糟的了。

普林斯会替我安排好的。他喜欢关照别人，以炫耀自己的能力。

真不敢相信，我居然考虑在布鲁索手下工作。

第十章

在我们四个同学的压力下，斯穆特终于宽宏大量地说，我们可以分别前往柏树花园，不需要一起前往，从而省掉了那一顿午餐的折磨。有一天，在《美丽的亚美利加》的歌声中，我和布克偷偷溜了进去，坐在后面。伯蒂小姐正在兴致勃勃地给他们讲维生素和适当锻炼的事情。最后她看到了我们，坚持要我们走上讲台，并正式向听众们介绍我们。

节目结束后，布克远远地溜到角落里去见他的客户，提一些他不想别人听到的建议。既然我已经见过多特，又和伯蒂小姐为她的遗嘱争论过几小时，实际上我无事可做。上次我接待的第三位客户迪温·迪维斯先生此时正在住院，我已经把我那些毫无用处的建议写成摘要寄给了他，希望在他与退伍军人管理局的小小战争中施以援手。

伯蒂小姐的遗嘱尚未完成，没有签字。最近几天她对此特别敏感。我不知道她是否还想改变遗嘱。她说她很久都没有来自敬爱的肯尼思·钱德勒牧师的消息了，所以她可能不会把财产留给他了。对此，我当然是乐见其成。

关于她的资产问题，我们谈过几次话。她喜欢等到我浑身是土，汗水从沾满泥炭的鼻子上不停往下流淌的时候，才抓住我问一些古怪的问题，例如“如果我什么都不留给德尔伯特，他的妻子能起诉争抢我的财产吗？”或者，“为什么我现在不能把钱给别人呢？”。

听到她的问题，我都会停下手中的活，从花坛中钻出来，擦把脸，努力想出一个机智的回答。而那个时候，她常常早已更改了话题，比如，为什么那边的杜鹃花老是长不大。

在庭院里喝咖啡的时候，我提过好几次这个话题，但她变得激动紧张、局促不安。她对律师非常不信任。

我还是想办法核查了一些事实。实际上，伯蒂小姐是在她的第二次婚姻中嫁给了安东尼·默丁先生。他们的婚姻持续了将近五年，四年前默丁先生在亚特兰大去世。显然，默丁先生去世时留下了一笔丰厚的遗产；但这笔遗产的归属存在严重的争议，因为佐治亚州德卡伯县法院下令封存了相关的档案文件。这就是我所了解的情况。我准备跟与他遗产有关的律师谈一谈。

伯蒂小姐想在聚会时跟我谈一谈，以便在众人面前突出她的重要性。我们坐在靠近钢琴的桌子旁边，远离其他人。我们挤在一起，两个人的头相距不过几英寸。别人还以为我们已经个把月没见了呢。

“我需要知道你想怎么处理你的遗嘱，伯蒂小姐。”我说，“在我正式起草之前，我需要先对资产的事情有所了解。”

她迅速地向四周瞥了一圈，好像有人会偷听我们说话似的。实际上，即使我们大喊大叫，这些可怜的人们大概也不会听见。她身子往下一沉，手捂着嘴说："我一分钱也没有投在房地产上。好吧，我投在了货币市场、共同基金和市政债券。"

听她了如指掌地念叨这些投资类型，我很吃惊。她的钱一定是以这些资产类型存在着。

"谁负责管理这些资产？"我问。这个问题没什么问的必要，因为无论谁在管理资产都与遗嘱毫无关联。我只是好奇。

"亚特兰大的一家事务所。"

"律所？"我担心地问。

"哦，不是。我不会把资产交给律师去管理。是信托公司。所有的资产都由信托公司管理。我生前会得到信托资产的所有收益，死后归遗嘱继承人所有。法官就是这样判的。"

"收益有多少呢？"我已经完全失控。

"嗯，这真的不关你的事，对吗，鲁迪？"

对，是不关我的事。我已经被她轻微地指摘，但本着律师界的优良传统，我还是试图要把自己的差错掩盖起来。"嗯，这可能很重要，你懂的。跟避税有关。"

"我没有让你替我纳税，是不是？我有专门的会计处理。我只是要求你重新拟定我的遗嘱，天哪，你肯定搞糊涂了。"

博斯科走到了我们这张桌子的另一端，冲我们咧嘴一笑。他嘴里的牙齿大多脱落了。她客气地叫他去玩一会飞行棋游戏。她对这些老人非常和蔼可亲。

“伯蒂小姐，你的遗嘱你想怎么写就怎么写，”我严肃地说，“不过，你得做好决定。”

她坐挺直了，用力地呼出一口气，紧紧地咬住她的假牙。“让我想想。”

“很好。但请记住。你现在的遗嘱里有很多你不喜欢的事项。万一如果你出什么事，那就——”

“我知道，我知道。”她挥舞着双手，打断了我的话，“你可别教训我。在过去的20年里我立过20份遗嘱。我什么都懂。”

博斯科在厨房那边哭泣，她跑过去安慰他。幸好这时布克结束了法律咨询。他的最后一个客户，就是在他花了很多时间应对的那个老人。很显然，他对布克为他提出的建议不是很满意，我听到布克在努力摆脱他时说：“哎，我又不收你的钱，你还想怎么样？”

我们向伯蒂小姐表达感谢之后，便迅速离开了。老年人法律问题这门课现在已经成为过往云烟。再过几天，它就要全部结束了。

在痛恨法学院三年之后，我们突然就要解放了。我曾听一位律师说过，法学院的痛苦和酸楚要好几年才能慢慢忘怀；但就像生活中的大多数事情一样，此后留下来只有美好的记忆。当他追忆起法学院中那些辉煌岁月时，他会带有一种淡淡的哀伤。

我无法想象有一天当我回首在法学院度过的三年，竟会宣称这是我人生中愉快的三年。也许有一天，我能拼凑出一些美好的回忆片段，那些曾与朋友们共度的时光，那些曾与布克交往的时光，那些在尤吉酒吧做酒保的时光，以及我现在暂时记不起来的人和事，他们曾经带给我的快乐时光。我相信当我们回忆起柏树花园的老人们以及他们对我们的信任时，布克和我会欢快大笑的。

总有一天，这些时光会变得有趣起来。

我建议我们去尤吉酒吧喝一杯。现在是14：00，下雨了，正是围坐在桌子旁闲聊一个下午的最佳时间。这可能是我们相聚的最后机会了。

布克真的很想跟我去喝一杯，可是一小时内他必须去办公室干活。马尔文·尚克尔让他写一份下周一要提交法庭的案件摘要。他整个周末都要待在图书馆里。

尚克尔每周工作7天。在孟菲斯的民权诉讼领域，他律所的业绩一骑绝尘，现在他获得了丰厚的回报。这家律所有22名律师，全是黑人，其中一半是女律师，全都努力按照马尔文·尚克尔苛刻的日程表行事。秘书们轮班工作，所以每天至少有三个人24小时轮番转。布克崇拜尚克尔，我知道过不了几周，他也要在周末上班了。

我觉得自己就像一个银行劫匪，在郊区开着车转来转去，在一家家分行转悠，判断哪家银行最容易得手。在一幢玻璃和石头砌成的现代化四层大楼里，我找到了我要找的那家律所。这家律所在孟菲斯东边，前面有一条繁忙的马路，向西通往市中心和密西西比河。这就是当年白人向郊区迁移时聚居的地方。

这家律所有四名律师，年纪差不多都是35、36岁，也都是孟菲斯州立大学的校友。我听说他们在法学院时就挺要好的，毕业后去了城里的几家大所工作，因为不想承受大所里的工作压力，于是聚集在一起开了这家律所，接轻松一点的业务。我在电话黄页上看到了他们的广告，占据了整整一页纸，据说广告费每月高达4 000美元。他们从事综合业务，从离婚到房地产再到划区纠纷，无所不能，但他们在广告上用黑色字体特别标明，他们的专长是人身伤害这一领域。

不管一位律师的业务专长是什么，他多半会吹嘘自己在人身伤害领域是专家。因为对大多数律师来说，他们不可能永远都有能够按小时付费的客户，他们唯一发大财的机会就是代理那些受伤或者被杀害的人的案件。大多数时候，这种钱容易挣。例如，有人在车祸中受伤，而肇事司机有过错而且上了保险。受害人在医院躺了一周，断了腿，没有收入。这种情况下，只要律师能赶在保险公司理赔员之前找到受害者，就可以代表他跟保险公司私下了结，以5万美元和解。律师花一点时间整理文件，但不一定要提出诉讼。他最多花费30个小时，却能拿到1.5万美元左右的手续费。相当于每个小时收费500美元。

这么好的事谁不想要！这就是为什么孟菲斯电话黄页上几乎所有的律师都在向人身伤害的客户吆喝。不需要任何出庭辩护的经验，99%的案子都是和解。诀窍就是最后让双方在和解文件上签字。

我不在乎他们怎么做广告。我唯一关心的是能否说服他们给我一份工作。我在车里坐了一会儿，冷雨敲打着挡风玻璃。我宁愿被牛鞭打，也不想走进这家律所的办公室，热情地跟前台小姐微笑，像挨家挨户兜售的推销员那样喋喋不休，然后使出浑身招数蒙混过关，见到她的一位老板。

我不敢相信我会这么做。

第十一章

我不参加毕业典礼的原因是，我要去一些律所面试，都是些大有希望的面试。我想让布克放心，但他心里头明白得很。他完全了解，我除了向城里一家又一家律所敲门递简历之外，什么也没干成。

作为唯一一个关心我是否戴着方帽穿着长袍出席毕业典礼的人，布克对我不出席毕业典礼很失望。我母亲和汉克正在缅因州的某个地方露营，目睹着树叶逐渐变绿。一个月之前，我跟她聊过一次，至于我什么时候毕业，她一无所知。

我听说毕业典礼无聊透顶，老法官发表长篇大论的演讲，唠唠叨叨地恳求毕业生们热爱法律事业，把它当成一个无限荣光的职业，把它当成一个嫉妒心重的情妇来尊重，重建那些被我们的学长玷污了的形象。絮絮叨叨，不厌其烦。我还不如坐在尤吉酒吧看普林斯赌羊呢。

布克的家人会陪他一起出席毕业典礼。夏琳和两个孩子，他们双方的父母，还有几位祖父母，姑妈阿姨，叔叔舅舅，表哥表弟什么的都会来。凯恩家族这么一大家子真是让人惊叹啊。流下无数的眼泪，拍下无数的照片。布克是凯恩家族里的第一位大学毕业生，现在他又要从法学院毕业了，这让他们无比骄傲。我真想躲在观众席里，这样等他拿到学位后我就可以见到他的父母了。我可能会和他们一起哭。

不知道莎拉·普兰克莫尔一家是否会出席毕业典礼，但我不会冒这个险。我无法忍受看见她和她的未婚夫托德·威尔柯克斯在镜头前微笑拥抱。她穿的长袍又肥又大，不太能看出来她的身孕是否明显。我无法控制自己，死死地盯着她看。无论怎么挣扎，我都无法把眼光从她的腹部挪开。

我最好不去参加毕业典礼。两天前，马德琳·斯金纳跟我说，其他的学生都找到了工作。许多人的工资比他们期望的要低。至少有 15 名学生独自上街推销自己，开办了自己的小小律所，随时准备好替人打官司。他们向父母亲和叔叔们借钱，租下了配廉价家具的小房间。她有统计数据。她知道每一位毕业生的归属。我的 120 名同学全都知道我鲁迪·贝勒就是班上唯一一个没有找到工作的傻瓜，我不可能戴着方帽穿着长袍坐在他们之间。那我还不如穿一件粉红色的长袍，戴一顶霓虹灯的帽子。那么，还是算了吧。

我昨天领了毕业证书。

毕业典礼在 14:00 开始，恰好在那个时刻，我走进了乔纳森·莱克律师事务所。这是我第二次拜访这家律所。我前所未有地拜访同一家律所两次。一个月前，我曾在这里畏畏缩缩地把简历递给前台小姐。而这次将会不同，我自有打算。

我已经粗略调查过这家莱克律所。因为莱克先生不愿意让自己的财富与他人过多地扯上关系，所以他是这家律所唯一的合伙人。他有 12 名律师为他干活，其中 7 名是出庭辩护律师，其他 5 名资历尚浅的则是什么活都干的普通律师。这 7 名律师是出庭经验非常丰富的高级律师，每个人都有一个秘书和律师助理，甚至有些律师助理也有秘书。这几个人构成一个出庭小组。每个出庭小组之间独立工作，只有乔纳森·莱克偶尔过来插手指挥。他只接他想接的案子，通常是最有可能做出巨额赔款的那类案件。他喜欢在婴儿医疗事故案中起诉产科医生，最近在一起婴儿石棉症官司中发了财。

每一位出庭律师都会管理自己的工作人员，他有权聘用和解聘工作人员，而且负责承接新案件。我听说这家律所 80% 的业务都是介绍来的，有其他律师介绍的，有出租车司机介绍的，还有房地产经纪人介绍的，偶尔他们也会碰到一两位人身伤害的客户。出庭律师的收入由几个因素决定，其中包括他接了多少新案子。

巴里·X. 兰开斯特[①] 是这家律所的年轻新星，新晋的出庭辩护律师。去年圣诞节他从一位阿肯色州医生那里敲到了 200

---

① 后文按原著称巴里·X 或巴里·兰开斯特。——译注（本书页下注均为译注，以下不再一一标明。）

万美元。他如今34岁，离了婚，住在律所，孟菲斯州立大学法学院毕业生。我已经调查过他了。他刊登广告招聘一名律师助理。我在《每日报道》上看到了这个招聘广告。如果我不能从律师开始我的法律职业生涯，那么从律师助理开始又有什么不好呢？总有一天，等我成功了，拥有了自己的大律所之后，这将成为一个非常了不起的故事；年轻的鲁迪找不到一份像样的工作，就从乔纳森·莱克律所的收发室开始打拼。你再看看他现在。

我和巴里·X在14∶00有个约会。前台人员看着我愣了一下，然后放我进去了。我很怀疑她是否能够认出来我曾经来过。毕竟从那以后，成百上千的人来来去去。我坐在皮沙发上，用杂志挡住脸，欣赏着硬木地板和波斯地毯，以及房顶上裸露的直径12英寸的横梁。这家律所设在孟菲斯医疗区附近的一个旧仓库里。据报道，莱克花了300万美元来翻修和装潢他的这幢纪念碑。我在两本不同的杂志上都看到类似报道。

几分钟后，一个秘书领着我穿过如迷宫般的门厅和走廊，来到了楼上的一间办公室。进门就是一个开放的资料室，没有墙壁和隔板，只有一排排的书。一个孤独的学者坐在一张长桌旁，身旁摞着一堆堆的文件，他已经在一大堆相互矛盾的理论中迷失了方向。

巴里·X的办公室是狭长型的，墙壁是砖砌的，地板走起来嘎吱作响。房间里摆放着几件古玩和摆设。我们握手后各自坐下。他身材瘦削，却健康矍铄，我记得在杂志上看到过莱克先生为律所安装健身房的照片。还有干蒸的桑拿房和湿蒸的蒸汽房。

毫无疑问，巴里很忙，他要和他的出庭小组商讨策略，为一个重大案件做准备。我能看见他电话的指示灯在疯狂地闪烁，他的双手虽然安安静静地没怎么动，但他还是忍不住瞥了瞥手表。

“跟我说说你的案子吧，”寒暄一阵后，他说，“与保险索赔被拒的相关事宜？”他已经开始怀疑了，因为我穿西装打领带，不像是普通打扮的客户。

“嗯，我其实是来找工作的。”我大胆地说。大不了他叫我走。我也没什么损失。

他做了个鬼脸，抓起一张纸。该死的秘书又把事情搞砸了。

“我在《每日报道》上看到了你们招聘律师助理的广告。”

“那你是律师助理？”他不耐烦地问。

“我可以是。”

“这到底是什么意思？”

“我上了三年法学院。”

他打量了我五秒钟，然后摇摇头，瞥了瞥手表。“我真的很忙。我的秘书会收下你的申请。”

我猛地站了起来，靠在他的桌子上，身体向前倾。“你看，我们可以做笔交易。”我夸张地说，他吓了一跳，抬起头来。然后我就急忙开始了我那一套自我介绍的标准程序，我聪明，有干劲，在班级里成绩出类拔萃，我怎样在布罗德纳克斯和斯皮尔律所找到了工作，然后又如何被骗了。我齐头并进，说到延利·布里特律所，大谈自己对大律所的厌恶。谈到工资，我是如何性价比高，物美价廉。给点汤喝就行。我确实需要一份工作，先生。我喋喋不休地讲了一两分钟，然后回到座位上。

他思考了一会，咬着指甲。我不知道他是生气还是激动。

“你知道什么让我生气吗？”他最后说，样子显然算不上是激动。

“知道。像我这样的人跟前台的人撒了谎，不过是为了能见到你，想找一份工作。这就是让你生气的原因。我不怪你。如果是我，也会很生气，但我会消一消气的，真的。我会想，看，这家伙马上就可以成为律师了，我不需要付他年薪 4 万美元，我只需付他比如说一年 2.4 万美元，就可以雇他干些粗活、杂活了。”

“2.1 万。”

“成交，”我说，“一年 2.1 万，我明天就来上班。有了这份工资，我就可以干满整整一年。无论我通不通过律师资格考试，我向你保证，12 个月内我绝不会离开。在这 12 个月里，我会每周工作 60 到 70 个小时。不休假。我向你保证。我愿意签份合同。”

“我们要求律师助理有五年工作经验，否则不予考虑。我们员工都是很厉害的。”

“我学得快。去年夏天我在城里一家辩护律所干过。干的全都是诉讼案件。”

这件事有点不太公平，而他刚刚想明白。我走进门的时候就已经全副武装，他被我伏击了。显然，这种事情我已经做过好几次了，无论他说什么，我都能对答如流。

但我并不觉得有什么过意不去的。他随时都能赶我走。

“我得跟莱克先生谈一谈，”他松口说，“他在人事上有相当严格的规定。我无权雇用不符合我们所标准的律师助理。”

“当然。”我有点伤心地说。我又被打脸了。我已经习惯了。我听人说过，不论律师多忙，对一个刚从学校毕业却找不到工作的学生，总有一种天然的同情。当然这份同情是有限的。

“他可能会答应。如果他答应的话，这份工作就是你的了。”他想让我好受一点。

“还有一件事，”我振作起精神说，“我手上有个案子。这个案子非常好。”

这激起了他的好奇心。“什么样的案子？”他问道。

“保险欺诈。”

“你是客户？”

“不。我是律师。这是我偶然遇上的案子。”

“标的额多少？”

我递给他一份两页纸的布莱克案件案情提要，是经过重大修改，有点夸张的版本。我在这份案件提要上花费了大量时间，每次有律师读完拒绝了我，我都会对它做些修改。

巴里·X仔细读了一遍，比其他律师读得都要专注。正在我欣赏他办公室那些年代已久的砖墙，幻想着有一天自己也能有一个这样的办公室时，他已经读完了第二遍。

“不错。”他看完说。眼睛里闪着光。我觉得他的心情比看起来要激动得多。“让我猜猜。你想要一份工作，然后承接这个案子。”

“不是。我只要一份工作，案子是你的。我想办理这个案子，而且我也需要处理跟客户的关系，但律师费由你收。”

“部分费用。莱克先生收大头。”他笑着说。

怎么样都行。他们怎么样分钱，我一点都不关心。我只想要一份工作。一想到要在如此奢华的工作环境里为乔纳森·莱克干活，我就有点头晕目眩。

我已经想好了，把伯蒂小姐的案件留给我自己。作为客户，她之所以没什么吸引力是因为她不打算付什么律师费。而且，她说不定能活到120岁，把她当作王牌打出去对我没什么好处。我相信经验丰富、手段高超的律师，一定能够从她身上用种种名目、雁过拔毛，但这种事情对莱克律所来说，没什么吸引力。这个所里的律师专业是诉讼业务，对起草遗嘱和遗嘱认证财产这些业务不感兴趣。

我又站了起来。我已经占用巴里够多的时间了。“嗯，”我尽可能诚恳地说，“我知道你很忙。我跟你说的绝无半分虚言，你可以到法学院去核查。如果你想核查的话，可以打电话给马德琳·斯金纳。”

“马德琳夫人，她还在法学院？”

“是的，现在她是我最好的朋友。她可以为我担保。”

"好。我一定尽快给你答复。"

你当然会。

我找大门出去的时候，迷了两次路。谁也没注意我，所以我就不紧不慢地欣赏楼里那些宽敞的办公室。有一次，我走到了图书室的边缘，盯着大楼里三层的走廊和狭窄的过道。任何两间办公室之间都是千差万别，没有丝毫相似之处。到处都是会议室。秘书、书记员和杂役们，在松木地板上悄无声息地来去匆匆。

即使我的年薪远远低于 2.1 万美元，我也愿意在此干活。

我在那辆加长凯迪拉克后悄悄地停好了车，然后悄无声息地从我那部老爷车里钻了出来。我一点都不想惊动那位老太太。我轻手轻脚地绕到了屋后，迎面看见堆得老高的白色大塑料袋，一共有好几十个。是成吨的松树皮覆盖土料，每袋重 100 磅。我现在想起来几天前伯蒂小姐说过要把所有花坛铺上新的土料，但我当时没往心里去。

我飞快地冲上通往我公寓的楼梯，当我快走到楼上的时候，突然听见她喊道，"鲁迪，亲爱的鲁迪，我们一起喝杯咖啡吧。"她站在松树皮堆成的纪念碑旁，咧着嘴笑，露出了灰黄的牙齿。我回来了，她真的很高兴。天就快要黑了，她喜欢日落时在庭院里悠闲地品尝咖啡。

"好的。"我一边说，一边把夹克搭在楼梯扶手上，扯下了领带。

“你好吗，亲爱的？”她像唱歌般用升调跟我说。大约一周前，她就开始了这种“亲爱的”花招。整天亲爱的这个，亲爱的那个。

“还好，有点累。背比较酸。”这几天我一直在向她暗示我的背不舒服，但到现在为止她还没有上钩。

我坐在常坐的那张椅子上，她在厨房里调她那难喝得要死的咖啡。傍晚时分，后院的草坪上树影婆娑。我数了数装满材料的那些塑料袋：每排有 8 袋，一共 4 排，堆了 8 袋高，所以总共 256 袋。每袋重 100 磅，因而总计 25 600 磅。这么多土料！全部要铺好！我一个人！

我们喝着咖啡，我喝得很慢，一小口一小口地喝。她很想知道我今天所有的一举一动。我跟她撒谎说，我跟几位律师谈了几桩案子然后就去复习律师资格考试了。明天也差不多这样。忙，不停地忙，你知道的，律师都这样。确实没空来搬一吨重的土料。

我们俩或多或少都面对着那堆白色塑料袋，可是谁都不想看着它。我避免跟她目光接触。

“你什么时候开始当律师？”她问。

“没个准。”我说，然后第十次跟她解释，在接下来的几周里我将如何奋发努力，整天在法学院埋头读书，希望能顺利通过资格考试。在没通过律师资格考试之前，不能从事律师业务。

“多好啊。”她说，沉默了一会。“我们真的需要开始铺这些覆盖土料了。”她补充道，一边点着头，一边望着塑料袋，眼睛不停地转动。

我一时不知道该怎么回答。后来才说了句："这土料可真多啊。"

"哦，没关系的。我会帮你的。"

那就意味着她会用铲子东指西指，喋喋不休个没完。

"是啊，说不定明天吧。今天太晚了，我这一天也很辛苦。"

她想了一会儿。"我希望我们最好现在就开始，"她说，"我会帮你的。"

"嗯，我还没吃晚饭。"我说。

"我给你做个三明治。"她马上说。伯蒂小姐的三明治就是两片薄薄的去脂白面包中间夹一块薄得透明的火鸡肉片。连一滴芥末和蛋黄酱都没有，更别提什么生菜和奶酪了。至少要吃四块这样的三明治，才能解一丁点饿。

电话铃响时，她站起来向厨房走去。虽然她两周前就已经答应了，但到现在我房间里还是没有单独装上电话。

现在我房间里有一个分机，这意味着电话里没有丝毫隐私。她还限制我的通话次数，因为她得保持她的电话线路时刻通畅。虽然没什么人找她。

"鲁迪，找你的，"她在厨房里叫道，"一个律师。"

找我的是巴里·X。他说他已经和乔纳森·莱克谈过了，最好我们能再谈一次。他问我现在能不能去他的办公室，马上就去，他说他整个晚上都在干活。他要我把文件带去，他想把恶意欺诈案件的全部文件都看一遍。

我边打电话，边看着伯蒂小姐认真地准备火鸡肉三明治。

在她把三明治切半时，我挂了电话。

“我得出去一下，伯蒂小姐，”我屏息静气地说，“发生了一些事。我得去和这位律师谈谈，是个大案子。”

“但是——”

“不好意思。我明天会做的。”我说完就走，她站在那，两手各拿半个三明治，脸耷拉着，好像她无法相信我会不跟她一起吃饭似的。

巴里在锁了的正门那儿等着我，虽然正门锁了，但所里依然有很多人在忙着工作。我随着他来到他的办公室，多少天来我的脚步从来没有这么轻盈过。我忍不住欣赏起那些地毯、书架和艺术品，心里想着自己终将成为其中的一员。我，成为本地最大的出庭辩护律所莱克律所的一员！

他给了我一个鸡蛋卷，是他晚饭剩下的。他说他一日三餐都在办公室吃。我记得他离婚了，现在知道是为什么了。我不饿。他打开录音电话，把麦克风放在离我最近的桌子边上。“我们的谈话会被录下来，明天让我的秘书打印出来。可以吗？”

“当然可以。”我说。怎么都行。

“我将雇你为我的律师助理，期限是12个月。你的工资是年薪2.1万美元，分12次支付，每月15日给你发工资。你在本所工作满一年后才有资格享受医疗保险和其他福利。我们将在你工作的第12个月底，对你的工作表现进行评估，然后到那时再决定雇你为律师助理还是律师。”

“行。很好。”

“你会有一个办公室，我们会招聘一名秘书来协助你。你每周至少要工作 60 小时，从 8:00 开始，什么时候下班视工作需要而定。我们所没有任何一位律师每周工作少于 60 小时。”

“没问题。”让我干 90 个小时都行。繁忙的工作会让我躲开伯蒂小姐和她的那些松树皮覆盖土料。

他仔细检查了他的笔记。“我们将登记代理你的那个，呃，你的那个案子叫什么？”

“布莱克。布莱克诉大利保险公司。”

“好。我们将代表布莱克一家起诉大利人寿保险公司。你将负责文书工作，但如果获得任何费用，你都无权收取。”

“没问题。”

“你还有别的什么想问的吗？”他对着麦克风说。

“我什么时候开始工作？”

“现在。如果你有时间的话，今天晚上我想把整个案子的文件都过一遍。”

“没问题。”

“还有其他问题吗？”

我有些哽咽：“这个月早些时候我申请了破产。这事说来话长。”

“清算型破产？根据第 7 章还是第 13 章？”

“第 7 章。”

“那就不会对你的薪水有什么影响。还有，你得自己准备资格考试。没问题吧？”

“好。”

他关掉了录音电话，要再给我一个鸡蛋卷，我婉言推辞了。我随着他穿过一个螺旋形的楼梯，来到一间小小的资料室。

“在这里很容易迷路。”他说。

“太不可思议了。”我说，对迷宫般的房间和通道惊叹不已。

我们在一张桌子旁坐下，开始把布莱克案的文件摊开在我们面前。他对我井然有序的文件管理能力印象不错。他想要哪一份文件，我就会立刻拿给他。他想知道的日期和姓名，我早烂熟于心。我把所有的文件都复印了两份，一份给他，一份我留着。

万事俱备，现在只欠一份布莱克签字的律师代理合同了。他似乎对此感到惊讶，我解释了我是如何拿到案件代理权的。

他不止一次地说，我们需要签一份合同。

22:00 以后，我才离开律所。开车穿过城里时，我在后视镜里发现自己在偷偷微笑。明天一大早起来，我就给布克打电话告诉他这个好消息。我会给马德琳·斯金纳买一束花，以示谢意。

我的职务很低，但是我还有很大的上升空间。只要一年的时间，我挣的钱就会超过莎拉·普兰克莫尔、S. 托德、N. 伊丽莎白、F. 富兰克林等过去那一个月中我千方百计回避的那 100 多个笨蛋。只要给我时间，我就能改变一切。

我在尤吉酒吧门口停了车，进去跟普林斯喝了一杯。我告诉他这个好消息，他像一头醉醺醺的熊一样拥抱了我。他说他真不想我走。我跟他说我还得在这儿待上个把月，可能周末过来打工，一直到律师资格考试通过为止。普林斯说怎样都行。

我一个人坐在酒吧后面的卡座里，喝着冰啤酒，一边看着稀疏的客流。我不再觉得难堪了。几周来，我第一次如释重负，不再觉得憋屈。我已经准备好奋斗了，要在我的法律职业道路上好好地拼搏一把。我梦想有一天能在法庭上跟劳埃德·别克真刀真枪地杀一场。

第十二章

翻阅马克斯·勒伯格的那些案件和材料后，看到那些富得流油的保险公司如何欺诈底层草民，强取豪夺到了何等可怕的地步，我非常震惊。哪怕是区区一美元，他们也要榨取干净。各种卑鄙无耻的手段层出不穷。然而，鲜见有投保人起诉，这也让我非常惊诧。大多数投保人从不向律师咨询。在保险公司向他们出示保单后所附的层层叠叠的附件和附录之后，他们就轻易地相信是他们所投的保单项目属于承保范围了。根据某项研究估计，仅有不到5%保险欺诈案件的受害者去找过律师，这些投保人都没什么文化。他们害怕律师就像害怕保险公司一样。走上法庭，在法官和陪审团面前宣誓作证，这种事情光是想一想就足以让他们保持沉默。

我和巴里·兰开斯特整整两天都在翻阅、挖掘布莱克案件的卷宗。这几年来，他办过几桩欺诈案，取得了不同程度的成功。他屡次说，孟菲斯的陪审团太保守了，以至于难以做出公正的裁决。这种说法我已经听了三年。作为一个南方城市，孟菲斯是个思想顽固的工会城镇。一般来说，工会城镇做出的裁决，通常都对原告有利。但不知何故，孟菲斯却并非如此。乔纳森·莱克已在此地多次赢过获上百万美元赔偿的判决，如今却更愿意把案件放在其他州审理。

我还没见过莱克先生。他正在某地办理大案子，并不急于见到他的新员工。

我的临时办公室在一个俯瞰二楼向外凸出的小资料室里面。房间里有三张圆桌，八个书架，全是些与医生玩忽职守案件有关的书籍。我第一天上班时，巴里带我去看了一个漂亮的房间，说那是我几周后的办公室。需要粉刷一下，电线线路也有些问题。对一个仓库你能有什么期待？他不止一次地问我。

我没被正式介绍给所里的其他同事，我敢肯定这是因为我只是一个职位卑微的律师助理，而不是律师。我没什么新奇的，也不够特别。律师助理来了又走，不稀罕。

所里的人都很忙，同事之间也没什么情分。巴里很少提及大楼里的其他律师，所里每个出庭小组几乎都是独立的这一点让我印象深刻。我感觉在乔纳森监管下办理诉讼案件，是一件让人紧张烦躁的事情。

巴里每天 8:00 前到办公室，我决定在拿到所里的钥匙之前每天都在大门口等他。显然，莱克先生对进入这座大楼的人非常当心。因为多年前，他跟一家保险公司打官司打得正在紧要关头时，发现自己的电话被人窃听了。当我第一次跟巴里说要一把公司大门钥匙时，他就给我扯了一个这么长的故事。可能需要好几周的时间，他说，而且还得通过测谎仪的测试。

他把我安排在二楼那个凸出来的资料室，给了我一些指示，然后就回了他的办公室。

刚开始那两天，他每隔两个小时左右就来看一下我。我把布莱克案卷所有的文件都复制了一套。背着他，我也给自己复制了一整套。第二天下班的时候，我把这些文件放在普林斯送给我的崭新时髦的公文包里，偷偷带回了家。

按照巴里的指导，我向大利保险公司起草了一份口气强硬的信函，在该函中我列举了相关事实以及大利公司的违规行为。巴里的秘书把信函打印出来，竟然长达四页。巴里对这封信函做了脱胎换骨的大手术，然后就打发我回到我的角落。他情绪激动，并为能一举击中要害而扬扬自得。

在我入职第三天休息的时候，我终于鼓起勇气向他的秘书询问我的雇佣合同是否已经准备妥当。她很忙，但说她会看一下。

那一天，我和巴里 21:00 刚过就离开了他的办公室。我们已经写好了给大利保险公司的信函，一份长达三页的杰作，会用挂号信寄出。他从不谈论办公室之外的生活，当我提议我们一起去喝杯啤酒和吃个三明治时，他立刻婉拒了。

我开车去尤吉酒吧吃了顿快餐。店里挤满了喝得烂醉的兄弟会男生，普林斯在吧台亲自当班，显然不是很开心。我接手了他的活，让他去充当安保，他很高兴。

他去了他的老位置，他的律师布鲁索·斯通在那正一根接一根地抽着骆驼牌香烟，跟人就电视上的一场拳击比赛打赌。

今天早上他又上报纸了，对所有事情都矢口抵赖。两年前，警察在一家脱衣舞酒吧后的垃圾桶里发现了一具尸体。死者是本地的一个黑帮分子，在镇上拥有一家色情娱乐场所，显然他想涉足这日益兴隆的皮肉行业。但他踩错了地盘，做了错误的交易，结果只能死于非命。布鲁索不可能干这种事，但警察似乎有理由相信他确切地知道凶手是谁。

最近他老来这儿，拼命喝酒，跟普林斯窃窃私语。

感谢上帝，我终于有了一份真正的工作。我差点就听天由命地要去给布鲁索工作了。

今天是周五，是我在莱克律所上班的第四天。我已经跟很多人说过我在莱克律所上班的事，那四个字从舌尖滚落的方式，让人身心愉悦。莱克律所这四个字本身就让人心满意足，提到这家大名鼎鼎的律所，谁都无须多问，光听名字人们就可以想象出那座改造过的金碧辉煌的旧仓库，知道那就是伟大的乔纳森·莱克和他那帮精明强悍的律师的家。

昨晚，布克差点哭了。他买了牛排和一瓶不含酒精的红酒。夏琳做饭，我们一直庆祝到半夜。

我今天本来打算睡到7:00以后的，但一大早就被巨大的敲门声吵醒。伯蒂小姐一边摇晃着门把手，一边大声叫道："鲁迪！鲁迪！"

我打开门，她闯了进来。"鲁迪，你醒了吗？"她在小厨房里看着我。我穿着运动短裤和T恤，没什么不雅观的。我睡眼惺忪，蓬头垢面。我醒了，但还很迷糊。

太阳刚出来，她的围裙和鞋子都已经被土和泥弄脏了。“早上好。”我说，努力掩饰心中的恼火。

她咧嘴一笑，牙齿又黄又灰。“我吵醒你了吗？”她像鸟一样叽叽喳喳。

“没有。我正准备起床。”

“那就好。我们要开始干活了。”

“干活？但是——”

“是的，鲁迪。你已经忘掉那堆覆盖土料够久了。是该忙活起来了。我们再不快点忙活，它就要烂掉了！”

我眨巴眨巴眼睛，试图集中注意力。“今天是星期五。”我咕哝着，心里也不是很确定。

“不对，今天是星期六。”她厉声说。

我们大眼瞪小眼，互相瞪了几秒钟。然后我看了一眼手表，这是我上班三天后养成的习惯。“今天是星期五，伯蒂小姐。星期五。我今天得去上班。”

“今天是星期六。”她固执地重复着。

我们又瞪着看了一会。她瞥了一眼我的运动短裤，我仔细看了看她鞋子上的泥。

“你听我说，伯蒂小姐，”我热情地说，“我知道今天是星期五，一个半小时后我就在办公室工作了。覆盖土料我们这个周末弄。”我当然只是想安抚她。我早计划好明天早上去上班了。

“它会烂掉的！”

“明天上午前绝对不会烂掉。”塑料袋里的覆盖土料会烂掉？我看不会。

“明天我要修剪玫瑰。”

“好吧，那你在我今天上班的时候把玫瑰修剪一下，明天我们盖土料。”

她把这句话仔细思量了一会。突然，她看起来很可怜。她双肩低垂，愁容满面。不知道她是否觉得有点尴尬。“你保证吗？”她温顺地问。

“我保证。”

“你说过如果租金便宜点，你就帮我干花园里的活。”

“是的，我说过。”我怎么会忘记？她已经提醒我不下十几次了。

“好吧，好吧。”她说，好像来此的目的已经全部达到了。然后，她摇摇晃晃地走出房门，走下台阶，一路喃喃自语。我悄悄地关上门，不知道她哪个早晨又会来逮我。

我穿戴整齐，开车去了律所。还不到7:00，停车场已经停了五六辆汽车，办公室里有些房间亮起了灯光。我在车里等着，直到另一辆车开进了停车场，我才出来。时间算得刚刚好，我在前门逮到了一个中年男子。他夹着个公文包，一手拿着一大杯咖啡，另一个手在努力地掏钥匙。

他似乎被我吓了一跳。这个地区犯罪率不算高，但毕竟是孟菲斯的市中心，人们都一惊一乍的。

“早上好。”我热情地打招呼。

“早上好，”他咕哝道，“有什么要我帮忙？”

“是的，先生。我是巴里·兰开斯特新的律师助理，刚刚来上班。”

“你叫什么名字？”

“鲁迪·贝勒。”

他的手停顿了一会，他的眉头皱得更深了。他噘起了下唇，摇了摇头。“没听说过。我是业务经理。没有人跟我提过你。”

“他四天前雇了我，我发誓。”

他把钥匙插进门锁，转过头用惊恐的眼神看着我。这家伙以为我是小偷或是杀手呢。可我穿着西装打着领带，看起来像模像样啊。

“不好意思。但是莱克先生对安保问题有非常严格的规定。除非名字在工资单上，否则谁也不能在开门前几小时进来。”他几乎是跳进了门。“跟巴里说让他今天早上给我打个电话。”他说完，就当着我的面把门关上了。

我不愿像乞丐一样在前门的台阶上闲逛，等待另一个名字在工资单上的职工。我开车穿过几个街区，在一家小店买了一份早报、面包卷和咖啡。我在那待了一个小时，呼吸着弥漫的香烟，听些闲言碎语。等我回到停车场时，那里已经停了很多车。全都是好车，造型优雅的德国车和其他铿光瓦亮的进口车。我小心谨慎地把车停在一辆雪佛兰旁边。

前台的接待员已经看见过我出出进进好几次了，却把我当成一个完全不认识的陌生人，我也懒得跟她说，我现在也跟她一样是这家公司的职工了。她给巴里打了电话，巴里让我走进这座迷宫。

巴里 9:00 要出庭，就一个产品责任案件提出动议，所以他正手忙脚乱地准备。我本来想跟他谈把我的名字加到工资单上的事情，但时机不对，就只好再等一两天了。他在忙着把文件塞进一只大公文包里，那个时候我突然想去法庭给他打下手。

他另有打算。“我要你去布莱克家，把合同签好带回来。现在这件事必须完成。”他着重强调了“现在”这两个字，所以我非常清楚该去哪儿。

他递给我一份薄薄的文件。“合同在里面，我昨晚准备好的。仔细看一遍，布莱克家三个人多特、巴迪还有唐尼·雷都必须在上面签字，既然他现在已经成年了。”

我自信地点了点头，但我宁愿被打也不想去布莱克家待一上午。我终于要见到唐尼·雷了，我以为我们的会面会永远推迟下去呢。“合同签好之后呢？”我问。

“我一整天都待在法院。到安德森法官的法庭来找我。”电话响了，他挥手示意我走开，好像我的时间已经到了。

把布莱克一家集中到厨房的桌子边上来一次集体签名，实在不是什么让人高兴的主意。我将不得不坐在厨房里，看着多特昂首阔步地穿过后院，走向那辆破破烂烂的福特车，一边骂骂咧咧，一边哄骗巴迪放下手中的酒瓶，丢开怀里的小猫。她说不定会揪着耳朵把巴迪从车里拽出来。这会让我很不舒服。

她去屋子后面接唐尼·雷时，我会坐立不安，当唐尼·雷来见我这位律师的时候，我恐怕大气都不敢出。

为了尽量避免出现这种情况，我在海湾石油公司加油站的公用电话亭那停下来，给多特打了个电话。真丢人！莱克律所拥有最先进的电子通信设备，而我却不得不使用公用电话。感谢上帝，多特接了我的电话。我无法想象跟巴迪在电话里聊天。我怀疑他那部破福特上是否装了移动电话。

像往常一样，多特很不放心，但她同意和我见一会儿面。我没有确切地指示她召集全家人，但我强调了每个人都需要签名。而且像律师惯常操作的那样，我特意匆匆忙忙地跟她说，马上要出庭，你知道的。法官们正在等着呢。

我把车停在布莱克家车道上时，跟上次一样，邻居家那两条狗又在钢丝网栅栏后冲我狂吠。

多特站在杂乱不堪的门廊上，手里的烟嘴离她的嘴唇不到几英寸，一缕淡蓝色的烟雾懒洋洋地从她头顶飘过，飘向屋前的草坪。她边抽烟边等我，已经有一段时间了。

我强装出一副笑脸，热情地跟她打招呼。她嘴角的笑容很勉强。我跟着她穿过狭窄闷热的房间，房间里靠墙放着的沙发破破烂烂，墙上挂着布莱克家几张幸福往日的旧相片，破旧的粗毛地毯上放着几块小地毯以掩盖破了的洞，我们走进厨房，厨房里一个人也没有。

“咖啡？”她问，指着桌旁让我坐下。

“谢谢，不用了。水就行。”

她用塑料杯在水龙头上接了水，没加冰块，放在我面前。我们俩都缓缓转过头来望着窗外。

“我没法让他进屋里来。”她说，但脸上没有任何懊恼的样子。我想有些日子巴迪愿意进来，有些日子他不愿意进来。

“他为什么不愿意呢？”我问，好像他的行为能用常理解释似的。

她只是耸了耸肩。“你还想找唐尼·雷，对吧？”

“是的。”

她离开了厨房，我自个儿喝着温吞的水，望着巴迪。那辆旧福特上的挡风玻璃已经好几十年没有洗过了，车头又有几只癞头猫在嬉戏，很难看清楚巴迪的样子。他戴着一顶无法描述的帽子，帽子上可能有羊毛耳罩，他很慢地把瓶子举到嘴边。酒瓶好像装在一只棕色纸袋里。他慢悠悠地呷了一口。

我听见多特在细声细气地跟儿子说话。他们一步一挪地穿过房间，来到了厨房。我站起来会见唐尼·雷·布莱克。

不论是什么原因，他确实是快要死了。他面容憔悴，骨瘦如柴，双颊深陷，皮肤像粉笔一样苍白。得病之前，他本来就算不上高大，如今弯腰驼背，看起来还没他母亲高。他的头发和眉毛依然漆黑，与毫无血色的皮肤形成了鲜明的对比。但他微笑着向我伸出一只瘦骨嶙峋的手，我不敢使劲地握了握。

多特一直扶着他的腰，然后温柔地让他坐在一把椅子上。他穿着宽松的牛仔裤，一件白色 T 恤像个布袋一样宽松地挂在他的骨架上。

“很高兴见到你。”我说，尽量不看他那双凹陷的眼睛。

“妈妈说过你的很多好话，”他答道，声音细小刺耳，但咬字很清楚。我从没想过多特会说我的好话。他双手托着下巴，好像他的头没法抬起来似的。“她说你要告大利公司那些混蛋，让他们赔钱。”他的话与其说是愤怒，不如说是绝望。

“没错。”我边说边打开文件，拿出来一份巴里·X寄给大利公司请求赔偿信函的复印件，递给了站在唐尼·雷身后的多特。“我们提出了这些要求。”我像个精明能干的律师一样解释道。提出要求，而不是发送信函。这听起来更好一些，好像我们真的在干事。“我们不指望他们能做出让人满意的答复，所以我们将在几天内就起诉。赔偿金额至少是100万美元。”

多特瞥了一眼信，然后把它放在桌子上。我原以为她会连珠炮似的问问题，责问我怎么还没起诉。我原本担心会吵起来。可她只是温柔地揉了揉唐尼·雷的肩膀，双眼凄凉地望着窗外。她会注意自己的言辞，因为她不想让他心烦意乱。

唐尼·雷正对着窗户。“爸爸会进来吗？”他问。

“说是不进来了。”她答道。

我把合同从文件里拿出来，递给了多特。“这份合同必须签好字之后，我们才能去起诉。这是你们作为客户，和我们律所作为受托人双方之间的合同。是法律代理合同。”

她谨慎地拿起了合同。合同只有两页纸。“里面都写了什么？”

“哦，没什么特别的。这是非常标准的合同。你们聘请我们做你们的律师，我们负责办案，负责一切花销，无论赔偿金是多少，我们都收取三分之一作为报酬。”

“那为什么这么小的字还写满了两页呢？”她边问边从桌上的烟盒里抽出了一支烟。

“别抽了！”唐尼回过头来呵斥。他望着我说：“怪不得我要死了呢！”

她一点没犹豫就把香烟塞进了嘴里，不停地看着文件，却没有点烟。“我们三个都必须签字吗？”

“没错。”

“但是，他说他不会进屋。”她说。

“那就拿去给他签，”唐尼·雷生气地说，“只要拿支笔，让他在那该死的东西上签字就行了。”

“这我可是没想到。”她说。

“以前不是也这么做过嘛！”唐尼·雷低下头，挠了挠头皮。用力说了几句话，就已经让他喘不过气来。

“我看行。”她说，仍犹豫不决。

“去吧，该死的！”他一说，多特立刻在抽屉里乱摸，摸出了一支笔。唐尼·雷抬起头，用双手撑住头，他的两只手腕细得像扫帚柄。

“我马上就回来。”多特说，好像她在街上跑腿，又放心不下留在家里的儿子。她慢慢走过砖砌的后院，走进杂乱的草丛中。车头上的一只小猫见她走近，赶忙钻到了汽车底下。

“几个月前，”唐尼·雷说，然后停顿了好一会，他呼吸急促，头微微摇晃，“几个月前，我们要对他的签名进行公证，他就是不肯挪一下窝。她花了 20 美元，找了个公证人来到家里，但他就是不肯进屋。所以妈妈和公证人走到车旁去，他们得大步跨过那些杂草。看见车上那只大橘猫了吗？”

“嗯。”

“我们叫它爪爪。它是家里的守望者。反正啊，当公证人伸手从巴迪那里拿文件时，巴迪那时已经是醉得迷迷糊糊的了，爪爪却从车里跳出来，扑向公证人，又抓又咬，最后看病花了我们 60 美元不说，还赔了他一条新的袜子。你见过急性白血病人吗？”

“没有。之前没有。”

“我现在只有 110 磅重。11 个月前，还有 160 磅呢。我的病发现得早，有足够的时间来医疗。我很幸运有个双胞胎兄弟，他的骨髓和我的完全一样。移植手术本来可以救我一命，可是我们没钱付手术费。我们明明买了医疗保险，之后的故事你都知道了。我想你是都知道的，对吧？”

“是。我对你的案子很熟悉，唐尼·雷。”

“很好。”他说，松了一口气。我们看着多特赶走了猫。爪爪待在车顶上，假装睡着了。它对多特·布莱克无动于衷。车门开着，多特把合同塞了进去。我们可以听见她那响亮刺耳的声音。

“我知道你觉得他们疯了，”他读出了我的想法，“但他们都是好人，只不过是运气不好。对他们要耐心点。”

“他们确实是好人。”

“我百分之八十身子都已经入土了，不是吗？百分之八十。如果六个月前我做了移植手术，那我就有百分之九十的机会被治愈了。百分之九十啊。医生们常常用数字来说明我们存活的概率，真有意思。现在一切都太迟了。”他突然喘不过气来，双手拳头紧握，浑身发抖。他拼命地用力吸气，苍白的脸上泛出了淡淡的潮红，有一瞬间，我觉得我需要帮他一把。他用双拳捶着胸口，我担心他全身都要塌下来了。

终于，他又缓过来了，鼻子呼哧呼哧地喘着粗气。正是从这一刻起，我开始憎恨大利人寿保险公司。

直视着他，让我不再觉得羞愧。他是我的客户，他指望着我。我将接受他，毫无保留。

他的呼吸差不多恢复了正常，但他的双眼依然红通通的，盈满泪水。我不知道他是在哭，还是刚刚从疾病发作中恢复过来。“对不起。”他小声地说。

我们突然听见爪爪怒吼，发出了嘶嘶的叫声，我们转过头正好看见它在空中飞过，掉落在杂草丛中。显然，这位守望者对我的那份合同过于感兴趣了，多特狠狠揍了它一顿。多特对她丈夫说了些难听的话，他把自己蜷缩在方向盘后面。她伸出手，抢走文件，然后便向我们冲来，那只猫还在到处乱窜，寻找藏身之所。

“百分之八十身子入土了，对吗？”唐尼·雷声音沙哑地说，“我的日子不多了。不论你从这场官司里得到多少，请你一定用这笔钱好好照顾他们。他们这一辈子过得太难了。”

我被这句话深深打动了，默默无言，不知道该说什么。

多特打开门，把合同从桌子那边滑到了我面前。第一页的底部稍微被撕开了一点，第二页上面有一点污迹。我希望这不是猫屎。“给你。”她说。任务完成了。巴迪确实签了名，但这是一个无法辨认的签名。

我在合同上指指点点。唐尼·雷和他的母亲都签好了字，交易就结束了。我们又闲聊了几分钟，我开始不停地看表。

当我离开他们的时候，多特坐在唐尼·雷旁边，轻轻地抚摸他的手臂，告诉他事情会好起来的。

第十三章

我本来打算跟巴里·X说，因为家里有点急事，我星期六不能来所里上班。我本来还打算建议如果他需要我的话，我可以在星期天下午来干几小时的活。但我不过是庸人自扰。巴里这周末要离开孟菲斯，既然没有他我就进不了律所，这个问题也就不再成为问题。

不知道为什么，今天伯蒂小姐在日出前没有来敲我的房门，但是她在车库前，在我的窗户下，忙忙叨叨地准备各种工具。她一会儿把草耙和铁锹摔在地上，一会儿又用一把沉甸甸的鹤嘴锄刮手推车内部的污垢。她一边唱歌一边磨着两把平头锄。7∶00一过，我终于从房间来到庭院时，她看见了我，却一脸惊讶地说：“早上好呀，鲁迪。你好吗？”

“我很好，伯蒂小姐。你呢？”

“好极了，好极了。今天天气真好呀！”

今天还没怎么开始呢，现在说天气有多好未免为时过早。如果真要说的话，在清晨的这一个小时里，天气又潮又热。孟菲斯难熬的酷暑，马上就要来到了。

她给我一杯速溶咖啡和一片吐司，接着就围着那堆覆盖土料捣鼓起来。我立即行动起来，她很高兴。在她的指导之下，我把第一只100磅的袋子塞进了手推车，跟着她绕过房子，穿过车道，穿过前屋的草坪，最后把车推到街旁一个狭小的花坛边。她戴着手套，端着咖啡，指点我去该撒覆盖土料的地方。走了这么一大段我早已气喘吁吁，特别是最后这段在潮湿的草坪上跋涉，特别费劲。但我仍然卖力地撕开塑料袋，用干草杈把土料撒到花坛上。

15分钟后，我撒完了第一袋，身上的T恤早已被汗水淋湿。她跟在我和手推车后面，回到了后院，再装第二车土料。她准确地指了指她想要的那袋土料，我们把它拖到邮箱附近的一个地方。

一个小时内，我们就已经撒完了五袋覆盖土料。整整500磅啊，我真是累坏了！ 9∶00的时候，温度上升到了80华氏度。9∶30，我终于说服她同意我喝口水，休息一会，坐下去十分钟后，我发现自己很难站起来。从那以后，我的腰就开始合情合理地剧痛起来，但我咬紧牙关，只允许自己有一点点的龇牙咧嘴。她压根都没有注意到。

我不是一个懒惰的人，没多久之前，在大学的某段时间，我的身体特别棒。我经常慢跑，参加校内各项体育运动。后来上了法学院，在这三年里我都没有时间运动。于是，才干了几个小时的重活，我就觉得自己像个没用的软脚虾。

她给了我两块淡而无味的火鸡肉三明治和一只苹果作为午餐。我在庭院的风扇下，细嚼慢咽地吃着。我腰痛背痛，双腿麻木，两手发抖，像兔子一样一小口一小口啃着。

趁她在厨房里忙活，我的目光穿过那一块小小的绿色草坪，向上越过覆盖土料垒成的纪念碑，最后默默看着车库上面我的那套公寓。我还曾为谈妥区区 150 美元的房租而感到骄傲，可是在这件事情上我真的够精明吗？在这桩交易当中，谁才是真正的获益者？我记得自己当时还为占了这个甜蜜小老太的便宜感到有一点羞愧，现在我却恨不得把她塞到一只空的土料袋里。

13:00 的时候，钉在车库墙上那只古旧的温度表显示温度已高达 93 华氏度。14:00，我的腰背终于痛到无法再动弹。我跟伯蒂小姐说我一定得休息了。她悲伤地望了望我，然后慢慢转过身来，打量那堆白色塑料袋，它们看起来丝毫没少。我们几乎没什么进展。“好吧，那行。如果你一定要休息的话。”

“就休息一个小时。”我恳求道。

她虽不情愿也只好同意了，15:30，我已经又在推车了，后面跟着伯蒂小姐。

辛辛苦苦干了八小时，我也恰好只撒完 79 袋覆盖土料，不到她买的三分之一。

午饭后不久，我就向她暗示，我 18:00 得去尤吉酒吧上班。当然，我撒了谎。我吧台当班的时间是 20:00 直到打烊。反正她也不懂。而我已经决定要在天黑之前把自己从覆盖土料中解脱出来。17:00，我干脆就走了。我告诉她，我受够了，背疼得要死，我得去打工了。当我跑上楼梯的时候，她在下面悲伤地望着我。她可以赶我走，我才不在乎呢。

星期天上午稍晚的时候，隆隆的雷声把我吵醒，大雨浇打着我的房顶，我四肢僵硬地躺在床上。昨晚当班的时候没喝酒，我现在脑子很清醒。但我的四肢却像灌了水泥一样，无法动弹。哪怕只是轻轻地动一下，也会揪心地疼痛，疼得我只吸气。

昨天在受苦受难劳动的时候，伯蒂小姐曾问我今天早上是否愿意和她一起做礼拜。虽然租房契约里没有陪她上教堂这一条件，但我当时想，为什么不去呢。如果这位孤独的老人想让我跟她一起去教堂，这是我能做的一件小事，何乐而不为。对我肯定也不会有什么不好。

所以，我就问她去哪一座教堂。达拉斯的丰富礼拜堂，她答道。原来她在自己的家中，通过卫星现场直播和肯尼思·钱德勒牧师一起做礼拜。

我请她饶了我吧。她好像有点受伤害了，但很快就释然了。

当我还是个小男孩时，有时会跟母亲一起去教堂，那时我父亲还没有染上酗酒的恶习，我也还没有被送去军校，他偶尔也会跟我们去一两次，但他除了发牢骚，什么也不做，所以我和母亲宁愿他待在家里看报纸。我们去的是卫理公会的一个小教堂，豪伊牧师特别和善，常讲一些有趣的故事，听布道的人全都沐浴在爱的氛围当中。我现在还记得，听他讲布道的时候，母亲是多么心满意足。主日学校的孩子很多，我也不反对在星期天早晨被梳洗干净，穿着上过浆的衣服，跟着母亲一起去教堂。

母亲有次做了个小手术，住院三天。当然，教会里的姐妹们对这次手术的细枝末节都了解得非常清楚，所以在母亲住院那三天，砂锅、蛋糕、馅饼、面包都涌到我们家来，各种盘子碟子里装的食物我和父亲一年都吃不完。她们组织起来照顾父亲和我。她们轮流做饭烧菜，打扫厨房，迎来更多的客人，也带来了更多的菜肴。在母亲住院的那三天，以及母亲出院回家后的三天，至少有一位姐妹和我们住在一起。我想，是为了保护那些送来的食品。

父亲很讨厌这样的折磨。首先，家里有一屋子的教会里的姐妹，他不可能再鬼鬼祟祟地溜出去喝酒。我想她们知道他喜欢喝酒，既然她们已经来到我家，就决定要好好整治他。她们希望他能做个殷勤好客的主人，这是我父亲无法做到的。过了第一天之后，他大部分时间都待在医院里，但他待在那里并不是为了照顾生病的妻子，而是为了待在病属休息室里看电视和喝含酒精的可乐。

在我的记忆里，那几天特别美好。我们家从来没有这么温暖过，从来没有在家里见到这么多的佳肴美馔。那些女士对我关怀备至，仿佛我母亲已经去世了似的，她们体贴的照顾让我非常享受。她们是我以前从未谋面的姑姑和奶奶。

我母亲康复后不久，豪伊牧师因为一件我未能完全搞清楚的所谓不检点行为被赶了出去，教会内部产生了严重的对立。

有人侮辱了我母亲，从此我们就再也不去教堂。我想她和新丈夫汉克现在恐怕也不会经常去教堂。

起初我有点怀念教堂，后来不去，也就习惯了。虽然教会的朋友常常邀请我回去，但没多久我就酷到不去教堂了。大学里有个女朋友带我去做过几次弥撒，每次都是在周六晚上，但我这个顽固的新教徒，对天主教的那些仪式一窍不通。

伯蒂小姐曾怯生生地提到能不能今天下午在院子里干活。我说，今天是安息日，上帝的圣日，我想星期天绝对不能劳动。

她无话可说。

第十四章

雨时断时续下了三天，我也顺水推舟地推迟了庭院花园中的苦活累活。星期二天黑后，我躲在公寓里，准备复习律师考试，电话突然响了起来。是多特·布莱克打过来的，我知道一定有什么不对劲。否则，她是不会给我打电话的。

“我刚刚接到巴里·兰开斯特打来的电话，”她说，“他说他是我们的律师。”

“没错，多特。他是我们律所里有名的大律师。他和我一起工作。”我想巴里大概是想核实一些细节。

“呃，他不是这么说的。他打电话是要我和唐尼·雷明天去他的办公室一趟，说有一些文件需要我们签字。我向他问起了你，但是他说你不在他们律所工作。我想问问清楚到底是怎么回事。”

我也想弄明白呢。我结结巴巴了一会儿，说可能是个误会。我心里惴惴不安：“这是家很大的律所，多特，你知道的，我刚去没多久。他可能一时没想起来我。”

“不。他知道你是谁。他说你以前在那上班，但现在不在了。这真让人糊涂，你知道是怎么回事吗？”

我知道。我跌坐在椅子上，想把事情搞清楚。这时差不多21∶00了。“嗨，多特，你好好坐着。我给兰开斯特先生打电话，看看怎么回事。我马上给你回电话。”

“我也想知道怎么回事。你起诉那些混蛋了吗？”

“我马上给你回电话，好吗？再见。”我挂了电话，马上给莱克律所打电话。我有一种似曾相识的不好预感。

夜班接话员把我的电话转给了巴里·X。我决定装出友好的样子，看看他要怎么说。

“巴里，是我，鲁迪。你看过我的研究报告了吗？”

“看过了，不错。”他声音疲倦，“听着，鲁迪，你工作一事可能有点问题。”

我喉咙一紧。心跳几乎停了。呼吸急促。“哦，是吗？”我勉强问道。

“是的。看起来情况不妙。我今天傍晚时见了乔纳森·莱克，他不打算聘用你。”

“为什么？”

“他不喜欢用一位律师填补律师助理空缺的这种做法。而且我现在也觉得，这不是个好主意。你看，莱克先生这么认为，我也同意他的观点，这个职位上的律师助理，今后势必要千方百计做律师。但我们所不允许这样做。这真的很糟。”

我闭上眼睛，只想大哭一场。“我不明白。”我说。

“对不起。我尽力了，但他就是不肯同意。他对律所实行铁腕统治，他有他的做事方法，老实说，因为我有聘用你的想法，还被他狠狠地训了一顿呢。”

“我想跟乔纳森·莱克当面谈一谈。”我尽可能坚定地说。

“不可能。他太忙了，而且他也不会见你。他是不会改变主意的。”

“你这个混蛋！”

“喂喂，鲁迪，我们——”

“你这个混蛋！”我对着话筒大骂，心里好受了些。

“别激动，鲁迪。”

“莱克现在在办公室吗？”我问。

“可能在。但他不会——”

“我五分钟后到。”我喊道，啪的一声挂了电话。

十分钟后，我猛踩刹车，轮胎摩擦尖叫着，在律所大仓库前停了车。停车场有三辆车，大楼里的灯亮着。巴里没有在前门等我。

我用力地猛捶前门，但没人理会。我知道他们能听到我的声音，但他们太孬种了，谁也不敢出来。如果我不肯走，他们可能会报警。

但我不会走的。我绕到北面，猛捶一扇门；接着又绕到后面，猛捶另一扇紧急出口的门。我站在巴里办公室的窗户下对他大喊大叫。他的灯亮着，但他不理我。我回到前门再次猛捶一通。

一个穿制服的保安从夜色里冒出来，一把抓住我的肩膀。我吓得双腿都软了。我抬头看他。他至少有 6.5 英尺高，是个戴黑帽子的黑人。

“你得走了，小伙子，”他用低沉的声音轻轻地说，“现在就走吧，再不走，我就报警了。”

我用力甩开他的手，自己走了。

黑夜里，我在伯蒂小姐借给我的破沙发上坐了好久，努力理清思路，但思路却更乱了。我喝了两听常温啤酒。我诅咒，我痛哭。我想着怎么报复。我甚至想杀了乔纳森·莱克和巴里·X。这些卑鄙的混蛋阴谋想偷走我的案子。我现在该怎么跟布莱克一家解释？我该怎么向他们说清楚？

我在房间里踱来踱去，等待日出。昨天晚上，当我想到我要重新拿出各个律所的名单，并再次挨家挨户地敲门毛遂自荐时，我竟然笑出了声。给马德琳·斯金纳打电话让我觉得畏怯。“依然是我，玛德琳。我又回来了。”

我终于在沙发上睡着了，9:00 刚过就有人把我叫醒了。不是伯蒂小姐，而是两个便衣警察。他们在门外晃了一下警察徽章，我请他们进屋。我穿着运动短裤和 T 恤。我的眼睛火辣辣的疼，我一边揉眼睛，一边想弄明白为什么警察突然来找我。

他们简直像双胞胎，30 岁左右，没比我大多少。他们穿着牛仔裤和运动鞋，黑色的八撇胡子，就像电视上的两个二流演员。“我们能坐下吗？”其中一个人问道，他从桌子底下拉了把椅子就直接坐下了。他的搭档也照猫画虎，两人迅速各就各位。

“当然，”我假装神气十足地说，“请坐。”

“你也坐吧。”其中一人说。

“为什么不呢？”我坐在后面，在他们中间。他们向前倾着身子，继续表演。“发生了什么事？”我问。

“你认识乔纳森·莱克吗？”

“认识。”

“你知道他的律所在哪里吗？”

“知道。”

“昨晚你去过那里吗？”

“是的。”

“什么时候？”

“21:00 到 22:00 之间。”

“你去干吗？”

“说来话长。”

“我们有时间。”

“我想找乔纳森·莱克谈一谈。”

“谈了吗？”

“没有。”

“为什么没有？”

“门锁了。我进不去。”

“你有没有想闯进去？”

“没有。”

“你确定吗？”

“确定。”

“半夜后，你有没有再去律所？”

“没有。”

“你确定吗？”

“确定。你可以去问一下保安。”

我说完，他们互相瞥了对方一眼。这有点耐人寻味。“你见到保安了吗？”

“是的。他让我离开，所以我就走了。”

“你能描述一下他吗？”

“可以。”

“描述一下。”

“一个黑人，长得很高大，大概 6.5 英尺高。穿制服，戴帽子，带着枪，差不多这样。你们去问他。他会跟你们说，他让我走我就走了。”

“我们没法问他。”他们又互相瞥了一眼。

“为什么？”我问。不好的预感又来了。

“因为他死了。”他们紧紧地盯着我，看我对此有什么反应。像任何人都会震惊一样，我真的非常震惊。我可以感受到他们表情的肃穆。

“啊，他，他是怎么死的？”

“被火烧死的。”

“什么火？”

他们同时闭了嘴，双双望着桌子，疑虑重重地点了点头。其中一个警察像个新手记者一样，从口袋里掏出个小笔记本。“外面那辆小轿车，那辆丰田，是你的吗？”

“你明知故问。你们不是有电脑系统吗。”

“昨晚你是开这辆车去律所的吗？”

“不，我是推着它过去的。什么火？”

“别自以为是了，好吗？”

“好吧。做个交易吧。只要你们不自以为是，我就不自以为是。”

另一个警察插话道：“今天2∶00有人在律所附近看到你的车。”

“不，不会的。不可能是我的车。”现在还无法知道这些人说的是不是真话。“什么火？”我再一次问。

“莱克律所昨晚失火，全都烧光了。”

“全都化为灰烬了。”另一位帮腔说。

“那么，你们是来抓纵火犯的？”我依旧震惊不已，但他们认为我是纵火犯，让我非常生气。“巴里·兰开斯特肯定告诉你们，我是纵火犯的最大嫌疑人。是这样吗？”

“我们抓纵火犯。我们也抓杀人犯。”

“有多少人被杀了？”

“只有那个保安。第一次报警是今天3∶00，当时律所里一个人也没有。显然，屋顶烧毁倒塌时，保安没能逃出来。”

我倒是想乔纳森·莱克当时跟那个警卫在一起呢。然后我又想起了那些漂亮的办公室，那些画作和地毯。

“你们这是在浪费时间。”我说，一想到自己是嫌疑犯就更生气了。

“兰开斯特先生说昨天你去律所时很不高兴。”

“确实不高兴。但我还没疯到把律所给烧了。你们这是在浪费时间。我发誓。”

“他说你刚被开除，想和莱克先生对质。”

“没错，没错，没错。你们讲得全没错，但这很难证明我有放火的动机。现实一点吧。”

“纵火时犯下谋杀罪可以判处死刑的。”

“别开玩笑了！我跟你们一样无辜。去找杀人犯，让我们一起油炸他。别烦我。”

我想我的愤怒很有说服力，因为他们同时往后缩。一个警察从衬衫口袋里掏出一张折叠的纸。“我这有份报告，一两个月前你曾因为破坏私人财产而被通缉，与打碎市中心一家律所的玻璃有关。”

“看，你们的电脑系统确实在工作。”

“作为一个律师来说，你的行为相当古怪。”

“我见过更古怪的。而且我是律师助理，不是律师。我刚从法学院毕业。你们说的指控早被撤销了，我敢肯定你的打印件上有个地方用小一号的字体印着呢。如果你们硬要把我 4 月打碎玻璃和昨晚的火灾连在一起，那么真正的纵火犯就可以逍遥法外了。他就可以逃出法网，永远不会被人发现。”

我说完，两个警察一前一后跳了起来。“你最好找一位律师谈谈，”一个警察低头指着我说，“现在你是首要嫌疑犯。”

“是，是。就像我说的，如果我是首要嫌疑犯，那么真正的凶手就是个幸运儿，你们离他还有十万八千里。”

他们砰地关上门，走了。我等了半小时，然后也开车走了。我开车走了几个街区，小心翼翼地靠近律所的仓库。我停好车，又走了一个街区，然后躲进一家便利店。我能看见两个街区外仍在冒烟。只有一堵墙依然屹立。附近好多人在闲逛，律师和秘书们指指点点，消防队员穿着笨重的大皮靴到处走动。警察用黄胶带拉出了一个隔离圈。木头烧焦的味道非常刺鼻，一片灰色的云朵低低地笼罩在整个街区上面。

这栋楼用了木质的地板和天花板，只有少数例外，就连墙壁也是松木的，再加上散落在整栋大楼里的无数书籍和大量纸张，这一切都让人很容易理解它是如何烧成灰烬的。但令人费解的是，这律所的大仓库有一个巨大的消防喷淋系统，上过漆的管道作为装潢的一部分遍布各处。

显然，普林斯不是一个早起的人。尤吉酒吧通常 2:00 左右关门打烊，他就跌跌撞撞地爬进他那辆凯迪拉克的后座。他的终身司机和保镖费尔斯通会把他送回家。有几次费尔斯通也喝醉了，没法开车，我就开车把他们俩送回家。

普林斯通常 11:00 前就到办公室，因为尤吉酒吧的午餐生意很兴隆。中午，我在他的办公室找着了他，他正在翻报纸和处理日常事务。在神奇的17:00之前，他只吃止痛药、喝矿泉水，之后他便坠入朗姆酒和兴奋剂塑造的飘飘欲仙的世界里。

普林斯的办公室非常隐蔽，在厨房下面，而且没有一扇窗户，只有快速穿过三道没有标志的门，穿过一道暗梯，才能进入他的办公室。房间是正方形的，墙壁上的每一寸地方都挂着普林斯和当地政客或其他上镜的人物的握手照片。房间里还放着许多用镜框镶着的剪报，都是些普林斯被怀疑、指控、起诉、逮捕、审判而且总是被认定无罪的消息。他喜欢纸质刊物上的自己。

和往常一样，他心情不好。这几年来，我已经学会了在他喝下三杯酒之前，尽量避开他，他通常在18:00喝完第三杯，所以今天我来早了六个小时。他示意我进来，我随手关上了门。

“怎么了？”他咕哝道。他的眼睛布满血丝。长长的黑发，飘逸的胡须，敞开的衬衫，毛茸茸的胸膛，他总是让我想起沃尔夫曼·杰克。

“我出了点事。”我说。

“什么新情况？”

我把昨天晚上的事——失业、火灾和警察来访——一一告诉了他。我特别强调发现了一具尸体，警察对此非常关注。这是理所当然的。我无法想象自己是首要嫌疑犯，但警察们看来是这么认为的。

“这么说来，莱克是被人点天灯了！”他大声地说。他看起来很高兴。纵火这种事情总能让普林斯开心，整个上午也因此阳光明媚。“我从来都不喜欢莱克。”

“他并没有死。他只是暂时停业。他还会回来的。”这也是我最担心的问题。乔纳森·莱克在许多政客身上花了大把大把的钱，人脉深厚，随时可以请他们帮忙。如果他真的认为我是纵火犯，或者只是想找个替罪羊，那么警察就会紧抓着我不放。

“你发誓不是你干的？”

“你别闹了，普林斯！”

他摸着胡子，沉思着，我马上就看出他很高兴卷入这个事件中。这个集犯罪、死亡、阴谋和政治于一体的事件，不过是贫民区生活里的常规切片。如果仅仅用几个脱衣舞女郎，再花点钱就能把警察给打发了，普林斯定会举杯痛饮以庆祝的。

“你最好找个律师谈谈。”他边说，边抚摸着他的胡须。让我伤感的是，这正是我来找他的真正原因。我本来想打电话给布克，但我已经麻烦他太多了。而且，他现在跟我有同样的困扰，只要还没有通过律师资格考试，我们就都不是真正的律师，同样无能为力。

“我请不起律师。”我说，然后等着他接话。现在如果还有其他选择的话，我很开心去做的。

“让我来处理，”他说，“我打电话给布鲁索。”

我点头说：“谢谢。你觉得他会帮忙吗？”

普林斯咧嘴一笑，张开双臂。“我叫他干吗他就干吗，好吗？”

“那当然。”我温顺地说。他拿起话筒，拨了电话号码。他吼着打发了一两个人，然后接通了布鲁索。像所有知道自己被窃听的人一样，他说话语速很快，用词简短。普林斯说："布鲁索，是我普林斯。是的，是的。需要尽快见到你……一件小事，和我一个员工有关……是的，是的。不，在你那里。30 分钟。当然。"他挂了电话。

如果联邦调查局可怜的技术人员想从这种谈话中搜集出起诉资料，我只能深表同情。

费尔斯通把凯迪拉克开到后门，普林斯和我进了后座。这辆车是黑色的，窗户是深色调的。他生活在黑暗中。三年来我从没见过他参加任何户外活动。即使他在拉斯维加斯度假，也从不离开赌场。

在车上，我听着普林斯乏味地叙述布鲁索在律师生涯中的诸多胜仗，几乎所有的案子都涉及普林斯，奇怪的是，我开始放松了。我运气好，有人撑腰了。

布鲁索读的是法学院夜校，毕业时才 22 岁，普林斯认为这是一个新纪录。他们从小就是好朋友，高中时一起喝酒赌钱，泡妞打架。在孟菲斯南部的粗野社区长大，他们的经历都够写一本书了。后来布鲁索读大学，普林斯则开一辆送啤酒的货车。这就是他们故事的来龙去脉。

布鲁索律所设在红砖砌成的低矮的带状购物中心里，购物中心的一头是洗衣店，另一头是录像带出租店。普林斯说布鲁索的投资很明智，整个购物中心都是他的。街对面是一家通宵煎饼店，旁边是琥珀俱乐部，一家闪烁着拉斯维加斯式霓虹灯的下流脱衣舞厅。整个购物中心在孟菲斯的一个工业区，离机场很近。

除了购物中心中间一扇玻璃门上刷着几个黑字“律师事务所”之外，这里根本看不出来从事何种行业。女秘书穿着紧身牛仔裤，嘴唇涂得猩红，咧嘴一笑向我们打招呼，但我们没有放慢脚步。我跟着普林斯穿过前屋。“她以前在街对面干活。”他喃喃自语地说。我希望他指的是那家煎饼店，不过恐怕并非如此。

布鲁索的办公室与普林斯的非常相似。都没有窗户，没有阳光，正方形的房间又大又乱，墙上挂满了照片，照片上那些我们不认识的重要人物正握着布鲁索的手冲我们咧嘴笑。一面墙上挂满了枪支，挂着各式各样的步枪、毛瑟枪和奖给神枪手的奖品。布鲁索那张巨大的真皮转椅后面有一个高高的巨大水族箱，浑浊的水里似乎有微型鲨鱼在游来游去。

他正在打电话，所以只冲我们挥挥手，让我们坐在他那张又长又宽的办公桌对面。刚一坐下，普林斯就迫不及待地跟我说：“里面的鲨鱼是真的。”他指向了布鲁索头顶上方的墙壁。律师办公室里有活鲨鱼！你懂吗？这是个玩笑。普林斯窃笑。

我瞥了布鲁索一眼，尽量避开他的目光。他那颗硕大脑袋把电话筒衬得很小。他那花白长发，乱蓬蓬地披在肩上。他的山羊胡子已经全白，又厚又长，几乎看不见他手中的话筒。他的眼睛又黑又亮，眼周旁边是一层一层特别黝黑的皮肤。我常常觉得他身上有地中海血统。

尽管我给布鲁索端过上千杯酒，但我从来没有真正和他谈过话，而且我从来也不想跟他谈。即便是现在，也仍然不想。但事已至此，我别无选择。

他咆哮着说了几句简短的话，挂了电话。普林斯简单地介绍了我，布鲁索说他很了解我。“当然，我认识鲁迪很久了，”他说，“出了什么事？”

普林斯示意我把事情说了一遍。

“今儿早上在报纸上看到了。”布鲁索说。讲到火灾那部分时，他打断了我，说：“关于这事，我已经接到五个电话了。没多大点的事，律师们就能传得满城风雨。”

我笑了笑，点了点头，因为我觉得我应该这样做，接着我又讲警察来我家的事，我讲完了，他也没有插嘴，我等着这位律师给我忠告和建议。

“律师助理？”他说，显然感到很困惑。

“我当时没有其他选择。”

“那你现在在哪里工作？”

“我不知道。我现在更担心被警察逮捕。”

这句话逗笑了布鲁索。“我会搞定的。”他得意地说。普林斯一再向我保证，布鲁索认识的警察比市长本人还多。“我打几个电话就没事了。”

“他要不要避一下风头？”普林斯问，好像我是个逃犯。

“要，避一避。”

不知何故，我突然想到，诸如此类的建议在这个办公室里肯定提过很多次了。“你对纵火有多少了解？”他问我。

"一无所知。法学院没教过。"

"好吧，我办理过几起纵火案。要过几天，警方才能判定是不是故意纵火。像莱克律所那样的老建筑，什么事都有可能发生。如果是纵火，他们几天内不会抓人的。"

"我真的不想被捕，你知道。更何况我是无辜的。我也不想上新闻。"我说这话时，瞥了一眼贴了满墙的他的新闻报道。

"这不怪你，"他拉长脸说，"资格考试什么时候？"

"7 月。"

"然后呢？"

"不知道。到时候再说吧。"

我的朋友普林斯突然插话。"你这里就不能雇他吗，布鲁索？见鬼，你有一大帮律师，再多一个有什么分别？他学习好，又用功又聪明。我可以为他担保。这孩子确实需要一份工作。"

我慢慢转过头，望着普林斯，他像个圣诞老人似的对我笑。"这可真是个干活的好地方，"他高兴地说，"你会知道什么才是真正的律师。"他哈哈大笑，拍拍我的膝盖。

我们俩都看着布鲁索，他眼睛眨巴着，脑子里正在飞快地寻找敷衍的借口。"嗯，当然。我一直都看重优秀的法律人才。"

"你看看。"普林斯说。

"事实上，我的两个律师刚刚离开，成立了自己的律所。所以，我有两间空的办公室。"

"你看看，"普林斯又说，"我跟你说过，一切都会好起来的。"

"但严格来说，这个职位没有薪水。"布鲁索说，开始兴奋起来，“不，先生们，我的律所不是这样管理的。我期望手下的律师为自己开工资，自己去创造营收。”

我震惊得说不出话来。普林斯和我并没有就我工作的问题讨论过。我不想得到他的帮助。我不想在布鲁索·斯通手下工作。但是我也不能得罪他。警察还在外面围着我转悠呢，况且他们还非常清楚地提到了死刑。我无法鼓起勇气直接跟布鲁索说，他卑鄙得足以代理我的案子，但也卑鄙到让我不愿意在他手下工作。

“那你们是怎么管理的？”我问。

“这很简单，也很管用，至少对我来说管用。这一点你得记住：20 年来我什么方法都试过了。我有过很多合伙人，也有过很多律师。唯一有效的办法是要求每个律师创造收益来支付自己的工资。你能做到吗？”

“我可以试试。”我说，耸了耸肩，并不是很有把握。

“你肯定行。”普林斯帮着说。

“你每月有 1 000 美金的底薪。你赚来的律师手续费，你可以拿三分之一。你用这三分之一，来抵偿你领的 1 000 美金底薪。第二个三分之一归律所，以支付日常开销和秘书等费用。最后一个三分之一归我所有。假如你每个月赚来的钱都达不到 1 000 块，那你就欠下了我的债，等到了你赚大钱的那个月，我会再跟你清算的。你明白吗？”

我思考了一下这个荒谬的计划。比失业还要可怕的一点在于，你干活却还要不停地赔钱，而且债务逐月上涨。我想到了好几个特别尖锐、难以回答的问题，正想说呢，普林斯开口道："听起来挺公平。这交易挺合适的。"他再一次拍了拍我的膝盖说："你真的可以赚点钱。"

"这是我管理律所的唯一方式。"布鲁索说。我已经想不起来他这是第二次还是第三次说了。

"你手下的律师能挣多少？"我问，没指望他能跟我说真话。

他额头上长长的皱纹皱到了一起。他在深思。"每个人都不一样。要看你干得有多猛。去年有人赚了 8 万美金，也有人只赚了 2 万。"

"但你赚了 30 万呢！"普林斯大声笑道。

"我还挺想的呢。"

布鲁索正仔细地观察我。他提供给我的，是在孟菲斯唯一能给我的工作了；而且，他似乎也知道，我并不急于接受这份工作。

"什么时候开始上班？"我问，尴尬地想装出热切的样子。

"现在。"

"但律师资格考试——"

"别担心。你今天就可以开始创收了。我来教你怎么做。"

"你能学到很多东西的。"普林斯插话道，特别称心如意的样子。

"我今天就付给你 1 000 块，"布鲁索说，那神气恍若一个挥金如土的大老板，"现在就开始吧。我带你去办公室，算你走马上任。"

"太好了。"我强颜欢笑地说。这种情况下已经不可能有别的选择。我本来不应该待在这里，但我很害怕，而且我需要帮助。现在还没说清楚的是，我应该为布鲁索代理我案件的律师服务支付多少钱。他不是那种偶尔会帮穷人一点小忙的好心人。

我觉得身体很不舒服。可能因为没睡够，被警察叫醒时又受到了惊吓。也可能是因为坐在布鲁索的办公室里，看着鲨鱼游来游去，而我自己正被孟菲斯城里两个最大的骗子忽悠来忽悠去。

没多久之前，我还是机灵聪明、面孔新鲜的法学院三年级学生，在一家真正的律所有一份前途大好的工作，我渴望成为律师，勤奋工作，积极参与当地律师协会的活动，开始我的法律职业生涯，做我的朋友们正在做的事情。而此时此刻，我却在这里，无比虚弱和软弱，以至于竟然会为了区区 1 000 块钱而卖身。

布鲁索接了一个紧急电话，可能是一位因为拉客而被关进监狱的脱衣舞女郎打来的。我们在座位上坐了下来。他掩住话筒，悄悄跟我说，让我下午再过来一趟。

普林斯得意坏了，忘乎所以。就这样，他不但把我从死刑的囹圄里解救出来，而且替我找到了一份工作。但不论我怎么努力，在费尔斯通开车在车流中穿梭，驶回尤吉酒吧途中，我也没法高兴起来。

第十五章

我决定躲在法学院里。我潜伏在地下室里好几个小时，为了消磨时间，我翻阅了一份又一份的保险欺诈案卷。

我沿着机场方向慢慢开着车，15:30到了布鲁索的律所。这一带比几个小时前看起来还要糟糕。这里的马路有五条车道，街两旁是轻工业工厂、货运终点站、黑漆漆的小酒吧和俱乐部，这是工人们业余放松的地方。这里靠近机场入口，喷气飞机在头顶上呼啸而过。

布鲁索的这个带状购物中心叫作格林威广场。我在乱糟糟的停车场停好了车，坐在车里头向外张望。我发现，除了洗衣店和录像带出租店，这里还有一家卖酒的商店和一家小咖啡店。因为窗户黑漆漆的，大门紧闭，也看不清楚。但律所好像在这一带占了大概六七间相互衔接的店面。我咬了咬牙，打开了车门。

高可齐胸的隔间里边，坐着一位穿着牛仔服的女秘书。她的长头发已经漂染过了，身材十分引人注目，凹凸有致。

我跟她说明了来意，本以为会被驱逐，被要求离开，但她很有礼貌。她用她那风情万种、聪明伶俐、听起来很自由不羁的声音，让我填写必要的就业表格。当我发现这家律所，即J. 利曼·斯通法律事务所，竟然给员工提供全套医疗保险时，忍不住大吃一惊。我仔细阅读了印得密密麻麻的小字，因为我担心布鲁索会在某些条款里设下陷阱，以便将来把他的利爪深深地嵌入我的血肉里。

但表格里没有什么稀奇古怪的。我问她我能不能见一见布鲁索，她让我稍等一会。我在墙边的一排塑料椅子上坐下。这家律所的前台与社会福利处的布置简直一模一样：破旧的瓷砖地板，地板上积了一层薄薄的灰，廉价的座椅，薄薄的木板墙壁，多得让人瞠目结舌的各种旧杂志。她，女秘书德鲁，一边打字一边接电话。电话铃声不断，她也非常干练，一边在电话里跟客户聊天，一边还能飞快地打字。

最后她让我去见了我的新老板。布鲁索坐在他的办公桌边，像会计一样仔细研究我的就业表格。他对细节如此认真，让我非常吃惊。他欢迎我入职，把合同中的财务条款认真地过了一遍，然后将一份合同放在了我面前。根据我的情况，空白处已打上了我的姓名。我读了一遍，然后签了字。合同里有一条条款规定：倘若任何一方想结束雇佣关系，提前30天通知就可生效。我对此很感激，但同时也明白，这一条款自然有它自己的目的。

我向他解释了我最近的破产申请。明天我得去一趟法院，跟我的债权人们进行第一次债权人会议，接受他们的询问。这被称为债务人核准，那些被我坑了的人的律师有权对我进行清查，有权提出任何与我的财务状况以及个人生活有关的问题，这是一件非常低调的事情。事实上，那里很有可能没有人想折磨我。

鉴于有这个听证会，我这几天依然失业的状态，对我非常有利。我让布鲁索保管好我的就业表格，而且让他在听证会之后再支付我第一个月的工资。这有一点欺骗的意味，但布鲁索喜欢。完全没问题，他说。

他带我快速参观了一下律所。跟我预想的一样，这个血汗工厂的布局非常凌乱，随着律所的扩张，办公室从一个门面扩展到了另一个门面，门面之间的墙壁都被打通了。我们在这座迷宫里越走越远。他把我介绍给了两个备受折磨的女人，她们待在一个塞满了计算机和打印机的小房间里。我很怀疑她们是否曾经是脱衣舞娘。“我想现在我们有六个姑娘了。”他说道，我们继续向前走。一位秘书只不过是个“姑娘”而已。

他把我介绍给了几位律师，他们都是些衣着寒酸、在狭小的办公室辛勤工作的好人。“我们只剩下五位律师了。”走进资料室时，他跟我解释说，“从前有七位律师，但人多事杂，麻烦也多。四五位律师正合适。律师越多，要我管的事也越多。姑娘们也一样。”

资料室的房间又长又窄，书杂乱无章地从地板一直堆到天花板。房间中间的长桌上散放着打开的书籍和卷起来的法律文书。“有些家伙简直像猪一样，”他喃喃自语道，“你觉得我这个小摊子怎么样？”

“很好。”我说。我并非撒谎。看到法律在这里得到了实践，我很欣慰。布鲁索也许是一个社会关系复杂的恶棍，做着见不得人的交易，进行不正当的投资，但他仍然是一名律师。在他的律所里，充斥着从事合法业务的嘈杂声。

“不像城里的那些大律所那么花哨，”他说，但并无歉意，“全都买下来了，15 年前就买下来了。你的办公室就在那边。”他用手一指，我们离开了资料室。穿过楼下的两道门，靠近一架软饮料机，有一个用了很久的房间，里面有一张写字桌、几把椅子和文件柜，墙上贴着一些马的照片。写字桌上有一台电话、一部电话录音机和几本便笺。一切都很整洁。房间里弥漫着消毒剂的气味，好像不久前才打扫过似的。

他给了我一个有两把钥匙的钥匙圈。“这把是开大门的，这把是开你的办公室的。你随时可以来，随时可以走。但晚上要小心点。这里并不是孟菲斯治安最好的地方。”

“我们得谈一谈。”我边说边拿起了钥匙。

他瞥了一眼手表：“要多久？”

“30 分钟就够了。事情很急。”

他耸了耸肩。我跟他回到他的办公室，他一屁股坐在了那把真皮座椅上。“什么事那么急？”他一副公事公办的样子，同时从口袋里拿出一支名牌钢笔，在律师便笺上写上时间和地点。我还没开始讲话，他就已经涂涂写写了。

我用十分钟迅速陈述完了布莱克案件的主要案情。我也跟他讲了，我跟莱克律所断交的那一段情况。我跟他说了巴里·兰开斯特是如何利用我，想把案子抢走的，也正因如此，我迅速地投靠了布鲁索。“我们今天必须起诉。”我严肃地告诉他，“因为按照法律代理合同，这个案子目前属于兰开斯特。我想他很快就会起诉的。”

布鲁索的两只黑眼睛直直地瞪着我。我想，我已经引起了他的注意。抢在莱克律所之前向法院起诉的想法，对他很有吸引力。“客户怎么办？”他问道，“他们已经和莱克律所签了法律事务代理合同了。”

“是的。但我正要去找他们。他们会听我的。”我从公文包里拿出控诉大利公司的起诉书初稿，巴里和我曾经研究过好几个小时。布鲁索读得非常仔细。

然后，我递给他一封给巴里·X. 兰开斯特关于解除委托代理的信函，只待布莱克家的三个人签名即可。布鲁索非常仔细地读着。

“干得好，鲁迪。”他说。我受宠若惊，都有点不好意思了。“让我想一想。你今天下午就去起诉，然后把副本带到布莱克家。给他们看看，然后让他们在解除委托代理书上面签字。”

“对。你现在需要在起诉书上签字。其他事情我都包了，有什么情况随时通知你。”

“这下莱克律所可惨了，是不是？”他一边沉思，一边拽着一根任性的胡须。“我很开心。这场官司值多少钱？”

“可能要取决于陪审团怎么看。我想没准会在庭外和解。”

“那你要不要试一试？”

“我可能需要一点帮助。我想这场官司没准要打个一两年。”

“我会把你介绍给我手下的律师戴克·希夫利。他以前在一家大保险公司工作，常常帮我审查保单。”

“太好了。”

“他的办公室在大厅前面一点儿。把这份文件润色一下，签上我的名字，我们今天就起诉。绝对要确保客户站在我们这一边。”

“客户在我们这一边。”我向他保证，然后一瞬间好像看见了巴迪坐在破福特里面，一边轻抚他的猫，一边赶走马蝇；多特坐在前廊上吸着烟，看着邮箱，好像大利公司随时会给他们寄一张支票似的；唐尼·雷正用双手托起他的头。

“我们换个话题，”我说，清了清嗓子，“警察那边有什么消息吗？”

“什么事也没有。”他得意地说，仿佛他这位收拾烂摊子的大师又一次施展了魔力。“我跟几个认识的人谈过了，他们甚至都不确定是不是纵火。可能还得过几天才能确定。”

“这么说他们不会在半夜来逮捕我。”

“不会。他们向我保证，如果要抓你的话，一定先打电话给我。我保证你会去自首的，绑手绑脚的那种，等等。但这种事不会发生的，你放心。”

我真的放心。我相信布鲁索·斯通能让警察做出保证。

“谢谢。”我说。

我赶在巡回法院书记员办公室下班前五分钟，递交了长达四页的起诉书，状告大利人寿保险公司以及那位出售保单后失踪了的保险经纪人博比·奥托。

我的客户布莱克一家要求损害赔偿金20万美元，以及惩罚性损害赔偿金1 000万美元。我不知道大利公司的净资产是多少，要搞清楚将费时不菲。我之所以漫天要价开出1 000万美元，是因为这听起来顺耳。这是出庭辩护律师的老把戏了。

当然，起诉书上没有我的名字。登记在案的原告律师是J.利曼·斯通。起诉书最后一页上他那花哨的签名让整个文书增色不少，也让文书显得更加权威。我把支付起诉费用的一张律所支票给了代理书记员，然后，我们的工作就正式开始了。

大利公司被正式起诉了！

我开车飞速地穿过整个城市，来到了孟菲斯北边的格兰杰区。我发现我的三位客户跟我几天前离开他们时没什么两样。巴迪依然待在屋外。多特把唐尼·雷领出了他的房间。我们三个人坐在桌子旁边，母子开始欣赏交给他们的起诉书副本。他们对数目巨大的索赔金额印象特别深刻。多特不断地重复着1 000万这个数目，好像她拿到了中奖的彩票似的。

我还是得跟他们俩解释莱克律所那些让人讨厌的家伙出了什么问题。是因为战略上的冲突。他们行动太慢，不适合我。他们不喜欢我对这个案子的强硬态度，等等。

其实布莱克一家根本不在乎。该案已经起诉，他们手上有副本随时可以去查证，想随时看都行。他们只想知道，接下来会有什么进一步的行动？他们大概多久才能得到消息？快速庭外和解的可能性有多大？这些问题让我有点招架不住。因为我知道办理这桩案件需要很长的时间，而向他们隐瞒这一点又过于残酷。

我巧言劝他们在给上一任律师巴里·X. 兰开斯特的信函上签了字。这封言辞简短的信函解除了他们之间的法律代理关系。还有一份与J. 利曼·斯通事务所的新合同等着他们签字。我跟他们解释这份新合同时，语速飞快。我和唐尼·雷依然是坐在厨房原来的位置上，看着多特昂首阔步地再次穿过草丛，跟她的丈夫吵吵闹闹，最后让他签上了名字。

我离开布莱克家时，心情比来的时候好多了。因为起诉了布莱克一家憎恨了那么久的公司，他们也相当满意。他们终于反击了，他们长期被人踩在脚下践踏，他们让我相信他们已经被公正地对待。现在，他们也加入了美国每年数百万起诉人的行列，这多少让他们也感觉到了一点爱国的热忱。

在交通高峰期间，我坐在自己又闷又热的小车里，回想着过去那疯狂的24个小时。我刚刚签了一份像流沙一样隐藏着巨大危险的劳动合同。每月底薪不过区区1 000美元，却让我惶惶不安。因为这不是工资，而是贷款，布鲁索要我立即开始自己创造营收，我对此却摸不着头脑。指望着在布莱克一案中收到钱，不知要等到猴年马月。

我得继续在尤吉酒吧打工一段时间。普林斯仍然付给我现金，每小时五美元，外加晚餐和几杯啤酒。

孟菲斯的一些律所希望他们新招的律师每天衣冠楚楚，开一辆过得去的车子，住在一所像样的房子里，甚至经常去时髦的乡村俱乐部里休闲娱乐。当然，他们付的薪水比布鲁索付给我的要高得多，但也给新律师带来了大量不必要的社交负担。

而我不会这样。我的律所也不会这样。我什么衣服都可以穿，什么车都可以开，也可以去任何地方休闲娱乐，谁也不会说什么。事实上，我很想知道，在第一次看到律所同事去街对面看一两场脱衣舞时，我会说些什么。

突然，我成了自己命运的主宰。汽车像蜗牛一样在车流中爬行，一种独立的美妙感觉忽然涌上心头。我能活下来了！在布鲁索手下干活，我会有一段困难的时光，但我也会学到很多，甚至比城里大律所那些光鲜亮丽的家伙学到的还要多得多。我能忍受因为衣着寒酸而遭受的奚落、挖苦和怠慢。这一切我都能应付，而且只会让我更坚强。不久前，当我在老布罗德纳克斯和斯皮尔以及后来在莱克律所工作的时候，我因为觉得既保险又很有安全感，有点狂妄自大，现在不得不承认我犯了一点错。

我在格林威大厦停车的时候，天色已晚。停车场里早就空了。街对面琥珀俱乐部明亮的灯光吸引走了常常停在这里的许多轻型货车和公司租赁车辆。霓虹灯在屋顶上旋转，照亮了整个街区。

皮肉行业在孟菲斯生意火爆，很难解释清楚个中缘由。孟菲斯是个非常保守的城市，有很多教堂，是美国南方圣经地带的心脏。本市竞选公职的人都迅速地拥抱严苛的道德标准，而且通常也会得到选民的相应回报。我很难想象一个对皮肉行业手软的候选人，会在竞选中获胜。

我看到一整辆车的商人下了车，摇摇晃晃地走进琥珀俱乐部。是一个美国人和他的四位日本人朋友。毫无疑问，他们是在结束一天漫长的商务谈判之后来这里喝几杯，并对美国隆胸技术的最新发展进行愉快的检阅。

音乐声振聋发聩。空空的停车场很快就停满了车。

我迅速走到律所前门，开了门。办公室的人都已经走光了。该死，他们可能都跑到街对面去了。今天下午我就已经懂得，J. 利曼 · 斯通事务所绝不是工作狂该待的地方。

所有的门都关上了，也许还上了锁。这里谁也不信谁。我当然也要把我办公室的门锁上。

我在办公室待了几个小时，我得打电话给布克，跟他汇报一下我这几天疯狂的经历。这几天我们放松了对律师资格考试的复习。过去的三年里，我们一直互相鼓励，一起进步。律师资格考试仿佛是一场与行刑队的约会，正逼近我们。

第十六章

我熬过了这一夜，没人来抓我。但是我也几乎没睡着。我脑子里一片混乱，天马行空，五六点的时候，我披衣下了床。在过去的 48 个小时中，我睡了不到四个小时。

我拿出一个电话号码，开始打电话，这时才 5∶50。我正在喝第二杯咖啡。电话铃声响了十下，最后传来一个昏昏欲睡的声音说："你好。"

"请找巴里·兰开斯特。"我说。

"我就是。"

"巴里，我是鲁迪·贝勒。"

他清了清嗓子。我可以想象听到我的这句话后，他从床上爬起来了。"怎么了？"他问，声音比刚才刺耳了不少。

"不好意思，这么早给你打电话，但是有几件事我想和你谈一谈。"

"比如？"

"比如，布莱克一家昨天已经起诉了大利公司。等到你们有了新的律所办公室，我立刻就会给你寄一份起诉书副本。他们还签了一份解除代理关系的信函，所以你不再是他们的律师，不需要为他们操心了。”

“你是怎么起诉的？”

“这不关你的事。”

“该死的！怎么不关我的事？”

“我会寄给你一份起诉书副本的，看了你就明白了。你不是很聪明吗。你有新地址吗？还是寄到原来的地址？”

“我们在邮局的信箱安然无恙。”

“好吧。不管怎样，如果你不把纵火案硬栽在我头上，我还是会很感激的。这场火灾跟我没有任何关系，如果你们非要栽在我的头上，我就会起诉你们那些鸡鸣狗盗的事情。”

“我吓死了。”

“我听出来了。别再四处践踏我的名誉。”他还没来得及回答，我就挂断了电话。我在电话旁边守了五分钟，他也没敢打过来。真是个懦夫！

我很想知道早报是怎么报道这场火灾的，于是，我洗了个澡，穿好衣服，天色没亮就迅速出了门。我向南朝机场方向开去，路上车很少，我开到了格林威大厦，我已经开始觉得这里有一种家的感觉了。我把车停在七小时前离开的那个位置。琥珀俱乐部悄无声息，一片漆黑。停车场上到处是垃圾和啤酒罐。

我办公室门面的隔壁，矮壮的德国女人特鲁蒂开了一家廉价小咖啡店。昨晚我买三明治时遇见了她。她跟我说，咖啡店早上 6:00 开门，供应咖啡和甜甜圈。

我进去时，她正在倒咖啡。她帮我烤面包圈、倒咖啡时，我们聊了聊。已经有十几个顾客挤在小桌子旁等候了。特鲁蒂心里有事。做甜甜圈的那个男伙计迟到了。

太阳升起的时候，我拿了份报纸在靠窗的桌子旁坐下。莱克的仓库般的律所被熊熊火焰吞没的大幅照片刊登在了市内新闻头版。一篇短文介绍了这座建筑的历史，并说它已经被完全烧毁了，莱克先生预计损失高达 300 万美元。“装修这幢房子就像谈了一场五年的恋爱，”报道引用了莱克先生的原话，“我彻底垮了。”

哭吧哭吧，老家伙。我快速浏览了整篇文章，发现通篇没有出现“纵火”这个词。于是，我又仔细读了一遍。火灾事件仍在调查之中，警方口风很紧，现在不宜过早猜测，无可奉告，等等。不过是警察常用的说辞。

我在办公室里努力装出一副忙碌的样子，布鲁索推门闯进来的时候，我心里却一直在想怎么样才能在接下来的 30 天内赚到 1 000 美元的律师费。他把一张纸扔到我的桌子上。我赶紧抓住。

“这是一份警察局的报告。”他吼完，走向门口。

“是关于我的？”我问，有点吓着了。

“不！这是一份车祸报告。昨晚在机场路和谢尔比交会的转角上，两辆汽车相撞，离这只有几个街区。可能是酒后驾车。那家伙好像闯红灯了。”他说完，停下来瞪了我一眼。

“我们是其中一方的代理人——？”

“现在还不是！这就是你要干的活。找到当事人接下这个案子。弄清楚情况。让他在委托书签上名。好好调查。有人好像伤得挺重的。”

我还没搞清楚什么情况的时候，他已经走了。门砰的一声关上了，我能听到他在大厅里一路咆哮。

车祸报告上的信息很丰富：司机和乘客的姓名、地址、电话号码、受伤情况、车辆损坏情况、目击者证言。一张图表显示了警方对该车祸原因的见解；另一张图表则说明了他是如何找到这些车辆的。两名司机都已受伤并被送进了医院，闯红灯的司机显然是酒后驾车。

虽然读着挺有意思的，但我现在该怎么办？车祸是昨晚22:10发生的，可今天一大早布鲁索那脏兮兮的爪子就把它抓到手了。我又读了一遍，然后盯着它看了很久。

一阵敲门声把我从茫然中惊醒。“请进。”我说。

门咯吱咯吱地响，慢慢被推开了一条小缝隙。一个瘦小的男人把头伸了进来。“鲁迪？”他说，嗓门很高，有点紧张兮兮的。

“是的，请进。”

他从那条狭窄的缝隙里溜了进来，偷偷摸摸地溜到我的桌子对面的椅子上。“我是戴克·希利夫。”他边说边坐了下来，既没有想跟我握手的意思，脸上也没什么笑容。“布鲁索说，你有个案子想谈一谈。”他回头看了一眼，生怕有人尾随他进入房间偷听似的。

“很高兴认识你。”我说。很难确定戴克到底是40岁还是50岁。他头顶上的头发都掉得差不多了，剩下的几缕抹了厚厚的发油，稀稀拉拉地贴在他阔大的脑袋上。耳旁的头发也很稀疏了，早已变得灰白。他戴着一副方形金属框眼镜，镜片又厚又脏。也难说到底是因为他头太大，还是因为他的身材太瘦小，总之看起来不协调。他的大脑门分成了两个半圆，在正中心处相会，一条深深的皱纹穿过了相会处，延伸到他的鼻头。

可怜的戴克是我见过的最没有魅力的男人之一。他脸上残留着青春期粉刺留下的疤痕，下巴短到几乎没有。当他说话时，他的鼻子上布满了皱纹，上嘴唇向上翻，露出了四颗几乎一模一样的大门牙。

他穿的双口袋白衬衫上面污渍斑斑，领子早已磨损。他打着一条朴素的红色针织领带，领带结大得像我的拳头。

“是的。”我说，尽量不看眼镜后面正盯着我看的两只大眼睛，“是个保险案。你是这里的律师吗？”

他的鼻子和嘴唇一起嘎吱嘎吱作响，他的牙齿闪闪发光。“差不多吧。也不算是。你看，我还不是律师。我上过法学院，但还没通过律师资格考试。”

啊，同是天涯沦落人。“哦！是吗，”我说，“你什么时候从法学院毕业的？”

“五年前。你看，律师资格考试给我惹了不少麻烦。我已经考了六次了。”

我并不想听到这种话。“哦。”我咕哝了一声。我真的不知道一个人可以参加这么多次的律师资格考试。“深表遗憾。”

“你什么时候考？”

他边问边紧张环视着整个房间。他坐在椅子边上，好像随时都会蹦起来跑出房间似的。他用右手大拇指和食指拉扯着左手手背上的皮肤。

“7月。很难，是不是？”

“是，很难。对我来说是这样。我已经有一年没去参加考试了。不知道我将来还会不会再考。”

“你上的是哪个法学院？”我这样问是因为他让我非常紧张。我不知道是否要跟他谈布莱克一案。他对这个案子能有什么用？他将来要分多少律师费？

“在加利福尼亚。”他说，我从来都没有见过谁说话时面部抽搐如此之剧烈。他的双眼不停地眨，眉毛上下舞动，嘴唇激烈地颤动着。“读的是夜校。当时我已经结婚了，每周工作50个小时。没有多少时间用来学习。读了五年才完成学业。我老婆离开了我，从这搬出去了。”他说的句子越来越短，音量也越来越低。他的话让我不知道该怎么接下去了。

“嗯，好吧，你为布鲁索工作多久了？”

“差不多三年了。他对我跟对其他律师没什么区别。我找到案源，办理好，把他那部分分给他。大家皆大欢喜。跟保险有关的案子，他总是让我审查一下。我在太平洋相互保险公司工作了18年。后来厌倦了，去念了法学院。”他又是越说声音越低。

我看着他，等了一会。“如果你出庭辩护会怎么样？”

他窘迫地咧嘴一笑，像个小丑一样。

“其实，我自己出过几次庭，真的。还没被逮住过呢。这里律师多如牛毛，你懂的，谁能搞清楚我们谁是谁啊。不过，如果我有一个案子要审理，我会叫布鲁索或者别的律师去出庭。”

“布鲁索说所里有五个律师。”

“没错。我、布鲁索、尼科拉斯、托克塞和雷奇。但是，我不认为这里是一家律所。每个律师都是自力更生。你慢慢会了解的。你得自己去找案源找客户，最后才能分得三分之一的律师费。”

我被他的坦率深深吸引了，于是追问道，“对律师来说，这算笔好买卖吗？”

“这得看你想要什么，”他说，猛然扭头向四周看看，生怕布鲁索在偷听，“外面竞争很激烈。对我来说，挺合适的。因为我是一个没有律师执照的律师，每年还能挣 4 万美元。但是，你千万别跟别人说！”

就算是在梦里，我也不会告诉别人。

“那么，我的这个保险案，你打算怎么配合我？”

“哦，你说这个。案件结束后，布鲁索会付给我钱的。我帮他办理起诉的案件，但我是他唯一信任的人。所里的其他人都不准碰他的案卷。之前有律师想插手，还没来得及动手，就被他开除了。至于我，我不会让他有什么损失。我必须留在这里，至少在我通过律师考试之前。”

“其他几位律师怎么样？”

“哦，他们都待不长的。你知道，他从来不雇那些尖子生，他在街上拉来一些刚毕业的小伙子。他们工作一两年，发展了一些客户有了一些人脉，就另立门户了。律师总归是不停流动的。”跟我说一说吧。

“我能问你点事吗？”我说，虽然我知道不应该问。

“当然。”

我把车祸事故报告递给他，他迅速浏览了一遍。“布鲁索给你的，对吧？”

“是，几分钟前给我的。他希望我怎么做？”

“把案子抢过来。找到那个被车撞的人，让他在J.利曼·斯通律所法律委托书上签字，然后调查清楚案件。”

“我怎么找到那个被撞的人？”

“哦，他应该躺在医院里。那就是通常找到他们的最佳场所。”

“你去医院了？”

“当然。我经常去。你知道，布鲁索在警察局有些路子。人脉非常不错，都是些从小一起长大的朋友。他们几乎每天早上都给他提供这些事故报告。他会在办公室里分发，他希望我们拿下案子。做这种事不需要火箭科学家。”

“哪家医院？”

他那双铜铃大的眼睛翻了翻，反感地摇了摇头：“法学院都教了你些什么呀？”

“不多，但他们肯定没教我们怎么追赶救护车。”

“那你最好快点学。否则，你会饿死的。听着，这里不是有受伤司机的家庭电话号码吗？你只要打个电话，告诉接电话的人你是孟菲斯消防署营救处的，或者类似的单位，你需要和受伤的司机说话，管他叫什么名字。司机当然不能接电话，因为他躺在医院，对吧？哪家医院？你只要把它输进计算机系统中，就可以查到。每次都成功。发挥一下你的想象力。人是很容易上当的。”

我觉得有点恶心：“然后呢？”

“然后，你就去医院和某某人谈一谈。嗨，你看，你真是够嫩的，好吧。我对此很遗憾。告诉你我会怎么做。我们买个三明治在车里吃，接下来去医院让那个受伤的司机签上他的大名。”

我真不想去。我恨不得离开这个地方，永远不要回来。但此时此刻，我别无他法。“好吧。”我犹犹豫豫地说。

他跳了起来：“在大门口等我。我去打电话，问清楚到底是哪一家医院。”

受伤司机所在的那家医院是圣彼得慈善医院，这家医院以外伤病人为主要医治对象，那地方跟动物园差不多。这是一家市立医院，在许多其他的事务之外，还要为无数的穷人看病。

戴克对这家医院如数家珍。我们开着他那辆破烂不堪的小面包车在城里穿梭，多年酗酒导致他离了婚，这辆车就是他离婚时获得的唯一财产。现在他已经不喝酒了，是嗜酒者与前嗜酒者互相戒酒协会中令人骄傲的成员之一，他还戒了烟。不过，他严肃地承认，他确实喜欢赌博。密西西比州界上不断涌现新的赌场，真让人为他捏一把汗。

他的前妻和两个孩子还在加州。

我嘴里嚼着一只热狗，不到十分钟，就了解了戴克的上述全部信息。戴克一只手开车，另一只手拿着热狗往嘴里送，他一会儿抽搐，一会儿肌肉痉挛，一会儿做着鬼脸，嘴角上还沾着一小团鸡肉沙拉，让人不忍直视。我们说说笑笑，很快就穿越了半个孟菲斯。

我们把车停在了医生专用的停车场上，因为戴克有一张医生专用停车卡。

门卫似乎和他很熟，挥手示意我们进去。

戴克领着我直接走到主楼大厅的问讯处，大厅里挤满了人。几秒钟之后，他就知道了我们的潜在客户丹·范·兰德尔所住的房间号。戴克腿有点跛，有点内八字，可是当他向电梯走过去时，我要跟上他还有点费劲。“别表现得像个律师似的。”当我们跟一堆护士一起等电梯时，他低声跟我说。

又有谁能猜到戴克是位律师？我们默默地坐电梯到了八楼，随着人流出来。显然，戴克早已不知道干过多少次了。

尽管戴克的大脑袋形状很奇特，走起路来一瘸一拐，整个人怪里怪气的，但是没什么人注意到我们。我们拖着脚穿过一条拥挤的走廊，走到了两条走廊相交处的繁忙的护士办公室。戴克清楚地知道 886 房间的位置。我们向左转，从一群护士、技术人员以及一位正在研究图表的医生旁边走过。未铺床单的轮床沿墙壁排成一排。瓷砖地板已经磨旧，需要擦洗。我们没敲门就进了左边第四个房间，这是一间半私用的病房。光线有些昏暗。第一张床上躺着一位病人，床单紧紧地贴着他的下巴。他正在看床头小电视播放的肥皂剧。

他惊恐地瞥了我们一眼，好像我们是来盗取他的肾似的，我讨厌自己待在这里。我们没有任何权利以这样粗鲁残暴的方式侵犯这些人的隐私。

但戴克一步都不会行差踏错。很难相信眼前这个无耻的骗子就是不到一个小时前偷偷摸摸溜进我办公室的那个小人。那时他连自己的影子都怕。现在，他似乎已经无所畏惧了。

我们向里走几步来到折叠式隔板的地方。戴克有点犹豫，他不知道是否有人和范·兰德尔在一起。戴克看到只有他一个人，于是走了进去。“下午好，范·兰德尔先生。”他诚恳地说。

范·兰德尔二十八九岁的样子。实际上很难看出来他的年纪，因为他脸上裹着绷带。一只眼睛肿得几乎睁不开，另一只眼睛下面有一个割裂的伤口。他的一只胳膊断了，一条腿正在做牵引治疗。

他醒着呢，我们不必把他摇醒或大声叫醒他。我站在门口边的床脚处，特别希望不会有护士、医生或者家属看到我们正要做的事情。

戴克俯身靠近病人。“你能听见我说话吗，范·兰德尔先生？”他像牧师一样关爱地问道。

范·兰德尔被稳稳地绑在床上，动弹不得。我想没准他想坐起来或者活动一下身子，但我们按住了他。我无法想象他到底有多震惊。没多久之前，他还昏昏沉沉地躺在病床上，痛苦不堪，只能傻傻地望着天花板；然而，转瞬间，一张最奇怪的脸就出现在他面前。

他快速地眨了眨眼，想集中一下注意力。“你是谁？”他咬紧牙关咕哝着。哦，他的牙齿被医生用金属线箍住了。

这不公平。

戴克听到后笑了笑，露出四颗闪光的门牙。“戴克·希夫利，利曼·斯通律师事务所的。”他说这话时把握十足，好像他本来就应该出现在这里。“你还没有跟任何保险公司谈过，对吗？”

就这样，戴克三言两语就明确了谁才是坏人。反正肯定不是我们，而是保险公司的人。他在俘获客户的信任上迈出了巨大的一步。我们正在对抗他们。

“还没有。”范·兰德尔咕哝着。

“很好。别跟他们谈。他们只想骗你。”戴克说，他离案子又进了一步，已经开始提供建议了，“我们看过事故报告了。案情很清晰，对方闯红灯导致了车祸。我们一个小时后……”他说着，非常认真地看了看手表，“会去拍一下现场，然后和目击者谈一谈，你知道的，司空见惯的那一套。我们必须在保险公司调查人员找到证人之前迅速行动。他们会贿赂证人，让他们作伪证，这你也是知道的。就是这么腐败。我们要尽快行动，但我们首先需要得到你的授权。你有律师吗？”

我屏住了呼吸。如果范·兰德尔说他兄弟就是律师，那我就出局了。

“没有。”他说。

戴克拿出了他的必杀技。"嗯，就像刚才我说的，我们得尽快行动。我们律所办理的车祸案件比孟菲斯任何一家律所都多，而且我们也得到了巨额的和解金。保险公司都怕我们。我们不收客户一分钱，不论赔偿金是多少，我们只拿三分之一。"[①] 当他慢慢靠近的时候，他已经偷偷从便笺簿里抽出来一份法律委托合同书。合同只有一页，共三段，非常短，能让客户上钩即成。戴克拿着委托合同在他面前不停地晃来晃去，他不得不接过来。他吃力地用未受伤的那只手拿着委托书，努力想看明白。

上帝保佑他！他刚刚度过一生中最糟糕的一个晚上，侥幸还活着。现在仍头昏目眩，脑子混乱，却要读一份法律文书，还要做出明智的决定。

"你能等我老婆来了再说吗？"他问，几乎是恳求。

那我们岂不是就要被人逮住了吗？我抓住了病床的栏杆，不经意间撞上了一根绳子，绳子猛拉滑轮，滑轮就把他的腿拉高了一英寸。"啊！"他痛得大叫一声。

"对不起。"我赶紧说，赶忙把手缩了回来。戴克狠狠瞪了我一眼，如果目光能够杀人，那我一定死了，但他很快又恢复了原样。"你太太在哪里？"他问。

"啊！"那可怜的家伙又呻吟起来。

"对不起。"我帮不了他，只能再次道歉。我紧张极了。

---

① 和解金和赔偿金的原文分别为 settlement 和 recovery。

范·兰德尔惊恐地看着我。我把两只手都深深地放进了口袋里。

“她一会儿就回来。”他说，每说一个音节都痛得要死。

对每一个问题，戴克都有现成的答案。“我待会和她在办公室谈一谈。我还有很多信息需要她提供呢。”戴克熟练地将便笺簿垫在了委托合同的下面，拔掉了钢笔的笔帽，这样签字就更顺利了。

范·兰德尔咕哝了几句，然后拿起笔，潦草地写下他的名字。戴克把委托合同夹进便笺簿，并将名片交给新客户。名片上写着他是J.利曼·斯通律所的一位律师助理。

“现在，还有几件事，”戴克说，他的语气听起来很有权威，“除了你的医生，不要跟任何人说话。保险公司的人会骚扰你，事实上，他们今天可能会来这里，企图让你在某些表格或文件上签名。他们甚至还想跟你私了。不要，在任何情况下，都不要跟这些人说一句话。任何文件未经我审阅都不要签字。你有我的电话号码，24小时都可以给我打电话。名片背面是这位鲁迪·贝勒的电话号码，你也随时可以给他打电话。我们俩一起办理这个案子。你还有什么问题吗？”

“很好，”在范·兰德尔没来得及咕哝或者呻吟之前，戴克接着说，“鲁迪明天上午会带些文书回到这儿来。让你老婆今天下午给我们打电话，我们要和她谈一谈，这很重要。”他拍了拍范·兰德尔那条没有受伤的腿。在范·兰德尔改变主意之前，我们该走了。“我们会给你搞来一大笔钱的。”戴克向他保证。

我们一边说再见，一边后退，迅速离开了病房。一到走廊上，戴克就得意扬扬地说："鲁迪，就是这样。小菜一碟。"

我们躲开一个坐在轮椅上的女人，又为躺在轮车上被推走的病人让路。大厅里挤满了人。"如果那家伙原本就有律师怎么办？"我问，呼吸终于恢复顺畅了。

"那我们也没什么损失呀，鲁迪。你应当记住这一点。我们来的时候一无所有，即使他把我们赶出病房，不管原因是什么，我们又能失去了什么？"

失去了一点尊严、一点自尊。他的推论完全合乎逻辑，我没什么好说的。我步子迈得又大又快，尽量不去看在我身后一瘸一拐地跟着的他。"你看，鲁迪，你真正要学的东西，在法学院是学不到的。他们只会教你死背书本，教你背些理论知识，把法律当成崇高的职业理念，那些华而不实的东西，像一种绅士之间的职业，你知道的。受到书面伦理规范约束的光荣职业。"

"职业伦理有什么问题吗？"

"哦，没问题，我想。我认为的职业伦理是，律师应该为他的客户努力争取权益，不偷钱，尽量不撒谎，你知道，最基本的东西。"

跟戴克谈法律职业伦理。我们花了好几个小时探讨伦理和道德的困境，但就这样，厚厚的一本《职业伦理准则》，就被戴克简化成三大原则：为客户而战；不偷钱；尽量不说谎。

我们突然向左拐，进入一条新的走廊。圣彼得医院是不断扩建不断增加附属建筑物的迷宫。戴克这时完全是一种授课的心态："但法学院里没教的事，可能会对你造成伤害。像刚才在那个范·兰德尔的房间里，我觉得你在那里时很紧张。"

"我是很紧张。"

"你不应该紧张。"

"但是，这样招揽案件是不符合职业伦理的。这与公然在救护车后面追，有什么区别？"

"说得没错。但谁在乎呢？与其让别人抢了这个案子，还不如我们自己办。我向你保证，24 个小时内一定会有别的律师来找范·兰德尔，费尽心思让他签委托代理合同。事情就是这样，鲁迪。这就是竞争。这就是市场。孟菲斯的律师多着呢。"

好像我不知道似的。"那家伙会跟着我们吗？"我问。

"可能吧。到目前为止我们很走运。我们会在合适的时候打动他。这种情况成功的概率一般是 50%，而他一旦签署了我们的委托代理合同，他跟着我们的概率就升到了 80%。你得在几个小时之内给他打电话，跟他的老婆谈一谈，说你今晚要回来和他们一起讨论这个案子。"

"我？"

"当然是你。很容易。我已经准备好一些文件让你看一看。这种事不需要什么脑外科医生。"

"但我不确定——"

"听着，鲁迪，别紧张。别害怕这个地方。他现在是我们的客户，是不是？你有权会见他，谁也管不着。他们不能把你赶出去。别紧张。"

我们在医院三楼的餐厅里用塑料杯子喝咖啡。戴克喜欢这家小的自助餐厅，是因为它靠近整形外科病区，而且刚刚改造翻新过，没几个律师知道这个地方。他一边端详餐厅里的每一个病员，一边轻声跟我解释，律师经常在医院的自助餐厅逗留，就是为了捕获受了外伤的病人，这是众所周知的事实。他说这话的时候，似乎对这一行为有某种鄙视，但对戴克来说，讽刺全然无用。

作为J. 利曼·斯通律所的年轻律师，我的工作内容之一就是在医院里闲逛，猎取客户。两个街区外的坎伯兰医院主楼也有一个大的自助餐厅。弗吉尼亚医院有三个自助餐厅。当然，戴克知道它们在哪里，他把这些知识都传授给我了。

他建议我从圣彼得医院开始，因为这个医院里的受伤病人最多。他在餐巾纸上画了一张地图，告诉我其他潜在热点的位置：主楼最大的自助餐餐厅、二楼靠近产科病房的餐厅、大厅附近的咖啡店。他说，晚上是捕猎的最佳时间，因为那时病人在房间里经常感到无聊，如果可以的话，他们会坐着轮椅下来吃点快餐或零食。几年前，布鲁索手下的一名律师凌晨一点在那个最大的自助餐厅钓到了一个烧伤的小伙子，一年后，这个案子以200万的价格达成和解。问题在于，这位小伙子此时已解雇了布鲁索，聘请了别的律师。

“明明上钩的鱼，最后却跑了。”戴克说，像个垂头丧气的渔夫。

第十七章

电视重播晚弥撒在23:00结束后，伯蒂小姐就要上床睡觉了。她几次邀请我在晚饭后跟她一起坐着看电视，但到目前为止，我总能找到一个好借口来搪塞她。

我坐在公寓外面的楼梯上，等她屋里的灯光熄灭。我可以看见她的身影从一扇门移动到另一扇门，检查门锁，拉上窗帘。

我想老年人已经习惯了孤独，虽然没有谁想在无亲人陪伴的孤独中度过人生中的最后几年。我相信她在年轻的时候也曾满怀信心地展望未来，相信自己将会在孙子孙女们的环绕中安度晚年；她的孩子们就住在附近，每天都会来看望妈妈，带上鲜花、饼干和礼物。伯蒂小姐没有想到她会在一座老房子里靠着早已褪色的记忆来度过人生的最后几年。

她很少谈及自己的孩子和孙子。虽然房子里有几张照片，但从样式来看，都是很久之前的旧物了。我住在这里好几周了，从来没有发现她跟她的家人们有什么联系。

晚上没有陪她看电视让我有点内疚，但我并不是没有原因的。她喜欢没完没了地看那些愚蠢的情景喜剧，我可受不了。再说，我需要复习律师资格考试。

还有一个更重要的原因让我远离她。伯蒂小姐一直强烈暗示这栋老房子需要粉刷，等到把覆盖土料都弄好了，她就要开始下一个项目了。

我今天给亚特兰大律师寄了一封信，就伯蒂小姐最后一个丈夫安东尼·L. 莫丁的遗产询问了相关事宜，在信函末尾签上了 J. 利曼·斯通律所律师助理的头衔以及我的名字。尽管运气不太好，但我已经在缓慢推进了。

她卧室的灯熄灭了，我轻轻地走下摇摇晃晃的楼梯，光着脚踮着脚尖穿过潮湿的草坪，来到两棵小树之间挂着的一个破旧帆布吊床，吊床摇晃不定，看起来不是很安全。但前天晚上我在上面躺了一个小时，也没发生什么事。躺在吊床上，透过重重树影，仍然可以看到满月的壮丽夜色。我轻轻地摇晃。夜色如此温柔。

今天在医院经历了范·兰德尔事件之后，我内心一直忐忑不安。三年前考进法学院时，我怀着崇高的理想，希望将来有一天能用我的律师执照，稍稍地改善这个社会；而约束我的这个光荣职业的伦理准则，我本以为每个律所都会努力遵守的。我真的是这样相信的。我知道自己无法改变世界，但我梦想在一个坚持高尚道德标准的高压环境下工作，身边的同事都是绝顶聪明的人。我想努力工作，好好经营事业，靠良好声誉而不是靠花言巧语的推销来吸引客户。随着我律师技能的提高以及收取费用的提升，我能够办理一些别人不愿意办的案子，接一些别人不愿意接的客户，而无须考虑能收取多少律师费。对刚进法学院的学生来说，有这样的梦想太正常了。

值得称赞的是，在法学院时我们不知道花了多少个小时来学习和讨论职业伦理。由于对这一课程的高度重视，大家都认为，这一行业非常热衷于执行一套严格的准则。而现在，事实的真相却让我沮丧。在过去的一个月中，一个又一个真正的律师让我梦想的气泡一个又一个地破灭了。为了一个月 1 000 美金的底薪，现在我成了医院自助餐厅里的偷猎者。我为自己的所作所为感到悲伤和恶心，为自己堕落得如此之快，感到震惊。

我大学里最好的朋友是克莱格·巴尔托。我们在同一个宿舍住了两年。去年我参加了他的婚礼。上大学时克莱格就有一个人生目标，那就是毕业后教高中历史。他很聪明，大学课程对他来说易如反掌。我们曾经对人该如何度过自己的一生这个问题讨论过很久。我认为他说想去教书是在自欺欺人，当我把自己未来的职业和他的做比较时，他会生气。我的人生目标就是赚大钱，获得上层社会的成功。他追求的却是传业授道解惑，然而，在教师这个职业里，他没办法控制那些影响他工资的各种因素。

克莱格获得了硕士学位，娶了一位教师。他现在教九年级的历史和社会研究课程。他的妻子在幼儿园里当老师，现在已经怀孕。他们在乡下有座占地几英亩的漂亮房子，还有个小花园。他们是我认识的人里最幸福的一对，他们俩一年的总收入大概有 5 万美金左右。

但克莱格并不在乎钱。他正在做他一直想做的事情。而我，不知道自己在干什么。克莱格的工作意义巨大，因为他在影响年轻的一代。他可以预见自己的劳动成果。而我呢，明天去上班，不得不寄希望于以设计或欺骗的手段，逮住一个毫无戒心、正沉浸在某种痛苦中的客户。如果律师的工资和教师一样高，十所法学院有九所就会立即关门。

这种情形必须改变。但在事情能够改变之前，还有两种不幸会降临到我头上。首先，我可能会因为莱克律所的火灾而被捕。即使能够侥幸逃脱牢狱之灾，我的处境也会很尴尬。其次，我可能通不过律师资格考试。

想到这两种可能发生的不幸，我不禁在吊床上不安地摇晃，一直晃到了凌晨。

布鲁索早早到了办公室，眼睛红肿，宿醉未醒，但穿着律师最好最昂贵的全毛西服和浆得笔挺的全棉白衬衫，打着华丽的真丝领带，显得光彩照人。他今天早上显然特别精心地梳洗过头上那几缕蓬松的鬓毛，它们看起来干净而又有光泽。

他今天要去法院，为一桩贩毒案进行预审辩论，因而他很紧张，也很有干劲。我被传唤到他的办公桌前，聆听他的指示。

“范·兰德尔这个案子做得不错。”他埋头在一大堆文书案卷之中。德鲁在他身后忙来忙去，刚好处在安全范围之内。鲨鱼们饥饿贪婪地看着她。“我刚刚给保险公司打过电话了。投保额很大。责任也很明确。那小伙子伤得有多严重？”

昨晚我与丹·范·兰德尔及其妻子在医院度过了令人紧张的一小时。他们问了许多问题，主要关注他们能拿到多少赔偿金，我充分发挥了律师令人赞叹的说话技巧，对大多数问题都含糊其词，只有少量的问题才给出具体的答案。目前为止，他们还是我们的客户，没有改弦易辙。“断了一条腿、一只手臂还有几根肋骨，身上有很多伤口。医生说他要在医院躺上十天。”

布鲁索笑了笑：“好好干。做好调查工作。多听听戴克的建议。这件案子会办得不错的。”

对布鲁索来说是不错。但我不会收到一分钱，这个案子不算是我的。

“警察希望你做一个关于火灾的陈述，”他一边伸手取一份案卷，一边说道，“昨天晚上跟他们谈了，就在这个办公室里做陈述，我会在场的。”

他说话的语气好像这一切已成定局，我别无选择。“要是我拒绝呢？”我问。

“那他们可能会把你带回警局审问，如果你没什么好隐瞒的，我建议你给他们做一下陈述。我在场，你可以和我商量商量。跟他们谈谈，然后就完事了。”

“这么说来，他们认为有人纵火？”

“这一点他们非常肯定。”

“他们希望从我这儿得到什么？”

“案发时你在哪，做什么，时间，地点，不在场证明，等等。”

“我回答不了所有的问题，但我能说实话。”

布鲁索笑着说：“那么实话一定会让你获得自由的。”

“我需要把陈述写下来。”

“我们今天 14:00 一起写吧。”

我肯定地点了点头，什么也没说。真奇怪，当下的处境如此困难，我竟然对布鲁索·斯通如此信任，我以前是绝不会这样信任别人的。

“我需要请一段时间假，布鲁索。”我说。

他瞪着我，挥舞的双手停在半空中。在角落里整理文件柜的德鲁，停下来看我。一条鲨鱼好像听懂了我的话语，也停止了游动。

“你刚刚开始上班啊。”布鲁索说。

“是的，我知道。但律师考试就在眼前。我已经落下了很多功课。”

他把头歪向一边，用手抚摸着山羊胡。喝酒玩乐的时候，布鲁索的眼神总是变得很犀利，此刻他的眼神跟激光差不多。“要多长时间？”

“嗯，我想每天早上来上班，工作到中午左右。然后，你知道，再根据出庭和会议的时间安排，溜进图书馆学习一会儿。”我本来想幽默一下，可是一点都不好笑。

“你可以跟戴克学啊。”布鲁索突然笑着说。他在开玩笑，所以我傻傻地笑了。“我告诉你怎么做，”他又认真地说，“你工作到中午，然后带上书，去圣彼得医院的自助餐厅。好好学习，对吧，但也要睁大眼睛看看有没有什么猎物。我当然希望你能通过律师资格考试，但我现在更关心新案子。带上大哥大，我随时可以找到你。没问题吧？”

我为什么要提资格考试这事？搬起石头砸自己的脚。“当然。”我皱着眉头说。

昨晚躺在帆布吊床上时，我想如果运气好的话，我也许可以不用去圣彼得医院了。可现在，我不得不长期待在那儿了。

曾经在我房间出现过的那两个警察在跟布鲁索做完自我介绍之后，请他允许他们对我进行审问。我们四个人在办公室角落里的小圆桌旁围着坐下。两台录音机放在桌子中间，开始录音。

审问很快就变得冗长无聊。我不停重复着这两个小丑警察第一次见面时就问过的那些话，他们把时间都浪费在毫无意义的芝麻绿豆的小事上，企图逼我在不知所谓的细节上自相矛盾，“记得你说过你穿了件海军蓝的衬衫，现在你却说是蓝色的”，但我说的绝对是实话。我没有什么要遮遮掩掩的。折磨了我一个小时之后，他们似乎意识到我并不是他们想要找的人。

布鲁索听得很恼怒，不止一次地跟他们说赶紧问下一个问题。他们也听他的，但是只有那么一小会儿。我真的认为这两个警察有点怕布鲁索。

他们终于走了，布鲁索说这件事就到此为止了。我不再是一个嫌疑犯。他们只是在把该做的事情给做完了。他今天早上会跟他们的上司谈一谈，把这件事情彻底了结了。

我非常感谢他。他把一只巴掌大的大哥大给了我。“随时带着，”他说，“特别是当你溜去复习律师资格考试的时候，我说不定随时需要找你。”这只小小的大哥大忽然变得沉重起来。一天 24 小时，通过这个大哥大我将随时都将受制于他的突发奇想。

他让我回了自己的办公室。

回到整形外科病区附近的那个餐厅时，我做出了一个严肃的决定，我要把该死的大哥大带在身上，对身边的人置若罔闻，躲在角落里埋头看书。

这里的饭菜还能吃。吃了七年的大学食堂之后，什么东西我都能吃得有滋有味。我买了甜椒奶酪三明治和薯条，坐在靠墙的角落里，把律师资格考试的书摊在桌子上。

我一边风卷残云地把三明治吃掉，一边仔细地观察其他食客。他们大多穿着医院的制服，医生穿着手术服，护士穿着白色的护士服，技术人员则穿着实验室的夹克衫。他们成群结队地坐在一起，讨论着那些我从来没听说过的各种疾病和治疗的详细情况。这些原本最关心健康和营养的人，却吃着最差的食物：薯条、汉堡、玉米片和比萨。我看着那几个围在一起吃饭的医生，心想如果他们知道此时此刻身边混入了一名律师，正在复习资格考试，以便有一天可以起诉他们时，他们该作何感想。

我不知道他们会不会在乎，但我有权利跟他们一起来这个自助餐厅。

没有人会注意到我。偶尔有病人拄着拐杖一瘸一拐地走过去，或坐在轮椅上被护工推进来。我还没发现身边有其他律师随时准备扑向猎物。

18:00，我买了第一杯咖啡，很快就沉浸在合同和房地产这两门课的复习中，复习这两门课又让我陷入法学院一年级学习时的可怕压力中。我已经拖拖拉拉到了今天这个地步，不能再明日复明日了，我只能奋力向前。一个小时后，我去给咖啡续了杯。顾客只有零星几个了，我看到餐厅另一边有两名伤员坐在一起。两个人身上都打着石膏，裹着许多绷带和纱布。如果是戴克，一定会展开他的捕猎。但我不会。

又过了一会儿，我惊奇地发现自己竟然很喜欢这里。这里非常安静，又没有人认识我打扰我。这是一个非常理想的学习之地。咖啡也不错，续杯只要半价。伯蒂小姐不在我身边，因此我也不担心要被叫去做什么苦活。我老板叫我待在这里捕捉猎物，可是他又怎么知道我到底在干吗呢。而且我办案子没有指标，总不能指望我一周办下多少个案子。

大哥大发出了细小的哔哔声。肯定是布鲁索打电话检查我的工作进展了。“运气好吗？”“不怎么样。”我一边说，一边看着餐厅对面坐在轮椅上比较伤势的那两个病人。他说他已经跟警察局的头头打过招呼，看来我不会有什么事了。他相信他们会找到其他嫌疑人、其他线索的。“祝你捕猎愉快！”他说完大笑一声，就挂断了电话。毫无疑问，他肯定要去尤吉酒吧，跟普林斯喝几杯。

我又复习了一个小时，然后立刻去餐厅八楼看望丹·范·兰德尔。他依然被伤痛折磨，但愿意跟我聊天。我告诉他一个好消息，我们已经跟对方的保险公司联系了，对方投保的数额很大。我把刚从戴克那学到的东西现学现卖，向他解释他的案子要素齐全，权责清晰（对方酒后驾车，全责），投保数额很大，以及他的伤势很妙。这就意味着他某些折断的骨头，可能会很容易变成**永久性损伤**的奇妙状态。

丹努力地挤出了一个开心的笑容。他已经在计算他能拿到多少钱了。可是赔偿金怎么个分法，他得跟布鲁索商量，恐怕会很费劲。

我跟他说再见，答应明天回来看他。既然被分配长期待在医院，我就能够探望我所有的客户，为他们服务。

我回到餐厅，重新坐到我原来的位置时，餐厅里的人已经满满当当了。我走时书散落在桌子上，其中《伊尔顿法律评论》的书名特别显眼。这本书引起了邻桌几位年轻医生的警觉，我坐下来时，他们立刻闭上了嘴，用怀疑的眼光打量我，我知道他们已经仔细地讨论过我的资料了。他们很快就走了。我又去续了咖啡，开始在联邦审判程序的奇妙世界里漫游。

餐厅的人又只有零星几个了。我喝着不含咖啡因的咖啡。在过去四个小时里，我竟然复习完了这么多材料，连我自己都觉得惊奇。布鲁索 21:45 又给我打了一次电话。听起来他像是在酒吧里，他想让我明天 9:00 去他办公室讨论一个法律问题，他本月的贩毒案要开庭审理，需要做案件简述。我会准时到的，我说。

如果我的律师是在脱衣舞俱乐部饮酒作乐时，考虑用什么法律理论去为我的案子辩护的话，我一定会很生气的。

但我的律师是布鲁索。

22:00，餐厅里只剩我一个人了。这个餐厅通宵营业，所以收银员懒得理我。我正沉迷在庭前会议高超的语言技巧中时，忽然听到一个女孩打喷嚏的清脆声音。我抬头一看，离我两张桌子以外的地方，有一个坐在轮椅上的病人。原来除我之外，餐厅还有一个客人。她直挺挺的右腿从膝盖以下都打着石膏。根据我对石膏的粗浅认识，我知道她这是刚打上没多久的。

她很年轻，非常漂亮。我忍不住看了她好几秒，才回头继续看笔记。然后我忍不住又开始盯着她看。她那如瀑布般的长发乌黑蓬松，松散地披在颈后。她美丽的栗色眼睛，眼波流转，秋水盈盈。虽然她左下颌有明显的青肿，但依然能看得出她轮廓鲜明，五官立体端正。这讨厌的瘀青，通常是被打过的痕迹。她穿着一件标准的白色病人服，看起来很脆弱。

一位穿粉色夹克衫的老人，圣彼得医院的一位善良义工，把一杯橙汁放在她面前的桌子上。“喝吧，凯莉。”他像个和蔼的爷爷那样说道。

“谢谢。”她微微一笑。

“你说 30 分钟？”他问道。

她点点头，咬了咬下唇。“30 分钟。”她告诉他。

“我还能为你做点什么吗？”

“不用了，谢谢你。”

他拍了拍她的肩膀，离开了餐厅。

餐厅里只剩下我们两个人了。我尽量不盯着她看，但实在是做不到。看书不到几秒钟，我又忍不住慢慢抬头，直到能看到她。她没有与我对视，而是与我呈一个 90° 的角度。她举起酒杯，我注意到她两个手腕上都缠着绷带。她一直都没有正眼瞧过我。事实上，我意识到即使房间里都是人，她也不会看到。凯莉完全沉浸在自己的小世界里。

她看起来像是脚踝骨折了。她脸上虽然没有撕裂的伤口，但那些乌青的瘀伤也足可以满足戴克对于猎物的诸多要求了。两个手腕处受的伤却让人困惑。她如此地美，我不想去通过她练习我的捕猎技巧。她看起来这么悲伤，我又怎能在她的伤口上撒盐呢？她的左手无名指上戴着一个细细的结婚戒指。但她不可能超过 18 岁。

我尽量克制自己，把注意力集中到法律复习资料上，我至少坚持了五分钟只看书本不去看她。但我看到她用一张纸巾默默地擦眼泪。她的头微微向右倾斜，泪水不停地流下来，她在无声地抽泣。

我很快就意识到，她的眼泪与她那折了的脚踝骨无关，她不是因为肉体上的伤痛而哭泣。

我那卑劣的律师想象力开始天马行空地翱翔。可能是发生了车祸，她丈夫死了，而她受了伤。她这么年轻，应该不会有孩子，娘家又远在天边，所以她才孤孤单单地一个人在这里为亡夫黯然神伤。这可是个大案子！

我努力摆脱这些可怕的想法，把注意力集中在眼前的这本书上。她仍不停地抽泣，无声地哭泣。几个客人来了又去，但没有人坐在我或凯莉的桌子边上。我喝光了杯子里的咖啡，悄悄地从椅子上站起来，从她面前路过，走向了柜台。我瞥了她一眼，她看了我一眼，我们的目光交织在一起足足有一秒钟，我差点撞到一把金属椅子上。我付咖啡钱时，手都发颤了。我深深吸了一口气，然后在她的桌子前停了下来。

她缓缓抬起那盈盈双眸。我努力地咽了一下，平复心情然后说："你好，我不是一个爱管闲事的人，但是有什么我能帮你的吗？你是不是很疼？"我用头对着她打了石膏的腿点了点，问道。

"不用。"她说，声音细到几乎听不到，然后是一个让人眩晕的迷人微笑。"但是，谢谢你。"

"没事。"我说。我望了望20英尺之外的那张桌子说，"我在那边复习律师资格考试。如果你需要我帮忙的话。"我耸了耸肩，好像我不确定自己能做什么，我是个乐于助人的好心笨蛋，如果我打扰到你了，请你多多担待。但我依然关心你，如果你有什么需要帮忙的，随时可以找我。

"谢谢。"她又说了一次。

现在我已经明确跟她说了我是一个正在复习律师资格考试的准专业人士，算半个律师，希望很快可以加入这让人尊敬的行业，然后我就轻松地回到座位上了。当然，她多多少少会对我有点印象。我全情投入到复习中，不再理会她的苦痛。

几分钟过去了。我翻过一页书，忍不住看了她一眼，发现她也正在看我，我的心都快要跳出来了。我假装不理睬她，直到我再也憋不住了。她再次迷失，深陷在她的苦痛之中。她紧紧捏着纸巾，泪水顺着脸颊不停地流下来。

看到她如此痛苦，我的心都要碎了。我很想坐在她旁边，没准能搂着她，陪她聊聊天。如果她结婚了，那么她的丈夫去哪了？她瞥了我一眼，但我想她没看见我。

22∶30，她那穿粉色夹克衫的护卫准时到来，她很快努力让自己平静下来。他轻轻地拍了拍她的头，说了一些我听不见的安慰话，轻轻地转动轮椅。她离开时，特意地看了我一眼，含泪对我笑了很久。

我真想跟着他们走一段，看看她的房间号，但我控制住了自己。后来我又想去找那个穿粉色夹克衫的男人，让他告诉我详细情况。但是我也没有这样做。我想忘了她。她不过是个孩子。

第二天晚上，我又来到了餐厅，坐在同一张桌子边。听那些匆匆忙忙过往的人叽叽喳喳地闲聊。我又去看了范·兰德尔一家，应付他们那些没完没了的问题。我冷眼旁观其他鲨鱼在这浑浊的水域捕猎，对那些明显就要被骗的客户视而不见。我认真地埋头苦读，专注地复习了好几个小时，我从未如此渴望学习。

但我一直没有忘记看墙上的钟。快到 22:00 时，我再也没有办法保持冷静，开始四处张望。我想让自己镇定下来，继续复习，可是只要有人走入餐厅，我就不由自主地蹦起来。有两个护士在一张桌子上吃饭，还有一个技术人员在另一张桌子上看书。

22:05，她终于走进了餐厅。还是昨晚那个上了年纪的义工推着她去了她想要去的地方。她坐在同一张桌子边，当义工帮她摆好椅子的时候，她冲我微微一笑。“橙汁。”她说。她的头发像昨天一样往后梳，但如果我没看错的话，她今天抹了一点睫毛膏，画了一点眼线，淡淡地抹了一层唇彩，虽然仅仅是淡妆，但效果惊人，她成了艳光四射的美女。她的眼睛清澈明亮，波光流转，她容光焕发，早已没有了昨日的悲伤。

义工把橘子汁放在她面前，说了跟昨晚一样的话。“喝吧，凯莉。30 分钟，是吧？”

“45 分钟吧。”她说。

“好吧。”他说完，缓缓离去。

她抿了一口果汁，茫然地望向桌面。我今天很多时候都在想凯莉，我早就决定了今晚的行动方针。我等了几分钟，假装没看见她来了，只是忙乱地翻看《伊尔顿法律评论》，然后慢慢地站了起来，仿佛只是到了该喝咖啡的时间，休息一下。

我走到她的桌子前停了下来，说：“你今晚气色好多了。”

她好像就在等我说这句话呢。“我是感觉好多了。”她说，微微一笑，露出了完美无瑕的牙齿。虽然她脸上有吓人的瘀青，但依然美得无与伦比。

“你要喝点什么吗？”

“我想喝杯可乐。这橙汁有点苦。”

“好。”我说完就走了，激动得无法用语言形容。我在自动贩卖机上买了两大杯可乐，走回去放在她桌上，我慌乱地望着她对面的那把空椅子，脑子里一片空白。

“你坐下来吧。”她说。

“你确定吗？”

“坐吧。我再也不想跟护士们说话了。”

我坐了下来，把手肘搁在桌子上。“我叫鲁迪·贝勒，”我说，“你是凯莉——”

“凯莉·赖考。很高兴认识你。”

“很高兴认识你。”在 20 英尺之外远远地看着她就已经让我很开心了，现在离她只有 4 英尺，我可以大胆地盯着她看，怎能不让我惊掉了下巴？她那双淡栗色的眼睛，时不时调皮地闪烁着光芒。她精致得不像是人间的凡物。

“不好意思，我昨天晚上打扰你了。”我说。我迫不及待地想跟她继续聊天，对于她，我有太多想知道的事情。

“你没有打扰到我。是我不好意思，把自己弄得这样狼狈。”

“你为什么会来这？”我问，好像她是贸然闯入的陌生人，而我是这里的人。

“在病房里待烦了。你呢？”

“复习律师资格考试。这里比较安静。”

“那么，你要当律师了？”

“没错。我几周前从法学院毕业了，现在在一家律所工作，只要我通过律师资格考试，我就可以离开了。”

她用吸管吸着可乐，动了动身子，立刻疼得脸都扭曲了。“伤得很重，是吗？”我问，冲她的腿点了点头。

“我的脚踝疼死了，医生在里面钉了一根钉。”

“怎么会这样？”很显然，这是我接下来应该问的问题，而且我想，对她来说，回答这个问题也很容易。

然而，事情没这么简单。她迟疑了一下，眼睛顿时湿润了。“在家里出了点事。”她说，好像之前她已经排练过这个含糊不清的解释。

这到底是什么意思？在家里出了点事？她从楼梯上摔了下来吗？

“哦。”我说，好像她说的我都清楚了似的。让我担心的是她那两只没打石膏但缠着绷带的手腕。看起来不是骨折或扭伤。可能是撕裂。

“说来话长。”她抿着嘴吸了一口可乐，然后看向别处。

“你来这儿多久了？”我问。

“好几天了。医生要等着看钉在我脚踝的那颗钉子会不会变弯。如果弯了，他们就得再做一次手术。”她停下来玩手中的吸管。“你在这么奇怪的地方学习吗？”她问。

“不算奇怪。这里比较安静，咖啡管够。又通宵开放。你戴的是结婚戒指吗？”这件事比什么都更让我深受折磨。

她看着戒指，好像不确定它是否还戴在她的手上。“是的。”她说，然后就盯着吸管。戒指只有薄薄的一圈，上面没有钻石。

“那你丈夫怎么没来呢？”

“你的问题太多了。”

“我是律师，或者说半个律师。我们就是这样训练的。”

“你为什么想知道？”

“因为你伤得这么严重，却一个人住在医院，他不在你身边，这很奇怪。”

“他来过。”

“现在跟孩子在家？”

“我们没有孩子。你有吗？”

“没有。我没结婚，没孩子。”

“你今年多大了？”

“你的问题太多了。”我笑了笑，她的眼睛闪闪发光。“我25岁，你呢？”

她想了一会儿说：“19岁。”

“你结婚太早了。”

“我没办法。”

“哦，对不起。”

“这不是你的错。我刚过18岁就发现自己怀孕了，不久就结婚了。结婚一周后就流产了，从此生活就越来越惨。现在，你的好奇心满足了吗？”

“哦，不是的。我很抱歉。我们换个话题吧，你想聊什么？”

“大学。你在哪上的大学？”

“本科奥斯丁佩伊大学。然后是孟菲斯州立法学院。”

“我一直想上大学，但没念成。你是孟菲斯人吗？”

“我在这里出生，但在诺克斯维尔长大。你呢？”

“我出生在离这有一小时车程的小镇。我怀孕时就离开了。我给我家丢脸了。他家本来就不怎么样。我们只能一走了之。”

从她的话语中可以听出来他们双方的家庭矛盾重重，我当然不想提及这个话题。怀孕的事情她说了两次，这些事她本来可以不说的。但是她很孤独，她想跟人聊聊。

“所以你们就搬到孟菲斯了？”

“我们是逃到了孟菲斯，在治安法官主持下结了婚，婚礼倒是挺隆重的，只是后来流产，孩子没了。”

“你先生干什么工作呢？”

“开叉车。他老是喝得醉醺醺的。没什么本事，却老是梦想着去大联盟打棒球。”

我没想让她回答得这么详细。我猜他可能高中时是个不错的运动员，而她是最最漂亮的女啦啦队队长，一对完美的美国青年情侣，在偏僻的小镇上，属于最英俊、最美丽和最健康的那一对，直到有一天晚上因为少了一个避孕套而终于坏了事，到底造了孽。因为某些原因，他们不愿意打胎。可能他们高中毕了业，也可能还没毕业。他们灰溜溜地逃离了小镇，来到大城市开始隐姓埋名地生活。流产之后，往日的浪漫早已消逝，他们才发现艰难重重的生活已经迎面而来。

他仍梦想着去大联盟打球，功成名就，坐拥财富与名声。她却渴望回到曾经无忧无虑的少女时光，梦想着从来没有上过的大学。

“我很抱歉，”她说，“我不应该说这些。”

“你还年轻，还有机会上大学。”我说。

对于我的鼓励，她哈哈大笑，好像这个梦早已灰飞烟灭。“我连高中都没读完。”

对此我能说些什么呢？不过是一些老生常谈的劝导，自考拿一个普通教育发展证书？去上夜校？只要你想，你就能做到。

“你上班吗？”我反问道。

“时断时续。你想成为一个什么样的律师？”

“我喜欢出庭辩护。我希望自己的一生能在法庭上度过。”

“做犯罪嫌疑人的代理人？”

“可能吧。在法庭上，他们有权得到辩护，也有打赢官司的权利。”

“如果是杀人犯呢？”

“是的，但他们大多数人都请不起私人律师。”

“强奸犯和猥亵儿童的人呢？”

我皱着眉头，沉默了一会儿。

“不行。”

"打老婆的男人？"

"不，绝不。"我是认真的，而且她的伤势使我对她的丈夫有了些许怀疑。她赞成我对客户选择的偏好。

"刑事案件很少，"我解释道，"民事诉讼可能会更多一些。"

"帮人打官司？"

"对，帮人打官司。非刑事诉讼的官司。"

"离婚官司呢？"

"我不太想接。离婚案让人不舒服。"

她努力把话题放在我身上，以免涉及她的过去，特别是现在。我倒不介意。她的眼泪随时可能会落下来，我不想搞砸了我们之间的对话。我希望可以一直跟她聊下去。

她想了解我的大学生活，学习、同学聚会、兄弟会、宿舍生活、考试、教授、旅行，她都想知道。她看过很多电影，对大学生活有许多浪漫的想象，在一个古老典雅的校园里度过完美的四年，秋天时校园的树叶会渐渐变黄变红，大学生们穿着运动衫为学校橄榄球队加油呐喊，同学们在青葱岁月里结下的友谊一辈子都不会改变。这个可怜的女孩子不过刚刚逃离了穷乡僻壤的小镇，却有着美好的梦想。她的语法很好，她的词汇量比我都大。她不情愿地跟我承认，如果不是跟克利夫·赖考先生有了那段青涩的罗曼史，她高中本来会以年级第一或第二名的成绩毕业的。

不费吹灰之力，我就讲完了大学四年的辉煌生活，当然像为了交学费不得不每周打工 40 个小时送比萨外卖这种事情，我是绝不会讲出来的。

她也想了解我们的律所。我正在对布鲁索和他的律所进行翻天覆地的形象塑造时，两张桌子之外的大哥大忽然响了起来，我跟她说请见谅，电话是律所打过来的，然后去接了电话。

是布鲁索。他已经在尤吉酒吧跟普林斯喝得烂醉。他们非常快活，因为我坐在医院里，而他们在酒吧里喝酒取乐，还就电视里的比赛跟人打赌。酒吧的声音嘈杂得就像发生了暴乱。“鱼钓得怎么样了？”布鲁索在电话那边大喊。

我对凯莉笑了笑，这个电话无疑让她印象深刻，我尽量压低声音跟布鲁索说我现在正在跟一个潜在客户谈话。布鲁索听了爆发出一阵狂笑，然后把电话给了同样醉醺醺的普林斯。普林斯讲了一个一点都不好笑的律师笑话，一名律师去追救护车之类的事情。然后说了一通什么我早就跟你说过了跟布鲁索干活有多好之类的废话，布鲁索能教我的法律知识比 50 个法律教授能教的都多。他说了好长一段时间，没多久凯莉的那位护工就进来了，要把她推回病房。

我急忙朝她的桌子走了几步，用手捂住电话，对她说：“我很高兴认识你。”

她微笑着说：“谢谢你的饮料，谢谢你陪我聊天。”

“明天晚上？”我问，普林斯在我耳边大喊大叫。

“也许吧。”她特意对我眨了眨眼睛，我膝盖都软了。

很显然，她那位穿粉色夹克的护工在旁边已经待得够久了，久到可以看穿一个骗子。他冲我皱了皱眉，很快就把她推出了餐厅。没关系，她还会回来的。

我按了电话上的一个按钮，没等普林斯说完就把电话挂了。他们再打过来，我也不接了。如果他们事后追问这事，我就把责任赖在索尼公司身上。不过我很怀疑，他们是否还会记得。

第十八章

戴克喜欢挑战，特别是当这种挑战涉及与匿名线人压低声音交谈来收集肮脏情报时，他尤为乐意。我把凯莉和克利夫·赖考寥寥无几的信息告诉了戴克，不到一个小时，他就咧着嘴趾高气扬地踏进了我的办公室。

他对我念他的笔记。"三天前，凯莉·赖考，我必须补充一下，因受到多种创伤，在午夜时分入住圣彼得医院。此前，警方曾接到身份不明的邻居向警方报警，声称她家里发生了一场相当激烈的争吵，请警方速到其居所。警方到时，发现她曾遭到严重殴打，正躺在房间的沙发上。克利夫·赖考显然已经喝醉，情绪非常激动暴躁，一开始甚至想像殴打他妻子那样殴打警察。他挥舞着一支铝质棒球棒——显然是他选用的武器。很快他就被警察制服、逮捕，并以袭击罪罪名被带走。她则被救护车送到了医院，然后向警方对此事做了简短陈述，大意为他在一场棒球赛后回到家里，已经喝得酩酊大醉，因为某些口角两人发生了争论，最后扭打起来，他打了她。她说他用棒球棒击打她的脚踝两次，拳殴其面部两次。”

昨夜我一夜未眠，想了凯莉·赖考一夜，想着她那栗色的眼睛和晒黑的大腿。可是，一想到她被人那样毒打，就让我难受。戴克正在观察我的反应，所以我尽量喜怒不形于色。“她手上缠着绷带呢。”我说，戴克随即自豪地翻开了下一页的笔记。他从另一个消息来源获得了另一份报告，这是从孟菲斯消防署急救处的案卷中挖出来的信息。“这是对手腕受伤的简述。在袭击过程中的某个时刻，他把她双手手腕按在地板上，试图强迫与她交欢。但可能因为喝了太多啤酒，他没能成功。当警察发现她时，她全身裸体，仅用一条毛毯遮挡身体。因为脚踝被击碎，她无法逃走。”

“那么，他呢？”

“在监狱里待了一个晚上。被他家里人保释出来了。一周后就要开庭了，但什么事也不会发生。”

“为什么呢？”

“她很可能会撤销指控，夫妻吵架床头吵床尾和，她会保持沉默，直到他再次家暴。”

“你怎么知道——”

“因为这样的情况不是第一次了。八个月前，警方就曾接到过同样的报警，同样的毒打，一切都几乎相同，除了上次她运气好一点，只是有一些瘀伤。很显然，那一次他那根棒球棒不在他手边。警察把他们分开，现场训诫了几句，他们只是大孩子，对吧，新婚夫妇嘛，他们亲了亲嘴，就和好了。三个月前，棒球棒加入了战场，她肋骨被打断了好几根，在圣彼得医院住了一周。这个案件被移交到了孟菲斯警察局家庭暴力科，工作人员极力要求严惩。但是她很爱那个男的，拒绝提供对他不利的证言。一切只好作罢，这种事太常见了。”

我需要一点时间来理解和适应这件事情。我怀疑过她家里可能出现了什么麻烦事，却怎么也没想到是如此可怕。一个男人怎么能用铝质棒球棒殴打自己的妻子呢？面对如此美丽绝伦的脸庞，克利夫·赖考怎么下得了毒手？

“这种事太常见了。”戴克显然读懂了我的心思，又重复了一遍。

“还有别的情况吗？”我问。

“没有，只是别跟她走得太近了。”

“谢谢，”我觉得头昏眼花，身体虚弱，“谢谢。”

他慢慢站了起来。“甭客气。”

布克在律师资格考试上比我有更多时间复习，这也没什么好奇怪的。而且，通常他还要为我担忧。今天下午，他计划要在尚克尔律所的会议室来一场马拉松式的复习。

我按照布克的指示，在中午准时到达了会议室。律所办公室装潢很现代，员工们都很忙碌，奇怪的是，这家律所的所有职员都是黑人。在过去的一个月里，我去过很多个律所，只见过一个黑人秘书，从来没见过黑人律师。但是，在这里，你看不到一个白人。

布克陪我在所里快速地参观了一圈。虽然是午饭时间，但这里依然热闹非凡。文字处理机、复印机、传真机、电话，各种机器的声音吵吵嚷嚷，再加上嘈杂的说话声，走廊里非常喧闹。秘书们在办公桌上匆匆忙忙地吃午饭，她们桌子上总是堆满了一大堆待处理的工作文书。律师和律师助理都很友好，但他们忙得不可开交。律所对员工有着装要求，男士须穿深色西装白衬衫，女士须穿颜色素雅的套裙，不准穿色彩鲜艳的衣服，不准穿短裤。

我眼前瞬间闪过J. 利曼·斯通律所的好多画面，然后我把它们给删除了。

布克解释说，马尔文·尚克尔对律所的管理特别严格。他衣着讲究，精通业务，在各方面都非常专业，在时间安排方面也严于律己。他以身作则，希望合伙人及下属也能达到同样水准。

会议室在一个安静的角落里。我负责午餐，从尤吉酒吧带来了三明治。免费的三明治。我们聊了一会儿朋友和家人，但最多五分钟。他问了几个关于我工作的问题，但他知道如何保持分寸。我已经把一切情况都跟他说了。几乎所有的一切。但我不愿意他知道我在圣彼得医院捕猎的新任务，也不想让他知道我在那里的新情况。

布克真的已经成了一个该死的律师！在规定的闲聊时间过后，他看了看表，马上就进入了他为我们俩安排的紧张的复习项目。在这个辉煌的下午，我们俩除了喝咖啡去洗手间，竟然马不停蹄地学了整整六个小时，然后在18:00离开了房间，因为其他人预订了这间会议室。

从12:15到13:30，我们一直都在复习联邦所得税税法。布克的税法学得比我好，所以是他给我讲解。我们用的是律师资格考试的复习材料，其税法的难度跟我们去年秋天学习这门课时不相上下。

13:30，布克让我去了洗手间，又拿了一些咖啡。然后，我主讲联邦证据法，讲到了14:30。内容精彩刺激。布克精力充沛的劲头也感染了我，我们对那些枯燥无趣的法学资料展开了闪电战般的攻击。

对所有的年轻律师来说，律师资格考试不及格都会是一场噩梦，但对布克来说，那将是一场灾难。坦白讲，即使律师资格考试不及格，对我来说，也不会是世界末日。我的自尊心将会被践踏，但是我可以重新振作，会更加努力地学习，六个月后再战。只要我每个月都能捕猎到几个客户，布鲁索是不会在乎的。如果我能捕猎到一个严重烧伤的客户，他肯定不希望我再去参加什么律师资格考试了。

但布克可能会有麻烦。我想如果他第一次没考过的话，马尔文·尚克尔会让他过得很惨。如果他第二次也还没通过的话，那他就完了。

14:30，马尔文·尚克尔走进会议室，布克把我介绍给他。他50岁出头，身体健康苗条。他鬓边耳角的头发已经开始微微发白。他声音柔和，目光敏锐，估计他连拐角后面的东西都看得见。他在南方的法律圈子里是个传奇人物，能够见到他真的很荣幸。

布克请他给我们俩做了一次讲座。他就民权诉讼的基础问题以及就业歧视侃侃而谈了将近一个小时，我们非常专注地听着，记笔记，提几个问题，但大多数时候，我们都是在认真听讲。

他给我们讲完就去开会了。我们自己用了半个小时对反垄断法与垄断企业再次发起了闪电战般的攻击。16:00，又是一次讲座。

这次讲座的主讲人是蒂龙·基普勒，哈佛大学毕业的合伙人，他擅长的领域是宪法。他一开始讲得慢条斯理的，只在布克插话问了几个问题刺激到他之后，他才变得有点活力。我困得好像半夜在灌木丛里游荡，手持一根鲁思式的棒球棒，像个疯子一样，把克利夫·赖考打得屁滚尿流。为了不打瞌睡，我只好绕着桌子走来走去，猛喝咖啡，努力集中精神听讲。

讲座到了尾声时，基普勒变得精力充沛。我们接连问了他一大堆问题，他话说了一半，忽然停下来，惊恐地看着手表，然后说他必须走了。法官正在等他呢。我们感谢他忙里偷闲来给我们讲课，他转身就跑。

“我们还剩一个小时。”布克说。此时是17:05。“我们接下来干什么呢？”

“我们去喝杯啤酒吧。”

“不好意思。我们该复习不动产法或职业伦理。”

我需要复习职业伦理，但我真的累了，而且没心情去想我的罪孽有多么深重。“那就复习不动产法吧。”布克跑到会议室的另一边，拿来了不动产法的书籍。

快 20:00 时，我才拖着疲惫的脚步来到圣彼得医院，穿过医院里迷宫般曲曲折折的走廊，来到自助餐厅时，发现我最喜欢的桌子已经被一个医生和护士给占了。我买了杯咖啡，坐在了附近。那位护士很有魅力，却显得心烦意乱，从他们窃窃私语的神态来看，我敢说肯定是他们俩的事情搞砸了。他年届 60，种植过头发，下巴刮得很干净。她才只有 30 岁，很明显她是不可能被扶正的，不过是个情妇。这真是场不轻松的窃窃私语。

我没有什么心情学习。这一整天我已经学够了。但现在布克仍在办公室工作，刻苦复习，这是我学习的唯一动力。

几分钟后，那对恋人突然离开了餐厅。她梨花带雨，他却面无表情，冷酷到底。我走到我那张桌子边，把书和笔记都摊开，坐在椅子上，准备学习。

而我同时也在等待。

22:00 刚过，凯莉来了。今天给她推轮椅的护工换了一个人。她冷冷地瞥了我一眼，指向餐厅中央的一张桌子。他把她推到了那里。我看着他，他也看着我。

我想他就是克利夫。他和我差不多高，6 英尺左右，他体格粗壮，但已经开始有啤酒肚。他的肩膀很宽阔，肌肉健硕，T 恤紧绷在他身上，肱二头肌特别突出，好像他穿这件衣服就是为了炫耀强有力的手臂。他穿着紧身牛仔裤，棕色的鬈发太长了点，显得不够时尚。他手臂上毛茸茸的全是体毛，脸上也长满了胡须，克利夫应该属于那种从八年级就开始刮胡子的孩子。

他英俊的面庞上有一双淡绿色的眼睛，看起来比19岁的年纪要成熟得多。他绕过那双被他用棒球棒击碎的脚踝，走到柜台开始买喝的。她知道我一直都在盯着她。她小心谨慎地查看了一圈，然后飞速地冲我眨了眨眼。我差点把手上的咖啡给洒了。

不需要太多的想象力，就能知道他们刚才在聊什么。威胁，道歉，恳求，进一步威胁。看来他们今晚不怎么开心。他们都拉着脸，默默地用吸管喝着饮料。虽然偶尔也说一两个字，但是看起来就像是噘着嘴进行每周例行约会的一对年轻情侣。一方说了一句很短的话，另一方则回答得更短。如果没必要他们就绝不看对方，大多数时候都在盯着墙壁或天花板。我则把自己藏在了一本书后面。

她选定的轮椅位置，可以方便她看我一眼而不会被人发现。男方则几乎背对着我，他时不时四处张望一下，但是他的一举一动尽收我的眼底。在他发现我之前，我早已抓头挠腮、专心致志地在看书了。

彼此沉默了十分钟后，不知道她说了什么，激起他的剧烈反应。我要是能听到就好了。他猛地摇了摇头，对她低声咆哮。她毫不犹豫地顶回去了。他们吵架的声音越来越大，我很快就知道他们争论的是她要不要在法庭上对他的指控作证。看来她好像还没有下定决心。这种不确定性让克利夫很烦躁，于是他气急败坏，大发雷霆。对一个有严重大男子主义的南方乡下男人来说，这没什么好稀奇的。她跟他说不要大喊大叫。他朝四周看了看，稍稍压低了声音。我听不见他在说什么。

在激怒他之后，她又让他平静了下来，虽然他仍然很不高兴，闷闷不乐的。两个人互相不理不睬了好一会。

然后，她又咕咕哝哝了几句，他的背立刻就僵直起来。他双手抖动，不停地骂脏话。他们吵了有一分钟，然后她闭了嘴，不理他。克利夫不能忍受这种忽视，他骂得更大声了。她让他安静点，说这是在公共场合。但他越发大声了，威胁她说如果她不撤销指控的话他就要去坐牢，他就要对她不客气了，诸如此类的。

她又说了些什么，可是我听不清。他忽然把手上的高杯子一扔，摔到了地上。杯子里的苏打水飞洒了半个房间，碳酸泡沫喷在地板和其他桌子上，也让她浑身湿透了。她吓得直喘粗气，闭上眼睛，开始哭泣。他骂骂咧咧地走了出去，骂声和跺脚声在大堂里回响。

我不由自主地站了起来，但她立刻冲我摇了摇头。我于是坐了下来。收银员看着这一切，拿了一块擦手巾过来给凯莉。凯莉擦掉了脸上和胳膊上的可乐。

“对不起。”她跟收银员说。

她身上的长袍已经湿透了。她忍住了泪水，擦拭腿部和腿上的石膏。我近在咫尺，却无能为力。我想她大概是怕他杀个回马枪，逮到我们俩在谈话。

医院里有很多地方可以喝咖啡和可乐，她把他带到这个餐厅是因为她想让我看看他。我几乎可以肯定，她之所以激怒他，就是为了让我看看他发脾气的样子。

她一板一眼地擦着脸和胳膊，然后看着我，我们四目相望，互相注视了很久。泪水顺着她的脸颊流了下来，她轻轻地擦去了。她拥有那种让人无法解释的女性本领，即使看上去不是很想哭，却能泪水涟涟。她既不是抽泣呜咽，也没有号啕大哭，她的嘴唇没有抖动，手也没有颤抖。她只是坐在那里，仿佛来自另一个世界，她用灼热的目光盯着我，用白色毛巾擦拭着她的肌肤。

时间悄悄流逝，但我早已忘记了时间。一个跛腿的清洁工进来了，围着她拖地。三个护士大声谈笑着冲进餐厅，但是一看见她就立刻变得鸦雀无声。她们盯着我们，窃窃私语，偶尔还看看我。

他已经走了很久，估计暂时不会回来了，做守护她的骑士的想法让我很兴奋。护士们也走了，凯莉用食指对我勾了勾，这是让我过去的信号。

“真不好意思。”她跟我说。我蹲在她旁边说：“没关系。”

然后，她说出了那句我永远不会忘记的话：“你能送我回房间去吗？”

如果换另一种场景，这句话可以意味深长。一瞬间，我脑海里浮现出一个情景：在异国情调的海滩上，两个年轻的恋人终于得偿所愿，尝一尝禁果。

她在医院的病房当然是一个半私人的隔间，那扇门很多人都可以打开，就连律师也可以推门而入。

我小心地推着凯莉，绕过一张张桌子，进入走廊。“五楼。”她转头跟我说。我从容不迫地往前走。我为自己如此具有骑士精神而自豪。当我们在走廊前行时，男人们总是会对她行两次注目礼，这让我很得意。

我们在电梯里单独待了几秒钟。我在她身边跪下。“你还好吧？”我问。

她现在没有哭，但是眼睛依然泪汪汪的，有点泛红，她已经控制住了自己的情绪。她连忙点了点头说：“谢谢你。”然后她拉住了我的手，紧紧地握住。“非常感谢。”

电梯猛地动了一下，然后停住了。一位医生进了电梯，她马上放开了我的手。我站在轮椅后面，像一个忠心耿耿又体贴入微的丈夫。我想再次紧握她的手。

五楼墙壁上的时钟显示，已经快23:00了。除了一些护士和勤杂工，走廊里很安静，没有人。我们进来的时候，护士站的一位护士瞄了我两次。赖考太太离开房间时，陪她的是一个男人，现在送她回来的却是另一个男人。

我们向左转了个弯，然后她指了指她病房的门。让我惊喜的是，她竟然有一个单独使用的私人病房，房间里还有窗户和浴室。房间里的灯正开着。

我不知道她到底能不能动，能动多少，但现在她看起来是那么无助。“你得帮帮我。”她说。她只说了这么一次。她刚刚说完，我就小心地弯下了身子，她用双臂搂住了我的脖子。她往我身上用力地又挤又贴，但我一点都不介意。她的长袍上有苏打水的污迹斑斑，我也并不在乎。她紧紧贴着我，那种感觉温暖又舒适，我很快就发现她没有戴胸罩，于是把她抱得更紧了。

我轻手轻脚地把她从轮椅上抱了起来，这并不费劲，因为她浑身上下加上石膏也不会超过 110 磅。我抱着她向病床走去，真希望这短短的路程没有终点。她那条受伤的腿让我手足无措了好一阵，把她的身体姿态调整好之后，我才缓慢地把她放到了病床上。我们依依不舍地放开了彼此。我们的脸刚刚离开几英寸，刚才那个在护士站盯着我看的护士就喧闹地跑了进来，她的橡胶鞋踩得瓷砖地板直响。

“出什么事了？”她大声问道，指向了污迹斑斑的长袍。

我们仍在依依不舍。“哦，出了点事。”凯莉解释道。

那个护士一刻也没停。她打开了电视机下面的抽屉，拿出来一件叠好的长袍。“好吧，你需要换件衣服。”她说完，把它扔到了凯莉旁边的床上。“你还需要洗个澡，用海绵好好擦擦。”她停了一下，又用头冲我猛地一指，“让他帮你洗。”

我深深吸了一口气，觉得浑身晕乎乎的。

“我自己能洗。”凯莉边说边把长袍放在床边的桌子上。

“探视时间过了，亲爱的，”她对我说，“你们这些孩子别太过火了。”她拖着脚吱嘎地走了。我关上门，回到她的床边。我们互相打量对方。

“海绵在哪？”我问，然后我们俩哈哈大笑。她笑的时候，脸上有个大大的酒窝，特别迷人。

“坐这儿。”她边说边拍着床沿。我坐在她旁边，两脚悬空。我们没有任何身体接触。她拉了一张白床单盖到了腋窝下，似乎想要遮盖住那些斑斑的污迹。

我对目前的状况很清醒。一个深受家庭暴力之苦的妻子，仍是已婚女人，直到她离了婚。或者，直到她杀了那个混蛋为止。

“你觉得克利夫怎么样？”她问。

“你特意让我见到他的，不是吗？”

“算是吧。”

“他应该被枪毙。”

“对要点脾气来说，这是不是过于严厉了？”

我看向别处，沉默了一会儿。我已决定不再和她玩什么猜谜游戏。既然我们在谈心，就应该对彼此坦诚。

我为什么要待在这儿呢？

“不，凯莉，这并没有过于严厉。任何男人只要用铝质棒球棒殴打妻子，都应该被枪毙。”我说这话的时候，一直在仔细地观察她，她没有退缩。

“你是怎么知道的？”她问。

“从一些文件上看到的。警方报告、救护车报告和医院记录。你还要等多久，等到他用棒球棒来打你的头吗？他会打死你的，你知道他会的。只要朝脑袋上敲几下……”

“别说了！我不用你告诉我那是什么感觉。”她望向墙壁，等她回头再看着我时，眼泪又开始流下来了，“你不知道你在说什么。”

“那你告诉我。”

“我如果想跟你说这件事情，我自己会说的。你没有权利窥探我的隐私。”

“申请离婚。我明天就把文件带过来。现在就起诉，趁你现在因为他的殴打而在医院接受治疗。没有比这更好的证据了。一切都会进展顺利的。再过三个月，你就自由了。”

她摇摇头，好像我是个十足的傻瓜。也许我是。

“你不懂。”

“我是不懂！但我一眼就看到了结局。你要是不离开这个混蛋，一个月内你就会被他打死的。我手里有三个救助被家庭暴力虐待妇女的组织的名称和电话。”

“虐待？”

“对，虐待。你被他暴力虐待了，凯莉，难道你不明白吗？你脚踝里钉的那颗钉子还不能说明你被虐待了吗？你脸上的瘀青就是你丈夫殴打你的明确证据。你需要帮助。申请离婚并寻求帮助吧。”

她思考了一会儿。房间很安静。“这婚没法离。我试过了。”

“什么时候？”

“几个月前。你不知道？我肯定，法院有这个申请记录。你在文件里没看到吗？”

“为什么没离成？”

“我撤回了离婚申请。”

“为什么？”

“因为我被打怕了。我要是再不撤回离婚申请，他会打死我的。他说他爱我。”

“这是再清楚不过了。我能问你一个事吗？你有父亲或兄弟吗？”

“为什么这样问？”

“因为如果我女儿经常被她丈夫打，我就会拧断他的脖子。”

“我父亲并不知道这件事。我怀孕的事，我父母到现在还在生气呢。他们永远都不会原谅我的。从克利夫跨进我家门的那一刻起，他们就看不上他。出了这种丑事之后，他们就更没脸见人了。我从家里跑出来之后，还没有跟他们打过电话呢。”

“没有兄弟？”

“没有。没有人保护我。直到现在。”

这句话让我心潮澎湃，过了好一阵儿我才明白它的意思。“我愿意为你做任何事情，但你必须申请离婚。”

她用手抹去泪水，我递给她一张桌上的餐巾纸。

“我不能申请离婚。”

“为什么不能？”

“他会杀了我的。他总这么说。你瞧，我之前申请离婚，请了一个非常差劲的律师，是在电话黄页或差不多这样的地方找到的。我猜他们都差不多。他觉得在克利夫上班时，当着那帮跟他一起喝酒打棒球的哥们儿的面把离婚起诉书给他，是很酷的事。克利夫自然觉得他被羞辱了。那就是我第一次被送到医院的原因。一周后。我撤回了离婚申请，可他还是一个劲儿地威胁道他会杀了我的。”

从她的眼睛里，可以清楚地看见她内心的害怕和恐惧。她微微挪了一下身子，皱起了眉头，好像她的脚踝一阵剧痛，她呻吟着说：“你能在下面放个枕头吗？”她指了指椅子上的两个厚垫子。

我从床上跳了下来。“当然。”

“放一个就行。”她说。当然，这意味着要把椅子上的文件拿开。我来弄。

她停顿了一下，望了望四周说：“把衣服也递给我。”

我快速走到桌子边，把那件新的长袍递给她。“你需要帮助吗？”我问。

“不用，你转过身去。”她说这话的时候，已经在向上扯那件旧长袍，把它扯过了她的头。我转身转得很慢。

她不慌不忙地做她的事情。真见鬼，她就在我面前把那件脏的长袍脱掉了，扔在我旁边的地板上。她就在我身后，不到五英尺远，她身上除了一条内裤和腿上的石膏，浑身上下没有一丝一缕遮盖。我真的觉得就算我转过身去盯着她看，她也不会介意的。光这么想想，我都觉得快要晕过去了。

我闭上了眼睛问自己，我在这儿干吗？

“鲁迪，你能帮我拿一下海绵吗？”她嘟嘟囔囔地说，“海绵在浴室里。在上面放些温水。再给我拿一条毛巾。”

我转过身。她坐在床中间，把薄薄的床单掩在胸前。那件新的长袍连动都没动过。

我忍不住盯着她看。“在那里面。”她点了点头。我几步就走到了那个小小的浴室，找到了海绵。当我在海绵里面放点水的时候，我透过洗手池上面的镜子里看她。透过门缝，我能看到她的背部。我全都看见了。她的皮肤很光滑，有些晒黑了，但在肩膀处有一块难看的瘀青。

我决定帮她洗这个澡。她希望我这么做，我看得出来。她受伤了，很脆弱。她喜欢跟我调情，想让我看看她的身体。我觉得自己浑身发麻，一直在颤抖。

然后，我突然听到说话的声音。那个护士又回来了。当我从浴室回到房间时，她正在房间里嗡嗡地讲话。她停下来朝我咧嘴一笑，好像她差点就逮住了我们似的。

“时间到了，”她说，“差不多23:30了。这里不是旅馆。”她从我手里拿过海绵。“我给她洗。现在你离开这里。”

我只是站在那里，对凯莉微笑，幻想着自己在抚摸她的双腿。护士紧紧地拽住我的胳膊肘，把我推到了门口。“走吧，走吧。”她假装懊恼地责备我。

3:00，我偷偷溜到吊床那里，我躺在吊床上心不在焉地摇晃着，看着星星在树影中闪烁，夜晚多么静怡，我想起她的一颦一笑，似乎听到了她那不安的声音，梦见了她的那双大长腿。

我必须保护她，除了我，她再没有别人可以求助了。她希望我能救她出来，然后我们再在一起。我们都清楚会发生些什么。

我能感觉到她紧紧搂着我的脖子，紧紧地贴着我，那一瞬间是多么珍贵。我能感受到她像一根羽毛一样浑身轻松地躺在我的怀里。

她希望我去看她，用一块温暖的海绵擦拭她的身体。我知道她希望我这么做。而且，今晚，我本来也打算这么做的。

我看着太阳从树林中冉冉升起，然后睡着了，心里默默数着多少小时之后我才能再次看见她。

第十九章

我在办公室复习律师资格考试，因为我也没别的事可干。在没通过律师资格考试之前，我并不是律师，没什么可做的。

我却很难专心复习。我为什么偏偏要在离考试没几天的时候爱上一个已婚女人？我的头脑应该无比清醒，心中毫无杂念，专心致志地复习才对。

她是一个迷失的女孩，我已经让自己深信了这一点。她身上伤痕累累，那些伤痕对她来说是永久性的伤害。而他则是危险分子，只要他知道有人想动一动他那可爱的小啦啦队队长，他肯定会炸毛。

我把双脚搁在办公桌上，双手托着后脑勺，半睡半醒地盯着一团烟雾，门忽然被使劲打开，布鲁索冲了进来。“你在干什么？”他大声吼道。

“学习呢。”我一边说，一边立刻规矩地坐好。

“我以为你只在下午学习呢。”现在是10:30。他在我的桌子前踱着方步。

“嗨，布鲁索。今天星期五了。下周三就考试了，我担心死了。”

“那你去医院复习呀，还可以钓个案子。我已经三天都没有看到一个新案子了。”

“又要复习，又要钓案子，太难了。”

“戴克不是做到了吗？”

“对，戴克始终在学习。”

“我刚刚接了列奥·F. 德拉蒙德的一个电话。你有印象吗？”

“没有。我应该有吗？”

“他是延利·布里特律所的高级合伙人。非常厉害的出庭辩护律师，精通各种各样的商业诉讼，绝少失手。真正的大律所、好律师。”

“我知道特伦特与布伦特律所。”

“很好。你很快就会知道更多的。他们是代理大利公司的律所，德拉蒙德是首席律师。”

在孟菲斯这座城市里，代理保险公司的律所少说也有上百家，保险公司则有上千家。为什么就这么巧，我最恨的大利保险公司偏偏选中了我每天诅咒的特伦特与布伦特律所做这场官司的代理呢？

奇怪的是，我平静地接受了这一切，甚至一点也不吃惊。

我突然明白为什么布鲁索要在我桌子前大步地踱来踱去，为什么他说话的语速这么快了。他在担心。因为我，他起诉了一家保险公司，并要求高达 1 000 万美元的赔偿，而这家公司的代理律所吓到他了。真有意思。我从来没有想过有一天布鲁索也会害怕。

“他说了什么？”

“问了声好，打了个招呼。他说本案已经提交给哈维·黑尔法官了。哈维可不是个善茬。30 年前，他们一起念耶鲁法学院时是舍友。顺便说一句，恐怕你还不知道，他原来是个超一流的保险公司辩护律师，直到他得了心脏病之后，遵医嘱改了职业，最终想方设法成了法官，即便如此，他也没有改变保险公司辩护方的观念，在他那，最公正的判决的赔偿金额都在 1 万美元以下。”

“真遗憾问了你这么一个问题。”

“现在我们的对手不仅仅是列奥·F. 德拉蒙德和他强悍的团队，还有一位站在他们阵营的法官。你要做的事情可多着呢。”

“我？那你呢？”

“哦，我当然在。但案子是你的。他们会用文书工作来弄死你的。”他走到门口又说，“记住，他们是按小时收费的，他们做的文书越多，收的律师费也越多。”他冲我笑了笑，然后砰的一声把门给关上了，似乎我被大律所里的那帮人折磨让他很开心。

我被抛弃了。特伦特与布伦特律所里有一百多名律师呢，我忽然感到势单力薄。

我和戴克去特鲁蒂的饭店喝一碗汤。她家午餐时分很多客户都是蓝领，所以餐厅里弥漫着一股油脂、汗水和炸肉的气味。

戴克喜欢在这里吃午餐，因为他曾在这里钓到过几个案子，大多数是现场工伤案件，有一个案了的赔偿金额达 3 万美金，他拿到了 25%赔偿金的三分之一，也就是 2 500 美金。

他边喝汤边坦言，这一带有几家酒吧他经常光顾。他去这些地方的时候不打领带，尽量让自己看起来像个蓝领，也买苏打水喝。工人们下班后会到这些地方放松，他就待在旁边听他们说话。他可能会告诉我那些酒吧都在哪里，他喜欢把它们叫作好牧场。关于如何钓到案件，如何逮到客户，戴克随时随地都有好建议。

而且，他甚至去了那些皮肉行业的俱乐部，当然，仅仅为了去拉客户。他不止一次说过，你只要不停地去转悠，总有机会的。他喜欢密西西比河下游的那些赌场，而且他颇有远见地认为这些都是麻烦透顶的地方，去那的人都是穷人，赌的也就是几个零花钱。但也可能会有机会。犯罪丛生。赌博的人越多，离婚和破产的案件比例也随之增加。这些案件的当事人一定会需要律师。那里隐藏的痛苦一定伴随着很多机会，而他对此总是明察善断，有先见之明。

他会随时把最新消息给我的。

我在圣彼得医院自助餐厅又美美地吃了一顿装在塑料碗里的意大利面沙拉。这个餐厅叫作纱布餐厅，我曾经听几个实习医生这么说过。我看看书，然后又看了看墙上的钟。

22∶00，那位穿着粉色夹克衫的老先生进来了，但是只有他一个人。他进门后停下来，朝四周看了看，看见我就走了过来，他表情严肃，显然他正在做的事情不是他乐意的。

“你是贝勒先生吗？”他礼貌地问道。他拿着一个信封，当我肯定地点点头之后，他就把信封放在了桌子上。“这是赖考太太给你的信。”他说完，冲我微微弯了弯腰，然后就离开了。

白色的信封上没有写什么字。我打开信封，拿出来了一张祝愿卡，上面写着：

亲爱的鲁迪：

医生今天早上让我出院了，所以我现在回家了。谢谢你为我所做的一切。为我们祈祷。你人真好。

卡片上签了她的名字，还有一个附言：“请不要打电话或写信，也别想方设法地来见我。那样只会带来麻烦。再次谢谢你。”

她知道我会忠心耿耿地在这里等她。在过去的24小时里，各种欲念一直在我脑子里翻滚，我从来没有想过她会出院。我还以为今晚我们一定会见面呢！

我漫无目的地在无尽的走廊里走着，试图把混乱的心绪集中起来。我一定要见她。她需要我。因为除了我，再也没有别人能帮她了。

我在一个公用电话亭的电话黄页上找到了克利夫·赖考的号码，然后拨了过去。一个机械的声音从电话那头传了过来：该电话号码已注销。

第二十章

星期三上午一大早，我们就赶到了一家酒店的夹层阁楼，然后迅速被有序地领到了一个比足球场还要大的舞厅里。我们早已登记注册，交过费了。偶尔有人紧张地闲聊，但没有过多的寒暄。大家都怕得要命。

在本次参加律师资格考试的200多名考生中，近一半的人是上个月刚刚从孟菲斯州立大学毕业的法学院毕业生。其中有我的朋友也有我的敌人。布克坐在离我很远的地方。我们之前就商量过不要坐在一起。莎拉·普兰克莫尔·威尔柯克斯和S.托德坐在房间另一头的角落里。他们上个周六结婚了。多么美好的蜜月期。他英俊帅气，穿得传统保守，浑身散发出一股蓝血的贵族气息。我希望他考不及格，沙拉也一样。

我能感觉到这里的竞争氛围，跟刚进法学院的头几周很像，大家都特别关心其他人的最初成绩。我跟几个熟人点点头，默默地希望他们考不及格，因为我知道他们也都在默默地希望我考不及格。这就是法律行当的天性。

我们彼此间隔很远，各自坐在折叠桌前后，接着就是十分钟的考试注意事项。考试在8：00正式开始。

试卷第一部分是多州律师资格考试必考项目，包括一系列复杂的多项选择题，涵盖了对联邦各州全都适用的法律的主要内容。我根本不确定自己是否答对了。这真是一个漫长的上午。午餐是跟布克在一家安静的酒店吃的自助餐，我们对考试只字不提。

晚餐是和伯蒂小姐在院子里吃火鸡三明治。21：00，我就上床睡觉了。

在一片抱怨声中，考试终于在星期五17：00结束了。我们都精疲力尽，累得没法庆祝。考官把我们的最后一份试卷收走了之后，告诉我们可以离开了。为了纪念曾经的峥嵘岁月，有人提议一起去喝杯冷饮，于是我们六个人在尤吉酒吧喝了几轮。今晚普林斯不在店里，也没有布鲁索的身影，这让我松了一口气，因为我不希望我的朋友们看见我的老板。他们会问很多关于我执业的问题。给我一年时间，我会找到更好的工作的。

念完法学院第一学期后，我们就知道最好不要讨论考试。如果考完之后跟同学对答案，你就能发现自己会为答错的题而痛苦不堪。

我们吃比萨，喝啤酒，但太累了，别的什么也干不了。在回家的路上，布克跟我说，这次考试他像生了一场大病。他觉得自己肯定考砸了。

我足足睡了12个小时。我答应过伯蒂小姐，如果今天不下雨的话，我会在院子里干活。当我终于醒过来的时候，发现我的房间布满了灿烂的阳光。炎热、潮湿、闷热，典型的孟菲斯7月天气。我的眼睛、想象力和记忆力在一个没有窗户的房间里被狠狠摧残了三天，干点脏兮兮的体力活流点汗我是乐意的。我悄无声息地离开了，20分钟后我把车停在了布莱克家的停车道上。

唐尼·雷穿着牛仔裤、运动鞋、深色短袜和白色T恤，在前廊上等着我。他戴了一顶普通棒球帽，但是帽子在他那消瘦的脑袋上显得特别大。虽然他拄了一根手杖，但走路还得有人扶，否则就会摔跤。多特和我扶着他走过狭窄的步道，把他扶进了我的车里，让他坐在前座上。多特跟我说，这是几个月来他第一次外出在外面晃荡几小时，她感觉松了一口气。现在家里只有她、巴迪和那几只猫了。

唐尼·雷把手杖放在两腿之间，下巴顶在手杖上弓身坐着，我们开着车穿过了市区。他跟我说过一声谢谢后，就不怎么说话了。

三年前他19岁，高中毕业，比他的双胞胎弟弟隆尼晚毕业一年。他从来没上过大学。他在一家便利店当了两年店员，但在这家店被抢劫后，他就辞职了。他工作的经历很短，从没离开过家。我得到的资料显示，他的工资从来都没有高过政府定的最低工资。

而隆尼，则有着跟他完全不同的人生。他从德州大学艾尔帕索分校毕业，现在是休斯敦一所大学的研究生。他同样单身，没结过婚，但很少回孟菲斯。多特说，他们兄弟俩从来不怎么亲密。唐尼·雷喜欢待在家里看书做航模，而隆尼喜欢骑自行车在外面晃荡，还参加过一个12岁男孩的街头帮派。多特向我保证他们俩都是好孩子。起诉文件里有证据可以充分证明，隆尼可以为唐尼·雷的移植手术提供完美匹配的骨髓。

我们开着我那辆破车摇摇晃晃地向前行。他直视前方，帽檐压得很低盖过了额头，只在我跟他说话的时候，他才答话。我们把车停在伯蒂小姐的凯迪拉克旁边，我向他解释，我就住在市区幽静地带这栋颇有派头的老宅子里。我看不出来这是否会给他留下深刻的印象，我猜大概不会。我扶着他绕过覆盖土料堆，来到后院的阴凉处。

伯蒂小姐知道我要带他过来，早就准备好了柠檬水急切地等我们。彼此见面介绍之后，她立刻掌握了主动权。吃饼干吗？布朗尼蛋糕？想看什么书吗？她把他坐的长凳上围了一圈抱枕，一直高兴地叽叽喳喳说个不停。她有一颗金子般的心。我向她解释，我是在柏树花园认识唐尼·雷父母的，所以她觉得和他特别亲近。因为他是她们那一伙的。

当唐尼·雷坐到阴凉处，远离阳光的暴晒，无须担心他白皙的皮肤晒到起泡后，伯蒂小姐立刻宣布要开始干活啦。她在后院里做作地走走停停，抓头挠腮，好像在深思，最后慢慢把目光落在那堆覆盖土料上。她给了一些指示，为了唐尼·雷好，我只好立刻投入劳动中。

我很快就汗流浃背了，但我干活干得很开心。在第一个小时里，伯蒂小姐总是磨磨叽叽地埋怨天气过于潮湿，后来干脆在院子四周的花丛里晃荡，那儿比较凉快。我能听见她滔滔不绝地跟唐尼·雷聊天，唐尼·雷则很少说话，只是享受着清新的空气。有一次我推车的时候，发现他们俩在下跳棋，还有一次看见伯蒂小姐依偎着坐在他旁边，指着书上的照片在说话。

有无数个瞬间，我想问问伯蒂小姐是否有兴趣帮一帮唐尼·雷。我相信，如果这个亲爱的老人如果真的有那么多钱的话，一定会开一张支票给他做移植手术的。但我没有说，因为首先，现在做移植手术为时已晚；其次，如果她实际上并没有那么多钱，这会让她很没有面子。她已经够怀疑我想贪她的钱了，我怎么能够再这样问呢？

确诊患了急性白血病后，布莱克一家也曾想通过募捐来筹措手术的费用。多特组织了几个朋友，他们把唐尼·雷的头像印在了孟菲斯北部所有咖啡厅和便利店的牛奶纸盒上。但是，据说没有筹集到几个钱。他们还租了当地友爱互助会的一间房子开大型派对，甚至请了当地的一名乡村音乐 DJ 来放唱片，参加派对的人吃着鲶鱼，听着蓝草音乐，热闹虽是热闹，可这场活动反而赔了 28 美金。

他的第一个化疗疗程就花了 4 000 美元。圣彼得医院减免了其中的三分之二，他们东挪西借，勉勉强强付清了剩下的三分之一。可五个月后，白血病死灰复燃，大张旗鼓地卷土重来。

当我铲土、推车拉土，大汗淋漓、辛辛苦苦劳动的时候，我对大利人寿保险公司充满了憎恨。这并不需要耗费什么精力，可是一旦我与延利·布里特之间的法律之战爆发，我需要一种巨大的正义热情来鼓舞自己，以支撑之后的艰辛苦劳。

午餐是一个惊喜。伯蒂小姐煮了鸡汤。虽然不是今天这种日子我想吃的东西，但跟火鸡三明治比起来，换换口味也是很不错的。唐尼·雷喝了半碗后，就说他要小憩片刻。他想体验一下那张吊床的感觉。我们扶着他穿过了草地，让他在吊床上躺下。虽然温度在华氏 90 度以上，他还让我们给他盖上了一条毯子。

我们坐在阴凉处，喝着柠檬水，谈着他的伤心事。我跟她说了一些起诉大利公司的事，强调了我们要求 1 000 万美金赔偿金。她问了几个关于律师资格考试的问题，然后就进屋子了。

她回来时，递给我一封亚特兰大律师寄过来的信函。我认出了那家律所的名字。

“你能解释一下吗？”她站在我面前，双手放在臀部上问道。

那位律师给伯蒂小姐写了一封信，随信附上了我寄给他的一封信函的副本。在那封信中，我解释说我现在代表伯蒂·伯德桑小姐，应其要求重新拟定一份遗嘱，所以我需要其已逝丈夫的相关不动产信息。在这封信函中，那位律师仅仅问询她，他能否向我提供相关信息。他的语气听起来公事公办，似乎只是听命行事。

“白纸黑字，清清楚楚呀，”我说，“我是你的律师，我在收集信息。”

“可你没告诉我，你要去亚特兰大打听！”

“怎么了？那儿有什么秘密吗，伯蒂小姐？为什么要神神秘秘的？”

“法官把法庭案卷封存了。”她耸耸肩说，好像事情到此为止，无须多问。

“案卷里有什么？”

“一堆垃圾。”

“与你有关的垃圾？”

“天哪！当然不是！”

“好吧。那是与谁有关呢？”

“托尼的家人。他哥哥住在佛罗里达，财大气粗，富得流油，有好几个老婆和一大堆不同老婆生的孩子。这家人全是疯子。他们为他的遗嘱闹翻了，改了四次遗嘱，我想。我不是很清楚，但是我有一次听说律师费总共支付了600万美金。因为托尼比他哥哥多活了几天，所以根据佛罗里达州法律，他也继承了一笔钱。他并不知道这一情况，因为他很快就死了。他死后除了一个老婆，也就是我，什么也没留下。这就是我知道的全部情况。”

她是怎么拿到这笔钱的并不重要。重要的是，她究竟继承了多少财产。“你想谈一谈你的遗嘱吗？”我问。

“不想。以后再说吧。”她边说边伸手去拿她的园艺手套，“我们开始干活吧。”

几个小时后，我、多特和唐尼·雷坐在他们的厨房外面杂草丛生的院子里。谢天谢地，巴迪已经上床休息了。在伯蒂小姐家度过了一天，唐尼·雷早已精疲力尽。

这是郊区周末的夜晚，闷热的空气中弥漫着木炭和烤肉的味道。各家后院里宾客尽欢的声音穿过木栅栏和整齐的树篱，一片嘈杂之声。

坐着听人讲话自然是要比坐着跟人说话容易。多特一边抽着烟，一边喝着她那脱咖啡因的速溶咖啡，偶尔说几句无聊的流言蜚语，不是关于邻居的，就是关于邻居的狗的。隔壁那位退休老人上周被钢丝锯锯断了一根手指，这事她说了至少三遍。

我不在乎。我可以一直坐在那里听她讲下去。律师资格考试用尽了我的气力，让我变得麻木。有一点乐子就能让我很开心了。当我成功地把法律置之脑后时，凯莉又立刻占据了我的心。我还没有找到一个万无一失方法与她联系，但我肯定能行。只要给我点时间。

第二十一章

谢尔比县司法中心在市中心一座12层的现代化建筑里。这是“一站式”的司法中心。中心里有很多法庭和办公室，供办事人员和行政人员使用。地区检察官和县司法行政长官也在这里办公，里面甚至有一个监狱。

刑事法庭有十个分庭，十位法官在各自的法庭里审理不同的案件。大楼中间的几层聚集了律师、警察、被告及其家属。对于一个刚出道的律师来说，这里是一片让人望而生畏的丛林，但戴克却熟门熟路。他打了几个电话。

他指着四号分庭的门跟我说，我们一小时后在那儿碰面。我进入那扇门，坐在了后排的位置上。地板铺着地毯，室内装潢现代得让人觉得压抑。前排坐满了律师，密密麻麻像蚂蚁一样多。右边的候审区，十几个身穿橘黄色囚服的被捕嫌犯正在等待法官的初次提审。一位检察官手里拿着一沓文件，在他们中间匆匆穿过，走向他案子的被告。

在前排的第二排，我看见了克利夫·赖考。

他和他的律师正挤在一起看一些文书。他的妻子没有在法庭里出现。

法官从后面走了出来，大家都随之起立。法官迅速处理完几个案子，保释金有的被降低，有的被豁免，双方就下次开庭日期取得了一致意见。律师们聚在一起简短地交流了几分钟，然后向法官点头同意，或跟他一阵低声耳语。

传唤克利夫的语音刚落，他就大摇大摆地走向面对法官的被告席。他的律师拿着文件坐在他旁边。检察官向法庭宣布，由于缺乏证据，对克利夫·赖考的指控已被撤回。

“受害者在哪儿？”法官打断了他的话问道。

“她决定不出庭。”检察官回答。

“什么原因？”法官问。

因为她坐在轮椅上，我真想大声喊叫。

检察官耸耸肩，好像在说她不知道，而且她也不关心。克利夫的律师也耸了耸肩，好像他也很奇怪这位年轻女士怎么没来展示她的伤口。

检察官很忙，中午前要处理几十件案子。她很快逐一讲述了案情简介、逮捕事实，以及因受害人不愿作证导致证据不足的情况。

“已经第二次了，”法官瞪着克利夫说，“你为什么不跟她离婚，难道你想打死她？”

“我们正在寻求帮助，法官大人。”克利夫装出一副可怜的样子，熟练地说。

"那就快点！下次我再看到这类指控，我饶不了你。你明白吗？"

"明白了，大人。"克利夫说，好像因为再次烦扰到法官而有万分歉意。相关文书提交给了法官。法官摇摇头，在上面签了字，对克利夫的指控随即被正式撤销。

受害人又一次没有出庭。她脚踝断裂，待在家里，但这不是她没有出庭的真正原因。没有出庭，是因为她不想再一次被毒打。我不知道她是否会为撤回指控而付出高昂的代价。

克利夫和律师握了握手，沿着中间过道，大摇大摆地从我身旁经过，走出了法庭。他可以随心所欲，为所欲为，而不会受到任何惩罚，因为没有人帮凯莉。

这条司法系统流水线有一个令人沮丧的逻辑。离法庭不远处，就有很多穿橙色连身囚衣、戴着手铐的强奸犯、杀人犯、毒贩坐在那里。就连把这些恶棍筛查一遍，让他们受到应有的惩罚，法庭都没有充足的时间，又怎么能够指望它去关心一个被殴打的妻子的权利呢？

上周，在我参加律师资格考试的时候，戴克打了几个电话，查清楚了赖考夫妇新的住址和电话号码。他们刚刚搬到孟菲斯东南部的一栋大型公寓楼里，一居室，每月房租400美元。克利夫在一家离我们办公室不远的货运公司上班，是一家不雇用工会成员的货运终点站。戴克估计克利夫每个小时挣七美元。他请的律师也是普通货色，不过是这个城市里无数庸庸碌碌律师中的一员。

我已经跟戴克聊过凯莉的实际情况。他说让他了解实情很重要，因为如果有一天我被克利夫用手枪打死了，他，戴克，将出面说明这一切事情的背后原因。

戴克还劝我忘了凯莉。她什么都不是，就是个麻烦。

桌子上有一张便笺提示我立刻去见布鲁索。房间里只有他一个人，他正坐在那张超大的写字桌后面打电话，用的是右边的那一部电话，他左边还有另外一部电话。此外他还有三部手提电话，一部在他的车上，另一部在他的公文包里，最后一部就是给我的那一部，这样他随时可以找到我。他示意我坐下，不停地转动着那双充满红血丝的黑眼睛，好像他正在跟一个疯子打电话，一直嘟嘟哝哝地对话筒另一边的人做出肯定的反应。那几条鲨鱼，不是睡着了，就是藏在岩石后面。只有鱼缸中的水管在发出细微的嗡嗡声，水汩汩地流动。

戴克曾偷偷跟我说过，律所每年能为布鲁索赚大概 30 万到 50 万美元。环顾他这凌乱的房间，我很难相信戴克说的是真的。他律所里有四个律师（现在又多了我一个），到处连哄带骗地替他钓伤害案的案子。仅戴克一个人，去年就钓了五个案子，轻轻松松为他赚了 15 万美金。他承办的大量毒贩案件，也为他在毒品行业带来了极高的声誉，颇得毒贩们的信任。但据戴克说，布鲁索・斯通最主要的收入其实来自他的投资。没有人真正了解他在孟菲斯和纳什维尔的脱衣舞行业中涉足多深，脱衣舞行业都是现金交易，所以没有人知道他到底赚了多少钱。但联邦政府肯定想竭尽全力弄个明白。

我们在特鲁蒂饭店吃着油乎乎的三明治时，戴克说布鲁索离过三次婚，三个十几岁的孩子都跟他们的母亲住在一起，当然，这没什么好稀奇的。他喜欢年轻的脱衣舞娘，酗酒太凶，赌得太多，而且不论赚了多少钱，他永远不会满足。

七年前，他因敲诈勒索罪被捕，被联邦政府指控，但政府没有胜诉，一年后该指控被撤销。戴克说布鲁索很担心，目前联邦调查局正对孟菲斯的黑社会进行调查，调查中反复出现布鲁索·斯通和他的好友普林斯·托马斯的名字。戴克说，布鲁索最近有点反常，酗酒更凶了，一点鸡毛蒜皮的小事都能让他动不动就大发雷霆，在办公室里大肆咆哮。

说到电话，戴克确定联邦调查局正在窃听律所的每一部电话，我的大哥大自然也在其中。而且，他认为律所墙壁里也装了窃听设备。他们以前就干过这事，他非常肯定且严肃地说，即使在尤吉酒吧说话，也不可掉以轻心。

昨天下午，戴克告诉我这些事，就是为了让我心情舒坦一些。只要我通过律师资格考试，口袋里有点小钱，我就会立刻走人。

布鲁索终于挂断了电话，揉了揉他疲倦的双眼。“看看这些。”他一边说，一边把一堆厚厚的文件推到了我面前。

“这都是些什么？”

“大利保险公司的回复。你很快就会知道起诉大公司有多痛苦了。它们有大把的钱去雇很多律师来制造很多很多文件给你。大利公司向列奥·F. 德拉蒙德支付的律师费恐怕高达每小时 250 美元呢。”

这是大利公司请求法院撤销布莱克一案的动议，文件长达 63 页。里面还有一份通知，应大利公司的请求，可就该项动议在尊敬的哈维·黑尔法官阁下面前进行辩论。

布鲁索不露声色地观察我：“欢迎来到战场。”

我说不出话。对大利公司的动议提出反驳，绝非一蹴而就，需要时间。“很厉害。”我干巴巴地说。我不知道该如何着手。

“把规则仔细地读一读。对动议提出抗辩。写你的答辩简要。动作快一点。这件事也没那么糟糕。”

“没有吗？”

“没有，鲁迪，不过是些文书工作，你很快就学会了。那些混蛋会提出各种各样的动议，明确规定的他们会提，没有规定的他们也会发明创造地提，每项动议都有厚厚的答辩材料。而且他们希望在每项小小的动议前都能举行听证会。官司打输打赢他们并不关心，反正他们都是按小时收钱。再说，这样做会推迟审判。他们手段娴熟，早已把这些玩成了一项艺术，反正客户总会按小时付给他们律师费。问题是，他们这么做会让你疲于奔命，精疲力尽。”

“我已经觉得累了。”

“特别混账。只要德拉蒙德打个响指，说声‘我要撤回这份动议’，他手下的三个律师就会泡在图书馆里，两个律师助理就会从计算机系统调出以前的答辩状。啪！三下两下就弄出来一沓厚厚的答辩状，有理有据。然后德拉蒙德读几遍，推敲一下，每小时收费 250 美元。可能他会再找其他合伙人看看这些稿子，最后再编辑修改，他手下的律师又泡图书馆，律师助理又调动计算机系统。这就是坑人！但大利公司有钱，给延利·布里特律所付律师费，他们一点也不心疼。”

我觉得自己单挑了一支军队。左右两部电话同时响了起来，布鲁索拿起了最近的那一部电话，“你去忙吧。”他对我说，接着又对话筒说，“是我。”

我双手抱着那堆文书回到了办公室，关上门，开始读对方的答辩书。答辩书印刷精美，陈述得非常巧妙，我很快发现我在起诉书中提到的每一件事在该答辩书中都得到了强有力的反驳。而且通篇言辞丰富，逻辑清晰，没有一般答辩书的陈腔滥调，确实写得非常好。答辩书大量引用了权威的观点，从而使自己的立论得到强有力的支撑。在许多页面的底部都有花哨的脚注。答辩书开头甚至有目录，末尾还附有索引和参考书目。

这份答辩书的唯一不足之处就是没有准备好一纸文书，可以让法官直接签署，以批准大利人寿保险公司的一切诉求。

通读三遍之后，我理清思路，开始做笔记。这份文件里可能会有那么一两个漏洞，可以让我加以反驳。震惊和恐惧也随之慢慢退却，眉间心头涌上的全都是对大利公司及其所作所为的极度憎恶。我卷起袖子，开始干起来。

列奥·F. 德拉蒙德先生也许是诉讼天才，也许有无数的仆役任其差遣，但是我鲁迪·贝勒除了打败他也没什么可做的了。

我聪明肯干，能吃苦耐劳。他想跟我纸上开战，那就来吧。我要弄死他。

戴克之前参加过六次律师资格考试。在加州考第三次时，差点就考过了，可惜最后以两分之差败北。他非常坦诚地跟我说，他在田纳西州也考过三次，但分数离及格就差得老远了。我不确定戴克是不是真的想通过考试。他为布鲁索钓案子，每年能挣 40 000 美金，而不必受到任何职业伦理的约束（这并不意味着不受布鲁索的约束）。他不必每年给律师公会交会员费，也无须为法律职业继续教育担心，不用参加什么专题讨论会，不需要出庭辩护，不会为没参加公益工作而感到内疚。更不必提律所的日常开销，他无须支付一分一毫。

戴克是一条蚂蟥。只要有律师的名号让他使用，有办公室让他干活，他就能开展业务。

他知道我不是很忙，所以养成了 11：00 左右就来我办公室的习惯。我们闲聊了半小时，然后到特鲁蒂饭店吃顿便宜的午餐。我现在已经与他相处习惯了。戴克是个谦逊的小家伙，他只是想和我做朋友。

我们在特鲁蒂饭店的角落里吃午餐，大部分食客是搬运工。戴克说话的声音低得让我几乎听不清。有时候，特别是在医院候诊室，他脸皮厚得让人不舒服，但有时候又胆小如鼠。他嘀嘀咕咕地跟我说一件事情，虽然他按捺不住地想让我听明白，但仍一边说一边不停地回头望，好像害怕有人攻击他似的。

“以前有个叫戴维·罗伊的律师在所里干活，跟布鲁索关系特别好。他们连钱都在一起数，穿同一条裤子，你懂的。后来罗伊因为混合基金的事情出了问题，被取消了律师资格，再也不能当律师了。”戴克用手抹去了嘴唇上的金枪鱼沙拉块。“没什么大不了的。他离开律所后就在街对面开了一家做皮肉生意的夜总会。后来被烧了，他又开了一家，结果又被烧了。于是他再开一家。然后，皮肉行业就爆发了一场大战。布鲁索太精明了，所以不会插手其中，但是他一直都在边缘上行走。你的那个朋友普林斯·托马斯也差不多这样。

“这场大战持续了好几年，时不时会有一具死尸。接下来，就斗得更厉害了。罗伊和布鲁索严重不对付。去年，联邦调查局逮捕了罗伊。有消息说，他就要开口坦白了。你明白我的意思吗？”

我把头埋得和戴克一样低，然后点了点。谁也听不见我们俩在聊什么，但我们都埋头在食物上也引起了一些人的注意。

“嗯，昨天，戴维·罗伊在大陪审团面前作了证。想必他已经跟控方达成交易了。”

说完这个关键的句子，戴克挺直了身子，垂下了眼睑，好像在表示剩下的事情我应该能够举一反三，弄明白了。

“什么？”我逼问道，仍然低着身子。

他皱起眉头，小心翼翼地环顾四周，然后又低下了身子。“他很有可能会告发布鲁索，也可能告发普林斯·托马斯。我甚至还听到没头没脑的消息，已经有人开出价要买他项上人头了。”

“雇凶杀人！”

“没错。小声点。”

“谁？”肯定不是我的老板。

“你随便猜。”

“肯定不是布鲁索。”

他闭上嘴巴，别别扭扭地朝我笑了笑，没给我机会欣赏他的大板牙，然后说：“这不是第一次了。”说完，他咬了一大口三明治，一边细嚼慢咽，一边冲我点了点头。我等着他把那一口吃完。

“那你到底想跟我说什么？”我问。

“给自己留条后路。”

“我没有后路。”

“那你得动一动。”

“我刚来没几天呢。”

“事情可能会变得很糟。”

“那你呢？”我问。

“我可能也得动一动。”

“其他人呢？”

“别担心他们，反正他们不会担心你。我是你唯一的朋友。”

他这番话让我琢磨了好几个小时。戴克知道的比他说的要多，只要再一起多吃几顿午餐，我就能让他全吐出来。我强烈怀疑，如果大难临头，那么他一定正在找一个可以临时栖身的地方。我见过所里的其他几位律师——尼科拉斯、托克塞和里奇，但他们都对此缄口不言。他们的门总是锁着的。戴克不喜欢他们，对他们之间的关系，我只能推测。据戴克说，托克塞和里奇是朋友，他们可能打算不久另立门户。尼科拉斯是个酒鬼，处境艰难。

最糟糕的结局就是布鲁索被起诉，被逮捕，被审判。但这个过程至少需要一年时间。他仍然可以继续工作和经营律所。我想是这样的。只有他被定罪，他们才能吊销他的律师执照。

别紧张，我不断地这样跟自己说。

而且，万一我被扔到大街上，也不算什么，这种情况以前就有过，我还不是努力站了起来。

开车去往伯蒂小姐家的路上，我经过了一个城市公园，在灯光下，至少有三场棒球比赛正在里面进行。

我在洗车行旁的公用电话亭停下来，拨了电话号码。电话响了三声之后，传来了她的声音："你好。"这声音在我的身体里回荡。

"克利夫在吗？"我把声音压低了八度，问道。如果她说在，我就立刻挂了电话。

"不在。您那位？"

"鲁迪。"我用正常的声音说。我屏住了呼吸，以为会听到咔嗒一声，然后是电话的忙音；同时也希望听到她那温柔、充满渴望的声音。见鬼，我不知道自己究竟在期待什么。

她没说话，但也没有挂断电话。"我告诉过你不要打电话的。”她说，但听起来没有一点点生气和沮丧的样子。

“对不起。我实在忍不住。我担心你。”

“我们不能这样。”

“不能怎么样？”

“再见。”现在我听到咔嗒的声音了，接着是电话忙音。

我鼓足了勇气才打了这个电话，现在我希望自己从来没打过。有些人的胆子比脑子还大。我知道她老公是个没脑子的疯子，但是我不知道他到底有多疯。假如他是个爱吃醋的人，我敢肯定他是，因为他这个没用的乡巴佬才19岁就娶了一个这么漂亮的姑娘，那么他肯定对她的一举一动都疑神疑鬼。但是，他会极端到监听自己家里的电话吗?

这不过是我的胡乱猜测，却让我今夜难以入眠。

我刚睡了不到一小时，就被电话铃声吵醒了。我的数字闹钟显示现在不到凌晨四点。我在黑暗中摸到了电话。

是戴克用他的车载电话打过来的，他很激动，说话快得跟机关枪一样。他正开车过来，离我还有不到三个街区了。“出大事了，大难临头了！快起来！穿好衣服！”他要我在一分钟内跑到路边等他过来。

他在那辆小破面包车里等着我。我一跳进去，他就立刻踩油门，汽车飞快地跑起来。我匆忙得连牙都没刷。“我们到底在干吗？”我问。

“河上撞船，出了大事了。”他严肃地宣布，似乎因此万分悲痛。其实这不过是他又开始了新的一天的工作而已。“昨晚23∶00刚过，一艘油船挣脱拖船上的拖轮，顺流漂下，撞上了当时高中生在里面开舞会的船的桨轮。船上大概有三百多个孩子。沉船在莫德岛附近，离岸边不远。”

“戴克，太可怕了！我们该怎么办？”

“去核实一下。布鲁索接到了电话，他打给了我。我就来这了。这是一场巨大的灾难，可能是孟菲斯有史以来最大的灾难。”

“这是什么值得骄傲的事吗？”

“你不懂。这种案子布鲁索是不会错过的！”

“很好。那就让他这个肥猪穿上潜水服去捞尸体吧。”

“这很有可能是个金矿。”戴克开车快速地穿过了市区。车行至市中心的时候，我们俩谁也不理谁。救护车从我们身边疾驰而过，我心跳都加速了。又一辆救护车冲到我们前面。

河边的车道都被几十辆警车封锁住了，车灯的灯光刺穿了夜空。消防车和救护车一辆接一辆地停在那里。一架直升机在河流下游的空中盘旋。人们三五成群，有的呆若木鸡，有的跑来跑去，大喊大叫，指指点点。岸边，起重机在挥舞着长长的吊臂。

我们绕过黄色警戒线，快步挤进了围观的人群，来到水边。事故已经发生几个小时了，最紧张的时刻已经过去了。人们都在等待，心怀恐惧地挤在一起，坐在鹅卵石铺砌的河岸上，一边哭泣，一边望着潜水员和医护人员搜寻尸体。牧师们跪在地上，为这些不幸的家庭祈祷。几十名高中生，有的穿着湿透了的燕尾服，有的穿着破碎了的舞裙，他们吓坏了，手拉着手坐在一起，眼睛眨也不眨地盯着水面。沉在水中的桨轮船，有一侧露出水面十英尺的残骸，此刻成了许多身穿黑色和蓝色潜水装置的救护人员的大本营。其他救护人员则在以绳索连在一起的三艘打捞船上忙活着。

这里正在举行一场仪式，但需要一些时间我们才能够理解其意义。一位警官从浮码头的跳板上慢慢走过来，然后跨到了鹅卵石的河岸上。原本极力克制情感的人群，顿时变得异常安静。他走到一辆警车前，顿时被几名记者一拥而上，团团围住。大多数人仍静静地坐着，紧紧抓住手里的毯子，低头狂热地祈祷。他们是落水者的父母、家人和朋友。警官说："很遗憾。我们已经确认了梅兰尼·多宾斯的尸体。"

他的话语划破了夜色的寂静，人群中立即响起了遇难女孩家属的喘息和痛苦的呻吟。他们紧紧地抱成一团，身体低沉了下去。朋友们在他们身边跪下，张出双手紧紧拥抱他们，然后响起了一个女人哀痛欲绝的哭喊。

其他人都转身望着他们，不约而同地松了一口气。他们的坏消息是不可避免的，但至少现在已经被推迟。他们仍怀有一线希望。后来我才知道，有 21 个孩子被吸进了气穴，幸免于难。

那位警官转身又回到浮码头，在那里，另一具尸体正从水中被打捞出来。

没多久，又开始了第二场仪式，这场没有上一场那么悲戚，却让人觉得更难过。脸色沉郁的几个男子，默不作声甚至偷偷摸摸地溜到悲痛欲绝的这家人身边。他们企图把手里小小的白色名片硬塞给死者的亲属和朋友。黑暗中他们靠得更近了，互相警惕地看着身旁的同行。为了钓到案子，他们都拼了。他们只想得到那些赔偿金的三分之一。

在我还没有弄清楚发生什么之前，戴克就早已记录下了眼前的一切。他用手指了指比较靠近受害人家属的一个地方向我示意，但我不肯挪步。他悄悄溜进了人群，在黑暗中消失了，去挖掘他的金矿。

我转过身去背对着河，很快，我又要穿过孟菲斯市中心的大街了。

第二十二章

律师资格考试委员会使用挂号信通知考试的结果。在法学院时，常常可以听到一些新手律师不分昼夜地等信，最后在邮箱边倒下的故事。或者一边发疯似的在大街上奔跑，一边挥舞着那封合格信。这种故事多的是，当年觉得很好笑，如今我却笑不出来了。

30 天过去了，我的信函依然无影无踪。我登记的是家庭地址，因为我不希望布鲁索律所的任何人拆开那封信。

第 31 天是星期六，这天我可以睡到 9：00，直到我的工头用一把粉刷来敲响我的房门。我公寓下面的车库突然需要粉刷了，虽然我觉得看起来挺好的，但她已经决定了。她跟我说已经为我煎好了熏肉和鸡蛋，哄骗我起床，我再不起来就凉了，赶紧起床吧。

工作进行得很顺利。粉刷这种工作的效果立竿见影，让人开心。我能看到自己的工作进展。灼热的阳光被高空中的云层遮住了，我干得悠闲从容。

18：00，她宣布可以收工了，我干得够多的了。她有一个关于晚餐的好消息，她给我们做了一个素食披萨！

我昨天晚上在尤吉酒吧工作到今天凌晨一点，现在自然不想再回去干活。所以，一般来说，周六晚上我会无所事事。糟糕的是，我并没有什么想做的事情。更悲哀的是，跟一个 80 岁的老太太一起吃素食披萨的想法居然对我有吸引力。

我洗了澡，穿上卡其裤和运动鞋。我走进屋子时，厨房里散发出一股奇怪的味道。伯蒂小姐在厨房里叽叽喳喳地忙活。她跟我说，她以前从来没有做过披萨，好像我听到这个消息应该高兴似的。

披萨味道不错。西葫芦和黄辣椒有点脆，容易碎，但她放了山羊奶酪和蘑菇把它们给黏合了。我饿死了。我们边吃边看一部卡利·格兰特和奥黛丽·赫本主演的电影，她大多数时候都在哭。

第二部电影是《波各特与白考尔》，此时我的肌肉开始酸疼。我困了。然而，伯蒂小姐却坐在沙发边上，屏息凝神地看这部她已经看了 50 年的电影。

突然，她跳了起来。“我差点忘了！”她边惊叫边急忙跑到厨房，我听见她翻找文件的声音。她拿着一张纸跑出来，演戏似的站在我面前，宣称：“鲁迪！你通过资格考试了！”

她手里拿着一张薄薄的白纸，我冲过去夺了过来。这是田纳西州律师资格考试委员会给我发来的信函，当然，在这张纸的正中央写着几个粗体大字：“祝贺你。你已通过律师资格考试。”

我迅速地转过身来，看着伯蒂小姐，有那么一瞬间，我真想为她如此粗暴地侵犯我的隐私权而扇她一巴掌。她应该早点告诉我有这封信的，而且她没有资格拆我的任何信件。可是，她激动到每一颗又灰又黄的牙齿都露了出来，她双手捂着脸，眼睛满含泪水。她几乎跟我一样高兴激动。我的愤怒很快就转化成了狂喜。“这封信什么时候来的？”我问。

“今天，你在刷墙时邮差敲了我的门，说要找你，我说你很忙，就替你签收了。”签收是一回事，拆信又是另一回事。“对不起。我还以为你希望我打开呢。这是不是很让人激动？”

这确实让人激动。我轻飘飘地走进厨房，像个傻子一样咧着嘴笑，深深呼吸着无忧无虑的空气。一切都很棒，多么美好的世界啊。

“我们来庆祝一下。”她调皮地笑着说。

“怎么样都行。”我说。我想跑到后院，对着星星大喊大叫。

她把手伸进一个橱柜，摸索了一会，露出微笑，然后缓慢地拿出一个样子古怪的瓶子。“这是我为特殊场合专门准备的。”

“什么酒？”我问，接过瓶子。我在尤吉酒吧从来没有见过这种酒。

“甜瓜白兰地。后劲儿大着呢。”她咯咯地笑了起来。在这种时刻，我什么酒都愿意喝。她找了两个差不多的咖啡杯——这座房子里的人从来不喝酒——各倒了半杯酒。酒又稠又黏，味道让我想起牙医的诊所。

我们为我的好运举杯，用田纳西银行赠送的咖啡杯碰杯，各自抿了一小口酒。这种甜瓜白兰地尝起来像儿童止咳糖浆，到了喉咙里却烧起来，火辣辣，像真材实料的伏特加。她咂了咂嘴。“我们最好坐下。”她建议。

喝了几口酒之后，伯蒂小姐在沙发上鼾声连连。我把电影静了音，又给自己倒了一杯酒。这是一种烈性酒，在最初火辣辣的灼烧感之后，就不会感觉那么难受了。月光下，我坐在后院缓慢地小口抿着酒，满心欢喜，仰视夜空，感谢老天爷给了我这个好消息。

太阳升起很久之后，甜瓜白兰地的后劲才过去。我冲了澡，从公寓里出来，溜到我的车上，然后倒出车道，开上大街。

我去了一家雅皮士咖啡馆，这家店供应面包圈和混合饮料。我买了一份厚厚的星期天专刊报纸，把它摊在角落里的一张桌子上开始看报纸。好几条新闻立刻引起了我的关注。

作为系列报道的第四篇，头版上几乎都是桨轮游船失事灾难的新闻。41 名高中生在此次灾难中遇难。律师们已开始起诉。

让我关注的第二篇文章在本市新闻栏，是关于警察腐败的，调查了警方与脱衣舞行业的密切关系。作为本市脱衣舞行业的风云人物威利・麦克斯旺的律师，布鲁索的名字在文章中多次被提及。作为酒吧老板及前联邦调查局刑事被告本尼・托马斯（又名普林斯）的律师，布鲁索的名字在文章中又被提及了一次。而作为联邦调查局可能正在调查的目标，布鲁索的名字在文章中再一次出现。

风雨欲来，我能感觉到。联邦大陪审团已经连续开会一个月了。几乎每天的报纸上都有相关报道。戴克越来越紧张。

第三篇文章则完全出乎我的意料。商业新闻栏最后一页上有一篇标题为“161 人通过资格考试”的短小新闻。这是一篇由律师资格考试委员会发布的仅有三句话的新闻，下面是一份通过者名单，按字母顺序排列，用极小的字号印刷。

我赶紧把报纸凑到眼前，激动地搜寻自己的名字。啊，我的名字在这儿！这是真的。给我寄信的工作人员没有弄错，我真的通过了考试！我迅速扫了一遍名单，很多名字都是我同窗三年的同学。

我在搜寻布克·凯恩的名字，可是没有找到。我找了一遍又一遍，我的肩膀耷拉了下来。我把报纸放在桌子上，大声地念出每个名字——依然没有布克·凯恩。

昨天晚上，伯蒂小姐恢复了记忆，把那封绝妙好信交给我之后，我差点就给布克打电话了，但我忍住了。既然我通过了考试，那我就等布克给我打电话吧。我想，如果他好几天都不给我打电话，那么他一定是没通过考试。

现在我不知道该如何是好。此时此刻，我仿佛正看见他帮夏琳给孩子们穿上去教堂的衣服，努力保持微笑，用最好的姿态让家人相信这只是一个暂时的挫折，他下次一定能够通过考试。

但我知道他有多伤心。他遭受了打击，为自己的失败而埋怨自己。他在担心马尔文·尚克尔对此事的反应，他害怕明天踏进律所的大门。

布克是个骄傲的人，他一直认为自己能够取得任何他想取得的成就。我很想开车过去，陪他分担他的忧愁，但这于事无补。

他明天一定会打电话来祝贺我的。他会用自然大方的语调说他会努力加油，下次一定通过。

我又读了一遍名单。我忽然发现里面没有莎拉·普兰克莫尔的名字，也没有莎拉·普兰克莫尔·威尔柯克斯的名字。虽然 S. 托德·威尔柯克斯先生通过了考试，但他的新婚妻子可没有这个好运。

我放声大笑。这样有点刻薄、小家子气，带着点恶意、幼稚，报复心重，甚至是可恶的，但我就是忍不住。她故意怀孕是为了结婚，我敢肯定她压力一定很大。在过去的三个月里，她忙着筹办婚礼，为即将出生的婴儿采购各种色彩缤纷的物品。她肯定是在学习上松懈了。

哈，哈，哈。终究是我笑到了最后。

酒驾撞伤丹·范·兰德尔的那个司机，所投的责任险保额上限是 10 万美元。戴克已经说服了这个司机承保的保险公司，范·兰德尔的索赔金额将远超这一数目；因为他言之有理，保险公司已勉强同意可以稍微超出上限。在最后时刻，布鲁索出面了，但他也只是说了些要向法院起诉等威胁性的话语。戴克做完了 80% 的工作，我最多做了 15%。其余的 5% 无须赘言，自然是归到了布鲁索身上。但根据布鲁索律所酬金分配的规定，戴克和我都拿不到一分一毫。因为布鲁索对律师费收取有明确的分配规定。范・兰德尔属于布鲁索的案子，因为是他最先打听到这个案件的。虽然是我和戴克去医院签下了代理合同，但我们是布鲁索的员工，这本来就是我们俩工作的分内事。只有我们最先打听到这个案子并签下了代理合同，才有权在律师费分配时得到一杯羹。

布鲁索把我们俩叫进了他的办公室，然后关上了门。他祝贺我通过了律师资格考试，他当年也是第一次就考过了。这几句话让戴克很尴尬，但他不动声色，像往常一样舔着他的大板牙，头一直歪到一边。布鲁索说了几句关于范・兰德尔结案的事情，他今早收到了一张 10 万美元的支票，范・兰德尔夫妇将在下午来领取他们的那一份赔偿金。他觉得我们说不定能从这笔交易中有所收获。

戴克和我紧张地看了看彼此。

布鲁索说他收入不错，已经比去年一年赚得还要多，他也希望他手下的员工能够开开心心地干活。再说，这个案子结案如此之快，他在此案上只花了不到六个小时。

戴克和我都在想，在那六个小时里，他到底做了些什么。

出于善意，他打算给我们一点酬劳。他收到的律师费是赔偿金的三分之一，共计 33 000 美元，但他不想独享，他要与我们分享。“我要把我所得之数的三分之一分给你们俩，你们俩平分。”

戴克和我默默算了一下。33 000 美元的三分之一是 11 000 美元，它的一半是 5 500 美元。

我假装平静地说："谢谢你，布鲁索。你太慷慨了。"

"小意思，"他说，好像他一直都如此乐善好施似的，"就把这当成我送给你考试通过的一点小小礼物吧。"

"谢谢。"

"对对，谢谢。"戴克说。我们都有种受宠若惊的感觉，但同时心里面也在想着，布鲁索仅仅花了六小时就赚到了 22 000 美元。他的律师费差不多高达每个小时 3 500 美元啊。

我本来没想过自己能从中拿到一分钱，现在忽然觉得自己一夜暴富了。

"干得漂亮，小伙子们。以后多签些案子回来。"

我们一起点头。我想着该怎么花这笔钱。毫无疑问，戴克跟我想的一样。

"明天的事情，我们准备好了吗？"布鲁索问我。我们明天 9:00 要当着尊敬的哈维·黑尔法官大人的面，与大利公司就其要求撤销起诉的动议进行辩论。布鲁索已经与法官就该动议有过一次不愉快的谈话，所以我们对于该听证会并不期待。

"准备好了。"我不安地答道。我准备并提交了长达 30 页的反驳书，之后德拉蒙德及大利公司再次就我方的反驳提出了反驳。布鲁索给黑尔法官打电话对此表示反对，在电话里两人差点谈崩了。

"我可能会让你处理部分答辩，所以你要做好准备。"布鲁索说。我顿时倒吸一口凉气，心里的紧张不安变成了恐慌。

“去干活吧，”他补充道，“如果一个撤回起诉的动议就能打败我们，那也太丢人现眼了。”

“这个案子我也在帮忙呢。”戴克帮衬我说。

“很好。我们三个到时候都到庭。对方律师估计有 20 人到庭。”

天上掉馅饼，会激发人对生活中美好事物的渴望。戴克和我一反常态，决定中午不去特鲁蒂饭店吃三明治喝汤了，改去附近的一家牛排店用餐，每人点了一份上等肋排。

“他以前从来没像这样分过钱。”戴克边说，边在座位上扭来扭去。我们坐在光线昏暗的餐厅后排的一个卡座里，没有人能听到我们的说话声音，但他依然很紧张。

“要出事了，鲁迪，这下我确定了。托克塞和里奇就要跑了。联邦调查局对布鲁索盯得很紧。他这是在散财啊。我很紧张，真的特别紧张。”

“好吧，就算如此，那有什么好紧张的？他们又不抓我们。”

“我不是怕被抓。我怕我们失业。”

“这我就不明白了。即使布鲁索被指控，被逮捕，只要警察一转身，他就能被保释，大模大样地出来了。律所一样可以运营啊。”

我这番话激怒了戴克。“听着，万一他们带着搜查证和钢锯来怎么办？你知道，他们有可能会这么做。在以前的敲诈勒索案中，他们就这么做过。联邦调查局的那些人喜欢奇袭律所，抢夺文件，带走电脑。他们才不会关心你和我呢。”

老实说，我从没想过会出现这种情况。我想我现在看起来有点惊慌。“当然，他们可以让律所关门大吉，”他急切地继续说，“而且，他们非常乐意这么做。城门失火，殃及池鱼，倒霉的是你和我。到时候，没有人、绝对没有任何人会在乎你和我的。”

“那你究竟是什么意思？”

“我们俩另起炉灶！”

我本想问问他是什么意思，但转念一想，他的意思很明白了。戴克现在是我的朋友，但他想把我们的关系推进一步。我已经通过了律师资格考试，我可以给他提供一个律师执照的保护伞。戴克想要一个合伙人！在我没来得及说什么之前，他已经开始向我发动攻击。“你有多少钱？”他问道。

“哦，5 500 美元。”

“我跟你一样。合起来是 11 000 美元。如果我们每个人出 2 000 美元，那就是 4 000 美元。我们可以租一间小办公室，每月租金 500 美元，电话和其他费用再花费 500 美元。我们可以买几件家具，皮实好用的。我们小本经营，先做六个月再看看情况如何。我负责接案子，你出庭辩护。我们俩平分利润。所有的费用都是平分，开销、费用、盈利、工作以及工时。”

我有点紧张，脑子在飞快地转。“那秘书呢？”

“不需要什么秘书。”他不假思索地说。这件事他蓄谋已久了。“至少一开始不需要秘书。你和我都会接电话，还可以装一个录音电话。我会打字，你也会打字，这样就能行。等我们赚了点钱，再请个姑娘。”

“每月开销大概要多少钱？”

“不到2 000美元。房租、电话费、设备、纸张，再多100样小花销，加起来也用不了2 000美元。而且，我们量入为出，能省则省。我们花得少，赚得就多，很简单。”他一边喝着冰茶一边仔细观察我，不一会，他又向前倾过身子说：“听着，鲁迪，在我看来，我们刚才是白白把22 000美元扔在桌子上了。那些钱本来就应该是我们的啊，22 000美元够我们一年的开销了。我们自己干，收到的律师费就全是我们的了。”

按照律师执业伦理标准，禁止律师与非律师之间建立合伙人关系。我刚想指出这一问题，便意识到这毫无意义。戴克一定能想出十几种理由来打消我的顾虑。

“房租听起来挺便宜的。”我说，一方面是为了找点话说，一方面也是想看看他的调查研究究竟做到了什么地步。

他眯起眼睛，笑了笑，那几颗大门牙闪闪发光。“我已经找到一个地方了。麦迪逊的一个老房子，在一家古董店的上面。有四个房间，一个洗手间，位置正好在市监狱和圣彼得医院那条路中间。”

地点完美至极！正是每个律师梦寐以求的地方。“那是本市犯罪率很高的地方。”我说。

“不然你以为房租为什么这么便宜？”

“房子怎么样？”

“还可以。我们得粉刷一下。”

“我的粉刷技术不错呢。”

我们点的沙拉到了，我把生菜大口大口塞进了嘴里。戴克把东西扒拉来扒拉去，但他吃得很少。戴克的脑子转得太快，没法在吃饭上集中精力。

“我得走了，鲁迪。我知道一些事，但不能跟你说。所以，当我说布鲁索要跌得很惨的时候，你得相信我，他的好日子到头了。”他停下来，拿了一颗核桃。“要是你不愿和我一起干，那我今天下午就去找尼科拉斯。”

托克塞和里奇离开后，尼科拉斯是唯一留在所里的律师，我知道戴克不喜欢他。戴克所说的布鲁索的情况，我也颇有些疑虑。一周只要看上两次报纸，就知道布鲁索麻烦大了。在过去几年里，戴克一直是布鲁索忠心耿耿的员工，现在却打算离他而去，这真是让我又惊又怕。

我们慢慢吃饭，都不说话，各自在心里谋划着下一步的行动。四个月前，要让我跟戴克这样的人一起合伙开律所，那简直是无法想象的事情，甚至是可笑的。然而，现在，我却没有办法找到合适的借口来拒绝他成为我的合伙人。

“你是不是不愿意让我做你的合伙人？”他可怜兮兮地问。

“我正在考虑呢，戴克。给我一点儿时间。你这主意太突然了，我脑子还没转过弯来。”

“不好意思。但我们必须迅速行动。”

"你究竟知道多少？"

"足以说服我自己。你别再问了。"

"再给我几个小时。让我睡一觉再说。"

"很公平。我们明天都出庭，所以我们早点在特鲁蒂饭店见面。我们不能在办公室里谈。你今天晚上好好考虑考虑，明早告诉我。"

"就这么说定了。"

"你手上有多少案件的卷宗？"

我想了一下。布莱克案件的卷宗比较厚；伯蒂小姐案件的卷宗薄一点，还有上周布鲁索丢给我的一个工人赔偿案。"三个。"

"把它们带出办公室，带回家里去。"

"现在吗？"

"现在。今天下午。还有任何你想从办公室拿出来的东西，最好赶快拿。但别被逮住，明白吗？"

"是不是有人监视我们？"

他的脸抽搐了一下，向四周望了望。然后小心地向我点头，眼珠在变了形的镜片后面骨碌碌转个不停。

"谁？"

"我想是联邦调查局的特工。办公室都在他们的监视之下。"

第二十三章

布鲁索曾漫不经心地说过，在布莱克一案的听证会上他可能会让我承担部分的辩论任务，他这句无心的话语现在却让我几乎整个晚上无法入眠。我不知道这是不是聪明导师惯用的唬人伎俩。更让我担心的事是要不要跟戴克一起合伙开律所。

我到特鲁蒂饭店时，天还黑着。我是店里的第一个顾客。特鲁蒂正在煮咖啡，热腾腾的甜甜圈刚出炉。我们聊了一会儿，但她还有事要忙活。

我也有事要忙。我没有看报纸，开始埋头整理笔记。我时不时透过窗户朝空荡荡的停车场张望，看看有没有联邦调查局的特工坐在没有标记的车里，抽着不带滤嘴的香烟，喝着清咖啡，就像电影里演的一样。有时，戴克完全值得信赖；有时，他看起来又那样疯疯癫癫。

他来得也很早。7:00刚过他就买了咖啡，坐到了我的对面。店里的座位已经有一半都坐满了。

“嗯？”他说出了第一句话。

“让我们先试一年。”我说。我已决定跟他签订一个为期一年的协议，而且协议中包含提前通知条款，如果我们中有任何一方对该合同不满意，提前30天通知对方，30天后合同自动终止。

他笑得那几颗大板牙都闪亮地露了出来，他无法掩饰自己兴奋激动的心情。他把右手伸过桌子让我握。对戴克来说，这是人生的重大时刻，我真希望自己能跟他有同样的感受。

我同时也决定管好他，让他觉得去追逐每一场灾难是一件很羞耻的事情。只要努力工作，尽职尽力为客户服务，我们就能赚到足够多的钱，过上美好的生活，发展壮大我们的法律事业。我会鼓励戴克刻苦学习，通过律师资格考试，拿到他的律师执照，以一种更有尊严的姿态来从事这个职业。

当然，这一切不可能一蹴而就，得慢慢来。

而且，我也没那么天真，指望他远离医院就跟指望醉鬼不进酒吧一样困难，但至少我会试一试。

“你把案卷带出来了吗？”他轻声地问，眼睛望着门口，这时正好有两个卡车司机跨进门。

“带出来了。你呢？”

“我一周前就开始悄悄往外带了。”

我不想再谈这件事了，于是把话题转到了布莱克案的听证会上，但戴克又把它转回到我们新律所的冒险计划上来。8∶00，我们走回办公室，对停车场上的每辆车，戴克几乎都瞟了一眼，仿佛车里全都坐满了枪手。

到了 8:15，布鲁索竟然还没到律所。戴克和我就德拉蒙德答辩书中的论点争论了一下。办公室里的墙面和电话都被安装了窃听器，我们只能讨论法律。

8:30，还是没有布鲁索的踪影。昨天他还特意交代说，8:00 要来过一遍案件的宗卷。黑尔法官的法庭在市中心的谢尔比县法院，车程大概 20 分钟，而且不知道路上会不会堵车。戴克不情不愿地给布鲁索公寓打电话，但电话没人接。女秘书德鲁说以为他 8:00 能到办公室呢。她打了他的车载移动电话，但还是没有人接。她说没准他直接去了法庭，在那等我们。

8:45，我和戴克把案卷装进了公文包，离开了律所。他说他开车抄近路，我坐在旁边浑身冒汗，汗濡湿了我的手掌，喉咙直发干。如果布鲁索在今天的听证会上做了什么对不起我的事，我永远也不会原谅他。事实上，我将会恨他一辈子。

“别紧张。”戴克说。他弯着身子，操纵着方向盘，在车流里弯弯曲曲地绕来绕去，还闯了红灯。连他都能看出来我很紧张害怕。“我相信布鲁索肯定会来的。”他说这话的时候，一点自信都没有，“即使他不在，你也没问题的，这只是个动议的听证会。我的意思是说，又没有陪审团，你懂的。”

“闭嘴，开你的车，戴克。行吗？别把我们两个的命都送掉了。”

“发火了，发火了。”

我们已经来到车水马龙的市中心，我惊恐地瞥了一眼手表。9:00 了，是真的。戴克从两个行人身边擦肩开过，把车停在了一个超级小的停车场。“看一下那边的那扇门。”他指着谢尔比县法院的一角说，法院的整体建筑非常宏大，占据了整整一个街区。

“看见了。”

“从那进去，上楼梯，右手第三个门就是法庭。”

“你觉得布鲁索会在吗？”我问，声音虚弱。

“肯定在。”他说。口是心非。他猛踩刹车，撞到了路边，我跳出汽车，撒腿就跑。“我停好车马上就来！”他喊道。我跃过一道水泥台阶，穿过门，又跃过另一道台阶，转眼间我已经置身于法院大厅中央。

谢尔比县法院大楼年头已久，但由于维护得当，显得庄严宏伟，气势不减当年。地板和墙壁是清一色的大理石，桃心木的双门擦得锃光发亮。宽阔的走廊显得昏暗幽静，靠墙两侧摆放着长凳，墙上挂着著名法学家们的肖像。

我慢慢走，来到哈维·黑尔法官大人的法庭门前。门旁边的铜牌上写着“巡回法院第八庭”。

法庭外也没看见布鲁索的踪迹，我徐徐推开门往里望，立刻就意识到他那高大肥胖的身躯不在法庭里面。

但法庭里并非没有人。我盯着铺了红地毯的过道，经过一排排擦得锃亮、铺着软垫的长椅，穿过低矮的弹簧门，看到有不少人正在等我。又高又大的勃艮第大皮椅上坐着一个高高在上的穿黑袍、令人不悦的男人，他正满脸怒容地看着我，我想他就是哈维·黑尔法官。他身后墙上挂着的钟显示现在已经

9:12了。他一只手托着下巴，另一只手在不耐烦地敲着桌面。

在我的左边，在将听众席与审判席、陪审团席和律帅席隔开的栏杆外面，我看见有一群人正急切地盼望着我的到来。让人吃惊的是，这些人的衣着打扮全都一模一样，剪着短发，穿黑西装白衬衫，打着条纹领带，面孔严肃，脸上一副蔑视的冷笑。

法庭里寂然无声。我感觉自己像是一个不受欢迎的闯入者。就连法庭的书记员和法警都似乎对我有意见。

我步履沉重、膝盖发软，一点信心都没有，推开了栏杆的弹簧门进入了法庭。我喉咙干涩，语言苍白无力："对不起，法官大人，我是来出席布莱克案听证会的。"

法官的表情没有任何改变，手指头依然在桌面上敲击着。"你是谁？"

"嗯，我叫鲁迪·贝勒。我在布鲁索·斯通律所工作。"

"斯通先生在哪里？"他问道。

"我不是很清楚。他本应该在这里跟我会合的。"我左边的律师群里响起了一阵窃窃私语，但我懒得理他们。黑尔法官的手停止了敲击，他抬起了头，失望地摇了摇："为什么我并不觉得奇怪呢？"他对着麦克风说。

因为我和戴克打算另起炉灶，自立门户，所以我决心在离开布鲁索律所时把布莱克案带走。这个案子是我的，没人能抢走。此时此刻，黑尔法官当然不可能知道负责这个案件的人是我，而非布鲁索。尽管我很害怕，但我立刻就下定决心，现在就是我展现风采、确立地位的时刻了。

“我猜你想推迟听证会。”他说。

“不，法官大人。我准备好就对方的动议进行辩论。”我尽可能掷地有声地把自己表达清楚。我慢慢走上律师席，把卷宗放在我右边的桌子上。

“你是律师？”他问。

“嗯，我刚通过资格考试。”

“但你还没拿到律师执照呢？”

为什么我之前没想到这一点呢？可能是对自己通过考试特别自豪反而疏忽了。况且，今天本来是布鲁索主导这场听证会的辩护，我只是来打下手的。“还没有，法官大人，我下周宣誓。”

对方阵营中的某位律师，此时大声清嗓子，借此引起法官的注意。我转过身来，只见一位身着海军蓝西装、气宇不凡的绅士，装模作样地从座位上站起来。“我请求法庭，”他说得轻松自若，似乎已经说过上百万次一样，“列入记录。我是延利·布里特律所的列奥·F. 德拉蒙德，大利人寿保险公司的法律顾问。”他脸色阴沉，抬头看向他终生的朋友和耶鲁大学舍友，如此说道。负责记录的法庭书记员，已经重新开始忙乎起来。

“我们反对这个年轻人出席本听证会。”他把手一挥，指向了我。他语速缓慢，语气沉重。我已经开始恨他了。“哈，他甚至连律师执照都没有。”

我讨厌他那种傲慢的语气，讨厌他那愚蠢的吹毛求疵。这仅仅是个动议而非正式的庭审。

“法官大人，下周我就可以拿到律师执照了。”我说。愤怒让我的声音听起来更加铿锵有力。

“那也不行，法官大人。”德拉蒙德摊开双手说，好像我的想法很荒谬似的。简直是目中无人。

“法官大人，我已经通过了律师资格考试。”

“多了不起啊。”德拉蒙德冲我厉声说。

我瞪大眼睛，直视他。他站在四个人中间，其中三个人跟他坐在同一张桌子边，他们前面都放着便笺簿，还有一个人坐在他身后。他们五个人全都对我怒目而视。

“这确实了不起，德拉蒙德先生。如果您不信的话，可以问问谢尔·波依金。”我说。德拉蒙德的脸立刻紧绷了起来，出现了一个明显的畏缩神情。实际上，他们五个人脸上全都出现了这种神情。

这确实是一个廉价的反杀，但出于某些原因我却无法抗拒。谢尔·波依金是我的同学中条件足够优渥到可以被特伦特与布伦特律所录取的两名学生中的一位。在法学院的三年里，我们互相看不上，上个月我们一起参加了律师资格考试。但是他的名字没有出现在上周日报纸的通过名单上。我敢肯定，这家大名鼎鼎的律所，肯定为它所聘用的聪明新员工竟然没有通过律师资格考试而感到尴尬。

德拉蒙德脸上的怒气愈发凝重了，我却对他笑了笑。就在我们互相凝视的那短短几秒钟里，我学到了人生中意义非凡的一课。他也不过是一个普通人。他可能是一个具有传奇色彩的出庭辩护律师，他的腰带上刻着许多闪耀着胜利光芒的V字形印记，但他不过是另一个有血有肉的人。他不可能跨过过道来扇我一巴掌，因为我会用鞭子抽打他的屁股来还击。他伤害不了我，他的那帮小仆役也伤害不了我。

在法庭过道这边的我跟过道那边的他一样高，我的桌子也跟他的桌子一样大。

“坐下！”法官大人对着麦克风咆哮，“你们俩都坐下！”我找了张椅子坐下。“有一个问题，贝勒先生。谁将代表你们律所来处理这起案件？”

“我，法官大人。”

“斯通先生呢？”

“我说不准。但这是我的案子，案件的当事人是我的客户。斯通先生代表我起诉，因为当时我还没通过律师资格考试。”

“很好。我们继续吧。列入法庭记录。”他说，望向了书记员，书记员早已在噼噼啪啪地打字了。“这是被告方提出撤销案件的动议，所以德拉蒙德先生首先发言。我将给双方各15分钟的时间辩论，然后我将对此进行周全的考量。我不想在这浪费掉整个上午，大家同意吗？”

每个人都点了头。被告律师席上的那几位，就跟狂欢节游乐射击场上那些摇晃的木头鸭子一样，连点个头都要整齐划一。列奥·德拉蒙德走到法庭中央的活动讲台上，开始为他的动议进行辩护。他语速缓慢，用词谨慎，还没讲几分钟就让人觉得无聊了。他那冗长的辩论在复述早已在答辩书中阐明过的主要观点，即起诉大利保险公司是不公正的，因为骨髓移植并不在其承保范围之内。况且唐尼·雷·布莱克已经成年，不再属于布莱克家的家庭成员，他是否在该保险的承保范围之内仍是个问题，等等。

坦白地说，我本以为他会表演得更精彩的。我还以为了不起的列奥·德拉蒙德能有什么魔法呢。在昨天之前，我一直很期待这场前哨战。我想看看光鲜亮丽的德拉蒙德和吵吵闹闹的布鲁索如何斗法。

现在，如果我不是那么紧张，我早就听得睡着了。他滔滔不绝地讲了 15 分钟。黑尔法官一直在低头看什么东西，可能是看杂志。20 分钟过去了，他还在絮絮叨叨。戴克说他听说德拉蒙德在办公室里工作每小时收费 250 美元，如果出庭则为 350 美元每小时。跟纽约和华盛顿的标准比起来这算是低的，但在孟菲斯已经属于高不可及了。因此，他才会说得那么慢，而且不断地重复。反正，只要时间在嘀嗒地往前走，就可以一直按这样的标准收律师费，他把整个案件事无巨细地讲得很透彻，就算讲得乏味单调，也是很划算的。

他的三位律师在便笺簿上不停地涂写，很明显是想记下老板说的每一个字。这真是太可笑了，换一个场合我说不定会笑出来。他们首先做了研究，然后写了简报，然后他们修改好几次，然后他们对我的答辩理由书进行答复，现在他们记下德拉蒙德的辩护词，而辩护词的论点根本是来自他们写的答辩书。但他们这样做是有钱可赚的。戴克弄清楚了延利·布里特手下的这些律师收费标准为在办公室工作每小时 150 美元，出庭和出席听证会会略高一些。如果戴克的信息没错，那么三个年轻的克隆人仅仅在这里毫无目的地涂涂画画，每个小时就能赚大概 200 美元。合计 600 美元。再加上德拉蒙德的每小时 350 美元。我眼前的精彩表演大概值每小时 1 000 美元。

第四个人，即坐在那几个律师背后的人，年纪较大，看起来跟德拉蒙德差不多。他没有在便笺簿上涂写，所以他应该不是德拉蒙德手下的律师。他可能是大利公司的代表，或者是该公司的法务。

我把戴克给忘了，直到他用便笺簿拍了拍我的肩膀。他站在我后面，正伸手跨过法庭的围栏递给我。他想给我传递信息。在那本便笺簿上，他写了几句话："这家伙真无聊。只需按照你的理由书来就行。不要超过十分钟。有布鲁索的消息吗？"

我没有转身，只摇了摇头。好像布鲁索可能就在法庭上，只是谁也看不见他。

31 分钟后，德拉蒙德才结束了他的长篇独白。他那读书写字时才戴的眼镜耷拉在鼻尖上。他是给手下律师上课的教授。他昂首阔步走回到座位上，对自己严密的逻辑能力和惊人的总结能力万分陶醉，无比满足。他的那些克隆人立刻齐头并进，纷纷赞美他的精彩辩护。全是马屁精！难怪他会这么狂妄自大。

我把便笺簿放在讲台上，抬头望着黑尔法官，他此刻看起来似乎对我将要说的一切都很感兴趣。我现在害怕得要死，但没有办法，只能硬着头皮上了。

这场官司并不复杂。由于大利公司拒绝兑付，剥夺了能够挽救我的客户生命的唯一医疗措施。大利公司的这种行为无异于谋杀唐尼·雷·布莱克。我们是正义的一方，他们是罪恶的一方。一想到唐尼那憔悴的脸庞和干瘪瘦弱的身体，我全身就充满了斗志。这件事情让我怒火中烧。

大利公司的律师们收取了昂贵的律师费来替这个公司混淆事实，颠倒是非，借此用鸡毛蒜皮之事来转移法官以及之后的陪审团的注意力。这就是他们的工作。这也是德拉蒙德漫无目的地闲扯了31分钟却几乎等于什么也没说的原因。

我关于本案事实和法律的观点必须比他简短。我的简述和辩论必须清晰明了，切中要害。想必这样或许会赢得一些人的赞赏。

我开始紧张地阐述被告方关于要求法庭驳回起诉的几个基本观点。黑尔法官听我泛泛而谈，不敢置信地低下了头，好像我就是他见过的最大的傻瓜。怀疑让他面部歪曲，但至少他没有开其尊口。我尽量避免与他对视。

在原告和被告双方有明显争议的案子里，对于要求法庭驳回起诉的动议，法官很少会批准。虽然我又紧张又笨拙，但我相信我们会成功的。

我费力地翻阅笔记，没能说出什么新东西。法官大人很快就像厌倦了德拉蒙德一样厌倦了我，他又开始埋头阅读他的材料。我发言结束后，德拉蒙德要求法官给他五分钟来反驳我刚才的发言，他那位老朋友往讲台一挥手，表示同意。

德拉蒙德不得要领地又讲了11分钟，然后坐下来，浪费了大家宝贵的时间。他把他脑子里的东西都清理出来了，但他讲述的方式让我们云里雾里。

“双方律师到我办公室来一下。”黑尔边说边站了起来，很快消失在法庭后面。我不知道他的办公室在哪里，便站着等德拉蒙德先生带路。我们在讲台附近碰面时，他很客气，还跟我勾肩搭背，夸我干得不错。

我们进入法官办公室时，法官已经脱了法袍。他站在办公桌后面，用手朝两把椅子挥了挥。“请进。请坐。”房间里光线昏暗，格调高雅，窗户上的厚厚窗帘已经拉上，地上铺着酒红色地毯，书架上一排排厚厚的书从地板一直堆到了天花板。

我们坐了下来，法官在沉思。然后，他说：“贝勒先生，这桩官司让我觉得很心烦。我不想用无聊这个词，但是，坦白地说，我看不出来它有什么意义。我真的厌倦了这种官司。”

他停了停，看着我，看看我有什么反应。但我完全不知所措。

“我倾向于批准撤销起诉的动议。”法官打开一个抽屉，然后缓缓取出几个药瓶。在我们的注视下，他小心翼翼地把它们在桌上排成一行。他停了下来，然后望着我。“也许你可以向联邦法院重新起诉，你懂的。到别的法院去起诉吧。我要审的案子太多了。”他一颗颗地数着药片，从四个塑料药瓶里至少取出了12颗药片。

“不好意思，我得去一下洗手间。”他说完，便朝房间对面右侧的一扇小门走去。门咣当一声锁上了。

我呆呆地坐着，望着那几个药瓶，内心一片茫然，巴不得他在洗手间吃药时噎死。德拉蒙德则一言不发，但现在好像有了什么主意，他忽然站起来，坐到了办公桌的一个角落上。他低头看着我，满脸堆笑，热情洋溢。

“听着，鲁迪，我收费很贵，我们所收费也很贵，”他用低沉和令人信任的声音说道，好像在泄露某种不能告人的秘密。“当我们接到这类案子时，总会先做一些估算，预计一下辩护的费用。在我们干活之前，我们会把这个预估结果告诉客户。我已经办理过很多个案子，我对费用的预估一向都很准。”他稍微移动了一下身体，准备亮出底牌。“我已经跟大利保险公司说过，从开始到案件全面审理结束，本案的辩护律师费预计在 5 万到 7.5 万美元之间。”

他等着我表现出这个数字让我多么印象深刻，而我只是盯着他的领带。对面洗手间传来一阵抽水马桶抽水的声音，隆隆作响。

“所以，大利公司已经授权我，向你和你的客户提出支付 7.5 万美元进行庭外和解的建议。”

我深深吸了一口气。一大堆疯狂的想法从我的脑海中呼啸而过，其中最重要的就是 2.5 万美元这个数字。我的律师费！它近在咫尺！

等一下！如果他的老搭档哈维法官很快要撤销这个案子，他为什么还要给我这笔钱？

我瞬间明白了。这是一个扮演好警察坏警察的老把戏。哈维先严词打压，把我吓得魂飞魄散，然后列奥以天鹅绒般的姿态出场，给人春风拂面的感受。我忍不住想知道他们在这个办公室里如此轮番出场，一唱一和，到底干过多少次。

“你要明白，和解并不意味着大利公司承认对该案负有责任。”他说，“而且，这是一次性的建议，从现在开始，有效期只有 48 个小时。接受或不接受，要快点做决定。如果贵方不接受我们的和解建议，接下来，你我之间就是第三次世界大战。”

“但是，为什么要和解？”

“这算起来很简单。大利公司可以省一点钱，而且不必冒着会被陪审团做出疯狂裁决的风险。他们不喜欢被起诉，你明白吗？他们的高管不想在证人证言取证和出庭作证上浪费时间。他们喜欢低调的生活，希望尽可能地避免像这样的公开曝光。保险业竞争很残酷，他们不想让对手走漏风声，他们有太多原因，想要低调安静地了解此案。你的客户也有很多理由可以安安静静地拿钱然后继续生活。再说，你知道，这笔钱里的大部分是免税的。”

他平心静气地说。即使我大谈这个案子的是非曲直，大骂他的客户有多混蛋，他也只会满脸微笑，跟我一起点头。他就像鸭子背上的水只会往下淌，我说什么他都不会跟我置气。现在列奥·德拉蒙德一心想让我拿了这笔钱，就算我大骂他的老婆，他也不会跟我翻脸的。

门开了，法官大人从他那小小的私人休息室走了出来。现在轮到列奥的膀胱发胀了，他进了洗手间。一方唱罢，另一方粉墨登场，这二重唱继续进行。

“高血压。”黑尔在桌子后面坐下，一边收拾药瓶，一边自言自语。我想说，还不够高。

“这场官司没什么劲，小伙子。说不定我可以给列奥施施压，让他提出个和解方案。你知道，这本来也是我工作内容的一部分。别的法官不会这么做，但是我会。我会倾向于在一开始就把案子给解决了，没必要拖泥带水的。保险公司可能会扔给你一些钱，他们也不愿意让列奥每分钟收 1 000 美元呀。”他笑着说，好像这真的很有趣似的。他笑得满脸通红，咳嗽起来。

我差不多能想象列奥此时在洗手间里的样子，他一定耳朵紧紧贴在门上，偷听我们的谈话。即便这里有个麦克风，我也不会觉得惊讶。

我看着他咳个不停，咳得眼泪都出来了。等他停下来时，我才说：“刚才他提出把本案的辩护费作为支付给我方的和解费用。”

黑尔是个演技很差的演员。他努力装出一副吃惊的样子问道：“多少钱？”

“7.5 万美元。”

他的嘴巴张得老大。“天哪！听着，孩子，如果你不答应，你就是疯了。”

“你真这么认为？”我装出煞有介事的样子问道。

“7.5 万美元。天哪，这可是一大笔。这一点也不像列奥的作风。”

“他可真善良。”

"收下这笔钱，孩子。我干这行干了一辈子，你应该听我的。"

洗手间的门开了，列奥又回来了。法官大人瞪着列奥叫道："7.5 万美元！"不知道的还以为这笔钱是从黑尔办公室的预算中列支呢。

"客户就这么说的。"利奥解释道。好像他束手束脚、对此无能为力一样。

他们俩一唱一和，又自说自话了半天。我都没法思考，所以我不怎么开口。离开法官办公室时，列奥搂着我的肩膀，送我到门口。

我在走廊找到了戴克，他正在打电话。于是，我坐到了附近的长凳上，努力把思绪捋清楚。他们今天本来要伏击的是来出席听证会的布鲁索。他们会像对付我这样对付他吗？不，我不这么认为。他们怎么可能这么快就计划好要伏击我呢？他们可能为他准备的是另一个方案。

有两件事我确信不疑。首先，黑尔是很认真地想对这个案子驳回起诉。他年老体衰，当法官也已经是老资格了，谁也不敢把他怎么样。他也不在乎自己做的事情是错是对。而且再到另一个法院去起诉并不容易，到那时这场官司就真的麻烦了。其次，德拉蒙德急于结案，过于迫切。他害怕了，他害怕是因为他知道他的客户干了一件卑鄙无耻的事情，而且人赃俱获，难以逃脱。

在过去 20 分钟里，戴克已经打了 11 个电话，却依然没有布鲁索的任何消息。在我们快速开车回办公室的途中，我把黑尔办公室那荒诞的一幕在脑海里重演了一遍。戴克心思很活络，只想拿了钱就跑。他的话倒也不无道理，现在无论有多少钱也救不了唐尼·雷，所以我们应该把能拿到的钱都一把抓过来，让多特和巴迪过得好一点。

戴克声称他听说了关于很多案件在黑尔的法庭上都受到不公正裁判的事情，这些传言可不是空穴来风。作为一个现任法官，黑尔不同寻常地支持侵权法改革。他讨厌原告，对此戴克说过不止一次了。在他手下很难获得公正的审理。我们把钱拿过来就算了吧，戴克说。

我们走进律所时，德鲁正在大厅里哭，她万分焦虑，因为大家都在找布鲁索。她边骂边哭，睫毛膏随着泪水顺着脸颊流了下来。她一遍又一遍地说他从来不这样的，肯定是出了麻烦事了。

布鲁索本来就不是什么好人，他总跟一些可疑的危险分子混在一起。如果在机场某辆汽车的后备箱里发现他肥硕的身躯，我也不会觉得有什么好惊讶的。戴克大概也是这么想的。那帮暴徒正在追踪他。

我也在追踪他。我打电话给尤吉酒吧找普林斯。他肯定知道布鲁索在哪。接电话的人是酒吧经理比利，我跟他挺熟的，聊了没几分钟我就知道普林斯也消失了。他们四处打电话，但也没得到什么信息。比利又着急又担心。联邦调查局的探员前脚刚走，到底发生了什么事？

戴克把整个律所的办公室都走了一遍，把所有员工召集起来。我、戴克、托克塞、里奇、四个女秘书以及以前我没有见过的两个马屁精都聚集在会议室。还有尼科拉斯律师，现在不在孟菲斯城里。大家都互相比对最后一次跟布鲁索见面时的信息：有什么可疑之处吗？他今天本来应该有什么安排？他应该去见谁？最后一个跟他交谈的人是谁？会议室里有一种恐慌的氛围，德鲁不停地哭，对这种混乱的局面毫无帮助。她只是知道，肯定出了事。

会议结束了，我们悄悄回到了各自的办公室，锁上门。当然，戴克跟我一起。我们漫无目的地瞎聊了一会儿，说话很谨慎，就算有人真的在窃听，他也甭想听到我们不想让他听到的任何事情。11:30，我们从后门溜出去吃午饭。

我们再也不会踏进这个地方半步了。

第二十四章

大概我这辈子也没法弄懂，戴克究竟是真的知道正在发生什么事情，还是他是一个超神奇的预言家。他不是一个复杂的人，心里面也没那么多弯弯绕绕，他七情六欲上脸，不是一个让人猜不透的人。但是，他外貌古怪，内心深处肯定也有很多稀奇古怪的秘密，紧紧缠绕在一起，不肯示人。我强烈怀疑他和布鲁索的关系远比我们大多数人所知道的要亲密得多；范·兰德尔案结案后，给我们多发的那笔钱应该是戴克辛苦游说的结果；借此，布鲁索也向我们对他即将到来的溃败发出了无声的警告。

不管怎么说，我的电话突然在3:20响起时，我一点也不惊讶。电话是戴克打来的，他含糊其词地跟我宣布，联邦调查局在午夜后突袭了我们的办公室，而布鲁索已经逃离了孟菲斯。不仅如此，我们的办公室已经被法院贴上了封条，联邦调查局可能会找律所的所有员工谈话。最让我吃惊的是，普林斯·托马斯似乎跟他的律师朋友一起消失了。

“你想象一下，”戴克对着电话咯咯地笑，“那两个留着花白长头发、脸上长满毛的肥猪，改头换面地溜进机场逃离是一种怎样的场景？”

天亮之后，官方会在晚些时候起诉他们。戴克建议我们中午在新办公室见面，反正也没有别的地方可去，我同意了。

我对着黑漆漆的天花板望了半个小时，然后起来了。我光着脚穿过凉爽潮湿的草坪，一头倒在吊床上。像普林斯这样的人，往往会招来许多丰富多彩的流言蜚语。他喜欢现金，我在尤吉酒吧打工的第一天就有一个女服务生告诉我，酒吧80%的现金从不入账。员工们喜欢闲聊猜测，他到底刮走了多少钱。

除了酒吧，他还有别的投资。几年前在一个诈骗案的庭审时，有证人作证说，某家脱衣舞酒吧90%的收入都是现金，其中60%的现金从未纳税。如果布鲁索和普林斯实际上拥有几家色情俱乐部，他们简直就是有了金矿。

有传闻说，普林斯在墨西哥有幢房屋，在加勒比有银行存款，在牙买加有个黑人情妇，在阿根廷还有个大农场，这些传闻太多，我都不太记得住。他的办公室里有一扇神秘的门，据说门后有一个小房间，里面装满了一箱箱面值20美元和100美元的钞票。

如果他逃亡了，我希望他能平安。我希望他能带着他那一大堆钞票逃脱，永远不会抓住。我不关心他是否做错了什么，我只知道他是我的朋友。

多特让我坐在厨房的桌子边上，还是上次那把椅子，又用同一个杯子给我端上了速溶咖啡。现在还早，杂乱的厨房里弥漫着一股煎培根的油腻味。她挥挥手跟我说，巴迪在外面。我没往窗外看。

她说唐尼·雷在迅速衰竭，已经两天没起床了。

“我们昨天第一次上法庭了。”我解释道。

“已经去了？”

“不是案件的庭审，跟审理没关系。只是一个审前动议的辩论。保险公司想让法院不受理本案，我们正在激烈地斗争。”我尽量说得简单明了，但我不确定她能否听得懂。她从脏兮兮的窗户望出去，望向后院，但肯定不是在看那辆福特车。她看起来好像并不在乎。

对我来说，这反而是一种奇异的安慰。假如黑尔法官真如我们所料驳回本案，而我们又无法在另一个法院起诉，那么这个案子就完了。没准这家人早已不抱任何希望。也许当我们被人一脚踹飞的时候，他们一家也不会对我大喊大叫。

我在开车来这的路上，早已想好绝口不提黑尔法官和他的威胁。讲这些只会让我们的讨论变得更加复杂。我们以后有的是时间来聊黑尔法官，等我们没什么可聊的时候再聊他也不迟。

“保险公司提出一个和解方案。”

“什么样的方案？”

“付我们一些钱。”

“多少钱？”

“7.5 万美元。这是他们估算的打这场官司大概要支付的律师费，他们现在打算用这笔钱来了结这个案子。”

她突然变得满脸通红，牙关咬紧。“这些王八蛋，以为用几个臭钱，就可以收买我们了吗？”

“是的，他们就是这么想的。”

“唐尼·雷不需要钱。去年他需要做骨髓移植手术。可是，现在一切都太晚了。”

“我同意。”

她从桌上拿起一包香烟，点了一支。她泪水盈眶，气得眼睛通红。我错了。这位母亲绝不会善罢甘休，饶了他们。她要以牙还牙，血债血还。“7.5 万美元对我们有什么用？唐尼·雷马上就要死了，以后就只剩下我和他了。”她用头冲福特车所在的方向点了点。

“这些王八蛋。”她骂道。

“我同意。”

“我猜你跟他们说我们会要这笔钱的，是吗？”

“当然没有。没有你的同意，我是不能够这样和解的。不过在明天上午之前，我们必须做出决定。”案件可能会被驳回的情况再次重现了。我们有权对黑尔法官做出对我方不利的任何裁决提出上诉。这个案子可能会拖个一年半载，但至少我们还有机会去争取。再说，现在我也不想跟她讨论这个问题。

我们在沉默中坐了很久，两人都在想着各自的心事。我在努力整理自己的思绪。只有老天爷才知道她脑子里在想什么。

可怜的女人!

她把烟头在烟灰缸里按灭，说：“我们最好去跟唐尼·雷谈一谈。”

我跟着她穿过黑漆漆的房间，进了一条很短的走廊。唐尼·雷的房门关上了。门上贴了一张“请勿吸烟”的标志。她轻轻地敲了敲，我们就进去了。房间干净整洁，有一股消毒水的味道。房角里的电扇在不停地转动，纱窗开着。床脚放了一台电视机，他的枕头边，放了一张小桌子，上面摆满了装着药水和药丸的瓶子。

唐尼·雷像根木头一样僵硬地躺在床上，孱弱的身体紧紧裹着一张床单。看见我，他开心得咧嘴笑了，用手拍了拍他旁边的一块地方，于是我坐下了。多特则坐在我的对面。

他一边努力维持脸上的笑容，一边竭力说服我他状态很好，今天，一切都比以前更好了。只是有点累而已。他的声音低沉而吃力，有时低得几乎听不见他讲的话。我把昨天听证会的事情复述了一遍，给他解释了对方提议和解的事情，他听得很仔细。多特握着他的右手。

“他们能多给点钱吗？”他问。这个问题昨天吃午饭时我跟戴克讨论过。大利保险公司从最初的不肯给钱到现在的7.5万美元，已经是一个很大的飞跃。我们都怀疑他们也许最多能给到100万美元，但在客户面前，我不敢这么乐观。

“我不确定，”我说，“但是我们可以试试。他们最多不同意。”

“你会得到多少？”他问。我按照委托合同的条款跟他解释，说我会拿到赔偿金的三分之一。

他望着母亲说："这就是说，你和爸爸一共得5万美元。"

"我们要这5万美元有什么用？"她问他。

"付清房款。买一辆新车。留一点钱用来养老。"

"我们不要他们的臭钱！"

唐尼·雷闭上眼睛，睡了一小会。我一直盯着那些药瓶。他醒来时，碰了碰我的手臂，想用力握紧它，然后说："你想这样和解吗，鲁迪？有一部分钱是你的。"

"不，我不想和解。"我坚定地说。我看看他，然后又看看她。他们专心地听着。"他们如果不心虚的话，是不会给这笔钱的。我要揭露这帮恶人。"

律师有义务尽可能地向客户提出最佳建议，而不应考虑自己的经济利益。毫无疑问，我明白我有能力诱使布莱克一家接受和解方案。不费吹灰之力，我就能说服他们，黑尔法官将会釜底抽薪，现在摆在桌面上的钱，很快就会永远消失，我们将两手空空。我可以描绘出一幅最后审判的末日图景，他们被蹂躏了这么久，会欣然相信的。

这很简单。然后我会拿着这2.5万美元转身离去，虽然我现在很难理解这笔钱的意义，但我抵制住了这份诱惑。今天早上，我在吊床上斗争了很久，我现在已经心平气和，下定决心。

这个节骨眼上，把我驱逐出律师界可以说轻而易举。我会采取下一步行动，转身离开，但我不会出卖我的客户。

在唐尼·雷的房间里，我向他们告别。希望明天我再过来的时候，不会告诉他们案子被驳回的消息。

圣彼得医院附近至少还有四家医院，走几步路就到了。此外，还有一家医学院、牙医学院和数不清的医师诊所。孟菲斯的医药卫生机构好像被某种引力吸引着，全都集中在联邦大道和麦迪逊大道之间这六个街区之内。圣彼得医院的正对面，有一座名叫皮博迪医药技术大楼的八层建筑就在麦迪逊大道上。这幢大厦与圣彼得医院之间，有一条封闭式架空走廊横跨于麦迪逊大道，以便医生们从办公室到医院之间来回往返。这个走廊是供医生专用，其中有一位是整形外科医生埃里克·克雷格代尔博士。他的办公室在大厦第三层。

我昨天给他办公室连着打了好几个匿名电话，弄清楚了我想要的信息。我在圣彼得医院巨大的大堂里等着，这里比街面高一层，能够清楚地观察皮博迪医药技术大楼附近的停车场。10:40，我看到一辆旧的大众汽车缓缓驶离麦迪逊大道，停在了拥挤的停车场上。凯莉从车上走了下来。

正如我所预料的那样，她独自一人。一小时前，我给她丈夫工作的地方打电话找他，他一来接电话，我立刻就挂断了。她努力从车里钻出来的时候，我勉勉强强能够看到她的头顶。她拄着拐杖，在一排排汽车之间蹒跚地穿行，走向大厦。

我乘自动扶梯上一层楼，通过密封玻璃走廊从麦迪逊大道穿越。我很紧张，但不着急。

候诊室里很拥挤。她背靠墙坐着，在翻看一本杂志，她那骨折的脚踝现在绑着可以走路的石膏绷带。她右边的椅子是空的，在她还不知道发生了什么事的时候，我已经在她身旁坐了下来。

她的脸上先是一惊，随即露出了灿烂的笑容。她紧张地朝四周看了看。没有人在意我们。

“看你的杂志。”我一边小声跟她说，一边打开一本《国家地理》。她举起一本《时尚》杂志，捧到几乎与眼睛齐平的位置，问道：“你来这里干吗？”

“我的背有点不舒服。”

她不信地摇摇头，然后又向四周望了望。她身旁的那位女士倒是想转过头来看看我们，只可惜她脖子上有个固定托架，动弹不得。这个房间里没有一个人认识我们俩，何必紧张呢？“那你的医生是谁？”她问。

“克雷格代尔。”我答道。

“真搞笑。”当初凯莉·赖考在医院躺着的时候，穿一件朴素的医院长袍，脸上有青紫的瘀伤，脂粉未施，就已经很漂亮。现在，我更是没办法把自己的眼睛从她那娇美的脸蛋上挪开了。她穿一件浆过的白色带纽扣的棉质衬衫纽扣一直扣到底，那种大学女生会从男朋友那借来的衣服，卡其短裤，裤脚卷起。一头乌黑的长发，飘散在肩上。

“他医术好吗？”我问。

“不就是个医生嘛。”

“你以前见过他吗？”

“别问了，鲁迪。我不想谈这种事。我想你应该走了。”她的声音平静，但语气很坚定。

“嗯，你知道，我确实考虑过要不要走这件事。实际上，我花了很多时间来想你，想我该做些什么。”当一个男人坐着轮椅从我们面前经过时，我停了一下。

“然后呢？”她问。

“我还是不知道。”

“我想你应该走了。”

“这不是你的真心话。”

“是我的真心话。”

“不，不是。你希望我在你身边，时常跟你联系，时不时给你打电话，等他下次再把你打到骨折的时候，你就有一个真正关心你的人了。这才是你想要的。”

“不会有下次了。”

“为什么呢？”

“因为他现在不一样了。他想戒酒。他保证再也不打我了。”

“你相信他吗？”

“是的，我相信。”

“他以前也保证过。”

“你为什么不走？别给我打电话，行吗？这只会让事情变得更糟。”

“为什么？为什么会把事情变得更糟？”

她犹豫了一下，把杂志放在膝盖上，望着我说：“因为，随着时间一天天过去，我对你的思念越来越少了。”

很高兴知道她一直在想我。我把手伸进口袋，取出一张名片，上面写着我的旧地址，这个地址现在已经被联邦政府各个机构上了链子、贴上封条了。我在名片背面写上了电话号码，交给了她。“做个交易吧。我不会再给你打电话了。如果你需要我，这是我家里的电话号码。如果他再打你，我希望你能告诉我。”

她接过了名片。我迅速在她脸上吻了一下，然后离开了候诊室。

在这栋大厦的六层，有一个规模很大的肿瘤部。瓦尔特·科德医生是唐尼·雷的主治医师，也就是说现在他给唐尼开一些药品和其他药品，无可奈何地静待他的死亡。一开始开出化疗处方，后来进行化验并确定隆尼·布莱克的骨髓完全可以与其孪生兄弟进行移植的，也是科德医生。如果案件进展顺利并如期审理的话，他将是本案的关键证人。

我给他的接待员留下了一封长达三页的信函。我希望在他方便时能够跟他谈一谈，这次谈话最好能够不收费。一般来说，医生都很讨厌律师，就任何跟律师交谈的时间都会收取高昂的费用。但科德和我是同一阵营的，跟他交流一下对我来说没什么损失。

在孟菲斯这个犯罪率很高的地区，我胆战心惊地沿着这条街慢慢向前走去。我不看路上的车流，不理会路上的行人，只想尽力在那些褪色脱落的门牌上认出来号码，但一切都是徒劳的。这个社区看起来好像曾经被废置过，这情有可原；但现在正处于自我重整的过程中。街上的房屋全是两三层楼，进深有半个街区长，房子正面都是用砖和玻璃砌成。大多数房屋连成一片，有些房子中间有狭窄的小巷把它们隔开。许多房子的大门仍被封住，有几栋房子好几年前就被烧成了废墟。我走过一家洗衣店、一家花店和两家饭店，一家饭店的桌子就摆在人行道上，但罩篷下面却没有顾客。

出土珍宝古董店在一个角落里，房子看起来倒是干净清爽，砖墙漆成了深灰色，窗户上搭着红色的雨篷。这栋房子有两层楼，当我看到第二层楼时，我想我找到新办公室了。

因为没有找到其他的门，于是我走进了古董店。在狭小的门厅里，我看到一个楼梯间，上面有一盏昏暗的灯。

戴克正等着我，他一脸骄傲地笑。“你觉得怎么样？”我还没来得及往房间里看上一眼，他就开始滔滔不绝。“四个房间，大约一千英尺，加上洗手间。不错！”他拍拍我的肩膀说。然后他向前一跃，接着又一个 180 度转身，张开了双臂。“我觉得这里可以用作接待处，等将来我们有了秘书，她就在这办公。房间只需要粉刷一下。所有的地板全是硬木地板。”他跺了跺脚，好像我看不到地板似的。“天花板有 12 英尺高。墙是石膏灰泥板，粉刷起来也容易。”他示意我跟着他，我们穿过一道敞开的门，进入了一条很短的走廊。“两边各有一个房间。这个房间最大，我想你用最合适。”

我走进新办公室，不由得又惊又喜。房间是正方形的，长宽都是 15 英尺左右，有一扇正对着大街的窗户。房间空荡荡的，干净整洁，地板平整。

“那边的第三个房间，我觉得可以做会议室。我就在那个房间工作，我不会把它弄得乱七八糟的。”他在努力讨我欢心，我却有一点难过。放宽心，戴克，我喜欢这里。你干得不错。

“再前面就是洗手间，需要清扫和粉刷一下。没准得找个水电工过来。”他回到前面的房间，“你觉得怎么样？”

“肯定行，戴克，谁是房东？”

“楼下那一对卖假古董的老夫妇。顺便说一下，他们有些东西我们说不定能用得上，桌子、椅子、灯具，甚至一些旧文件柜。都挺便宜的，看起来也不差，跟我们的装修方案也匹配得上，而且，他们允许我们房租月付。这楼里多一点人让他们挺开心。我猜他们说不定被抢劫过好几次。”

“这可是一个让人欣慰的消息。”

“是的。我们待在这里要多加小心。”他递给我一本夏尔文-威廉斯商店的布样标本。“我想我们最好还是用白色的窗帘。不费事又便宜。明天电话公司来装电话。电已经通了。你看看这个。”窗户旁边是一张牌桌，桌上散落着一些文书，桌子中间摆放着一台黑白小电视。

戴克已经去过打印店了。他递给我新律所信纸信封的各种设计图样让我看，我的名字用粗体醒目地印在顶部，他的名字则作为律师助理印在角落里。“从街上一家印刷店弄来的。价格很公道。大概两天就能交货。我想要不我们就先印 500 份信纸信封吧。你还有什么需要吗？”

“今晚我想一想。”

“我们什么时候粉刷？”

“嗯，我想我们——”

“我看我们只要辛苦一天就能做完了，如果我们只刷一遍的话，你懂的哈。今天下午我去拿油漆和材料，尽量早点干，你明天能帮忙吗？”

“当然。”

“有些事我们得做一下决定。传真机怎么办？现在买还是等一等？电话公司明天来人，记得吗？复印机呢？我想我们先不买，不马上买。我可以每天都去一次打印店。我们需要一台电话答录机。好一点的一台要 80 美元。如果你觉得需要，我就去买。我们需要开一个银行账户。我认识第一信托银行的支行经理，他说每个月可以免费给我们 30 张支票，而且存款利率能到两个百分点。难得的优惠呀。我们需要买些支票簿，用来支付一些账单，你懂的。”他突然看了看手表，“哎呀，我差点忘了。”

他按了一下电视机的按钮。“起诉书已在一小时前公布，布鲁索、本尼（普林斯）· 托马斯、威利 · 麦克斯旺等人被指控犯下 100 多项罪行。”

电视台午间新闻已经开始了，我们看到的第一个电视画面就是我们原来的律所的实拍镜头。特工把守着律所大门，彼时大门尚未被封上。现场记者报道说律所的员工可以自由出入，但不能带走任何物品。第二个镜头是文克森脱衣舞俱乐部的外景，联邦调查局特工也已经查封了这个俱乐部。“起诉书上说，布鲁索和普林斯参与了这三家俱乐部。”戴克说。电视台记者证实了他说的话。接下来的几个镜头是以前一次庭审的录像，我们的前任老板正在法院走廊里来回地踱步。逮捕令已经发出，但没有斯通先生和托马斯先生的任何踪迹。负责调查此案的探员接受采访时说，他认为这两位绅士已经逃离本地区。警方正在进行更大范围的搜捕。

“布鲁索，快跑吧。”戴克说。

这个故事话题性十足，涉及了当地的恶棍、一个浮夸的律师、几名警察以及色情行业。如今案犯逃脱，让这个案件更火了。普林斯和布鲁索显然已在逃亡路上，记者们更是迫不及待要大显身手。接着是一连串镜头，警察被捕，另一个脱衣舞俱乐部，这次的镜头展示了裸体舞女们大腿以下的画面、联邦检察官向媒体宣读起诉书的画面。

接下来的镜头让我心碎。他们封了尤吉酒吧，大门的门把手缠上锁链，门口布置了警卫。他们声称这是黑帮头头普林斯·托马斯的总部，联邦调查局昨夜破门而入时没有发现现金，这让他们大为吃惊。“普林斯，快跑吧。”我自言自语。

午间新闻大部分时间都在报道与这个案子有关的新闻。

“不知道他们现在在哪里。”戴克一边关电视一边说。

我们沉默地思考了几秒钟。“里面有什么？”我指着牌桌旁边的一个储物柜问道。

“我的卷宗。”

“有什么好案子吗？”

“足够应付两个月的账单了。几起小车祸。工人赔偿案件。还有我从布鲁索那儿拿来的一件人命案。事实上，不是我拿的，上周他把卷宗交给了我，让我看一下里面的保单。这样就留在了我的办公室，现在都在这里了。”

我怀疑箱子里还有其他的卷宗，可能也是戴克从布鲁索办公室里搬过来的，但我不想去打听。

“你觉得联邦调查局会找我们谈话吗？”我问。

“我一直在思考这个问题。我们什么都不知道，而且我们也没有拿什么他们感兴趣的卷宗，所以我们为什么要担心呢？”

“我很担心。”

“我也是。”

第二十五章

我明白这段时间戴克很难控制他异常激动、兴奋的心情。虽然没有律师执照依然可以拥有自己的律师事务所，还能平分一半的收入，这的确让他心潮澎湃。只要我不碍手碍脚，他能在一周之内就让办公室修葺一新。我从未见过他如此充满干劲。也许他有点操之过急了，我得让他休息一下。

然而，第二天天亮之前，我又被电话从梦中吵醒了，当我听到他的声音时，的确有点不开心。

“你看报纸了吗？”他问，听起来兴高采烈。

“我在睡觉。”

“不好意思。你可能不相信，布鲁索和普林斯又上头条了，整版都是。”

“你就不能一个小时后再告诉我吗，戴克？”我决定现在就纠正他这种粗鲁的习惯，“如果你想 4:00 起床，那很好。但是别在 7:00 之前给我打电话，不，8:00 之前。”

“对不起，不过，还有更轰动的新闻。”

"什么新闻？"

"你猜猜，昨晚谁死了？"

苍天在上，我现在怎么可能知道昨晚孟菲斯谁死了？"我不猜！"我对着话筒怒气冲冲地说。

"哈维·黑尔。"

"哈维·黑尔！"

"对。心脏病突发，倒在游泳池边一命归西了！"

"黑尔法官？"

"就是他，你的兄弟。"

我坐在床边，努力想理清思绪："难以置信。"

"是的。我知道你确实因为他而心烦意乱。市内新闻栏的头条刊登了他的文章，还有一张大幅照片，穿着黑色法袍，看起来神气尊贵得很。真是个老混蛋。"

"他多大了？"我问，好像这很重要。

"62岁。当了11年法官，出身名门。都写在报纸上。你得看一看。"

"好，我会看的，戴克。一会见。"

今早的报纸看起来比平时厚一点，我肯定这多半要归因于布鲁索和普林斯的丰功伟绩。新闻报道一篇接着一篇，可还是没有他们俩的踪迹。

我扫了一眼头条新闻，然后直接翻开了市内新闻栏，迎面就是哈维·黑尔法官大人多年前的一张旧照片。我读着他的同事们（其中也包括他的挚友兼同窗列奥·F. 德拉蒙德）写给他的一篇一篇悲伤的悼念文章。

引起我高度重视的是谁会接替他的猜测。州长将会任命一位继任者，任期至下次大选前。本县居民一半为白人一半为黑人，但在 19 名巡回法院法官中，只有七名是黑人法官。有些人对此情况甚为不满。去年一位上年纪的白人法官退休时，一位黑人法官极力想填补这一空缺，但没能成功。

值得一提的是，去年排在前列的法官候选人是我的新朋友蒂龙·基普勒，布克律所那个哈佛大学毕业的合伙人。我们在准备律师资格考试时，他给我们讲过宪法。尽管黑尔法官逝世不到 12 个小时，但文章里说，明智的传统派都看好他能填补空缺。文章引用了直言不讳的孟菲斯黑人市长的原话说，他和其他领导人将极力促成基普勒的法官任命。

目前州长不在孟菲斯市，无法对此置评，但他是民主党人，明年又即将面临连任的压力。他这一次会顺水推舟。

9∶00，我已经坐在巡回法院文书室里，翻阅布莱克诉大利公司的案卷。我松了一口气。黑尔法官在不幸地一命归西之前，并没有签署命令驳回我们的起诉。诉讼仍在进行当中。

他的法庭门上挂了一只花圈。多感人啊。

我用公用电话给延利·布里特律所打电话，找列奥·F. 德拉蒙德，没过几分钟就听到了他的声音，让我很惊讶。我对他失去了老朋友而深表同情，然后告诉他，我的客户不会接受他的和解建议。他听后似乎很吃惊，但也没什么可说的。上帝保佑他，此刻他心里一定有很多事。

“我想这是个错误，鲁迪。”他耐心地说，好像他真的跟我在同一个阵营。

“有可能。不过，做决定的是我的客户，不是我。”

“哦，好吧，那我们要打一仗啦。”他沉闷地用悲伤的语气说。他没提议给我们更多的钱。

自从收到律师资格考试的结果后，我和布克已经打过两次电话。不出所料，他淡定地把这次考试失利视作暂时的小挫折。也正如我所想的那样，他为我顺利通过考试而感到高兴。

我进入这家小餐厅时，布克已经坐在后面的座位上了。我们相互问候，好像好几个月没见过那样。我们没看菜单，就点了茶和秋葵汤。孩子们都很好，夏琳也不错。

不管怎么说，布克依然有可能通过考试。我之前不知道他的成绩实际上离及格线只差一分。他已经提交了复核的申请，律师资格考试委员会正在复核他的试卷。

马尔文·尚克尔难以接受他考试失利的事情。下一次考试他最好能通过，否则他在律所就没有立锥之地了。聊到尚克尔的时候，布克难以掩饰他沉重的心情。

“蒂龙·基普勒还好吗？”

布克认为基普勒的法官任命基本已成定局。今天早上基普勒已经见过州长，一切都安排妥当了。唯一的障碍可能是薪酬问题。作为尚克尔律所的合伙人，他年收入在 12.5 万美元至 15 万美元之间。但法官的年薪只有 9 万美元。基普勒当然还要养老婆孩子，可是马尔文・尚克尔希望他能当法官。

布克对布莱克案记忆深刻。事实上，我们第一次从柏树花园回来之后他就一直记得多特和巴迪。我把案件的最新情况告诉了他。听我说到该案目前正在巡回法院第八分庭等待法官审理时，他不禁哈哈大笑。我向布克讲述了三天前我在已故法官黑尔的办公室里的经历，以及我是如何被耶鲁大学的两位高才生德拉蒙德和黑尔踢来踢去的。我也说到了唐尼・雷和他的双胞胎兄弟，讲到因大利公司之故骨髓移植手术没能进行时，布克听得特别认真。

他一直面带微笑地听我说话。“没问题，”他不止一次地说，“如果蒂龙被任命为法官，他一定会了解布莱克案的全部实情。”

“那么，你能跟他谈一谈吗？”

“跟他谈一谈？我会鼓动他。他受不了特伦特与布伦特律所，对保险公司更是厌恶至极，经常起诉他们。你认为保险公司捕掠的都是什么人？仅仅是中产阶级的白人吗？”

“所有人。”

“你说得对。我非常愿意跟蒂龙谈一谈。而且，他能听得进去。”

秋葵汤来了，我们在里面加了塔巴斯科辣椒酱，布克加得比我多。我跟他说了我的新律所，却对我的合伙人只字不提。

他问了许多关于我旧律所的问题。如今布鲁索和普林斯的事情已经闹得满城风雨。

我把我知道的一切统统告诉了他，有些地方还添油加醋地多说了几句。

第二十六章

在这个诉讼爆炸、法官疲于应付的时代，已故的哈维·黑尔法官却能给后任遗留下井井有条的备审案件目录，手上居然没有一件积压的案件。能做到这样，理由倒是有好几个。首先，他很懒，有时间也宁愿去打高尔夫球。其次，如果原告的起诉违背了他保护保险公司和大企业的原则，他就会雷厉风行地驳回起诉。因此，大多数原告律师都对他敬而远之。

要想避开某位特定的法官，经验丰富的律师就会跟管理案卷档案的女书记员搞好关系，玩点小花招。我不明白，布鲁索有足足 20 年丰富的律师经验，怎么会让我在布莱克案起诉时，不设法避开哈维·黑尔法官？如果有朝一日他被带回来，我会当面向他讨教。

但是现在，黑尔离世了，生活又变得美好了。很快，蒂龙·基普勒就会接手这个亟需采取行动的案件。

针对普通公民和律师多年来的批评，为了加快司法诉讼进程，不久前诉讼程序规则做了一些修改。增加了一些对滥诉的限制，规定了预审中各种手续的强制性截止日期，赋予了法官强行立案的更大权力，并鼓励法官在和解协商中发挥更大的作用。为了民事司法系统更加精简有活力，政府实施了大量的法律法规。

在这一大堆新法规中，有一个被人们称为“快速通道”的新程序，这个程序设计的目的是使某些案件比其他案件更快地得到审理。“快速通道”一词很快成了律师界的行话。原告与被告都可以要求将案件移入“快速通道”，但这种情况极少发生——有几个被告愿意快速地走上被告席呢？所以法官有权自行裁定案件是否进入这种程序。通常，只有诉讼争议明确、案件事实清楚但辩论激烈，只需要陪审团进行裁决的案子，才会进入“快速通道”这一程序。

既然布莱克诉大利公司是我手头唯一真正拥有的案件，那么我当然希望该案能进入“快速通道”。有一天早上一起喝咖啡时，我把这个念头告诉了布克。然后布克就跟基普勒说了。于是，司法系统开始运转了。

蒂龙·基普勒被州长任命为法官后的第二天，就把我叫到了他的办公室。那间我不久之前还来过的黑尔办公室，如今已面目全非。黑尔的书籍和纪念品正在装箱。光秃秃的书架上只剩下灰尘。窗帘都被拉开了，黑尔的办公桌也已被搬走了。我们坐在折叠椅上聊天。

基普勒不到 40 岁，声音温和，眼睛一眨也不眨。他极其聪明，迟早有一天会成为联邦法官。我感谢他帮我通过律师资格考试。

我们东拉西扯，他说了一些关于哈维·黑尔的好话，他对黑尔办案如此之少感到吃惊。

他已经审查了所有现存的案件，并且从中挑出来几件准备进入“快速通道”进行审理。他已做好采取行动的准备。

“你认为布莱克一案应该进入‘快速通道’吗？”他问。他语速缓慢，用词谨慎。

“是的，先生。这个案件并不复杂，不需要很多证人。”

“录了多少证言？”

迄今为止，我还没有录过一份证言呢。“我不太确定。十份以下吧。”

“你在文件这方面会有麻烦的。”他说，“跟保险公司打官司，每次都会出现这种情况。我曾多次起诉保险公司，他们绝不会把文件全都交给你。我们需要点时间才能拿到你有权拿到的所有文件。”

我喜欢他说“我们”这个词时的那种语气。而且，他这么说也无可厚非。因为法官的职责之一就是执法。他有责任协助双方获取他们有权获取的审前证据。不过，基普勒确实好像对我们有点偏袒。我觉得这同样无可厚非，德拉蒙德不也跟哈维·黑尔纠缠了很多年嘛。

“提交一份要求对该案进入‘快速通道’的动议，”他边说边在便笺簿上做了笔记，“被告方一定会反对。我们会对该动议举行一次听证会。除非对方向我提出更为有力的证据，否则我将会批准你们的动议。我给你四个月的时间来收集证据。取证、交换文书、书面质询等等，用四个月时间足够了。一旦取证结束，我会立即开始进行庭审。”

我深深地吸了一口气，心潮澎湃。但一想到很快就要与列奥·F. 德拉蒙德及其团队在陪审团前在公开法庭上针锋相对、唇枪舌剑，又不由觉得惶惶不安。“我们会好好准备的。”我说。其实我并不知道接下来该怎么部署行动。但愿我的话语听起来没有泄露我的心声。

我们又聊了一会儿。临走时，他让我有问题就打电话给他。

仅仅过了一个小时，我就差点要给他打电话。我回到办公室时，等候我的是延利·布里特律所的一个厚厚的大信封。列奥·F. 德拉蒙德在悼念他亡友的同时也没落下工作。那台申请动议的机器一刻也没有停歇。

他提出的第一个动议是对诉讼费用提供担保，这是彬彬有礼地打了我和我客户一个耳光。因为我和我的客户都很穷，德拉蒙德声称他很担忧我们支付诉讼费用的能力。如果有一天，我们败诉而法官命令我们承担双方的全部诉讼费用时，这种担忧就会成为现实。他提出的第二项动议，是要求法院对我和我的客户如此轻率地提起诉讼而施加经济处罚。

第一个申请可以说是故作姿态，第二个申请则是卑鄙至极。两项申请都附有长篇大论的漂亮摘要，还附上脚注、索引和参考书目。

仔细读完两遍后，我判定德拉蒙德提这两个申请无非就是为了向我证明，即使他明知法院不会支持他的两项动议，他也想向我展示特伦特与布伦特的队伍能够在短时间内能生产出多少文书的能力，而且这不过是针对鸡毛蒜皮的小事。德拉蒙德这是在警告我，既然每一方都必须就对方的动议做出回应，既然我不肯和解，那就让我淹死在文书的故纸堆里。

律所的电话还没有响过。戴克也不知道在城里什么地方晃荡。我不想猜测他此刻正在什么地方捕猎。我的时间多得很，玩动议游戏正好。只要一想起我那可怜兮兮的弱小客户，想起他承受的苦痛，我就意气风发，充满干劲。我是唐尼·雷唯一的律师，不过是区区几张纸，怎么可能阻挡我的脚步？

我已经养成了每天下午给唐尼·雷打电话的习惯，通常是在 17:00 前后。几周前我给他打了第一个电话，多特跟我说这个电话对他来说意义特别重大，此后我就每天给他打。我们海阔天空地瞎聊，只是避而不谈他的病情，对官司也绝口不提。我把一天生活工作中有意思的事情挑出来告诉他，我明白，我的电话已经成为他逐渐黯淡的生命之火中非常重要的部分。

今天下午，他的声音听起来很有精神，他说他早就起床了，一直坐在前廊里，他很想逃离家和父母，去某个地方消磨几个小时。

19:00，我接上他去附近一家烤肉店吃了晚饭。他被人白了几眼，但他似乎并不在意。我们聊他的童年，说起少年帮派在格兰杰街上游荡的一些趣事。我们有时候放声大笑，这可能是几个月来他第一次笑。但聊天让他变得疲劳。他几乎不吃什么东西。

天黑后，我们来到游乐场附近的一个公园，相邻的两个场地上有两场垒球比赛正在进行。我边停车，边打量着这些比赛的球队。我在找一个穿黄色球衫的球队。

我们把车停在青草横生的斜坡上，在一棵树下，球场尽头的右边。我们附近没什么人。我从后备箱里拿出两张折叠草坪椅，这是从伯蒂小姐的车库借来的，帮唐尼·雷落了座。他自己可以行走，而且决心尽量不要我帮助。

时值夏末，天黑后气温仍然高达华氏 90 度左右。空气潮湿，到处都黏糊糊的。我汗流浃背，衣服黏在身上。球场中央上空那面饱经沧桑的旗帜低垂着，一动也不动。

球场场地平整，看起来不错，外场刚刚修剪过的草皮又厚又密。内场是泥地，寸草不生。球场设有球员休息处、看台、裁判区和带灯的记分牌，两个球场之间是特许经营的摊贩。这是慢速垒球的甲级联赛，参赛的球员都很优秀。不管你怎么想，反正他们觉得自己很厉害。

比赛的两支球队，一支是穿着黄色球衫的 PFX 装卸队，另一支是穿着印有绰号“枪手”的绿色球衫的陆军剩余物资队。比赛很激烈。球员们大喊大叫，像疯子一样满场奔跑，时而高声喊叫互相鼓励，时而嘲笑对手。他们俯冲很拼，侧扑时头几乎着地，偶尔与裁判争论，出局时狠狠地把球扔出去。

我上大学时，也打过慢速垒球，但并没有真正喜欢过。这些球员似乎只想把球击过围栏，其他的事都不在乎。这种情况有时也会发生，这种全垒打会让巴比·鲁思都觉得汗颜。几乎所有的球员都是20出头，身材不错，但过于自以为是，身上的装备比专业球员的都多。每个人手上都戴着手套和宽宽的腕套，睫毛膏在脸上晕染开来。防守时还要换不同的手套。

这些球员大多默默无闻，他们仍做着自己的球星梦。

几个年纪较大的球员已经有了啤酒肚，脚步也比较慢。他们在垒与垒之间冲刺和争抢飞球的那副样子让人觉得可笑，你几乎能听到他们肌肉松弛摇晃的声音。但他们比年轻人更卖力，他们要证明自己的价值。

唐尼·雷很少和我说话。我给他买了爆米花和苏打水。他谢谢我，并再次感谢我把他带到这里。

我特别关注PFX装卸队的三垒守垒员。肌肉发达，手脚敏捷，动作流畅，专注认真，骂起对手的时候脏话连篇。一局结束之后，我看着他走向球员休息处旁边的围栏，和他的女孩聊天。凯莉笑了，我从这里都能看见她的酒窝和牙齿，克利夫大笑，迅速在她的嘴唇上啄了啄，然后就大模大样地回归了队伍，比赛继续进行。

他们看起来像是一对恩爱的夫妇。他疯狂地爱她，喜欢这种伙伴们看到他吻她的场景。他们俩如胶似漆，亲密无间。

她靠在围栏上，拐杖就在身边，脚上仍有一层薄薄的石膏。

她独自一人，远离看台和其他球迷。她看不到在球场的另一边的我。以防万一，我还戴了帽子。

不知道她看见了我会怎么样。可能什么反应都没有，除了假装没有看见我。

看到她健康快乐，与丈夫恩爱如初，我应该觉得高兴。家暴显然已经停止，我应该觉得欣慰。他拿着球棒狠狠殴打她的情景让我觉得难受。可讽刺的是，我能够得到凯莉的唯一途径是虐待继续进行。

我憎恶自己的这种想法。

克利夫在本垒击球，球远远飞了出去，飞过左边的路灯，落在场外，没了踪迹，三垒。这一击太漂亮了，他摇摇晃晃地跑垒，一边对凯莉大喊，一边跑进了三垒。他很有天赋，比在场的运动员都出色。我无法想象假如他朝我挥舞球棒，会有多恐怖。

可能他已经戒了酒。可能在清醒的时候，他不会家暴她。也许到了我该放手的时候了。

又过了一个小时，唐尼·雷都快睡着了。

回家的路上，我们聊了取证的事情。我今天提出一项动议，要求法官批准我尽快对他进行取证，以备将来庭审之用。很快，我的客户就会身体虚弱到无法坚持长达两个小时的律师问答笔录，所以我们需要抓紧时间。

“我们最好快点行动。”我们把车开进他家车道时，他轻声地说。

第二十七章

如果我不是那么紧张的话，一定会觉得这个场景很好笑。即便是一个心不在焉的旁观者，也能看出这里的可笑之处，可是法庭上没有一个人在笑，特别是我。

我独自一人坐在原告律师席上，面前整整齐齐地排列了一堆动议和法律理由书。我的两本便笺簿，记满了笔记和需要迅速查阅的资料，按照辩护策略依次排列，供我信手拈来。戴克坐在我后方，而不是坐在我身后的那张桌子上，他是坐在法庭围栏内的椅子上。离我至少有三臂之远，所以我看起来势单力薄。

我觉得自己孤立无援。

在狭窄过道的对面，被告律师席上坐满了人。自然是列奥·F. 德拉蒙德坐在正中，面对法官，助理们分坐两旁，一边各两个。德拉蒙德，现年60岁，耶鲁大学法学院毕业，有长达36年的出庭辩护经验。T. 皮尔斯·摩尔豪斯，39岁，耶鲁大学法学院毕业，特伦特与布伦特律所合伙人，有14年的出庭经验。B. 杜威·克莱·希尔三世，31岁，哥伦比亚大学法学院毕业，尚未成为合伙人，但也有六年的辩护经验。小 M. 亚历克·普伦克 28 岁，已有两年经验，他今天首次亮相律师团，我相信这是因为他是哈佛大学毕业的。因为此刻主持听证会的蒂龙·基普勒法官大人，也是哈佛大学毕业的。基普勒是黑人。普伦克也是。哈佛大学毕业的黑人律师在孟菲斯非常稀少，但特伦特与布伦特律所恰好有一位，他今天来这里无非是想和法官大人套套近乎。如果一切进展顺利，我们今天将会挑选出一个陪审团。本县登记的选民有一半是黑人，所以几乎可以肯定陪审团的黑白成员也会是对半分。小 M. 亚历克·普伦克有望在与某些陪审员建立起心照不宣的和谐与信任关系方面派上用场。

如果陪审团碰巧有一位柬埔寨裔女性，毫无疑问，特伦特与布伦特律所肯定会在他们的人才库里搜寻，找到另一位柬埔寨裔女律师，把她派到法庭上来。

大利公司律师团第五名成员是布兰登·富勒·格罗，很遗憾他的姓氏后面没有序数词，令人费解的是他姓名前面也未加字母。我不明白他为什么不宣称自己是 B. 富勒·格罗，这听起来与大律所律师的身份相称。他今年 27 岁，两年前以年级第一的成绩从孟菲斯州立大学法学院毕业，影响很大。我刚进法学院时，他就是一个传奇，我第一学年的考试就是靠他的旧笔记蒙混过关的。

即使不算小 M. 亚历克·普伦克为联邦法官做助理的两年，被告席律师团的出庭辩护经验，加起来也有整整 58 年。

而我，才刚拿到律师执照未满一个月。我的助理参加了六次律师资格考试，一次都没考过。

昨晚深夜，我在孟菲斯州立大学图书馆深挖资料时，做了上述那道算术题。州立大学图书馆的地位暂时还无可撼动，因为，鲁迪·贝勒律所总共才拥有区区 17 本法律书籍，而且都是我读书时遗留下来的，几乎一文不值。

坐在律师团后面的两位，带着大公司特有的傲慢与执拗，我猜他们是大利公司的高级行政人员。其中一位有点脸熟。我想上次被告提出驳回起诉动议时，他就在场，只是我当时未加留意，现在也无须过多担心这家伙了。我要考虑的事情已经够多了。

我现在特别紧张，如果坐在堂上的是哈维·黑尔，我恐怕已经崩溃了。不过，如果他还活着，我恐怕也没法坐在这里。

但现在主持听证会的法官是蒂龙·基普勒。我们最近经常通电话，他昨天在电话里告诉我，今天是他正式坐上法官席的第一天。他已经签署过几道命令，做过一些常规的小事，但今天他要裁决第一个争议。

基普勒宣誓就职的第二天，德拉蒙德提出一项动议，要求将本案移送至联邦法院。他声称把向布莱克出售保单的经纪人博比·奥托列为本案的被告之一是错误的。但我们认为，被告奥托仍是田纳西州居民，原告布莱克一家同样是田纳西州居民。只有原告与被告属于不同州的居民时，案件才适用联邦法律。但正如我方诉称，奥托仍居住在本州，凭这一理由，而且仅凭这一理由，本案就不能移送至联邦法院审理。尽管如此，德拉蒙德仍然提交了一份长长的辩护诉状，来证明奥托不应作为本案的被告。

只要哈维·黑尔还在任上，巡回法院就是寻求正义的理想之地，可是一旦基普勒接手此案，真相和公正只能在联邦法院才能追寻到——德拉蒙德这份申请的最妙之处，就在他选择的申请时机。基普勒把这看成对他个人的侮辱。不管事实到底如何，我完全同意他的看法。

我们开始对待决的动议进行辩论。除了申请将本案移送联邦法院之外，德拉蒙德还提出了对诉讼费用提供担保以及对原告进行经济惩罚这两项动议。我对经济惩罚表示了激烈反对，并针对该项申请提出了反诉，要求对他们处以罚金，因为他们的该项申请既轻率又卑鄙。戴克说在诸多诉讼中，关于经济惩罚的争论最后往往会变成一个独立的官司，最好不要开始这种争论。我对他的建议持谨慎态度。他也明白自己的局限所在。正如他常说的一句俗语，“鳟鱼人人会煮，难就难在怎么让鱼上钩”。

德拉蒙德坚定地大踏步走上讲台。辩论是按照动议的时间顺序进行的，他首先阐述了对诉讼费用进行担保的动议。他预估本案审讯完毕，所需诉讼费用约为 1 000 美元，而他对此有一点担心，假如我方败诉而需承担双方的诉讼费时，他担心我和我的客户都无力支付这笔费用。

“让我打断你一下，德拉蒙德先生。”基普勒法官若有所思地说。他用词审慎，声音坚定。“我这有你的动议，也有你论证申请的辩护理由书。”他拿起这些文件，冲德拉蒙德挥了挥，“现在，你已经讲了四分钟了，讲的全是这白纸黑字里写得清清楚楚的内容。你有什么新内容要补充吗？”

“嗯，法官大人，我有权——”

“有还是没有，德拉蒙德先生？我完全有能力阅读且能读懂，我得说你写得很好，但假如你没有什么新内容要补充，那我们为什么要在这里？”

我敢肯定，了不起的列奥·德拉蒙德一辈子也没吃过这样的亏，但他泰然自若，仿佛这只是司空见惯的小事。“不过是想对法庭有所助益而已，法官大人。”他微笑着说。

“驳回，”基普勒直截了当地说，“继续。”

德拉蒙德仪态得体地稳步前行：“好的。我们下一个申请是要求对原告进行经济惩罚。我方主张——”

“驳回。”基普勒说。

“法官大人？”

“驳回。”

戴克在我身后偷笑。当书记员把这一切记录在案时，过道另一边律师席上的四颗脑袋不约而同地齐齐低了下去。我猜他们准是用粗体写下“驳回”这个词。

“双方均提出了经济惩罚的申请，本庭一律予以驳回。”基普勒直视着德拉蒙德说。我也碰了一鼻子灰。

打断一个收费高达每小时350美元的律师的辩护可是一

件很严肃的事情。德拉蒙德怒视基普勒，而后者正对此怡然自得。

但德拉蒙德是一个经验丰富的厚脸皮专业律师。怎么可能让一个巡回法院的低级法官激怒他。“很好。接下来，我想就将本案移送至联邦法院的申请进行发言。”

“让我们继续，”基普勒说，“但首先我要问你，黑尔法官承办本案时，为什么你没有要求将本案转移至联邦法院？”

德拉蒙德对此早有准备：“法官大人，彼时我方刚被起诉，尚在研究博比·奥托作为被告是否适合的问题。现在，经过一段时间的研究，我方认为原告方把奥托列为被告，完全是为了让本案绕过联邦法院的管辖权。”

“这么说，你一直想让联邦法院审理本案？”

“是的，大人。”

“即使是黑尔法官承办本案时，也是如此？”

“是的，法官大人。”德拉蒙德热切地说。

基普勒满脸都写着不相信这三个字，而且法庭里没有一个人会信的。但这不过是鸡毛蒜皮的小事，基普勒只是点到为止。

德拉蒙德继续镇定自若地为被告方的申请辩护。他已经跟一百多个法官打过交道，以无所畏惧而著称。要经过许多年的锤炼，打过很多次官司之后，我才能在穿黑袍的法官面前不胆怯，不畏惧。

他滔滔不绝地讲了大概十分钟，基普勒突然打断了正在阐述起诉状中已写明相关论点的他。“德拉蒙德先生，不好意思，你是否还记得仅仅几分钟前我提的那个问题：今天上午你是否有新的内容需要向本庭陈述？”

德拉蒙德双手僵在半空，张大嘴巴，不知所措地怒视法官。

“你是否记得，”基普勒问，“15 分钟前的事情？”

“我想我们来此的目的是对这些动议进行辩论。”德拉蒙德爽快地说。平静的声音里有一点儿粗声粗气。

“哦，的确如此，如果你有新内容要补充，或者阐明之前未说透的论点，我会十分乐意听一听。可你不过是在重复我手中拿着的这些东西。”

我向左边瞥了一眼，瞥见了几张极其严肃的面孔。他们的英雄正在被为难。这可不是什么好事。

我忽然有一种感觉，过道左侧的这几位律师对待本案的态度比平常更加严肃认真。去年夏天，我在一家律所打工，跟过不少出庭辩护律师，他们对待每个案子的态度都差不多，努力辩护，努力收钱，从容面对结果。因为总是有一大堆新案子等着你去做。

我觉得左侧被告律师席上有一种恐慌的气氛，这肯定不是因为我而引起的。在保险案件相关诉讼中，标准的做法是被告方总是会指派两名律师进行辩护。无论案件标的额大小，事实是否清楚，案件争议是否激烈，工作量有多少，律师总是成对出现。

可现在被告方派来了五名律师。这对我来说，有点杀鸡用牛刀的感觉。他们那边一定出了什么事，否则他们大可不必如此惊慌。

“德拉蒙德先生，你将本案移送至联邦法院的动议，本庭予以驳回。本案仍由本庭审理。”基普勒坚定地说，然后在申请书上签好了字。过道左侧虽然对此裁决不满，但他们尽量不表现出来。

“还有别的问题吗？”基普勒问。

“没有了，法官大人。”德拉蒙德收拾好文件，离开了讲台。我用余光瞟着他。在走回被告律师席的途中，他与大利公司那两个高级管理人员对视了一眼，我能看到他眼中明显流露出来的恐惧。我的四肢立刻起了鸡皮疙瘩。

此时，基普勒突然改变了前进的方向。“现在开始辩论原告的两项动议。其一是要求将本案列入‘快速通道’审理；其二是加速进行对唐尼·雷·布莱克的取证。这两项动议之间彼此关联，所以，贝勒先生，我们为什么不把它们放在一起处理呢？”

我站起来了。“当然可以，法官大人。”好像我会有别的建议似的。

“你能在十分钟内结束发言吗？”

刚刚目睹了德拉蒙德的血光之灾，我立刻决定采取与之完全不同的战略。“嗯，法官大人，我的意见在理由书中已经陈述清楚，我没什么新内容要补充了。”

基普勒给了我一个热情的微笑，多么拎得清的年轻律师啊。他立即掉头向被告进攻。“德拉蒙德先生，你反对本案列入‘快速通道’审理，理由是什么？”

被告律师席上一阵忙乱，最后 T. 皮尔斯·摩尔豪斯慢条斯理地站了起来，整理了一下领带。

“法官大人，请允许我就此发言。我方认为本案需要一段时间准备才能进行审理。在我方看来，‘快速通道’将会给双方带来毫无必要的负担。”摩尔豪斯语速缓慢，措辞谨慎。

“胡说。”基普勒瞪着眼睛说。

“法官大人？”

“我重复一遍：胡说。让我问你一个问题，作为被告辩护律师你是否同意过某个案件进入‘快速通道’审理？”

摩尔豪斯畏缩了，他转换了一下站立的姿态。“嗯，哦，同意，法官大人。”

“很好。那你告诉我该案的名称及其受理的法庭。”

T. 皮尔斯绝望地看着 B. 杜威·克莱·希尔三世，希尔三世又用求助的眼神望向小 M. 亚历克·普伦克。德拉蒙德先生则低着脑袋，把他的眼睛埋藏在一堆比他同事的目光更重要的文件里。

“嗯，法官大人，我会稍后给您答复。”

“15:00 前打电话给我。如果 15:00 你还没给我打电话，我就打给你。我非常想听到你们同意‘快速通道’审理。”

T. 皮尔斯突然向下一弯腰，呼出了一口气，好像他肚子被人踢了一脚。我几乎能听到特伦特与布伦特律所电脑在午夜的轰鸣，因为他们注定要徒劳无功地搜寻这一案件。“是的，大人。”他没精打采地说。

“正如诸位所知，是否进入‘快速通道’审理，本庭完全有权自由裁量。现本庭批准原告该动议。限被告7日内必须做出答复。届时将立即开始证据开示，自那日起在120天之内结束。”

被告律师席上一阵骚乱，好几位几乎跳了起来。文件从一个律师推到另一个律师手里。德拉蒙德和同事们互相耳语，眉头紧锁。大利公司的那两个家伙也在围栏后把身子蜷缩起来。这场面真有点滑稽。

T. 皮尔斯半蹲半立，屁股离他的皮座椅还有好几厘米，双臂和双肘早已准备就毕，随时准备对第二个申请提出抗辩。

“最后一项动议是加速对唐尼·雷·布莱克的取证，”法官直视着被告席的律师们说道，“当然，你们不能就此进行反对，你们哪位先生就此发言？”

在这项动议的后面，我附上瓦尔特·科德医生签署的两页书面证言。他在该证言中直截了当地说明唐尼·雷活不了多久了。德拉蒙德就此做出的回答却是一大堆让人费解的杂烩，大意是他太忙了，根本没有时间为此事费心。

T. 皮尔斯缓慢地站直了身体，摊开两手，张开双臂，准备开始说话时，基普勒却抢先说道：“别跟我说你比医生更清楚唐尼·雷的病情。”

“没有，大人。”T. 皮尔斯说。

“那别跟我说你们要坚决反对这项动议。”

法官大人将如何裁决这一动议已表现得那么明显，所以T.皮尔斯聪明地选择了一条中间路线："仅仅是时间上有点问题，法官大人。我们甚至都还没有来得及向法庭提交书面答复呢。"

"你们的答复是什么样，我还不清楚吗？不会有什么出人意料的东西。可你们有的是时间给法庭提交其他文书啊。你给我定一个日期，贝勒先生。"他突然看着我说。

"法官大人，哪一天都成，任何时间都行。"我笑容满面。这就是无事可做的好处啊。

被告律师席上的五名律师全都紧张地在他们的黑色便笺簿上开始涂写，好像在找一个他们同时可以出席的时间。

"法官大人，我的出庭日程已经排满了。"德拉蒙德说，没有站起来。一位非常重要的律师的生活总是围绕出庭日程表来安排的。德拉蒙德在傲慢地向基普勒和我暗示，他最近太忙，根本无暇为取证这样的区区小事而费心。

他的四个随从皱着眉头，搓着下巴，一齐点头，因为他们的出庭日程表也已排满且无法更改。

"你们有科德医生书面证言的复本吗？"基普勒问。

"我有。"德拉蒙德回答。

"你看过了吗？"

"看过了。"

"你质疑它的有效性吗？"

"这个，我，呃——"

"你只回答有还是没有，德拉蒙德先生。你质疑它的有效性吗？”

“不质疑。”

“这个年轻人就快死了。那么，你同意我们需要记录下他的证言，以便陪审团有朝一日能看到和听到他要说的话吗？”

“当然同意，法官大人。只是目前，呃，我的出庭日程已经——”

“下周四怎么样？”基普勒打断了他。过道左边一片死寂。

“我看行，法官大人。”我大声说。他们谁都不理我。

“离今天还有一周。”基普勒非常怀疑地看着他们说。德拉蒙德从案卷里翻出一份他要找的文件，仔细地研究一番。

“从下周一开始，我就要去联邦法院开庭，法官大人。这是预审传票，您请过目，估计时间是两周。”

“在哪里出庭？”

“这里。孟菲斯。”

“有和解的可能性吗？”

“极小。”

基普勒研究了一下自己的日程表。“下周六怎么样？”

“我看行。”我又说道。大家又都不理我。

“星期六？”

“是的，29号。”

德拉蒙德瞥了T.皮尔斯一眼。很显然找到下一个借口的任务落到了他的头上。他慢慢站了起来，拿着黑色预约簿，像是抱着块金子一样：“我很抱歉，法官大人，我下周末要出城。”

“什么原因？”

“参加婚礼。”

“你结婚？”

“不，是我姐妹的。”

他们的策略就是把取证时间尽量往后推，一直拖到唐尼·雷去世，这样就无法取证了，这对他们有利。因为这样，陪审团就不会看到他那干瘪憔悴的面孔，不会听到他那饱受折磨的声音。毫无疑问，这五个人可以编出许许多多借口，让我在变老死去之前都没办法开始取证。

基普勒法官清楚地知道这一点。“取证定于周六29日进行，”他说，“如果这给被告方带来了不便，我表示遗憾，但谁都知道你们人手多的是，少一两个人不会有什么影响。”他合上一本书，支着胳膊肘，身体前倾，对大利公司的律师团咧嘴笑道，“现在，还有什么问题吗？”

他要弄他们的方式几乎是残忍的，但他并没有什么卑鄙的意图。刚刚，在六个动议中，他做出了对他们不利的五个动议裁决，有理有据，滴水不漏。

今后在这个法庭上，还会有其他的审前动议和听证会，我知道我也会有被痛扁的那一天。

德拉蒙德站起身来，一边耸耸肩，一边审视摊开在桌上的文件。我想他没准会说：“不劳烦您了，法官大人。”或者“您何不直接给原告100万美元呢？”但他是个完美的专业大律师，与往常一样不动声色。“没有，法官大人，暂时没有了。”他说，好像基普勒真的帮了他大忙似的。

“贝勒先生呢？”法官大人问我。

“没有了，法官大人。”我笑着说。一天就够了。在双方第一次正面交锋的前哨战中，我已经大杀四方，把律师界几个大腕打得人仰马翻，我可不敢得陇望蜀。

“很好。”他说，轻轻地敲了几下小木槌，“现在休庭。不过，摩尔豪斯先生，可别忘了把你曾同意走‘快速通道’的案件的名称打电话告诉我。”

T. 皮尔斯痛苦地嘀咕了一声。

第二十八章

我和戴克合伙开业第一个月的经营状况让人担忧。我们总共收取了 1 200 美元的律师费，其中 400 美元来自吉米·蒙克，他是一个在商店行窃的扒手，在市法院受审时被戴克成功猎捕。其中 200 美元来自一起酒后驾车案，这是用什么见不得人的手段抢到手的，戴克还没跟我解释，500 美元是工人赔偿案的律师费，这个案件的卷宗是我们从旧律所撤离时，戴克顺手牵羊拿出来的。最后的 100 美元是我为无意中闯入我们办公室的一对中年夫妇起草遗嘱所收取的律师费。他们在楼下买古董，转错了一个弯，碰巧发现了在办公桌旁打瞌睡的我。我们聊得很开心，于是他们后来就要求我为他们写遗嘱。付了现金，我立即给了戴克，他负责记账。我的第一笔律师费来得堂堂正正，光明磊落。

付房租花了 500 美元，文具名片等花了 400 美元，开通水电煤气再加上交押金共花了 550 美元，租赁电话系统首月账单花了 800 美元，向楼下房东购买办公桌椅和其他家具第一笔分期付款花了300美元，律师会员费200美元，杂七杂八的费用300美元，传真机花了750美元，安装租赁的廉价计算机及首月租金共花了400美元，在当地餐馆指南上刊登广告花了50美元。

我们总共花了4 250美元，幸亏大部分费用都是属于开办费用。戴克精打细算，分毫必究。他预计，创办之后，每个月的日常开销大概是1 900美元。对于律所的发展前景，他表现出一副无比乐观的样子。

对戴克的热忱，我很难无动于衷。他就住在办公室里。他单身，生活在一个离自己孩子很遥远也不是故乡的城市里。他很少在城里参加聚会之类的社交活动。密西西比的赌场是他唯一的消遣之地。

他通常比我晚一个小时开始工作，上午大多数时候待在办公室里打电话，至于打给谁，只有天知道。我猜他准是在拉客户，或者查看事故报告，或者联系他的关系户。每天上午他都要问我，有没有什么东西需要打字。很快我们就意识到他打字要比我快太多了，他总是很热切地帮我打信件和文件。他拼命地接电话，跑上跑下买咖啡，打扫办公室，复印打印文件。戴克没什么架子，他只希望我开心。

他完全没为律师资格考试复习。我们曾为此讨论过一次，但他很快就转移了话题。

快到中午的时候，他总是计划去一些说不清道不明的地方，处理一些神秘的业务。我肯定他是去一些活动繁忙的法律场所，可能是破产法院或市法院，他去那里找那些需要请律师的客户。我们对此只字不提。他晚上会去医院捕猎。

没用几天，我们就把这套小办公室安排好了，划定了个人的地盘。戴克认为我应该把大部分时间花在去无数的司法大厅转转，去招徕顾客。可惜我的性格不像他期待的那样咄咄逼人，让他很失望。他厌倦了我关于职业伦理和战略战术的讨论。外面是冷酷而混乱的世界，很多饥肠辘辘的律师都知道怎么去玩这场残酷的游戏。整天坐在办公室里干等，只能饿死。没什么好案子会自动送上门。

另一方面，戴克得靠着我。我有律师执照。虽然我们收入对半分，但我们并不是平等的合伙关系。戴克认为自己是可有可无的，所以常常主动把杂活苦活揽在身上。他任劳任怨地跟在救护车后面追逐，在医院急诊室里东躲西藏，是因为他对五五分成这样的安排非常满足。他去哪儿都找不到比这更好的交易了。

他翻来覆去地跟我说，只要逮住一桩案子就行了。在律师界，你常常听到有人这样说。逮到一桩大案子就可以退休了。为什么律师会在电话簿黄页上刊登全彩广告，在马路上竖广告牌，在公共汽车上贴大海报，做一些肮脏勾当，这就是重要原因。捏紧鼻子，不要理会你所做之事的恶臭，不要理会大律师对你的冷落或傲慢，因为只要逮住一桩大案就行了。

戴克下决心要为我们这间小小律所逮一桩大案。

他在孟菲斯城里晃悠的时候，我也没闲着。孟菲斯有五个卫星城。每个卫星城都有一个市法院，每个市法院都指派年轻律师在轻罪案件中代表贫穷的刑事被告。法官和检察官都是兼职的年轻人，大多数是孟菲斯州立大学毕业的，大多数人每月工资不足 500 美元。他们在郊区都有自己红火的业务，每星期只花几个小时来审理这些刑事案件。

我也曾拜访过他们，脸上堆笑，热情握手，请他们多多关照，把一些案源给我，拜访的结果有喜有忧。现在我被任命为六个穷人的代理人，他们的罪行各不相同，有持有毒品的，有偷窃的，也有公开亵渎的，等等。每个案件我最多能拿到 100 美元，案子应当在两个月内结案。从会见客户、讨论辩护策略到与检察官谈判，最后开车去郊区法院出庭，我在每个案件上花费的时间至少是四个小时，这意味着我每小时只能收 25 美元，还没算上纳税和扣除日常管理费用。

但这至少能让我忙碌起来，而且多多少少有点进账。我和人们交际应酬，分发名片，让我的新客户转告亲戚朋友，我鲁迪·贝勒能帮助他们解决所有的法律问题。然而，当我想到他们的亲戚朋友可能遇到的法律问题，就会不寒而栗，他们只会更加凄惨和不幸，不是离婚就是破产，要不就是各种刑事罪行。这就是律师的生活。

戴克希望等我们有钱付广告费后能做点广告，他认为我们应该以人身伤害法律专家的名号在有线电视台做广告。广告应该在清晨播放，这样工人们吃早饭时就能看见，赶在他们去上班会受伤之前引起他们的关注。他最近还一直在收听黑人说唱电台，不是因为他喜欢这种音乐类型，而是因为这个电台的收听率很高，而且令人惊讶的是，目前还没有律师参与其中。戴克发现了一个新领域：说唱律师！

上帝保佑我们。

我喜欢在巡回法院的书记员办公室晃悠，跟女助理书记员调调情，四处寻找机会。法院案卷是公开的资料，可以通过电脑查阅。我熟悉了电脑系统之后，立刻查看了列奥·F. 德拉蒙德之前办理的几个案件。最近的一个案件在18个月前结案，最早的则在八年之前。并没有与大利公司相关的案件，但毫无例外被告全是各种各样的保险公司。所有的案子最终都经过法院审理，而且最终裁决都有利于他的客户。

在过去三周里，我花了很多时间研究这些档案，做了大量笔记，复印了几百份材料。藉由这些档案，我准备了一份长长的质询清单，这些书面质询的问题将由对方在宣誓后做出书面回应。书面质询的方法五花八门，我发现德拉蒙德的方式很值得我学习。我仔细地揣摩研究这些案卷，列出了一份长长的要求大利公司提供的文件的目录。德拉蒙德有一些对手相当有能耐，也有一些不怎么样的。但不管怎么样，最后总是德拉蒙德占上风。

我研究了他的诉状、辩护状、动议、书面质询以及对原告书面质询所做的答复。晚上，我躺在床上读他的证言，默记他的预审传票。我甚至读了他写给法庭的信函。

经过对戴克长达一个月的巧妙暗示和委婉劝诱之后，他终于同意去亚特兰大出个短差。在那里，他花了两天时间搜索，住的都是低廉的汽车旅馆，因为这是出公差。

今天，他带回我期待已久的消息。伯蒂小姐的财产略多于4.2万美元。她的第二任丈夫确实是从那位佛罗里达关系疏远的哥哥那里继承了一笔遗产，但他的那份不动产价值不到100万美元。在与伯蒂小姐结婚前，安东尼·默丁还有两位前妻，并有六个儿女。这六个儿女，加上律师费以及国税局，几乎把他的遗产瓜分完毕；伯蒂小姐分到了其中的4万美元，不知何故，这笔钱被存放在佐治亚州一家大银行的信托部。经过五年大胆且充满风险的投资，如今连本带利也只有4.2万美元。

法院的卷宗只有一部分被封存了，戴克可以仔细查阅资料，并缠住有关的人员，打听我想知道的信息。

"抱歉。"他在总结了调查成果并递给我一些法庭命令副本时说。

我很失望，但并不惊讶。

唐尼·雷·布莱克的证言笔录，原本计划在我们律所的新办公室里进行，这个方案给我带来了不小的痛苦。戴克和我虽然不是在贫民窟办公，但办公室太小，而且几乎没怎么装修过。窗户没有窗帘，狭小休息室里的洗手间，抽水马桶又时常抽风。

我倒不是为办公室而感到羞耻，实际上它还挺古雅的。对于一个正在上升期的法律界新人来说，这是一个质朴的起步场所。但它注定要被特伦特与布伦特律所那些人嘲笑。他们习惯了豪华的办公环境，我难以忍受他们屈尊纡贵来到这个郊区的贫民窟时表现出来的势利嘴脸。我们甚至没有足够多的椅子把狭小的会议桌周围摆满。

星期五，也就是宣誓作证的前一天，多特跟我说唐尼·雷卧床不起，不能出门。他一直在担心取证的事情，这让他的身体变得更虚弱。既然唐尼·雷不能出门，那么我们就只能去他家了。我打电话给德拉蒙德，他却说他不同意把取证地点从我方办公室改成客户家里。他说规定就是规定，我只能把取证时间推后，然后重新通知每个人。他对此深感遗憾。当然，他巴不得把取证时间推到唐尼·雷的葬礼之后。我挂了电话，立刻打给了基普勒法官。几分钟后，基普勒法官给德拉蒙德打了电话，寥寥几句就把取证地点改到多特和巴迪·布莱克的家。让人奇怪的是，基普勒居然想亲自参加取证。这真的非同小可，但他自有道理。唐尼·雷已经行将就木，这可能是我们给他做证言笔录的最后一次机会。因此，时间至关重要。取证时双方律师发生激烈争执并不少见，通常会给法官打电话让他主持电话会议来解决纠纷。如果找不到法官，争议无法解决，取证就只能被取消，然后重新安排时间。德拉蒙德那帮人不过是挑起一场毫无意义的纷争来阻碍取证的顺利进行，然后大发雷霆，愤而走人。

只要基普勒在场，取证就会顺利进行。他会裁决他们的反对意见，命令德拉蒙德按原计划进行。而且，他说，他星期六刚好也没有别的事可做。

况且，我想他也担心我在平生第一次取证中的表现。他的担忧情有可原。

星期五晚上，我失眠了，总想着怎样才能保证在布莱克家的取证顺利进行。那天天气不好，光线很差，阴暗潮湿，这很关键，因为唐尼·雷取证的整个过程将会被录像机录下来，以便将来的陪审团能够看到他悲惨的样子。布莱克家里没有空调，温度高达华氏 90 多度。很难想象五六个律师和一位法官，再加上法庭书记员和摄像，以及唐尼·雷，能够挤在他家里的任何一个地方而不会觉得难受。

我做了一个噩梦，梦见多特用大块的蓝色烟云让我们窒息，梦见巴迪在后院冲着窗户扔空杜松子酒瓶。我睡了不到三个小时。

我在取证前一小时就到了布莱克家。

他们家的房子看起来更小更闷热了。唐尼·雷坐在床上，精神还不错，他说他要打起精神迎接挑战。取证事宜我们已经谈过好几个小时了，一周前我给了他一份详细的清单，列出了我要问的问题以及我估计德拉蒙德可能会提出的问题。他说他准备好了，我觉得他有点紧张兴奋。多特正在边煮咖啡边擦墙壁。一群律师和一名法官即将到访，唐尼·雷说她整晚都在打扫卫生。我搬沙发的时候，巴迪刚好走过书房。他干净又整洁，穿着雪白衬衣，衣服下摆也塞进了裤腰里。我无法想象多特在他身上费了多大的劲才能取得如此成效。

我的客户们努力表现得体面，我为他们骄傲。

戴克带来了许多设备。他向朋友借了一台老式摄像机，比时下的型号大了至少三倍。他向我保证用来摄像绝无问题。这是他第一次见到布莱克一家。他们全都用怀疑的眼神看着他，特别是巴迪，他正屈尊在清理咖啡桌。戴克在房子里巡视了一番，然后悄悄跟我说地方应该不够大。他拖了一个三脚架进书房，不慎踢翻杂志架，巴迪厌恶地狠狠瞪了他一眼。

房子里乱七八糟地摆放着小桌子、垫脚凳以及60年代初期生产的家具，家具上还挂满了廉价的小纪念品。房间里的温度每一分钟都在上升。

基普勒法官来了，跟大家打过招呼后，就开始不停冒汗。一分钟后，他说："让我们去外面看看。"他跟着我穿过厨房，走进了后院。在巴迪的福特破车对面的篱笆角落里有一棵橡树，可能是当年盖房子时种的，如今已亭亭如华盖。戴克和我跟着基普勒，穿过刚割过但没有清扫的草坪。当我们经过那辆破福特时，他注意到挡风玻璃上的几只小猫。

"在这儿不行吗？"他站在树下问。篱笆外面长了一层厚厚的树篱，挡住了近邻窥视的视线。在这杂乱的树丛中有四棵高大的松树，挡住了东边的晨光，在橡树下面站着勉强还能忍受。至少暂时还能忍受。而且，这里光线非常充足。

"我觉得行。"我说，虽然我在极为有限的从业经历中从来没有听说过户外取证这种事。我快速默念了一段祈祷文，感谢蒂龙·基普勒法官大人的莅临。

“电线能拉到这里吗？”他问。

“可以，”戴克说，“我带来了一条100英尺长的接线。”他边说边摇摇晃晃地从草丛中走过去。

布莱克家的宅基地宽不到80英尺，长大概100英尺。前院比后院大，所以后院离我们也很近，那辆破福特也一样，事实上，它近在咫尺。守望者爪爪盘踞车头，警惕地看着我们。

“我们去搬几把椅子过来。”基普勒极有魄力地说。他把袖子卷了起来。多特、法官和我从厨房搬过来了四把椅子，戴克则忙着拉线，搬出摄像机。巴迪已不见踪影。多特允许我们使用她的庭院家具，然后又从储藏室里搬出来三把霉点斑斑的草坪躺椅。

又搬又扛，没几分钟，基普勒和我早已大汗淋漓，而且引起了邻居的注意。他们从自己家里钻出来，好奇地看着我们。穿牛仔裤的黑人男子为什么要把椅子拖到布莱克家的橡树下？那个脑袋大大、身材矮小的家伙为什么脚上绕着电线去布电线？布莱克家出什么事了？

9:00差几分的时候，两位女书记员到了。不幸的是，开门的是巴迪。如果不是多特及时出现，带她们穿过房子来到后院，说不定她们早就掉头走了。谢天谢地，她们穿的是长裤而不是裙子。她们立即和戴克聊起摄像设备和电力供应的相关事宜。

9:00，德拉蒙德和他那一帮同事准时到达，一分钟不早，一分钟也不晚。他只带了两名律师：B.杜威·克莱·希尔三世和布兰登·富勒·格罗。他们打扮得像双胞胎，都穿着海军蓝的上装，全棉白衬衫，浆得笔挺的卡其裤，脚上是平跟船鞋。只有领带是不同的。德拉蒙德没打领带。

他们在后院找到了我们，他们似乎被周围的环境惊呆了。但那个时候，基普勒、戴克和我早已累得大汗淋漓，他们怎么想，我们已经不在乎了。“只来三位吗？”我数了数辩护律师团成员问道，但他们不觉得我这问题有意思。

“你们坐在这里，”法官大人指着三把厨房椅子说，“小心那些电线。”戴克把电线乱七八糟地绕在树上，格罗似乎特别担心触电。

多特和我扶唐尼·雷下了床，穿过房子，来到后院。虽然身体很虚弱，但他勇敢地努力自己行走。当我们走进橡树时，我仔细观察着列奥·德拉蒙德，想看看他第一次见到唐尼·雷会有什么反应。但他那张沾沾自喜的脸并没什么表情变化。我真想暴喝几句：“看一看，德拉蒙德。这就是你的客户做的好事。”但这不是德拉蒙德的错。远在德拉蒙德知道这件事很久之前，大利公司的某位人士就做出了拒绝支付唐尼·雷手术费用的决定。他不过是遭我们憎恨的炮灰。

我们帮唐尼·雷坐在有垫子的露台摇椅上。多特把垫子拍了又拍，拍得松松软软的，让他尽可能坐得舒服。他呼吸沉重，汗珠布满脸庞，看上去比平时还要糟糕。

我把他正式介绍给与会者，基普勒法官、两位书记员、戴克、德拉蒙德以及特伦特与布伦特律所的另外两名律师。他太虚弱了，无法与大家握手，因此他只是点点头，努力保持微笑。

我们把摄像机对着他的脸庞，镜头离他只有四英尺远。有一位书记员是有执照的摄像师，在戴克努力让摄像机聚焦的时候，她设法让他走开，别在那碍手碍脚的。因为录像里只能出现唐尼·雷一个人。其他人的声音也会被记录下来，但录像带里只有他，将来的陪审团看到的只是他一个人的面孔。

基普勒让我坐在唐尼·雷的右边，德拉蒙德坐在他的左边。法官大人自己则坐在我旁边。我们各就各位后，都把椅子往证人身边移。多特站在摄像机后几英尺的地方，看着儿子的一举一动。

几位邻居好奇地倚在20英尺外的铁丝网上。街头一台收音机在大声地播放着康维·特威蒂嘹亮的歌声，但目前我们还没有为此分神。这是星期六的早晨，远处割草机的声音与邻居们修剪树篱的声音一唱一和，在附近回荡。

唐尼·雷喝了一小口水，努力不理会对面四位律师和一位法官的注视。今天取证的目的显而易见：陪审团需要听取他的证言，而到开庭时，他却早已离开人世。他应该得到陪审团的同情。几年前，取证往往会以常见的那种方式进行。法庭书记员会用录音机录下提问和回答，再打印成一份清楚整洁的证言，在庭审时由律师向陪审团宣读。但随着技术进步，目前的取证特别是对濒死证人的取证，一般都会用摄像机录下，然后再向陪审团播放。根据基普勒的建议，唐尼·雷的取证也会同时按标准程序用录音机录下，这样原告和被告、陪审团和法官无须看整个录像就能迅速查看所需的证言。

取证的费用因长度而异。法庭书记员按照页数长度收费，所以戴克让我提问时做到简明扼要。因为是我方的取证，所以取证费用由我方支付，他预估这次取证要花费将近400美元。诉讼费用是很昂贵的。

基普勒问唐尼·雷是否已经做好准备，然后便指示书记员让他宣誓。唐尼保证只说事实真相。因为他是我的证人，而且该次取证是为了保存证据，为将来庭审取得证言，所以不能像平时“钓鱼”时那样随心所欲，必须按照证据规则进行。我心里颇有点儿紧张。但基普勒在场，又让我大大安心。

我询问了唐尼·雷的姓名、地址、出生日期，接着又问了一些与他父母和家庭有关的事项。都是些基本问题，对他和对我都比较容易。他面对着摄像机，回答问题时语速缓慢，如同我事先跟他说过的一样。我要问的问题他都了解；即便是德拉蒙德可能要问的问题，他也多半心中有数。他背对着橡树树干，画面很和谐。他偶尔用手帕擦一擦前额，对这些取证人员的好奇目光不理不睬。

尽管我事先从未跟他说过要尽可能地表现得虚弱，但他此时真的显得气息奄奄，命若悬丝。可能唐尼·雷真的活不了几天了。在我左边几英寸远的地方，德拉蒙德、格罗和希尔将便笺簿搁在膝盖上，正飞快地努力记下唐尼·雷说的每一个字。我很好奇周六取证他们要收多高的律师费。取证开始后没多久，他们便已脱去了海军蓝的上装，领带也松开了。

在提问环节中一个较长的间歇期间，后门突然砰的一声打开了，巴迪跌跌撞撞地闯进了后院。他已经换掉了衬衣，现在穿着平常穿的那件熟悉的红色套头衫，上面污迹斑斑，他手上还拿着一个奇奇怪怪的纸袋。我努力想把注意力集中在我的证人身上，但我的眼神忍不住瞟向了巴迪，他穿过了院子，怀疑地瞪着我们。我知道他要去哪儿。

那辆破福特车的门是敞开的，他钻进车坐到了前排的位置上，车里的猫立刻从车窗里窜逃出来。多特的脸绷紧了，她紧张不安地看着我。我随即摇摇头，好像在说，“别管他。不碍事”。她恨不得杀了他。

唐尼·雷和我谈过他的教育情况和他的工作经历，还有他从未离开家，从未注册选民投过票，从来没有犯过法惹过什么麻烦，等等。昨晚，我躺在摇晃的吊床里，想象着取证会遇到很多困难，现实却远比想象好得多。我从容镇定，像一名真正的律师。

我问了唐尼·雷一系列问题，包括他的病情以及他本该得到而未得到的治疗。这些问题我们曾精心排练过，但我仍问得小心谨慎。因为他不能重复医生告诉他的任何话，也不能推测或发表任何医学意见。这样的话，就会成为传闻证据。我希望在庭审时，与医学相关的这些专业知识由其他更专业的人士来作证。德拉蒙德的眼睛亮了起来。他认真地听每一句回答，迅速地分析，然后再等着下一句。他全然从容不迫。

唐尼·雷无论是心理上还是生理上都没办法支持很久，陪审团希望看到的也有限。因此，我在 20 分钟内结束了质询，而且对方全程没有提出过一次抗辩。戴克对我眨了眨眼，好像在说我是最棒的。

对着录音设备，列奥·德拉蒙德向唐尼·雷做了自我介绍，接着又解释了他代表的是谁，表达了他出现在这样的场合是多么遗憾。与其说他是在跟唐尼·雷交谈，不如说他是在说给陪审团听。他的声音悦耳动听，一副名流派头，真是个有同情心的男人。

只有几个问题。德拉蒙德围绕着唐尼·雷有没有离开过家这个问题，轻柔地旁敲侧击，反复盘问他有没有在别的什么地方生活过，哪怕只住过十天半个月？因为唐尼·雷已满 18 岁，只要他曾离开过家，他们就能证明，他并不在他父母所购买保单的保险范围之内。

唐尼·雷虚弱而有礼貌地一次次回答："没有，先生。"

德拉蒙德又简要地问了几个其他问题。唐尼·雷是否为自己买过医疗保险？是否曾在某家提供医疗保险的公司工作过？诸如此类的几个问题，得到的回复都是一句轻柔的"没有，先生"。

虽然这次取证的场所有点奇怪，但德拉蒙德早已身经百战，不知道取证过多少次，他当然懂得要小心谨慎。这个年轻人只要受到一点粗暴对待，就会引起陪审员们的不满。事实上，只要德拉蒙德对可怜的小唐尼·雷展现出一丁点儿的真正同情，这就会变成一个讨好陪审团的天赐良机。更何况，他心里也明白，从这位证人身上，他也难以收集到什么有用的信息。既然如此，又何必穷追不舍呢？

不到十分钟，德拉蒙德对唐尼·雷的质询就结束了。而我也没有什么需要交义质询的。基普勒宣布取证结束。多特迅速用一块湿布给儿子擦了擦脸。唐尼·雷用探询的目光望着我，我向他竖起了大拇指。被告律师们默默地拿起外套和公文包，迫不及待地告辞离开。我也一样。

基普勒法官把椅子拖回屋里，当他走近那辆旧福特时，眼睛盯着巴迪。爪爪在引擎盖的中间歇息，弓起身子，仿佛随时准备攻击。我希望不会发生什么流血事件。多特和我扶着唐尼·雷进了屋。就在迈进门的那一瞬间，我往左边看了看。戴克正隔着篱笆墙给站在外面的群众散发我的名片，他可真是个机灵的小伙伴。

第二十九章

那个女人确实待在我的公寓里，当我打开房门时，她正站在房间里，手上拿着我的一本杂志。她看见我，吓了一跳，杂志从手里掉落下来。她几乎尖叫道："你是谁？"

她看起来不像是罪犯。

"我住在这里。我才要问问你到底是谁？"

"哦，天哪！"她气喘吁吁地说，紧紧捂在胸口。

"你在这里干什么？"我又问了一次，真的很生气。

"我是德尔伯特的太太。"

"谁是德尔伯特？你是怎么进来的？"

"你是谁？"

"我叫鲁迪。我住在这里。这是私人住宅。"我说完，她的眼睛迅速地在房间里转了转，好像在说，"对，挺不错的"。

"伯蒂给了我钥匙，说我可以四处看一看。"

"不可能！"

"她给了！"她从紧身短裤里掏出一把钥匙，冲我挥了挥。

我闭上了眼睛，恨不得把伯蒂小姐掐死。“我叫薇拉，从佛罗里达来。来看看伯蒂，待几天。”

现在我想起来了。德尔伯特是伯蒂小姐的小儿子，就是她那个三年没见过面、不打电话也不写信的儿子。我不记得眼前站着的这位薇拉是不是就是伯蒂小姐所说的荡妇，但看起来倒挺像的。她大概 50 岁，一身古铜色的皮肤，一看就是热衷于日光浴的佛罗里达人。橘红色的嘴唇在窄窄的古铜色脸庞中央闪闪发光。双臂枯槁。一条紧身短裤紧紧地绷在布满皱纹但晒成紫铜色的细长大腿上。脚上穿着一双难看的黄色拖鞋。

“你没有权利到这里来。”我说，努力让自己平静下来。

“别生气。”她从我身边走过时，我闻到一股散发着椰子油味的廉价香水气息。“伯蒂想见你。”她说，随即离开了我的公寓。我听见她下楼时拖鞋发出的啪嗒声。

伯蒂小姐坐在沙发上，双臂交叉，旁若无人地看着另一部愚蠢的情景喜剧。薇拉正在翻找冰箱。厨房的桌边坐着另一个棕色动物，个子高大，头发染得乱七八糟，烫成了波浪形，留着猫王小羊排式的连鬓胡，戴着一副金丝眼镜，两只手腕上都戴着金手镯，真是个标准的皮条客。

“你肯定就是那个律师了。”我走进房间把门带上后，他说。他一直在研究摊在面前的桌子上的一些文件。

“我是鲁迪 · 贝勒。”我站在桌子另一头说。

“我是德尔伯特 · 伯德桑，伯蒂的小儿子。”他已经 50 多岁了，却拼命想把自己打扮成 40 岁。

“很高兴见到你。”

“是的，真的很高兴。”他冲一把椅子挥一挥手。“请坐。”

“干吗呢？”我问。他们已经待在这里好几个小时了，厨房和隔壁房间里都有一股浓浓的火药味。我能看到伯蒂小姐的后脑勺，但我不知道她是在听我们说话，还是在看电视。电视的声音很小。

“不过是想友好点而已。”德尔伯特说，好像这是他的家。

薇拉在冰箱里什么都没有找到，于是她决定加入我们的谈话。“他冲我大喊大叫，”她抽抽噎噎地跟德尔伯特哭诉，“还叫我从他的房间里滚出去。太粗暴了。”

“是这样吗？”德尔伯特问道。

“没错，就是这样。我住在那里，我有权叫你们两个出去。那是私人住所。”

他把肩膀向后一挺。他是一个常在酒吧打架闹事的人。“房子是我妈的。”他说。

“可你妈刚好是我房东。我每月交房租。”

“多少钱？”

“这不关你的事，先生。房契上没有你的名字。”

“我看值四五百美元一个月。”

“很好。还有其他意见吗？”

“嗯，你真是个自以为是的混蛋。”

“很好。还有什么要说的吗？你太太说伯蒂小姐想见我。”我这句话说得特别大声以便让伯蒂小姐听见，但她依然一动不动。

薇拉拿了一把椅子，挪到德尔伯特身边，然后坐下。两人心领神会地对视了一下。他从角落里拿起来一份文件，扶了扶眼镜框，然后抬头看着我说："你一直在折腾我妈的遗嘱？"

"这是我和伯蒂小姐两个人的事。"我看向桌子，勉强能看到文件的封面。我认出那是伯蒂小姐的遗嘱，上一位律师给她起草的最新版。我感到极度不安，因为伯蒂小姐一直坚持说不能让她的儿子，无论是德尔伯特还是朗道夫，知道她有多少钱。然而，遗嘱上明明白白地写着处理的遗产价值约 2 000 万美元。现在德尔伯特知道这一情况了。过去几个小时里，他一直都在钻研这份遗嘱。我记得遗嘱第三段，写着留给他 200 万美元。

更让我不安的是，德尔伯特是如何把这份文件搞到手的？伯蒂小姐绝不会主动把遗嘱交给他。

"你真是个自以为是的混蛋，"他说，"我总算知道为什么人们这么讨厌律师了。我回家看看妈妈，妈的，却有个臭律师和她住在一起。能不叫人烦心吗？"

可能吧。"我住在公寓里，"我说，"是锁上门的私人住所。你们要是再进去，我就报警。"

我突然想起来，我把伯蒂小姐的遗嘱副本放在床下的一个文件里。他们俩该不会是在我那里找到的吧？一想到可能是我，而不是伯蒂小姐泄露了她的私人秘密，我顿时觉得浑身不舒服。

难怪伯蒂小姐不肯理我。

我完全不知道之前几份遗嘱的内容，所以不知道他们此刻的心情如何，德尔伯特和薇拉是因为得知自己可能会成为百万富翁而欢天喜地呢，还是因为知道无法拿到更多而怒火中烧？但不管怎么样，我都不可能把事实真相告诉他们。老实说，我真的不想。

对我要报警的威胁，德尔伯特嗤之以鼻。“我再问你一次，”他笨拙地模仿着马龙·白兰度在《教父》中的姿势说道，“你有没有为我妈起草一份新遗嘱？”

“她是你妈。你怎么不去问问她？”

“她什么都不肯说。”薇拉插嘴道。

“很好。那我也不会说。这是严格保密的。”

德尔伯特对此很难理解，他不是很聪明，没办法从不同的角度发起攻击。他可能并不知道，他已经触犯了法律。

“我希望你别找事，小子。”他咄咄逼人地说。

我准备离开了。“伯蒂小姐！”我大声喊。她纹丝不动，过了一会，她拿起遥控器，慢慢调高了电视机的音量。

我无所谓。我指着德尔伯特和薇拉说：“你们再靠近我的公寓，我就立刻报警。明白吗？”

德尔伯特先假笑了两声，薇拉马上跟着咯咯笑起来，我砰的一声摔上了门。

我不知道他们是否翻过我床下的卷宗资料。伯蒂小姐的遗嘱仍在那里，我想就是我当初放在那里的样子。上一次我看它还是几周前了，但一切仍有条有理，井然有序。

我锁上了门，又用一把椅子把门顶上。

我习惯在 7:30 左右提前到办公室，不是因为工作太多，也不是因为日程太满，每天都要出庭或在办公室会见客户，而是因为我享受安安静静喝杯咖啡的独处时光。我每天至少花一个小时来整理和处理布莱克案的材料。戴克和我在办公室里尽量避开对方，但有时这并不容易，办公室电话逐渐越来越多地响起来。

我喜欢办公室里开始繁忙工作之前的那份宁静。

星期一，戴克来得很晚，快 10:00 才到。我们聊了几分钟。他想早点一起去吃午饭，说是有重要的事跟我谈。

11:00 我们离开律所，走了两个街区，去了一家蔬食合作商场后面的小餐厅，点了蔬菜比萨饼和橙汁。戴克非常紧张，他的脸比平时抽搐得更厉害，一有什么轻微的声音，他的脸就立刻抽搐起来。

“我得跟你说一件事。”他说，声音低得像蚊子叫。我们坐在卡座里，餐厅里其余六张餐桌都没有顾客。

“我们很安全，戴克。”我说，努力想让他安心，“出什么事了？”

“星期六取证结束后，我立刻就离开了孟菲斯，先飞到达拉斯，然后又飞到拉斯维加斯，入住了太平洋大酒店。”

哦，真棒！他又开始酗酒、赌博了。真是朽木不可雕也。

“昨天早上起床后，我跟布鲁索打了电话。他叫我走。说联邦调查局的特工从孟菲斯开始就一直跟着我，我必须马上就走。他说一路上始终有人在跟踪我，我必须马上回孟菲斯。还让我告诉你，联邦调查局始终在监视你的一举一动，因为你是唯一一个同时为布鲁索和普林斯工作过的律师。”

我猛喝了一大口茶，润润我焦干的嘴唇。“你知道……布鲁索在哪吗？”我的声音意想不到地大，好在没有人在一旁。

“不，我不知道。”他说，眼睛扫射餐厅。

“那么，他在拉斯维加斯？”

“我怀疑是的。我认为他把我叫到拉斯维加斯是为了迷惑联邦调查局，让他们以为他在那里。因为那看起来是布鲁索可能会去的地方，所以他反倒不会去。”

我的眼睛不停地转动，我的思绪像脱缰的野马。我一下子想到了十几个问题，但是我不能直言不讳地说出来。有很多事情我想知道，但有很多事情我不应该知道。我们互相注视了对方一会儿。

我真的以为布鲁索和普林斯待在新加坡或澳大利亚，最好是不要再听到他们的任何消息。

“他为什么联系你？”我十分谨慎地问道。

他咬着嘴唇，好像要哭了一样。他那四颗大板牙的牙尖露在外面。他一直在用手挠头。时间，仿佛已经停止。“好吧，”他说，声音更加轻了，“好像他们走时留下了一笔钱。现在想拿到手。”

“他们？”

“听起来他们两人好像还在一起，是这样吧？”

“是的。那他们要你做什么？”

“这个嘛，从来没仔细谈过。但听起来，似乎他们希望我们能帮他们拿回这笔钱。”

“我们？”

“是的。”

“我和你？”

“是。”

“多少钱？”

“从来没说过，不过你也能想到，肯定是一大笔钱，否则他们也不会操心了。”

“那钱在哪儿呢？”

“他没说那么详细。只说是现钞，锁在某个地方。”

“他想叫我们去拿？”

“对。我觉得是这样：钱藏在城里的某个地方，说不定就在我们身边。联邦调查局到现在也没有找到这笔钱，所以他们很可能永远都找不到了。布鲁索和普林斯信任你和我。再说我们现在是半合法的，你懂的，一个货真价实的律所，不像街上的二混子看到钱就偷走。他们认为我们两个可以把钱装进卡车，然后把车开给他们，然后皆大欢喜。”

很难说这中间到底有多少是戴克的猜测，有多少是布鲁索亲口跟他说的。我已经不想知道了。

但我仍然很好奇。“如此大费周章，我们能得到什么好处呢？”

“我们从来没说过这个。但肯定不会少。而且我们还可以提前把我们的那份拿出来。”

戴克已经把所有事情都考虑过了。

“不行，戴克。算了吧。”

“是的，我知道。”他怅然若失地说，枪一响就乖乖缴械投降了。

“太冒险了。”

“是的。”

“现在听起来不错，但我们可能会去坐牢的。”

“当然，当然，事关重大，所以非跟你说不可，你知道的。”他说，挥了挥手，仿佛这件事他想都不敢想一样。一盘炸玉米片和鹰嘴豆泥放到了我们面前。我们一直盯着侍者，直到他转身离开。

我确实是唯一为这两个逃犯都干过活的律师，我也想过这件事，但我怎么都没想到联邦调查局会如此监视我。我的胃口全没了，嘴巴却依然干渴。一点点轻微的声响，都会让我吓得几乎跳起来。

我们两个人都陷入了沉思，默默地盯着桌上的食物。直到披萨上了，我们才又开始说话。我们静默无声地吃饭。我很想知道更多的细节：布鲁索是怎么联系上戴克的？他去拉斯维加斯的差旅费是谁付的？这是他跟两个逃犯第一次联系吗？这会成为最后一次吗？布鲁索为什么还关心我？

层层迷雾中，我终于理出两条清晰的思路。首先，如果布鲁索能够全程跟踪戴克，并了解戴克去拉斯维加斯的旅途中一直被人盯梢，那么他肯定有能力让人从孟菲斯拿走那一笔钱。

既然如此，他何必缠着我们？我们是否被抓，他是不会关心的，这就是他要缠着我们的真正原因。其次，联邦调查局之所以到目前还没有找我问话，是因为他们不想惊扰我。如果我对他们没有防备之心，他们监视我就更容易了。

我还想到了另一件事。毫无疑问，坐在我对面的这位矮小的伙伴，刚才一副想打开心扉的样子与我认真讨论那一笔钱，他知道的肯定比他告诉我的要多得多。他刚才的表现，不过是他精心策划的结果。

我还没傻到相信他会轻易放弃这笔钱。

处理每天的邮件已经让我产生了一种恐惧感。像往常一样，午饭后戴克把邮件拿到了办公室。其中有一封信函来自延利·布里特律所，标准信封沉甸甸的，我打开信件时不由得屏住了呼吸。这是德拉蒙德寄来的书面证据开示函件，他在其中提出了一系列问题，要求获得原告或其律师所知道的所有文件。其次，他要求我们对一系列事实进行澄清，无论对这些事实承认与否，我方都必须在30日内以书面形式做出答复。假如我方对这些事实没有否认，那么今后这些事实将被视为已得到了我方的认可。信函还包括了一份通知，要求两周之内在我方办公室对多特和巴迪·布莱克进行取证。据我所知，通常情况下，双方律师都要在电话上交谈一下，双方商定之后再确定取证的日期、时间和地点。这可称之为职业礼貌，花不到五分钟的时间就可以让事情进展更加顺利。显然，德拉蒙德要么是忘记了他应有的礼貌，要么是打算采取一种强硬的策略使我方就范。不管他是怎么考虑的，我都要变更他所定下的时间和地点。我倒不是为了跟他对着干，而是为了坚守原则。

德拉蒙德在此次信函里居然没有提出新的动议，真是太出人意料了！明天我将拭目以待。

书面证据开示应当在30日之内做出答复，并可以同时向法庭提交。我方的准备工作已经差不多完成，德拉蒙德的信函刺激我采取行动。我决心要给这位大腕一点颜色看看，让他知道我也能好好地打一场笔墨仗。我会让他没齿难忘的。他终究会知道，他的竞争对手是除了这桩案子之外再没有别的事情可干的律师。

当我悄悄把车开进车道时，天已经快黑了。伯蒂小姐的凯迪拉克旁边停了两辆陌生的车，两辆闪亮的彭蒂亚克，后保险杠上贴着艾维斯标签。我不想被人看见，踮起脚尖绕过房子，走向我的公寓。

我在律所待到很晚才回来，就是因为不想碰见德尔伯特和薇拉。我真是个走运。他们正和伯蒂小姐在后院里喝茶。而且，在座的还有别人。

“他来了。”德尔伯特一看见我就大声说。我停下脚步，朝后院望过去。“过来，鲁迪。”那口气与其说是邀请，不如说是命令。

我走过去的时候，他慢慢站了起来，另一个男人也站了起来。德尔伯特指了指那个新来的家伙。“鲁迪，这是我哥朗道夫。”

朗道夫和我握了握手。“我太太琼。”他朝另一个上了年纪、皮肤粗糙的荡妇挥挥手说，那女人和薇拉一样庸俗不堪，只是头发颜色染得更淡一些，我冲她点点头。她看了我一眼，那眼神简直可以煮沸奶酪。

“伯蒂小姐。”我客气地说，冲房东点点头。

“你好，鲁迪。”她甜甜地说。她和德尔伯特坐在柳条沙发上。

“过来坐一会儿吧。”朗道夫指着一把空椅子说。

“不，谢谢了。”我说，“我得回我的公寓去，看看有没有人偷偷进去过。”我说这话时，瞥了薇拉一眼。她坐在沙发后面，远离其他人，没准是想要离琼远一点儿。

琼的年龄在 40 与 45 岁之间。我记得她丈夫快 60 岁了。我突然想起，她就是伯蒂小姐称为婊子的那个女人。她是朗道夫的第三任老婆，开口闭口总是谈钱。

“我们根本没有去过你的公寓。”德尔伯特气愤地说。

跟花哨的弟弟相比，朗道夫倒是多了一份上了年纪的尊严。他没有发胖，没染头发也没烫头发，身上也没有穿金戴银。他穿着高尔夫衬衫、百慕大短裤、白色长筒袜和白色休闲鞋。跟其他人一样，皮肤也晒黑了。他很容易会被人当成一位退休的公司高管，身边如果有个小娇妻就更完美了。“你打算在这儿住多久，鲁迪？”他问。

“我还不知道有人要通知我搬走呢。”

“没说你要搬走。不过是好奇，问一声而已。我妈说没有签租约，所以我才问问。”

“那你为什么问这个？”情势正在迅速发生变化。直到昨天晚上，伯蒂小姐也没有提过租约的事。

“因为从今以后，我会帮助我妈处理她的事情。租金太低廉了。”

“确实。”琼帮腔道。

“你可是从来没抱怨过，对吗，伯蒂小姐？”我问她。

“嗯……没有。”她支支吾吾地说，似乎她没准曾想过抱怨，只是没找到合适的机会。

我本可以说说搬运覆盖土、粉刷、拔草之类的事情，但我何必跟这几个白痴争论呢。“看见了吗？”我说，“如果房东都没意见，你们操什么心？”

“我们不想让妈妈被人占便宜。”德尔伯特说。

“喂，德尔伯特。”朗道夫制止他道。

“谁占她便宜了？”我问。

“哎呀，没人，只不过——”

“他想说的是，”朗道夫打断了他，“现在情况不一样了。我们回来帮妈妈了，我们关心的只是她的生意，仅此而已。”

朗道夫说话的时候，我一直观察伯蒂小姐，她的脸上闪着红光。她的儿子们就在身边，为她操心，问问题，提要求，保护妈妈。虽然我敢肯定她看不上两个现任媳妇，但她是个很容易知足的女人。

“很好，”我说，“但是别来烦我。也别进我的公寓。”说完我转身就走，把他们想说的话、想问的问题统统留给他们自己。我锁上公寓的门，坐在黑暗中吃一块三明治，透过窗户可以看见他们在远处喋喋不休。

我用几分钟琢磨了一下他们这次聚会。昨天某个时候，德尔伯特和薇拉从佛罗里达赶到这里，究竟出于何种目的我恐怕永远都不会知道。不知道他们怎么搞到了伯蒂小姐原来的那份遗嘱，知道了她大概有 2 000 万美元的财产要捐赠，所以开始对她的事务变得极为关注。他们知道家里还住着一位律师之后，也很担心，所以德尔伯特给在佛罗里达的朗道夫打了电话。朗道夫于是带着小娇妻匆匆赶回孟菲斯的家。今天他们用他们能想到的一切问题来折磨这位老母亲，折磨了整整一天，现在俨然成了她的保护人。

我一点都不在乎。在碰面时，我忍不住在心里暗笑，不知道他们要到什么时候才会知道遗嘱的真相。

起码伯蒂小姐现在很开心，而我为她高兴。

第三十章

跟瓦尔特·科德医生约好了9:00见面，我早早就到了医院。早到的好处很多，我等了一个小时，把唐尼·雷的病历背得烂熟于心。候诊室里坐满了癌症病人，我尽量不看他们。

10:00，一个护士过来找我。我跟着她穿过迷宫一样的医院来到了一间无窗的检查室。医学专业那么多，怎么会有人选肿瘤学呢？不过我猜这事总得有人干。

为什么有人选择以法律为业呢？

我拿着案卷坐在椅子上又等了15分钟。大厅里传来人声，门被打开了。一个35岁左右的年轻人疾步走了进来。“贝勒先生吗？”他边说边伸出了右手。我站起来和他握了手。

“我是。”

“瓦尔特·科德。我在赶时间。五分钟内我们能聊完吗？”

“我想够了。”

“那我们就快点吧。许多病人在等着我呢。”他边说，边勉强地挤出一个笑容。我特别了解医生是多么厌恶律师。但不知何故，我不怪他们。

“谢谢你的书面证言。起了很大的作用。我们已经为唐尼·雷做过取证了。”

“太好了。”他大概比我高了四英寸。他俯视我的样子，好像我是个傻子。

我咬紧牙关说：“我们需要你作证。”

他的反应是医生的典型反应。他们讨厌出庭，为了避免出庭作证，有时候他们会同意让律师取证以代替出庭作证，供庭审时使用。他们没有义务必须同意出庭作证。但如果他们不同意的话，律师就不得不使用最后一招，用传票传唤医生作证。律师有权向法庭申请向包括医生在内的几乎所有人发出传票。因此，从这个意义上讲，律师的权力稍稍大于医生。但也正因如此，医生们就更加鄙视律师。

“我很忙。”他又说了一次。

“我知道。你不是给我作证，你是给唐尼·雷作证。”

他眉头紧皱，呼吸变得沉重，好像他身体很不舒服一样。“对我取证，每小时收费500美元。”

这并没有吓到我，因为我早就料到了。在法学院读书的时候，我听说过比这收费更高的医生。但我来这是求他的。“我付不起，科德医生。我的律所六周前才开业，我现在都快饿死了。这是我手头唯一一个像样点的案子。”

说真话有时会取得神奇的效果。我面前的这家伙一年大概能挣100万美元，我的直率坦荡让他立刻束手就擒。我看到了他流露出怜悯的眼神。他犹豫了一下，也许他想到了唐尼·雷，想到了爱莫能助的那份沮丧，也许他在为我难过。谁知道呢？

“我会给你寄账单的。你什么时候有钱就什么时候付，行吗？”

“谢谢医生。”

“你去找我的秘书确认一下日期，我们就在这里取证，可以吗？”

“当然可以。”

“那就好。我得走了。”

我回到律所时，戴克的办公室里有一个客户，是个中年妇女，身材魁梧，衣着考究。我经过他门口时，戴克冲我挥了挥手，把我介绍给了梅基·德雷塞太太，这位太太想离婚。她一直在哭，当我靠在戴克旁边的桌子上时，他在便笺簿上写了几个字递给我：“她有钱。”

我们和梅基待了一个小时，她凄惨的遭遇让人同情。酗酒、家暴、出轨、赌博、不孝的子女，而她什么也没做错。两年前她提出离婚，她的丈夫却冲着律师办公室的前窗开枪。他是个危险人物，喜欢玩刀弄枪。她讲这个故事时，我瞥了一眼戴克，戴克却不想看我。

她付了600美元现金，还答应以后会付更多的钱。明天我们帮她提出离婚起诉。找到鲁迪·贝勒事务所准没错，戴克让她安心。

她走后没多久，电话响了。一个男人说要找我。我接了电话，自报姓名。

“你好，鲁迪，我是罗杰·莱斯律师。我想我们还没有见过面。”

几个月前扫街找工作的时候，我几乎见过孟菲斯的所有律师，但我不记得谁叫罗杰·莱斯。“对，是没有见过。我是新来的。”

“是的。我得打电话给查号台才能找到你的电话号码。听着，我正在与朗道夫和德尔伯特兄弟，以及他们的母亲伯蒂会面，我想你一定认识他们。”

我仿佛看见伯蒂正坐在两个儿子中间，傻傻地笑着说：“多好啊。”

“当然，伯蒂小姐我很熟。”我说，好像我一整天都在等这个电话似的。

“其实他们就在我办公室的隔壁房间里。我偷偷溜出会议室来给你打电话。我正在起草她的遗嘱，而她的遗嘱，涉及一大笔的钱，据他们说，你一直在替她起草遗嘱。”

“的确如此。几个月前我起草了一份草稿，但坦率地说，她一直不愿意签字。”

“为什么呢？”他的态度非常友善，只是做他的工作，而且他们母子在他那里也不是他的错。于是我把伯蒂小姐想把财产遗赠给肯尼思·钱德勒牧师的故事简明扼要地告诉了他。

“她真的这么有钱吗？”他问道。

我当然不能告诉他实情。没有伯蒂小姐的同意，我透露任何她的信息都是严重违反职业伦理的。况且，莱斯想追查的这个消息是我通过不算违法但也不能算正当的手段获得的。我束手缚脚，能做的也极其有限。

“她怎么跟你说的？”我问。

“说得不多。说是有一大笔钱在亚特兰大，是她第二任丈夫留给她的，可是，当我仔细追问时，她又变得顾左右而言他。”

这种情形听起来很熟悉。“她为什么想要重新起草一份新遗嘱呢？”我问。

“她想把一切都留给家人，她的儿子和孙子。我只是想知道她到底有没有这笔钱。”

“这我就拿不准了。亚特兰大有一个遗嘱检验法庭，相关卷宗封存在那里。我知道的就这些。”

他还是不太满意，我承诺把亚特兰大那位律师的姓名和电话号码给他传真过去，除此之外我没什么可说的了。

21:00过后我到家时，发现车道上从出租公司租来的车又多了不少。我只好把车靠街边停着，这让我很恼火。黑暗中我静悄悄地走，免得被后院那群聚会的人看见。

肯定是孙子们赶过来了。我坐在没有开灯的房间里，吃着鸡肉馅饼，透过窗户听外面的声音。我能听出德尔伯特和朗道夫的声音。潮湿的空气中，偶尔能听到伯蒂小姐发出咯咯的笑声。其他的都是年轻人的声音。

这事肯定像拨打 911 报警电话一样疯狂。快来啊！原来她有万贯家财！我们以为她不过是有几个钱，没想到她竟然金玉满堂。一个人接到电话，马上打给另外一个人：快来！遗嘱上有你的名字，你能拿到 100 万美元。她正打算重新起草遗嘱呢，快快团结起来，是时候孝顺老奶奶了！

第三十一章

按照基普勒法官的建议，在他的支持下，我们聚集在他的法庭对多特进行取证。上次德拉蒙德未经我同意擅自决定了取证的时间和地点，我拒不同意，之后基普勒参与进来，给德拉蒙德打了电话，几秒钟之内就把事情顺利解决了。

对唐尼·雷取证时，大家都亲眼看到了巴迪坐在破福特里的情景。我已经分别向基普勒和德拉蒙德解释过，我们不应当对巴迪进行取证。正如多特所说的：他不正常。这个可怜的家伙对谁都没什么危险，他对保险之事一无所知。在全部卷宗里，也没有巴迪与该案有任何牵连的迹象。我从来没听到他说出过一句完整的话。我无法想象他能够承受住取证的压力，说不定他会忽然爆发，攻击几个律师呢。

多特把他留在家里。昨天我花了两个小时和她一起为回答德拉蒙德可能提出的问题做准备。日后庭审时她还要出庭作证，所以此次取证是用于证据开示，而不是证据性的。取证会先由德拉蒙德进行提问，他会询问几乎所有的问题，而且很大程度上他可以自由地寻根问底。取证要花费几小时。

基普勒也想参与这次取证。我们围坐在法官席对面的律师席旁边。他指挥着摄像师和法庭书记员，发号施令。这是他的地盘，得按他的规矩来。

我真心认为，他担心假如他不在场，我会被德拉蒙德全程碾压。他们之间的芥蒂如此之深，几乎不看对方。我觉得这真是妙极了。

可怜的多特独自坐在桌子的另一头，她双手都在发抖。我就坐在她不远处，这可能会让她更紧张。她今天穿着她最好的棉衬衫和牛仔裤。我之前向她解释说，她不需要打扮，因为录像带不会播放给陪审团看。但将来庭审的时候，她的衣着很重要，她得穿正式的衣服。只有天知道，将来我们要拿巴迪怎么办。

基普勒跟我坐在桌子的一边，但他离我尽可能地远，坐在了摄像机旁边。对面是德拉蒙德，他今天只带了三个助理：B. 杜威·克莱·希尔三世、小 M. 亚历克·普伦克和布兰登·富勒·格罗。

戴克也在法院大楼里。他可能在大堂里追逐着某个毫无戒心的客户。他说过可能晚点会过来。

多特·布莱克举起右手宣誓，保证她只说事实时，有五位律师和一名法官盯着她。如果我是她，我的手也会抖的。德拉蒙德咧嘴一笑，向多特作了自我介绍，并记录在案，然后花了五分钟热情地向她解释本次取证的目的。我们寻求的是事实真相。他绝不会误导或迷惑她，她随时都可以跟她优秀的律师进行商量等等。他不慌不忙。时钟在嘀嗒作响。

第一个小时耗费在家族史上。跟往常一样，德拉蒙德准备充分，无可挑剔。他缓慢地从一个主题过渡到下一个主题——教育、就业、家庭，爱好，他提出一些我做梦都不会想到的问题。大部分都是毫无意义的废话，但这正是好律师在证据开示取证时的常规操作。询问，深挖，找茬，再深挖。谁也不知道他究竟会发现什么。即使他挖出来了一些特别有料的东西，比如说，少女时代未婚怀孕，也没什么用处。因为与本案无关，他在庭审时也用不上。但他这种胡说八道是被允许的，他的客户付他一大堆律师费，让他可以在黑暗中摸索。

基普勒宣布休庭，多特立刻向走廊飞奔。还没到法庭门口，一支香烟已经塞进了嘴里。我们站在一个喷泉式饮水器旁边。

“你做得很棒。”我告诉她。她确实做得很不错。

“那个混蛋会问关于我性生活的事吗？”她咆哮着。

“有可能。”我说。多特和她丈夫躺在床上的欢好场面闪过我的脑海，我几乎不得不要原谅自己了。

她快速地大口吸着香烟，好像这是她生命中吸的最后一支。

“你就不能阻止他？”

“如果他越界了，我会阻止他的。但他想问什么都可以问。这是他的权利。”

“这个爱管闲事的混蛋。”

第二个小时跟第一个小时一样进展缓慢。德拉蒙德开始就布莱克家的经济状况进行提问，我们因而也得知了他们家购买房子、车子（包括那辆福特）和主要电器的情况。此时，基普勒已经忍无可忍，要求德拉蒙德加快进度。我们知道了巴迪的很多事情——他在战场上受过的伤，他的工作和退休金，他的爱好，以及他是如何消磨日子的。

基普勒语带讥讽，让德拉蒙德问一些与本案相关的事项。

多特跟我们说，她得去一趟洗手间。我之前跟她说过，如果觉得累了就要求去洗手间。在楼厅里我和她聊了几句，她一连抽了三支烟，我只能躲避着烟雾。

第三个小时过半，我们终于进展到了索赔相关事宜。我已经准备了一套与本案有关的所有文件的副本，包括唐尼·雷的医疗记录。这些文件齐齐整整地放在桌子上，而且基普勒法官已经看过。我方的每份文件都经得起核查，这是罕见和令人羡慕的。我们没什么好隐瞒的。德拉蒙德随时可以查阅这些文件。

据基普勒和戴克说，在这类案件中，保险公司对自己的代理律师隐瞒某些材料并不罕见。甚至可以说，这是相当普遍的情况，特别是当保险公司确实有些肮脏的勾当想要掩人耳目时，更是如此。

在去年的审判程序课程中，我们曾经研究过诸多保险公司因为对自己的律师隐瞒有关文件而被绳之以法的案例，简直让人难以置信。

当进展到具体文书时，我变得非常兴奋。基普勒也是如此。

德拉蒙德在提出书面质询时，曾要求提供这些文件，我还有一周的时间准备。我想亲眼见证他看到那封“愚蠢至极”信函时的表情。基普勒亦是如此。

我们估计堆在多特面前桌子上的文件，即使他没有全部看过，至少也看过其中的大部分。他从保险公司获取文件，我们从布莱克家获取文件。我们认为很多文件都是一模一样的。事实上，我曾提交过一份提供文件的书面请求，要求他提供与他书面要求相同的文件。当他对我的书面要求作出答复，并寄来我要求的文件时，这些文件我早在三个月前就已经拿到手了。这是一场文件的车轮战。

假如一切按计划进展，我之后将在克利夫兰的大利公司总部拿到一批新的文件。

我们从保险申请书和保单开始。多特把保单递交给了德拉蒙德，他迅速看了一眼，便交给希尔；然后希尔传给普伦克，普伦克最后又传给格罗。这些小丑一页一页地翻阅，花了不少时间。几个月前他们就拿到这该死的保险申请书和保单了。但时间就是金钱。然后，录像机摄下了保单，作为多特取证的一件物证。

下一份文件是第一封拒绝索赔的信函。它沿着桌子传递了一圈。其他几封拒绝信函，程序跟这也差不多。我努力硬撑着，不让自己睡着。

接下来就是那封“愚蠢至极”信函。我指示过多特，不要对其内容做任何评论，只需把信函递交给德拉蒙德就行。我不想事前向他透露任何消息，以防他可能真的对这封信一无所知。这对多特来说有点难，因为信函内容太让人愤慨了。德拉蒙德接过信，读道：

亲爱的布莱克太太：

此前本公司曾经七次以书面形式拒绝了你的索赔请求。我们现在第八次拒绝，也是最后一次拒绝你。你肯定是非常愚蠢，非常愚蠢，愚蠢至极！

纵横法庭 30 年，尽管德拉蒙德早已成为一名演技高超的演员，但我立刻知道他此前从未见过这封信函。他的客户没有把这封信函放入案件的卷宗里。这对他而言不啻迎头痛击。他的嘴巴微微张开，额头上三条又粗又深的皱纹紧紧锁在一起。他紧张地眯起眼睛，把信又读了一遍。

他接下来的所作所为会让他将来后悔不已。他的目光从信函上抬起，凝视着我。当然，我也正凝视着他，我那冷笑嘲讽的目光仿佛在说："总算抓住你了，大腕！"

接着，他又望向了基普勒，这加剧了他的痛苦。法官大人正在观察他面部表情的细微变化，每一次眨眼，肌肉的每一下抽搐，而且他一眼就看穿了：德拉蒙德对手里的东西极为震惊。

德拉蒙德很快就装得若无其事，但伤害已无法复原。他把信递给了希尔，希尔此时半睡半醒，并不知道他的上司递给了他一枚炸弹。我们注视了希尔几秒钟，然后发起了攻击。

“不要记录在案。”基普勒说。录音机停止了运转，摄像师关掉了机器。“德拉蒙德先生，在我看来，很明显你以前从未见过这封信函。而且，我有一种预感，你的客户企图隐藏的文件，这不是第一份，也不会是最后一份。我起诉过多家保险公司，我了解文件总有办法不翼而飞。”基普勒的身体向前倾了倾，指着德拉蒙德警告道：“倘若我发现你或你的客户隐藏文件，不交付原告，我将对你们双方进行严加惩治。我会强制你们缴纳高额的罚金，包括花销和律师费，律师费的标准与你收取你客户的律师费相等。你懂我的意思吗？”

这种罚金是我每小时挣到250美元的唯一方法了。

德拉蒙德和他的助手们仍然心有余悸。我完全可以想象出将来陪审团看到这封信会做何反应。我相信他们的想法跟我是一样的。

“法官大人，你否是在指控我隐藏文件？”

“暂时还没有，”基普勒依然指着德拉蒙德，“现在，我只是警告你。”

“法官大人，我认为你应该回避本案。”

“这是一个动议吗？”

“是的，大人。”

“驳回。还有别的吗？”

德拉蒙德翻了翻文件，消磨了几秒钟。紧张的气氛逐渐缓和。可怜的多特吓得瞠目结舌，她以为是自己做了什么点燃了双方的战火呢。我也有点坐立不安。

"恢复记录。"基普勒说，他的眼睛依然盯着德拉蒙德。

几个问题被提出来，又被答复了。一些文件在辩方之间传递。12:30，我们停下，休息吃午饭。一小时后，又回来继续取证。多特早已精疲力尽。

基普勒相当严厉地指示德拉蒙德加快取证。德拉蒙德也想快一点，但比较难。他如此操作已经很长时间了，又赚了这么多钱，已经形成了一种习惯，他问问题简直可以问一辈子。

至于我的客户采取的策略，我很欣赏。她私下跟在场的人解释说，她的膀胱有毛病，不是很严重，但她毕竟是一个快满60岁的人。于是，随着时间的推移，她去洗手间的次数越来越频繁。德拉蒙德秉承一以贯之的做法，针对她的膀胱问了十几个问题，最后基普勒不得不打断了他。每隔15分钟，多特便说声"对不起"，去趟洗手间。她可真是从容不迫。

我肯定她的膀胱没有问题，她只是躲在洗手间像烟囱一样抽烟。这一策略让她可以调整好自己的步调，最终拖垮德拉蒙德。

15:30，在取证进行了六个半小时后，基普勒宣布取证结束。

两个多星期以来，那些租来的车第一次全都开走了。伯蒂小姐的凯迪拉克孤零零地停在那里。我把车停在它后面的老地方。然后我绕过房子走向后院。一个人都没有。

他们终于都走了。从德尔伯特到的那天起，我就没和伯蒂小姐说过话，我们还有事情要谈一谈。我没有生气，只是想跟她谈一谈。

我踏上通往公寓的楼梯时，忽然听到有人说话，说话的并不是伯蒂小姐。

“鲁迪，有空吗？”是朗道夫，他正从后院的摇椅上站起来。

我把公文包和夹克放在楼梯上，向他走了过去。

“请坐，”他说，“我们得谈一谈。”他似乎心情很好。

“伯蒂小姐在哪？”我问。屋子里灯都关着。

“她嘛，嗯，她到外地去一段时间。她想去佛罗里达跟我们住一段时间，坐今早的飞机走了。”

“什么时候回来？”我问。这不关我的事，但我忍不住要问。

“不知道。可能不回来了。听着，从今往后，我和德尔伯特会负责她的事务。我想我们之前不怎么上心，但她坚持要我们来负责。我们希望你继续住在这里。实际上，我们想跟你做笔交易。你住在这，照看房屋，照料一切，但不需要付房租。”

“你说的照料一切，是什么意思？”

“一般维护吧，没什么重活。我妈说这个夏天你把后院的活干得不错，跟原来一样就行。我们已经让邮局把邮件转寄出去了，这方面不会有问题。如果有什么重要的事情，你也可以给我们打电话。这交易不错吧，鲁迪？”

确实不错。“行，成交。”我说。

“很好。我妈真的很喜欢你，你懂的，她说你是一个值得信任的好青年，虽然你是律师。哈哈，哈哈！”

“她的汽车怎么处理？”

“明天我会把车开到佛罗里达去。”他递给我一个大信封，“这里面是房子的钥匙、保险经纪人和警报公司的电话号码之类的东西，以及我的地址和电话号码。”

“她住在哪里？”

“和我们住在一起。在坦帕附近。我们那幢漂亮的小房子里有间客房。我们会好好照顾她的。我的两个孩子也住在附近，她会有很多人陪的。”

我仿佛看见他们正你追我赶地争相讨好老奶奶。他们会用过多的爱和过多的关心让她窒息。但是他们希望她不要活得太久。他们早已迫不及待地等着她死去的那天，她死了他们才能变得有钱。我忍不住想笑出声来。

“那很好，”我说，“老太太一直很孤独。”

“她真的很喜欢你，鲁迪。你对她一直很好。”他的声音温柔而真诚，一丝淡淡的哀愁萦绕上了我的心头。

我们握手道别。

我躺在后院里的吊床上摇晃，拍打着蚊子，眼睛一直望着天上的明月。我很怀疑我这辈子都不会再见到伯蒂小姐了，我有一种失去了朋友的孤独感。那些人会一直控制她，直到她死去，确保她不会再在遗嘱上玩什么新的花招。我为自己了解她的财产真相而感到一点点内疚，这是我无法与人分享的秘密。

与此同时，我也忍不住为她命运的改变而微笑。她离开了这栋孤零零的老宅子，现在被家人围绕，享受着团圆之乐。她忽然成了人们关注的中心，这是她朝思暮想的处境。我想起在柏树花园大厦看到的情景，想起她如何领导组织那帮老人，她如何领唱歌曲，发表演讲，为博斯科和其他的怪人而烦恼。她有一颗金子般的心，但她也渴望得到关注。

我希望阳光对她的健康有好处。我祈祷她幸福快乐。我很好奇她在柏树花园的位置将由谁替代。

第三十二章

我怀疑布克选择这家高级餐厅的原因是他有好消息要告诉我。餐桌上摆满放了银质餐具、亚麻餐巾。说不定有个客户可以为他报销这笔费用。

他迟到了15分钟，一点也不像他的风格，但是他现在很忙。他见到我的第一句话就是："我通过了。"我们一边喝水，一边听他讲述向律师资格考试委员会申诉的全过程。他的考试成绩得到复核，最后提高了三分，现在他是一名正式的律师了。我从没见过他笑得这么开心。除了他，我们那一级只有两个同学申诉成功，莎拉·普兰克莫尔并不在其中。布克听说她的分数很低，她在联邦检察官办公室的职位可能不保。

尽管布克反对，但我还是点了一瓶香槟，并指示服务员把账单给我。该花的钱还是要花。

菜来了。银盘里只有三个小小的三文鱼切片，但摆盘精致，色泽诱人，我们欣赏了一会才舍得吃。尚克尔让布克忙得手脚朝天，每天工作15小时，幸亏夏琳是个很有耐心的女人。她懂得布克一开始要付出，将来才会有回报。现在，我很庆幸自己没有老婆和孩子的拖累。

我们聊到了基普勒，他曾经跟尚克尔说过不少事，这些消息走漏了。律师之间很难保密。尚克尔跟布克说，基普勒曾经提到我手上的案子能有几百万的油水。显然基普勒已经确信大利公司败诉是板上钉钉的事情了，接下来是陪审团会判给我们多少钱的简单问题。基普勒已下定决心要把我照应周全，顺顺利利地把我送到陪审团面前。

这种小道消息真是太棒了！

布克想知道除了这个案子，我是否还在办理别的案子。听他的意思，基普勒可能也曾提到他觉得我手上显然没什么活。

在吃芝士蛋糕时，布克说他手上有些案件的材料我也许想看看。他解释道，孟菲斯第二大家具店拉芬的老板是个黑人，该店在孟菲斯家喻户晓，分店遍布全城，因为它深夜时在电视上狂轰滥炸地打广告，叫嚷着各种不必付现款的推销方式。布克说，该店一年的营业额高达800万美元，马尔文·尚克尔是它的法律顾问。他们允许赊账，但有很多无法收回的坏账，这也是他们做生意的诀窍。尚克尔律所里堆积了好几百份准备对欠债顾客起诉的案卷。

布克说，你想要看一下这些文件吗？

聪明的年轻学生涌进法学院，不是为了学习债权法。购买廉价家具的客户因逾期未支付货款成了被告。店里并不想追回家具，只想拿到货款。大多数情况下，这些被告既不答复，也不出庭，所以律师不得不采取措施扣押这些被告的资产或工资。扣押行为可能会导致危险的后果。三年前，孟菲斯有位律师就被一位怒气冲天的年轻人用枪打伤，因为这位律师扣押了他的工资。

这种案子的标的额通常只有几百美元，而为了胜诉，律师不得不对付一大堆文件。法律规定，这种案子可以抵扣律师费和成本费用。

这是一种肮脏的活计。但正如布克所说，从文件中多少可以挤出来一点油水。入账不多，但积少成多，可以维持日常开销，买一些必需品。

“我可以给你50份案卷，”他说，“还有必要的表格。我会帮你起诉第一批案件。有一个系统可以用于处理类似案件。”

“律师费一般有多少？”

“这很难说。有些案子你可能一分钱也收不到，被告不是跑了，就是申请破产了。但一般地说，一个案子平均能拿到100美元。”

100乘以50，就是5 000美元。

“每个案子前前后后大概要花四个月时间，”他解释说，“如果你愿意，我每月可以给你20份案卷。这些案子你要在同一个法庭向同一个法官同时提出起诉，将来回到你手上也在同一天，你只需出庭一次就够了。盯紧债务人，跟踪追击。90%的工作都是文书工作。”

“我干！”我说，“你们那还有其他活要外包的吗？”

“没准。我一直留意着呢。”

咖啡来了，我们进入律师们最擅长的环节，谈论别的律师。我们两人呢，则开始闲聊老同学，谈论他们如何在真实世界里闯荡。

布克又变得生龙活虎了。

门缝再小，戴克也能悄无声息地钻进来。他总是这样进入我的房间。我经常在办公桌前陷入沉思，或者埋首于难得到手的案卷之中聚精会神工作。然后，砰，他忽然出现在我面前。我真的希望他进来前能先敲一下门，但又不想给他挑刺。

今天也是如此。他忽然神不知鬼不觉地出现在我的办公桌前，怀里抱了一堆邮件。他看到了桌子上那堆新来的债务案卷，问道：“这是什么？”

“工作。”

他拿起一份案卷。“拉芬家具店？”

“是的，先生。我们现在为孟菲斯第二大家具店提供法律服务。”

“这是债务案卷吧。”他厌恶地说，好像弄脏了他的手。这就是那位做梦都希望发生更多沉船灾难的男人的反应。

“这是诚实的劳动，戴克。”

“你这是撞南墙啊。”

“去追你的救护车吧。”

他把我的邮件往桌子上一扔，就像来时那样悄无声息地消失了。我深深吸了口气，撕开了特伦特与布伦特律所寄来的一个厚厚信封。里面是一堆标准文书，至少有两英寸厚。

德拉蒙德对我的书面质询做了答复，拒绝了我方要求澄清事实的要求，提供了我方要求的部分文件。我花了几个小时才把这堆文件看完，又用了更多的时间才搞明白哪些文件他没有提供。

特别重要的一点是，他对我的书面质询做出了答复。我必须对大利公司的发言人取证，他给我指定了在克利夫兰总部工作的一位名为杰克·昂德霍尔的先生。我也要求他提供大利公司几位员工的职务和住址，这些人名曾在多特的文件中反复出现。

我用基普勒给的一张表格，填写了对大利公司六位员工进行取证的一份通知。我挑的取证时间在一周后，我当然懂得德拉蒙德会对此提出反对意见。但想想在多特取证时他是怎么对我的，游戏本来就是这么玩的。他会向基普勒投诉，而基普勒可不会同情他。

我要在大利公司的克利夫兰公司总部待几天。我虽然不情愿，但别无选择。这趟旅行可不便宜，旅费、食宿费以及法庭书记员的费用全都是钱。戴克和我还没有讨论这趟旅行的相关事宜。坦白说，我还挺期待他能逮到一件速战速决的车祸案。

布莱克案卷现已放入第三个一次性档案袋中。我把它们放在办公桌旁边的硬纸箱里，每天都拿出来看很多次，并常常扪心自问，我到底知不知道自己在干什么。我这样的无名小卒怎么敢幻想着在法庭上把列奥·F. 德拉蒙德这样的法律界大腕打到丢盔弃甲呢?

我这辈子到现在都还没有跟陪审团说过一句话。

唐尼·雷身体太虚弱了，没法接我的电话，于是我开车直接去他们在格兰杰的家。同样是9月下旬，具体日期我记不清了，唐尼·雷一年前第一次被确诊患了白血病就是这个时节。多特来开门的时候，眼睛红肿。“我想他快要走了。”她抽噎着说。我没想到他的情况会变得这么糟糕，他的脸色愈发苍白，身体也愈发虚弱。他在没开灯的房间里昏睡着。夕阳西斜，阴影在他那张狭床的白色床单上形成完美的矩形。电视关了。房间里寂静无声。

“他今天一口饭都没吃。”我们低头看他时，她低声跟我说。

“疼得厉害吗？”

“还行。我们给他打了两针麻药。”

“我坐一会儿。”我一边轻声说，一边坐到了一把折叠椅上。她离开了房间。我听见她在走廊里抽泣。

说不定他已经死了。我紧紧盯着他的胸脯，等着看它轻微的起伏，可我什么也没看到。房间里越来越暗了。我打开了近门的桌子上的一盏小灯，他微微动了动，睁开眼睛，然后又闭上了。

因此，这就是一个没有医疗保险的人怎样死去的情景。这个国家充斥着富有的医生、光洁明亮的医院、先进精密的医疗器械，而且还有全世界最多的诺贝尔奖得主，可是它却任由唐尼·雷·布莱克在没有适当医疗护理的情况下凋零，然后死去，这是多么残酷和匪夷所思的事情。

他本来是有机会得救的。他染上这种可怕的疾病时，是完完全全处于大利公司保险的保护伞下的，尽管这把伞是漏水的。在他确诊之时，他在父母按时交纳费的那张保单的承保范围之内。根据法律，大利公司为他提供医疗费用的合同义务。

我希望很快有一天能见见那个对这起死亡事件负责的人。他或她可能只是执行上司指令的处理索赔要求的低级员工，下指令的他或她可能是个副总裁。我但愿能够拍下唐尼·雷此刻的照片，以待有朝一日我和他或她终于见面时，可以亲手交给这个可悲的人。

唐尼·雷咳嗽了几下，身体动了动，我想他在努力告诉我，他还活着。我关了灯，坐在黑暗中。

我孤军奋战，赤手空拳，战战兢兢，缺乏经验，但我做的是正确的事情。如果布莱克家赢不了这场官司，那么这个社会根本就没有公平可言。

远处的街灯亮起来了，一缕散射光穿过窗户，在唐尼·雷胸脯上闪烁。此刻，他的胸脯在轻轻地上下起伏。我想他在努力让自己醒过来。

以后我坐在这个房间的机会不会太多了。我盯着被单下他那几乎难以辨认的、瘦骨嶙峋的身躯，发誓要为他报仇。

第三十三章

坐在法官席上身上裹着黑袍的法官一脸怒容。今天是动议日，专门对许多案件中无数动议进行简短、连续辩论的日子。法庭上挤满了律师。

第一个辩论的是我的动议，基普勒法官有点担心。我提交了一份通知，要求从下周一起在克利夫兰对大利公司的六名员工进行取证。德拉蒙德对此表示反对，他声称因为他神圣的出庭日程已排满，他当然无法到场。不仅他无法拨冗出席，而且那六名潜在的宣誓证人也都忙得无暇顾及。六人统统不行！

基普勒安排了与德拉蒙德和我的电话会议，事情进展得很不顺利，至少对辩方来说是如此。德拉蒙德有正当的出庭义务，他传真了另一个案子的预审传票来证实自己的说法。德拉蒙德断言要到两个月后他才有时间去克利夫兰待三天，让法官大为光火。更让人生气的是，那六个要进行取证的员工也都是大忙人，要花几个月时间才能把他们都集中到一起。

基普勒下令举行这次听证会，以便正式公开地抨击德拉蒙德，并将其记录在案。在过去的四天里，我每天都跟法官大人通话，所以我很清楚接下来会发生什么。那场面会很难堪的。幸亏我无须说什么。

“记录在案。”基普勒对法庭书记员厉声说道。过道另一侧的那几个克隆人，身子向前一倾，以准备在他们的便笺簿上写写画画。今天来了四个助理。“案件编号 214668，布莱克诉大利公司。原告通知 10 月 5 日下周一俄亥俄州克利夫兰市公司办公室对公司指定的一位人员及其他五名雇员进行取证。辩方律师以日程冲突为由提出反对，这并不奇怪。对吗，德拉蒙德先生？”

德拉蒙德缓缓站了起来：“是的，法官大人。此前本人已向法庭提交过一份联邦法院周一开始对一个案件进行预审的传票。在那个案件中，本人是被告方的首席律师。”

在这一问题上，德拉蒙德和基普勒至少已经有过两次激烈的争论，但现在依然很重要，因为必须把这件事记录在案。

“那你什么时候才能把它列入你的日程呢？”基普勒挖苦地问道。我独自坐在起诉方的律师席上，戴克不在这里。我身后的旁听席上至少坐着 40 位律师，观看了不起的列奥・F. 德拉蒙德被人痛扁。他们一定在想我这样的无名小卒，究竟有什么本事竟然能让法官为我而战。

德拉蒙德把身体重心从一只脚换到了另一只脚，然后说：“法官大人，我的日程表确实已经排满。这可能——”

“我记得你说的是两个月。我没有听错吧？”基普勒装作震惊地问，肯定没有哪个律师这么忙吧！

“是的，大人。两个月。”

“全都是出庭辩护？”

“出庭辩护、取证、提出动议、上诉辩论等等。我很乐意让你看一看我的日程表。”

“此时此刻，德拉蒙德先生，我想不到有什么比你的日程表更糟的事情了。”基普勒说，“我们要这么做，德拉蒙德先生，你仔细听好了。因为我将以命令的形式把这写下来。我提醒你，先生，本案是以‘快速通道’方式审理的。而在我的法庭上，这意味着不准拖延。对这六人的取证将于周一早晨在克利夫兰准时开始。”德拉蒙德缩到座位上，在便笺簿上开始涂写。“如果你无法到场，我深表遗憾。但据我所知，本案中你有四位助手：摩尔豪斯、普伦克、希尔和格罗。而且，我可以多说一句，他们全都比贝勒先生经验更丰富。我想，贝勒先生是今年夏天才拿到律师执照的。我知道你们绝不会只派一位律师去克利夫兰，你们派去的律师至少有两位。但我相信你们能够好好安排，派出足够多的律师去充分地代表你们的客户。”

这一番话让空气都骚动起来。坐在我身后的律师们全都一动不动，安静得令人难以置信。我觉得，他们中的许多人等这一刻已经等了很多年了。

“此外，通知上列出的六名公司员工必须在星期一上午到场取证。没有贝勒先生的同意，他们将在那一直等候取证。大利公司有权在田纳西州做生意，因此，在本案中本庭对其有管辖权。我命令这六个人要对取证全力配合。”

德拉蒙德和他的助手们身子缩得更低了，写得也更快了。

“而且，原告要求获得全部档案和文书。”基普勒停顿了一下，怒视着被告席。“听我说，德拉蒙德先生，别在这些文件上玩什么花样。我要求你们充分披露，充分合作。星期一和星期二我全天在电话机旁守着，如果贝勒先生跟我说他没拿到他有权得到的文件，我就会立刻给你打电话让他拿到。你明白我的意思了吗？”

“明白，大人。”德拉蒙德说。

“你能让你的客户明白吗？”

“我想可以。”

基普勒神色稍微缓和了一点，松了一口气。整个法庭依然非常安静。“我考虑再三，德拉蒙德先生，如果你不介意的话，现在我想看一看你的出庭日程表。”

几分钟前，德拉蒙德主动提出了这样的建议，现在自然不可能拒绝。这是一本黑皮封面的厚厚的记事本，记录着一个忙碌大人物的生活和时间安排。里面包含了很多私人的隐私，我怀疑刚才德拉蒙德是不是真的想给他看。

他拿着记事本趾高气昂地走到法官席，递给了法官大人，在一旁等着。基普勒迅速一个月一个月地翻看，不仔细查看具体内容，他在寻找没有工作安排的空闲日子。德拉蒙德在法庭中央的讲台旁边干等着。

“我注意到 2 月 8 日这一周你没有什么安排。”

德拉蒙德向法官席走过去，朝基普勒手上的本子看了看。

他点了点头表示肯定，一声没吭。基普勒把本子递给了他，他回到了座位上。

法官大人宣布："本案定于2月8日星期一开庭审理。"我喉咙发涩，深深地吸了一口气，努力让自己看起来自信一点。听起来四个月时间好像很充裕，离现在还很遥远，但对一个连小小的车祸案都没有经历过的我来说，其实短得让我毛骨悚然。我对卷宗熟悉到可以倒背如流，背熟了相关的程序规则和证据规则。我看过无数本关于如何取证、如何挑选陪审员、如何盘问证人以及如何打赢官司的书籍。但在2月8日的法庭上会发生什么情况，我仍然毫无头绪。

基普勒遣散我们之后，我迅速收拾好东西，离开了法庭。当我离开时，我注意到律师席上有不少人正好奇地看着我，等着被叫号。

这家伙究竟是谁？

虽然戴克从来没有明确提过，但我现在已经了解，他跟在布鲁索律所工作时结交的两个不怎么样的私人侦探来往最密切。其中一个侦探叫布齐，之前是警察，跟戴克一样迷恋赌博。他们俩每周去一次图尼卡，玩扑克和21点。

布齐不知怎么找到了当初把保单卖给布莱克的那位经纪人博比·奥托的下落。他发现此人因为使用假支票而获刑，正在谢尔比县劳役农场服刑，刑期为十个月。进一步调查之后，又发现此人刚刚离婚而且破产了。

戴克因为没逮到这条鱼而懊恼。奥托触犯了如此之多的法律，本可以大捞一把律师费的。

一个身材魁梧的警卫用他粗壮的手彻彻底底地搜查过我的公文包和身体之后，劳改农场的一位低级官员接待了我。我被领到了靠近主楼大门的一个房间里。房间是正方形的，每个角落都装了摄像机。房间中央的一道隔墙把囚犯与访客隔离开来。我们将通过屏幕来交谈，对此我并不是很在意。我只希望这次探视可以快点结束。五分钟后，奥托从另一边被带了进来。他40岁左右，戴一副金丝眼镜，海军陆战队式的短发，身材瘦小，穿着深蓝色囚服。他坐在隔墙对面，仔仔细细地打量我。狱卒走后，房间里只剩下我们两个人。

我把名片从屏幕底部的洞口塞过去给他。“我叫鲁迪·贝勒，律师。”我的话听起来好像不太吉利。

他倒还好，努力挤出来一个微笑。此人曾经以挨家挨户敲门向穷人兜售廉价保险为生，虽然命运不好，但似乎骨子里还是一个友善的、可以让人对他倾诉家事的人。

“很高兴见到你，”他出于习惯地说，又问道，“来找我是有什么事吗？”

“你看看这个。”我从公文包里取出一份本案卷宗的副本，从洞口递给了他。“这是我代表你以前的一位客户起诉的案件。”

“谁？”他接过卷宗，看了看封面，那是一张传票。

“多特和巴迪·布莱克，还有他们的儿子唐尼·雷。”

“大利公司吗？”他说。戴克曾跟我说过这些走街串巷的保险经纪人，很多都不只代表一家保险公司。“我可以看一下吗？”

“当然。你也是本案的被告之一。看一看吧。”

他一言一行都很谨慎。他读得很慢，好像很不愿意往下翻页。这个可怜的家伙，刚刚经历了离婚的折磨，在破产中失去了一切，现在因为犯罪而入狱服刑，而我刚刚趾高气昂地跑来起诉他，让他赔偿 1 000 万美元。

但他似乎并不担心。他读完材料，把它放在面前的柜台上。“你知道我受到破产法院的保护吧。”他说。

“是的，我知道。”其实我并不是很清楚。根据法庭记录，3 月他申请了破产，实际上比我的申请还早两个月，现在他的债务已统统解除。虽然法院批准了破产申请，但这并不意味着将来不能再次对他提起诉讼，这种事目前是有争议的。这家伙像个难民一样一穷二白，死猪不怕开水烫。“我们不得不把你列为被告之一，因为是你卖的保单。”

“哦，我知道。这只是你的工作。”

“就是这样。你什么时候能出去？”

“还有 18 天。怎么了？”

“我们有可能要对你进行取证。”

“在这里？”

“有可能。”

“急什么？我出去之后，一定让你们取证。”

“我会考虑一下。”

我的探视对他来说就是一次短暂的休假，所以他并不急着让我离开。我们聊了几分钟监狱生活，然后我就开始找出去的路了。

我从未去过伯蒂小姐家的楼上，楼上跟楼下一样到处是灰尘，布满了霉斑。我打开了每个房间的门，打开了电灯，迅速地视察一番，然后便关灯关门。走在走廊上时，脚下的地板会吱吱作响。有一道狭窄的楼梯通往三楼，我有点畏怯，没上去。

这房子比我想象的要大得多，也寂寥得多。很难想象她一个人孤零零地住在这栋大房子里。我没有花更多时间陪她，没有跟她一起看情景喜剧和电视布道会，没多吃她做的火鸡三明治，没多喝她泡的速溶咖啡，我为此感到深深的内疚。

楼下看起来和楼上差不多，没有窃贼来过的痕迹。我把后院的门锁好。她离开之后，我总觉得哪里有点不对。她在家的时候，我并没觉得有什么慰藉，但知道她在房子里，万一我有什么需求，总可以向她求助，感觉很安稳。如今她走了，我仿佛一个人深陷孤岛。

在厨房里，我直勾勾地盯着电话。这是一部老式的拨盘电话，我忍不住想打电话给凯莉。如果是她来接电话，我会说点什么。如果是他来接电话，我就一声不响地挂了电话。即使从电话记录可以追踪到这栋房子也没关系，因为我并不住在这里。

我思念她，今天比昨天更甚，这周比上周更甚。

我一定要见她。

第三十四章

我和戴克开着他那辆小面包车，到了长途汽车站。星期天的清晨，空气清爽怡人，天空晴朗美丽，空气中飘浮着缕缕秋意。谢天谢地，几个月前令人窒息的湿气已经开始消退，10月的孟菲斯秋爽宜人，是个可爱的好地方。

孟菲斯与克利夫兰的往返机票将近700美元。我们估计在一家便宜又安全的汽车旅馆里住一夜只要40美元，我胃口不大，吃得不多，还可以少吃点，降低伙食费用。因为这次的取证方是我们，所以取证的一切费用将由我方承担。我们打听过，克利夫兰的书记员每天的出场费至少要100美元，另外，证言记录和打字每页两美元。这些证言往往会长达100多页。我们想录下取证的影像，但是太贵了所以不可行。

乘飞机飞往克利夫兰看起来同样不可行。鲁迪·贝勒律所根本负担不起这笔机票费用。我也不可能开着那辆破丰田在高速公路上冒险。万一它半路抛锚，我就没法按时到达，取证将不得不被推迟。戴克拐弯抹角地让我开他那辆小面包车，但要开整整 1 000 多公里，我对它也没什么信心。

灰狗公司的长途巴士虽然慢得怕人，却十分可靠。巴士最后总会到达终点站。这当然不是我的第一选择，但是该死的，我又能怎样呢。幸好我们不着急，沿途还可以看看乡村风光。我们能省下最宝贵的金钱。总之，我可以想出种种理由来自我安慰。

戴克开着车，话不多。我猜他多少会因为我们付不起更高的费用而觉得有点尴尬。他知道他也应该去。我要面对的是带着敌意的证人，而且很多新的文件需要当场审查。如果旁边有人帮一把，那当然是最好的。

我们在长途巴士站边上的停车场上道别。他保证会管理好律所，尽量多拉点生意。我相信他会努力的。他开着车朝圣彼得医院的方向驶去。

我以前从来没有坐过灰狗公司的巴士。巴士站很小，很干净，挤满了星期天上午的旅客，大多数是黑人和上了年纪的老人。我找到办事员，领到了预订的车票。这张票花了我们律所 139 美元。

长途巴士 8:00 准时出发，向西进入阿肯色州，然后向北到达圣路易斯。幸运的是，我设法避免了有人坐在我旁边的麻烦。

巴士上的座位几乎坐满了，只剩下三四个空位。按照行车时刻表，我们计划六小时后到达圣路易斯，19:00 前抵达印第安纳波利斯，23:00 到达克利夫兰。我要在车上待 15 个小时。取证将在明天 9:00 开始。

我敢肯定，此刻辩方特伦特与布伦特律所的对手们仍在香甜的睡眠之中。几个小时后，他们会起床吃上一顿美味的早餐，然后在后院跟太太闲聊、翻看周日的报纸，没准还有人去教堂，然后再吃上一顿丰盛的午餐，打一场高尔夫球。大约17:00，他们的太太会开车送他们去机场，在那里与他们亲吻道别，然后他们坐进头等舱。一小时后，他们在克利夫兰降落，毫无疑问大利公司会派人热情迎接，开车送他们去城里最好的酒店。酒足饭饱之后，他们会聚集在豪华的行政会议室，密谋如何对付我，直到深夜。大概在我办完入住登记手续，住进了六号汽车旅馆之类的旅馆时，他们上床休息，容光焕发，整装待发，已为战斗做好了充分准备。

大利保险公司大楼位于克利夫兰一个富裕的郊区里，这个社区是当年有钱的白人搬离市中心的结果。当我跟出租车司机说要在附近找一家便宜的汽车旅馆时，他便熟门熟路地把我拉到了广场旅馆前面。旅馆旁边是一家麦当劳，对面是一家录像馆。这一带的商区杂乱无章地布满了脱衣舞厅、快餐店、闪光广告牌、购物中心以及廉价的汽车旅馆。大型购物中心似乎不太远。看起来也挺安全的。

旅馆空房间还很多。一个晚上的房费是32美元，我付了现金。按照戴克的指示，我要了一张收据。

00:02，我上了床，盯着天花板，忽然想到，除了汽车旅馆的前台人员，这个世界上没有其他人知道我在哪里。不会有人给我打电话，也不会有人来看我。

当然，我睡不着。

自从我憎恶大利公司以来，我脑海里对这个公司总是有一个模糊的印象。我好像看到一栋高耸的现代化大楼，用很多闪亮的玻璃装饰，闪闪发光。大门前有个喷泉，旁边是一排旗杆，一块黄铜牌子上刻着公司名称和标志。在公司里，无时不刻不彰显着财富与繁荣。

事实却并非如此。大楼很容易找到，因为入口处上方的混凝土用黑色粗体字母写着：贝克盖普路5550号。大利公司的大名却难觅踪迹。实际上，从大街上看，这栋大楼没什么特别的。门前没有喷泉，也没有一排旗杆，只是几座方块建筑物挤在一起，彼此镶嵌融合，组成了一座庞大的五层大杂烩建筑。大楼非常现代化，却又丑陋至极。大楼的外观是白色水泥墙和黑色的窗户。

幸好，大楼前门有标记，我进入了小门厅，门厅一侧放着几盆塑料绿植，另一侧坐了个可爱的前台人员。她戴着一副时髦的耳机，下颏处伸出一根细细的电线，弯弯曲曲贴在脸边，麦克风离她的嘴唇只有几英寸。她身后的墙上列着三个平平无奇的公司名字：平康集团、绿湖海洋和大利人寿保险。这些公司之间有什么关系吗？每个公司的铜牌上刻着代表公司精神的口号。

“我叫鲁迪·贝勒，我约了保罗·莫耶先生。”我礼貌地说。

“请稍等。”她按了一下按钮，等了一会，说：“莫耶先生吗？有一位贝勒先生找你。”

她一直面带微笑。

他的办公室一定离前台很近。不到一分钟，我就已经跟他握手寒暄了。我跟着他绕过一个拐角，穿过走廊，上了电梯。他几乎和我一样年轻，没完没了地说着废话。电梯停在了四楼，我已经不可救药地害怕会迷失在这栋大楼里。地上铺了地毯，灯光暗淡，墙上挂着画作。在莫耶聒噪的话语声中，我们沿着走廊走，然后他拉开一扇沉重的门，领我进入房间。

欢迎来到跻身财富500强的大利公司。这是董事会会议室，房间又长又宽，中央一张亮闪闪的椭圆形长桌，至少有50把椅子围了一圈，都是真皮的。离桌面不过几英尺的会议桌中央上方挂了一盏枝形吊灯。我左边的角落上有一个吧台，我右边是一个咖啡盘，里面有饼干和百吉饼。食物四周围了一群阴谋家，至少有八个人，每个人都穿着深色西装白衬衫黑皮鞋，打着条纹领带。八对一。我身上的几个主要器官，本来就紧张得发颤，现在变成了地震式的剧烈震动。在我需要你的时候，蒂龙·基普勒你在哪？现在就算只有戴克在场，对我也是莫大的安慰啊。

他们中有四位是特伦特与布伦特律所的律师。一位是在孟菲斯听证会上曾见过的熟面孔，另外三位则是从未相遇的陌生人。一看到我，他们立刻闭嘴。有一瞬间，他们全都不吃不喝不讲话，只是目瞪口呆地看着我。我的到来打断了他们正在进行的重要谈话。

T. 皮尔斯·摩尔豪斯首先回过神来。“鲁迪，进来吧。”他没话找话地说。我依次向 B. 杜威·克莱·希尔三世，小 M. 亚历克·普伦克和布兰登·富勒·格罗等旧雨点头招呼，然后和四位新相识的人一一握手。摩尔豪斯大声地说出了他们的姓名，我却立刻遗忘在风中。杰克·昂德霍尔是我曾在基普勒法庭那场小冲突中见过面的人，他是大利公司的内部法律顾问，也是指定的公司发言人。

我的对手们个个眼神明亮，精神抖擞。在快速飞行并享受了一顿美味的晚餐之后，他们肯定美美地睡了一顿好觉。他们衣服笔挺，衬衫浆过，好像这些衣物不是刚从行李袋里拿出来而是从衣橱中拿出来似的。而我的眼睛却又红肿又疲倦，衬衫皱巴巴的。但我的心里有比穿衣服更重要的事情要做。

法庭书记员到了之后，T. 皮尔斯把大家领到了桌子的一端。他指指点点，把桌首位置留给证人，然后绞尽脑汁考虑如何安排每个人的位置。过了一会儿，他终于想好了。我规规矩矩地坐到了他给我指定的位置，然后尽量把椅子拉近桌子。可是我太紧张了，而且这该死的椅子足足有一吨重，太难拉了。我的对面，离我至少有十英尺远的地方，特伦特与布伦特律所的那四位律师，打开了公文包正故意弄出声响。咔咔地开锁，嗞嗞地拉拉链，唰唰地抽出卷宗，又哗哗地翻开文件。几秒钟不到，桌子上就已经乱七八糟一大堆文件了。

坐在书记员后面的四位公司员工，不知道下一步该干什么，正等着 T. 皮尔斯的指令。等到他手上的文件和便笺簿终于整理好之后，他说：“现在，鲁迪，我们认为应从我们公司指定的发言人杰克·昂德霍尔开始取证。”

我早就料到了他会这么做，所以早想好了要坚决反对。“不，我不这么认为。”我有点紧张地说。身处他乡异地，又被敌人四面包围，我努力让自己冷静处事。我不想从公司指定的发言人开始取证，有好几个原因，最重要的是这是他们想要的局面。但这是我方的取证，我不停地告诉自己。

“请你再说一遍好吗？”皮尔斯说。

“你听见我说什么了。我要从杰基·莱曼西支克开始取证，也就是从那位理赔员开始。首先，我要拿到文档。”

任何恶意欺诈案的关键都是理赔文档，即总部理赔员保存的全部来往信函以及文件。在一起善意欺诈案中，理赔文档惊人地记录了一件又一件搞砸了的事情。我有权得到理赔文档，而且早在十天前就应该拿到了。德拉蒙德把自己的责任推得一干二净，说是他的客户办事拖拉，没有备齐。基普勒毫不含糊地下了法庭命令，今天早晨我到达之后，文档必须在第一时间交给我。

“我方认为，最好先从昂德霍尔先生开始。”T. 皮尔斯的语气听起来不是很确定。

“你们怎么想，我不在乎。”我说，怒气冲冲。我能挺过去，因为法官是我的朋友。“我们用不用给法官打个电话？”我嘲弄地问，一副小人得志的神气。

基普勒虽不在现场，但他的威慑力仍统辖着现场。他的命令非常明确，我要求的六名证人今天9:00必须到场，而且取证的顺序完全由我决定。在我没同意他们走之前，他们应该随时待命。这一纸命令还给我留了后手，万一在我开始质询和深入挖掘之后，如果认为有必要还可以追加其他证人。所以我当然要迫不及待地威胁他们，要给法官大人打电话了。

“呃……我们……嗯……我们……呃……杰基·莱曼西支克有点问题。”皮尔斯边说，边紧张地瞥了一眼缩在门边的四名公司员工。那四位先生全都紧张不安，一致低着盯自己的脚，坐立不安，脸上的肌肉抽搐着。坐在我正对面的T.皮尔斯正在竭力挣扎。

“什么问题？”我问。

“她已经不在这工作了。”

听到此话，我不由得张大了嘴巴。我真的是惊呆了，一时之间想不出要说什么。我两眼直勾勾地盯着他，努力让自己冷静下来。“她什么时候离职的？”我问。

“上周晚些时候。”

“有多晚？上周四我们在法庭时，你知道这件事吗？”

“没有。她是星期六走的。”

“是因为合同到期吗？”

“她辞职了。”

“她现在在哪？”

“她已经不再是公司员工了，对吗？我们不能让她担任证人。”

我研究了一下笔记，挑出了另外几个名字。“好吧。托尼·克里科怎么样？他是初级理赔审查员。”

又是一阵坐立不安和挣扎。

“他也走了，”T. 皮尔斯说，“他被裁员了。”

我又被迎面痛击了一下，感到头晕目眩，不知道下一步该怎么办。

大利公司真的把有关人员统统解雇了，就怕他们会跟我谈些什么。

“那可真是够巧的呀。”我茫然失措地说。普伦克、希尔和格罗眼睛盯着面前的便笺簿，不愿抬头。我真想象不出来他们能写些什么。

“我们的客户一直定期裁员。”T. 皮尔斯说，努力保持一张严肃的脸。

“那个高级理赔监理员理查德·佩洛特呢？我猜，他也被解雇了？”

“没有。他在。”

“那拉塞尔·克罗基特呢？”

“克罗基特先生离职了，去了另外一家公司。”

“那么，他没被裁员？”

“没有。”

“他辞了职，像杰基·莱曼西支克一样？”

“没错。”

拉塞尔·克罗基特是那封“愚蠢至极”信函的作者，时任高级理赔监理员。当我开始这趟克利夫兰之旅的时候，既紧张又害怕，我非常期待对他进行取证。

“埃夫雷特·洛夫金，负责理赔部的副总裁呢？也被裁掉了吗？”

“没有。他还在。”

这是一段让人难以置信的长时间沉默，在尘埃落定之前，每个人都无所事事地装作忙忙碌碌。我的起诉引起了血雨腥风。我在便笺簿上，仔细地列出了接下来该做的事项。

“文档在哪里？”我问。

T. 皮尔斯把手伸到背后，拿出来一摞文件，从桌面上推给了我。这些文件复印得清楚整齐，并用粗粗的橡皮筋绑好了。

“是按时间顺序排列的吗？”我问。基普勒在命令中对此提出过要求。

“我认为是的。”T. 皮尔斯说，一边盯着大利公司的四名员工，好像想要把他们掐死一样。

这堆文档有差不多五英寸厚。我没有拆开。我说：“给我一个小时。然后我们再继续。”

“当然，”T. 皮尔斯说，“那边有个小会议室。”他站起来，指了指我身后的墙壁。

我跟着他以及大利公司的员工杰克走进了隔壁房间。他们马上就离开了。我坐在桌旁，立即开始翻阅文件。

一小时后，我再次走进了董事会会议室。他们正喝着咖啡闲聊。“我们需要给法官打个电话。”我说。T. 皮尔斯正絮絮叨叨，他注意到了我。“来这打。”我指着刚才我刚才待的那个小房间说。

我和他各持一个话筒，我拨响了基普勒办公室的电话。铃声刚响两下，他就接起了电话。我们各报了身份，互道了早安。“这里出了点问题，法官大人。”我说，我想从一开始就定下调子。

“什么问题？”法官问。T. 皮尔斯听着，眼神茫然地盯着地板。

“嗯，我在通知中指定并经你的命令确认的六名证人，其中有三名突然不见了。他们不是辞职了就是被裁员了，差不多就是这样，反正他们都不在这里。这些事情是上周晚些时候才发生的。”

“哪几个证人？”

我相信他面前一定摊开着文档，他此刻正在查看名单。

“杰基·莱曼西支克、托尼·克里科和拉塞尔·克罗基特都已离开了公司。佩洛特、洛夫金和公司发言人昂德霍尔却奇迹般地留了下来。”

“文档怎么样？”

“我已经拿到了理赔文档，翻阅了一遍。”

“然后呢？”

“至少漏了一份文件。”我细心地盯着 T. 皮尔斯说。他对我皱了皱眉，似乎他不相信会有这种事情发生似的。

“是哪一份文件？”基普勒问。

"那封'愚蠢至极'信函。那封信不在文档里。我还没有检查完其他文件。"

上周，大利公司的律师们才第一次看到那封信函。在多特作证时，我提交了那封信函，并在信函顶部用"副本"的图章盖了三遍。我是故意这么做的，以便将来如果这封信函再次出现，我可以知道它是从哪来的。这封信函的原件现在安全地锁在我的文件柜里。如果德拉蒙德他们把这份做了标记的副本寄回给大利公司，再为时过晚地塞进理赔文档中，对他们而言无疑风险过大，他们应该是不会乐意的。

"情况属实吗，皮尔斯？"基普勒问道。

皮尔斯是真的有点不知所措。

"很抱歉，法官大人，我不知道。文档我检查过一遍，不过，呃，我想情况可能属实。我并没有一份文件一份文件地检查过。"

"你们俩现在是在同一个房间里吗？"基普勒问。

"是的，大人。"我们齐声回答。

"很好。皮尔斯你出去一下。鲁迪跟我继续通话。"

T. 皮尔斯本想争辩些什么，但他想了想又咽回去了。他困惑不解地挂上了电话，离开了房间。

"好了，法官大人，只有我一个人了。"我说。

"他们现在怎么样？"他问。

"非常紧张。"

"我一点都不奇怪。我们接下来要这么做。他们弄掉证人，隐匿文档，这就让我取得了把取证地点转移到孟菲斯的权力。这是我的自由裁量权，他们应该为他们的所作所为受到惩罚。我认为，你应该仅仅取证昂德霍尔一个人。你想问什么问题就问什么问题，但要尽量把他跟那三个证人消失的事情联系起来。对他穷追不舍。对他取证完之后，你就回来吧。我会在本周晚些时候安排一次听证会，弄清楚真相。把保险理赔文档拿到手。”

我迅速地记下了他的指示。

“现在让皮尔斯过来听电话，”他说，“我要把他痛斥一通。”

杰克·昂德霍尔矮壮结实，唇上的胡须修剪得整整齐齐，他讲话简洁清楚。他先谈了公司本身的情况。大利公司属于平康公司，这是一家私人控股公司，其所有者很难确定。我向他详细询问大楼里这三家公司的隶属关系和相互之间的联系，然而越问越糊涂。我们用了一个小时来讨论公司的组织结构，上至公司首席执行官下至基层员工。我们谈了产品、营销、市场、部门和人员，某种程度上说都有点意思，但总体而言都毫无意义。他出示了两封失踪证人的辞职信，并且向我保证，他们离开公司与本案绝对无关。

我逼问了他三个小时，然后结束了取证。我本打算在克利夫兰至少待三天，和特伦特与布伦特律所的那几位律师在同一个房间里，与一个又一个充满敌意的证人针锋相对地争吵，晚上翻阅大量的文件，追踪觅迹，查明真相。

但现在我在第二天下午就离开了这所城市，再也不会回来，我装走了新的文档，带回去让戴克仔细查阅。我知道现在这些混蛋将不得不来到我的地盘，在我的法庭里，在我的法官见证下作证。

返回孟菲斯的巴士似乎比来时快多了。

第三十五章

戴克印好了名片，头衔是我从来没听说过的准律师。他在市法院外的走廊里闲逛，钓那些第一次出庭受审的小偷小摸的犯罪者上钩。只要他看见那些惴惴不安、手上拿着传票的家伙，就立刻行动起来。他把这叫作“秃鹰两部曲”，这种快速低调的揽客招数已经被在市法院附近晃荡的街头律师改进到完美的地步。他有一次邀请我跟他一起去看看，顺便学会其中的招数。我拒绝了。

德里克·道根原本也是这种“秃鹰两部曲”的目标客户，可惜他没上钩。当时他问戴克：“准律师是什么鬼？”一向对什么问题都有现成答案的戴克，没能回答这个问题，只能匆匆转身离开了。但道根留下了戴克的名片。当天晚些时候，道根被一个超速行驶的少年飞车撞伤。距离他在市法院外叫戴克走开还不到 24 小时，道根从他在圣彼得医院的那个半私用病房中拨打了戴克名片上的电话号码。戴克在办公室里接到了这个电话，我正在勤勉地钻研那堆难以理解的保险公司文档。几分钟后，我们开车朝医院飞驰而去。道根想跟一位真正的律师，而不是跟准律师谈话。

这是我平生第一次对这家医院进行半合法的访问。我们找到道根时，他独自一人，腿摔断了，肋骨摔断了，手腕也断了，脸上各种伤痕和瘀青。他很年轻，大概 20 岁，手上没戴结婚戒指。我像一个真正的律师一样办理案件，给他灌输一些回避保险公司的观念，让他除了我们跟谁都不要说话。这完全是我方与对方之间的纷争，我们律所办理过的车祸案比城里的哪家都多。戴克边听边笑。他把我教得真好。

道根签署了一份合同以及一份让我们可以获得他病历的声明。他浑身疼痛难忍，我们不便久留。既然他已经签订了合同，我们便告辞并答应明天来看望他。

中午，戴克拿到了事故报告，并且和撞人的少年的父亲谈过话了。他们是在州立农业保险公司投的保险。少年的父亲考虑不周，竟然告诉了戴克保单赔偿限额是 25 000 美元。他和儿子对保单赔偿数额如此之低感到抱歉。没事没事，戴克说，他对这起车祸感激不尽呢。

25 000 美元的三分之一是 8 000 美元多一点。我们去了皮博迪一家叫杜克斯的高级饭店美美地吃了一顿午餐。我点了酒，戴克点了甜点。这是我们律所最伟大的时刻。我们足足用了三个小时来谋划如何花掉这笔钱。

在我去克利夫兰那周的星期四17:30，我们又回到了基普勒的法庭里。法官大人特意挑这个时段，就是为了让了不起的列奥·F.德拉蒙德在法庭上疲于奔命一天之后，再来挨一顿训斥。他的在场使得辩方律师团也全员到场，他们看起来全都意气风发，但谁都知道等待他们的将是最糟糕的结果。大利公司内部法律顾问杰克·昂德霍尔也在场，其他的几位员工都留在了克利夫兰。我不怪他们。

“文档的事情，我曾警告过你，德拉蒙德先生，”法官大人居高临下地坐在法官席上开始训斥。五分钟前，他刚叫我们按位置坐好，现在德拉蒙德已经开始中枪流血，“我想我已经指示得非常详细具体了，而且下达了书面命令，这你全都了解的。现在，结果怎么样呢？”

这可能不是德拉蒙德的错。他的客户在跟他玩把戏，而且我强烈怀疑，他已经亲自狠狠地训斥过克利夫兰的那些家伙。列奥·德拉蒙德极其自负，对羞辱难以忍受。他正在联邦法院为一起涉及亿万资产的案子辩护，每晚可能只睡三个小时，脑中有千头万绪，现在却不得不匆匆赶到这里，为刚愎任性的客户的可疑行为进行辩护。

我**几乎**有点为他感到难过。

“对此我无从辩解，大人。”他说。他的真诚让人信服。

“你是什么时候首次得知这三名证人已不再为你的客户工作了？”

“星期天下午。”

“你有没有试图通知原告律师？”

“有。但我们找不到他。我们甚至给航空公司打过电话，想查到他的航班，但没查到。”

他们应该给灰狗公司打电话嘛。

基普勒摇着头，露出一副嫌弃的样子，做出了一个重大决定。“坐下，德拉蒙德先生。”他说。我连一句话都没说过呢。

“先生们，本庭计划如下，”法官大人说，“从下周一算起，一周后，我们将在此集中取证。应出席的辩方取证证人有：理查德·佩洛特，高级理赔监理员；埃夫雷特·洛夫金，理赔部副总裁；柯密特·阿尔迪，保险部副总裁；布雷福德·巴恩斯，经营部副总裁；以及 M. 威尔福·基利，首席执行官。”之前基普勒曾让我给过他一份我要取证的证人名单。

我能感受到过道另一边的几个伙计倒抽了一口凉气。

“不得找任何借口，不许延误，不得申请延期。他们来此的旅费当然由其自理。取证期间他们应当听从起诉方的安排，未经贝勒先生同意，不得擅自离开孟菲斯。本次取证费用，包括法庭书记员的费用以及录像、复印费用，应全部由大利公司承担。取证时间暂定为三天。

“此外，所有文档的复本应不迟于下周三前也就是取证五天前，提交给原告。文档应当按照时间顺序排列，复印清晰。否则，将受到本庭严厉惩处。

“而且，提到惩处，我在此命令被告大利公司，支付贝勒先生往返克利夫兰的旅费作为惩处。贝勒先生，去克利夫兰的来回机票多少钱？”

“700 美元。”我如实回答。

“头等舱还是普通舱？”

“普通舱。”

“德拉蒙德先生，你们派了四个律师去克利夫兰。坐的是头等舱还是普通舱？”

德拉蒙德瞥了 T. 皮尔斯一眼，皮尔斯像偷东西被当场逮住的孩子一样畏缩起来：“头等舱。”

“果然不出我所料。头等舱机票多少钱？”

“1 300 美元。”

“你的食宿费花了多少，贝勒先生？”

实际上，我花了不到 40 美元。但在公开法庭上承认这一数字会非常尴尬。我要是能住在一个顶层豪华套间该多好。“60 美元左右。”我稍微多报了一点，但又不过于贪心。我敢肯定，他们住的酒店房间每晚得要 150 美元。

基普勒动作夸张地把这些一一记下，脑子里在不停地计算。“你飞行花了多长时间？单飞一次两个小时？”

“大概是这样。”我说。

“每小时 200 美元，那就是 800 美元。还有其他费用吗？”

“支付给法庭书记员 250 美元。”

他把这些费用记下来，把总数加起来，又核对了一遍，然后说：“我命令被告在五天之内支付贝勒先生总计 2 410 美元，以示惩处。如果贝勒先生五天内没收到这笔钱，金额将每天自动翻倍，直到他收到支票为止。你明白吗，德拉蒙德先生？”

我不禁笑逐颜开。

德拉蒙德慢慢站起来，微微弓着腰，双手向前一摊。“我反对。”他说。他怒火中烧，却竭力克制情绪。

“将反对记录在案。你的当事人有五天的时间。”

“没有任何证据证明贝勒先生乘了普通舱。”

辩护律师的本质就是对任何事都要进行反对。吹毛求疵是天性。这仍然是合算的。因为这笔钱对大利公司来说不过是九牛一毛，德拉蒙德应该意识到在这件事情上纠缠，对他没什么好处。

“去克利夫兰来回一趟，显然要花销 1 300 美元，德拉蒙德先生。这就是我命令你的客户支付的费用。”

“贝勒先生并不是按小时收费的。”他回答说。

“你是说他的时间不值钱吗？”

“没有。”

他想说的是，我不过是个初出茅庐的街头律师，我的时间根本没有他或他的同伙那样值钱。

“那你就按每小时 200 美元付给他钱。你应该觉得自己走运了，我刚才还想让你为他待在克利夫兰的每一个小时都付费呢。”

就差那么一点儿！

德拉蒙德沮丧地摆了摆手，回到原位置上。基普勒坐在法官席上对他怒目而视。当上法官没几个月，他就以不喜欢大公司而出名了。在其他案件中，他亦动辄惩罚大公司，法律界对此议论纷纷。这样做意义不大。

“还有什么问题吗？”他朝他们低声咆哮地问。

“没有了，大人。”我大声说，不过是想表明我还在场。

过道另一侧的阴谋家们集体摇头，基普勒敲了敲他的法槌。我迅速收拾好文档，转身离开了法庭。

我跟多特在一起吃了熏咸肉三明治作为晚饭。暮色渐浓，夕阳从她家后院树梢后渐渐落了下去。巴迪坐在破烂的福特车里面，不肯出来吃饭。她跟我说，因为唐尼·雷的缘故，他现在待在外面的时间越来越长了。眼看着儿子活不了几天了，他能做的就是躲在车上喝闷酒。每天早晨，他都要到儿子身旁坐上几分钟，离开房间的时候总是泪流满面，然后就整天独自一人躲在车上，逃离所有人。

而且，就算是平时家里有客人，他通常也不愿意进屋。对此我无所谓，多特也不在乎。我们谈了这场官司，谈到了大利公司的所作所为，谈到了蒂龙·基普勒法官令人难以置信的公正，然而她对这些都兴趣寥寥。六个月前，我在柏树花园初次遇见时那个脾气火暴的女人，似乎已经放弃了抗争。彼时，她真的以为只要一位律师，任何一位律师，就可以把大利公司吓得改恶从善。只要还有时间，就能创造奇迹。可是现在，一切希望都已化成幻影。

多特总是为唐尼·雷将死而感到自责。她不止一次地跟我说，在大利公司第一次拒绝理赔的时候，她就应该直接去请律师。然而，她选择了自己给大利公司写信。我现在强烈怀疑，如果当初找了律师威胁起诉，大利公司一定会迅速行动，为唐尼·雷提供医疗费用的。我这样想有两个理由。首先，他们明显做错了，而且他们对此也心知肚明。其次，在我这个新手律师起诉他们之后，他们很快就提出了用 75 000 美元庭外私了的建议。大利公司在害怕。他们的律师也害怕。克利夫兰的那帮人也害怕。

多特为我冲了一杯不含咖啡因的速溶咖啡后，就去看看她的丈夫了。我端着咖啡来到屋后，走进了唐尼·雷的房间，他在睡觉，盖着床单，侧身朝右蜷缩着身体。角落里的一盏小灯发出微弱的光芒。我坐在灯旁，背靠着敞开的窗户，窗外吹来一阵凉爽的清风。四周寂静无声，房间里静谧安详。

他的遗嘱很简单，只有短短两段，把所有财产都留给母亲。那是我一周前替他起草的。他既无资产也没有债务，遗嘱其实并没有什么必要，但这会让他感觉舒服一些。他还交代了自己的葬礼，一切听从他母亲的安排。他希望我可以做他的抬棺人。

我翻开了一本书，这本书我已经断断续续看了两个月。书里是四篇缩写过的长篇小说，已经出版 30 年了，这是布莱克家里为数不多的书籍中的一本。我把它放在同一个地方，每次来的时候总要翻上几页。

他时而发出一些哼哼声，时而抽搐几下。我不知道，不久之后的某个清晨，当多特悄悄走进这个房间发现他再也醒不过来时，她该怎么办。

当我跟唐尼·雷在一起的时候，她总是会走开让我们单独待着。现在我能听见她在洗碗，我想巴迪没准也在屋里。我翻看了一个小时的书，时不时看唐尼·雷一眼。如果他醒过来，我就跟他聊天，或者打开电视看一看。他想做什么都行。

我突然听到书房里有一个陌生的声音，接着就有人轻轻敲门。门慢慢打开了，我花了几秒钟才认出来门口的那个年轻人就是来家访的科德医生。我们握了握手，在床尾轻声聊了几句，然后便走几步站在窗前。

“只是刚好路过。”他仍然轻声说，好像他整天就在这一片转悠似的。

“请坐吧。”我指着另一把椅子说。我们坐了下来，膝盖碰着膝盖，背靠着窗户，双双望向六英尺之外床上那个奄奄一息的青年。

“你来这多久了？”他问。

“一两个小时。我和多特一起吃了晚饭。”

“他醒过吗？”

“没有。”

我们坐在半明半暗的房间里，微风吹拂，掠过我们的脖子。生命在一分一秒地流逝，但此时此刻，我们早已忘记了时间。

“我一直在想，”科德说，他轻声到几乎屏住了呼吸，“这个案子的庭审。你知道大概是在什么时候吗？”

“2 月 8 日。”

“确定吗？”

“基本确定。”

“如果我亲自出庭作证，是不是会比陪审团看录像或者读书面证言，更有说服力？”

“那是当然。”

科德执业好几年了。他对审讯和取证都有一定的了解。他身体向前倾，双肘放在膝盖上。“那取证这件事就算了吧。我会出庭作证，详细讲这件事，而且不会收你一分钱。”

“你真是太慷慨了。”

“不用客气。至少这是我能为他做的最起码的事。”

我们围绕他出庭作证之事讨论了很久。厨房那边有一些琐碎的噪声，房间里却很安静，科德是那种长时间交谈也不会觉得心烦的人。

“你知道我到底是做什么的吗？”他终于问道。

“是什么？”

“我确诊病人，然后为他们的死亡做准备。”

“那你为什么选择肿瘤学这门专业？”

“你想知道为什么？”

“当然了。为什么不呢？”

“大家需要肿瘤医生，做这一行的原因很简单，它不像其他科室那么拥挤。”

“我想大概是因为总得有人来做吧。”

“实际上，不像你说的那么糟。我喜欢我的工作。”他停了一下，看了看他的病人。“不过，也很难。眼睁睁地看着病人得不到治疗而死去。如果骨髓移植不是那么贵的话，也许我们可以做点事。我愿意付出我的时间和努力，但即使这样，移植手术仍旧需要 20 万美元。全国没有哪家医院或哪家诊所能付得起这么一大笔钱。”

“所以你讨厌保险公司，对吗？”

“对，确实如此。”停了很长一段时间，然后他又说道，“咱们要狠狠地敲他们一笔！”

“我在尽力。”

“你结婚了吗？”他坐直身子，瞥了一眼手表。

“没有。你呢？”

“离了。我们去喝杯啤酒吧。”

“好啊。去哪？”

“你知道墨菲牡蛎酒吧吗？”

“当然。”

“我们在那儿碰头吧。”

我们蹑手蹑脚地经过唐尼·雷的床前，离开了房间，跟坐在前廊摇椅上抽烟的多特告了别，然后暂时离开他们一家。

3:20，电话铃声响起来的时候，我睡得正熟。要么是唐尼·雷死了，要么就是有架飞机坠机了，戴克正在紧急追踪。否则，谁会在这个时候打电话过来呢？

“鲁迪？”话筒那边传过来的声音非常耳熟。

“伯蒂小姐！”我叫道，连忙坐起来，打开了灯。

“真不好意思这个时候给你打电话。”

“没关系。你还好吗？”

“嗯，他们对我不好。”

我闭上眼睛，深深吸了一口气，重新躺回床上。为什么我听到这话一点也不吃惊呢。“谁对你不好？”我只能这么问。这种时候，我即使想关心她，也无能为力。

“琼对我最不好，”她答道，好像已经给他们分了类。“她不想让我待在她家里。”

“你跟朗道夫和琼住在一起吗？”

“是的，糟透了。我连吃饭都提心吊胆的。”

“为什么？”

“因为他们说不定会给我下毒。”

“别闹了，伯蒂小姐。”

“我可不是瞎说。他们全都在眼巴巴地等着我早点死，就是这样。我如他们所愿，给他们立了一份新的遗嘱，在孟菲斯时就签好字了，你知道的，然后就来了坦帕，刚开始他们对我也好了几天。孙子们常常过来看我，又是带鲜花又是带巧克力的。后来德尔伯特带我去做了体检。医生做了全面检查，说我的身体好得很。我想这不是他们想听到的消息，所以他们很失望，一夜之间他们就像换了个人一样。琼露出卑鄙小娼妇的真面目。朗道夫忙着去打高尔夫球，从来不归家。德尔伯特整天待在跑狗场上。薇拉讨厌琼，琼也讨厌薇拉。那些孙子们，他们大多没有工作，你懂的，他们只要一起床，就连影子都看不见了。”

“伯蒂小姐，你为什么大半夜给我打电话？”

“好吧，那是因为，我得偷偷摸摸打电话。昨天，琼跟我说以后不准我用她家的电话了。我去找朗道夫，他说我一天能打两次电话。我想念我的家，鲁迪。家里还好吗？”

“很好，伯蒂小姐。”

“我不能再待在这里了。他们把我塞到一个小房间里，淋浴间小得不得了。我习惯了有很多房间的大房子，你懂的，鲁迪。”

“是的，伯蒂小姐。”她在等我开口主动去接她回家。但现在显然为时过早。她走了还不到一个月。她在那多待段时间对她有好处。

“朗道夫缠着我给他签一份授权书，授权他处理我的一切事务。你怎么看？”

“伯蒂小姐，我从不建议我的客户签那些东西。这不是什么好主意。”我从来没有面对过这种情况的客户，但这对她而言，显然不是什么好事。

可怜的朗道夫。他费尽心机想拿到她那笔 2 000 万美元的财产。一旦他发现了真相，他会怎么样？伯蒂小姐现在察觉到大事不妙。只能等等看了。

“嗯，我不知道怎么办才好。”她的声音听起来很无力。

“别签字，伯蒂小姐。”

“还有一件事。昨天德尔伯特，哦，哦……有人来了。我得挂了。”咔嗒一声，她挂断了电话。我眼前闪过伯蒂小姐因为没得到允许就擅自打电话，而被琼用皮鞭狠狠抽打的场景。

伯蒂小姐打这个电话没什么大事，反而显得点儿滑稽。如果她真想回来，我就去佛罗里达接她。

我辗转反侧，最后终于睡着了。

第三十六章

我给劳役农场打电话，要与我第一次去探视奥托时和我说过话的那位女士通话。按照规定，所有探视都必须先跟她沟通。我想在给他取证之前，先去探视。

我听见她敲击键盘的声音。“博比·奥托已经不在这里了。”她说。

“什么？”

“三天前他已经获释出狱了。”

“他跟我说他还要再待 18 天呢。就一周前。”

“那可太糟糕了。可他已经走了。”

“他会去哪儿呢？”我疑惑地问。

“你在开玩笑吗？我怎么知道？”她说完就挂了电话。

奥托信口开河，跟我撒了谎。虽然第一次我们很幸运地找到了他，但这一次他躲起来了。

周日的早晨，我一直最害怕接到的那个电话终于打过来了。我当时正坐在伯蒂小姐的后院里，好像我就是这个房子的主人一样，喝着咖啡看着晨报，享受美好的一天。多特的电话打过来了，说她一个小时前发现唐尼·雷昨晚睡着之后，再也没有醒过来。

她的声音有些颤抖，但她在努力克制。我们聊了一会，我发现我的喉咙越来越干，眼睛也变得越来越湿。她的话语中透露出松了一口气的意味。“他现在解脱了。”她一次又一次地说。我对她说我很难过，我保证今天下午一定去她家。

我穿过后院，来到吊床边，靠在一棵橡树上，擦去脸上的泪水。我坐在吊床边上，双脚着地，垂首为唐尼·雷做最后的祈祷。

我从家里给基普勒法官打了电话，告诉了他唐尼·雷的死讯。葬礼将在明天14:00举行，这个时间对我来说有点麻烦。对大利公司总部员工的取证，预定从明天9:00开始，要持续好几天。我敢肯定克利夫兰那几名西装革履的员工早已来到了孟菲斯，没准此时正在德拉蒙德的办公室里对着摄像机进行最后的排练呢。德拉蒙德办事就是这么严密周详。

基普勒让我明天9:00准时出庭，别的事他自有安排。我告诉他我准备好了。我本来也理该如此。我早已打印出针对每个证人可能会问到的问题，法官大人也提出了不少有益的建议。戴克也仔细检查过了。

基普勒暗示他可能会推迟取证，因为明天他要主持两场重要的听证会。

不管怎么样都行。我现在真的什么都不在乎了。

我赶到布莱克家时，整个街区的邻居都已经赶来吊丧。街道和停车道上都停满了汽车。老人们有的在前院闲逛，有的坐在门廊上。我向人们微笑点头致意，穿过人群走进屋子里，在厨房里看到了多特，她正站在冰箱旁边。房子里挤满了人。厨房的桌子上柜台上摆满了馅饼、砂锅菜和炸鸡。

多特和我轻轻地互相拥抱。我说“我很难过”以示哀思，她感谢我的到来。她双眼红肿，但我觉得她早已哭累了。她指着食品招呼大家，叫我别客气。我离开了她，让她跟邻里的女士们待在一起。

我突然觉得饿了。我用纸盘装了烤鸡、烤豆子和凉拌卷心菜，然后去了小后院，一个人在那里吃晚饭。谢天谢地，巴迪不在那辆福特车里，可能她已把他锁在卧室里了，免得他出来让她难堪。我慢慢吃着，听着从厨房和屋子窗户里传来的轻轻的话语声。吃完之后，我又去装满一盘，然后又回到院子里。

没一会，有个看起来很面熟的年轻人走到了我身边。“我是隆尼·布莱克。”他说着，在我旁边的椅子上坐了下来。“双胞胎中的另一个。”

他个子不高但是很瘦很健康。“见到你很高兴。”我说。

“这么说你就是律师了。”他手上拿着一听软饮料。

“我就是。鲁迪·贝勒。我为你兄弟感到难过。”

“谢谢。”

多特和唐尼·雷很少谈论隆尼，对此我很清楚。高中毕业后没多久，他就离开了家，去了很远的地方，而且一直不回家。某种程度上，我能理解他这种做法。

他没心情聊天。他的话语很简短，言辞也勉强，但我们终于还是聊到了骨髓移植的事情。他的说法确定了我长久以来的猜测，他早就做好准备，随时捐献骨髓来拯救他的兄弟，科德医生亲自跟他说过，他的骨髓跟唐尼·雷的完美匹配。我跟他说，短短几个月后，他就得向陪审团讲清楚这一切的来龙去脉，他说他很愿意。他问了几个关于官司的问题，但似乎对他本人从这场官司中能分到多少钱并没什么兴趣。

我想此时此刻他一定很伤心，但他没有过多流露出自己的哀思。我打开了那扇通往童年的回忆大门，希望能够听到一些所有双胞胎兄弟都会有的一些温情故事，他们曾经的恶作剧，他们怎么拿别人寻开心。然而，这种回忆寥寥无几。他在这里长大成人，在这栋房子、这个街区，可是显然过去对他早已没有什么意义。

葬礼在明天 14:00 举行。我敢肯定，葬礼后隆尼·布莱克会立刻乘坐 17:00 的班机飞回休斯敦。

人们如潮水般来来去去，只有食物永远丰盛充足。我吃了两块巧克力蛋糕，隆尼喝了一瓶常温汽水。坐了两个小时后，我精疲力尽，只能告辞回家。

星期一，在法庭的另一边，列奥·F. 德拉蒙德身边围坐着那帮表情严肃、一身黑西服的助手。

我已经准备好了。虽然疲惫，害怕得直发抖，但我把要提问的问题打印出来了，放在手边待用。即使我吓到无法呼吸，我也还是可以照样把问题读出来，让他们回答。

看到这帮公司高管满脸畏惧地缩在一旁，煞是有趣。我可以想象得出，当他们接到法院通知今天必须在此出庭取证时，他们会对我、对基普勒、对所有的律师，特别是对本案的律师，骂出多难听的话来。他们今天不仅要出庭取证，还必须长久地枯坐等待，直到我让他们离开为止。

基普勒坐上了法官席，首先着手处理本案相关事宜。我们在隔壁那个本周空闲的法庭取证，离法官大人很近，他随时都可以走进来让德拉蒙德规矩点。他把我们召集起来，是因为他有话要说。

我在过道右边坐了下来。特伦特与布伦特律所的四人坐在了左边。

“不必记录在案，”基普勒对书记员说。这不是法庭日程表上的听证会。“德拉蒙德先生，你知道唐尼·雷·布莱克昨天上午去世了吗？”

“不知道，大人，”德拉蒙德严肃地答道，“我很遗憾。”

“葬礼今天下午举行，这会有一个问题，贝勒先生是抬棺人之一。事实上，他现在本该跟布莱克一家待在一起。”

德拉蒙德站了起来，看看我，然后又看看基普勒。

“我们推迟取证。下周一同一时间同一地点，叫你的人过来取证。”基普勒怒视着德拉蒙德，等着他表示反对。

大利公司的五位重要人物，将不得不重新安排他们繁忙的日程表，下周再来一次孟菲斯。

“为什么不在明天开始呢？”德拉蒙德吃惊地问。他问得完全合法。

“管理法庭的人是我，德拉蒙德先生。我安排管理取证，而且当然我也管理庭审。”

“但法官大人，请让我说一句，我不是跟你在争论，取证并不一定需要你在场呀。这五位先生克服了很多困难今天才来到这里，挺不容易，下周或许就不太可能了。”

这正是基普勒要等的那句话。“哦，他们一定得来，德拉蒙德先生。下周一 9:00，准时到。”

“呃，请恕我直言，我觉得这不公平。”

“不公平？两周前这些取证本来在克利夫兰就该做好了，德拉蒙德先生。但是你的客户玩了花招。”

在这种事情上，法官拥有完全的自由裁量权，而且不能上诉。基普勒正在惩罚德拉蒙德和大利公司，但依我看，他有点过火了。短短几个月后，本案即将在此进行审理，所以法官在树立自己的威信。他在告诉这位趾高气扬的大腕律师，他这个法官才是本案庭审的主宰。

我觉得挺好的。

孟菲斯城北几英里之外的一座小小乡村教堂后面，唐尼·

雷·布莱克将在此安息。我是八名抬棺人之一，我奉命站在家人就座的椅子后面。天色阴沉，寒风刺骨，唐尼·雷落土安葬，天空也在悲鸣。

我上一次参加的葬礼是我父亲的葬礼，我努力不去回想当年的情景。

人们挤在橡皮树的树冠之下，聆听年轻的牧师朗读《圣经》。我们低头凝视鲜花环绕的灰色棺木。我能听到多特在轻声抽泣。我看见巴迪坐在隆尼的身旁。我转头看向远处，想逃离这个悲伤的地方，想一些快乐的事情。

我回到律所时，戴克正忙得不亦乐乎。他的朋友、私家侦探布齐正坐在办公桌旁边，穿了紧身高领毛衣，两块巨大的肱二头肌鼓起。布齐脸颊通红，穿着尖头靴子，邋里邋遢，一看就是一个喜欢闹事的人。戴克介绍我们俩认识，把布齐说成一个客户，然后递给我一本便笺簿，上面用黑色毡头笔潦草地写着："别谈什么正经事，好吗？"

"葬礼怎么样？"戴克边问边抓着我的胳膊，把我拉到布齐旁边。

"普普通通。"我答道，茫然望着他们俩。

"那一家人怎么样？"戴克问。

"我觉得还行。"布齐迅速从电话听筒上拧下盖子，指了指里面。

"我想那个孩子再也不用受苦了，倒是件好事，你觉得呢？”戴克说。

布齐指了指粘在盖上的那个小小的、圆圆的黑色装置，我看着它，瞠目结舌。

“你不觉得那个孩子再也不用受苦了，反倒是桩好事吗？”戴克大声地重复，一边用手肘顶了顶我的胸口。

“当然，是，是这样。他当然是解脱了。不过，还是挺难过的。”

布齐熟练地再次把电话放好，然后冲我耸耸肩，好像我知道下一步该怎么做似的。

“我们出去喝杯咖啡吧。”戴克说。“好主意。”我的心情越来越紧张。

走到外面人行道上，我停下来望着他们。“怎么回事？”

“我们走这条路吧。”戴克指着前面的街道说。离这一个半街区外，有一家艺术咖啡馆。我们一言不发地朝咖啡馆走去。我躲进了咖啡馆一个隐蔽角落里，好像要躲避杀手的搜捕似的。

我很快就弄清楚状况了。自从布鲁索和普林斯失去行踪之后，我和戴克一直在当心联邦调查局。我们以为他们至少会找我们问一些问题。我们已经就联邦调查局相关事项讨论过很多次，但是我不知道，他把这一切都告诉了布齐。我对布齐可没那么信任。

一小时前布齐来到律所，戴克让他检查一下我们的电话机。布齐说他不是窃听器专家，但他多少懂得那么一点。结果轻易就发现了窃听器，三部电话机里全都装了相同的窃听设备。

他们本来想找出更多的窃听器，但转念一想，决定等我回来后再说。

“更多的窃听器？”我问。

“是的。就像小麦克风一样，可以藏在办公室的任何地方，可以把电话机收集不到的声音传送出去。”布齐说，“要找也很容易。只要拿一块磁化玻璃，把房子里每个地方都仔仔细细地筛一遍就行。”

戴克的双手在不停地颤抖，不知他是不是用我们办公室的电话跟布鲁索通过话。

“如果我们发现更多窃听器，该怎么办？”我问。到现在为止，我们谁都没有喝过一口咖啡。

“从法律上说，你们可以拆掉它们，”布齐解释道，“或者，说话注意点，要说话时就绕开窃听器。”

“如果拆掉它们呢？”

“那联邦调查局就会知道你找到窃听器了。他们会更加怀疑你，说不定还会增加其他监视手段。最好的办法，在我看来，就是假装什么都没发生过。”

“说得倒轻松。”

戴克擦了擦额头，避开了我的眼神，我为他感到紧张不安。“你认识布鲁索·斯通吗？”我问布齐。

“那当然。我为他干活呢。”

我一点也不惊讶。“很好，”我说，然后看看戴克问道，“你用我们的电话跟布鲁索打过电话吗？”

“没有，”他说，“自从他失踪之后，我就没跟布鲁索说过话。”

他之所以跟我撒谎，是想让我在布齐面前闭嘴。

“我想知道是否还有其他窃听器，你懂的，”我对布齐说，“知道他们能听到多少，也挺好的。”

“那我们得把整个律所全部筛一遍。”

“那就动手吧！”

“可以。从桌子、办公桌、椅子开始。检查一下垃圾桶、书籍、时钟、订书机以及其他东西。窃听器可能比葡萄干还要小。”

“他们能知道我们发现窃听器了吗？”戴克问。他早已吓得半死。

“不会知道。你们两个就跟平时一样在办公室里说话。我一句话也不说，他们不会知道我也在那里。你们如果发现了什么，就用手势给我打信号。”

我们把咖啡外带回了律所。办公室忽然变得阴森可怕起来，让人望而生畏。我和戴克开始谈德里克·道根的案子，说的都是些陈词滥调，同时轻轻地翻检着桌椅。窃听我们的人只要有点儿脑子，就能察觉出来我们举止反常，正在试图掩盖些什么。

我们趴在地上，四处翻找。我们翻遍了废纸篓和全部文档。我们检查暖气通风口和护壁板。我第一次为我们没什么家具和装饰品而感到庆幸。

我们把房子细细筛查了一遍，什么都没有找到。只是我们的电话被窃听了。我和戴克在街上一家小餐馆请布齐吃了意大利面当晚餐。

午夜时分，我躺在床上，无心睡眠。我看了一会晨报，眼睛时不时地瞟向电话。我不停地自我安慰，他们一定不会这么费心地来窃听我这个电话。整个下午和整个傍晚，我觉得到处都鬼影幢幢的。有好多次我都以为自己听到了不该听到的声音，吓得跳起来。我紧张得浑身起鸡皮疙瘩。我食不下咽。我被跟踪了，这我知道。但问题是，他们跟得有多紧？

还有，他们想跟多紧？

除了分类广告，我把报纸上的每个字都看了一遍。昨天莎拉·普兰克莫尔·威尔柯克斯生了一个七磅重的女儿。对她来说，挺好的。我不再恨她了。自从唐尼·雷死后，我发现我对这个世界更宽容了。当然，除了德拉蒙德和他那万劫不复的客户。

PFX 装卸队在冬季赛季保持不败纪录。

不知道他是不是带她去看了所有的球赛。

我检查每天的生命统计记录，特别留意离婚方面的消息，虽然我并不乐观。我还查看有关警方逮捕人的信息，想知道克利夫·赖考是不是会因为殴打老婆再次被逮捕。

第三十七章

紧挨着我们律所门口的那个房间里，与本案有关的文件摆满了四张租来的折叠桌，文件按时间顺序一叠叠地分别放置，全部做了标记，标上了编号，并做了索引，甚至被输进了计算机进行电子化。

而且，被背得烂熟于心。因为我经常研究这些文件，所以我对每一张纸上的每一个字都了然于胸。多特给我的这些文件总共 221 页。例如保单，在庭审中被视为一份文件，但它有整整 30 页。迄今为止，大利公司提交了总共 748 页的文件，其中一部分与多特交给我的文件重复。

戴克也花了很多时间来处理这些文件。他针对理赔文件写出了一份非常详尽的分析报告，处理了大部分的数据电子化工作。他将在取证时协助我，他的职责就是把文件整理好，以便需要时可以迅速地找到。

他并不是真的喜欢这类工作，不过他很想让我高兴。他确信我们已经找到大利公司的把柄，而且证据确凿，但他觉得这个案子不值得我费如此大的工夫。对于我的庭审时的辩护能力，我觉得他一直都忧心忡忡。他知道无论我们怎么挑选陪审员，那些被挑出来的 12 个陪审员一定会觉得 5 万美元是一大笔财产。

周日深夜，我在办公室一边喝啤酒，一边在折叠桌间来来回回地走动。好像缺失了一份文件。戴克认为，理赔员杰基·莱曼西支克没有权力直接拒绝客户的索赔要求。她应该是按照公司内部流程办完了手续，然后把资料转到了保险部。理赔部和保险部就该事来回交流，公司内部的备忘录必定是在部门间你来我往的，这就是书面记录文件链缺失了的那个环节。

拒绝唐尼·雷的索赔请求，大利公司肯定早有预谋，因为他们可能早已拒绝过成千上万个类似的索赔请求。我们一定要解开他们的这个诡计。

经过跟我们所的成员充分讨论以及做了周密的思考之后，我决定首先对大利公司总裁 M. 威尔福·基利进行取证。我想从公司最高长官开始，然后从上到下。他 56 岁，精神矍铄，一脸热情微笑，即使是面对我，也是满脸笑容。事实上，他感谢我第一个对他进行取证，因为他要赶回公司总部处理公务。

取证的第一个小时，我一直对他旁敲侧击。我坐在桌子一侧，穿着法兰绒衬衫和牛仔裤，脚上穿着白袜子和平底船鞋，与桌子对面那帮人一身肃穆的黑色形成了鲜明对比。戴克说我穿成这样，是故意不敬。

取证进行了两小时后，基利递给我一份财务报表，我们谈了一会儿与钱相关的事宜。戴克研究了一下财务报表，递给我另一个问题。德拉蒙德和他的三位伙伴虽然相互传递了几张条子，但满脸都写着百无聊赖。基普勒在隔壁的法庭主持其他案子的动议听证会。

基利知道大利公司现在在其他地区还有几个被起诉的案子在等待审理。我们就此交谈了一会，谈及了起诉人的姓名、受理法庭、其他律师的情况以及其他相关事宜。到目前为止，他尚未被迫在任何一个案件中取证。我真想和其他起诉大利公司的律师谈一谈，我们可以比较彼此的文件以及庭审时运用的战略战术。

在保险公司经营的业务中，最具吸引力的并不是兜售保单和处理索赔等乏味的业务，而是收取保费和投资等业务。基利对于理赔事宜知之甚少，但精通投资业务，他就是从这个部门起步，一步一步走向今天的。

由于此次取证费用不是由我方支付，我就没什么好着急的了。我问了上千个毫无意义的问题，在黑暗中盲目地搜寻和扫射。德拉蒙德看起来百无聊赖，随着时间的推移还露出了沮丧的神情，但使用拖延战术进行长时间取证正是他身体力行的策略，更何况他收费的计时器也一直在嘀嗒转动。偶尔他也有想要反对的时候，但是他知道我一定会跑到隔壁法庭找基普勒法官告发，然后法官就会做出对我有利的裁决，对他一顿训斥。

下午我又问了上千个毫无意义的问题，到 17：30 结束时，我精疲力尽。而基利的微笑在午饭后就消失不见了，他只不过是在尽职周旋，只要我问他就答。他再次感谢我让他第一个完成取证，谢谢我没有问他更多问题。他要赶回克利夫兰。

星期二，取证速度加快了，部分原因是我已经厌倦了浪费时间，也是因为那几个证人要么所知甚少，要么早已不记得详情。我先从负责理赔部的副总裁埃夫雷特·洛夫金开始取证。除非直截了当地问他一些问题，否则他绝不轻易说一个字。我让他看了一些文件，半个上午过去之后他才承认大利公司有一种“索赔后核保”的政策。这种政策令人作呕，但并不违法。当投保人提出理赔申请时，最初处理其申请的理赔员要求其提供此前五年的全部病历。在本案中，大利公司的资料是由布莱克家的家庭医生提供的病历，这位医生五年前曾为唐尼·雷医治过严重的流感。申请理赔时，多特未列出流感，虽然流感与白血病之间并没有任何关联，但大利公司以其在购买保险前患过流感这一事实，作为最初拒赔的依据。

我听到这里，恨不得对他来个迎头猛击，虽然这不过是举手之劳，但并不明智。庭审时洛夫金会出庭作证，最好就是等那时再向他发起猛烈攻击。有些律师喜欢在取证时就猛烈追击，但以我丰富的经验来看，最好还是把这一幕留在陪审团面前表演更佳。实际上，这是我在一本书上读到的策略，这也是乔纳森·莱克惯用的技巧。

保险部副总裁柯密特·阿尔迪跟洛夫金一样寡言少语，含糊其词。保险部负责接受和审查保险经纪人的保单申请，最终决定是否签发保单。文书工作量很大，薪酬不高，阿尔迪看起来是负责这个部门的完美人选。我两个小时不到就轻松将他打发了，没给他任何磨难。

布雷福德·巴恩斯是管理部副总裁。我用了将近一个小时才弄明白他的工作职责。这是星期三的清晨。这些人让我厌倦。看到六英尺外桌子对面坐着特伦特与布伦特律所的那几张熟面孔，他们老是穿着一身该死的深色西装，几个月来冷冷的阴沉沉笑容从未改变，让我觉得恶心。我甚至鄙视法庭书记员。巴恩斯对所有的事情都是一问三不知。我一追问他，他就顾左右而言他，我半点也没有伤到他。将来庭审不会让他作证了，因为他对什么都一无所知。

星期三下午，我对最后一名证人理查德·佩洛特进行取证，高级理赔审查员至少给布莱克家写过两封拒赔的信。他从星期一早上就一直坐在走廊里等待，所以他对我厌恶至极。我刚问了他几个问题，他就冲我大吼大叫，这反而激起了我的斗志。我向他出示了他写的拒赔信，气氛顿时紧张起来。他的观点是骨髓移植仍处在医学试验阶段，不能将其视为可靠的医疗手段，这也是大利公司目前仍然坚持的观点。但是，他有一次拒赔的理由是唐尼·雷隐瞒了投保前曾得过的一种疾病。他把这归咎于别人，说是那个人的一时疏忽。这个混蛋是个撒谎精，我决定让他吃点苦头。我在面前摊开一堆文件，一份一份拿给他看。我让他逐一做出解释，并负起相应的责任。毕竟他是杰基·莱曼西支克的上司，而她现在又失去踪迹。他说他认为她搬回了印第安纳州南部的老家。我时不时地就她的离职提出尖锐问题，这使他非常恼火。文件越多，要推诿给其他人的责难就越多。我绝不心慈手软。我可以在任何时候问任何我想问的问题，让他措手不及。被我猛烈地攻击了四个小时之后，他请求暂停。

星期三 19:30，我们完成了佩洛特的取证，对公司员工的取证正式结束。前后工作了三天，花费了 17 个小时，证言可能大概有上千页。和其他文件一样，这些证言我也必须看个十几遍。

当他的助理们把文件塞进公文包时，列奥 · F. 德拉蒙德把我拉到一边。“你干得很棒，鲁迪。”他低声说，好像他对我的表现印象深刻，但他不愿意声张。

“谢谢。”

他深深地吸了一口气。我们俩都已精疲力尽，再也不愿与对方虎视眈眈。

“那么，我们还需要对谁进行取证呢？”他问道。

“我这边是没有了。”我说。我确实想不出来还需要对谁进行取证了。

“科德医生呢？”

“他会出庭作证。”

他大吃一惊，仔细地打量着我。毫无疑问，他很想知道我怎么能付得起请医生在陪审团前出庭作证的费用。

“他准备说什么？”

“隆尼·布莱克的骨髓和他孪生兄弟的完美匹配。骨髓移植是一种常规治疗。这孩子本来是可以得到救治的，是你的客户杀了他。”

他听了依然心平气和，似乎不觉得有什么好惊讶的。

“我们可能对他进行取证。”他说。

“一小时500美元。”

“是，我知道。嗨，鲁迪，我们一起喝一杯好吗，有件事我想跟你商量商量。”

“什么事？”此刻我想不出有什么会比和德拉蒙德一起去喝一杯更糟的事情了。

“纯粹公务。和解的可能性。你能15分钟后顺便到我办公室坐一坐吗？我们就在拐角处，你知道的。”

“和解”这两个字很动听。而且，我一直想参观一下他们的办公环境。“那我们得快点儿。”我说，好像有漂亮又重要的女郎正等着我。

“行。我们立刻就走。”

我让戴克在拐角处等着我，然后就和德拉蒙德一起走过三个街区，走进了孟菲斯最高的大厦。我们边坐电梯边聊天，来到了40楼。房间里满是黄铜和大理石的饰物，到处挤满了人，恍若白昼。这看起来像一个格调高雅的工厂。我环顾一周，看到了老朋友劳埃德·别克，那个曾在布罗德纳克斯和斯皮尔律所工作过的混蛋，真希望我没看到他。

德拉蒙德的办公室装修得很精美，但并不特别宽阔。这座全城最高的大楼租金寸土寸金，所以每一块地方都要充分利用。“你想喝点什么？”他问道，把公文包和外套丢到了写字台上面。

我不喜欢喝烈酒，而且我很疲惫，怕一杯就能把我给撂倒了。“来杯可乐吧。”我说。他听了有点失望。他在房间角落里的小酒吧里用苏格兰威士忌兑上水，为自己调了一杯。

有人轻轻地敲门，让我大吃一惊的是进来的竟然是M.威尔福·基利先生。自从我星期一折磨了他八个小时以后，我们就再也没见过面了。看到我，他似乎很高兴。我们像老朋友一样握手寒暄。他去酒吧那里给自己调了一杯酒。

我们在角落里一张小圆桌边团团围坐。他们啜饮着威士忌。基利这么快又回到孟菲斯，这说明他们想了结本案。我准备洗耳恭听。

上个月，我苦苦经营，惨淡收场，一个月才挣600美元。德拉蒙德年收入至少100万美元。基利运营的大利公司年销售额高达十个亿，他本人的年收入不会低于他的律师。而现在他们俩却想和我谈生意。

“基普勒法官特别关心我。”德拉蒙德突然说。

“我从来没见过这样的关心呢。”基利马上帮腔道。

德拉蒙德一向以完美无瑕的准备工作而闻名，我想这场小小的二重唱演出一定精心排练过。

“老实说，鲁迪，我还担心他庭审时会做点什么呢。”德拉蒙德说。

“我们一直被草率处罚。”基利不可置信地摇头说。

他们担心基普勒是合情合理的，因为他们已经被抓了现行，正浑身流血。他们杀了一个年轻人，他们的罪行即将被揭露。我决定做个好人，他们想说什么，就让他们说什么。

他们抿着威士忌，然后德拉蒙德说：“我们想把这件事了结掉，鲁迪。我们觉得我们辩护得不错，我是真心的。如果裁判公平公正的话，我明天就可以上场。在之前11年里，我一场官司都没输过。我喜欢在法庭上跟人较量。可这位法官大人偏见太深了，很吓人！”

“多少钱？”我打断他夸夸其谈的废话，问道。

他们俩的步调完美一致，同时像直肠一样蠕动了一下。一阵疼痛之后，德拉蒙德开口说：“我们把原来的数额翻了一番。15万美元。你拿5万美元左右，你的当事人能得到——”

“我自己会算数。”我说。我拿多少跟他有什么关系？他知道我已经破产了，以为5万美元可以让我发大财呢。

5万美元！

“我应该对你们这个建议有什么表示吗？”我问。他们困惑不解地相互看了一下。

“我的客户死了。他母亲上周埋了他。而现在你们却要我去告诉她，桌上多了一些钱。”

“从职业伦理上讲，你有义务告诉她——”

“别给我讲什么职业伦理，列奥！我会跟她说。我会把你们的建议转告她，但我肯定她会拒绝。”

“我们对他的死感到非常遗憾。”基利沉痛地说。

“我看得出来你有多伤心，基利先生。我会向他的家人转达你的哀悼之情。”

“哎，鲁迪，我们是真心实意地在努力解决问题。”德拉蒙德说。

“你们选择的时机太糟糕了！”

我们喝着东西，谁也没有说话。过了一会，德拉蒙德露出了微笑，开口说：“那位女士想要什么？告诉我们，鲁迪，怎样才能让她高兴？”

“什么都不用做。”

“什么都不用做？”

“事实上，你们无能为力。他死了，你们做什么他都没法复活。”

“那我们何必要打这场官司呢？”

“为了揭露你们的所作所为。”

又是一阵蠕动。又是一阵痛苦的神情。又喝下更多的威士忌。

“她要揭露你们。她还要整垮你们。”我说。

“我们太大了。”基利沾沾自喜地说。

“我们等着瞧。”我站了起来，拿起公文包，“我自己会找到路出去的。”说完，我转身就走，让他们愣在那里。

第三十八章

我们律所开展业务的痕迹在缓慢地增多，尽管有些业务微乎其微，无利可图。薄薄的卷宗一袋一袋地到处堆放，放得很显眼，这样偶尔来访的客户也能一眼就看见。我手上有法院指定辩护的十几件刑事案件，要么是重一点的轻罪，要么就是轻一点的重罪。戴克宣称手上有 30 份有利可图的案卷，不过这个数字看起来有点高。

现在办公室的电话响得更勤了。在装了窃听器的电话上讲话需要高超的技巧，我每天都像打仗般小心谨慎。我不断给自己洗脑，安装窃听器肯定是拿到了法院签署的命令，允许他们侵犯私人权利。法官既然批准了，那窃听就具有了合法性。

我们的前厅仍旧挤满了租来的折叠桌，桌上摆满了布莱克案的文件，这些文件的存在让人觉得一项真正具有里程碑意义的工作正在进行。

律所至少表面上比以前忙多了。开业几个月后，我们的日常管理费用平均每月只有 1 700 美元，而每月的总收入平均约

3 200 美元。因此，戴克和我可以平分的账面收入是税前 1 500 美元。

我们勉强活下来了。我们最好的客户是德里克·道根，如果能以对方保险最高额度 25 000 美元了结此案，那我们就可以松口气了。我们巴望圣诞节前该案能及时了结，虽然说不清为什么。其实我和戴克都没什么亲戚朋友需要我们花钱买礼物。

圣诞假期我会用来研究布莱克家一案。2 月也已经不远了。

今天的邮件与往常差不多，除了两项。其一是，今天竟然没有来自特伦特与布伦特律所的信函，这可真是罕见，着实让我惊喜了一下。而第二项惊喜则让我不得不在办公室里走来走去，以平复激动的心情。

那封邮件的信封又大又方，我的姓名地址全都是手写的。里面是一封印制的请柬，邀请我参加本地一家购物中心的珠宝店令人眼花缭乱的金链、金手镯、金项链圣诞前大甩卖会。如果是信封上的姓名地址预先打印好的那种邮寄广告，我通常都会随手扔掉。

但在这封请柬的底部，在商店营业时间的下方，用娟秀的笔迹写着邀请者的姓名：凯莉·赖考。除此以外，没有任何信息。什么都没有。只有这个名字。

我到了购物中心后，在里面逛了一小时。我看孩子们在室内溜冰场上溜冰。我冷眼旁观一群青少年成群结队地从商场这一头游荡到另一头。我买了一盘热乎乎的中餐，坐在溜冰场的观众席上边看边吃。

购物中心里有上百家商店，珠宝店是其中一家。我第一次从店门前悄悄走过时，看见她正在收银机后面操作。

我跟在一对年轻夫妇的后面进了店里，慢慢走到凯莉·赖考的长玻璃柜台前。她正在接待顾客，抬头看见我，旋即嫣然一笑。我悠闲地走了几步，把胳膊肘靠在柜台上，端详那些像滑雪绳一样粗的金链，它们光芒耀眼。店里很拥挤，几位售货员一边絮叨，一边从盒子里取出金饰。

“我能为您效劳吗，先生？”她说。她站在我面前，离我只有两英尺。我看着她，心都融化了。

我们互相看着对方，一直在笑。“只是随便看看，”我说，希望没有人在监视我们，“你好吗？”

“挺好的。你呢？”

“好极了。”

“我拿几样东西给你看看？现在大减价呢。”

她东指指西指指，突然我们的目光落在了皮条客常戴的那种金链上。“很不错，”我说，声音轻得只有她能听见，“我们能谈一谈吗？”

“在这里不行。”她说，身体离我更近了。我闻到她身上散发出来的香水味。她打开柜子，把柜门拉开，取出一条十英寸长的金链，一边拿在手上让我看，一边低声说：“商场那边有个电影院。买一张艾迪·墨菲电影的票。坐在中间区域的最后一排。我 30 分钟后到。”

“艾迪·墨菲？”我边问，边拿着那条金链欣赏。

“不错吧？”

“我很喜欢。确实不错。但我还是再看看吧。”

她完全明白我的言外之意。“那你快点回来，晚了就卖没了。”真像个精明的售货员。

我双腿发软，轻飘飘地朝商场南边走去。她知道我会来，而且做了周密的安排：电影院、电影、后排座位以及中间区域。我坐在忙碌的圣诞老人旁边喝咖啡，想象她会说些什么，她心里在想什么。我不想看一部悲伤痛苦的电影，等到最后一分钟才买票走进电影院。

电影院里不到 50 个人。有些观众是孩子，太小了不适合看 R 级电影，他们坐在前排，用下流话说笑。一些悲伤的观众则散坐在黑暗中。后排空荡荡的。

她晚到了几分钟，在我身边坐下。她交叉着双腿，撩起裙子，露出了双腿。我忍不住不停地偷瞄。

“你经常来这儿吗？”她问，我笑了。她看起来并不紧张，我却紧张得要命。

“我们这样会被人发现吗？”我问。

“被谁？”

“你丈夫。”

“没事，他今晚跟几个哥们去喝酒了。”

“又去喝酒了？”

“是的。”

这句话意义非凡。

“但是，喝得不多。”她想了想后说。

“所以他没有——”

“没有。我们谈点别的吧。”

“对不起。我只是担心你，仅此而已。”

“你为什么担心我？”

“因为我一直在想你。你想过我吗？”

我们望着银幕，却什么也没看见。

“每分每秒。”她说。我的心跳停止了。

银幕上一男一女突然扯下了对方的衣服。他们倒在床上，枕头和内衣在空中飞舞，然后他们紧紧抱在一起，床开始剧烈摇晃。当这对恋人做爱时，凯莉把胳膊放在我的胳膊下，靠得更近了。等到银幕上的场景改变后，我们才开始说话。然后我又能呼吸了。

“你什么时候开始工作的？”我问。

“两周前。过圣诞节我们需要多一点钱。”

从现在开始到圣诞节期间，她挣得可能比我还多。“他同意你出来工作吗？”

“我不想谈他。”

“那你想谈什么？”

“你律师做得怎么样？”

“很忙。2月有个大案子要开庭。”

“看来你做得不错嘛。”

“我在奋斗，业务在慢慢增加。律师常常挨饿，但如果运气来了，就能赚钱。”

“如果不走运呢？”

“那就继续挨饿。我不想谈律师这事。”

“好。克利夫想要个孩子。”

“这对你有什么好处呢？”

“我不知道。”

“别生孩子，凯莉。”我的语气那么激动，让我自己都吃惊。我们互相看着对方，紧紧握住了彼此的手。

我为什么要坐在黑漆漆的影院里握住一位已婚妇人的手？这是我目前的问题。如果克利夫此刻突然出现，发现我跟他的妻子搂搂抱抱，会怎么样？他会先杀了谁？

“他叫我不要再吃药了。”

“那你停了吗？”

“没有，但是，我不知道如果我没怀孕的话，会发生什么情况。如果你记得的话，过去我很容易怀孕。”

“这是你自己的身体。”

“是的，他一直都想要孩子。他开始沉迷于性事。”

“呃，我们谈点别的吧，好吗？”

“好吧。我们没什么可聊的了。”

“是的，我们没有了。”

我们松开了彼此的手，看了一会儿电影。凯莉慢慢转过身去，用胳膊肘撑住身体。

我们的脸离得只有几英寸远。“我只是想见你，鲁迪。”她说，声音轻得像耳语。

“你幸福吗？”我问，用手背蹭蹭她的脸。她怎么可能会幸福？

她摇摇头。“不，不幸福。”

“我能为你做什么？”

“什么也做不了。”她咬了咬嘴唇，我想我看见了她眼睛里的泪水。

“你必须做个决断。”我说。

“是吗？”

“要么忘了我，要么离婚。”

“我一直把你当朋友。”

“以前我也这么想。但我不是你的朋友。我们俩之间不仅仅是友谊，你跟我一样明白。”

我们又看了一会儿电影。

“我得走了，”她说，“我的午休时间就要结束了。很对不起，我打扰到你了。”

“你没有打扰我，凯莉。我很高兴见到你。可我以后绝不愿意这样偷偷摸摸的。你要么离婚，要么忘了我。”

“我没有办法忘记你。”

“那你就离婚。明天就可以去申请。我会帮你摆脱这个游手好闲的醉鬼，然后我们开心地生活。”

她俯下身，在我脸颊上啄了一口就走了。

戴克事先没跟我商量，就偷偷把他办公室的电话拆下交给了布齐，两人一起去找布齐的一个熟人，据说此人曾在军队某个部门服过役，他说，藏在我们电话中的窃听装置，与联邦调查局和其他执法部门使用的标准窃听器完全不同，产于捷克斯洛伐克，等级和质量都中等。这种窃听器将信息传送给设在附近的发射器。他几乎可以肯定，安装者既非警方也不是联邦调查局。

在感恩节前一周一起喝咖啡时，戴克跟我说了这件事。

“肯定是另外有人在窃听我们。”他不安地说。

我吃惊到说不出话来。

“会是谁呢？”布齐问。

“我怎么知道？”我怒气冲冲地回了他一句。这家伙跟这件事有什么关系？等他一走，我立刻训了戴克，为什么要跟他搅和这么深。我生气地怒视着我的合伙人，他却躲开我的目光，顾左右而言他，生怕有人攻击他。

“好吧，反正肯定不是联邦调查局干的。”布齐权威地宣布道。

“谢谢。”

我们结了账，走回律所。布齐又把电话检查了一遍，纯粹是为了找点刺激。他又找出了几个一模一样的圆圆小玩意。

现在的问题是，窃听的人是谁？

我走进办公室，锁上门，一边等布齐离开，一边推敲一个绝妙的计谋。最后戴克终于过来敲门，敲得很轻，轻到刚好能够让我听见。

我们讨论了一下我的小计谋后，戴克开车去法院。30 分钟后，他给我打电话，跟我讨论几个虚构的客户情况。他顺便问我，需不需要从城里带什么东西？

我们聊了几分钟，然后我说："你猜猜谁现在想结案？"

"谁？"

"多特·布莱克。"

"多特·布莱克？"他假装不可置信地问。戴克还真有点表演天赋。

"是的，今天早上我顺道去看她，带了个水果蛋糕给她。她说自己意志不够坚强，她怕受不了庭审的罪，她想现在就把案件给了结了。"

"她要多少钱？"

"说要 16 万。她一直在考虑这个问题，既然对方提了 15 万，她想要是她再多要点，那她就赢了个小小的胜仗。她觉得自己很会谈判。尽管我努力跟她解释，可你知道她有多固执。"

"别这样，鲁迪。这个案子可值一大笔钱呢。"

"我知道。基普勒觉得我们能拿到一大笔惩罚性赔偿金呢。但是你知道，从职业伦理上讲，我得去找德拉蒙德，设法把案子给了结了。这是客户的要求。"

"别这么做。16 万太少了！"戴克的话很有说服力，我不禁暗自偷笑。我听见他在计算从 16 万美元能分到多少时按计算器的嗒嗒声，“你觉得他们会给 16 万吗？”他问。

“不知道。我感觉 15 万是最高价了。但我还没跟他们讨价还价呢。”如果大利公司愿意出 15 万了结此案，他们自然会给我们 16 万。

“等我回来再商量吧。”他说。

“好。”我们挂了电话。半小时后，戴克已经坐在我的对面。

第二天 8:55，电话响了。戴克在他的办公室里一把抓起话筒，然后跑进我的办公室。“是德拉蒙德。”他说。

我们这个小律所耗费巨资 40 美元从夏克无线电商店买了一台录音机，接在了我的电话上。我们希望它不会影响到电话里的窃听设备。布齐说他觉得没问题。

“你好。”我说，努力掩饰着我的紧张和不安。

“鲁迪，我是列奥·德拉蒙德，”他热情地说，“你好吗？”

从职业伦理上讲，我现在应该告诉他，电话录音已经打开，让他在心理上有所准备。但是出于明显的理由，我们没有这么做。这是行不通的。即便是合伙人与合伙人之间，又有几个是真的讲职业伦理的？

“我很好，德拉蒙德先生，你怎么样？”

“还不错。听着，我们得商量一下对科德医生进行取证的时间。我已经跟他的秘书联系了。12 月 12 日怎么样？当然会在他的办公室，上午 10：00。”

我想，科德是我方要进行取证的最后一个证人，除非德拉蒙德还能想出另外一个与本案有点什么关系的人。但是，他居然这么劳心费神地给我打电话问我是否方便，这倒是很奇怪。

“我看没问题。”我说。戴克伏在我的办公桌上，除了紧张，还是紧张。

“好。取证时间不会太长，我希望不会太长，一小时 500 美元呢！这太可恨了，是不是？”

我们现在是战友吗？我们律师，对付他们医生？

“确实可恨。”

“可不是。嗯，不过，哎，鲁迪，你知道我的客户真正想要的是什么吗？”

“想要什么？”

“嘿，他们不想在庭审时再来孟菲斯受一周的罪了。这些人都是高管，你知道的，都是有强烈自尊和辉煌事业的有钱人。他们想庭外和解，鲁迪，他们叫我把这个意思转达给你。我们现在是谈和解，而不是说我们对此承认负有责任，你明白吗？”

“嗯。”我向戴克挤挤眼。

“你们的专家估计骨髓移植的费用在 15 万至 20 万美元之间，对这个数字我们不反对。假设，这只是假设，我的当事人有支付这笔费用的责任，比如说，这属于承保的范围之内——请注意：这仅仅是假设——那么，我的客户当时应该支付大约 17.5 万美元。”

“你这么说也行。”

“那么，我们现在愿意拿出同样多的钱来了结此案。17.5 万美元呢。不要再取什么证了，我七天之内把支票交给你。”

“我不同意。”

“听着，鲁迪。再多的钱也不能让那孩子死而复生了。你得跟你的客户讲点道理。我想她是想了结此案的。有时候我们这些做律师的就得有个律师样，负起责任来。这个可怜的老太太，她根本不知道庭审是怎么一回事。”

“那我去跟她谈谈。”

“你现在就给她打电话。我在这里等你一小时，一小时后我就得外出了。给她打电话吧。”这个无耻的混蛋，可能把窃听装置连到自己的电话上了。他让我给多特打电话，这样他就可以偷听了。

“我会给你回电话的，德拉蒙德先生。再见。”

我挂断电话，倒好录音带，开始播放。

戴克缓缓倒回到座椅上，嘴巴大张着，四颗大板牙闪闪发光。“原来是他们在窃听我们的电话。”录音放完后，他难以置信地说。我们俩盯着录音机，好像只有它能对这做出解释。我震惊到全身麻木，几分钟都无法动弹。一动也动不了。电话突然又响了，但我们俩都没有去接。我们现在很害怕。

“我想我们得告诉基普勒。”我终于开口说话了，语调沉重而缓慢。

“我可不这样想。”戴克说着，摘下了厚厚的眼镜，擦了擦眼镜。

“为什么不呢？”

“我们得好好想一想。我们知道，或者说至少我们认为我们知道，是德拉蒙德和他的客户，或两者中任何一个，窃听了我们的电话。德拉蒙德肯定知道窃听器的事，因为刚才我们已经逮到了他。但是，我们都没法证明，没法抓个现行。”

“他是打死也不会承认的。”

“没错。所以基普勒又能怎么样？没有确凿证据就随意指控他？还是再训斥他一顿？”

“他现在对训斥早已不当一回事了。”

“而且，这对庭审也没有帮助。你不能对陪审团说，德拉蒙德和他的客户，在取证阶段做了卑鄙龌龊的勾当。”

我们俩盯着录音机呆呆地看了一会儿，反复地琢磨这件事，努力想在重重迷雾中摸索出一条路来。在去年的职业伦理课上，曾经有一个这样的案例：一位律师在与另一位律师通话时秘密录音，结果受到了严厉惩处。我有罪，但我的小罪过与德拉蒙德卑鄙无耻的行径相比简直不值一提。麻烦的是，如果我把这盘录音带作为证据，我就会被人抓住把柄。而德拉蒙德永远也不会被定罪，因为用录音带根本没办法把他的罪行钉得死死的。至于窃听事件，他卷入到何种程度？窃听我们的电话是他的主意吗？或者他只是用了客户传给他的偷听来的信息？

这一切，我们永远都不会知道。但这又有什么关系呢？因为他知道。

“我们可以用窃听器为我们服务。”我说。

“我们俩不谋而合。”

“不过，我们得注意点，不要让他们怀疑。”

“对。我们把这个大招留到庭审时再用。到那时，让这帮小丑统统竹篮打水一场空。”

我们俩不约而同地慢慢露出了笑容。

两天后，我才给德拉蒙德打电话，告诉他一个不幸的消息，我的客户不想要他肮脏的钱。她现在有点古怪，我跟他说，她一会害怕出庭，一会又要去法院。但现在，她只想战斗。

他一点也没有疑心。他回到一贯的强硬路线，威胁我说，他的客户可能永远都不会再给这笔钱了，而本案艰难的审理过程会让我们尝尽苦头。我相信这些话在克利夫兰窃听者听来一定很受用。不知过多久他们才会听到我们这段对话。

这笔钱真应该拿。多特和巴迪会得到十几万美元，多到他们都花不完。他们的律师可以拿到将近 60 000 美元，也是一大笔钱。然而，钱对布莱克夫妇来说毫无意义。他们一辈子都没有过钱，现在也不想做发财梦。多特想要的是在某个地方有大利保险公司对她儿子的所作所为的官方记录。她希望庭审最后的判决证明她是对的，是大利公司害死了唐尼·雷。

至于我，我也很惊讶自己居然能视金钱如粪土。金钱的诱惑力当然毋庸置疑，但我不想被欲望吞噬。我没有饿得前胸贴后背。我还年轻，我还有别的案子。

而且，我相信，如果大利公司已经怕到要窃听我的电话这种地步，那么他们一定隐藏着不可告人的黑暗秘密。虽然我为即将到来的庭审担心，但我梦见了开庭的样子。

布克和夏琳邀请我去他们的老家过感恩节。他祖母住在南孟菲斯一栋小房子里，显然她已为这顿节日晚宴准备了一周。天气又冷又湿，整个下午我们都被迫待在屋里。屋里至少有 50 个人，上自 80 岁的老人，下至 6 个月大的婴儿，而我是里面唯一的白人。晚餐吃了好几个小时，男人们围着书房里的电视机，观看一场接一场的比赛。布克和我在车库里，坐在汽车引擎盖上，一边喝着咖啡吃着山核桃馅饼，一边闲扯八卦，冷得浑身发抖。他很关心我的感情生活，我向他保证我目前单身，律所业务还不错。他整天忙于工作。夏琳还想再要一个孩子，但怀孕成了一个问题，因为他从来不在家。

这就是忙碌的律师所过的生活。

第三十九章

我们早就知道钱寄出来了，但听到戴克沉沉的脚步声，我才知道钱到了。戴克挥舞着信封冲进了我的办公室。“钱到了！钱到了！我们发财了！”

他撕开信封，小心翼翼地取出支票，轻轻放在我的桌子上。我们欣赏着它。州立农业保险公司寄来了 2.5 万美元！今天是我们的圣诞节。

因为德里克·道根依然拄着拐杖，行动不便，所以我们拿上支票急匆匆赶到他家。他在我们指定的地方签了名。我们按比例分了这笔钱。他拿到了 16 667 美元，我们拿到了 8 333 美元。戴克想让他支付一些费用，包括复印费、邮费、电话费以及其他零碎的开支，虽然很多律师在结案时都会这样从客户身上榨取一点小油水，但我没有同意。

我们跟他道别，祝他早日康复，并努力抑制内心的喜悦，尽量对他这段悲伤的小插曲表现得有点儿沮丧和不开心，虽说很难。

我们决定每人拿 3 000 美元，剩余的钱留作律所平时的开销，以备今后几个月的不时之需。我们用律所的公款，在东孟菲斯一家时尚餐厅美滋滋地吃了一顿午饭。律所现在有一张金卡，是一家对我的律师身份印象深刻且无所畏惧的银行发放的。以前申请破产时的种种场景又开始在我脑海里盘旋，于是我跟戴克协议约定，非经两人一致同意，绝不动用这张卡。

我用分来的 3 000 美元，买了一辆车。当然不是一辆新车，但它是道根案子确定结案后我一直想要的那种车。这是一辆 1984 年的沃尔沃中档高级轿车，蓝色车身，四速，装有超速挡，车况极好，才开了 12 万英里。一辆沃尔沃 3 000 美元不算贵。这辆车原先的也是唯一的主人是位银行家，他乐于自己保养这辆车。

我本来曾想买辆新车的，但一想到要欠债就受不了了。

这是我作为律师的第一辆车。那辆破丰田卖了 300 美元，我用那笔钱买了部车载电话。鲁迪·贝勒正逐渐走向成功。

几周前，我就已决定不在孟菲斯过圣诞节。去年圣诞节的回忆太痛苦了。一个人度过这个阖家欢聚的节日，那我不如干脆离开孟菲斯，这样反而没那么难过。戴克曾提过一起过节的事情，但他说得模棱两可，又不具体。我跟他说，我可能会去我妈妈家。

我母亲和汉克不外出旅行时，他们就把那辆该死的温内贝戈旅行房车停在托莱多小屋的后面。我从没见过那栋小屋，也没见过那辆温内贝戈，而且不想跟汉克一起过圣诞节。感恩节后，母亲曾打来电话，邀请我共度圣诞。她的邀请也没那么热情，我于是婉言谢绝，说自己太忙了，我会给她寄节日卡片的。

我不讨厌母亲。我们只是不再交流。我们之间的裂痕逐渐扩大不是因为某件事情而起，可是忘记那些曾经的恶言恶语需要经年的时光。

据戴克说，司法系统从 12 月 15 日开始关闭，要等过了新年后才会恢复办公。在这期间，法官们既不主持庭审，也不举行听证会。各家律所及其律师都在为各种晚会和员工午餐会而忙碌。这正是我离开这个城市的好时机。

我把布莱克案的案卷和几件衣服收拾好，放进了我那闪闪发亮的沃尔沃汽车的后备箱里，然后上路了。我在缓慢的双车道公路上漫无目的地行驶，大致冲着西北方向开，一直开到白雪飞扬的堪萨斯和内布拉斯加。我住廉价的汽车旅馆，吃快餐，路上有什么风景就看什么风景。一场冬季暴风雪席卷了北方平原。道路两旁的积雪陡峭而危险。白雪皑皑的草原寂静无声，像天空中飘落下来的云层。

路上的孤独和寂寞让我精神振奋，充满活力。

我终于到达威斯康星州麦迪逊时，已经是 12 月 23 日。我在一家小旅馆住下，在一家舒适的小餐厅吃了顿热乎的饭菜，然后像个普通人一样在大街上漫步，从一家商店晃到另一家商店。我不能舍弃那些属于圣诞节的正常快乐。

我坐在公园的冰冷长凳上，脚下是茫茫白雪，听着合唱队大声演唱的一首欢快的圣诞颂歌。在这广大无垠的世界里，没有一个人知道此时此刻我身处何地。不知道我在哪个城市。不知道我在哪个州。我喜欢这种自由。

晚饭后，在旅馆酒吧喝过几杯后，我给马克斯·勒伯格打了电话。他已经回到威斯康星大学麦迪逊分校，继续做他的终身法学教授。我几乎每个月都要给他打电话求教。他邀请我去参观。我把与布莱克案相关的大部分文件、诉状、书面咨询和证言都给他寄了复印件。快寄邮包重达 14 磅，快递费花了将近 30 美元。戴克完全同意。

从他的声音可以听出，他真的很高兴我来到了麦迪逊。他是犹太人，对圣诞节不是很在乎，前几天他在电话里还说过，现在是工作的好时机。他给我指了路。

第二天 9：00，当我走进法学院时，气温为华氏 11 度。大门洞开，但人影寥寥。勒伯格在办公室煮好了咖啡等我。我们聊了一小时，说起他关心的孟菲斯的人和事，当然州立大学法学院并不在其中。他这里的办公室跟他彼时的办公室一样，杂乱无章，凌乱不堪，墙上贴着颇具政治煽动性的海报和招贴画。他也还是老样子，一头乱蓬蓬的头发，穿牛仔裤，白色运动鞋。他穿着袜子还是因为下了一英尺厚的雪，太冷了。他精力充沛，活力满满。

我跟着他走下大厅，来到一个小研讨室，房间中央有一张长桌。他打开门。桌子上整整齐齐地摆放着我寄给他的相关文件。我们面对面地坐下，他又从保温瓶里给我倒了更多的咖啡。他知道再过六周就要开庭。

“对方提过和解结案的建议吗？”

“提过好几次呢。金额高达 17.5 万美元，但是我的客户拒绝了。”

“这很不寻常，但我并不觉得惊讶。”

“为什么？”

“因为你抓住他们的把柄了。他们在这里曝光率很高。我见过成千上万的保险公司欺诈案，这是最大最严重的欺诈案之一。”

“比这更严重的还有呢。”我给他讲了电话窃听的事情，并且把能够证明德拉蒙德窃听的强有力细节也告诉了他。

“以前我也听说过这种事，”他说，“佛罗里达州的一桩案子，不过原告律师是在庭审开始后才检查电话的。因为无论他想做什么，被告似乎都一清二楚，这才引起了他的怀疑。但是你们的情况不一样。”

“他们一定很怕。”我说。

“他们不仅仅是怕，简直是怕死了。不过你也不要得意忘形。要记住，他们身处比较和善的地区，你们县并不认可惩罚性损害赔偿金。”

“那你说怎么办？”

“拿钱跑路。”

“我不能这么做。我不想这么做。我的客户不想这么做。”

“很好。是时候把这些人带进 20 世纪了。你的录音机呢？”他从座位上跳了起来，在房间里蹦蹦跳跳地绕行了一圈。墙上有块黑板，教授要准备开始讲课了。我从公文包里拿出录音机放在桌子上，笔和笔记本也都准备好了。

马克斯讲了一个小时，我拼命地记笔记和问问题。他分析了我方证人、对方证人、案卷证据以及各种庭审策略。他仔细地研究过我寄给他的材料，他热衷于牢牢抓住对方的把柄。

“把王牌留到最后，”教授说，“要到最后才播放那可怜孩子死前作证的录像带。我想他看起来一定可怜极了。”

“实在是可怜极了。”

“太好了。一定会给陪审团留下极其深刻的印象。如果一切顺利，庭审在三天之内就可以结束了。”

“然后呢？”

“然后，你就坐着，听他们怎么解释。”他突然停下来，伸手拿了桌上的东西，推到我面前。

“这是什么？”

“这是大利公司的新保单，上个月我的一个学生买的。我出的钱，下个月我会取消这份保险。我让学生买保单，只是为了看看保单上的文字说明。你猜猜，他们用黑体字把什么东西排除到保险范围之外了？”

“骨髓移植手术。”

“包括骨髓移植在内的所有移植手术，统统被排除了。你留着这张保单，开庭时拿出来。我想你应该问问大利公司的首席执行官，为什么仅仅在布莱克家提起诉讼几个月后，就迫不及待地修改了保单。他们现在为什么要明确地把骨髓移植排除在保险范围之外？如果骨髓移植属于布莱克家保单的承保范围，那么他们为什么拒绝支付手术费？这可是一份好资料，鲁迪。开庭时，我说不定会去旁听呢。”

“请你一定要过来。”若开庭时，除戴克之外还有一个朋友可以咨询，我会觉得更安心。

马克斯就我们对理赔文书的分析提出了几个问题，我们很快又埋头于资料堆中。我从汽车后备箱里搬了四个纸板箱的资料到会议室，到了中午，这个地方就像一个垃圾场。

他精力无穷，真有感染力。午饭后，他又给我讲了保险公司如何记账。由于保险业不受联邦反垄断法的约束，它已经发展出一套独特的会计方法。即使非常高明的注册会计师也很难读懂保险公司的会计报表。而且保险公司也不希望能被别人读懂，因为他们不想让外界了解其内幕。但马克斯有一些内线。

大利公司的总资产在四亿至五亿美元之间，其中大约一半隐藏在储备金和盈余中。这一情况必须向陪审团进行解释。

提出在圣诞节继续工作的要求，我想都不敢想，他自己却干劲十足。他的夫人正在纽约探亲。他无事可做，因而他真诚地希望继续努力工作，把剩下的两箱文件都处理完。

我记了三本笔记、录了六盘录音带，来记录他对本案的想法。在圣诞节当天天色开始变黑之后，他说终于讲完了他对本案的相关看法时，我早已疲惫不堪。他帮我重新装好纸箱，拖上汽车后备箱。又一场漫天飞雪，飘零而下。

在法学院大门口，我们挥手道别。对他的感激之情，我无以言表。他祝我一切顺利，让我保证在开庭前每周至少给他打一次电话，庭审期间每天打一次。他又说了一次，庭审时他可能会来旁听。

我在雪地里向他挥手告别。

我花了三天一路漫游，来到了南卡罗来纳州的斯巴腾伯格。沃尔沃在路上表现非凡，特别是在冰雪覆盖的中西部地区北部表现得尤为优越。我用车载电话给戴克打过一次电话。他说，律所风平浪静。没人找过我。

在过去的三年半里，为了获取法律学位，我整天埋头学习，一有空就去尤吉酒吧打工，根本没有闲暇时光。对大多数人来说，这样的穷游可能很无聊，但对我来说却是一次奢侈的假期。它净化了我的心灵，让我保持头脑清醒，让我可以暂时把法律事务抛诸脑后。我丢掉了一些沉重的包袱，莎拉·普兰克莫尔便是其一。忘记那些旧仇宿怨吧，生命何其短暂，何必浪费时间去厌恶那些身不由己干坏事的人。劳埃德·别克和巴里·X.兰开斯特之流所犯下的沉重罪恶，在途经西弗吉尼亚州某地时，我已原谅他们。我发誓不再为伯蒂小姐和她那可悲的家庭操心。没有我，他们也能过得很好。

我想念凯莉·赖考，想她那完美的皓齿，想她那晒黑了的双腿，想她那甜美的声音，她在我心中，与我同行。

在路上，我偶尔也会思考一下法律事务，即将开始的庭审在脑海中挥之不去。目前我手里只有一个案件能够跟法庭沾点边，所以我能想到的也就只有这个案子开庭的情景。我反复练习向陪审团致辞的开场白，反复盘问大利公司的那些恶棍。我在最后做案件最终陈述时几乎声泪俱下。

开车经过我车旁的人惊奇地看着我，但是，嘿，谁都不认识我。

我已经和四位已经起诉或正在起诉大利公司的律师打过电话。前三位律师对我的案子没什么帮助。第四位律师叫库柏·杰克逊，就住在斯巴腾伯格，他的案子有点奇怪。他不能在电话（我公寓里的电话）里跟我说。但他说欢迎我去他的办公室看看他的案卷。

他的律所在市中心一栋银行大厦里面，所里有六名律师，装修得很现代化。我昨天在北卡罗来纳州时给他打过电话，他说他今天有空。他说圣诞期间事情不是很多。

他身材魁梧，胸肌厚实，四肢健壮，留着深色的胡子，眼眸黑漆漆的，眼睛不停地转动，散发着光芒，他的每一个表情都充满活力。他 46 岁，他说他们的主要业务是产品责任保险。把门关严后，他才开始与我详谈。

有好多事情他本来不应该跟我说的。他跟大利公司的案子已经和解，他和他的客户签署了一份严格的保密协议，谁泄露和解的条款内容，谁就会受到严厉惩处。杰克逊不喜欢这种协议，但它们并不少见。一年前他代表一位女士起诉大利公司，这位女士长了一个瘘管，需要动手术。大利公司拒绝了她的理赔申请，理由是她购买保险时，隐瞒了购买保单五年前曾切除卵巢囊肿的这一事实。拒赔信中写道，囊肿是投保前已存在的情况。这位女士向大利公司索赔 1.1 万美元。在多次理赔被拒绝之后，她聘请库柏 · 杰克逊作为其律师。杰克逊坐着自己的私人飞机去了四趟克利夫兰，对八个证人进行了取证。

“从来没见过这么愚蠢和恶心的混蛋。”谈到克利夫兰那伙人时，杰克逊骂道。他喜欢庭审时控辩双方激烈交锋，而且玩起来不受任何章法限制。他极力要求审判，这时大利公司却突然要求悄悄私下和解。

“这可是机密呀。”他说，一边享受违反保密协议的快乐，一边向我和盘托出协议的内容。

我敢打赌他早已跟上百个人说过了。“他们先给了我们 1.1 万美元，然后又付了 2 万美元，让我们闭嘴走人！”他的眼睛闪闪发亮，等着我的回应。这确实是一个非同寻常的和解方案，大利公司事实上是付了一大笔惩罚性损害赔偿金。难怪他们坚持要原告保密。

“太棒了。”我说。

“的确如此。我本人并不想和解，可是我可怜的客户需要这笔钱。我相信我们本来可以在庭审时狠狠地赢他们一把的。”接着他又给我讲了几个在法庭上赢了的官司，来让我相信他发财的故事，然后我就跟他来到一个狭小无窗的房间，房间四壁布满了书架，书架上堆满了一模一样的存储盒。杰克逊伟岸的身体靠在书架上，指着三只纸箱说："这里面就是他们的伎俩。"他摸了摸纸箱，好像里面装着天大的秘密。"保险公司收到理赔申请后，就提交给理赔员，他仅仅是一个管理文书的低级人员。理赔部员工培训最少，工资也最低。所有保险公司都如此。投资部的吸引力最大，而非理赔部或保险部。理赔员研究过理赔申请后，保险理赔程序就开始了。他或她给投保人寄去一封拒赔信，反驳其理赔申请。我想你手头一定有一封这样的信。然后，理赔员会要求投保人提交其最近五年的病历。他们审阅病历后，再给投保人发一封拒信，通知其'暂时驳回理赔申请，等待进一步审查'。这正是最有意思的地方。理赔员把理赔文件发给保险部，而保险部给理赔部发回一份备忘录，通知其在接到进一步通知之前不得支付理赔金。理赔部和保险部内部沟通多了，书信和备忘录来往频繁，文书堆积，分歧接踵而至，对保单中的语句和词语不同的理解，是两个部门彼此激烈争论的焦点。但要记住，这些人员虽然在同一栋大厦为同一家公司工作，彼此之间却互不相识，而且对其他部门的情况也知之甚少。这是故意设置的。与此同时，你的客户却不停地收到一封又一封的信函，有的来自理赔部，有的来自保险部。大多数人都不抱任何希望了，有的干脆放弃索赔请求，当然，这正是保险公司所期待的。真正找律师咨询的人不到二十五分之一。"

我一边听他讲，一边回忆整理文件和取证时的证言。听完他的这番话，我忽然恍然大悟。"你能证明吗？"我问。

他敲一敲纸箱。"证据就在里面。箱子里的材料大多对你都没用，但是我有他们的工作手册。”

“我也有。”

“欢迎你查阅这些资料。它们全都排列得整齐有序。我有一个很棒的助理，实际上是两个。”

是的。而我鲁迪·贝勒有一位准律师！

他让我单独待在资料室。我直接找到了那个深绿色封面的工作手册，分别是理赔部的和保险部的。乍看起来，这两本手册跟我取证时从保险公司拿到的资料并没有什么区别。工作程序按节分门别类排列，开头有大纲提要，末尾有词汇表，似乎与文书处理人员常用的那种手册没什么两样。

但很快我就发现它们的特别之处。在理赔部工作手册后半部部分，我发现了一个“U 节”，取证时我拿到的版本并没有这一节。我仔细读了一遍，大利公司的阴谋诡计就露出马脚了。保险部工作手册上也有“U 节”。正如库柏·杰克逊所说的那样，这就是整个阴谋诡计的另一半。把两本手册放在一起看，自然会一清二楚，手册规定每个部门都要拒绝索赔请求，等待进一步审查，然后把文件送到另一个部门，并指示他们在接到进一步通知之前不得付款。

然而，这种“进一步通知”永远不会到来。没有“进一步通知”，理赔部和保险部均不得支付赔款。

在两本手册的“U 节”中，都对如何用文件记录每一个步骤有大量的明确指示，从而建立起一个文件档案，以备将来需要时证明他们在做出拒赔决定之前认真评估过投保人的理赔申请，做过辛苦的工作。

我拿到的两本工作手册都没有“U 节”。这个“U 节”在交给我之前已经被及时删除了。克利夫兰的那些恶棍，或许还有他们在孟菲斯的律师都别有用心，故意向我隐瞒“U 节”的存在。委婉地说，这真是一个让人震惊的发现。

震惊的情绪很快就烟消云散了。一想到庭审时可以把这两个“U 节”当作秘密武器甩出来，让它们在陪审团面前重见天日，我忍不住要放声大笑。

我又花了好几个小时翻阅剩下的文件，但我的目光始终没法从那两本工作手册上移开。

库柏喜欢在办公室里喝伏特加，但通常仅限于18:00之后。他请我跟他一起喝一杯。他把酒瓶放在壁橱内的小冰箱里，把壁橱当作吧台，他喝伏特加不加水也不加冰。我也像他一样喝，每次只啜饮两三滴，但酒像烈火一样从喉咙一直烧到腹部。

喝完第一杯后，他说：“好几个州调查过大利公司，我相信这些材料你都有了吧。”

对此我闻所未闻，说谎也毫无意义。“不，我没有。”

“你得把这些材料找出来，我向南卡罗来纳州总检察长报告过大利公司的情况，他是我法学院时的同学，他们正在调查大利公司。佐治亚州也在调查他们。佛罗里达州的保险专员已经开始进行正式调查。好像有大量的理赔申请在一段很短的时间内被他们拒绝了。”

几个月前，我还是法学院学生时，马克斯·勒伯格曾提到过他向州保险署投诉大利公司的事情。他当时还表示，这种投诉可能不会有什么用，因为保险业奉承巴结他们的监管者早已不是什么秘密。

我不禁怅然若失。嘿，这可是我办理的第一起欺诈案。

“你知道，有人在谈论集体诉讼。”他说，眼睛闪闪发亮，怀疑地朝我眨巴着。他知道我对集体诉讼同样一无所知。

“在哪里？”

“罗利的一些律师。他们手上有一些起诉大利公司的欺诈案，标的额都不大，不过他们还在等待。这家公司尚未受到冲击。我怀疑大利公司没准会把那些让他们伤脑筋的案件都给悄悄地私下和解了。”

“大利公司卖了多少保单？”取证时我曾问过大利公司这个问题，但一直没收到答复。

“差一点就到10万份。如果索赔率是10%，那么每年就有一万人提出索赔申请，这跟整个保险业的平均水平差不多。再假定一半的理赔申请都被拒赔，那就是减到5 000份。如果索赔数额平均每年1万美元，5 000份乘1万美元就是5 000万美元。假如说他们一年花上1 000万——这仅仅是个空穴来风的数字，来解决突然冒出来的几起官司，那么他们玩个小小的阴谋诡计就能净赚4 000万美元。然后，可能第二年他们又重新开始依法支付索赔申请。所以，他们可以守一年法，第二年坑人，拒绝客户的理赔申请，或者再想出什么新的阴谋诡计。他们赚的钱太多了，不管是谁他们都敢坑。”

我瞠目结舌地盯着他看了很久，然后问：“你能证明吗？”

“不能，这只是一种直觉。这种事可能就无法证明，因为这真的是犯罪。大利公司确实干过一些令人难以置信的蠢事，但可能还不至于蠢到留下书面证据。”

我本来想提出那封“愚蠢至极”信函来反驳他，可最后决定不提了。他已经并将继续战无不胜，远超同行。

“你有没有积极参加哪一个辩护律师组织？”他问。

“没有。我刚刚开业没几个月。”

“我可是很活跃呢。我们这些喜欢办理保险公司欺诈案的律师，有一个松散的组织。我们一直保持联系，你知道的。有很多小道消息。我经常听到对大利公司的指责。我想他们拒赔的情形实在是太多了，大家都等着有一个大案揭露他们。一旦陪审团做出了巨额赔偿，起诉他们的官司就会蜂拥而至。”

“我不确定裁决会怎么样，但我可以保证一定会有庭审。”

他说他可以给朋友们打电话，把松散组织里的律师们发动起来，彼此配合，搜集信息，可以了解在全国其他地方大利公司目前是一个什么情况。2月开庭时，他可能还会来孟菲斯看庭审。他再次表示，只要有一个巨额赔偿的裁决，大坝就会决堤。

第二天我又用了半天来查阅杰克逊的材料，然后道谢，挥手告别。他要我一定与他保持联系。他预感很多律师会去旁听我们的庭审。

为什么这会让我感到害怕?

我开车 12 小时回到了孟菲斯，把沃尔沃停在伯蒂小姐黑漆漆的房子后面。一场小雪从天上飘然而下。明天就是新的一年了。

第四十章

1月中旬审前预备会议在基普勒法官的法庭里举行。他让我们围着辩护席坐下，并派了一名法警站在法庭门口，阻止闲荡的律师进进出出。他坐在桌子一头，没穿法袍，一边坐着秘书，另一边坐着法庭书记员。我坐在他右边，背对着法庭，坐在我对面的是被告律师团。这是12月12日对科德医生进行取证后，我第一次见到德拉蒙德，我不得不努力克制自己，对他以礼相待。每次我拿起办公室的电话，仿佛都能看到这个衣着考究、仪表堂堂、备受尊敬的混蛋在偷听我的谈话。

双方都已提交了各自拟议的预审传票，我们今天就是要解决这个纠结的难题。最终一致的程序将作为庭审时的蓝本。

当我把从杰克逊那儿借来的两本工作手册给基普勒看时，他并没有很惊讶。他把这两本手册和德拉蒙德提交给我的那两本手册做了仔细比较。法官大人说，我没必要通知德拉蒙德我已经知晓他们隐藏了文件的事实。等到庭审时，我完全可以大显身手，当着陪审团的面，把这件事情抖落出来。

那对他们应该是一次毁灭性的打击。我会当着陪审团的面扯下他们的裤子，看着他们四下逃窜寻求救援。

我们讨论了证人相关事宜。我几乎把与此案有关的所有人员全部列入了证人名单。

“杰基·莱曼西支克已不再为我的客户工作了。”德拉蒙德说。

“你知道她现在在哪里吗？”基普勒问我。

“不知道。”我说的是实话。我打过上百次电话到克利夫兰地区，却一直没有打探到她的行踪。我甚至还说服布齐，请他通过电话设法寻找她的踪迹，但他的运气也跟我一样不好。

“你知道吗？”他又问德拉蒙德。

“不知道。”

“所以，她是不确定的了。”

“是的。”

德拉蒙德和T.皮尔斯·摩尔豪斯觉得这很有意思。两人相视一笑，咧开了嘴。如果我们能找到她，让她出庭作证的话，他们就不会觉得有意思了。不过，这个过程很漫长。

“博比·奥托呢？”基普勒问。

“也很难确定。”我说。双方都可以列出自己认为有理由传唤到庭的人的证人名单。奥托虽说可疑，但如果他再次露面，我希望有权传唤他出庭作证。而且，我再一次请布齐打听他的消息了。

我们开始讨论专家证人。我只提了两个专家证人，瓦尔特·科德医生和肿瘤门诊部主任兰德尔·加斯金。德拉蒙德提了锡拉丘斯市的密尔顿·吉飞医生。我当初决定不对此人进行取证有两个原因。第一是去锡拉丘斯取证的费用过高。而更为重要的第二个原因是，我知道他会怎么作证。他会说骨髓移植手术仍处于试验阶段，不能视为适当及合理的医疗手段。瓦尔特·科德对此说法很生气，在交叉询问时他会帮我。

基普勒怀疑吉飞是否愿意过来作证。

我们为文书资料争辩了一小时。德拉蒙德赌咒发誓，说他们已经把一切文件都交出来了。别人可能会信他，但我不会。基普勒同样不相信他。

“原告曾要求你们提供过去两年中现有保单总数、同一时期索赔申请的数字以及公司拒赔总数。你们提供了没有？”

德拉蒙德深深吸了一口气，一脸不知所措地说：“我们正在努力，法官大人。我发誓。这些数字需要的资料，散布在全国各个地区的办事处里。我的客户有 31 个州办事处，17 个地区办事处，5 个区办事处，真的很难——”

“你的客户没有电脑吗？”

一败涂地，但他勉力挽救：“当然。但这不是简单地敲几下键盘，然后数据就全打印出来了那么容易。”

“再过三周本案就要开庭了，德拉蒙德先生。这些数据我现在就要。”

“我们在努力，法官大人。每天都在催我的客户。”

“快点提交！”基普勒坚称，他甚至用手指向了不起的列奥·F. 德拉蒙德。摩尔豪斯、希尔、普伦克和格罗的身子齐齐地向下缩低了几英寸，但他们的手仍在挥洒自如。

我们接下来讨论一些不怎么敏感的话题。我们一致同意本案预定用两周时间进行审理，虽然基普勒事前已悄悄跟我透露，他准备争取在五天内结案。两小时后我们结束预备会议。

“现在，先生们，谈一谈你们和解谈判的情况吧。”当然我早已告诉过他，被告方最后一次提出的和解金额是 17.5 万美元。而且他也知道多特·布莱克根本不想和解。她一分钱也不要。她要的是血债血偿。

“德拉蒙德先生，你们提出的最佳和解方案是怎么样的？”

被告方五个人的脸上都出现了满意的神情，好像有什么柳暗花明、峰回路转的事情要发生了。德拉蒙德说：“法官大人，就在今天上午，我已经得到了我客户的授权，向对方提出以 20 万美元的和解金了结本案。”德拉蒙德说时稍稍带点戏剧腔调。

“贝勒先生？”

“不好意思。我的客户已指示我不得和解。”

“无论金额多少也不和解？”

“没错。她要那边陪审席上坐着陪审团，她希望全世界都知道她儿子的遭遇。”

桌子对面的人脸上满是震惊和迷惘。我从没见过这么多人一起摇头。法官也勉勉强强装出一副困惑的样子。

唐尼·雷下葬后，我就没跟多特聊过天。好几次我都想跟她试着谈一谈，但是没说几句，就谈不下去了。她既悲伤又愤怒，她的心情我当然完全能够理解。她怨恨大利公司、怨恨制度、怨恨医生和律师，有时甚至还会怨恨我。当然，我对此也能理解。她既不需要也不想要他们的钱。她想要的是正义。就是像上次她在门廊里跟我说的一样："咱要让那些家伙彻底垮台。"

"那太离谱了。"德拉蒙德夸张地说。

"我们法庭上见了，列奥，"我说，"你好好准备吧。"

基普勒用手指向一沓文件，秘书赶紧递给他。他把一张名单递给我和德拉蒙德。"这是侯选陪审员的姓名地址。一共 92 名，不过有几位可能已经不在本市居住。"我接过名单，立刻开始读这些人的姓名。本县人口 100 万，难道我真的可能会认识 92 个人中的一个吗？他们全都是陌生人。

"开庭前一周我们要挑选出陪审员，所以你们要在 2 月 1 日做好准备。你们可以调查他们的背景，但不能和他们做任何直接接触，这属于严重的违规行为。"

"问卷调查卡在哪里？"德拉蒙德问。每个备选陪审员都要填写一种卡片，提供包括年龄、种族、性别、工作地点、职业和教育水平等基本资料。开始挑选陪审员时，这通常就是律师所能得到的有关陪审员的全部信息。

"我们还在准备，明天会寄出来。还有别的问题吗？"

"没有了，大人。"我说。

德拉蒙德摇了摇头。

"德拉蒙德先生，我希望很快能拿到投保人数和索赔人数的数据。"

“我们正在努力，法官大人。”

我一个人在律所附近的食品合作社吃午饭。吃的是红豆烩饭，喝了花草茶。每次来这里，我都觉得自己精神多了。我慢慢地吃，一边搅拌着盆中的红豆，一边盯着候选陪审员名单上的92个名字。德拉蒙德实力雄厚，肯定会成立调查组，调查这些人的信息，了解他们生活的各个方面。他们会秘密拍摄他们的房子和汽车，查明他们是否卷入过任何诉讼，获取他们的信用报告和就业记录，挖掘出可能涉及离婚、破产或犯罪指控的隐私。他们会查阅公共记录，了解这些人购房子时付了多少钱。唯一禁止的是他们直接或通过中间人与这些候选陪审员进行个人接触。

等到我们在法庭上齐聚，开始挑选12名陪审员时，德拉蒙德他们对这92名候选人员全都建立起了一份非常完整的档案。这些不仅仅由他和他的助理进行详细评估，而且他们还会请一批专业的陪审团顾问对这些资料进行彻底的分析研究。在美国法律史上，陪审团顾问是一种刚出现不久的怪物。相比较而言，陪审团顾问通常是在研究人性方面有一定技能和专长的律师。他们中的许多人也是精神病学家或心理学家。他们游走在全国各地，用极其高昂的价格向买得起的律师兜售他们的知识。

在法学院时，我听说乔纳森·莱克花八万美元雇了一名陪审团顾问，但最后陪审团裁决帮他赚回了几百万，所以八万美元不过是九牛一毛。

我们挑选陪审员时，德拉蒙德聘请的陪审团顾问一定会在场。他们会不露声色地观察那些毫无戒心的候选人。他们会研究他们的面部表情、肢体语言、衣着和言行举止以及上帝才知道的其他什么东西。

而我只有戴克，他是一个名副其实的研究人性的高手。我们将把名单交给布齐和布克，交给可能认识其中一两个候选人员中的任何一个人。我们会打几个电话，也许会核对几个地址，我们的挑选工作比对方难多了。在很大程度上，我们将根据他们在法庭上的表现来进行挑选。

第四十一章

现在我每周至少要去三次购物中心，通常都是在吃晚饭的时候。事实上，我在溜冰场边的散步大道上已经有了自己的固定位置，透过这里的栏杆可以俯瞰溜冰场。我在这儿一边吃黄氏中餐外卖的鸡肉炒面，一边看小孩在下面溜冰。坐在这里我还能清楚地看见来往的行人，这样我就不会被他逮住。有一次她独自一人从我身边路过，似乎只是漫无目的地闲逛。我多想悄悄走到她的身边，拉住她的手，带她去一家别致的精品店，在那里我们可以躲在衣架中间聊聊天。

这个购物中心是方圆几十英里内最大的购物中心，有时人很多，很拥挤。我望着熙熙攘攘的人群，想着：他们当中有没有人在我那张陪审员名单上？我怎么样才能在 100 万人中挑出那 92 个人呢？

这是不可能的。我只能尽量用好现有的资源。我和戴克根据陪审员调查问卷表，很快地制作出摘要卡片，我整天都带在身边。

今晚我坐在这里，瞥了一眼在购物中心里走动的人们，又瞥一眼带来的摘要卡片。这张卡片上用粗体字写的姓名是R.C. 巴德利。47 岁，白人，水管工，高中学历，家住孟菲斯东南郊。我把卡片翻过来，想检验一下我是否记得完全准确，结果分毫不差。我已经这样做过很多次了，对这些人已经开始厌倦。我把他们的名字钉在我办公室的墙上，每天站在那里至少一个小时，研究我早已背得滚瓜烂熟的东西。我拿出了另一张卡片：林诺尔·巴顿，24 岁，黑人男性，兼职大学生，汽车配件店销售员，住在南孟菲斯一所公寓里。

我理想中的陪审员是至少受过高中教育的年轻黑人。黑人陪审员对原告有利，这是自古有之的常识。他们同情弱者，对美国的白人企业不信任。谁又能责怪他们呢？

我对男性和女性担任陪审员孰优孰劣这个问题的看法比较复杂。传统观点认为，女性在金钱上更吝啬是因为家庭经济窘迫让她们感受最深。她们担任陪审员不太可能做出对原告给予巨额赔偿的裁决，因为这笔钱她们本人一分钱也得不到。但是在本案中，马克斯·勒伯格倾向于选女性陪审员。因为她们是母亲。她们能对失子之痛感同身受。她们会认同多特。如果我辩护得好，煽动了她们的情感，她们就会拼命让大利公司垮台。我认为他是对的。

因此，如果让我来挑，我会选 12 名黑人女性，而且最好都有孩子。

当然，戴克自有另一套理论。他害怕黑人，因为孟菲斯种族分化严重。原告是白人，被告也是白人。除了法官，全是白人。如果担任陪审员的是黑人，他为什么要关心白人的事？

这完美地说明了墨守成规地按照种族、阶层、年龄和教育程度来挑选陪审员是多么错误。事实上，没有人能预测在进行审议时，**陪审员**会做出怎样的行为和抉择。我已经把图书馆中与选择陪审员有关的书籍全部读完，但现在我和读这些书之前一样难以做出抉择。

在本案中，只有一种人绝对要避免被我选为陪审员，那就是白人男性公司高管。在涉及惩罚性损害赔偿金的案件中，这种人具有致命的破坏性。在陪审员辩论时，他们常常会变得具有主导性。他们教育背景良好，性格坚定，组织能力强，完全不把辩护律师放在眼里。但谢天谢地，幸亏他们通常工作太忙而难以履行陪审员职责。我在候选名单上把这种类型的五个人单独划了出来。而且，我相信，对于他们中的任何一个人，我都可以找出很多理由让他们担任不了陪审员。如果是审别的案子，那么基普勒没准会让他们难堪。但我强烈怀疑，基普勒也不希望这些人参与本案。他会选黑人来担任陪审员的，我敢用我那令人惊叹的净资产来与任何人打这个赌。

我相信如果我继续当律师，总有一天我一定会想出更加卑鄙无耻的阴招，但现在我已经想不出比这更阴的招数了。这个办法我琢磨了好几周，而且在几天前跟戴克提了提。戴克听后心花怒放。

如果德拉蒙德和他那帮伙计想窃听我的电话，我就让他们听个够。一直等到傍晚，我们才开始表演。我待在办公室。戴克在街头拐角处的公用电话亭里。他打电话给我。我们已经排练过好几次了，甚至还写了脚本。

“鲁迪，我是戴克呀。我终于找到迪安·古德罗了。”

古德罗是名 39 岁的白人男性，受过大学教育，开了一家地毯清洗用具店。我们给他打的分数为零，他是我们绝对不想要的陪审员。但德拉蒙德肯定会看上他。

“在哪里找到的？”我问。

“在他办公室。他去外地一周了。他人很不错。我们以前看错他了。他一点都不喜欢保险公司，还一直说他跟自己的保险公司一直吵吵闹闹的，他认为保险公司应该被严格监管。我把我们的案子跟他说了说。这家伙气坏了。他肯定会是一个很不错的陪审员。”戴克说话有点不太自然，但对不明真相的人，听起来倒是蛮可信的。他可能是在念台词。

“真没想到啊。”我对着电话干脆而坚定地说。我要让德拉蒙德将每个字都听得清清楚楚的。

在正式遴选陪审员之前，律师和潜在的陪审员交谈是一件难以置信、无法想象的事情。戴克和我曾担心我们的计策可能太过于荒谬了，德拉蒙德不会中计。可是谁又会想到，堂堂一个律师竟然会非法窃听对手的电话呢？但最终我们认为德拉蒙德会中计，因为他根本没把我们放在眼里。因为我不过是个什么都不懂的新人，而戴克，嗯，戴克不过是地位低微的准律师而已。况且，我们也想不出别的妙招了。

“他谈话的时候是不是很紧张？”我问。

“有点紧张。我把我跟其他几个人说过的话，跟他重述了一遍。我说我只是个调查员，不是律师。只要他不把这件事说出来，谁也不会惹上麻烦。”

“很好。你觉得古德罗会支持我们吗？”

“肯定没问题。我们得让他当上陪审员。”

我在电话话筒旁翻了翻几张纸。“名单上你还有谁没有去谈？”我大声地问。

“让我看看。”我听见戴克在翻纸的声音。我们在电话两端遥相呼应，默契十足。“我已经跟德蒙特·金、简·德赛尔、劳伦斯·佩洛蒂、希尔达·欣和拉蒂尔达·布朗宁谈过了。”

除了拉蒂尔达·布朗宁，这几个人全是我们不希望在陪审团中看见的白人。如果我们能败坏他们的声誉，德拉蒙德一定会想尽一切办法把他们排除在外。

“德蒙特·金怎么样？”我问。

“靠谱。有一次他甚至把保险公司的理赔员从家里赶出去了。我给他打九分。”

“佩洛蒂呢？”

“这家伙很不错。他简直不敢相信保险公司会这样杀人不眨眼。他支持我们。”

“简·德赛尔？”

电话里又传来一阵纸张翻动的声音。“让我看看。她话不多，人不错。我想她大概觉得我们这样交谈不妥当。我们谈了谈保险公司相关的情况，而且跟她说了大利公司的资产有四个亿，我想她会支持我们的。我给她打五分。”

我简直忍俊不禁。我把听筒紧紧地按在身上。

“拉蒂尔达·布朗宁怎么样？”

“她是个激进的黑人女孩，不会帮白人的忙。她在一家黑人银行工作，让我离开她的办公室。她要是陪审员，一分钱也不会判给我们。”

戴克又翻了翻纸张好久。“你那边怎么样？”他问道。

“差不多一小时前，我去了埃丝特·塞缪尔森的家里。她大概 60 岁出头，是个很可爱的老太太。我们谈了很多关于多特的事，谈了谈失去儿子有多可怕。她支持我们。”

埃丝特·塞缪尔森的已故丈夫在商会担任过多年的官员。这是马尔文·尚克尔告诉我的。不管什么样的案子，我都不想让她在陪审团里担任陪审员。她将对德拉蒙德唯命是从。

“后来我去内森·巴茨的办公室找到了他。一开始他听我说是承办本案的律师，有点吃惊，但他后来态度就变好多了。他厌恶保险公司。”

如果此刻德拉蒙德的心脏仍在跳动，那一定跳得很微弱。一想到是我，律师本人，而非我的调查员，在四处乱窜，与潜在的陪审员讨论案情，他的肺一定气炸了。然而，他明白现在对此只能是束手无策，仰天长叹。倘若他做出任何反应，都会让他窃听我电话的事实大白于天下。这会让他的律师执照立刻被吊销。说不定他还会被起诉。

他唯一能做的就是乖乖闭嘴，尽量不要让我们提到的这些人成为陪审员。

“我还有一些人，得去找一下，”我说，“10∶00左右，我们再碰头。”

“好的。”戴克说，声音显得有点累。他的演技比一开始的时候好多了。

我们挂了电话。15分钟后，电话铃响了。一个似曾相识的声音说：“请找鲁迪·贝勒。”

“我就是。”

“我是比利·波特。你今天来过我们店。”

比利·波特是个白人男性，在西部汽车店担任商店经理，穿着整齐，整天打着领带上班。按照我们的标准，他不太适合进入陪审团。我们不要他。

“是的，波特先生。谢谢你打电话。”

打电话过来的其实是布齐。他同意帮我们客串一把。他现在和戴克在一起，说不定两个人正挤在电话亭里互相取暖呢。布齐很专业，他去过西部汽车商店，跟波特谈了买一套轮胎的事情。这位高手正在模仿波特的声音。反正他们这辈子再也不会见面了。

“你有什么事情吗？”比利·波特问道。我们跟布齐说过，一开始态度要装得生硬点，然后再缓和下来。

“是有点事。嗯，就是那个案子，你知道。就是你接到传票的那个案子。我是该案的承办律师之一。”

“这合法吗？”

“当然合法，但请你不要跟别人说。我代表一位小老太太，她的儿子被大利人寿保险公司杀了。”

“被杀了？”

“是。那孩子需要做手术，可保险公司无理地拒绝支付手术费。他在三个月前，死于白血病。这就是我们起诉的原因。我们真的需要你的帮助，波特先生。”

“这听起来太惨了。”

“比这更惨的案子我也见过，我自己也办理过很多起。那些人真的是罪孽深重，波特先生，请原谅我这样说。对方已经提出给 20 万美元，和解结案，可是我们要的比这多多了。我们要求进行惩罚性赔偿，我们需要你的帮助。”

“我会被挑中吗？我工作太忙，抽不开身。”

“我只能跟你说，我们会从大概 70 人中选出来 12 名陪审员，请一定要帮帮我们。”

“好吧，我尽力而为，但是，我真的不想当陪审员，你懂吗？”

“我明白，先生。谢谢你。”

戴克回到了办公室，我们一起吃了三明治。当晚他又出去了两次，然后给我回电话。在电话里，我们又说到了一些人的名字，声称这些人都跟我们谈过话，而且他们现在都迫不及待地要对大利公司的不法行为进行严厉惩处。我们要窃听者以为，我们俩在外面日夜奔波，挨家挨户地进行游说，违背职业伦理准则的程度严重到我这辈子都没法再当律师了。而且，所有这一切卑劣得让人心惊的伎俩，竟然就发生在挑选陪审员的前夜！

在即将接受下一轮质询的 60 多名候选陪审员中，我们已经成功地让对方对其中三分之一的人起了疑心。而且，这些人全是我们精心挑选过的、最不想要的陪审员。

我敢打赌，列奥·德拉蒙德今天将彻夜难眠。

第四十二章

第一印象至关重要。8:30到9:00之间，陪审员陆陆续续到达。他们紧张地穿过双扇木门，拖着脚步沿着过道向前走，呆头呆脑地东张西望。他们许多人是人生中第一次走进法庭。我和多特单独坐在原告席上，看着对面铺着衬垫的长椅上逐渐坐满了陪审员。我们背对着法官席。我们桌上除了一本便笺簿，别无他物。戴克坐在靠近陪审席的一把椅子上，跟我们有一点距离。我和多特时不时低声耳语，尽量保持微笑。其实我内心十分紧张不安。

与此形成鲜明对比的是，过道另一侧的被告席上坐了五个身穿黑西装、神情严肃的男人，他们全都在仔细研读桌子上堆得满满的一沓沓文件。

我那如同大卫与歌利亚对决的、最终以弱胜强的战斗已经打响了。陪审员们首先看到的是，我方人手不足，律师单枪匹马，明显财力不雄厚。我身材矮小的可怜客户看起来又是那么脆弱，似乎不堪一击，远远不是对面那些有钱人的对手。

取证工作已经结束，我意识到让五名律师来为被告辩护，真的是毫无必要。更何况五位都是非常优秀的律师。而现在，让我吃惊的是，德拉蒙德竟然没有想到这种强烈对比会给陪审团留下多么糟糕的印象。他的客户一定是犯下了什么罪行，否则何必大张旗鼓地用五名律师来对阵孤军作战的我呢?

今天早上他们拒绝和我说话。我跟他们保持距离。但是他们轻蔑和嘲笑的神情告诉我，他们对我与陪审员的直接接触感到震惊。他们既惊又怒，却不知如何是好。除了窃取客户的钱财，与潜在的陪审员直接接触大概是律师能犯的最大罪过了。这罪过之大，远远在非法窃听对手的电话之上。他们试图装出一副义愤填膺的样子，真的很蠢。

法庭书记员让陪审员们在集中地排好队，然后在我们前面又随意安排他们就座。陪审员名单上有 92 人，今天到场 61 人。有几个人没有找到。有两位已经过世。还有几位声称生病了。有三位以年事过高婉辞。基普勒又以不同的私人原因同意了几个人不履行陪审员义务的请求。书记员每喊一个名字，我都记一下笔记。我觉得自己好像已经认识他们几个月了。6 号是比利·波特，据说是昨晚给我打电话的西部汽车商店经理。看德拉蒙德如何对付他，一定十分有趣。

杰克·昂德霍尔和柯密特·阿尔迪代表大利公司，坐在德拉蒙德及其团队的身后。这样就有七个黑衣人，七张严肃可怕的面孔，对陪审席虎视眈眈。放松点，伙计们！我脸上一副轻松愉快的表情。

基普勒走进了法庭，全场起立。现在开庭。他向陪审员们表示欢迎，简短而高效地谈了谈陪审团的意义以及公民的义务。当他问到是否有人有不履行义务的正当理由时，陪审席上有几个人举起了手。

他指示他们一次一人依次走到法官席，轻声向他陈述各自的原因。我黑名单上的五位公司主管，其中四人跟他耳语了一番，他同意了他们的请求，我对此一点都不感到吃惊。

这个过程耗费了一些时间，也让我得以研究一下这些陪审员。根据他们座位的情况来看，我们可能仅仅需要考虑前三排。这三排有 36 名候选陪审员。我们需要 12 名陪审员，外加两名做候补。

在辩护席后面的长椅上，我注意到有两个衣着考究的陌生人。我想他们一定是陪审团顾问。他们正仔细观察这些陪审员的一举一动。我很好奇我们的小伎俩对他们的深度心理分析有什么影响？哈哈哈！我敢打赌，他们之前在分析时从来没有考虑过会有两个疯子在挑选陪审员的前夜居然去找候选陪审员聊天。

法官大人打发了七名候选陪审员，还剩下 50 名候选陪审员。然后，他简要地介绍了案情梗概，介绍了案件双方以及双方的律师。巴迪没在法庭上。巴迪待在他那辆破福特车里。

接着基普勒又开始严肃地提问。他提醒陪审员们，如需回应就举手。你们中有谁认识原告、被告、律师或证人吗？你们中有谁买过大利公司的保单？你们中有谁在打官司？你们中有谁起诉过保险公司吗？

只有几个人举起了手，然后站起来与法官大人交谈。他们很紧张，但两三个人之后，他们就自在了些。有人幽默地评论了一下，大家全都放松多了。在某一瞬间，我也自言自语，我属于这里。我能做到。我是一名律师。当然，我只是在心里默默地说。

基普勒给过我他要问的问题的清单，我想问的问题他全都问了。这无可非议。因为他把同样的名单也给了德拉蒙德一份。

我做着笔记，注意观察他们的表情，仔细听他们说话的内容。戴克跟我一样。这让人难以应付，但我很庆幸陪审员们并不知道他是我的人。

基普勒问问题时，时间在缓慢地流逝。等他问完时，已经过去了快两小时。我又开始紧张得坐立不安。鲁迪·贝勒是时候在真正的庭审中首度发言了。这个发言会非常简短。

我站了起来，走到审判席前冲他们热情地笑了笑，开始讲我练习过一千遍的话。“早上好。我叫鲁迪·贝勒，我代表布莱克一家。”开局不错。在被法官反复锤打了两个小时后，他们巴不得听到一个不一样的声音。我热情而又真诚地望着他们。“刚才，基普勒法官问了很多问题，这些问题非常重要。我想问的他全都问了，所以我不会浪费大家的时间。事实上，我只有一个问题。你们中有谁能举出任何理由，说明自己不适合担任本案的陪审员吗？”

我不指望任何人会回应，我也没收到任何回应。他们已经盯着我看了两个多小时，我只想跟他们打个招呼，再冲他们甜甜地笑一笑，这样就够了。没有什么比喋喋不休的律师更让人厌烦的了。而且，我有预感德拉蒙德可能会给他们来个下马威。

“谢谢大家，”我笑着说，然后我缓缓转向法官大声地说，“法官大人，我认为陪审团很不错。”我回到座位上，一边轻轻拍了拍多特的肩膀，一边坐了下来。

德拉蒙德已经站了起来。他故作镇定，努力装出一副和蔼可亲的样子，实际上早已火冒三丈。他先自我介绍，然后开始谈论他的客户，他说大利公司是家运营良好的大公司。它不应因此而受到惩罚，你们明白吗？本案会对你们任何人有什么影响吗？实际上，他是在为案子本身进行辩论，这是不妥当的。不过，他只在边缘试探，没有越界。我拿不准我是否应该反对。我已下定决心，只有在完全有把握的情况下，才起来表示反对。他这种提问方式非常有效。他那圆润的嗓音、流畅的语言，都在恳求别人的信任。他那花白的头发，散发出智慧的光芒，暗示着他有丰富的经验。

他又谈了其他事情，听众没什么反应。他这是在埋下隐患的种子，接着就酿成了大乱。

“以下，本人将提出今天最重要的问题，”他一脸肃穆地说，“诸位请听好。这个问题至关重要。”然后是一个长长的、戏剧性的停顿。“诸位中有谁曾接触过本案？”

他的声音在空气中袅袅回响，法庭却死一般的沉寂。他提出的不是问题，更像是一个指控。我朝他们的座位瞥了一眼。

希尔和普伦克正盯着我，摩尔豪斯和格罗则在观察陪审员们的反应。

德拉蒙德像冻住一样停顿了几秒，只要有谁胆敢第一个举手说："我！原告律师昨晚来过我家！"他立刻会如饿虎见羊般扑上去。德拉蒙德知道这件事终究不可避免地到来，他就是知道。他会揭露真相，揭露我和我腐化堕落的准律师合伙人，并让我受到警告和惩罚，永远吊销律师资格。本案的审理将推迟若干年。这件事马上就要发生了。

然而，他的肩膀慢慢下沉。空气悄无声息地从他的肺里往外涌。这帮撒谎的傻瓜！

"这非常重要，"他说，"我们一定得知道。"他的语气里有满满的不信任感。

没有人说话，也没有人动一下。但所有陪审员都紧张不安地紧紧盯着他，他让他们觉得不舒服。加油，老伙计！

"那我换一种方式再问一遍，"他非常冷静地说，"诸位中有谁昨天跟这位贝勒先生或者跟那位戴克·希夫利先生说过话？"

我猛地站了起来："反对！法官大人，这太荒谬了！"

基普勒已准备好随时助我一臂之力了。"反对有效！你在干什么，德拉蒙德先生！"他直接对着麦克风大声喊道，震得墙壁都在晃动。

德拉蒙德面向法官："大人，我们有理由相信，陪审团已经被收买了。"

"什么？他这是在指控我！"我愤怒地说。

“我不知道你在干什么，德拉蒙德先生。”基普勒说。

“或许我们该到你办公室去谈一谈。”德拉蒙德边瞪着我边说。

“去就去。”我回击他道，好像迫不及待要和他打一架似的。

“短暂休庭。”基普勒对法警说。

我和德拉蒙德面对着法官大人隔着办公桌坐了下来。特伦特与布伦特律所的四个律师站在我们身后。基普勒烦躁不安，一脸的心神不宁。“你最好有足够充足的理由。”他对德拉蒙德说。

“陪审团被人动过手脚了。”德拉蒙德说。

“你怎么知道？”

“我不能说。但我知道这是事实。”

“别跟我玩什么把戏，列奥。我要证据。”

“我不能说，法官大人，说了就会泄露秘密情报。”

“胡闹！快跟我说。”

“是真的，法官大人。”

“你是在指控我吗？”我问。

“正是。”

“你疯了！”

“你今天有点不正常，列奥。”法官说。

“我想我可以证明我所说的一切。”他扬扬自得地说。

“怎么证明？”

“让我继续质询陪审员。等我问完，真相就会大白。”

"他们对你的问题不理不睬啊。"

"但我才刚刚开始。"

基普勒思考了一会儿。等案件结束后，我会把真相告诉他。

"我希望可以对几位陪审员进行一对一的提问。"德拉蒙德说。这样做超出了常规，但法官对此拥有自由裁量权。

"你觉得怎么样，鲁迪？"

"不反对。"老实说，我已迫不及待地要看德拉蒙德追问那几位被我们放过烟幕弹的陪审员。"我没什么好隐瞒的。"我身后两个混蛋听了这句话，咳嗽了几声。

"很好。你这是在给自己挖坟，列奥。你可别越界了。"

"你们在里面干什么？"我回到座位上时，多特问。

"都是律师的那些事。"我低声说。德拉蒙德已蓄势待发。陪审员们都用高度警觉的眼光看着他。

"诸位，是否有人与你们联系并谈论过本案，正如我刚才所说的，这非常重要。如果有，请举起你的手。"他的语调活像个教一年级学生的老师。

没有人举手。

"陪审员与案件的任何一方，无论是直接还是间接接触，问题都非常严重。事实上，不仅仅是针对主动进行接触的人，如果陪审员不向法庭报告的话，后果也非常严重。"他恶狠狠地威胁道。

没有人举手。没有人有任何举动。他们的脸上开始呈现出暴涨的怒气。

他把身体重心从一只脚转到另一只脚，抹了抹下巴，开始对比利·波特开火。

“波特先生。”他低沉地说，比利的脸色立刻就变了。他挺直身子，点点头，脸瞬间变得通红。

“波特先生，我会直接问你一个问题。希望你能诚实地回答我。”

“你的问题诚实，我的回答就诚实。”波特气鼓鼓地说。此人性子火暴，一点就着。老实讲，我对他避之犹恐不及。

德拉蒙德愣了一会，然后开足火力：“好。现在，波特先生，请你回答，昨天晚上你到底有没有和鲁迪·贝勒先生通过电话？”

我猛地站起来，摊开双手，什么也没说，茫然不解地望着德拉蒙德，好像我是清白无辜的，是他冲昏了头。

“该死的，当然没有。”波特说，脸变得越来越红。

德拉蒙德身子依靠在栏杆上，双手紧紧抓着厚厚的红木栅栏，低头盯着坐在头排的比利·波特，离他不到五英尺。

“你确定吗，波特先生？”他问。

“该死的，确定！”

“我认为你和他通过话。”德拉蒙德说。现在他已经失控了，越过了界。我还没来得及反对，基普勒也还没来得及训斥他，比利·波特先生已经从座位上跳起来，扑向了了不起的列奥·F. 德拉蒙德。

"你敢说我是骗子，你这个婊子养的！"波特高声骂道，掐住了德拉蒙德的喉咙。德拉蒙德摔倒在栏杆上，他脚上的流苏乐福鞋飞到了空中。女人开始尖叫。陪审员们纷纷从座位上跳了起来。波特把德拉蒙德压在身下，德拉蒙德双手乱抓，两脚乱踢，企图拼命挣扎，还击一两拳。

T. 皮尔斯·摩尔豪斯和 M. 亚历克·普伦克从座位上跳起来，率先冲到了混战现场。其他人也陆续赶到。法警也迅速赶来，与两个男陪审员一起想把他们两个拆开。

我坐在座位上，尽情地欣赏这幕闹剧。基普勒赶到栏杆边时，波特已被人拖开，德拉蒙德也从地上爬了起来。那只流苏乐福鞋被人从第二排座椅下面捡起来，还给了列奥。他一边掸着衣服，一边警惕地瞪着波特。被人拉住的波特很快就平静了下来。

两位陪审团顾问惊呆了。他们的计算机模型一败涂地。他们的奇思妙想被扔到了九霄云外。他们此刻一文不值。

短暂休庭后，德拉蒙德正式提出动议，要求解散整个陪审团。基普勒拒绝了。

比利·波特先生没能入选陪审团。他气急败坏地走了。我觉得他还没揍够德拉蒙德。我希望他能等在门外，把这顿揍补齐。

中午刚过，我们就在法官办公室开始了挑选陪审员的枯燥工作。德拉蒙德和他那帮助理坚决制止我和戴克昨晚在电话上提到的那些人进入陪审团。他们确信我们以某种方式跟这些人接触过，并且已经说服了他们不露出半点迹象。他们愤愤不平，以至于懒得看我一眼。

选出来的陪审团真是让我称心如意。六位已经做了母亲的黑人妇女。两名黑人男性（一位是大学毕业生，另一位以前是卡车司机，现在残疾了）。三名白人男性，其中两人是工会会员，另一位的住址离布莱克家仅有四个街区之遥。最后一位是白人女性，一位著名房地产商的太太。我没有办法把她排除在陪审团之外，但我也不担心。陪审团裁决，12 人中有 9 人同意即可。

16：00，基普勒让他们在陪审席就座，然后他们就宣了誓。法官解释说一周后本案将开庭审理，他们不能和任何人谈论本案。他随后的行为让我吓了一大跳，可是仔细想一想，这主意妙极了。他问我和德拉蒙德是否愿意私下非正式地跟陪审团说一些话。不列入法庭记录。也没什么特别的。

当然，我没想到他会这样安排，因为这种事情前所未闻。尽管如此，我还是鼓起勇气，站到了陪审团面前。我跟他们讲了讲唐尼·雷的事情，讲了讲保单，讲了我认为大利公司有过错的理由。我说得不多，不到五分钟就讲完了。

德拉蒙德走向陪审团。瞎子都能看出来他有多不信任陪审团。他为上午的事故致歉，却又愚蠢地把主要责任推给了波特。好一个刚愎自用的家伙！他谈了谈自己对本案事实的看法，对唐尼·雷的死表示遗憾，但他暗示，如果就此认为他的客户对此负有任何责任，那是很可笑的。

我看着他们那帮人和大利公司的那两位仁兄，他们全都面露惧色。事实对他们不利。陪审团同情原告。法官明显是个敌人。他们心中耀眼的明星不但失去了陪审团的信任，而且被痛扁。

基普勒宣布休庭，陪审员们回家去了。

第四十三章

挑选好陪审团后的第六天，离开庭还有四天时，戴克在办公室接到了克利夫兰一位律师的电话，说想和我谈谈。我立刻就起了疑心，因为我不认识克利夫兰的任何律师，我跟他聊了一会，弄清楚他的名字之后，在谈话进行到一半时就把电话给轻轻切断了，好像这又是一个电话不知何故掉线的事情。怎么最近电话老掉线呀？我跟戴克抱怨道，声音大到足以被耳机里的窃听器录下来。我把所里的三部电话统统拔了，然后跑到街边钻进我的沃尔沃汽车里。布齐已经检查过车载电话了，没有被安装窃听器。从电话簿查到电话号码之后，我给克利夫兰那个律师打了电话。

后来证明，这个电话至关重要。这位律师叫作彼得·科沙，他的专长是劳工法和各种各样的就业歧视。他的客户是一位叫作杰基·莱曼西支克的年轻女士。她在无缘无故被大利公司解雇之后，找到了他的律所，和他商讨如何为她所遭受的诸多冤屈讨回公道，寻求赔偿。与我被告知的情况相反，莱曼西支克小姐并没有离开克利夫兰。她现在住在一个新公寓里，她的电话还没有登记进电话簿里。

我向科沙解释说，我们给克利夫兰打过几十个电话，但一直没有找到杰基·莱曼西支克的下落。大利公司的一个名叫理查德·佩洛特的人跟我说，她已经回到印第安纳州南部的老家了。

这不是真的，科沙说。她从来没有离开过克利夫兰。她一直躲藏起来，不敢公开露面。

她的故事精彩刺激，科沙讲得兴致勃勃。

他的客户在大利公司任职期间，与几位上司都保持了性关系。他跟我说，她很漂亮，特别有魅力。她的职位和薪水能否上升取决于她是否愿意跟上司们上床。她曾担任高级理赔员，公司里能升到这个高位的女性只有她一个人。但在她表示不愿意跟负责理赔部的副总裁埃夫雷特·洛夫金继续保持性关系后，她被降职了。洛夫金不是个东西，有古怪的性癖。

说洛夫金不是个东西，这我完全赞同。取证的时候，我折腾了他四个小时。下周等他站上证人席时，我还会对他穷追猛打。

虽然他们的诉讼针对的是性骚扰及其他相关违法行为，但她对大利公司理赔部内部的肮脏行径也非常清楚。毕竟她是跟理赔部的副总裁上过床的！他预测，一大堆官司会纷至沓来。

最后，我抛出了那个终极问题："她愿意来作证吗？"

他不知道。可能会愿意。但她很害怕。那些混蛋都很有钱。

她现在正在接受治疗，真的很脆弱。

他同意让我与她通话。我们做了安排，某天深夜我会从我的公寓给她打电话。我跟他解释了最好别打电话到我律所的原因。

我满脑子都是审判，其他事情无暇顾及。戴克不在办公室的时候，我就来回踱步、自言自语，一会向陪审团控诉大利公司是如何的恶贯满盈，一会又向大利公司那帮人进行交叉询问，一会又巧妙地向多特、隆和科德提出问题，我能动人心弦地向陪审团慷慨陈词，发表我的总结陈词。但是，让我凛然正气地要求陪审团做出给予 1 000 万美元惩罚性赔款的裁决，我又难以开口。或许，等我到了 50 岁，办理过几百个案子，知道该如何行事的时候，我才能够坦然自若地提出这种要求吧。而对于一个刚刚毕业九个月的新手来说，提这样的要求看起来有点滑天下之大稽。

但我还是提了。我在办公室里，在我的车上，特别是在公寓里凌晨两点睡不着的时候，我就会向他们提出这一要求。我跟他们谈话，那 12 张面孔我都已经能够叫出名字，他们都是具有正义感的好人，他们一边听我说话一边点头，恨不得立刻回去伸张正义。

我马上就要挖到金子了，在公开的法庭上摧毁大利公司，我每分钟都在为控制这个念头而挣扎。但是，该死的，这真的很难。案件事实、陪审团、法官以及对方那些惊慌失措的律师，组合起来就意味着无数的金钱。

肯定是有什么地方不对劲了。

我和杰基·莱曼西支克谈了一小时。她有时听起来坚强有力，有时却又溃不成军。她反反复复地说，她不想跟那些男人上床，但这是她唯一能够升职的办法。她离了婚，独自抚养几个孩子。

她同意来孟菲斯。由我支付她的来回旅费和花销，我冷静地向她保证，我们律所资金充裕。她也让我保证，她来此作证，事前绝不会走漏风声，不会让大利公司知道。

她被他们吓坏了。我想到时候给他们一个惊喜也挺好的。

我们周末住在办公室，只在各自的公寓里睡了短短几个小时，立即又像迷途知返的羔羊一样回到办公室，继续为开庭做更多准备。

得益于蒂龙·基普勒，我偶尔也会有放松的时刻。我已默默在心中感谢过他成千上万次了，感谢他在开庭一周前挑好了陪审团，感谢他让我在陪审团前即兴讲了一番话。陪审团一度是个巨大的未知数，让我特别担忧惧怕。可现在，我知道了他们的名字，熟悉了他们的面孔，我跟他们聊天的时候不需要念稿子。他们喜欢我，而且不喜欢我的对手。

无论我多么没经验，我真的相信，基普勒法官会帮我查缺补漏。

星期天晚上半夜时分，我跟戴克道别，离开律所，我离开时，天上正下着小雪。下雪在孟菲斯通常意味着学校要停课一周，所有的政府部门都会关闭，因为市政府没有买过一辆扫雪车。一半的我希望雪越下越大，让暴风雪推迟明天的庭审；另一半的我又希望早点结束这一切。

我开车回到公寓时，雪已经停了。我喝了两杯常温啤酒，希望可以早点梦见周公。

“开庭前还有什么问题吗？”基普勒向坐在他办公室里的一群忐忑的人问道。我坐在德拉蒙德旁边，我们俩双双望向写字台对面的法官。我因为睡眠不足而双眼红肿、头昏脑涨，思绪乱糟糟的。

我很吃惊地发现德拉蒙德也无比疲惫。作为一个在法庭上叱咤风云多年、经验老到的律师，他形容枯槁到让人震惊。挺好。我真希望他也是在忙忙碌碌的工作中打发了整个周末。

“我没什么问题了。”我说。毫不奇怪，我很少在这样的小会上能添枝加叶。

德拉蒙德也摇头。

“可以确定一下骨髓移植手术的费用吗？”基普勒问道，“如果可以的话，我们就取消加斯金证人的身份。手术费用大概是 17.5 万美元左右。”

“我没意见。”我说。

被告辩护律师如果压低价格，自己就可以赚得更多，但德拉蒙德在此却无油水可捞。“听起来很合理。”他冷漠地说。

“这意味着‘是’吗？”基普勒不客气地追问。

“是。”

“谢谢，其他费用呢。大概2.5万美元左右。我们大家是否能够同意原告要求的实际损害赔偿金为20万美元？我们都能同意吗？”他确实是在瞪着德拉蒙德。

“我没意见。”我说。我想德拉蒙德肯定会被激怒。

“同意。”德拉蒙德说。

基普勒在他的便笺簿上写写画画了一下。“谢谢。我们开庭前，还有其他问题吗？有没有和解的可能性呢？”

“法官大人，”我坚定地说，这是事前仔细规划的结果，“我谨代表我的客户在此表示，我们愿意和解结案，条件是被告赔偿120万美元。”

被告律师早已训练有素，不管原告律师提出任何和解方案都会表示震惊，小题大做。我刚提议，就迎来了对方一连串的摇头和咳嗽，在我身后的某个地方聚集的仆从们甚至传出了不屑的轻笑声。

“你倒是挺敢想的。”德拉蒙德尖酸刻薄地说。我真的觉得昔日的王者早已雄风不再。本案刚刚开始审理的时候，他举手投足之间都还颇具绅士风范，在法庭内外都是非常出色的专家。可是现在，他却像是个噘起嘴巴与人斗气的大二学生。

“没有反对意见吗，德拉蒙德先生？”基普勒问。

“我方对和解的报价是20万。”

"很好。咱们马上开始庭审。双方各有15分钟做开庭陈述。当然，你们也可以有话则长，无话则短。"

我的开庭陈述早已排练过多次，时间掐在了整整六分半钟。陪审员们鱼贯而入，法官欢迎他们，并给了几句指示，然后他们转过身来面对我就座。

如果我经常演这种戏码，总有一天我也可以练出来一身演技。但那是将来的事了。而现在，我只希望自己能够挺过去。我拿着便笺簿，偶尔朝上面瞥一眼，面向陪审团做陈述。站在讲台边，我暗暗希望身上这套灰色新西装能给自己增添几分律师的风范。事实明显对我方有利，我无须赘述。我的客户买了一份保险，每周按时交纳保险费，保单的承保范围包括唐尼·雷，他生病之后，却一直备受折磨，直到去世。他的死因很明显。陪审团诸位只能通过录像带见到唐尼·雷。他死了。本案的目的，不仅仅在于让大利公司支付从一开始它就应当支付的那笔费用，而且还要对它的不法行径进行严厉惩处。大利公司财力雄厚，它收取保险费，却拒不支付理赔金，从而赚取了大量钱财。当所有证人作证完毕之后，我会再次站在这里请求你们，诸位陪审员，做出裁决，惩罚大利公司，让它付出巨额的惩罚性赔偿金。

一开始就润物细无声地播下种子至关重要。我要让他们知道，我们想要的是一笔数目巨大的赔偿金，而大利公司理应受到严惩。

我的开庭陈述非常顺利。我没结巴，没发抖，也没招来德拉蒙德的反对。我预测，本案审理的大部分时间里，列奥会一直待在他的位置上。他不想当着陪审团的面被基普勒羞辱。

我在多特旁边坐下。长长的原告席上，就只有她和我。

德拉蒙德自信地大步走到陪审团席前，手里拿着一份保单。他戏剧性地开始了开庭陈述。“这就是布莱克夫妇买的那份保单，”他边说边举起保单，以便人人都能看到，“而在这份保单中，没有任何一个地方说过，大利公司必须为移植手术支付费用。”为了增强效果，他特意做了个长长的停顿。虽然陪审员不喜欢他，但他的话引起了他们的注意。“这张保单的保费是每周 18 美元，其承保范围并不包括骨髓移植，而本案原告却指望我的客户支付 20 万美元，作为——诸位肯定都猜对了——骨髓移植的手术费。我的客户拒绝了这一请求，并非是出于对唐尼·雷·布莱克的任何恶意。对我的客户来说，这并不是什么生死攸关的事情，而是是否包含在保单承保范围之内的问题。”他戏剧性十足地挥动保单，而且挥动得十分强劲有力。“他们不仅想要他们无权得到的那 20 万美元，还起诉我的当事人要求额外赔偿 1 000 万美元。他们称之为惩罚性损害赔偿金。我称之为荒谬，称之为贪婪。”

这些话虽不算无的放矢，但风险很大。保单虽然明确排除所有可移植器官的移植手术，却未提及骨髓，而且，骨髓并非器官。保单的起草人搞砸了，留下了一个漏洞。马克斯·勒伯格给我的那份新保单已明确地把骨髓移植排除在承保范围之外。

辩方的策略一目了然。他们不会低调地承认因为大公司人员众多，保不齐有不称职的员工犯下某个错误。德拉蒙德绝不让步。他会声称骨髓移植手术极不可靠，属于假冒伪劣之流，绝非公认的急性白血病常规治疗方法。

他侃侃而谈，像医生一样口若悬河地谈论找到合适的骨髓捐赠者何其困难，有时找到的概率仅为几百万分之一；即使万幸找到，移植成功的概率也非常低。他一遍又一遍地重复："这根本不属于保单规定的承保范围！"

他决定刺激我。他第二次提到"贪婪"这个词时，我立即跳起来反对。开庭陈述阶段本不该进行辩论，辩论得等到最后的交叉问询阶段。他本来只能告诉陪审团他对证据证明力的看法。

我语音刚落，可爱的基普勒立刻说："反对有效。"

短兵相接，我赢了第一刀。

"很抱歉，法官大人。"德拉蒙德诚恳地说。他开始谈论他的证人，他们是谁，他们会说什么。他讲了十分钟就已精疲力尽，他本该就此打住，却拖到了最后一刻，用足 15 分钟，直到基普勒告诉他时间已到，他才向陪审团致谢。

"传唤你的第一位证人，贝勒先生。"基普勒说。我已经没时间去害怕了。

多特·布莱克心情忐忑地走向证人席，宣誓后就座，望向陪审员们。她穿着一身普通的棉质连衣裙，裙子很旧，但看上去很整洁。

多特和我，我们写了一个脚本。一周前我把脚本给了她，我们已经练习过十次。我提问，她回答。她被吓坏了，当然这完全合情合理，她回答问题时，一板一眼，非常木讷。我跟她说过，她如果有点紧张，也没什么大碍，陪审员们也是有血有肉的人呀。姓名，丈夫，家庭，职业，保单，唐尼·雷生病前的状况，患病期间直到死亡之前的情况。她擦了几次眼泪，但仍保持镇静。我跟她说尽量不要哭，谁都知道她有多伤心。

她讲述了身为人母却无法为垂死的爱子治病、提供医疗治理的痛楚。她给大利公司写过许多信，打过多次电话。她还给众议员、参议员和市长们写过信打过电话，请求帮助，但都徒劳无功。她求过本市多家医院，求他们提供免费治疗。她还和朋友邻居们组织医疗费募捐，但同样毫无结果。她指认了保单和申请书，回答了我有关购买保单以及博比·奥托每周来收取保险费的问题。

然后，我们来到了关键性问题。我把前七封拒赔信递给了她，让她向陪审团宣读一遍。这些信读出来比我想象的还要卑劣。无缘无故地断然拒绝，没有任何解释。理赔部拒绝，理由为有待保险部审核。保险部拒绝，理由为有待理赔部审核。理赔部基于先决条件的拒绝。保险部以唐尼·雷已成年不再是家庭成员为由加以拒绝。理赔部以骨髓移植不属于承保范围为由拒绝。理赔部以骨髓移植仍处于初步试验阶段而非公认的治疗方法为由拒绝。

陪审员们全神贯注地倾听每一个字。这些信函的恶臭笼罩着整个法庭。

最后是那封“愚蠢至极”信函。多特向陪审团宣读时，我紧紧盯着陪审员们的脸。有几位明显惊呆了。有几位不敢置信地一直眨巴着眼睛。还有几位愤怒地望向被告席，然而，让人奇怪的是，被告律师团全体在低头沉思。

多特读完了信，法庭上一片寂静无声。

“请再读一遍。”我说。

“反对。”德拉蒙德迅速站起来说。

“反对无效。”基普勒厉声说道。

多特又读了一遍，读得更为从容，更加情感充沛。这正是我结束对她的质询的最佳时机，我向陪审团致意后回到原位。德拉蒙德走上讲台。如果他对她粗暴无礼，那他就会铸下大错，我想他应该不会这样做。

他从她买保单开始问起，泛泛问了几个问题，然后话题一转，问她为什么碰巧买了这份保单。买这份保单时她有什么打算？多特说她只是想买一份保单为全家人投保，仅此而已。那位保险经纪人当时就是这么给她承诺的。经纪人有没有跟她保证过，这份保单包括移植手术？

“我当时根本没想过什么移植手术，”她说，“我当时不曾需要。”陪审席上有几个人面露微笑，但没有谁笑出声。

德拉蒙德把问题绕来绕去，反复想逼问她，是否当时想买的就是一份包含骨髓移植的保单。她当时听都没听到过这东西，她也反复这么答。

“那你当时并没有明确要求保单包括骨髓移植了？”他问。

“我买的那会儿就还没想过这些事。我只想要一份全面的保障。”

在这个问题上德拉蒙德以微弱优势赢了一分，不过我希望，陪审团很快就把它忘个一干二净。

“你为什么起诉大利公司，要求1 000万美元的赔偿？”他问。刚刚开始庭审的时候，这个问题会招致灾难性的后果，这会显得原告很贪婪。在诉讼中所要求的损害赔偿金通常只是律师未经授权，随口说出来的数字，我当然没有问过多特，她希望大利公司赔多少钱。

但是，我研究过德拉蒙德之前的出庭辩护记录，早知道他会来这么一招。多特早已准备好了。

“1 000万？”她问。

“是的，布莱克太太。你起诉我的客户，要求赔偿1 000万美元。”

“就这么点吗？”她问。

“不好意思，我不明白你的意思。”

“我以为是1 000万以上呢。”

“是这样吗？”

“怎么不是？你的客户有10亿美元，你的客户杀了我儿子。见鬼！我还想要他们赔更多。”

德拉蒙德的双膝微微弯曲，他换了一下身体重心。但他脸上一直保持微笑，真是个非凡的天才。他本可以问一个无关痛痒的问题后乘机下来，或者直接回到座位上去。可是，面对布莱克，他又犯了一个错误，问了一个他的经典保留问题："假如陪审团给你1 000万美元，你会怎么用这笔钱呢？"

在公开的法庭上，要立即不假思索回答这样一个问题，是非常困难的。但多特早已成竹在胸。"全都给美国白血病学会。一分钱都不要，你们的臭钱我一分钱也不要。"

"谢谢你。"德拉蒙德说完，立刻灰溜溜地回到被告席。

多特离开证人席，回到我身边坐下时，确实有两位陪审员已经在窃笑。德拉蒙德脸色苍白。

"我表现得怎么样？"她低声问。

"你让他自讨没趣了，多特。"我低声答道。

"我得去抽根烟。"

"马上就休息了，再忍一忍。"

我传唤隆尼·布莱克出庭作证。他也有脚本，他作证不到半小时就结束了。我们要他证实的事实是只有他的骨髓与他的孪生兄弟完全匹配，他随时准备为唐尼·雷捐赠骨髓。德拉蒙德没有对他进行盘问。快11：00时，基普勒命令休庭十分钟。

多特迫不及待地冲向洗手间，找到空位躲在里面抽了一支烟。我警告过她不要在陪审员面前吸烟。我和戴克挤在一起，比较各自的笔记。他坐在我后面，一直观察陪审员们的表现。那些拒赔信引起了他们的关注，而那封"愚蠢至极"信函让他们怒火中烧。

让他们一直愤愤不平，戴克说。让他们一直生气。只有在陪审团发怒的情况下，才有可能拿到惩罚性损害赔偿金。

瓦尔特·科德医生走上证人席时，让人印象深刻。他穿一件格子运动外套，深色宽松长裤，系着红色领带，一副成功青年医生的模样。他生于孟菲斯，在本地读完预备学校，然后去范德比尔特上了大学，最后毕业于杜克大学医学院。品行学历全都无可挑剔。我看过他的履历，毫无疑问，他作为一个肿瘤专家绝对够格。我把唐尼·雷的病历给了他，他向陪审团就他的治疗方案做了很棒的概述。科德医生尽量用普通人也能听懂的语言进行讲述，对专业术语也尽量解释清楚。作为一名医生，他早已被训练得厌恶法庭，但是，面对陪审团，他轻松自在，游刃有余。

“你能跟陪审团解释一下这种病吗，科德医生？”我问。

“当然。急性髓细胞白血病又称 AML，多发病于两个年龄组。一组是 20 到 30 岁之间的年轻人，另一组是老年人，通常年龄在 70 岁以上。白人比非白人患上急性髓细胞白血病的概率要高，而且由于某种未知的原因，具有犹太血统的人比其他人更容易得这种病。男人比女人更容易患上此病。白血病的主要病因目前尚未清楚。

“人体在骨髓中制造血液，而骨髓正是 AML 侵袭之处。白血病患者体内，负责抗感染的白细胞变成了癌细胞，白细胞数量急剧增加，超过正常数量 100 倍以上。与此同时，红血球数量就会减少，所以病人皮肤苍白，身体虚弱，贫血。当白细胞不受控制地增加时，产生血小板的正常机制受到了抑制，血小板是骨髓中发现的第三种细胞。血小板的减少导致瘀青、出血和头痛。唐尼·雷第一次来找我就诊时，他说他有头晕、气短、疲倦、发烧和类似流感等种种症状。”

上周我和科德一起进行排练时，我让科德称他为唐尼·雷，而非布莱克先生或病人甲病人乙。

“那么你做了什么？”我问。我默默告诉自己，这个问题很好回答。

“我采取了一种名为骨髓穿刺的常规诊断措施。”

“你能向陪审团解释一下吗？”

“当然可以。穿刺在唐尼·雷的股骨上部进行。我让他俯卧，为他做了局部麻醉，切了一个小口，插进了一根大针。这根针实际上有两个部分，外层是空心管，里面是一根实心管。针插入骨髓后，取出实心管，同时在针孔上连接一根空的吸管。这样就有点像注射器，我用它提取出少量的骨髓液。抽出骨髓之后，我们通过测量白细胞和红细胞来进行常规的测试。毫无疑问，他患上了急性白血病。”

“这个测试的费用是多少？”我问。

“1 000 美元左右。”

“唐尼·雷是如何支付这笔检查费的呢？”

“他第一次来诊所时，填了一份普通表格，并且说他自己在大利人寿保险公司售出的一种医疗保单的承保范围之内。我们的工作人员与大利公司进行了核对，证实保单确实存在。于是，我继续对他进行治疗。”

我把与此相关的文件副本递给他，他做了确认。

“大利公司给你支付过医疗费吗？”

“没有。他们通知说，由于某些原因，他们拒绝这一索赔申请。六个月后，我们这张账单被注销了。此后布莱克太太每月付给我们 50 美元。”

“你是怎样对唐尼·雷进行治疗的呢？”

“用一种叫作诱导疗法的方法进行治疗。他住院之后，我们在他锁骨下的大静脉里插了一根导管。第一次诱导化疗使用一种名为 ara-C 的药物，我们连续七天每天 24 小时将这种药物注入他的体内。在头三天，我们同时给他使用第二种药物去甲氧基柔红霉素。这种药物被称为‘红色杀手’，因为它呈红色，且对骨髓中的细胞杀伤力极大。因为血细胞大量死亡通常会导致痛风，所以我们给他服用了别嘌呤醇，一种抗痛风剂。他接受了大量的静脉输液，以排掉肾脏中的副作用物。因为他很容易感染，所以还给他注射了抗生素和抗菌素。为了杀死霉菌，让他服用了两性霉素 B。这种药毒性很强，可以让他发热到华氏 104 度。这种药物也会导致不受控制的颤抖，所以两性霉素 B 被称为‘又烤又抖’。但不管怎么样，他都应对得非常好，对一个身患重病的年轻人来说，他态度积极，难能可贵。

“这种强诱导疗法的理论基础是杀死骨髓中的每一个细胞，希望能创造一个正常细胞比白血病细胞生长得更快的环境。”

“这种情况会发生吗？”

“会发生，但时间很短。可是我们治疗每一个病人时都明白，除非病人接受骨髓移植手术，否则白血病会复发的。”

"你能不能向陪审团解释一下，科德医生，骨髓移植手术是如何进行的？"

"当然可以。这种手术并不特别复杂。病人在做过我上述提及的化疗之后，如果他或她很幸运，可以找到一个在遗传基因上非常匹配的骨髓捐赠者，我们从捐赠者身上提取骨髓，通过静脉注射入病人体内。这个手术的目的是将一个人的大量骨髓细胞转移到另一个人体内。"

"对唐尼·雷来说，隆尼·布莱克是不是一个合适的骨髓捐赠者？"

"绝对合适。他们俩是同卵双胞胎，对这种手术来说是最容易匹配的。我们对他们二人都做过测试，如果做骨髓移植手术，会很容易而且有效。"

德拉蒙德跳了起来。"反对！这纯粹是推测。这位医生不能就移植手术是否有效作证。"

"反对驳回。到交叉询问的时候再反对吧。"

我又问了几个关于手术的问题，科德回答时，我注意观察陪审员的反应。他们一直在密切关注并仔细倾听，但应该暂时到此为止了。

"你是否还记得大概是什么时候准备为他做这个手术的？"

他看了看笔记，虽然他知道答案。"1991 年 8 月，大概是在 18 个月之前。"

"这样的移植手术能否增加急性白血病患者生存的概率？"

"当然可以。"

“增加多少呢？”

“80% 到 90%。”

“如果不做移植手术，存活的概率又是多少？”

“0。”

“谢谢证人。”

12:00 已经过了，午饭时间到了。基普勒宣布休庭，13:30 继续。戴克主动去熟食店买三明治，我和科德留下来为下一轮辩论做准备。他在细细回味与德拉蒙德正面交锋的滋味。

我永远都不会知道德拉蒙德为本案辩论做准备时，究竟请了多少位医疗顾问。他也没有义务向我透露。他只提出了一位准备出庭作证的专家证人。科德医生一再要我放宽心，说骨髓移植手术现在已被广泛接受为首选的治疗手段，只有冒牌医生才会与此背道而驰。他给了我很多文章和专业论文，甚至还给了我许多书籍来佐证此观点，即这是治疗急性白血病的最佳方法。

很显然，德拉蒙德发现的结论与此一致。他不是医生，他的观点缺乏证据佐证，所以他没有跟科德医生展开激烈的辩论，他们之间只是短暂交火。他的主要观点是，与没有接受骨髓移植的急性白血病患者相比，接受过骨髓移植的急性白血病患者少得可怜。不足 5%，科德说，不过这仅仅是因为很难找到合适的捐赠者罢了。就全国范围而言，每年大概有 7 000 名患者进行移植手术。

那些幸运找到了捐赠者的病人，存活的概率大很多。唐尼·雷就很幸运，他有一位合适的骨髓捐赠者。

德拉蒙德匆匆提了几个问题之后就缴械投降了，科德脸上几乎露出了失望的神情。我没有再进行询问，于是科德离开了专家证人席。

接下来的时刻非常紧张，我将宣布我希望大利公司哪一位高管出庭作证。今天早上德拉蒙德问过我，我说还没决定。他向基普勒抱怨，基普勒说我在准备好之前无须透露。那帮人被隔离在大厅尽头的证人室里，一边等待一边心里冒火。

"埃夫雷特·洛夫金先生。"我宣布。法警出去传唤此人，被告律师席上立即一阵忙乱。但据我所知，这些忙乱多半是毫无意义的。文件推来攘去，笔记传来传去，案卷翻来翻去，仅此而已。

洛夫金走进法庭，茫然地左右张望，好像刚从冬眠中惊醒似的，他整了整领带，跟着法警穿过过道。他紧张不安地瞥了一眼过道左侧他那帮支持者，然后走向证人席。

德拉蒙德以残酷交叉询问的方法培训证人而闻名，有时甚至让四五名律师对证人狂轰滥炸，并把整个过程拍成录像带。然后花几个小时和证人一起研究录像，琢磨战略战术，为出庭作证做充分的准备。

我知道这些公司证人所做的准备会是滴水不漏的。

洛夫金看看我，又看看陪审团，努力装出一副镇定的样子，但是他知道他不可能答出我所提的所有问题。他大概55岁，额头上的头发已经灰白，他样貌端正，声音低沉。他完全值得你把本地童子军托付给他。但杰基·莱曼西支克告诉过我，想和她搞关系的人中也有他。

她明天会出庭作证，他们此刻却茫然不知。

我们讨论理赔部，讨论它在大利公司运营机制中的作用。他已经在该部门工作了八年，最近六年一直担任副总裁，牢牢把持着该部门，他是一个真正的实干型经理。他想让陪审团清楚他的分量，所以没用几分钟，我们就已经知道他的工作是全面负责理赔部。他不具体处理每一项理赔，但是他负责整个部门的日常运营。我忽然攻其不备，向他问道："杰基·莱曼西支克是谁？"

他的肩膀居然抽搐了一阵。"是一位前理赔员。"

"她在你的部门工作吗？"

"是的。"

"她什么时候离开大利公司的？"

他耸了耸肩，想不起来日期了。

"是不是去年 10 月 3 日？"

"差不多吧。"

"那不是就在她预定要为本案取证的前两天吗？"

"我真的不记得了。"

我拿给他两份文件，帮他恢复记忆：一份是她的辞职信，日期为 10 月 3 日；另一份是我 10 月 5 日发出的要对她进行取证的通知。看了之后，他想起来了，然后很不情愿地承认，她确实是在取证日期前两天离开了大利公司。

“她是贵公司负责本案索赔申请的人员吧？”

“是的。”

“你解雇了她？”

“当然没有。”

“那你是怎样开除她的？”

“她自己辞职的。信里说得很明白。”

“她为什么要辞职？”

他自以为是地拿起那封信，然后向陪审团宣读：“由于某些个人原因，我提出辞职。”

“这么说，辞职是她本人的意思？”

“信上是这么说的。”

“她在你手下工作了多久？”

“我手下有那么多人，我怎么记得这些小事。”

“你记不得了？”

“我不记得了。好几年了吧。”

“你很了解她吗？”

“不怎么了解。她只是个理赔员，像她这样的员工多的是。”

明天，她将在此作证他们之间的肮脏交易持续了三年之久。

“你已婚，洛夫金先生？”

“是的。婚姻很幸福。”

“有孩子吗？”

“是的。两个孩子都已成年。”

我让他在证人席上等了一会，我返回自己的律师席取回一沓文件。这是布莱克家申请索赔的文件，我把它递给了洛夫金。他缓慢地翻看了一遍，看得很仔细，然后说文件很齐全。我让他明确保证，这是全部索赔文件，没有任何遗漏。

为了让陪审团大概了解处理索赔的过程，我问了他一系列枯燥无趣的问题，他的回答也同样枯燥无趣。当然，我们都在假设一切大利公司都是按章办事来进行的。

然后，就是那些肮脏卑鄙的信函。我让他对着麦克风一封一封宣读那七封拒信。每封信函，我都要他解释清楚，是谁写的？为什么写？是否符合理赔部工作手册中的相关规定？遵循的是工作手册哪一节的规定？他是否亲自看过这些信函？

我让他把多特的每封信都念给陪审团听。那些信在大声呼救。她的儿子快要死了。有人在听吗？每一封信我都要拷问他：这封信是谁收到的？如何处理的？遵循工作手册中的相关规定应如何操作？他本人看到这些信函了吗？

陪审员们似乎急于听他读那封“愚蠢至极”信函，他当然早已做好了准备。他读了一遍，然后用一种干巴巴、不带感情的语气解释道，写这封信的人后来已经离开了公司。这个人错了，公司错了，现在，此刻，在公开的法庭上，公司为这封信道歉。

我让他喋喋不休地说着。我给了他一根够长的绳子，让他自己上吊。

“你不觉得现在道歉为时已晚吗？”我终于开口打断了他。

“可能吧。”

“那年轻人已经死了，不是吗？”

“是的。”

“现在请你郑重地回答，洛夫金先生，到目前为止大利公司并未就这封信函做出任何书面的道歉，对吗？”

“据我所知，没有。”

“到目前为止，没有做过任何形式的道歉，对吗？”

“是的。”

“据你所知，大利公司是否从未为任何事情道过歉？”

“反对。”德拉蒙德说。

“反对有效。继续，贝勒先生。”

洛夫金在证人席上站了将近两小时。也许陪审团已厌倦了他。我当然更是如此。该给他来点狠的了。

我特意地大肆渲染理赔部的工作手册是公司不容违反的方针政策。我把我在证据开示阶段得到的那本工作手册交给了洛夫金，我接着问了他一系列问题，他的回答完美地证明了工作手册就是理赔部运营操作的圣旨。它经受住了时间的考验，被证明是英明睿智的。而且该手册也会被定期审查、修正、更新、与时俱进地修改。所有这一切都是为了给客户提供更好的服务。

就在他对这该死的手册解释到无聊透顶的时候，我忽然问道：“洛夫金先生，这本手册是完整、无缺漏的吗？”

他快速地翻了翻，好像他熟知每一个部分。“是的。”

“你确定吗？”

“是的。”

“在证据开示阶段，我是否曾要求过贵公司给我一本手册？”

“是。”

“我要求贵方律师给我一本，你手上拿的正是他们给我的那一本，对吗？”

“对。”

“给我的这一本手册，是你本人亲自挑选的吗？”

“是的。”

我深深吸了一口气，迈几步跨回到我的桌子边。桌子下面放了一个堆满文件的硬纸箱。我在里面摸索了一阵，然后突然站起来，两手空空，对证人说：“请你翻到手册的U节，好吗？”语音刚落，我就直勾勾地盯着坐在德拉蒙德身后的内部法律顾问杰克·昂德霍尔。他闭上了眼睛。他的头向前耷拉下来，然后靠在手肘上，望向了地板。在他身旁，柯密特·阿尔迪似乎开始气喘吁吁。

德拉蒙德对此一无所知。

“你说什么？”洛夫金说，他的声音提高了八度。每个人都望向了我，我把库柏·杰克逊给我的那份理赔手册拿了出来，放在我的桌子上。整个法庭的人都盯向了它。我瞥了基普勒一眼，他对眼前的这出戏相当满意。

“U节，洛夫金先生。翻一翻，找到它。我想跟你讨论一下。”

他真的拿着手册翻了翻。在这个生死攸关的时刻，如果洛夫金卖掉他的孩子就能出现奇迹，干掉那个多出来的U节，让手册变得干净整洁，我相信他会把孩子卖掉的。

然而，奇迹没有出现。

“我没找到U节。”他说，语气很伤感，都快要语无伦次了。

“不好意思，”我大声说，“我听不见。”

“呃……嗯……这本手册里面没有U节。”他完全被吓呆了，不是因为这本手册里面没有U节，而是因为他被逮到了。他极其失控地不停地看着德拉蒙德和安德霍尔，好像他们应该做点什么事似的，比如叫一下时间到！

列奥·F.德拉蒙德完全不知道他的客户对他做了什么。他们篡改了工作手册，却没有告诉律师。他在跟摩尔豪斯低声讲话。这该死的到底怎么回事？

我特意大惊小怪地拿出来另一本工作手册来作为证据。这本工作手册跟他手里拿的那一本工作手册看起来几乎一模一样。标题页上也标着“修改日期1991年1月1日”。它们是一样的，除了其中一本手册里面有最后一章的U节，而另一本工作手册里则没有。

“你知道有这个U节吗，洛夫金先生？”我问道，把杰克逊的那份手册递给了他，然后拿回了我的那一份。

“知道。”

“好，U节是什么？”

“理赔部的工作手册。”

“这本手册里有U节吗？”

他翻了翻，然后点点头。

“有吗，洛夫金先生？法庭没办法记录下你头部的运动。”

“有一个U节。”

“谢谢。现在请你告诉我，是你亲自从我的那本工作手册中删掉了U节，还是你指示其他人删掉的？”

他轻轻地把手册放在证人席周围的栏杆上面，非常刻意地把他的手臂放在胸前。他盯着我们之间的地板，等待着。我想他的精神已经恍惚。几秒钟过去了，每个人都在等他的回应。

“回答问题！”基普勒从法官席上叫道。

“我不知道是谁删的。”

“但这就是结果，是不是？”我问。

“很明显。”

“所以你承认大利公司隐藏了文件。”

“我什么都没承认。我肯定是漏看了。”

“漏看了？请认真点，洛夫金先生。有人故意从给我的工作手册中删去了U节，这难道不是事实吗？”

“我不知道。我……呃……嗯……我想是这样。你知道的。”

我走回我的律师席，没什么特别的目的。我想让他在那里多晾着几秒钟，这样陪审团就会更加憎恶他了。他茫然地盯着地板，被摧毁，被击败，他希望自己在世界上任何一个地方而不是这里。

我自信地走向被告律师席，递给德拉蒙德一份U节的复印件，我冲他尖酸恶毒地笑着，也冲摩尔豪斯笑了笑。我也给了基普勒一份U节的副本。我从容地做着这一切，这样陪审团就可以满怀期待地等待和观看了。

“好吧，洛夫金先生，我们来讨论一下神秘的U节。我们向陪审团解释一下。请你看一下这边，好吗？”

他拿起工作手册，翻了翻。

“1991年1月1日开始生效，对吗？”

“是的。”

“是你起草的吗？”

“不是。”当然不是。

“好吧，那是谁起草的？”

又是一阵让人生疑的沉默，他在寻找适合的谎话。“我不确定。”他说。

“你不确定？但我以为你刚才的证言刚好证明了这完全属于你在大利公司的工作职责，对吗？”

他又开始盯着地板，希望我消失不见。

“那好，”我说，“我们跳过第一条和第二条，直接读第三条。”

第三条要求理赔人在收到索赔申请后三天内立即拒绝其请求。没有例外。每一份索赔申请都拒绝。第四条允许随后对某些索赔申请进行审查，并规定了相应的必要文书工作，对于不算太贵的索赔申请且在有效期之内的话，可以对其进行支付。第五条告诉理赔人把所有可能超过5 000美元的索赔申请都移送到审核部，并同时向被保险人发出拒付信函，当然要等待审核部的审查。

我让洛夫金读工作手册，然后用他无法回答的问题来拷问他。如此这般，周而复始。我反复地使用“诡计”这个词，特别是在德拉蒙德提出反对并遭到基普勒的否决之后。第十一条列出了一系列名副其实的密码信号表，理赔员应在文件中使用这些密码来暗示索赔人收到拒信后的剧烈反应。很明显，这项密谋的目的是要碰碰运气。如果索赔人威胁让律师起诉，那么该文件会立即由主管进行审查。如果索赔人是个软弱的人，那么一封拒信就可以把他给打发了。

第十八条 b 款要求理赔经办人开一张索赔金额的支票，并将支票和卷宗移送到审核部，并附上在收到理赔部的进一步通知之前不要寄出支票的指示。当然，“进一步的通知”永远不会有。“那支票是怎么处理的？”我问洛夫金。他不知道。

另一半诡计就在审核部工作手册的 U 节里，所以我明天要与另一位副总裁进行另一次讨论。

但这真的没必要。如果我们现在就此打住，陪审团会满足我的任何要求，即使他们甚至连唐尼·雷还没见过。

16:30 时，我们休息了一下。我让洛夫金在证人席上待了两个半小时，是时候把他干掉了。去休息室的路上我路过大厅，看见德拉蒙德愤怒地指着一个房间让洛夫金和昂德霍尔进去。我真想去听一听他们之间的撕咬。

20 分钟后，洛夫金又站在了证人席上。现在我已经把工作手册全都看完了。审议时，陪审团可以看到打印好的副本。

“我再问几个简单的问题，”我说，脸上带笑，神清气爽，“1991 年，大利保险公司签发并生效了多少份健康保险的保单？”

这个老滑头再一次无助地望向了他的律师。这些信息早在三周前就应该提交给我了。

“我不确定。”他说。

“1991 年有多少份索赔申请？”

“我不确定。”

“你是理赔部的副总裁，你连这些都不知道？”

“我们公司很大。”

“1991 年有多少份索赔申请被拒绝？”

“我不知道。”

恰好此时，基普勒法官说，“证人今天就先到这里吧。我们休庭几分钟，这样陪审团就可以回家了。”

他向陪审团道别并再次致谢，给了他们一些指示。当陪审员从我们的桌子前排队路过时，我看见了几张笑脸。我们等着他们离开，当最后一名陪审员从双开门处消失的时候，基普勒说：“记录在案。德拉蒙德先生，你和你的当事人都藐视了法庭。我坚持要求你们早在几周前就应该把这些信息提交给原告方。但你们到现在都还没有提交。这些信息与本案高度相关而且非常重要，你却拒绝提供这些信息。你和你的当事人准备在提交这些信息之前都被关押起来吗？”

列奥站起来了，他精疲力尽，迅速地衰老了。“法官大人，我已经很努力地追查这些信息了。我已经尽了我最大的努力。”可怜的列奥。他还得努力地去理解 U 节的事情。而此时此刻，他说的话是完全可信的。他的客户刚刚向全世界证明了，他们会向他隐藏文件。

“基利先生在这吗？”法官大人问。

“他在证人室。”德拉蒙德说。

“叫他过来。”不一会，法警把公司的首席执行官带进了法庭。

多特受够了。她得去小便，必须得抽一根烟。

基普勒指向了证人席。他亲自让基利宣誓，然后问他，他的公司拒绝提供我要求提交的信息是否有什么充分的理由。

他支支吾吾，说话结结巴巴，企图想把责任归咎到地区办事处和地区办事处身上去。

“你知道藐视法庭意味着什么吗？”基普勒问道。

“也许……嗯……不太懂。”

“很简单。你们公司藐视法庭，基利先生。我要么对你们公司进行罚款，要么把你这个首席执行官关进监狱。你选哪一个？”

我敢肯定他也有一些朋友在联邦乡村俱乐部消磨时间时玩些手脚，但基利知道这里的监狱意味着市中心各种各样的街头烂仔。“我真的不想坐牢，法官大人。”

“我也不希望如此。我在此要求被告方在明天 17:00 前给原告支付 10 000 美元。打电话给你们公司总部，用联邦快递把支票快递过来，可以吗？”

基利只能点头。

“还有，如果明天 9:00 之前那些信息还没有传真过来的话，你就会被带到孟菲斯的市政监狱，在那里一直待到你们公司提交信息为止。而且，你进监狱的时候，你们公司每天都会被罚款 5 000 美元。”

基普勒转过身，指向了德拉蒙德。“提交文件的事情我已经警告过你多次，德拉蒙德先生。这种行为是完全不可接受的。”

他愤怒地敲了敲法槌，然后离开了法官席。

第四十四章

要是在平常，头上戴一顶有老虎标识的蓝灰色帽子，穿一套整整齐齐的新西装，靠在孟菲斯机场第一休息大厅的侧墙上，我可能会觉得很傻。但是今天一点都不平常。天色已晚，我精疲力尽，但是非常兴奋。开庭第一天，不可能有比今天更好的结局了。

从芝加哥飞来的航班准时到达，我头上戴着的帽子很快就被认出来了。一位戴着超大太阳镜的女士走近我身边，对我上下打量了一番，然后说："贝勒先生吗？"

"是我。"我和杰基·莱曼西支克握手，也和她的男同伴握了握手，他只说他叫卡尔。他随身带了一只手提包，他们想快点离开机场。他们两个人都非常紧张。

我开车送他们去一家位于市中心的假日酒店，离法院只有六个街区。她和我坐在前面。卡尔坐在后座，一言不发，像只猎犬一样守护着她。我把开庭第一天激动人心的情形向他们讲述了一遍。不，他们对她的到来一无所知。她的手在颤抖。她非常脆弱，连看到自己的影子都害怕。除了报仇雪恨，我不知道还有什么理由能让她来这里。

应她的要求，我用自己的姓名预订了酒店的房间。我们三人围坐在15楼酒店房间里的小桌边，立即讨论了直接询问环节。问题都已经按照顺序打印好了。

如果说她很美的话，她的美也是不显山不露水的。头发已经剪短，被染得一塌糊涂，变成了深红色的发色。她的律师说她在接受治疗，我不想打听她这方面的事情。她双眼饱含哀怨，布满血丝，就算化了妆也没显得有多精神。她31岁了，有两个年幼的孩子，离过一次婚，从她的言谈举止来看，很难想象出她在大利公司任职时从一个男人的床跳下，再爬上另一个男人的床。

卡尔把她照顾得无微不至。他拍拍她的胳膊，偶尔对她的回答提出一些建议。她希望明天早上尽快出庭作证，然后回到机场，立即离开孟菲斯。

直到半夜，我才离开。

星期二9:00，基普勒法官把我们召集到了法庭，但同时指示法警让陪审员在陪审员室稍候几分钟。他问德拉蒙德是否收到了相关理赔数据。每天罚5 000美金，我真有点巴不得他没收到。

“一小时以前刚刚收到，法官大人。”他说，显然松了一口气。他递给我一摞有一英寸厚的文件，接着面含微笑地也递给了基普勒一摞。

“贝勒先生，你得花点儿时间吧。”法官说。

“请给我 30 分钟。”我说。

“好。9:30 我们会让陪审团就座。”

我和戴克冲进大厅走廊尽头一间小小的律师会议室，快速翻阅这一大堆厚厚的文件。果然不出所料，这些文件恍若天书，几乎不可能解读。他们会为此感到后悔的。

9:30，法警把陪审员领进了法庭，基普勒法官热情地向他们致意。他们报告说情况良好，没有人生病，昨天也没有任何人员与本案相关人员进行过任何接触。

“传唤你的证人，贝勒先生。”基普勒说。于是第二天的庭审正式开始了。

“我们希望埃夫雷特·洛夫金继续作证。”我说。

洛夫金被法警从证人室传唤出来，站上了证人席。经过昨天 U 节的那一段插曲之后，现在再也没有人会相信他任何一个字了。我想德拉蒙德一定把他责骂到了半夜。他看起来很憔悴。我把那一沓理赔文件递给他辨认。

“这是计算机汇总打印出来的各种理赔资料。”

“是由大利公司的计算机操作的吗？”

“是的。”

“什么时候？”

“昨天下午晚一些时候和晚上。”

“是在你这个理赔部副总裁的亲自监督下完成的吗？”

"你可以这么说。"

"很好。那么现在，洛夫金先生，现在请你告诉陪审团，1991 年这一年总计有多少份医疗保单。"

他犹豫了一下，然后就开始折磨那些打印资料。我们耐心地看他翻过来又翻过去。时间慢慢流逝。偌大的法庭里，只有洛夫金在膝头上焦虑不安地翻动那沓文件发出的哗哗声。

"倾销"文件是保险公司和他们的律师惯用的一项招术。他们喜欢等到庭审前一天的最后一分钟，才把满满四大箱文件扔在原告律师的门前。得益于蒂龙·基普勒的照顾，我才没有吃这个亏。

他们今天也想让我感受一下这种滋味。我猜他们以为今天早上他们匆匆跑来扔给我 70 页的打印资料（虽然大部分资料都毫无意义），就算万事大吉了。

"这真的难说，"他说，声音低得几乎听不到，"我要再多一点时间就好了。"

"你已经有两个月的时间了。"基普勒大声说，他的麦克风效果极佳。他的语调和音量都让人吃惊。"现在，请回答问题。"被告律师席已经开始坐立不安了。

"我需要三个数据，洛夫金先生，"我说，"保单的现存数量、对这些保单进行索赔的数量以及索赔申请被拒绝的数量，以上数据均为 1991 年的。请回答。"

他又把文件翻来翻去的。"如果我没记错的话，我们大概有 9.7 万份保单。"

“你难道不能看一下数据，然后告诉我们一个准确的数字吗？”

显然他不能。他装出一副全神贯注查找数据的样子，对我的话置若罔闻。

“你不是负责理赔部的副总裁吗？”我嘲讽地问他。

“是的！”他答道。

“那么，请问，洛夫金先生，据你所知，这些打印材料中究竟有没有我要求的数据？”

“有。”

“那么，你只要把它找出来不就行了嘛。”

“你如果闭嘴，我就能找到。”他像一只受伤的动物一样冲我咆哮，一下子形象尽失，给人印象糟糕。

“法庭可没要求我闭嘴啊，洛夫金先生。”

德拉蒙德站起身来，伸出双手恳求道：“法官大人，我必须公平地指出，这位证人正在努力地寻找数据。”

“德拉蒙德先生，证人有两个月的时间进行资料收集。而且他是理赔部的副总裁，他肯定能读懂这些数字。驳回。”

“先把打印资料搁一边，洛夫金先生，”我说，“一般而言，平均每年保单与索赔的比率是多少？告诉我们一个百分比就可以。”

“一般来说，索赔大概占保单总数的8%到10%。”

“那么最终拒赔的比例是多少？”

“大约10%。”他说。虽说突然之间他有了答案，但是他告诉我们绝非心甘情愿。

“不论赔付还是拒赔，索赔的平均金额是多少？”

他思索了很久很久。我想没准他要狗急跳墙了。他只想赶紧结束这一切，走下证人席，离开孟菲斯。

“一般来讲，每件索赔的平均金额约为 5 000 美元。”

“有些索赔的金额只有几百美元，对吗？”

“是的。”

“而有一些索赔则高达到几万美元，对吗？”

“是。”

“所以很难说平均值是多少，对吗？”

“对。”

“那么，你刚才告诉我的这些平均数和百分比，是整个保险业各家公司都如此呢，还是大利公司特有的数据？”

“我不能代表整个保险业发言。”

“这么说你是不知道了？”

“我没这么说。”

“那么，你知道？回答是或不是。”

他的肩膀有点下垂。他恨不得立刻能够离开法庭。“我觉得这些数据在整个行业都是非常普遍的。”

“谢谢。”为了获得最佳表演效果，我故意在此停顿了一会，查看了一下笔记，然后转身冲戴克眨了眨眼睛，戴克立即悄悄地溜出了法庭。“还有最后几个问题，洛夫金先生。你有没有建议杰基·莱曼西支克从大利公司离职？”

"我没有。"

"你对她的工作表现如何评价？"

"一般。"

"你知道她为什么被降职，不再担任高级理赔员吗？"

"据我所知，这与她处理人际关系的能力有关。"

"她辞职时有没有领到遣散费？"

"没有。她辞职的。"

"没有任何补偿？"

"没有。"

"谢谢。法官大人，我对这位证人没有其他问题了。"

德拉蒙德有两种选择。他可以现在直接诘问洛夫金，而不问任何诱导性的问题；他也可以把洛夫金留到最后再提问。扶洛夫金一把已经是不可能的了，我毫不怀疑德拉蒙德一定会尽快把洛夫金打发掉。

"法官大人，我们准备稍后再提问洛夫金先生。"德拉蒙德说。一点也不奇怪。陪审团再也不会看见他了。

"很好，传唤下一个证人，贝勒先生。"

我用尽全身力气喊道："原告传唤杰基·莱曼西支克出庭作证。"

我立刻转过身去观察昂德霍尔和阿尔迪两个人的反应。他们本来正在窃窃私语，一听到她的名字，立刻就都僵住了。他们眼球凸出，嘴巴张开，惊诧万分。

可怜的洛夫金离门口还有一半路程时，听到了这个消息。

他立刻惊呆了，僵在原地，他转身用惊恐的眼神望向了被告律师席，然后便加快步伐，逃也似的离开了法庭。

德拉蒙德从乱成一锅粥的同伴中站了起来。“法官大人，我可以跟你谈谈吗？”

基普勒把麦克风放到一边，然后招招手把我们召集到身边。我的对手装出一副被激怒了的样子。我知道他肯定很惊讶，可是他没有权利大动肝火。他气喘吁吁，差点上气不接下气。“法官大人，这完全是偷袭。”他怒气冲冲地低声说道。不能让陪审团听到他所说的话或者看到他震惊的神情，这一点很重要。

“为什么？”我扬扬得意地问，“在预审传票里，我们已经把她列为潜在证人了。”

“我们有权事先得到预警。你们是什么时候找到她的？”

“我不知道她失踪过。”

“这个问题问得有道理，贝勒先生。”法官大人说，他第一次对我皱起了眉头。我满脸无辜地望着他们俩，好像在说：“嗨，我是个菜鸟。我们下不为例就是了。”

“预审传票里有她的名字。”我坚称。而且，坦白说，我们三个人都知道她肯定会出庭作证。或许昨天我应该告诉法庭，她已经来到了孟菲斯，可是，嘿，这是我第一次出庭辩护。

她跟着戴克走进了法庭。昂德霍尔和阿尔迪故意不去看她。特伦特与布伦特律所的那五位律师却一直紧紧地盯着她。她打扮得干净整齐。一条及膝的蓝色宽松连衣裙裹住了她那苗条的身体。她的脸色也比昨天晚上好多了，更漂亮了。她宣誓后，坐到了证人席，用充满深仇大恨的眼神扫向了大利公司的那帮男人，准备作证。

我不知道她有没有和昂德霍尔或阿尔迪上过床。昨天晚上她提到了洛夫金还有另外一个人，可是我知道她并没有向我吐露全部实情。

我们快速地带过一些基本问题，然后就立刻开始转入极具杀伤力的问题。

“你在大利公司工作了多久？”

“六年。”

“你什么时候离职的？”

“10 月 3 日。”

“为什么离职？”

“我被开除了。”

“你没有辞职？”

“没有，我被开除了。”

“谁开除了你？”

“这是一个阴谋。埃夫雷特·洛夫金、柯密特·阿尔迪、杰克·昂德霍尔和其他几个人。”她冲着那几个罪人点头，所有人都转头望向了大利公司的那几位先生。

我走近证人，把她辞职信的复印件递给她。“你认识这封信吗？”我问。

“这是我打印并签名的信函。”她说。

“这封信上说，你由于个人原因辞职。”

“这封信一派谎言。我是被开除的。我被开除是因为我卷入了唐尼·雷·布莱克索赔一案，而且定于10月5日进行取证。公司开除我之后，就可以声称我不在那工作了。”

“谁让你写这封信的？”

“还是那些人。这是个阴谋。”

“你能向我们解释一下吗？”

她第一次朝陪审团望过去，他们全部聚精会神地看着她。她咽了一下口水，开始说话：“在我被安排取证前的那周六，我被叫进办公室，见了杰克·昂德霍尔，他是公司的内部法律顾问，也就是穿着灰色西装坐在那边的那个人。他让我立刻离开公司，我有两个选择：要么被开除，两手空空地离开；要么写一封辞职信，说这是辞职，公司会给我10 000美元现金，让我从此闭嘴。而且，我必须当着他的面立即做出决定。”

昨天晚上谈到这件事时，她还可以不带任何感情地谈论，可如今在公开的法庭上，情形却大不一样；她紧紧咬着嘴唇，努力克制了一分钟，然后才能继续说下去。“我是有两个孩子的单亲母亲，账单总是付不完。我没有其他的选择。我突然就失业了。我只好写了辞职信，收下那笔钱，签了一份协议，保证绝不跟任何人谈论我经手办理的索赔案件。”

“包括布莱克案？”

“特别是布莱克案。”

“既然你拿了钱，签了协议，那么你为什么又出庭作证呢？”

“惊吓过后，我找一位律师商谈。这位律师非常好。他让我放宽心，他可以保证，我签署的协议是不合法的。”

“你有这份协议的复本吗？”

“没有。昂德霍尔先生不准我保留复本。但你可以问他，我相信他有协议的原件。”我慢慢转过身，瞪着杰克·昂德霍尔，法庭里的每一个人也都朝他望过去。他的鞋带突然成了他生命的中心，他低头弯腰忙着摆弄鞋带，对她的证言置若罔闻。

我朝列奥·德拉蒙德望去，我第一次在他的脸上看到了被彻底击垮的表情。当然，他的客户也没有告诉他现金贿赂和强迫签订协议的事情。

“你为什么要找律师？”

“因为我需要律师的建议。我不明不白地被开除了。而且，在此之前，因身为女性，我也曾受到过歧视，我还被大利公司的好几位高管性骚扰。”

“性骚扰你的人，我们认识吗？”

“反对，法官大人，”德拉蒙德说，“这种事可能有点意思，但与本案无关。”

“让我们先听听，反对暂时驳回。请你回答问题，莱曼西支克小姐。”

她深深地吸了一口气，然后说：“我和埃夫雷特·洛夫金保持了长达三年的性关系。只要我对他百依百顺，唯命是从，他想做什么就做什么，我就可以涨工资，就可以升职。当我厌倦了这种关系并与他断绝来往之后，我就立刻被降职，从高级理赔员降成普通理赔员。工资也被减了20%。后来，当时的高级理赔监理拉塞尔·克罗基特也打起了我的主意。我被开除的时候，他也一并被开除了。他强迫我，跟我说，如果我不跟他玩玩，他就要让我失业。如果我做他一段时间的情人，他就会让我升职。我要么跟他上床，要么滚蛋。”

“这两个人都是已婚吗？”

“是的，他们都有自己的家庭。他们在理赔部糟蹋年轻姑娘是众所周知的，我都可以说出一大串名字来。让女性用性贿赂来换取升职的可不止这两位。”

所有人再一次望向昂德霍尔和阿尔迪。

此刻，我特意停顿下来，回到我的桌子旁边胡乱摸索一番。这是我刚学会的法庭小把戏，留点时间让陪审员回味一下刚才的精彩证言，然后再继续。

我朝杰基看了看，她正在用纸巾擦眼泪。现在，她双眼通红，陪审员对她深感同情，个个义愤填膺，恨不得为她报仇雪恨。

“我们来谈一谈布莱克案件，”我说，“这个案件是分配给你的吗？”

“是的。布莱克太太最初的索赔申请是分配给我经办的。我根据公司当时的政策，给她发了一封拒赔信。”

“为什么？”

“为什么？因为所有的索赔申请一开始都是要拒绝的，至少在 1991 年是如此。”

“所有索赔申请都拒绝？”

“是的。我们的政策就是对每一份索赔申请都拒绝，然后对那些索赔金额不大而又符合规定的申请进行复审。这些复审的申请，其中有一些我们确实赔付了，可那些金额比较大的，我们从来不进行赔付，除非投保人请律师介入。”

“这是什么时候成为公司政策的？”

“1991 年 1 月 1 日。这是一个试验，也可以说是个诡计。”我冲她点点头，让她就这样继续说。“公司规定在 12 个月内对所有超过 1 000 美元的索赔申请一律拒绝。不管这种要求多么正当，一律予以拒绝。许多小额的索赔申请最后也被拒绝了，只要我们能够找到任何有争议的理由。一些大额的索赔申请也赔付了，但这是在被保险人聘请律师进行威胁之后才赔的。”

“这项政策实施了多久？”

“12 个月。这是一项为期一年的试验。此前，保险业从未有过如此先例。管理层普遍认为这是一个很好的主意。拒绝赔付一年，把省下的钱攒起来，扣除用于法庭快速和解的金额，剩下来的就是一座小金山。”

“攒下来多少钱呢？”

“这个诡计为公司多赚了 4 000 万美元左右。”

“你是怎么知道的呢？”

“跟这些下流的男人在床上待了那么久，什么龌龊的消息听不到呢。他们什么都说。说他们的老婆，说工作上的事。我并不为此骄傲，好不好？跟他们在一起，我一分钟也没有开心过。我是一个受害者。”她的眼睛又红了，声音也有点颤抖。

又是一个长久的停顿，我在研究我的笔记。“布莱克家的索赔申请是如何处理的？”

“一开始，他们的索赔申请跟其他申请一样都被拒绝了。但因为索赔数额很大，所以我对它做了不同的编号。当‘急性白血病’这个词被注意到后，我所做的一切都是按照拉塞尔·克罗基特的意思进行办理的。在早期的某个时候，他们意识到这份保单并未将骨髓移植手术排除在承保范围之外。这样这份索赔就变得麻烦了，原因有二。第一，索赔金额可能忽然会变成天文数字，而公司显然不打算赔钱。第二，投保人得的是不治之症。”

“那么，理赔部知道唐尼·雷·布莱克活不了多久了？”

“当然。他的病历上写得很清楚。我记得他的医生在一份报告里写道，化疗进行得很顺利，但白血病会复发，可能在一年之内就会复发，除非病人接受骨髓移植，否则白血病最终会害死他。”

“你把这份报告给谁看过吗？”

“我拿给拉塞尔·克罗基特看了。他又拿给他的上司埃夫雷特·洛夫金看了。是上面的管理人员做出了继续拒绝赔付的决定。”

“但是，你知道这项申请应该进行赔付，是吗？”

“每个人都知道，可公司在押宝。”

“你能解释一下吗？”

“押的就是：投保人不会去找律师商议。”

“你知道当时找律师咨询的人大概有多少吗？”

“业内普遍认为，找律师咨询的人不到投保总人数的二十五分之一。正因为如此，他们才开始了这个试验。他们以为这件事能糊弄过去。他们把保单卖给那些教育程度不高的人，他们指望那些人因无知而接受拒赔的结局。”

“你收到律师函的时候会怎么样？”

“情况就会变得完全不同。如果索赔金额低于 5 000 美元，索赔申请又完全合理合法，我们立即赔付，并发函致歉。借口无非是，你知道，大公司忙中出错。或者是电脑出了问题，等等。这样的信函我处理过上百封。如果索赔金额大于 5 000 美元，那这份索赔申请就会提交给我的上司。我想这样的索赔通常也会得到赔付。如果律师已经起诉或者正在准备文件进行起诉，公司就会立即进行谈判，然后悄悄私下了结。”

“这种情况多久发生一次？”

“这我真的不知道。”

我从讲台上退下，对她说了声“谢谢”，然后转身面向德拉蒙德，愉快地微笑说，“她是你的证人了。”

我在多特身边坐下。她泪眼汪汪，正在无声地哭泣。她以前就一直自责没有早点请律师，现在听到杰基的证言，愈发痛苦。无论审判结果如何，她是永远都不会原谅自己了。

幸运的是，有几位陪审员发现她在哭泣。

可怜的德拉蒙德慢慢走到一个离陪审团尽可能远的地方，远到他依然可以对证人进行盘问。我想不出他会问什么样的问题，但是我相信他以前也遭遇过类似这样的伏击。

他非常诚恳地做了自我介绍，跟杰基说，当然，他们以前从来没见过面。这是在向陪审团暗示，他对她将会说出的内容一无所知。杰基满脸怒气。她不仅憎恨大利公司，而且也憎恨不幸代表了这家公司的律师。

“莱曼西支克女士，你曾因为多种问题，最近被关进一家精神病院，是这样吗？”他巧妙地扔出了这个问题。在庭审辩论过程中，除非你知道问题的答案，否则你不应该问这个问题，但我有一种预感，列奥对杰基将会怎么回答一无所知。

他的消息来源是过去的15分钟里几个迫切想扳回一局的人的窃窃私语。

“不！不是这样的。”她怒气冲冲地大声说。

“不好意思。但是，你是否曾接受过治疗？”

“我不是被人关进去的。我是自愿地待了两周。我想离开的话，随时都可以离开。这笔医疗费本该是由大利公司的医疗保险支付的，在我离开大利公司之后的12个月内，我本来应当拥有继续享受这一保险的权利。当然，他们现在也拒绝支付这笔医疗费。”

德拉蒙德咬着指甲，眼睛盯着他手中的便笺簿，仿佛没有听到她的回答。问下一个问题吧，列奥。

“这就是你站在这里的原因吗？因为你生大利公司的气？”

“我憎恨大利公司，憎恨在大利公司工作的大多数蛀虫。这样回答你满意了吗？”

“今天你出庭作证是出于仇恨？”

“不。我出庭作证，是因为我知道事情的真相，是因为我知道他们怎样故意欺诈成千上万的人。我应该说出实情。”

最好还是哪凉快哪待着去吧，列奥。

“你为什么入院治疗？”

“我正与酗酒和抑郁症抗争。现在，我是没事的，可下周怎么样谁又知道呢？六年来，你的客户把我当成一块肉。我像盒糖果在他们的办公室里被传来传去，谁想吃都可以。他们欺凌我，是因为我身无分文，单身带着两个孩子，还有一个漂亮的屁股。他们剥夺了我的自尊。现在，我在反击，德拉蒙德先生。我在努力拯救我自己，因此，如果我必须治疗，我就毫不犹豫地去。我只希望你的客户能付掉那些该死的医疗费。”

“我没有问题了，法官大人。”德拉蒙德灰溜溜地迅速回到了被告席。我陪着杰基穿过法庭围栏，几乎把她送到门口。我对她谢了又谢，并答应打电话给她的律师。戴克会开车送她去机场。

已经快11:30了。我想让陪审团在午餐时间仔细回味她的证言，所以请求法官提前休庭。而我提出休庭的正式理由是，我需要多一点时间来研究那些电脑打印资料，以便传唤更多的证人。

那10 000美元罚款到账的时候，我们正在开庭。德拉蒙德把这笔钱以第三方保管的方式提交给法庭，同时附上了一份长达20页的动议和法律理由书。他准备就该项罚款提出上诉，所以这笔钱将留在法庭账户中，谁也不能动用，直到动议有了结果为止。我一点都不在乎，我要操心的事多着呢。

第四十五章

午餐后，当陪审团依次返回法庭就座时，其中几位对我笑了笑。在案件正式提交他们裁决前，他们本不应该讨论案情，但他们每次离开法庭时总会交头接耳，小声议论，这已经不是什么秘密。几年前，两位陪审员因为讨论某个证人的证言可信度而吵得不可开交，大打出手。问题在于，引起争议的那位证人仅仅是为期两周的审判中的第二位证人。最后法官宣布审判无效，一切从头开始。

陪审团已经花了两个小时用小火煨煮了杰基的证言。现在是时候让我告诉他们该怎么去惩处大利公司的罪恶了。是时候谈一谈钱了。

“法官大人，原告要求传唤威尔福·基利上庭作证。”基利在附近被找到了，他疾步冲进法庭，作证的愿望很迫切。虽然我们已经揭露了他们公司很多无法抵赖的谎言，但他看起来依然精力充沛，态度友好，与洛夫金形成鲜明对比。显然，他是想向陪审团证明，公司依然在他的掌控之下，而他是一个值得信赖的人。

我问了他几个一般性的问题，以便让陪审团明白他是公司总裁，是大利公司的第一号人物。他诚恳地承认了这一点。然后，我递给他一份大利公司最新的财务报表。他表现得好像每天早晨都读似的。

“基利先生，请告诉陪审团你们公司值多少钱。”

“你说的值多少钱是什么意思？”他反问道。

“我的意思是指净资产。”

“这个概念不明确。”

“这个概念很明确。看看你手上的财务报表，用资产栏里的资产，减去负债栏里的负债，把结果告诉陪审团。这就是净资产。”

“这事没那么简单。”

我不相信地摇摇头。“你的公司净资产约为 4.5 亿美元，你同意吗？”

拆穿一个公司恶棍当众撒谎，除了显而易见的好处之外，还有震慑效果，即后面登场的公司证人再也不敢当众撒谎了。基利必须老老实实地散发出一种让人耳目一新的诚实光辉。我相信德拉蒙德肯定已经反复跟他敲打过了。我敢肯定这一定不容易。

“这种算法比较公平。我同意。”

“谢谢。请你告诉我，你们公司有多少现金？”

这个问题出人意料。德拉蒙德站起来表示反对，被基普勒驳回了。

“嗯，这很难说。”他说，流露出了我们早已熟悉的大利公司人特有的那种焦虑。

“拜托，基利先生，你是大利公司的首席执行官。你在这家公司工作 18 年了，而且是从财务部起家的。你们公司有多少现金？”

他像疯了一样翻阅材料，我在一旁耐心等待。最后，他总算给了一个数字，而这正是我要对马克斯·勒伯格过去对我的指导表达感谢之处。我拿着一份财务报表，让他对储备金账目进行解释。当我起诉他们、索赔 1 000 万美元时，他们就会把这笔钱划出来，作为支付赔款的储备金。每一起诉讼官司都是如此，概莫能外。这笔钱仍是他们的钱，依然可以用于投资，赚取收入，只是在账面上去列入**负债**一栏。保险公司在被起诉索赔巨额赔偿金时，都喜欢这么干，这样它们就在储存了大笔金钱的同时，扬言自己几乎破产。

而且，这种操作是完全合法的。保险业未得到规制，它拥有一套独特的隐晦会计制度。

基利开始使用一些谁都听不懂的、很长的金融专业术语进行解释。他想把陪审团绕晕，而不愿承认事实。

我针对另一项储备金对他展开了盘问，然后问到了盈余账户。有限盈余。无限盈余。我不断逼问他，我看起来一副蛮聪明的样子。根据勒伯格的笔记，我把一些数字加加减减，然后问基利他们公司是否有约 4.85 亿美元的现金。

“我倒是希望如此。”他哈哈一笑。可是，在场的其他人没有谁咧一下嘴角。

“那你们有多少现金呢，基利先生？”

“哦，我不知道。我想大概有一个亿吧。”

到目前为止，这就够了。做总结陈词的时候，我可以把数字写在黑板上，向陪审团说明钱在哪里。

我递给他一份索赔数据的打印材料，他吃了一惊。吃午饭时，我就下定决心要在他出庭作证时打他个措手不及，而且不会把他变成第二个洛夫金。基利看着德拉蒙德，想要求助，可是律师也无能为力。坐在这里的基利先生是大利公司的首席执行官，他肯定能帮我们弄清楚事实。

他们以为我会再传洛夫金作证，对这些数据进行解释。虽然我很喜欢洛夫金，但我已经结束了对他的盘问，不会再给他任何机会来反驳杰基·莱曼西支克的证言。

“你认得这些打印材料吗，基利先生？这是你们公司今天上午给我的。”

“当然认识。”

“很好。你能告诉陪审团，1991 年你们公司生效的保单有多少份吗？”

“嗯……我不知道。让我看看。”他把材料翻了翻，然后又再翻了一页，停下来，又翻了另一页。

“98 000，是这个数目吗？可能上下有些出入。”

“可能吧。当然。哦，我想，是这样的。”

“1991 年这些保单中有多少人提出了索赔呢？”

又是这套老把戏。基利一边费力地翻阅着打印材料，一边喃喃自语地数着数字。简直让人觉得难堪。几分钟后，我终于问道："11 000，是这个数字吗？可能上下有些出入。"

"听起来像是这么回事，我猜是。但是，我需要核实一下，你懂的。"

"你怎么核实呢？"

"呃，我需要再研究研究这份材料。"

"这么说数据都在这份材料里了？"

"我想是的。"

"你能告诉陪审团，你们公司拒付了多少份索赔申请吗？"

"嗯……这个，我还是得再研究一下这份材料。"他边说边双手拿起了打印材料。

"那么这个数据也在你手里的这份材料里面了？"

"可能吧，是的……我想是的。"

"那好。请查看第 11 页、18 页、33 页和 41 页。"他立即照办，只要别让他回答问题就行。纸张翻动，哗哗直响。

"9 100 这个数字听起来怎么样？可能上下有些出入。"

听到这骇人的数字，他显然大吃一惊："当然不对。这太荒谬了。"

"可你刚刚说你不知道呀？"

"但我知道不可能有这么多。"

"谢谢。"我走近证人，拿回了打印材料，然后递给他马克斯·勒伯格给我的那张大利公司保单。"你认识这个吗？"

“当然。”他开心地说，只要能让他从那该死的打印材料中解脱就行。

“这是什么？”

“是本公司发行的医疗保单。”

“何时发行的？”

他仔细检查了一下：“1992 年 9 月。五个月前。”

“请看第 11 页，F 节，第 4 段，C 小段，第 13 句。你看见了吗？”

保单字体太小了，他恨不得要把保单贴到鼻子尖上。我咯咯笑起来，瞥了一眼陪审团。这样幽默的场景，他们又岂肯错过。

“找到了。”他终于开口说。

“很好。现在请你读一遍。”

他眯起眼睛皱着眉头读起来，好像在说这真的很无聊。读完后，他勉强一笑。“读完了。”

“这项条款的目的是什么？”

“把一些外科手术排除在承保范围之外。”

“具体而言，是指什么手术？”

“具体而言，指所有移植手术。”

“骨髓移植也在排除之列吗？”

“是的。骨髓移植也在排除之列。”

我走近证人，把布莱克保单的复印件递给了他，并让他朗读其中的某一节。蚂蚁大小的字体让他读起来很吃力，但他总算勇敢地读完了这一节。

“这份保单把哪些移植手术排除在承保范围之外？”

“所有重要器官的移植手术。肾、肝、心脏、肺、眼睛，全都列出来了。”

“骨髓移植呢？”

“这项没有列出。”

“这么说骨髓移植没有被具体排除？”

“是的。”

“本案何时起诉的，基利先生？你记得吗？”

他冲德拉蒙德望去，但此时此刻德拉蒙德已是心有余而力不足了。“我记得是去年盛夏。大概是 6 月？”

“没错，先生，”我说，“是 6 月。你知不知道保单上的文字什么时候变了，变成把骨髓移植排除在外的？”

“不，不知道。保单发行不归我管。”

“贵公司保单是谁起草，谁负责排版的？”

“法务部。”

“我明白了。是否可以说，保单上的文字在本案起诉之后才被修改的？”

他看着我算计了一会。“没有。可能在起诉前就已经修改了。”

“不是在起诉后的 1991 年 8 月改的吗？”

“我不知道。”

他的回答让人生疑。要么他是对公司业务不在意，要么他就是在撒谎。不过，这不重要，我已经得到了我想得到的东西。

辩论时，我可以向陪审团指出，保单文字上的修改是一个明显的证据，证明之前大利公司并没有想过要把骨髓移植排除在布莱克保单的承保范围之外。他们以前排除了除骨髓移植外的一切移植手术，现在他们把骨髓移植也一并排除了，他们自己改变的文字让人抓住了把柄。

我只有最后一个问题要问基利了。“杰基·莱曼西支克被解雇当天签署的协议，你有副本吗？”

“没有。”

“你见过这份协议吗？”

“没有。”

“你是否授权支付给杰基·莱曼西支克 10 000 美元现金？”

“没有。她在撒谎。”

“撒谎？”

“我就是这么说的。”

“那埃夫雷特·洛夫金呢？在理赔部工作手册的这个问题上，他是否曾对陪审团撒谎？”

基利刚想回答，话到嘴边又咽下去了。此时此刻，无论他说什么都无济于事了。洛夫金撒了谎，陪审团看得真真切切，他不可能让陪审团置若罔闻。可是当然，他也不能承认他的一位副总裁对陪审团撒了谎。

我事先并未准备这个问题，纯粹是临时起意。“基利先生，我刚才问了你一个问题，埃夫雷特·洛夫金是否在理赔部工作手册这件事上对陪审团撒了谎？”

“我想我不需要回答这个问题。”

“回答问题。”基普勒疾言厉色地命令道。

基利瞪着我，为难得无法开口。法庭里寂静无声。陪审员全都目光如炬地盯着他，等他回答。对所有在场的人来说，事实是有目共睹的，所以我决定当一回好好先生。

“你无法回答，是因为你不能承认你公司的一位副总裁对陪审团撒了谎？”

“反对！”

“反对有效。”

“没有其他问题了。”

“现在对该证人暂时没有问题，法官大人。”德拉蒙德说。显然，他希望这件事赶紧尘埃落定，然后在辩论时再把这几位证人带上。现在他只希望时间和距离能够淡化杰基·莱曼西支克给陪审团留下的印象。

我传唤的下一位证人是负责保险部的副总裁柯密特·阿尔迪，也是我的倒数第二位证人。到了这个地步，我其实已经不再需要他的证言，但我需要用他来填补时间的空当。现在是开庭第二天 14:30，下午的庭审很快就要结束了。我希望陪审团回家时，对杰基·莱曼西支克和唐尼·雷·布莱克这两个人念念不忘。

阿尔迪又惊又怕，说话支离破碎，若非必要，绝不多说一个字。我不知道他是否跟杰基上过床，但是现在大利公司的每一个人都有这个嫌疑。我能感觉到陪审员也与我有同感。

我们迅速过完了背景问题。保险业务无聊枯燥得很，阿尔迪也不想多说。我决定加快速度，舍弃细枝末节，只向陪审员提供基本信息，以免他们生厌。

接着，该玩点有意思的了。我把在证据开示阶段得到的那本保险部工作手册递给他。这本绿色封面的手册，看起来像理赔部那一本。无论是阿尔迪还是德拉蒙德或其他任何人，谁都不知道我是不是还有保险部的另一本手册，也就是包括了 U 节的那一本。

他看着手册，好像以前从未见过它似的。但当我要他进行确认时，他又显得对此很熟悉。谁都知道我接下来要问的是什么问题。

“这是一本完整的手册吗？”

他缓慢地一页页翻阅，故意不慌不忙地消磨时间。显然，他已经从洛夫金昨天的教训里受益良多。如果他说这是完整的，我就会拿出来从库柏·杰克逊借来的副本，那他马上就完了。但如果他承认这本手册缺章少节，他又会为此付出代价。我敢打赌，德拉蒙德已经为他选择了后者。

“呃，我看看。这本手册看起来很完整，但是，等一等，好像后面部分缺了一小节。”

“少的也是 U 节呀？”我用怀疑的口气问。

“我想是。是 U 节。”

我假装很惊讶：“为什么会有人想删除这本手册中的 U 节呢？”

“我不知道。”

“你知道是谁删掉的吗？”

“不知道。”

“你当然不知道。那是谁专门把这一本挑出来交给我的呢？”

“我真的不记得了。”

“但是，显然，这个U节是在手册递交给我之前删除的，对吗？”

“这本手册里没有U节，假如这就是你想要问的话。”

“我想要问的是事实真相，阿尔迪先生。请你帮助我。U节是在把手册递交给我之前删除的吗？”

“显然如此。”

“你的意思是不是‘是’？”

“是。那一节是被删除了。”

“这本保险工作手册对你们部门的日常运营非常重要，你同意吗？”

“当然。”

“那你显然对它非常熟悉了？”

“是的。”

“那么，向陪审团概括地讲述一下U节的基本内容，对你来说很容易吧？”

“哦，我不知道。我有一段时间没看了。”

他仍然不知道我手上是否有保险手册U节的复本。“为什么不试试呢？给陪审团简单讲一讲U节的大概内容就行。”

他想了一会儿，然后解释说，这一节的内容主要涉及理赔部与保险部之间的相互制约关系。要求这两个部门对某些索赔申请进行监督。为了确保索赔得到妥善处理，需要大量的文书工作。他信口拈来，似乎又有点自信了，鉴于我还没拿出 U 节的副本，我想他开始以为我是在虚张声势。

“这么说，此 U 节的目的是保证每项索赔申请都能得到妥善处理？”

“正是。”

我把手伸到桌子下面，掏出了手册，走向证人席。“那就请你向陪审团解释一下。”我说着把那本完整的工作手册递给了他。他的身形立刻矮了下来。德拉蒙德试图装出一副自信的样子，却早已是徒有其表罢了。

保险部工作手册 U 节的内容与理赔部的一样肮脏卑鄙。折磨阿尔迪整整一小时后，我让他离开了证人席。他们的诡计早已在怒气冲冲的陪审团面前无所遁形了。

德拉蒙德照例没有问题。基普勒宣布暂时休庭 15 分钟，这样我和戴克就可以安装放录像的电视了。

我们的最后一位证人是唐尼·雷·布莱克。法警调暗了法庭里的灯光，陪审员们个个引颈而待，急切地想在面前 20 英寸的屏幕上看到他的脸。我们已经把他的取证录像带剪辑成了 31 分钟的影像。他说的每一个字无论多伤感多微弱，陪审团都听到心里去了。

他的录像我已看过无数次，我坐在多特旁边，留意观察陪审员们的表情。我看到了他们脸上闪现的同情。多特用手背抹去脸上的泪水。等到录像放完时，我已哽咽。

屏幕变成一片空白，法警走去开灯时，法庭里安静了整整一分钟。昏暗光线中，原告席上传来一位母亲柔弱而清晰的哭泣声，任谁都不会听错。

我们已经给对方造成我所能想到的一切伤害。我必须赢下这场官司。只能成功，不能失败，这就是我现在最大的挑战。

法庭的灯重新亮起来。我郑重地宣布："法官大人，原告静候裁决。"

陪审团走了很久之后，我和多特依然坐在空荡荡的法庭里，讨论这两天我们听到的印象深刻的证言。证人们的证言清楚地证明，她是对的，他们错了，可是这并不能让她心满意足。她将会痛苦而自责地度过一生，因为在为时未晚尚有一线生机时，她没有为了儿子而更加努力地去战斗。

她跟我说，她对结局已经不在乎了。她受够法庭了。她现在要回家，再也不要回来。我跟她说这不可能。我们刚刚走完一半的路程，还得再坚持几天。

第四十六章

德拉蒙德怎么替他的客户辩护，这件事让我很着迷。倘若他从大利公司总部请来救援，企图巧舌如簧地把拒赔的阴谋诡计抹去，势必会引来更大的麻烦。他知道，我准会把两本工作手册的U节拿出来，问各种各样让他们尴尬的问题。据我所知，他们说不定有更多不堪的谎言和更大的阴谋藏于某处。唯一能够揭露他们的方法就是在交叉询问时广撒网，问他们各种问题。

他的证人名单上列了18个人。我无法想象他会传唤谁第一个出庭。当我询问证人的时候，我掌控着事情的流程，我知道即将要出庭的证人是哪一位，我也知道自己要出示哪些文件。可现在完全不同了。我必须得对他的行为做出反应，而且必须要快。

深夜时分，我给远在威斯康星大学的马克斯·勒伯格打了个电话，兴致勃勃地把开庭头两天的情形告诉了他。他给我提了一些建议和意见，并对下一步的发展趋势给出了自己的看法。

他很激动，说他可能会搭飞机过来旁听。

我在房间里一直踱步到3:00，喃喃地自言自语，想象着德拉蒙德会怎么做。

8:30，进入法庭的时候，我一眼就看见库柏·杰克逊已经坐在了里面，真是又惊又喜。他给我介绍了身旁的两位律师，他们俩也来自北卡罗来纳罗利市，专程飞过来看我的庭审。他们问，事情进展得怎么样了？我谨慎地向他们介绍了情况。他们其中一名律师星期一在这里亲眼看见了U节的那个戏剧性场面。到目前为止，他们三个人手上大概有20个案子已在报纸等媒体上发布了公告，而且类似的案子在各处涌现。他们准备在不久后提起诉讼。

库柏递给我一份报纸，问我有没有看过。这是昨天出版的《华尔街日报》，头版头条是大利公司的一篇报道。我跟他们说我已经一周没看过报纸了，甚至不知道今天是几号。他们都表示能理解。

我把这篇报道快速翻阅了一遍。文章的主要内容是：由于大利公司拒赔已成惯例，投保人对它的不满与日俱增，很多州正在对它进行调查，很多人对它提起了诉讼。文章最后一段说，孟菲斯正在进行审理的一个小小案件受到了密切关注，陪审团可能会做出第一个对大利公司真正不利的裁决。

在基普勒的办公室，我把这份报道给了法官，他的反应很冷漠。他会问问陪审团是否看过这篇文章。他们事先就已被警告过不得看报。不过我和他都高度怀疑，陪审团中的很多人已读过这篇报道。

辩方传唤的第一位证人是田纳西州保险局副局长安德烈·威克斯，他是保险部的高级官员，德拉蒙德以前曾请他作证。他的任务是让政府明确无误地站在被告一方。

他大概 40 岁，很有魅力，身着精致的西装，一脸诚恳，满脸微笑。而且，此时此刻他的身份有极大优势，他不是大利公司的员工。就其政府部门的监管职责，德拉蒙德问了一大堆枯燥无味的问题，企图给人一种印象，监管部门平时对保险业肆意践踏，时时挥舞着鞭子。既然大利公司在田纳西州依然声誉颇佳，那么它的运营显然是循规蹈矩的，否则站在这里的安德烈和他的那群看门狗早就逮住他们了。

德拉蒙德需要时间。他需要多得像一座小山似的证言，并把它们倾泻在陪审员头上，以便让他们忘记听过的那些让人不寒而栗的可怕之事。他做事慢条斯理，讲话不疾不徐，像个上了年纪的老教授。他确实非常精明能干。倘若他掌握的事实不是现在这个样子，他肯定能把我杀个片甲不留。

他把布莱克家的那份保单递给了威克斯，然后他们俩花了半小时一唱一和，唱双簧似的向陪审团解释了每一份保单，亦即**所有保单**，都必须得到保险局的批准才能予以发行。他们特别强调了“批准”这个词。

因为我不能站起来，我只好大部分时间都东张西望。我研究陪审员的反应，他们其中好几个人对我的目光毫无躲闪回避之意。他们是站在我这一边的。我注意到法庭上有几个陌生人，是几个我从未见过的、穿戴整齐的年轻人。库柏·杰克逊和他的几个朋友坐在后排，靠近门口。旁听席上还有将近15个人，他们为什么要来旁听一个民事案件的庭审呢？

证人就全国范围内保险业细微而复杂的管理事宜讲了足足有一个半小时，他冗长的絮叨让人痛苦不堪，让陪审员们变得昏头昏脑。可德拉蒙德才不在乎呢。他铁了心，不顾一切地要把庭审拖到下周。快到11:00时，他终于把整个上午都给消磨完了，这才结束了对证人的问询。休庭15分钟后，就轮到我黑灯瞎火地乱放几枪。

威克斯说，田纳西州目前有600多家保险公司在营业，他的保险局有41名工作人员，但真正从事保单审核业务的只有18人。他勉勉强强地估计说，600多家保险公司每一家至少都发行10种不同种类的保单，所以保险局至少需要审核6 000种保单。他承认，对这些保单，需要不断地进行修改和修订。

我们又做了一些数学运算。根据运算的结果，我传递出了我想要传递的讯息：任何一个官僚机构都无法对保险业发行保单上浩如烟海的细则进行有效监管。我把布莱克的保单递给他。他声称事先已看过，然后又不得不承认，他只是在准备为本次审判作证时才看了这份保单。我问了他一个关于“非住院事故周保险金”的问题。他手上的保单忽然变得异常沉重，他飞快地翻阅保单，恨不得立刻翻到那一节，给出答案。然而，他的希望落空了。他眯起眼睛，皱着眉头，把保单翻来覆去，最后终于说找到了。他的答复勉强算对，我就让他过关了。然后，我又问他，应该用什么方法来正确地更改保单的受益人。看他那副窘迫的样子，我几乎都替他感到尴尬。他研究这份保单研究了很久，所有人都在等他回答。陪审员都被他逗乐了。基普勒也在偷笑。德拉蒙德急得火烧火燎，却无可奈何。

他终于给了我一个答复，答案正确与否都不再重要了。我的目的已经达到了。我又把那两本绿色封面的工作手册摆放到了我的桌子上，似乎要跟威克斯一起切磋研讨一番。法庭里的每个人都精神起来，立即睁大了眼睛。我拿着理赔部的工作手册，向他请教：既然他如此热心于监管，是否曾定期地对任何一家保险公司内部的理赔程序进行审核。他本想说“是”，可显然他听说过 U 节的故事，于是说“不”。当然，我对他的答案表示相当惊诧。我又问了他几个语带讥诮的问题，然后就放过他了。他已经威信扫地，并已被法庭记录在案。

我又问他是否知道佛罗里达州保险局正在对大利公司进行调查？他不知道。南卡罗来纳州？同样是不知道，这对他来说是个新闻。北卡罗来纳州？他似乎有所耳闻，但尚未看到任何材料。肯塔基州？佐治亚州？都没有。他郑重声明，他对其他州正在做什么毫无兴趣。我对他表示感谢。

德拉蒙德传唤的第二个证人也不是大利公司的员工，不过，这样说也有点勉强。该证人名为佩顿·赖斯基。他的头衔有点唬人，全国保险同盟的执行董事兼主席，而且他的长相和行为举止都颇有大人物的派头。我们很快知道，他任职于一个总部设在华盛顿的政治组织，经费由各家保险公司提供，充当他们在国会上的代言人。不过是一帮说客，毫无疑问，该组织财源滚滚。我们被告知，他们做了许许多多的好事，只为了全力促进保险事业的美好发展。

不过是一个小小的介绍，却耗费了很长一段时间。从13:30开始，到了14:00，我们都已完全相信，该全国保险同盟几乎拯救了全人类。他们多棒多出色啊！

赖斯基在保险业已经摸爬滚打了30年。德拉蒙德很快就把他的履历背景透露给了我们，想籍此来确定赖斯基作为保险理赔专家的地位。我不反对。我研究过赖斯基在另一案件庭审中作证的证言，我认为我完全应付得了他。为了让U节的故事听起来妙不可言，我正需要一位非比寻常的天才专家呢。

不需要任何催促，他便滔滔不绝地向我们讲述了诸如此类的索赔申请应如何处理的流程。德拉蒙德严肃地点点头，好像他们已经踢中了某人的痛处。你猜他说了什么？大利公司处理本案的索赔申请是严格按照规章制度进行处理的。当然，其中可能犯了一些小错误，但是公司那么大，有那么多申请要处理呢。总体而言，没出什么大差错，处理得合情合理。

赖斯基证言的要点是，由于该索赔申请的金额过于巨大，大利公司完全有权予以拒绝。他非常严肃地向陪审团解释，一份每周只交18美元保险金的保单，自然不能指望它来支付高达

20 万美元的移植手术费。借方保单的目的本来就是提供最基本的保险，而不是为那些华而不实的东西提供支持。

德拉蒙德提到了工作手册和丢失的 U 节事宜。这不好，赖斯基说，但也不是什么不得了的大事。手册总是要来来回回修改的，经验丰富的理赔人员通常对工作手册并不太在意，事情该怎么处理他们心里都清楚。不过，既然目前对此有争议，那么我们就来谈一谈。他迫不及待地拿起理赔部的工作手册，向陪审团一节一节地解释。一切流程都白纸黑字写得清清楚楚。一切都处理得很好。

谈了手册之后，他们接着又开始讨论那几个数据。德拉蒙德问他是否有机会研究审查保单、索赔和拒付等相关的数据资料。赖斯基认真地点点头，然后从德拉蒙德手上拿过了那份打印材料。

1991 年，大利公司的拒赔率确实比较高，不过这可能有原因的。过去，这样的拒赔率在保险业也不是没听说过，而且我们也不要过于盲目地相信数据。事实上，如果你回顾过去十年的情况，大利公司的平均拒绝率略低于 12%，这肯定是在行业平均水平之内。接着，他就列举了一批又一批数据，一下子把我们全都搞得糊里糊涂，变得困惑起来，而这正是德拉蒙德的目的。

赖斯基从证人席上走下来，开始在一张彩色图表上指指点点，像个经验丰富的讲师一样对陪审团讲个没完——我真想知道他多久表演一次——大利公司的这些数据在行业平均水平之内。

15:30，基普勒仁慈地宣布休息。我和库柏·杰克逊以及他的朋友们挤在外面的走廊上。他们都是经验丰富的出庭辩护律师，马上向我提出了中肯的建议。我们一致认为，德拉蒙德在拖延时间，他想把审判拖到周末。

整个下午，在法庭里我没说一句话。赖斯基拖到很晚才结束作证，离开之前还大谈特谈大利公司处理得多么公正。从陪审员的表情来看，他们很高兴这个人终于讲完了。我也很庆幸可以多出来几个小时，准备对他的交叉询问。

我和戴克陪同库柏·杰克逊以及其他三位律师在一家名叫格里桑蒂的意大利老餐厅享用了一顿美美的晚餐。风趣幽默的老板大约翰·格里桑蒂把我们安排在一个名为记者席的私人包厢，还送来一瓶我们没点的美酒，帮我们点好了菜。

美酒抚慰了我的胃，也抚慰了我的心，多少天来，我第一次感到轻松和平静。也许，今晚可以睡个好觉了。

这顿饭花了400多美元，账单一来，库柏·杰克逊立刻抢走了。谢天谢地！鲁迪·贝勒事务所可能很快就会赚大钱，但此时此刻它依然徘徊在破产边缘。

第四十七章

星期四早上，阳光明媚，佩顿·赖斯基一站上证人席，我立刻把那封“愚蠢至极”信函递给了他，请他读一下。他读完后，我问他：“现在，赖斯基先生，以你的专家眼光来看，大利公司的这种回应是公正合理的吗？”

他显然事先有所准备：“当然不是。这简直触目惊心。”

“非常让人震惊，是吗？”

“是的。不过，我听说写这封信的人已经离开大利公司了。”

“谁跟你说的？”我惊疑地问。

“嗯，我不记得了。公司里的某个人吧。”

“这个公司里的某个人也跟你说了克罗基特为什么会离开吗？”

“我不记得了。可能与这封信有点关系。”

“可能？你对自己说的话确定吗？还是仅仅靠猜测？”

“我真的不记得了。”

“谢谢。这个公司里的某个人有没有跟你说过，克罗基特先生是在即将为本案取证前两天才离开公司的？”

“没有。”

“你知不知道他为什么离开？”

“不知道。”

“很好。我本来以为你想向陪审团暗示，他离开公司是因为他写了这封信。你没有这个意思，是吗？”

“没有。”

“谢谢。”

昨晚喝酒的时候，大家一致认为用工作手册的事情来扳倒赖斯基会是个错误。有好几个理由。第一，这个证据已经在陪审团前亮相过。第二，该证据第一次亮相时极具戏剧张力，效果极好，也就是我们当场戳穿洛夫金撒谎的高光时刻。第三，赖斯基伶牙俐齿，不容易扳倒。第四，他早已为这次攻击做好了充足准备，处于易守难攻的状态。第五，他会抓住机会把陪审员搞得更加糊涂。第六，也是最重要的一点，这将耗费大量时间。在工作手册和统计数据上，跟赖斯基争论不休，一天时间很快就过去了。结果就是白白浪费了一天时间，而一无所获。

“谁付你薪水，赖斯基先生？”

“我的雇主，全国保险同盟。”

“谁给全国保险同盟提供经费呢？”

“保险业。”

“大利公司有捐赠给全国保险同盟吗？”

“有的。”

“捐赠了多少？”

他看了看德拉蒙德，德拉蒙德已站起来了。“反对，法官大人，这与本案无关。”

“反对驳回。本庭认为大有关系。”

“捐赠了多少，赖斯基先生？”我追问道。

他显然不想回答，所以看起来很拘谨。“每年 10 000 美元。”

“原来他们付给你的钱比付给唐尼·雷·布莱克的多多了。”

“反对！”

“反对有效。”

“抱歉，法官大人。我收回刚才这句话。”

“我方强烈要求把这句话从法庭记录中抹去，法官大人。”德拉蒙德愤怒地说道。

“同意抹去。”

我停顿了一下，让双方情绪平静下来。“很抱歉，赖斯基先生。”我谦卑地说，一脸真诚的懊恼。

“你们所有的经费都是由保险公司提供的吗？”

“我们没有其他资金来源。”

“有多少保险公司向全国保险同盟提供经费？”

“220 家。”

“去年的捐赠总额是多少？”

“600 万美元。”

“你们就是用这笔钱对国会议员进行游说？”

“是的，我们有一些游说的工作。”

“你为本案出庭作证，是否另有报酬呢？”

"没有。"

"那你为什么出现在这里？"

"因为大利公司联系我，请我出庭作证。"

我极其缓慢地转过身，指着多特·布莱克说："那，赖斯基先生，你能不能看着布莱克太太，直视她的眼睛，跟她说大利公司对她儿子的索赔申请的处理是公平合理的？"

他迟疑了一两秒钟，然后才望向多特的脸，因为他别无选择。他点了点头，然后干脆地说："是的。当然是公平合理的。"

当然，我已料到他会这么说。我只是想用一个极富戏剧性的方式来结束赖斯基的作证，但是我没有想到它会产生一种喜剧效果。坐在前排中间的三号陪审员比维蒂·哈德威太太，一位 51 岁的矮壮结实的黑人女性，听到他这荒谬的回答之后不禁爆发出了一阵哈哈大笑。她的笑声很突然，显然是情不自禁，而且笑声一出她就迅速地收了回去。她双手捂着嘴，紧紧咬着牙关，缩起了下巴，慌乱地四处张望，看看自己造成了多大的损害。不过，她的整个身体仍在不停地起伏。

哈德威太太的不幸却变成了我们的幸运，她的笑声极具感染力。坐在她身后的兰森·佩尔克先生，好像被点了笑穴一样，顿时咯咯笑了起来。坐在哈德威太太旁边的伊拉·费伊·索尔特太太同样忍不住笑了起来。短短几秒钟之内，好几位陪审员大笑起来，笑声连成一片。几位陪审员瞥了瞥哈德威太太，好像在谴责她是这个恶作剧的始作俑者。其他陪审员则望着赖斯基，好气又好笑地摇摇头。

赖斯基很尴尬，好像他才是这场笑话的罪魁祸首。他低下头，一心一意地研究地板。此时此刻，德拉蒙德也不好受，于是他干脆做出一副漠然处之的样子来。他手下那群聪明的年轻雄鹰，个个埋首在材料和案卷堆里，谁也不肯把脸露出来。阿尔迪和昂德霍尔则专心地检查他们的袜子。

基普勒大人也很想笑。他网开一面，让这场幽默剧持续了一会，等到笑声逐渐平息，才敲响了他的法槌，好像要把陪审团嘲笑佩顿·赖斯基的证言一事记录在案似的。

这一切发生得很快。荒谬的回答，忽然爆发的笑声，竭力克制掩饰的笑声，咯咯的笑声以及怀疑的摇头，一切不过是几秒钟之内的事。但我发现，这让陪审员的心情得到了一定程度的宣泄。他们想放声大笑，想提出质疑，这哪怕仅能持续短短的一秒钟，也足以向赖斯基和大利公司表明陪审员对自己所见所闻的真实感受。

尽管这一切转瞬即逝，却价值千金。我望着他们微笑，他们也望着我微笑。他们相信我的证人所说的一切，不肯相信德拉蒙德证人的证言。

“没有其他问题了，法官大人。”我厌恶地说，好像我已经厌倦了这个撒谎精。

德拉蒙德显然很惊讶。他还以为我一整天都会跟赖斯基在工作手册和统计数据这些事情上搅和呢。他翻了翻手上的材料，和 T. 皮尔斯耳语了一阵，然后站起来说：“我方下一个证人是理查德·佩洛特。”

佩洛特是高级理赔监理，是杰基·莱曼西支克的上司。我对他进行取证的时候，他勇猛好斗，是个可怕的证人，所以他出现在证人席上并不让我感到惊讶。佩洛特是杰基的直接顶头上司，他们得让他来朝杰基头上泼一盆脏水。

他 46 岁，中等身材，头发稀疏，挺着啤酒肚，五官歪歪扭扭，一脸黄褐斑，戴着一副傻乎乎的眼镜。这个可怜的家伙没有半点吸引力，显然他也不在乎。如果他说杰基·莱曼西支克不过是个想勾引他上床的妓女，我敢打赌，陪审员准会再次哄堂大笑的。

佩洛特性情暴躁，在保险公司理赔部工作了多年后，这种性格属于常态。他的态度与一般的收账员好不了多少。他根本没办法向陪审团释放出任何善意或信任。在公司里，他不过是个不上档次的老鼠，只有他自己记得在同一个立方体的笼子工作了多少年。

但现在，他是辩方手上的王牌！阿尔迪、洛夫金和基利都已经失去了陪审团的信任，成事不足败事有余。德拉蒙德把公司总部的一半的员工都列入了证人名单，但我很怀疑他是否真的会把他们全都传唤出庭。他们能说什么呢？工作手册的事情是无中生有？他们公司没有撒谎没有隐瞒文件？

德拉蒙德和佩洛特按照精心排练过的剧本，一唱一和，问答了半个小时，介绍了理赔部夜以继日辛勤工作的更多内容，赞美了大利公司为了公平对待投保人所进行的更多英勇努力，而陪审员则打了更多的哈欠。

基普勒法官决定停止整个无聊的游戏。他打断了他们的表演，问道："律师，你们能有一点进展吗？"

德拉蒙德装出一副震惊并且受伤的样子说："但是，法官大人，我有权彻底盘问证人。"

"你是有权利。但他所说之事，陪审员早已听过。无须重复。"

德拉蒙德简直不敢相信法官会这样对他说。他装出一副委屈的疑惑样子，好像法官故意刁难他，可惜他装得不成功。

"我不记得你曾催促过原告律师。"

他不该说这句话，这是在火上浇油，他想比试，只可惜挑错了法官。"那是因为贝勒先生没有让陪审员打瞌睡，德拉蒙德先生。现在，继续！"

哈德威太太忽然爆发的哈哈大笑以及随之而来的众人窃笑，已经明显地让陪审员放松了一些。他们现在更活跃了，随时准备从辩方证人的证言中找点乐子。

德拉蒙德对基普勒怒目而视，好像在说事后要找他算账，把事情摆平。他继续提问。佩洛特像只癞蛤蟆似的坐着，眼睛半睁半闭，歪着他的秃头。佩洛特带着淡淡的悔恨承认自己犯过一些错误，但这没什么大不了的。而且信不信由你，主要问题都出在那个乱搞的年轻女人身上，都是那个杰基·莱曼西支克造成的。

在讨论一些无关紧要的文件时，佩洛特也说了几句关于布莱克家的索赔申请。他从来没有处理过那几封拒信，倒是花了不少时间用来处理无关紧要的文书。

“德拉蒙德先生，”基普勒严厉地打断他，“我跟你说过，不要原地踏步。谈些实质性的问题。这些文件可以让陪审团作为证据进行研究。这位证人的证言，其他证人早已经说过了。不要再磨磨蹭蹭的了。”

德拉蒙德的情感受到了伤害。他被一个偏心的法官不停地挑刺、训斥。他努力地克制自己，只可惜演技不够好。

针对理赔部工作手册事宜，他们采取了一种新策略。佩洛特说，工作手册不过是一本稀松平常的手册。他本人已经不知道多少年没看过那本该死的册子了。因为手册不断地修改，大多数资深理赔人员根本就不看它。德拉蒙德展示U节给他看，这个该死的混蛋竟然说他从来没有见过这一节。这一节对他来说毫无意义，对他手下的那些理赔员也同样毫无意义。就个人而言，从未听说有哪位理赔员会不厌其烦地翻阅理赔部工作手册。

那么，索赔申请究竟是如何处理的呢？且听佩洛特娓娓道来。在德拉蒙德的提示下，他以一个假设的索赔申请为例子，按照正常处理的流程，一步步进行讲解，一个步骤接下一个步骤，一个表格接另一个表格，一个备忘录接另一个备忘录。他说话的腔调平淡无味，陪审员听得厌烦至极。坐在后排的8号陪审员莱斯特·戴斯在打盹。其他人则是眼皮沉重，不断打哈欠，努力跟睡意搏斗。

这种现象引起了人们的注意。

即使未能在陪审员面前秀一下，佩洛特也没被击垮，他依然镇定自若，不露声色。他的声调语气、行为举止依然如故。只是临到最后，他才吐露了一些关于杰基·莱曼西支克的惊人消息。大家都知道她有酗酒的毛病，来上班的时候身上常常有酒味。她在工作中的失误比其他理赔员的都多。她变得越来越不负责，被开除是不可避免的。更别提她那些乱七八糟的男女关系了。

在杰基·莱曼西支克的事情上，佩洛特和大利公司不得不小心谨慎，因为该事会牵扯到另一个择日会在另一个法庭上进行专门讨论的案件，他们在本案中的所有证言都会成为记录，在另一个案件中再派上用场。所以他们没有把她说成一个随时跟人上床的荡妇，而是明智地占领了道德高地。

“对此，我真的是什么都不知道。”佩洛特说，从而在陪审员心中赢了微弱的一分。

他们又磨蹭了一会，直到中午时分，才轮到我对佩洛特进行交叉询问。基普勒本想休庭吃午饭，但我向他保证我不会耽误太久，他才勉强同意继续。

我从递给一封他签署并寄给多特·布莱克的一封拒赔信开始发动攻击。那是第四封拒赔信，拒赔理由为唐尼·雷的白血病是保险之前的“既往症”。我要他读给陪审团听，并且承认这封信是他写的。我允许他试着向陪审团解释他为什么寄出这封信函，但当然，他没办法解释。这封信本来就是佩洛特和多特·布莱克两人之间的私人信函，从来就没有打算拿出来公开，更没有打算要在这个法庭上公开。

他谈到了杰基错填的一份表格，又谈到了与克罗基特先生的一次误会，唉，见鬼，整件事都是个错误。他对此感到非常抱歉。

“现在抱歉有点晚了，你不觉得吗？”我问。

“我想是的。”

“寄出这封信时，你不知道之后还会寄出四封拒赔信，是吗？”

“不知道。”

“所以，它本来应该是给布莱克太太的最后一封拒赔信了？”

这封信里有“最终拒付”几个字。

“我想是的。”

“是什么导致了唐尼·雷·布莱克的死亡？”

他耸耸肩。“白血病。”

“是什么疾病让他提出了索赔申请？”

“白血病。”

“在你的信中，你提到的‘既往症’指的是什么？”

“流感。”

“他什么时候得了流感？”

“我不记得了。”

“如果你想和我一起看的话，我可以把文件拿给你。”

“不，不需要了。”只要我不拿文件，怎么样他都行。“我想是在他十五六岁时。”

“这么说，他十五六岁得过流感，也就是在购买这份保单之前，而购买保单申请里没有提到这一点。”

“没错。”

“现在，佩洛特先生，以你在理赔行业多年的丰富经验，你告诉我，你是否见过流感发作与五年后急性白血病发病有关的病例？”

答案只有一个，但他就是不想说出来。“我不这么认为。”

“这是不是意味着你没见过？”

“是的，没见过。”

“所以流感与后来的白血病没有关系，是吗？”

“是的。”

“所以你在那封信中撒谎了，是吗？”

当然，他在那封信中撒谎了。如果他说他当时没有撒谎，那么他现在就是继续撒谎。陪审员会看得清清楚楚。他已落入了设好的陷阱，但德拉蒙德事前帮他做了准备。

“那封信是个错误。”佩洛特答道。

“是撒谎还是错误？”

“错误。”

“一个协助杀死了唐尼·雷·布莱克的错误？”

“反对！”德拉蒙德从座位上吼了一声。

基普勒思考了一会。我预料到德拉蒙德会提出反对，而且我预料法官会判定反对有效。然而，法官大人有别的想法。“反对驳回。回答问题。”

“辩方再次对这个问题表示反对，并要求列入法庭记录。”

德拉蒙德愤怒地说。

“知晓。请回答这个问题，佩洛特先生。”

“这是一个错误，我只能这么说。”

“不是撒谎？”

“不是。”

“你在陪审团前所做的证言怎么样？充满谎言还是错误？”

“既没有谎言，也没有错误。”

我转过身指向多特·布莱克，眼睛盯着证人说：“佩洛特先生，身为高级理赔监理，你能看着布莱克太太的眼睛跟她说，你们公司对她儿子的索赔申请的处理是公平合理的吗？你能这样说吗？”

他眯着眼睛，皱着眉头，脸上的肌肉不停地抽搐，他望向德拉蒙德，想要求助，然后清了清嗓子，努力装出一副被冒犯了的样子说：“谁也别想强迫我这么做。”

“谢谢。我的问题问完了。”

五分钟内，我已经结束了对他的交叉询问，而辩方律师还在紧张地奋笔疾书。他们以为今天我会盘问赖斯基一整天，明天再去折磨佩洛特。可是我不想在这些小丑身上浪费时间。我需要打动陪审员。

基普勒宣布午间休息两小时。我把列奥拉到一边，递给他一份六位追加证人的名单。

“你在搞什么鬼？”他问。

“六位医生，全是本市医生，全是肿瘤专家。如果你让那个冒牌医生出庭的话，他们全都愿意随时出庭作证。”瓦尔特·科德被德拉蒙德把骨髓移植手术说成仍处于试验阶段这一策略激怒了。他给伙伴和朋友们施压，他们随时准备好出庭作证。

“他不是冒牌医生。”

“他是。一个不知道从纽约还是什么地方来的疯子。我这边却是六位本地的医生，这一定很有趣。”

“预审传票里没有这些人的名字。你这样搞突袭不公平。”

“他们是反驳证人。你去找法官哭诉吧，好吗？”他独自留在法官席前，失神地盯着我的那份名单。

午餐后开庭前，我坐在原告席边上跟瓦尔特·科德医生及他的两位伙伴闲聊。德拉蒙德的冒牌医生密尔顿·杰飞，独自坐在被告席后排的座位上。律师们正在为下午的庭审做准备。我把德拉蒙德叫过来，把他介绍给科德的两位朋友。这是一个尴尬的时刻。他们的到来显然让德拉蒙德感到紧张不安。三位医生坐在我身后的一排椅子上。特伦特与布伦特事务所的那五名律师也只能干瞪眼。

陪审员就座后，德拉蒙德传唤杰克·昂德霍尔出庭作证。他宣誓后入座，对着陪审团像个白痴似的傻笑。陪审团已经盯着他看了三天了，我实在不明白为什么德拉蒙德认为陪审员还会相信这家伙所说的话。

他打的如意算盘很快就露馅了。他的证言全都跟杰基·莱曼西支克有关。她在 10 000 美元现金的事情上撒谎了。她在签订协议的事情上也撒谎了，因为根本没有什么协议。她在所谓的拒赔诡计上也撒谎了。她在和上司们发生性关系的事情上也撒谎了。她甚至在她的医疗费被拒付之事上也撒谎了。昂德霍尔的语气一开始还有几分的同情，后来却越来越刻薄、恶毒。说出这样可怕的话，当然不可能面带笑容，但是他想诽谤她的欲望明显过于急切了。

他的策略大胆又冒险。这位公司恶棍指控别人撒谎，这件事情本身就是一个莫大的讽刺。他们认为本案的审理比杰基之后将要采取的任何法律行动都更重要。所以，德拉蒙德不惜冒着可能会失去陪审团信任的危险，也要把水搅浑，以便让陪审员对杰基心怀疑虑。他可能认为，对一个不在场也不能为自己辩护的年轻女性身上泼脏水，没什么损失。

昂德霍尔告诉我们，杰基的工作表现非常糟糕。她酗酒，而且跟同事相处关系也不好。总得做点什么。公司给了她一个主动辞职的机会，以便不影响她的职业履历。这与她所说证言之事毫无关系，也跟布莱克家的索赔申请毫无关联。

他作证的时间异乎寻常地短。辩方希望他在证人席作证不会造成重大的损害。除了鄙视他和希望陪审员跟我一样鄙视他之外，我什么也做不了。他是个律师，我不想跟他吵来吵去。

“昂德霍尔先生，你们公司是否保存了员工的人事档案？”我客气地问道。

“有。”

“你们是否有杰基·莱曼西支克的档案呢？”

“有。”

“你带过来了吗？”

“没有，先生。”

“那档案保存在什么地方呢？”

“在总部，我想。”

“在克利夫兰？”

“是的。在总部。”

“所以，我们现在看不到？”

“我没带过来，好吗？没人跟我说要带过来。”

“档案里有绩效评估之类的东西吧？”

“有。”

“如果一名员工受到训斥、降职或调职，这些内容是会记入人事档案的吧？”

“是的。”

“杰基的人事档案里有这些内容吗？”

“我想是有的。”

“她的档案里有她那封辞职信吗？”

“有。”

“昂德霍尔先生，你说的有关人事档案里的内容，我们是会认真对待的。”

“没有人让我把档案带到这里来，贝勒先生。”

我翻阅了一下笔记，清了清嗓子。“昂德霍尔先生，你有没有杰基签署协议的复本？就是你给她一笔钱，她保证永远保密时签的那份协议。”

“你一定没听清楚。”

“什么？”

“我刚才作证时已经说了，根本没有这份协议。”

“你是说这份协议不存在？”

他断然摇头。“从来没有。她在撒谎。”

我装出一副吃惊的样子，然后踱回堆满文件的原告席。我找到了要找的那份文件，在众目睽睽之下扫了一遍，然后又走回到证人席边。昂德霍尔顿时紧张起来，他疯狂看向德拉蒙德，想要求助，德拉蒙德则紧紧盯着我手里拿着的文件。他们一定想起了 U 节那件事。贝勒又要来那一套了，他找到了那份隐藏起来的文件，现在要来抓我们的现行了。

“可是杰基·莱曼西支克告诉陪审团她被迫签署协议时所说的内容非常具体。你还记得她的证言吗？”我在讲台前晃动着手里的文件。

“是的，我记得她的证言。”他说，声音稍微提高了一点，语调更紧张了。

“她说你给了她 10 000 美元现金，让她签署了一份协议。你记得吗？”我瞥了一眼文件，好像我是在读文件。杰基告诉过我，协议的第一段真真切切地列出了 10 000 美元这一数字。

“我听她说过。”他瞥着德拉蒙德说。他怀疑我手头并没有这一份协议，因为是他亲自把协议原件给藏起来了。但他又不确定。不可思议的事情总是会发生。谁又能想到我能找到 U

节呢？

他不能承认这份协议的存在，但同样也不敢否认。万一他否认之后，我把协议拿出来了，那因此而造成的损害只有等陪审团宣布裁决后才能估量。他坐立不安，身体扭来扭去，不停地擦拭额头上的汗。

“那么，你是不会有一份协议副本拿出来给陪审团看了？”我挥舞着手上的文件问。

“我拿不出来。因为协议不存在。”

“你确定吗？”我问道，用手抚摸文件的纸张边缘。

“我确定。”

我紧紧盯着他看了几秒钟，看他狼狈不堪的样子真是开心得很。陪审员早已瞌睡全无，个个精神得很，就等着我的那把斧头落下来了，我唰地拿出来协议，把他杀个片甲不留。

但我做不到。我把手上那张一钱不值的纸揉成一团，夸张地往桌上一扔。“没有其他问题了。”我说。昂德霍尔长长地舒了一口气。心脏病不用发作了。他从证人席上跳了下来，离开了法庭。

德拉蒙德要求休庭五分钟。基普勒觉得陪审团需要更多时间，决定休息 15 分钟。

辩方本来打算拖延作证，希望持久战会让陪审员混淆视听，变得稀里糊涂。但他们的策略失败了。陪审员大声嘲笑赖斯基的证言，佩洛特作证时他们打瞌睡。昂德霍尔差点成了一颗定时炸弹。德拉蒙德战战兢兢，生怕我手里有一份他客户已经跟他保证过不会存在的文件。

德拉蒙德吃尽了苦头。他会抓住机会，在总结陈词时做最强有力的辩护，力挽狂澜，这也是目前他能够做的事了。休息结束后，他宣布辩方的交叉询问已经结束。

庭审基本上快要结束了。基普勒安排在周五 9:00 开始进行案件的总结陈词。他向陪审团保证，11:00 他们就可以开始就本案的裁决进行讨论。

第四十八章

陪审团退席后，德拉蒙德和他那帮助手急急忙忙赶回律所，显然又要回去复盘看看问题都出在哪里。他们离开很久以后，我们依然围坐在原告席边上，谈论着明天的事情。库柏·杰克逊和他那两位来自罗利的律师朋友赫尔利和格伦斯菲尔德都非常小心谨慎，很少主动发布自己的意见，但我很乐意听听他们的看法。大家都知道这是我第一次出庭辩护，但他们都为我的表现感到吃惊。我精疲力尽，神经依然紧张，但对刚刚结束的庭审有清醒的认识。我方掌握了一系列对自己有利的案件事实，有一个卑鄙无耻且有钱的被告，法官对我方无比同情，每一次庭审休息都会给我带来好运气。不仅如此，我还有一个精心挑选的陪审团，但他们究竟会作出什么样的裁决，没有人会知道。

今后打的官司油水肯定比这次少，他们说。他们觉得陪审团会作出高达 7 位数的赔偿裁决。杰克逊出庭辩护 12 年后才迎来第一个 100 万美元的裁决。

他们讲了一个个与对手在法庭交锋的故事，以增强我的信心。

听着这样的故事度过一个下午，倒不失为一种让人愉悦的方式。我和戴克今晚会熬一个通宵。但是现在我享受这种这亲切、舒服的氛围，因为他们是真心实意地希望我打赢大利公司。

佛罗里达州传来的消息让杰克逊多少有点沮丧。今天早上，那里的一位律师突然抢先行动，以大利公司为被告起诉了四个案子。杰克逊本来以为那位律师会参加他们的集体诉讼，但他显然变得急功近利了。到目前为止，杰克逊他们三人手上共有19个案子，他们准备下周初就起诉大利公司。

他们为我加油打气。他们想请我们吃一顿丰盛的晚餐，但我们还有工作要做。今夜我最不需要的就是美酒佳肴了。

于是，我们在办公室吃着熟食店买来的三明治，喝着软饮料。我让戴克坐在我办公室的椅子上，让他听我排练明天向陪审团所做的总结陈词。总结陈词我写过好多个版本，结果它们全都在我脑子里乱成一锅粥。我用一个小黑板，把重要的数字整齐地写在上面。我呼吁公平和正义，同时又要求巨额赔款。戴克常常打断我，我们就像小学生那样激烈地辩论起来。

我和戴克谁都没有在陪审团面前发表过总结陈词，可是他见得比我多，所以他当然是专家。偶尔我为目前的辉煌战绩觉得自己不可战胜，变得狂妄自大的时候，戴克立刻就会嗅出这种趋势，敲打敲打我。他反复提醒我，这个案子目前胜负未卜，明天早上赢或输的概率是一半对一半。

然而，大多数时候我一直都惴惴不安。那难以控制的恐惧感如影随形。它激励着我，鞭策我继续努力，继续前进，但如果有一天我可以不再害怕，我会特别开心。

22:00左右，我们熄灯关门回家。我喝了一瓶啤酒催眠，效果特别好。23:00后，我渐渐跌入梦乡，在梦里，成功的幻影与我翩翩起舞。

刚睡了不到一个小时，电话铃声骤然响起。电话那边是一个陌生年轻女性焦急的声音，"你不认识我，我是凯莉的朋友。"她说，声若蚊蝇，几乎听不见。

"出什么事了？"我一说话，立刻清醒过来。

"凯莉有麻烦了。她需要你的帮助。"

"什么麻烦？"

"他又打她了。回家时总是醉醺醺的，跟以前一样。"

"什么时候发生的事？"我在床边，站在黑暗里，试图去摸索电灯开关。

"昨天晚上。她需要你的帮助，贝勒先生。"

"她在哪里？"

"现在她和我在一起。警察把克利夫带走后，她去一家急诊室看了医生。幸运的是，没什么大碍。我把她接回我家里，先在我家躲几天。"

"她伤得严重吗？"

"伤得不轻，好在没有骨折。浑身青一块紫一块的。"

我打听清楚了她的姓名地址，挂断电话，匆匆穿上了衣服。她住在郊区一幢大型公寓楼里，离凯莉家不算太远，我开车七弯八拐地从几条单行道穿过，终于找到了她家。

凯莉的这位朋友叫作罗宾。她把门开了一条小缝，保险链依然锁着，我费了好大劲才让她相信我就是我本人，然后她才让我进去。她感谢我的到来。罗宾也只是个大孩子，可能离过婚，干活的工资比最低工资略高。我走进客厅，她的房间不大，摆着租来的家具。凯莉在沙发上坐着，头上敷着一只冰袋。

我简直认不出这就是我所认识的凯莉。她的左眼被打得完全肿起来了，肿胀的眼皮已经发青。眼睛上方缠了一条绷带，上面有一点斑斑血迹。她两颊都肿了，下唇也破了，开裂外突，看起来很奇怪。她只穿了一件长 T 恤，膝盖以上大腿以下到处是瘀伤，青一块紫一块的。

我弯下腰来吻了吻她的前额，然后坐到她对面的一张凳子上。一颗泪珠从她的右眼中滑落。“谢谢你过来。”她喃喃地说，肿胀的双颊和开裂的嘴唇让她说话有点含混不清。我轻轻拍拍她的膝盖，她则用手摩挲着我的手背。

我要杀了他。

罗宾坐到了她身旁。“别让她说话了，好吗？医生让她尽量少动。他这次用的是拳头，因为没找到棒球棍。”

“到底怎么回事？”我问罗宾，但眼睛一直看着凯莉。

“为了张信用卡。圣诞节的账单到期了。可他成天只知道喝酒。其他的事情不用我说，你也知道了。”她几句话就把故事说完了，我猜她可能当时就在附近。她没戴结婚戒指。“他们打了起来。跟往常一样，他又打赢了。邻居打电话报了警。他进了监牢，她进了医院。你想要喝杯可乐还是什么？”

“不用，谢谢。”

“昨天晚上，我把她带到了这里，今天早上又陪她去了城里一个家暴中心。她找了位律师，律师告诉她应该怎么做，给了她一大堆小册子。如果你想看的话，它们就在那边。总之，她应当申请离婚，然后逃得远远的。”

“他们给你拍照了吗？”我边问，边继续揉她的膝盖。她点点头，泪水不断地从浮肿的双眼中涌出，顺着两颊流了下来。

“是啊，他们拍了一堆照片。不过好多照片你都不能看。给他看看你的伤吧，凯莉。他是你的律师，他得看一看。”

在罗宾的搀扶下，她小心翼翼地站起来，转身背对我，把T恤撩到腰部以上。她下身什么都没穿，臀部和腿肚子上的青肿和瘀青清晰可见。她把T恤向上再拉高了一点，背部更是累累伤痕。她把T恤放下，然后又小心翼翼地在沙发上坐下。

“他用皮带抽打她，”罗宾解释道，“强奸她，然后又把她打得遍体鳞伤。”

“你有纸巾吗？”我边问罗宾，边温柔地擦去凯莉的泪水。

“当然。”她递给我一个大盒纸巾，我用纸巾轻轻擦拭凯莉的脸颊。

“你打算怎么办，凯莉？”我问。

“你开什么玩笑？”罗宾说，“她当然要申请离婚。否则，他迟早会杀了她。”

“真的吗？你真要申请离婚吗？”

凯莉点头说：“真的。越快越好。”

“我明天就处理。”

她捏了捏我的手，闭上了右眼。

“那么，第二个问题就来了，”罗宾说，“她不能住在这里。今天早上，克利夫就被放出来，到处打电话给她的朋友。我今天没上班，可是以后不能老不上班啊。他中午给我打电话了。我跟他说，我什么都不知道。一个小时后他又打电话来威胁我。可是，上帝保佑，凯莉的朋友并不多，用不了多长时间，他就会找到她了。而且，我还有个室友和我合住这个房间，这样行不通。”

“我不能待在这里。”凯莉百般无奈地轻声说。

“那你去哪儿？”我问。

罗宾一直在想这个问题。“今天早上，那位律师提到有个家暴妇女庇护所，那个地方比较隐秘，还没有在县里和州里正式注册登记过，而且也没有公开宣传，口碑不错，被家暴的女性住在那里很安全，她们的丈夫怎么也别想找着她们。问题是收费比较贵，一天要 100 美元，而且最多只能待一周。我一天可挣不到 100 块呀。”

“你愿意去那个地方吗？”我问凯莉。她痛苦地点点头。

“好。我明天送你过去。”

罗宾长长地松了一口气。她进了厨房，去找写有庇护所地址的卡片。

“让我看看你的牙齿。”我对凯莉说。

她尽量张开嘴巴，这样我刚好能看见她的门牙。“没什么大碍吧？”我问。

她摇了摇头。我摸一摸她左眼上的绷带。“缝了多少针？”

“六针。”

我俯下身离她更近，捏着她的手。“我再也不会让这种事情发生了，你懂吗？”

她点点头，轻声地说：“你保证？”

“我保证。”

罗宾回到凯莉身旁，把地址卡递给了我，又给了我一些建议。“听着，贝勒先生，你不了解克利夫，可我知道他。他是个十足的疯子，一喝醉酒就是个野人。你一定要小心。”

“你别担心。”

“他很可能现在就在外面，监视着我们呢。”

“我没什么好怕的。”我站了起来，又亲一下凯莉的前额，“明天早上我就去为你办理离婚申请，然后再过来接你。我现在手头有一个大案子，但我一定会把你的事情处理好的。”

罗宾送我到门口，我们互相感谢了对方。门在我身后关上了，我听见她挂上安全链然后锁门，再插上插销的声音。

已经快 1:00 了。空气清冷，寒气逼人。幸好没人潜伏在暗处。

在这个点还去睡觉，简直是个笑话。于是，我开车直接去了律所。我把车停在窗户正下方的路边，然后跑到大楼的前门。天黑后这里不是很安全。

我锁上大门，走进办公室。虽然离婚可能是一件最糟糕的事情，很麻烦，但至少在法律事务处理上，离婚申请并不复杂。我开始打字。我一直不喜欢干打字这种枯燥的杂活，但此时此刻，因为目标明确，打字也显得格外轻松。处理这起离婚案件就是在救一个人，我真的是这么想的。

7:00，戴克到了律所，然后把我叫醒。原来4:00过后，我就坐在椅子上睡着了。他说："你看起来既憔悴又疲倦，昨晚发生什么事情了？你怎么没好好休息？"

我把情况告诉了他，他很不高兴。"你熬了一个晚上的夜就是为了这起糟糕透顶的离婚案？再过一个多小时，你就要发表总结陈词了！"

"别担心，戴克，你别担心。我不会出问题的。"

"你这傻兮兮的笑是什么意思？"

"我们不是马上就要赢了嘛，戴克。大利公司马上就要完蛋了。"

"不，不是这样的。你终于泡到那个小妞了，这才是你傻笑的原因。"

"胡说八道！我的咖啡呢？"

戴克脸上肌肉又抽搐了一阵，他是个神经质的家伙。"我去拿。"然后，他转身离开了办公室。

离婚申请书就放在我面前的书桌上，只等着我提交给法院。克利夫行踪不定，不好找，我要让送传票的人在他上班时把离婚申请书的起诉状复本当面交给他。同时，也会向法院申请即刻禁止救济，防止他去骚扰她。

第四十九章

身为法庭新手的好处是，无论我如何紧张不安，怎么战战兢兢，大家都会觉得可以理解。陪审员们都知道我只是一个没什么经验的年轻小伙子，他们对我也没有什么特别高的期望。我既没有辩论技巧，也没有天赋英才来发表一份洋洋洒洒的案件总结陈词。

如果我装腔作势，故作高明，勉力雄辩，反而会弄巧成拙。或许在未来的时光，当我头发花白，当我的声音变得油滑，在法庭上与对手唇枪舌剑地较量了上百次之后，我或许可以面对陪审团义正词严、慷慨激昂地发表陈词。但今天还不行。今天，我只是鲁迪·贝勒，一个惶恐不安地请求陪审团的朋友们助他一臂之力的小伙子而已。

我站在他们面前，既紧张又害怕，但是我努力不表现出来。演讲的内容我早已背得滚瓜烂熟，因为我已经反反复复地排练过上百次。但重要的是，绝不能让听众察觉到我排练过。我开诚布公地说，今天对我的客户来说是非常重要的日子，是他们可以向大利公司讨回公道、伸张正义的唯一机会。因为再也不会有明天，再也不会有第二次出庭机会，再也不会有其他陪审团来帮助他们。我请陪审员们站在多特的立场上为她想一想，想一想她曾经遭受过的痛苦与不幸。我尽量冷静克制地谈了谈唐尼·雷·布莱克。我请陪审员们想象一下，当你明知道你有权得到治疗，最后却不得不在痛苦中慢慢死去时，是一种什么样的感受。我说得很慢，字斟句酌，语调真诚，很有说服力。我用一种轻松的语气说话，直视着 12 个人的脸，他们都准备好了。

我言简意赅地概括了保单的基本内容，并简短地谈了谈骨髓移植手术。我指出被告未能提供与科德医生的证言相左的任何证据。这一医疗措施早就不再处于试验阶段，本来很有可能会救了唐尼·雷的一命。

谈到那些有意思的事时，我说话声音会更大一点。我提到了那些故意隐藏的文件以及大利公司为此而撒过的谎。这些事实庭审时曾引起特别大的轰动，现在不宜过分渲染。庭审期限仅为短短四天，这样的好处是陪审团对重要的证言依然印象深刻。我引用了杰基·莱曼西支克的证言以及大利公司的统计数据，并在黑板上写出了 1991 年的保单数、索赔数，以及那个最重要的拒赔数等几个数字。我写得快速和整洁，即使是一个五年级学生也能一清二楚，过目不忘。这些数据传达的信息非常明确，无法辩驳。操控着大利公司的不为人所知的权力集团集体决定执行一项期限 12 个月的拒绝索赔申请诡计。用杰基的话来说，这是他们在做的一项试验，看看一年之内能捞到多少现金。这是一个冷血的决策，动机纯粹是贪婪，完全没有为唐尼·雷·布莱克这样的人做过丝毫的考虑。

提到现金，我拿出大利公司的财务报表跟陪审团说，我已经研究了四个月了，但仍然没法弄明白。保险业有自己独特的会计制度，但是即使是按照大利公司自己的数据来进行计算，也可以看出来该公司目前手上持有大量现金。我在黑板上把它的现金流、储备金和未曾动用的盈余加在一起，总数高达 4.75 亿美元。而大利公司承认的净资产是 4.5 亿美元。

在座的诸位该怎么去惩罚这样如此有钱的大公司呢？我问道。我看到闪闪发亮的眼睛紧紧盯着我。陪审员们已经摩拳擦掌了。

我引用了一个历久弥新的先例。这个先例经常被出庭律师所使用，我已经读过十几个不同的版本。因为简单所以它的效果特别好。我跟陪审团说，我只不过是个刚毕业没多久，还在为生存奔波劳累的青年律师。假如我辛苦工作，勤俭持家，努力攒钱，两年后大概可以在银行存下 10 000 美元，我会怎么做？这是我拼命努力工作赚到的钱，我当然要保护它。假如我做错了事，打比方说，大动肝火打了某个人的鼻子一拳，把人家鼻子打断了，这该怎么办呢？当然，首先人家会要求我赔偿一切损失，但是同时我也必须受点惩罚，有了教训下次才不会再犯同一个错误。我存款只有 10 000 美元。我要赔多少，才能够得到教训呢？ 10 000 美元的 1% 是 100 美元，这对我来说可能算也可能不算什么损害。我当然不会痛痛快快地交出这100美元，但是我也不至于有多难受。如果惩罚金额占5%呢？我打断了别人的鼻梁骨，罚500美元我是否就能够得到教训了呢？当我写支票的时候，我会感受到痛苦吗？可能会，也可能不会。如果惩罚金额占10%呢？倘若我不得不支付1 000美元，我敢说会出现下面两种情况。第一，我真的会觉得后悔。第二，我会改变自己为人处世的态度。

在座的各位要如何惩罚大利公司呢？肯定要像惩罚我或我的邻居一样去惩罚它。你们会看一看银行对账单，算一算有多少可支配的现金，然后得出一个罚款的数目，既会让肇事者肉痛又不至于让他破产。对大利这样有钱的公司也应如此。他们并不比我们其他人高人一等。

我跟陪审员说，一切由你们来决定。我们要求惩罚性损害赔偿金1 000万美元，但你们不受这个数字的约束，你们可以增加，也可以减少，不应该由我来决定这个惩罚金额的数目。

最后我微笑着向陪审团致谢，结束了我的总结陈词。然后我又补充了一句，如果你们制止不了大利公司，那么下一个受害人也可能是你们自己。有几个陪审员听了点点头，有几个笑了笑，还有几个则一直盯着黑板上的数字。

我走回了原告席。戴克坐在角落里，望着我笑得合不拢嘴。坐在后排的库柏·杰克逊向我竖起了大拇指。我在多特旁边坐下，焦急地等待那位了不起的列奥·F.德拉蒙德的精彩表演，看看他是否能够扭转乾坤，最后反败为胜。

一开始，他就为挑选陪审员时的表现向陪审员致以深深的歉意，说很遗憾自己当时走错了一步，希望陪审员能够重新信任他。讲到他的客户时，他又继续不断地道歉，他的客户是美国历史最悠久最受尊重的保险公司之一。但在处理本案的索赔申请时犯了一些错误，而且是严重的错误。那几封可怕的拒赔信函，出言不逊、麻木不仁到了可怕的地步。他的客户毫无疑问是犯下了严重错误。可是这是一家有 6 000 多名员工的大公司，很难对每一个人的行为进行监管规范，对每一封来往信函都进行检查也是比较困难。当然，这并不是为他们找借口，更不是想否认他们犯下的错误。毕竟，错了就是错了。

他花了几分钟来探讨这个主题，并对客户的错误进行精心粉饰，说成只是偶然行为，并非故意为之。他如履薄冰般小心绕开索赔档案、工作手册、隐匿文件以及被戳穿的谎言。事实真相就是危险的雷区，他要努力避开它们。

他坦率地承认，布莱克家的索赔申请本应得以支付，总共 20 万美元。他这个承认非常重要，陪审员们显然都牢牢记住了。他想借此来软化陪审团的立场，显然这一招奏效。至于赔款金额，他对我的建议感到大惑不解，为什么要求陪审团按照大利公司净资产的一定比例，赔付给多特·布莱克作为赔款金额呢？这太令人震惊了！这样做有什么好处？他已经承认他的客户确实做错了。应该对这些不公正行为负责的那些人也都已经解雇了。大利公司已经用行动纠正了自己的错误，改过自新了。

因此，巨额赔偿能有什么用呢？什么用都没有！绝对没有！

然后，德拉蒙德开始小心谨慎地抨击不正当的致富手段。他必须得十分小心，否则就会得罪多特，而得罪多特也等于得罪陪审团。他陈述了一些布莱克家的情况，他们住在什么地方，住了多久，什么样的住宅，在哪个居民区，等等。通过这些叙述，他试图把布莱克家描绘成普通的中产之家，生活简朴但幸福快乐。他真是大方慷慨！就连著名大画家诺尔曼·罗克韦尔也无法比他描绘得更美好。我几乎可以看到树影丛丛的林荫街道、和善的报童了。他讲得绘声绘色，陪审员们都在倾听。他描述的不是他们目前的生活，而是他们渴望的理想生活。

陪审团的女士们先生们，你们为什么还会想把大利公司的钱判给布莱克一家呢？这只会破坏这幅美好的画面。这只会给他们的生活添乱。这只会让他们与他们的邻居朋友之间产生沟壑。简而言之，这只会毁了他们。而且，谁有资格可以得到鲁迪·贝勒提到的那笔钱呢？当然没有。仅仅因为大利公司有钱就要把它的钱拿走，是不公正的，也是不公平的！

他走到黑板前，写下了746美元的这一数字，跟陪审团说，这就是布莱克家的月收入。在这数字旁边，他写下20万美元乘以6%得出了12 000美元这样一个等式。他接着跟陪审团说，他真正想要做的就是让布莱克家的月收入翻一番。这样的结局难道我们不喜欢吗？要做到这样很简单。移植手术需20万美元，就把这笔钱付给布莱克家。如果他们把这笔钱投资到年利率为6%的免税债券上，那么他们每月可得1 000美元的免税收入。大利公司甚至可以负责为多特和巴迪进行投资。

多划算啊！

他做得确实不错，他说得有理有据，颇有说服力。我观察陪审员们的面孔，他们都陷入了深思，在认真思考。这似乎是一个很不错的折中方案。

在这关键时刻，我只能祈祷上帝保佑，希望他们还没有忘记多特曾经说过把钱统统捐给美国白血病学会的誓言。

德拉蒙德最后呼吁理智和公平，结束了他的总结陈词。他的嗓音低沉，语调越来越缓慢，似乎他已经成为公正的化身。请诸位一定要秉公裁决，他向陪审团发出请求后，走回了被告席。

作为原告律师，我还有一次最后发言的机会。我能够进行反驳的时间是半小时，不过我第一次发言时就时间充裕，还有十分钟没有用完。我面带微笑走向陪审团。我跟他们说，我希望自己有一天可以像刚才德拉蒙德先生那样出色，我称赞他是经验老到的出庭辩护律师，即使是在全国范围内也是首屈一指的。我真是个心地善良的小伙子！

我只有几点意见。首先，现在大利公司承认自己做错了，而且实际上愿意支付20万美元使本案和解。为什么呢？因为现在他们正一边咬着指甲一边热切地祈祷，不要让赔偿金额大于20万。其次，星期一上午德拉蒙德先生向陪审团致辞时承认过大利公司做错并愿意赔偿这笔钱了吗？不，他没有。他现在知道的事实，与他当时所知道的没什么区别。为什么当时他不向诸位承认他的客户做错了呢？为什么呢？因为当时他们希望你们不至于知道事实真相。现在在座的各位知道了事情真相，他们才如此做贼心虚。

我最后的挑衅发言几乎要激怒陪审团。我说："如果你们判决的赔偿数额最多就是20万美元的话，那就干脆别判了。我们不需要。20万美元是手术费，可这个手术永远也做不成了。如果你们不认为大利公司的所作所为应该受到惩罚，那就留下这20万，我们打道回府。"我从陪审团面前慢慢走过，紧紧地盯着每一位陪审员的眼睛。他们是不会让我失望的。

"谢谢。"我说完后在多特身边坐下。当基普勒法官给陪审团做最后指示的时候，一种令人陶醉的解脱感油然而生，我觉得自己从来没有这么轻松过。再也不需要为证人、文件、动议或简报烦心了，再也没有听证会或最后期限了，再也不需要担心陪审团，再也没有这样那样的烦恼了。我深深吸了一口气，坐在椅子上。我可以连睡几天，醒都不会醒。

这种平静的快乐仅仅持续了约五分钟。快到10:30时，陪审团离开了法庭，开始审议本案。

焦急的等待又开始了。

我和戴克走到法院大楼的二楼，提交了赖考离婚案的起诉状，然后直接去了基普勒法官的办公室。法官为我精彩的辩护向我表示祝贺，对他的大力关照我感激不尽。不过，此时我心里还有别的念头。我给他看了离婚起诉状的复本，快速谈了谈凯莉·赖考的情况，她经常遭受她那个疯子丈夫的殴打。我问他是否能够采取紧急强制措施，发布禁止令，禁止赖考先生接近赖考太太。虽然基普勒厌恶离婚，但还是同意了我的要求。在家庭暴力虐待案中，这种措施非常普遍，而且他很信任我，所以立刻签署了一道禁止令。这时陪审团还没有任何消息，他们已经审议了15分钟。

在走廊上，我们和布齐碰了头，把离婚起诉状复本、基普勒刚签发的禁止令以及传票都交给了他。

之前他已同意去克利夫·赖考上班的地方把相关文件交给他。我再一次请求布齐，递交传票的时候不要让那个小伙子太难堪。

我们在法庭上等了一小时。德拉蒙德和他那帮手下挤在一边，我、戴克、库柏·杰克逊、赫尔利和格伦菲尔德则待在另一边。我很高兴看到大利公司那几位穿黑西装的高管和他们的律师团队保持着一定的距离。昂德霍尔、阿尔迪和洛夫金坐在后排上，愁容满面，他们正等着行刑队来执行枪决。

中午的时候，午饭被送入陪审团房间里。基普勒打发我们去吃中饭，到13:30再回来。我紧张得五脏六腑都在翻江倒海，一点食欲都没有。于是，我开车去罗宾的公寓接凯莉，在车上给她打了电话。她独自一人在房间里。离开家时，她既没拿衣服，也没带化妆品，只穿了一件宽松的运动衫和一双借来的运动鞋。她浑身疼痛，走路小心翼翼。我扶着她上了车，抬起她的腿，让她转身坐好。她咬紧牙关，没喊疼也没抱怨。阳光下，她脸上和脖子上的青紫肿块显得颜色要深多了。

当我们离开公寓时，我发现她在环顾四周，好像害怕克利夫会突然从树丛跳出向她扑过来。“我们刚刚提交了这个。”我边说边把离婚起诉状的副本递给了她。她把它凑到眼前来看。我们的车在拥挤的车流中穿行。

“他什么时候可以收到？”她问。

“差不多就是现在。”

“他一定会发疯的。”

“他早就疯了。”

“他一定会找我们的。”

“我倒是希望他来。可是，他不敢。他是个懦夫。打老婆的男人，都是下三滥的懦夫。别担心，我有枪。”

庇护所的房子很旧，房子外面也没有标记，看上去跟街上其他的房子差不多。门前的草坪又深又宽，周围浓荫遮蔽，挡住了邻居们的视线。我在车道尽头刹住车，把车停在另外两辆车后面。我把凯莉留在车里，自己下来敲了一下边门。门上对讲机传出声音，要求我表明身份。在这里，安全是第一位的。所有窗户全都遮盖得严严实实，后院的木质栅栏也足足有八英尺之高。

门开了一半，一个健硕的年轻女性盯着我。我不想与任何人起任何争执，我在法庭上已经战斗五天了，随时都会爆发。“我找贝蒂·诺维尔。”我说。

“我就是。凯莉呢？”

我冲车子点了点头。

“把她带进来吧。”

我轻易就能把她抱起来，但是她腿肚上的伤实在碰不得，只好让她自己慢慢走进来。我搀扶着她一点点往前走，穿过走廊，迈进了门厅。我觉得我好像搀扶的是位 90 岁的老奶奶。贝蒂冲凯莉笑了笑，把我们请进了一个小房间。这可能是办公室。我们挨着一张桌子坐了下来，贝蒂坐在另一边。早上我跟她打过电话，她想看看离婚起诉状。在她查看这些文书的时候，我和凯莉手拉着手。

“那么，你是她的律师。”贝蒂说，望向了我们紧握的手。

“是的。而且也是朋友。”

“你什么时候再去看医生？”

“一周后。”凯莉说。

“这么说，你目前不需要什么治疗了？”

“不需要。”

“吃药吗？”

“就吃一些止痛片。”

她觉得那几份文件没什么问题。我开了张 200 美元的支票，作为押金以及为凯莉交的第一天的费用。

“我们不是有执照的正式庇护所，”贝蒂解释道，“只是给生命有危险的被家暴女性提供安全住宿。这是个私人场所，业主本人也是个被家暴的女性。在本地区有好几个这样的地方。谁也不知道我们这里有一处，谁也不知道我们是干什么的。我们希望就这样做下去。你们俩同意保密吗？”

“当然。”我们一起点了点头。贝蒂递了张表格让我们签字。

“这里面没什么不合法的吧？”凯莉问。考虑到这里有种不祥的气氛，这个问题问得还算恰当。

“不合法倒也不至于。他们最多让我们关门走人，那我们就打一枪换一个地方。我们这里已经开办四年了，谁也没说过什么。你们知道这里最多只能住七天吗？”

我们知道。

“你们得为之后的住处早做打算。”

我巴不得她之后住到我的公寓去，可我们还没来得及讨论这个问题。

“这里住了多少位女士？”我问。

“今天是五位。凯莉，你一个人住有独立卫生间的单间。伙食还可以，一天三餐。你可以在自己的房间里吃饭，也可以跟大家一起吃饭。我们不提供医疗和法律服务。我们不提供建议也不开会讨论。我们提供的只有爱和保护。你在这里很安全。没有人会找到你的。我们附近有一个持枪的警卫。”

“他能来看我吗？”凯莉边问，边冲我点点头。

“我们每次只允许一个人来访，而且每次来访事先都必须经过批准。请提前打个电话来取得许可，来的时候千万要确保没有被人跟踪。不过，很抱歉，我们不能让你在此过夜。”

“没关系。”我说。

“还有什么问题吗？如果没有的话，我就带凯莉到处去看一看了。欢迎你今天晚上来看凯莉。”

我对她的暗示心领神会。于是，我向凯莉告别，并保证晚上再过来看她。她要我带一个比萨过来，毕竟今晚是周末之夜嘛。

开车离开时，我觉得我好像已经把她隐入了地下。

克利夫兰一家报纸的记者在法庭外的走廊上截住了我，要跟我谈一谈大利公司。问我是否知道俄亥俄州总检察长正在调查这家公司。我表示无可奉告。他跟着我进了法庭。戴克独自一人坐在原告席上，被告方的律师们正在房间的另一边谈笑风生。没有基普勒的身影。大家都在等待陪审团作出判决。

布齐把离婚起诉状送达给克利夫·赖考时，他正准备下班去吃午饭。赖考破口大骂，恶语伤人，但布齐也没有退缩。正当他准备拉开架势大吵一场时，赖考却迅速跑掉了。传票上写着我的名字，所以从现在开始我得多加小心。

快到 14:00 的时候，大家陆陆续续走进了法庭。布克也来了，和我们一起坐在原告席。库柏·杰克逊、赫尔利和格伦菲尔德结束了漫长的午餐——他们还喝了几杯——终于回来了。那位记者坐在后排，没人想跟他说话。

关于本案陪审团的审议，众说纷纭。如果案子迅速裁决，则在本案中会对原告有利，倘若迟迟不决，意味着陪审团内部分歧严重，陷入了僵局。我听着这些毫无根据的猜测，再也坐不下去了。我去走廊外面喝了水，然后去了洗手间，最后去了快餐部。走动一下总比在法庭上呆坐感觉好得多。我的胃在猛烈翻腾，心脏像活塞一样剧烈跳动。

布克比任何人都懂我，他陪我一起走。他和我一样紧张。我们沿着大理石的走廊漫无目的地走，没有方向，只是消磨时间。我们只能等待。心情烦躁不安的时候，有朋友在身边真是太重要了。我感激他的陪伴，他说他无论如何也不会错过这个时刻。

到了 15:30，我已经完全失去了信心。这个裁决就像扣篮一样简单，只要选定一定的百分比，算一下结果就立刻出来了。可能是我太自信了。我想起了一个又一个关于本县赔偿金额低得可怜的可怕判决的故事。也许我即将成为下一个统计数字了，变成一个说明为什么孟菲斯律师应该见好就收、拿到一笔钱就赶紧和解的活生生的教训。时间过得很慢，只能一点一点地熬。

突然有人在远处喊我。是戴克，他正在法庭门口朝我拼命挥手。“哦，上帝！”我叫道。

“冷静点。”布克对我说。我们俩几乎是一口气跑到了法庭门口。我深深吸了一口气，快速做了个祷告，然后走进了法庭。德拉蒙德和他的四个助手已经坐在被告律师席上。多特独自一人坐在原告席。其他人已全部就座。在我穿过法庭栅栏的门坐到我的客户身边时，陪审员们一个接一个地进入陪审席。从他们的脸上也看不出什么表情。他们就座之后，法官大人问道：“陪审团是否已作出裁决？”

陪审团团长、年轻的黑人大学毕业生本·查恩斯答道：“我们作出了裁决，法官大人。”

“是否已经按照我的指示，将结果写在了纸上？”

“是的，大人。”

“请起立宣读裁决。”

查恩斯慢慢站了起来，我们可以明显看出，他拿纸的手在微微抖动。而我的双手抖得比他更厉害。我呼吸急促，喘不上气，头晕目眩，几乎要晕过去了。多特却非常冷静。在这场较量中她已经大获全胜。大利公司已经在法庭上公开地承认他们做错了。对她来说，其他事情都已经无关紧要了。

我下定决心，不管陪审团裁决的结果是什么，我都要保持表情冷漠，不流露出任何情感。我按照训练过的方式来处理这种情况。我在便笺簿上随手写画。我朝左侧快速地瞥了一眼，发现五位被告律师也采取了同样的策略。

查恩斯清了清嗓子，大声念道：“本陪审团兹作出有利于原告之裁决，判决被告向原告支付 20 万美元的实际损害赔偿金。”他停顿了一下。所有人的目光都集中到他手中的那张纸上。到目前为止，没有什么让人吃惊的。他又清了清嗓子，说道：“同时，本陪审团作出有利于原告之另一裁决，判决被告向原告支付 5 000 万美元的惩罚性损害赔偿金。”

我身后有人倒抽了一口凉气。被告席上的所有人都呆若木鸡，浑身僵硬无法动弹。全场寂静了几秒钟。炸弹落下来爆炸之后，等到最初的惊吓消退后，人们才会如梦方醒般地迅速寻找身上的致命伤口，发现没被炸伤，才有可能会继续呼吸。

事实上，我真的在便笺簿上写下了这个数字，只不过写得歪歪扭扭，字迹难以辨认。我竭力忍住了仰天大笑的冲动，为此我不得不咬破了下嘴唇。此时此刻，我想做的事情太多太多了。我想纵身一跃到桌子上，像个疯了的足球运动员那样在禁区旋转、跳跃。我想冲到陪审团席去，去亲吻每个陪审员的双脚。我想到被告席去趾高气扬地绕上一圈，冷嘲热讽他们一通。我想跳到审判席去，热烈地拥抱蒂龙·基普勒。

我内心狂野，外表却岿然不动，我只是对多特轻轻说了句："祝贺你。"她什么也没说。我抬头去望法官，法官大人正在检查书记员刚刚呈交的书面判决书。我又望向陪审团，陪审员们大多也在望着我。此时此刻，我当然没办法继续板着脸了，我冲他们微笑、点头致意，心里默默地向他们一一致谢。

我在便笺簿上画了个十字，在它上面写下了唐尼·雷·布莱克的名字。我闭上眼睛，脑海中浮现出我喜欢的他的那个样子，我仿佛看见他坐在折叠椅上观看棒球比赛，一边吃着爆米花，一边微笑，仅仅因为能够坐在那里而感到开心。我哽咽起来，眼眶湿润。他真的死得好冤！

"判决适当，一切正常。"基普勒说。再适当不过了，我要说。他向陪审团致辞，感谢他们尽了自己的公民义务，告诉他们下周将寄给他们一份不成敬意的微薄报酬，请他们不要与任何人谈论本案，最后说他们现在可以自由离开了。在法警指引下，他们最后一次列队离开了法庭。我以后再也不会见到他们了，此时此刻，我真想给他们每人100万。

基普勒也在努力板着个脸。“大概一周后，我们将讨论审后动议。届时我的秘书会通知你们。还有什么要说的吗？”

我只是摇了摇头。我夫复何求？

列奥没有站起来，他轻声说：“没有问题，大人。”他的助手们突然手忙脚乱起来，把文件塞进公文包，把卷宗塞进纸箱。他们巴不得立刻离开这里。这是田纳西州的历史上赔偿金额最高的一次判决，作为本案中败诉的律师，他们将会贻笑万年。如果我不是那么累，也不是那么震惊，我可能会走上前去，主动和他们握手致意。这样做会显得时髦而有风度，可我就是不想。我宁愿像现在这样坐在多特身边，盯着便笺簿上刚刚涂下的唐尼·雷的名字出神。

我还没有真的变得有钱。上诉的各种程序会拖上一年甚至两年。而且，判决的金额如此巨大，肯定会面临刻毒的攻击。所以，我还有很多事情要去做。

不过，此时此刻，我已经厌倦了工作。我只想坐上飞机，飞往海边度假。

基普勒敲了敲法槌，宣告本案的审理正式结束。我看了看多特，我看到了她晶莹的泪水。我问她感觉还好吗。戴克飞奔过来向我们祝贺。他脸色苍白，咧开了嘴巴笑着，露出了四颗闪闪发亮的大门牙。我替多特担心。她一直很坚强，不愿在外人面前哭泣，可现在她却没办法控制自己的情绪。我轻轻拍了拍她的胳膊，递给她一张纸巾。

布克捏了捏我的脖子，说他下周会给我打电话。杰克逊、赫尔利和格伦菲尔德兴高采烈地走到我的桌边，对我赞不绝口。他们着急去赶飞机，我们星期一会再在电话上详聊。那位记者向我凑过来，但我挥挥手，示意他走开。我不想搭理他这样的人，因为我在担心我的客户。她现在已经崩溃了，哭声也越来越大。

我同样没有搭理德拉蒙德和他那几位助手，他们像驴子似的背着大包小包，正在快速撤离。我们之间一句话也没说过。此时此刻，我倒愿意变成特伦特与布伦特律所墙上的一只苍蝇，恶心恶心他们。

法庭书记员、法警和书记员把法庭收拾整理之后就离开了。法庭里除了多特、戴克和我，再也没有其他人。我应该去见见基普勒，谢谢他一直扶持我，让如今的这一切成了现实。可是我现在不能走。现在我得握着多特的手，她的眼泪正像洪流一样喷涌而下。戴克坐在我们身旁，一言不发。我也一句话都没说。我双眼湿润，心在隐隐作痛。她根本不在乎这笔钱，她只希望她的儿子能够好好活着。

有人，可能是某法警，关掉了陪审员室附近那条狭窄走廊里的电灯开关，灯灭了，法庭里的光线骤然暗了下来。但大家都没有动。哭声渐渐地变小了，她时不时用纸巾擦一下脸或擦一下手指。

“对不起。”她声音嘶哑地说。她现在想回家，于是我们起身离开法庭。我轻轻拍了拍她的胳膊，戴克收拾东西，把我们各种乱七八糟的东西塞进了三只公文包。

我们走出了昏暗的法庭，走进了大理石走廊。这是星期五下午，已近17:00，法院里已经没什么人了。没有摄像机，没有记者，也没有哄闹的人群围观，等着抓拍我这位一举成名的律师的身影，录下我的几句话。

事实上，没有人注意我们。

第五十章

此刻，我最不想去的地方就是办公室。我精疲力尽，又受惊过度，不可能去酒吧庆祝，更何况我身边唯一的伙伴就是戴克，他向来滴酒不沾。而我，只要两杯下肚就会倒地不起，所以酒吧对我并没有吸引力。应该找个地方开个庆祝会狂欢一下，可是当你和陪审团纠缠的时候，很难计划这些。

说不定明天吧。我想，到了明天我的心情就可以平复，情绪就会稳定，能够对判决做出正确反应。到那时，我又得继续面对现实。明天我再庆祝吧。

我与戴克在法院大楼前道别。我跟他说，我已经奄奄一息，明天晚些时候再碰头。我们俩都还没有从震惊中恢复过来，我们需要点时间去思考，而且是独自一人的思考。我开车回到伯蒂小姐家，跟往常一样把整栋房子的房间挨个检查了一遍。今天也不过是个普普通通的一天，没什么大不了的。我坐在她家露台上，盯着我的小公寓，第一次开始谋划怎么花这笔钱。还要多久我才能买到或建造自己的第一栋漂亮房子？我要买辆什么样的新车？我想摆脱这些念头，可是无能为力。如果你有1 600万美元的巨款，你会怎么办？我一点头绪都没有。我知道这笔钱还可能出现这样那样的问题：本案判决有可能会被撤销，发回重审；重审判决有可能会让这笔钱消失无踪；上诉法院可能会大幅度削减惩罚性损害赔偿金的数额，甚至把它一笔勾销。我知道这些可怕的情况都有可能会发生，可是现在，这笔钱是属于我的。

在我胡思乱想的时候，太阳已经逐渐西沉。天空晴朗，空气清新，但也很冷。也许到了明天，我就能知道我所做的事有多大的影响力了。现在，我的灵魂已经得到了洗涤，我觉得既轻松又温暖。在将近一年时间里，我几乎都活在对神秘莫测的大利人寿保险公司的强烈恨意之中。我对那些利用公司体制夺去了一个无辜者宝贵生命的人们，充满了刻骨的仇恨。现在，唐尼·雷在九泉之下也可以安息了，一定会有天使把这个好消息带给他。

他们的所作所为已经彻底暴露在阳光下，他们做错了。我对他们不再充满仇恨。

凯莉用叉子把比萨饼切成薄片，小口小口地吃着。她的嘴唇尚未消肿，脸颊和下巴依然疼痛。我们坐在她那张单人床上，背靠着墙，伸开双腿，分享比萨。房间对面的梳妆台上那台索尼18英寸电视机正在播放着约翰·韦恩的西部片。

她依然穿着那件运动衫，没穿袜子和鞋子，光着脚。我能看到她右脚踝上有个小疤痕，那是去年夏天他把她的脚踝打断后留下的。她洗了头，把头发扎成了马尾辫。她搽了指甲油，现在指甲呈现出淡淡的肉粉色。她试图让自己开心起来，与我聊天，可是浑身伤痕，疼痛不已，又怎么可能真的开心呢？所以我们也没聊什么。我这辈子从来没有被如此毒打过，所以很难想象被打之后心有余悸的心情。肉体上的疼痛、创伤容易理解，精神上遭受的恐惧则不然。我不知道他把她打到了什么程度，才会停下来欣赏自己的“杰作”。

我尽量不去想这件事情。我们当然从来也没有讨论过这件事，现在我也不想提它。克利夫收到传票和离婚起诉状之后，就再也没有任何消息了。在这个庇护所里她认识了一位有三个十几岁孩子的中年母亲，这位母亲惊吓过度，精神受创，连句简简单单的话都说不全。她就住在凯莉隔壁。这地方像死一样寂静。凯莉只离开过房间一次，走到后廊，坐在那里呼吸新鲜空气。她也尝试着看书，可是没法读下去。她的左眼现在还很难睁开，右眼看东西有时模模糊糊的。幸好，医生说她的眼睛没有受到永久性损伤。

她哭了几次，我不断跟她保证这是她最后一次被打。以后这种事再也不会发生了，即便我不得不亲手杀了那个混蛋。我是认真的。只要他敢靠近她，我一定把他的狗头砸个稀巴烂。

抓我吧。控告我吧。审判我吧。让陪审团的那 12 个人来裁决吧。我时来运转，无所畏惧。

我还没有跟她说过陪审团判决的事。和她一起坐在这个光线幽暗的小房间里，看着约翰·韦恩策马奔腾，感觉一切都离基普勒的法庭是那么遥远。

这里才是我最想待的地方。

我们吃完比萨，紧紧依偎在一起，像两个孩子一样手拉着手。不过，我得非常小心，因为她浑身上下都有瘀青。

电影结束了，22:00 的晚间新闻开始播放。我突然想知道新闻是否会报道布莱克案的判决。在必须播报的有关强奸和凶杀的新闻后，在插播完了第一批广告之后，播音员非常郑重地宣布："今天孟菲斯法院创造了新的历史纪录。在一件民事案件中陪审团判决俄亥俄州克利夫兰市大利人寿保险公司支付 5 000 万美元惩罚性损害赔款。请听罗德尼·弗拉蒂从现场发来的详细报道。"我忍不住笑了。我们立刻看到罗德尼·弗拉蒂站在谢尔比县法院门口，他在寒风中颤抖，当然，法院里已经人去楼空好几个小时了。"阿尼，大约一小时前，我采访了巡回法院书记员波琳·麦克格里高。她证实今天 16:00 左右，在蒂龙·基普勒法官主持的第八民事审判庭上，陪审团判决被告支付 20 万美元的实际损害赔款以及 5 000 万美元的惩罚性损害赔偿金。基普勒法官拒绝接受本台采访。他说本案涉及大利公司的欺诈行为，他只能说，陪审团判决金额之大在田纳西州历史上创下了纪录。我采访了本市几位出庭辩护律师，他们均称金额如此巨大的判决在他们也是前所未闻。被告律师列奥·F. 德拉蒙德对此不予置评。原告律师鲁迪·贝勒，暂时还未能联系上。待会儿再见，阿尼。"

阿尼迅速将镜头转到55号州际公路上的一起车祸上。

“你赢了？”她问。她并不惊讶，只是不确定。

“我赢了。”

“5 000万美元？”

“嗯。不过，钱还没有到账。”

“鲁迪！”

我耸了耸肩，好像这是很平常的事。“我很幸运。”我说。

“可你才刚刚毕业。”

我能说什么？“没有那么难。我们有非常好的陪审团，事实也很清楚。”

“是吗？好吧，看你说得好像这种事每天都会发生似的。”

“但愿如此。”

她拿过遥控器，把电视静音。她想继续谈这件事。“你的谦虚骗不了我。你是装的。”

“你说得对。我现在是世界上最伟大的律师！”

“这还差不多。”她说着，努力挤出一点笑容。我现在几乎习惯了她那伤痕累累的脸，不再像今天下午在车里那样，一直盯着伤口看。要过一周她才会像原来那样美丽，我简直等不及了。

我发誓，我真想杀了他。

“你能分到多少？”她问。

“说到重点了，是吗？”

“我只是好奇。”她说话的声音带点孩子气。精神上，我们现在已经是一对恋人了，开开玩笑，卿卿我我，都很可爱。

“三分之一，要真的到手，还早着呢。”

她转过身向我贴了过来，可是突然疼得直呻吟。我扶着她趴下。她强忍着泪水，浑身紧绷着。她背上的瘀伤让她没办法仰卧入睡。我揉着她的头发，在她耳边轻柔低语，直到对讲机的声音把我们打断。是贝蒂·诺维尔在楼下呼叫。我该走了。

凯莉紧紧抓住我的手。我吻了吻她瘀肿的脸颊，保证明天再过来。她求我留下来，不要走。

我办理的第一个案件就取得如此辉煌的战绩，这给我带来巨大的好处是不言而喻的。在过去的几个小时里，我所能觉察到这件事的唯一缺点是，从此我只能走下坡路了。从现在开始，我的每个客户都将期待发生同样的奇迹。不过，这些事我以后再操心也不迟。

周六早上晚些时候，我独自一人待在办公室里，等待一位记者和他的摄影师。这时电话铃突然响了。“我是克利夫·赖考。”一个声音嘶哑的人说。我赶紧按下了电话录音的按钮。

“你有什么事情？”

“我老婆在哪？”

“算你走运，她不在停尸房。”

“我要狠狠地揍你，大人物！”

“继续，老伙计。我录着音呢。”

他立即挂了电话。我盯着手上的电话。这已经不再是原来的那部电话，而是从凯马特买回来的便宜货。在庭审期间，我们不想让德拉蒙德窃听我们的谈话内容时，就偶尔用这部电话。

我打电话到布齐家里，把我和赖考先生之间这场简短通话告诉了他。昨天他给克利夫送传票和离婚起诉状时，两个人发生了些冲突，他不会放过克利夫。克利夫对他破口大骂，甚至问候了他的母亲。如果不是克利夫的两名同事在停车场附近过来拦住，恐怕布齐少不了要让他见点血。昨晚布齐跟我说，如果克利夫敢过来威胁我，他一定不会置身事外。布齐跟我保证，他有个叫洛基的好哥们，是个业余拳击手，他们俩联手就是天下无敌。我要他保证只能吓唬吓唬那小子，绝不能伤害他。布齐跟我说，他打算把克利夫叫到一个没人的地方就恐吓电话这件事情吓唬吓唬他，告诉克利夫他们俩是我的保镖，他要是再敢威胁我，他们就要对他不客气了。我觉得这个主意不错。我再也不想生活在恐惧之中了。

这是执行布齐想法的好时机。

11:00,《孟菲斯报》的记者来到了律所。在我们交谈时，摄影师拍完了整整一卷胶卷。他想了解整个案件和庭审的情况，于是我毫无保留地告诉了他。现在已经没什么需要保密的了。我说了德拉蒙德的一些好话，热情赞扬了基普勒，为陪审团献上庄严的颂歌。

记者向我保证，这会是周日的头版头条。

我在办公室里消磨时间，看看邮件，看了看本周收到的几条电话留言。我没办法投入工作，反正我本来也没几个客户，没什么案子。我一半的时间在回忆庭审，另一半的时间在幻想我跟凯莉在一起的未来生活。我还能比这更幸运吗？

我给马克斯·勒伯格打了电话，告诉他庭审的详细情况。一场暴风雪让芝加哥奥哈拉机场关闭了，他没能及时赶到孟菲斯来旁听庭审。我们谈了一小时。

我们周六晚上的约会与周五的没什么区别，除了吃的饭菜不同，看的电影不一样。她喜欢吃中国菜，所以我带了满满一堆的中国菜。我们坐在同一张床上看一部喜剧片，却没怎么笑。

不过，这一点都不无聊。她正从自己的噩梦中慢慢走出来。身上的伤口正逐渐愈合。笑起来也不再那么困难了，动作也不再那么迟缓了。我们两人之间的身体接触也越来越多了，但还不够多，远远不够。

她再也不想穿那件运动衫了。他们每天给她洗一次，但她已经受够了。她渴望重新变得漂亮，她想穿自己的衣服。我们商量着怎么溜进她住的公寓，去把她的衣物拿出来。

我们仍然没有讨论我们的未来。

第五十一章

现在我已经是有钱又有闲的人了，周一早上睡到9∶00才起床，随随便便套上卡其裤、休闲鞋，领带也不打，10∶00到达律所。我的合伙人正忙着收拾布莱克一案的卷宗，把几个月来将办公室前厅塞得满满的几张折叠桌搬走了。我们两个咧着嘴巴，望着这一切傻笑。压力已经烟消云散，我们得偿所愿，轻松快活。戴克跑到街上去买咖啡，我坐在办公桌前，重温那些美好时光。

戴克已经把昨天《孟菲斯报》上的那篇文章剪下做成简报了，以防我也需要一份。我谢了他，说我可能用得上，但其实我的公寓里已经有了一打的复印件。我上了本市新闻的头版头条，这是一篇关于我的辉煌胜利的精彩报道，还配了一张我坐在办公桌前的大幅照片。昨天整整一天，我都没办法把眼睛从自己身上挪开。《孟菲斯报》发行30万份，再多的钱也买不来这样的曝光。

还有几份传真，其中两份是老同学发来的祝贺，还开玩笑说要借点钱。法学院马德琳·斯金纳的传真情真意切，甜蜜美好。马克斯·勒伯格传过来两篇文章，一篇是芝加哥某报纸关于判决的短文，另一篇是克利夫兰一家报纸昨天的报道，这篇报道对布莱克案庭审做了详尽描述，然后阐述了大利公司目前面临越来越多的麻烦。包括俄亥俄州在内，至少有七个州正在对该公司进行调查。全国投保人对它的起诉风起云涌，预计还会有更多。孟菲斯的判决将引发一大批针对该公司的诉讼。

哈，哈，哈！是我们亲手触发了这场灾难，对此我们感到无比开心。我们嘲笑着基利先生不得不再次翻开财务报表，妄图从那上面找到更多现金流的焦急模样，当然，他肯定会在某个犄角旮旯里找到的。

花店老板送来了美丽的鲜花，这是布克·凯恩和马尔文·尚克尔律所的律师们送给我的贺礼。

我本以为今天电话会像疯了一样响个不停，有无数的客户来找我给他们提供法律服务。然而，这一切并没有发生。戴克说 10∶00 前只有两个电话，其中一个还是对方拨错了号码。我一点都不担心。

11∶00，基普勒打电话过来，我赶紧换上了新的电话，以防德拉蒙德仍在窃听。他跟我说了一件有趣的事，这件事可能跟我有关系。上周一开庭审理前，我们都聚集在他办公室时，我曾对德拉蒙德说过，我方愿以 120 万美元赔偿金来达成和解。德拉蒙德对此嗤之以鼻，于是我们走进了法庭。显然，他没把这一提议转达给他的客户，而他的客户现在声称倘若他们当时得知这一信息，是会认真考虑这一和解建议的。大利公司当时是否真的会接受这个和解方案我们不得而知，但如今回想起来，120 万美元当然比 5 020 万美元更容易消化。不管怎么说，现在大利公司声称他们已经和解了，而他们的律师，了不起的列奥·F. 德拉蒙德，不仅没有接受而是干脆拒绝我的提议，这犯了严重错误。

大利公司内部法律顾问昂德霍尔，整个上午都在与德拉蒙德和基普勒开电话会议。大利公司愤怒、被羞辱、被伤害，显然正想找一只替罪羊。一开始德拉蒙德坚决否认有这么一回事，可基普勒戳穿了他。这就是法官给我打电话的缘由。他们可能需要我出具一份证明，根据我的记忆写清楚当时的情况。我说非常乐意，我马上就动笔。

大利公司已经与德拉蒙德以及特伦特与布伦特律所解约，情况可能会变得更糟。昂德霍尔提到他们可能会因为这家律所失职而向其提出索赔，其影响将会是非常深远的。像所有的律所一样，特伦特与布伦特也投保了失职保险，但是保险的保额毕竟有限。保额高达 5 000 万美元的保单，那可是闻所未闻。列奥·F. 德拉蒙德犯下这个价值 5 000 万美元的错误，将会给律所的财务带来严重的压力。

听了他这番话，我忍不住笑了。挂断电话后，我向戴克复述了一遍。特伦特与布伦特律所将会被一家保险公司起诉，真是太滑稽了。

第二个电话是库柏·杰克逊打来的。今天上午，他和他的朋友们向夏洛蒂联邦法院起诉了大利公司。他们代表 20 多位投保人，这些人在大利公司执行拒赔诡计的 1991 年，无一例外吃过该保险公司的亏。如果我方便的话，他想来我的律所看看我保存的档案。任何时候都行，我说，随时欢迎。

我和戴克在莫氏饭店吃了午饭，这是一家位于市区靠近法院的老餐馆，离法院不远，律师和法官经常过来吃饭。有几个人多看了我几眼，有个人和我握了握手，一位法学院的老同学还拍了拍我的肩。我以后应该经常来这里吃饭。

我们的任务安排在周一晚上，也就是今晚执行，因为地面干燥，气温大概在华氏 40 度。此前由于天气恶劣，有三场比赛已经被取消了。什么样的疯子会在大冬天打棒球呢？凯莉没有回答。我们面对的是个什么样的疯子，我们都心知肚明。她确定他们今夜要打比赛，比赛对他们太重要了，他们已经煎熬了两周，没有比赛，没有赛后的啤酒派对，也没有可以吹嘘的英雄事迹。无论如何克利夫都不会错过这场比赛的。

我们在 19:00 出发。为安全起见，我们开车故意绕着棒球场侦察一番。PFX 装卸队确实在场。于是，我踩下油门，迅速离开。我以前从没做过这样的事，非常紧张。事实上，我们都很害怕。我们不怎么说话。离公寓越近，我开车就越快。我在座位下放了一支点三八口径的手枪，我打算把它贴身带着。

凯莉觉得如果他没有换锁，我们进去之后不到十分钟就可以出来了。她想拿走她的大部分衣物和一些其他的东西。我跟她说，最多只能待十分钟，因为我们可能会被邻居们发现，而他们有可能会告诉克利夫。如果出现这种情况，天知道该怎么办。

她是五天前受的伤，大部分疼痛都已经消失了。行动还算自如。她说她已经恢复得差不多了，拿些衣物也不至于太慢。我也会帮她拿。

棒球场开车到公寓小区需要15分钟。小区里有五六幢三层的楼房，中央是一个游泳池和两个网球场。幸亏她原来住的那个公寓就在底楼。我不能把车停在她家门口附近，所以我决定我们先悄悄进去把我们想要的东西收拾好，然后我把车开到门口的草地上，把东西扔到后座，开车就跑。

我停好车，深深吸了一口气。

“你怕了吗？”她问。

“怕。”我把手伸到座位下，拿了枪。

“别紧张，他在球场上。他是不会错过比赛的。”

“但愿如此。咱们开始吧。”

夜色中，我们悄悄潜入了她的寓所，没被任何人看见。她的钥匙还能用，她打开门，我们进去了。厨房和过廊里的两盏灯都亮着，房间里光线充足。房间里的两把椅子上散落着衣服。桌子上、地板上乱七八糟地散落着空啤酒瓶和炸玉米片纸袋。没有老婆在家的克利夫是个十足的懒汉。她停了一会儿，厌恶地四处看了看，然后说：“我很抱歉。”

“快点吧，凯莉。”我说。我把枪放在小房间和厨房之间的一个小餐边柜上面。我们走进卧室，打开了一盏小灯。床已经几天没有收拾了。同样乱七八糟地散落着空啤酒瓶，还有一只比萨外卖的空盒子，一本《花花公子》杂志。她指着一张廉价的小梳妆台上的抽屉说："我的东西在这里面。"我们小声地私语。

我取下枕套，忙不迭地往里面塞内衣、袜子、睡衣。凯莉则从衣橱里往外拿衣服。我抱着一堆裙子和衬衫拿到小房间搁在椅背上，又立即跑回卧室。"你不可能把所有的东西都拿走。"我看着堆得满满的壁橱说。她什么也没说，又递给我另一批东西，我又抱着它们奔向小房间。我们一声不吭、匆匆忙忙地收拾着。

我觉得自己像个小偷。每一个轻微的动作，都会发出巨大的声响。我在小房间和卧室之间不停地来回奔跑，心怦怦直跳。

"够了。"我最后说。她拿一个塞满了衣物的枕头套，我拿着好几套带衣架的套装跟着她进小房间。"我们快出去吧。"我说，紧张得要命。

门口传来轻微的声响。有人在开门！我们僵在那里，目瞪口呆地望着彼此。她刚向门口迈出一步，门就突然被人推开了，打中了她，将她撞向墙。克利夫·赖考冲进房间。"凯莉！我回来了！"看到她从椅子上摔下来时，他大叫起来。我就站在他的正前面，距离他不到十英尺。他动作很快，以至于我只能看到一团模模糊糊的影子、他穿的那件 PFX 装卸队球衫、一双血红的眼睛和他那精心挑选的武器。当他挥舞着那根铝质棒球棒使出全身力气打向我的脑袋时，我完全吓呆了。"你个杂种！"

他大吼一声，用力将棒球棒挥向我的头顶。虽然我吓得动弹不得，但在这千钧一发的时刻，本能地一低头，躲开了这致命一击。我听到棒球棒从耳旁呼啸而过的风声，感受到了它的巨大力道。他的本垒打击中了餐边柜边上一根与之相连的倒霉的小木柱，瞬间把它砸个稀巴烂，震翻了一摞没有洗过的脏盘子。凯莉尖叫起来。他本来想一棒打碎我的脑袋，但是没打中。他的身体仍在旋转着，此时他正背对着我。我立即像疯子似的猛冲过去，把他撞倒在摆满了衣架和衣服的那把椅子上。在我们身后，凯莉再次尖叫起来。“拿枪来！”我喊道。

他动作敏捷，身体健硕，我还没来得及恢复平衡，他就已经站了起来。“我要杀了你！”他喊道，又是一棒挥过来，我再次勉强躲了过去。他这一击什么也没打到。“你这个混蛋！”他一边怒吼，一边挥动球棒。

我立即下定决心，绝不让他打出第三棒。就在他来得及再次挥起球棒，我对准他的脸打出一记右勾拳。这一拳正好打在了他的下巴上，趁着他蒙住的那一刹那，我飞起一脚，踢中他的胯部。这一脚踢得稳准狠。我都能听到并能感觉到他的睾丸噗的一声爆裂开来。他发出一声凄厉的哭喊，手中的棒球棒顿时垂下，我冲上去一把夺了过来。

我用力挥动着球棒朝他猛击，直接打中了他的左耳，发出了令人毛骨悚然的响声。这一棒击碎了他的颅骨，骨头嘎吱嘎吱地折断了。他立即趴倒在地，脑袋无力地耷拉着，过了一会儿，才转过身来看着我。他仰起头，挣扎着想站起来。我带着对他的刻骨仇恨和深深的恐惧，把球棒高高地举过头顶，用尽了全身力气向下猛击，球棒不偏不倚落在了他的天灵盖上。

当我再次挥动球棒时，凯莉抓住了我。“住手，鲁迪！”

我停下来，瞪着她，然后又看看克利夫。他趴在地上，身体颤抖着，痛苦地呻吟着。我们惊恐地看着他。他的身体渐渐停止了抖动，只是偶尔抽搐几下。他张开嘴巴，似乎想要说点什么，却再也说不出话了，只能从喉咙里发出让人恶心的咕咕声。他努力地想扭动他的头，殷红的鲜血不停地从他的脑袋里往外涌出。

“我要杀了这个混蛋，凯莉。”我气喘吁吁地说，余怒难消，仍然心有余悸。

“不要！”

“要！他刚才差点打死我。”

“把球棒给我。”她说。

“什么？”

“把球棒给我，你赶紧走。”

此时此刻，她如此冷静，让我非常惊讶。她完全清楚我们现在应该怎么办。

“怎么了……？”我看看她，又看看他，想问却又没有问出口。

她把棒球棒从我手上夺过来。“我以前就住在这儿。你赶紧走，去躲起来。今晚你没来过这里。我晚点再给你打电话。”

我浑身僵硬，只能静静地站在那里，低头看着地板上那个垂死挣扎、奄奄一息的人。

“快走吧，鲁迪，”她轻轻地把我推向门口，“我晚点再给你打电话。”

“好吧，好吧。”我走进厨房，拿起那支点三八口径的手枪，又回到了小房间。我们互相看看对方，然后又把目光转移到了地板上。我走到公寓外面，轻轻地掩上了门，环顾四周，看看有没有爱管闲事的邻居。但四下空无一人。我迟疑了片刻，静静倾听，公寓里一点声音都没有。

我恶心得要命。我在黑暗中偷偷溜走，就在这一瞬间，一身冷汗突然让我全身湿透。

十分钟后，第一辆警车才到达现场，然后是第二辆。之后才是一辆救护车。在拥挤的停车场上，我蜷缩在我的沃尔沃车里面，窥视着眼前发生的这一切。医护人员冲进公寓。又来了另一辆警车。警灯上不停转动的红光和蓝光照亮了黑夜，引来了大批围观的群众。几分钟过去了，克利夫依然没有出现。一名医护人员从门里走了出来，慢吞吞地从救护车上取东西。他的动作不慌不忙。

此时此刻，不知所措的凯莉独自一人待在公寓里回答警察提出的各种问题，而我却变成了缩头乌龟，缩在方向盘后面，只希望不要有人看见我。我怎么能把她一个人留在那里呢？我应该进去救她吗？我觉得头昏脑涨，我的视线模糊了，警灯上那疯狂闪烁的红光蓝光色让我更加眼花缭乱。

他不可能死了。可能伤得很重，但绝不可能死了。

我想我应该回去。

震惊在逐渐消失，恐惧却开始蔓延。我希望他们用担架把克利夫抬出来，把他送到医院去，给他包扎。我突然强烈地希望他能活下来。虽然他是个疯子，但只要他还活着，我就能应付。来吧，克利夫！大小伙子，振作起来。站起来，从里面走出来。

我当然没有杀人。

围观的人群越来越多。一个警察把所有的人都赶着往后退。

不知道过了多久，一辆验尸官的小面包车来了，这在围观的人群中激起了骚动的流言蜚语。

克利夫坐不了救护车了，他要被送进停尸房。

我推开车门，尽可能安静地在我旁边的车门外呕吐。没有人听到我的声音。然后我擦了擦嘴，悄悄走进人群。“他终于把她杀了。”我听到有人说。警察们纷沓而至，在公寓里进进出出。我站在公寓50英尺以外的地方，隐藏在茫茫人海之中。警察用黄色胶带把整栋楼都围了起来，拉出了一圈隔离线。公寓的窗户每隔几秒钟就透出照相机拍照时闪烁的灯光。

我们在等待。我必须见到她，但此刻又无能为力。这时，另一个流言在人群中蔓延开来，这一次是正确的：他死了。而且他们都认为是她杀的。我非常仔细地听着人们的议论，如果有人看到一个陌生人在大喊大叫之后很快走出公寓的话，那么我必须要做到心中有数。我竖起耳朵在人群中慢慢走动，仔细地听，可惜什么有用的信息也没听到。我后退几步，离开了人群，几秒钟后又在灌木丛后面呕吐不止。

公寓门口一阵骚乱。一名医护人员拉着担架床倒退着出了公寓。尸体装在一只银色的袋子里。他们小心翼翼地沿着人行道把担架拉到小面包车旁边，把它装上车，然后开车驶往验尸房。几分钟后，两名警察押着凯莉出现在门口。她看起来很瘦小，惊慌失措，谢天谢地，她没有戴手铐。她已经设法换过衣服了，现在穿着牛仔裤和一件派克大衣。

他们把她押上了一辆巡逻车，坐在巡逻车后座上，然后警车便疾驰而去。我快步走到我那辆沃尔沃，踩下油门驶向警察局。

我对前台的警官说，我是一位律师，我的客户刚刚被捕，在她接受审问时，我要与她一起在场。我说的话够有分量。他不知给谁打了电话，从里面走出来另一个警官，把我带到了二楼一间小审讯室，凯莉正一个人坐在里面。一位名叫斯莫瑟顿的凶案组警探，正透过单向透视玻璃窗观察她的一举一动。我递给他一张我的名片，可是他拒绝跟我握手。

“你们这种人跑得真是够快啊？”他用百分百轻蔑的语气说。

“她打了 911 报警后，就立刻给我打了电话。你们发现了什么情况？”

我和警官都看着她。她坐在一张长桌的尽头，正用纸巾擦眼泪。

斯莫瑟顿一边盘算着该跟我说多少，一边咕哝道：“发现她丈夫死在家里的地板上。颅骨断裂，看上去像是用棒球棒打的。

她没说太多，只是告诉我们他们正在准备离婚，她偷偷回家拿衣服，被他发现了，于是他们打起来了。他酩酊大醉，不知道怎的她拿到了棒球棒，于是他现在就躺在停尸房里了。她离婚的案子是你办理的？”

“是的。我会给你拿一份离婚起诉状副本的。上周法官签署了禁止他接近她的禁止令。他一直殴打她，好几年了。”

“她身上的瘀伤我们已经看到了。我只想问她几个问题，行吗？”

“当然。”我们一起走进了审讯室。凯莉看到我很惊讶，但还是设法装得若无其事。

我们像律师和客户一样礼节性地拥抱了一下。这时一位名叫哈姆雷特的便衣侦探，带着一只录音机进来了。当然，我对此没有异议。但是他一按下录音机后，我就立即采取主动。“我郑重声明：我是鲁迪·贝勒，凯莉·赖考的律师。今天是1993年2月15日，星期一。现在我们在孟菲斯市中心的中央警察局。我在此的原因是今天19:45左右，我接到了我客户的一个电话。她刚打过911报警，并向警方说她认为她丈夫已经死亡。”

我讲完冲斯莫瑟顿点点头，意思是现在他可以继续了。他恶狠狠地看着我，好像想一把掐死我似的。警察总是讨厌辩护律师，可现在我管不了那么多了。

斯莫瑟顿从凯莉和克利夫的基本情况开始，问了一大堆关于出生日期、婚姻、工作、孩子等问题。她十分耐心地回答，眼神中流露出一种无动于衷的神情。她脸上的肿胀已经消散，但左眼依然青一块紫一块，眉头上还缠着绷带，她已经吓坏了。

她对虐待的描述非常详细，让我们三个男人听了感到难堪。斯莫瑟顿叫哈姆雷特拿来了克利夫因殴打妻子而三次被捕的卷宗。她谈了谈那些没有记录在案的几次毒打，包括他用棒球棒把她脚踝打到断裂的暴行，当他不想让她骨折时，他还用拳头狠狠地打她。

她描述了最后那一次殴打，以及她决定离家出走并提出离婚申请的原因。她说的话非常可信，因为这都是真正发生过的事情。而我担心的是接下来她即将要编的谎言。

“今天晚上你为什么回家？”斯莫瑟顿问。

“去拿我的衣服。我确信他不会在家。”

“过去这几天你住在哪里？”

“住在一家被家暴女性收容所。”

“叫什么名字？”

“我不想说。”

“在孟菲斯市里吗？”

“是的。”

“今天晚上你是怎么回到公寓的？”

听到这个问题，我的心脏差点停止了跳动，但她显然有所准备。“我自己开车。”她说。

“什么车？”

“大众。”

“车现在在哪？”

“在我公寓外面的停车场上。”

“我们能看一看吗？”

“必须在我先看过之后。”我说。突然间，我想起自己此时的身份是律师，而不是同案犯。

斯莫瑟顿摇了摇头。如果眼神能杀人，我已经被他杀了。

“你是怎么进入公寓的？”

“用自己的钥匙开了门。”

“进门之后你做了什么？”

“去了卧室，开始收拾衣服。我把我的东西装了三四个枕套，搬进小房间。”

“在赖考先生回家之前，你在里面待了多久？”

“大概十分钟吧。”

“后来发生了什么事情？”

这时，我忽然插嘴道：“在我和她谈一谈并了解情况之前，她不能回答这个问题。审讯到此为止吧。”我伸手关了录音机。斯莫瑟顿一边翻阅笔记，一边强行压下随时都会爆发的怒火。这时，哈姆雷特已经拿回了打印好的资料，他们两人开始一起研究。我和凯莉表面上互不理睬，可桌子底下，我们的脚却在互相触碰。

斯莫瑟顿在纸上写了一些字，然后递给了我。“本案是一起杀人案件，但我们会将本案移交给检察官办公室家庭暴力科。那里的负责人是摩根 · 威尔逊女士。她会处理我们移交过去的案件。”

"但你们要拘留她吗？"

"我别无选择。我不能放她走。"

"以什么罪名？"

"过失杀人。"

"你可以把她移交给我监护。"

"不行，"他愤怒地说，"你算什么律师？"

"那就让她担保释放。"

"不行，"他说，冲哈姆雷特沮丧地微微一笑，"我们这里有一具死尸。要交多少保释金得法官说了算，我不过是个无足轻重的警官而已。"

"我要坐牢了？"凯莉问。

"我们别无选择，夫人，"斯莫瑟顿说，突然一下子变得和气了，"如果你这位律师称职的话，明天他就能把你弄出去。当然，你得交得起保释金。我不能想放你就放你走。"

我伸手去握住她的手。"没事，凯莉。我明天会尽快把你保出来。"她立即点点头，咬紧牙关，努力变得坚强起来。

"能不能让她住单人囚室？"我问斯莫瑟顿。

"嘿，你这个混蛋，监狱是我开的吗？你要是这么神通广大，可以去找狱监谈一谈。他们倒挺喜欢听听你们这种律师的意见的。"

别惹我，伙计。今晚我已经砸碎一个脑袋了。我们恶狠狠地瞪着对方。"谢谢。"我说。

"不客气。"他和哈姆雷特一脚踢开椅子，朝门口大步走去。

"你们还有五分钟的时间，"他回过头来说，然后砰的一声关上门。

"别动，"我小声说，"他们正透过窗户监视我们呢。而且这里可能装了窃听器，所以你说话要小心。"

她什么也没说。

我继续扮演着律师的角色。"对发生的事情我感到很遗憾。"我生硬地说。

"过失杀人是什么意思？"

"意思比较复杂，但主要指：杀了人，但不是故意谋杀。"

"我可能要在牢里关多久？"

"那要先定你的罪，这是绝不会发生的。"

"你保证？"

"我保证。你吓坏了吧？"

她小心地擦着眼睛，想了很久。"他家里有很多人，而且个个都跟他一样酗酒、凶残。我怕他们怕得要命。"

我不知道该说什么，我也怕得要命。

"他们不会逼我去参加葬礼吧？"

"不会。"

"好的。"

几分钟后警察回来带她走，这次他们给她上了手铐。我看着他们领着她穿过大厅，在电梯前停了下来。凯莉使劲绕过一个警察，回头过来看了我一眼。我冲她缓慢地挥挥手，看着她进了电梯。

第五十二章

当你实施谋杀罪时，你会犯下25个错误。如果你能想出来10个，那你就是个天才。至少我看过的某部电影里是这么说的。克利夫之死，其实并非谋杀，更多出于一种自卫行为。但是，我们当时所犯下的错误，现在却显得越来越多。

我在办公室里绕着桌子踱来踱去，桌子上整整齐齐地摆着一摞摞标准的黄色便笺簿。我已经把我所记得的案件发生时公寓场景全部肢解，并画了出来，公寓房间、尸体、衣服、手枪、棒球棍、空啤酒罐等等。我还画出了我的车、她的车以及他的卡车分别在停车场上停放的位置。我回忆起那天晚上的每一个步骤和每一件琐事，写了好几页纸。我猜我在公寓里最多只待了15分钟，可是当这一切写在纸上时却好像变成了一本薄薄的小说。在公寓外面能听到房间里的多少声尖叫和狂吼？我猜不会超过四声。有多少个邻居在尖叫后看见一个陌生人立即走出公寓？只有老天知道。

我想，这就是我犯下的最大错误。我不应该那么快就离开公寓。我应该在里面等上十分钟左右，观察一下邻居们是否听见了什么，有什么反应，然后再悄悄离开，隐没在黑暗之中。

也许当时我应该报警，向警方说明事实真相。凯莉和我都有权利进入那套公寓。显然，当我们都以为他肯定在球场上参加比赛的时候，他是潜伏在公寓附近的某个地方的。我有权对他进行自卫反击，解除他的武装，用他自己的武器打他。鉴于他那凶残的个性和他以往的犯罪记录，陪审员们是绝不会判决我有罪的。更何况当时在场的唯一证人，也会百分之百地支持我。

所以，我为什么要离开？首先，因为当时她催我快点走，这在当时看来是最佳解决方案。在短短的15秒钟之内，你从一个被凶残攻击的受害者忽然变成了杀人犯时，怎么可能做出理性的思考呢？

第二个错误是她在她的车上撒了谎。我离开警察局后，曾开车穿过停车场。我看到了她那辆大众牌小车和他那辆四轮驱动皮卡。假如有人告诉警方她的车已经好几天没动过了，那她的谎言就露馅了。

而且如果克利夫和他的某个朋友，趁凯莉待在收容所的时候，把她的车给故意弄坏了，这时候这位朋友忽然跑出来报告警方，会怎么样呢？后果简直不堪设想。

在过去的四个小时里，我犯下的最大错误就是，撒谎说凯莉在给911打报警电话之后给我打过电话。这个谎言让我之所以如此之快出现在警局有了一个借口，但这是一个非常愚蠢的谎言，因为我们之间根本没有通话记录。只要警方检查一下通话记录，我就麻烦大了。

随着时间的流逝，黑夜逐渐过去，我又发现了更多错误。幸好大多数错误都是因为战战兢兢、手足无措，在便笺簿上涂涂写写、仔细分析之后，大多可以自圆其说地搪塞过去。

到了清晨5:00，我才把戴克叫醒。一小时后，他已经带着热腾腾的咖啡来到了办公室。我把这个故事按照我想要的方式描述了一遍，他听后的最初反应让我很高兴。“不管是什么样的陪审团，都不会判她有罪的。”他毫不怀疑地说。

“判决是一回事，”我说，“把她从监狱里弄出来又是另一回事。”

我们制订了一个计划。我需要拘捕报告、法庭档案、医疗记录和他们第一次离婚起诉状副本等文件。戴克立即答应，迫不及待地要去把它们收齐。7:00时，他又出去买了咖啡，带回了一份报纸。

案件消息刊登在本市新闻第三版，只有寥寥三段文字，没有配发死者照片。案件事发突然，且在半夜，记者还来不及大写特写。文章标题是“丈夫死亡，妻子入狱”，这样的案件在孟菲斯平均每个月都有三起，倘若不是我有心寻找，绝不会看到它。

我给布齐打了电话，把他从沉睡中叫醒。他是个夜猫子，离过三次婚后，现在依然单身，酒吧不关门绝不归家。我告诉他说他的朋友克利夫·赖考突然死了，他一听就来劲了。8:00刚过，他就来到了我的律所，我解释说我希望他能够去那套公寓附近侦察一下，看看是否有人看到或者听到什么。顺便也看一下警方是否在那里侦察。布齐打断了我。他是调查员，他知道该怎么做。

我给布克的办公室打了电话，跟他解释说我一位正在办理离婚申请的客户昨晚把她的丈夫杀死了，但她本人确实是一位善良的女孩，我希望可以把她从监狱保释出来。我需要他的帮助。马尔文·尚克尔的弟弟是刑事法庭的法官，我想请他允许她进行担保释放，或交纳一笔微不足道的保证金后交保释放。

“你刚打赢了一场 5 000 万美元的官司。怎么又接了这种没什么钱的离婚案子？”布克开玩笑地问。

我勉强笑了笑。如果他知道真相就好了。

马尔文·尚克尔现在不在孟菲斯市里。但布克保证会马上打电话。8:30，我开车去了市中心。整个晚上，我都在努力不去想关在牢中的凯莉。

我进入谢尔比县司法大楼后，径直去了隆尼·尚克尔法官的办公室。可是我却得知，他跟他哥哥尚克尔法官一样，也不在城里，要到下午晚些时候才能回来。我打了几个电话想找到关于凯莉的案卷。可是，她只是昨晚被捕的几十个人中的一个，我敢肯定她的案卷还在警察局。

9:30，我在法院大厅见到了戴克。他已经拿到了拘捕记录，我让他去警察局想办法查找到她的案卷。

谢尔比县地方检察官办公室在司法大楼的三层，共有五个部门、70 多位检察官。家庭暴力科仅有两名检察官，摩根·威尔逊和另一位女士。幸好摩根·威尔逊在办公室，只要能走进去找到她就好了。我和接待员调情了半小时，让我惊喜的是，这一招居然起作用了。

摩根·威尔逊是个迷人的、40岁左右的女人。她握手坚定有力，脸上的微笑仿佛在说“我忙得要死，有事快讲”。她办公室里的文件多得不能再多了，可是依然整洁有条理。光看着这些要处理的文件，我就已经觉得累了。我们各自坐下来之后，她像是突然想到了什么。

“你就是打赢5 000万美元官司的那位律师吧？”她说，脸上的笑容已经大不相同。

“是我。”我耸了耸肩。那不过是以前干过的工作，也没什么。

“祝贺你。”显然她对那个案子印象深刻。啊，名气的好处。我怀疑她此刻正像所有其他律师一样，在心里算计着5 000万的三分之一是多少钱。

她一年最多挣4万美元，所以她很愿意谈一谈我的好运气。我简要回顾了一下庭审的情况，以及当我听到判决时的感受。然后立即转换话题，告诉她我来此的目的。

她听得非常认真，做了很多笔记。我把这一次和上一次的离婚起诉状副本以及克利夫殴打妻子的三次逮捕记录统统递交给她，并保证天黑之前一定把凯莉的医疗记录拿给她。同时，我还描述了凯莉在几次最严重的毒打中所受的伤害。

我周围的卷宗全都与殴打妻子、孩子或女友的男人有关，摩根会站在哪一边显而易见。“这孩子真可怜。”她说。她当然不是在说克利夫。

“她有多高，多重？”她问。

“5.5 英尺左右。净重 110 磅。”

“她怎么打得死他呢？”她语气更像是敬畏而非指责。

“她非常害怕，他又醉醺醺的。不知不觉，她就拿到了棒球棒。”

“干得好。”她说。我的大腿立刻起了鸡皮疙瘩。这可是检察官！

“我希望能把她从牢里保释出来。”我说。

“我需要在材料齐全后研究一下。我会打电话给办理保释的相关人员，通知他我们不反对让她交纳低额保释金。她住在哪里？”

“住在收容所里。一个名字不公开的收容所。”

“我知道这些收容所。它们确实很有用。”

“她住在里面很安全，但这个可怜孩子现在还关在监牢里。而且上次被殴打时留下的瘀伤依然是青一块紫一块的。”

摩根冲周围的文件挥了挥手。“这些就是我的生活。”

我们约定第二天 9:00 再次见面。

我、戴克和布齐在办公室碰头，吃三明治，并计划着下一步该怎么行动。布齐敲过赖考家公寓附近的每一户人家，发现只有一个人可能听到过什么撞击声。她就住在他们楼上，我怀疑她是否看见我走出了那套公寓。我疑心她听到的那个声音可能是克利夫第一次挥棒朝我打过来，结果失手击中餐边柜而发出的声音。警察还没找她谈过话。布齐在公寓小区里转悠了三个小时，也没有发现警方活动的迹象。那套公寓现在锁上了，被贴了封条，吸引了一大群人前来围观。有一次来了两个高大的年轻人，他们似乎认识克利夫，他们跟一群刚下班的小伙子是一伙的，他们站在警察布置的隔离线之外，盯着那套公寓的门口，骂骂咧咧地扬言要报复。布齐跟我说，那帮人看起来非常凶残。

布齐找到了一个保释担保人。这个人是他的朋友，他会帮我们一个忙，只收取保证金5%的费用，而不是通常的10%。这多少帮我省下一点钱。

上午大部分时间戴克都待在警察局，想方设法拿到逮捕记录，追踪有关凯莉的卷宗。他和斯莫瑟顿相处融洽，因为他发誓对律师厌恶至极，他现在只是个调查员，离律师助理还远着呢。有意思的是，斯莫瑟顿说，上午他们收到了针对凯莉的威胁。

我决定去监狱看看凯莉。戴克会去找一位法官确定保释金的数额。布齐会去找那位保证人随时做好准备。我们刚要离开办公室时，电话铃响了。戴克一把抓起话筒交给我。

电话是杰基·莱曼西支克的律师彼得·科沙从克利夫兰打来的。我上一次和他谈话是在杰基作证后，我对他感激不尽。当时他跟我说，用不了几天，他自己也要起诉大利公司了。

科沙祝贺我赢了官司，说他是在克利夫兰星期日报纸上看到了这条轰动一时的大新闻。现在我已经声名远扬了。然后，他告诉我大利公司发生了一些奇怪的事情。今天早上联邦调查局和俄亥俄州总检察长以及州保险署联手，突袭搜查了公司办公室，并开始搬走各种文件记录。除了会计部的计算机分析员，所有员工都被打发回家，并被告知两天之内不得回公司。根据最近一篇报道，大利公司的母公司平康开始拖欠支付某些到期债券，同时在大量裁减员工。

我没什么可说的。18个小时前，我刚刚打死了一个男人，现在很难有心情去思考与此无关的事情。我们聊了几句。我感谢了他。他答应有新消息随时通知我。

花了一个半小时，他们才在迷宫一样的监狱找到了凯莉，把她带进探视室。我们隔着一道玻璃墙，通过电话交谈。她说我看起来很疲倦，我说她看起来状态很好。她住在单人囚室，很安全，但周围太吵，她睡不着觉。她真的是一刻也不想待在里面了。我跟她说，我正在努力办理各种手续，我告诉她我见了摩根·威尔逊，也交代了保释的操作流程，但对那些要杀死她的威胁，我只字未提。

我们有很多话想跟彼此说，但不是在这里。

在我们道别后，我正准备离开访客室时，一位穿着制服的狱警叫住了我，问我是不是凯莉的律师，然后递给我一份打印材料。“这是我们的电话记录。在过去的两个小时里，我们已经接到四起跟那个姑娘有关的电话。”

我看不清楚那该死的打印件。“是什么样的电话？”

“死亡威胁。一些疯子打过来的。”

15:30，隆尼·尚克尔法官回到了办公室，我和戴克正在等着他。他日理万机，但布克已经给他的秘书打过电话，所以事情办理得很顺利。我递给法官一堆文件，用五分钟简单介绍了案情，最后请他多多关照，批准缴纳一笔不多的保释金，因为这笔钱将由我，凯莉的律师来支付。尚克尔把保释金设为10 000 美元。我们谢过他就离开了。

半个小时后，我们全都来到了监狱。我知道布齐腰上随时都别着一支手枪，我猜那位保证人雷克身上也有枪。我们这是防患于未然。

我给雷克开了一张 500 美元的支票，然后签署了所有的文件。如果对她的指控未被撤销，如果她在任何庭审期间不出庭受审，那么雷克要么支付剩余的 9 500 美元保释金，要么把她抓回监狱。我已经说服了他，指控一定会被撤销。

出狱的手续似乎没完没了。不知道过了多久，我们终于看见她朝我们走过来，手上的手铐已经去除了，她脸上挂着微笑。我们迅速护送她上了我的汽车。为了安全起见，我让布齐和戴克跟在我的车后开了几个街区。

我将那些死亡威胁告诉了凯莉。我们怀疑威胁的人可能就是他那些疯狂的亲友以及一起工作的乡巴佬。我们匆匆驶离市区朝收容所开去，两人都很少说话。我不想讨论昨晚发生的事情，她也还没做好准备。

周二 17:00，大利公司的律师团在克利夫兰联邦法院起诉，要求根据破产法案对公司进行保护。彼得 · 科沙打电话给我的律所时，我正在送凯莉去庇护所。几分钟后，我回到了办公室，戴克一脸苍白，看起来像个死人。

我们一声不吭地坐在我的办公室里，把脚搁在写字台上。一片寂静。没有人说话。没有电话铃响。甚至房子外面的道路上也没有车辆来往的声音。我们一直没有讨论这笔律师费戴克能分到多少，所以他也不知道他损失了多少。但我们心里都十分清楚，我们已经从账面上的千万富翁瞬间变回了破产的穷光蛋。我们的梦想昨天看起来还让人目眩神迷，今天看来却显得如此愚蠢。

不过，仍有一丝希望。一周前，大利公司资产负债表上依然显示公司财力雄厚，足以让陪审团相信它能够偿付 5 000 万美元的罚款。M. 威尔福・基利也估计公司有一个亿的现金。当然，这绝非空穴来风。但我又想起了马克斯・勒伯格的警告。千万不要相信保险公司自己的数据，他们自己有一套独特的会计规则。

但在未来的某一天，肯定会有哪怕一百万的余钱给我们吧。

我并不相信真的会这样。戴克也是。

科沙给我留过他家里的电话号码，我终于鼓足勇气给他打了电话。他对这个坏消息表示遗憾，并说克利夫兰的法律界和金融界现在议论纷纷。现在想要弄清楚全部真相还为时过早，但看起来平康公司不久前在外汇交易中损失惨重。然后，它从包括大利公司在内的子公司中抽取了大量现金。情况越来越糟，所有现金全被平康抽走，汇往欧洲。由美国不法分子在新加坡运营的一家公司持股控制了平康的大量股份。听起来好像全世界都在联手与我作对。

这一消息迅速引发了一场大混乱，可能要过好几个月，这件事情才能处理好。但今天下午当地检察官在电视上已经承诺起诉大利公司。这对我们将大有好处！

科沙说，明天上午会再打电话给我。

我把这一切都转告了戴克，我们都明白事情毫无希望了。钱已被手段狡猾的骗子们卷走，根本不可能抓到他们。那些受骗而且已经提起诉讼的成千上万投保人，现在又一次被他们骗了。我和戴克上当了。多特和巴迪同样上当了。唐尼·雷倒了一辈子的霉，最后也没有逃脱坏运气。德拉蒙德也因此受到牵连，他那笔巨额律师费现在也只能泡汤了。我跟戴克也说到了这一点，可是此时此刻，我们谁都笑不出来。

大利公司的员工和保险经纪人也会上当了。像杰基·莱曼西支克这样的人同样会受到沉重的打击。

虽然倒霉的不止我一个，可是不知为什么，我觉得自己的损失比其他大多数人的都惨重。别人也在遭殃这一事实一点都没有让我感觉到安慰。

我又想起了唐尼·雷。我看见他坐在树下硬撑着取证、录证言。他为大利公司的偷窃行为付出了最大的代价。

过去六个月里，我把大部分时间全花都在这件案子上，现在我的努力全部付之东流。我的律所开业以来，平均每个月纯收入仅有 1 000 美元，但我们并未气馁，因为我们期待有朝一日布莱克案会给我们带来巨大的财富。可是现在，我们手头案子收取的手续费还不够维持两个月的开销，而且我又不想出去捕猎客户。戴克手上倒是有一起车祸案，但在客户出院之前都不会付款，至少还要等六个月。而且这起案子的收入最多只有20 000美元。

电话响了。戴克接起电话，听了一下，立刻挂断了。“有人说他要杀了你。”他实话实说。

“这算不上今天最糟的电话。”

“我现在巴不得被人一枪打死。”他说。

见到凯莉，我的精神才振奋起来。我们在她的房间里又吃了一顿中国菜。房间锁上了，我把手枪放在一把椅子上，用一件外套遮盖住。

此时此刻，因为百感交集，反而没什么话可说了。我把大利公司的事情跟她说了，她听了很失望，因为这件事让我变得灰心丧气。那笔钱对她来说毫无意义。

我们时而想笑，时而又想大哭。她为明天和之后的日子担忧，不知道警方会有什么新发现，采取什么行动。她也害怕赖考的亲友。他们家的人从五岁就开始捕猎，带刀持枪是那些人的生活方式。她害怕回到监狱，尽管我一再保证绝不会再发生这种事。如果警方和检察官穷追猛打，我一定会站出来自首。

我提到昨晚发生的事情，她再也控制不住，大哭起来。我们久久都没有再说话。

我打开门，悄悄地穿过黑暗的大厅，穿过杂乱无章的房子，然后才摸索着找到了贝蒂·诺维尔的房间，她正独自一人在看电视。她对昨晚发生的事所知不多。我跟她解释说，凯莉现在非常脆弱，不能一个人待着，我必须留下来陪她。如果有必要的话，我可以睡在地板上。这家庇护所严禁男性留宿，但我们的情况比较特殊，她破例同意了。

我们一起躺在那张狭窄的小床上，睡在床单和毛毯上，紧紧拥抱在一起。我昨夜通宵未眠，今天下午也只睡了一会儿，我觉得在过去这整整一周，我好像睡了不到十个小时。我也不敢挤她，怕弄痛了她的伤口。我终于迷迷糊糊地睡着了。

第五十三章

大利公司的倒闭在克利夫兰可能是条重大新闻，在孟菲斯却关心者寥寥。星期三的报纸上对该新闻只字未提。反而是有一篇关于克利夫·赖考的简要报道。验尸结果表明，他死于头部受到钝器多次打击。其遗孀被捕并被保释出狱。他的家人要求伸张正义。明天，他的葬礼将在他和凯莉逃离的那个小镇举行。

在我和戴克翻看报纸时，收到了彼得·科沙律所的一份传真。传真内容是克利夫兰一家报纸发表的头版长篇报道，详细报道了平康公司丑闻的最新进展。至少有两个大陪审团正在采取行动。针对平康及其子公司，特别是大利公司提起的诉讼不计其数，而大利公司的破产本身就可以写成一篇有分量的文章。律师们正在到处乱窜，抢生意。

昨天下午，M. 威尔福·基利已经在纽约肯尼迪机场被警方拘留，当时他正准备登机飞往伦敦希思罗机场。他的妻子与他同行，两人声称是临时起意去度假，却没有办法说出他们已预订的酒店的名称。

在过去的两个月里，那些公司已被洗劫一空。现金最初用于弥补不良投资的亏空，然后又被截留，汇往世界各地的避风港。然而，不管怎么样，这些现金都已消失不见了。

今天第一个电话是列奥·德拉蒙德打过来的。他告诉我大利公司的事情，好像我对此一无所知一样。我们聊了一会儿，很难说谁比谁更郁闷，更沮丧。我们俩谁也不能从刚刚结束的那场法庭恶战中捞到半分钱。他只字未提他和他的前客户之间因为我提出的和解协议而发生的争执，当然，现在这一争执已经毫无意义。他的前客户现在已经无力对他的渎职行为提起诉讼。他们有效地逃过了布莱克案的判决，因此不能说德拉蒙德的渎职使他们遭受了什么损失。特伦特与布伦特律所反而因祸得福，躲过了这一劫。

第二个电话是罗杰·莱斯——伯蒂小姐的新律师——打来的，他就判决一事向我表示祝贺。他要是消息再灵通一点就好了。他说自从在周日报纸上看到我的照片后，就一直想着我。伯蒂小姐现在又想修改遗嘱了，佛罗里达州的那些人对她已经非常厌烦。德尔伯特和朗道夫最终成功地让她在一份自制的文件上签了字，然后拿着这份文件跑到亚特兰大找了律师，要求公开他们亲爱的母亲大人的全部资产。可律师们迟迟不予理睬，兄弟俩围攻了他们两天，后来其中一位律师不得不给罗杰·莱斯打电话，于是，真相终于大白。德尔伯特和朗道夫直截了当地问这位律师，他们母亲的资产是否有 2 000 万美元。律师听了之后忍不住哈哈大笑，让兄弟俩十分沮丧。他们最终认为是伯蒂小姐要了他们，所以他们开车回了佛罗里达。

周一深夜，伯蒂小姐给罗杰·莱斯家里打了电话，跟他说她准备回孟菲斯。她说她一直在给我打电话，但我似乎太忙了。莱斯先生把案子的审理结果告诉了她，5 000 万美元的判决让她激动万分。“多好啊，”她说，“对一个园丁来说，这真不赖。”现在我成了富翁，她非常兴奋。

不管怎样，莱斯想警告我，现在她随时可能回到孟菲斯。我感谢了他。

摩根·威尔逊已经彻底审查了赖考的案卷，她不打算提出公诉。但是，她的上司艾尔·万斯犹豫不决。我跟着她走进他的办公室。

万斯多年前被选为地区检察官，然后又轻易地连任。他 50 岁左右，曾经一度渴望在仕途上平步青云。虽然机会一直没有出现，但坐在现在这个位置上，他也算心满意足。他有一个在别的检察官身上非常罕见的品质，他不喜欢镁光灯和照相机。

他就陪审团的判决向我表示祝贺。因为某些不便向他人吐露的原因，我对他的祝贺没有回应。我猜过不了 24 个小时，孟菲斯就会传遍有关大利公司的消息。到那时，人们对我的敬畏就会瞬间烟消云散。

“这些人都是疯子，”他一边说，一边翻阅着桌上的文档，“他们像发了疯一样一直给我这里打电话。今天上午已经打过两次了。我的秘书已经跟赖考的父亲和一个兄弟谈过了。”

“他们想怎么样？”我问。

“要求你的客户杀人偿命。而且不需要审判，今天，现在，立刻马上把她绑到电椅上！她出狱了吗？”

“出了。”

“躲起来了吗？”

“躲了。”

“很好。他们太蠢了，竟然敢威胁她。他们不知道这样做是违法的。这些人真是病得厉害。”

我们三人一致同意，赖考这一家子全是无知无畏的恐怖分子。

“摩根不打算提出公诉。”万斯继续说道。摩根点了点头。

“很简单，万斯先生，”我说，“你可以把本案提交给大陪审团，如果幸运的话，可以获准对她提出公诉。但是，如果开庭审理，你一定会败诉。我会在陪审团面前挥舞那根该死的棒球棒，我会请很多研究家庭暴力的专家出庭作证。我会让她成为反抗家庭暴力的一个象征，要是判她有罪，你们就会下不来台。12 名陪审员中的任何一票，你们也别想得到。”

我继续说：“他的家人想做什么，我一点都不关心。但是如果因为他们的恐吓，你们就对本案提起公诉的话，那么你们一定会后悔的。等到陪审团判决无罪，我们从从容容地走出法庭时，他们只会更加憎恨你们。”

“他说得对，艾尔，”摩根说，“判她有罪是不可能的。”

我们来之前，万斯就已经打算认输了，但他需要亲耳听听我们俩的意见。他同意撤销所有指控。摩根保证中午之前把他的决定以信函的方式传真给我。

我谢过他们，然后迅速离开。情绪像坐过山车一样。我独自一人在电梯里，看到编号按钮上方抛光黄铜里自己的倒影，忍不住咧嘴一笑。指控统统撤销！永远撤销！

我几乎是跑着走向停车场里的车子。

子弹是从大街上射过来的。射穿了前厅的窗户，整齐地留下了一个不到半英寸宽的洞，然后又射穿了一层夹板，最后深深地嵌进了墙壁里。听到枪声时，戴克正巧就在前厅。子弹从离他不超过十英尺的地方掠过，但这也够近的了。他没有立即跑到窗口边查看。而是钻到了桌子底下，在下面待了几分钟。

然后，他锁上了门，坐在房间里等别人来看他。然而谁也没有来。枪击大概发生在10:30，那个时候我正在和艾尔·万斯谈话。显然，没人看到那个枪手。当时是否有人听到枪声，我们永远也不会得知。在孟菲斯的这一地带，杂乱的枪声时常能听到。

戴克第一个电话打给了布齐，那时候布齐还没有起床。20分钟后，他全副武装地赶到律所，努力让戴克平静下来。

我回到办公室时，他们正在检查窗户上的那个弹洞。戴克将枪击的事情告诉了我。我知道戴克熟睡时，身体总是不由自主地颤抖和抽搐，而现在，他真的是浑身打战。虽然他嘴里说自己一切都好，但他的声音听起来磕磕绊绊。布齐说他去窗子下面等着，他们要是敢回来，就生生把他们逮住。他的车里有两支猎枪和一支AK-47半自动步枪。如果赖考家的人想再驾车来这里射击的话，那就求上帝保佑他们吧。

我打电话没找到布克。他陪马尔文·尚克尔外出取证去了。我只好给他留言，保证之后再打给他。

我和戴克决定找一个隐蔽一点的地方吃午饭，以便远离那些仰慕我的人，同时也能远离流弹的射程。我们在熟食店买了三明治，坐在伯蒂小姐的厨房里用餐。布齐把车停在我的沃尔沃后面，坐在车里守卫着。如果他的 AK-47 步枪今天再派不上用场的话，他可是真要气坏了。

我昨天做完了每周一次的清扫任务，所以房子里的空气很新鲜，暂时闻不到霉味。它随时准备欢迎伯蒂小姐回来。

我们俩的协议谈得既轻松又简单。戴克接着办理他想办理的案件，而我则分得 2 000 美元，由他在 90 天之内付清。如果有必要，他可以与别的律师合作。我留下的案子如果他不想办理，也可以转让给其他人。拉芬家具店的那一批案子将会退还给布克。虽然他不是很情愿，但也会照此处理。

筛选案卷很容易。我们开业整整六个月受理的案件和客户如此之少，真叫人伤心。

律所现有银行存款 3 400 美元，同时还有几张没支付的账单。

我们边吃饭，边商谈细节。在业务上分开很容易，解开情感的纠葛却比较难。戴克前途堪忧。他不可能通过律师资格考试，却又无处可去。他会花几周来清理我留下的案卷，可是如果没有布鲁索或鲁迪做他的后盾，他是无法开业的。这一点我和他都心知肚明，但谁都没有说出来。

他跟我承认他破产了。“赌博？”我问。

“是的。是赌场。我就是没办法离开赌场。”他现在很放松，几乎镇定自若。他咬了一大口腌黄瓜，大声地嚼起来。

去年夏天我们律所开业时，我们俩刚刚平分了范·兰德尔车祸案的律师费，每人各得 5 500 美元，从中拿出了 2 000 美元投入了律所的开办。虽然有几次我不得不动用存款，但现在在银行里尚有 2 800 美元存款，这是我省吃俭用攒下来的一点钱。戴克也没有花钱，他只是在 21 点牌桌上把它们都输掉了。

“昨晚我跟布鲁索打过电话了。”他说。我一点也不惊讶。

“他在哪里？”

“巴哈马群岛。”

“普林斯跟他在一起吗？”

“是的。”

这是个好消息，我听了之后很欣慰。我敢肯定戴克早就知道了。

“这么说他们终于逃脱了。”我说。我看着窗外，想象着他们戴着草帽和太阳镜的样子。他们在孟菲斯时，过的是见不得光的生活。

“是的。不知道是怎么逃脱的。有些事不好问。”戴克一脸茫然，他在沉思。“他们的钱还在这里，真的。”

“多少钱？”

“400 万。现金。全都是他们从脱衣舞俱乐部榨出来的。”

“400 万？”

“是的。全都藏在某个地方。锁在某个仓库的地下室里。就在孟菲斯。”

“他们会给你多少钱？”

“10%。只要我把钱送到迈阿密就行，布鲁索说接下来的事他会做。”

“别这么做，戴克。”

“挺安全的。”

“你会被抓到监狱里去的。”

“我不信。联邦调查局早就不再监视我们了。他们根本不知道有这笔钱。每个人都认为布鲁索带走的钱足够他花两辈子的了，他不再需要什么钱了。”

“他需要吗？”

“我不知道。但他真的想把这笔钱弄走。”

“别干这事，戴克。”

“这是小菜一碟。这笔钱可以装进一辆小型 U-Haul 卡车。布鲁索说装车最多用两个小时，然后把车开到迈阿密，等待他的指示。只要两天时间，我就可以发财了。”

他的声音听起来有点心不在焉。我一点都不怀疑他一定会去做的。他和布鲁索一直在谋划这件事。我说得够多了，而他就是不听。

我们离开了伯蒂小姐家，来到了我的公寓。戴克帮我把几件衣服拿到我的车上。我的后备箱和后座都塞了一半。我不再回律所，所以我们就在车库前道别。

“你走我不怪你。”戴克说。

“小心点，戴克。”

我们尴尬地拥抱了一两秒钟，我几乎有点哽咽了。

“你创造了历史，鲁迪，你知道吗？”

“是我们俩一起做的。”

“是啊，可我们现在有什么呢？”

“我们还可以吹嘘一辈子。”

我们握了握手，戴克的眼睛湿润了。我看着他步履沉重地走到车道尽头，与布齐一起钻进汽车。他们开车离开了。

我给伯蒂小姐留了一封信，保证以后给她打电话。我相信她很快就会回家，所以把信放在厨房的桌子上。我又检查了一遍房子，最后向我住的公寓告别。

我开车去了一家银行，取出存款，注销了账号。一沓 28 张 100 美元的钞票，拿在手里美滋滋的。我把它们藏在汽车地毯的下面。

当我敲开布莱克家的门时，天已经快黑了。多特打开门，看见是我，高兴得差点儿笑出声。

房子里昏暗而静谧，依然沉浸在悼念死者的悲伤气氛中。我不知道这种悲伤的气息以后会不会消失。巴迪感冒了，他在卧床休息。

我喝着速溶咖啡，轻声向她宣布了大利公司垮台的消息。

她又一次被骗了。除非在遥远的将来发生奇迹，否则我们一分钱都拿不到。对她的反应，我一点都不觉得惊讶。

大利公司垮台的原因很多也很复杂，但此时此刻，最重要的是，多特认为是她扣动了扳机。她的眼睛闪烁着光芒，整张面孔沉浸在喜悦之中。是她让他们破产了。田纳西州孟菲斯市一个瘦瘦弱弱的坚强女性，让那帮混蛋破产了！

她明天就去唐尼·雷的墓前，告诉他这个好消息。

凯莉在她那个小房间里焦急地等着我，贝蒂·诺维尔在一旁陪着她。她手里抓着我昨天买给她的一只小皮包。包里装着一些洗漱用品和这家庇护所捐赠的几件衣服。这就是她的所有财产。

我们签署了几份文件，感谢了贝蒂，然后就手挽手快速走向我的汽车。我们上车之后，深深地吸了一口气，然后驱车离去。

手枪仍旧放在座位下面，但我已经不再担惊受怕了。

“亲爱的，开车去哪呢？”进入州际环城公路时，我问她。我们俩放声大笑，因为这个问题真的是太妙了。我们现在去哪都可以！

“我想去看山。”她说。

“我也是。朝东还是朝西？”

“是大山就好。”

“那就朝西。”

“我想看雪。”

“你一定会看到雪的。”

她紧紧依偎着我，把头靠在我肩上。我抚摸着她的腿。

我们穿过密西西比河，进入了阿肯色州。孟菲斯的天际线在我们的身后消失。我们此前对这个旅程计划如此之少，现在想想都觉得惊讶。直到今天早上，我们才接到通知，她可以离开谢尔比县。对她的指控已全部撤销，而且我还有一封地方检察官的亲笔信函。今天 15:00，她的保释金也被取消了。

我们会在一个谁也找不到我们的地方定居。我不是怕被人跟踪，只是想要离群索居。我不想再听到戴克和布鲁索的任何消息。我不想再听到大利公司破产的后续故事。我不想接到伯蒂小姐打过来要我提供法律咨询的电话。我不想为克利夫之死以及与之有关的任何事情担惊受怕。总有一天，我会和凯莉开诚布公地谈论这件事情，但那一天远远没有到来。

我们会选一个小小的大学城居住，因为她想进学校读书。她才 20 岁，而我自己也还只是个大孩子。我们将一些沉重的包袱扔在了身后，现在是时候愉快地享受生活了。我要去一所高中教历史。这应该不会很难。毕竟我在大学里读了七年的书。

在任何情况下，我都绝不会再与法律发生任何关系。我将任由我的律师执照过期。我不会去登记选举投票，所以他们不能让我担任陪审员。我也绝不会主动踏进另一个法庭。

我们越往前开，路就越平坦，车辆也越稀少。我们时而相视一笑，时而放声大笑。孟菲斯远在我们身后 20 英里之遥。我发誓这辈子再也不会回来。

译后记
成为自己的造雨人

要活下去，必须靠自己。

这句话不仅仅对新手律师鲁迪·贝勒来说有用，而且对几乎所有刚入职场的菜鸟来说同样适用。

所谓“造雨人”是律师行业比较有意思的术语，通常指所向披靡的名律师，能够像及时雨一样给律师带来的大量收益。法学院三年级学生鲁迪·贝勒即将从法学院毕业，他在一家中等律所找到了工作，哪知还没毕业他的律所被一家大律所收购了，鲁迪失业了。大律所看不上他。他只好悻悻然四处找工作，好不容易有个律师肯收留他，然而一个月后，他才发现这个律师并不是想给他工作，而是想偷他手里的案子。

这本书着重介绍了鲁迪手上的三个案子。第一件案子是伯蒂·伯德桑小姐的遗嘱，第二个也是最重要的一个案子，是布莱克诉大利保险公司案，第三个案子是女主凯利的家庭暴力和离婚案。伯蒂小姐的遗嘱案让失业的鲁迪暂时有了居住之所，伯蒂小姐把家里的一个小套房以便宜的价格租给了他。布莱克诉大利保险公司案让他经历了律师行业的各种艰辛困苦，也让他看清楚了人心的险恶和人性的复杂，历经过风风雨雨之后他终于成长起来，成为一个有良心的真正法律人。第三个案子让他认识了人生中最重要的人凯利，收获了一段姻缘。在所有的案件都结束之后，他们终于可以随心所欲地携手走天涯。

这本书是比较典型的成长型男主的故事，讲述了一个法律菜鸟怎样历经磨难、坚守初心，终于成为真正的法律人。法律行业弥漫着贪婪与残酷，有各种各样的人，比如沽名钓誉只要利益不要良心的律师如乔纳森· 莱克和巴里·X. 兰开斯特，比如跟黑帮紧紧勾结在一起并为之服务的布鲁索· 斯通律师，比如没有通过律师资格考试却一直从事律师业务的戴克·希夫利。而初出茅庐的鲁迪心中所怀的律师理想从未动摇，凭着自己的热忱、勇敢和智慧，经历了各种匪夷所思的困难，遭遇了人生的大起大落之后，终于成长起来，成为自己的造雨人。

非常感谢我的编辑笑红和文娟把这本法律文学经典著作交到我的手中，让我有机会翻译美国著名法律作家约翰·格里森姆的代表作。很多年前，作为法学院毕业生，马特·达蒙主演的经典电影《造雨人》曾给我留下了非常深刻的印象，能够翻译跟改编电影一样优秀的原著是一件很让人开心的事情。因为这本书非常厚，翻译耗时是我预计时间的好几倍，翻译终于完成时，我也有一种如释重负的感觉。感谢著名法学家林维先生和车浩先生以及作家赵松先生为本书写推荐语，他们准确而精炼地概括出了本书的看点和优点。

林徽云
2021 年 12 月 21 日
北京朝阳